토마스 만

03 **세계문학 단편선**

토마스 만

박종대 옮김

현대문학

차례

키 작은 프리데만 씨
Der kleine Herr Friedemann

1

그건 보모 탓이었다. 처음 의심이 들었을 때 그런 나쁜 습관은 당장 그만둬야 한다고 프리데만 영사 부인이 따끔히 타이른 것도 소용이 없었고, 매일 영양가 많은 맥주 외에 적포도주를 한 잔씩 준 것도 도움이 되지 않았다. 이 보모 처녀 애가 주방 기구를 닦는 데 쓰는 공업용 알코올까지 마신 것이 불시에 들통 났고, 그러다 그 애를 내보내고 새 보모를 구하기 전에 결국 사달이 나고 만 것이다. 어느 날 어머니와 아직 장성하지 않은 세 딸이 외출에서 돌아와 보니 생후 한 달밖에 안 된 어린 요하네스가 기저귀용 탁자에서 떨어져 다 죽어 가는 목소리로 신음하고 있었고, 보모는 자신이 무슨 짓을 저지른 줄도 모른 채 그 옆에 무덤

덤하게 서 있기만 했다.

사지가 뒤틀린 채 실룩거리는 갓난아이를 조심스러우면서도 단호하게 살피던 의사가 무척 심각한 표정을 지었다. 세 딸은 한쪽 구석에 서서 훌쩍거렸고, 프리데만 부인은 가슴이 찢어지는 것 같은 두려움에 사로잡혀 큰 소리로 기도를 올렸다.

저 아이가 태어나기 전에 네덜란드 영사였던 남편이 급사하는 일을 겪은 불쌍한 여인이었다. 그랬기에 저 어린 아들만이라도 자기 곁을 지키게 해 달라고 소망하는 것조차 과분하게 느껴질 정도로 이미 삶의 의지가 많이 꺾인 상태였다. 그러나 이틀 뒤 의사가 격려의 악수를 하며 설명했다. 이제 직접적인 위험을 염려할 단계는 지난 것 같다, 그리고 무엇보다 처음처럼 멍하게 바라보지 않는 눈길에서 알 수 있듯이 가벼운 뇌 손상도 완전히 회복된 듯하다, 물론 앞으로 어떻게 될지는 차차 지켜봐야 한다며, 앞서도 말했듯이 최선의 결과를 바랄 뿐이라고 했다.

2

요하네스 프리데만이 성장한 회색 박공博栱지붕 집은 한 유서 깊은 상업 도시의 북문北門 쪽에 자리하고 있었다. 중간 정도 크기의 도시였다. 그 집은 현관문을 열고 들어서면 석판이 깔린 널찍한 복도가 나타났고, 거기서 하얗게 칠한 목조 난간이 달린 계단을 올라가면 위층이 나왔다. 2층 거실의 벽걸이용 양탄자에는 빛바랜 풍경이 그려져 있었고, 진홍색 플러시 테이블보가 덮인 육중한 마호가니 테이블 둘레에는 등받이가 딱딱한 의자들이 놓여 있었다.

어린 시절 요하네스는 아름다운 꽃이 늘 활짝 피어 있는 거실 창가에 조그만 걸상을 갖다 놓고 어머니 발치에 앉아, 정갈하게 탄 가르마 부분이 벌써 하얗게 센 어머니의 머리와 선하고 온화한 얼굴을 쳐다보고, 어머니의 몸에서 항상 풍겨 나오는 은은한 향을 마시며 신비스러운 이야기에 자주 귀를 기울이곤 했다. 아니면 아버지의 사진을 보여 달라고 했다. 사진 속의 아버지는 회색 구레나룻을 기른 상냥한 인상의 신사였다. 어머니 말로는, 아버지는 하늘나라에 계시면서 가족들 모두가 뒤따라오기를 기다린다고 했다.

집 뒤에는 조그만 정원이 있었다. 인근 설탕 공장에서 달착지근한 향이 거의 언제나 바람에 실려 왔는데도 여름이면 가족들은 하루의 상당 시간을 여기서 보내곤 했다. 정원에는 울퉁불퉁하게 혹이 난 늙은 호두나무가 한 그루 있었는데, 키 작은 요하네스는 그 나무 그늘 아래 나지막한 의자에 앉아 호두를 깠다. 그러는 동안 프리데만 부인과 이제는 장성한 세 자매는 회색 범포 천막을 쳐 놓고 그 안에 들어가 있었다. 어머니는 뜨개질을 하는 내내 틈틈이 고개를 들어 슬프고도 다정한 눈길로 아이를 물끄러미 건너다보았다.

작은 요하네스는 예쁘지 않았다. 가슴은 뾰쪽하게 튀어나왔고 등은 평퍼짐했으며, 팔은 너무 길고 말랐다. 이런 요하네스가 등받이 없는 의자에 웅크리고 앉아 열심히 호두를 까는 모습은 정말 진기한 광경이었다. 그러나 손발은 곱고 가늘고, 노루 같은 갈색 눈은 커다랗고, 입술은 선이 곱고, 담갈색 머리는 하늘하늘했다. 얼굴도 두 어깨 사이에 그냥 볼품없이 얹혀 있는 것 같지만 어찌 보면 아름다워 보이기도 했다.

3

일곱 살이 되자 요하네스는 학교에 들어갔다. 그 뒤로 시간은 늘 엇비슷하게 순식간에 지나갔다. 그는 날마다 불구자들 특유의, 점잔을 빼는 우스꽝스러운 걸음걸이로 박공지붕 집과 가게들 사이를 지나 고딕식 아치형으로 장식된 전통 깊은 학교에 갔다. 집에 돌아오면 해야 할 일을 마무리한 뒤 아름답고 알록달록한 그림이 있는 책을 읽거나 정원에서 무언가에 몰두했다. 그사이 누나들은 병약한 어머니를 도와 집안일을 했다. 이 집 딸들은 이런저런 사교 모임에도 참석했다. 프리데만 일가가 이 지역에선 상당한 명망가였기 때문이다. 하지만 안타깝게도 딸들은 아직 결혼을 못 했다. 가산이 그리 넉넉하지 않은 데다 외모도 썩 봐줄 만하지 않았기 때문이다.

요하네스 역시 가끔 또래 아이들의 초대를 받았다. 그러나 아이들과 어울리는 것이 별로 즐겁지 않았다. 놀이에 함께 낄 수가 없었던 것이다. 더구나 다른 아이들이 항상 그에게 쭈뼛거리며 거리를 두었기에 친구가 되는 것도 불가능했다.

시간이 지나 요하네스도 아이들이 운동장에서 자기들만의 특별한 경험을 이야기하는 자리에 끼게 되었다. 그는 학교에서 인기 많은 여자아이들에 대해 남자아이들이 이러쿵저러쿵 떠드는 소리에 눈을 동그랗게 뜨고 유심히 귀를 기울였다. 하지만 그런 이야기에 끼어들지는 않았다. 체조나 공 던지기와 마찬가지로 다른 남자아이들이 푹 빠져 있는 그런 일들이 당연히 자기 같은 사람에게는 어울리지 않는 일이라고 생각했기 때문이다. 그렇게 생각하면 간혹 슬퍼지기는 했지만, 남들의 관심거리에 흥미를 보이지 않고 혼자 살아가는 데 이미 전부터 익숙해 있었다.

그럼에도 열여섯 살 때인가, 비슷한 또래의 여자아이에게 갑작스레 마음이 끌린 적이 있었다. 같은 반 친구의 누이로 그 친구 집에 갔다가 알게 되었는데, 굉장히 쾌활한 금발 소녀였다. 요하네스는 그 애 곁에 있으면 이상하게 숨이 막힐 것처럼 가슴이 먹먹했다. 하지만 꾸민 듯이 상냥하고 쭈뼛거리는 그 애의 태도에 깊은 슬픔을 느끼기도 했다.

어느 여름날 오후, 요하네스가 혼자 도시 앞의 제방을 거닐고 있을 때였다. 재스민 덤불 뒤에서 속삭이는 소리가 들려 조심스럽게 덤불 가지 사이로 귀를 기울였다. 덤불 뒤 벤치에 그 소녀가 키 큰 빨강 머리 남자아이와 앉아 있었다. 요하네스도 잘 아는 애였다. 남자아이가 여자아이를 안더니 키스를 하자 여자아이는 키득거리며 입술을 받아 주었다. 이를 본 요하네스 프리데만은 즉시 몸을 돌려 살그머니 자리를 떴다.

요하네스의 머리는 평소보다 더 깊이 어깨 사이로 축 처졌고, 손도 파르르 떨렸다. 칼로 찌르는 듯한 아픔이 가슴에서 목구멍으로 치솟았다. 그러나 요하네스는 아픔을 꾹꾹 참으며 최대한 당당하게 몸을 꼿꼿이 세웠다. 그러고는 속으로 혼잣말을 했다. '그래, 이게 마지막이야! 다시는 이런 일들에 눈길을 주지 않을 거야. 남들에겐 행복과 기쁨을 주는 일도 내게는 항상 원망과 고통일 뿐이야. 이제 끝이야. 이걸로 끝났어. 다시는 이런 일이 없을 거야.'

이렇게 결심하고 나자 마음이 한결 편해졌다. 요하네스는 포기했다. 그것도 영원히. 그는 집에 돌아가 책을 읽고 바이올린을 켰다. 기형인 가슴을 무릅쓰고 배운 바이올린이었다.

열일곱 살이 되자 요하네스는 당시 그 부류의 사람들이 모두 그렇듯 상인이 되려고 학교를 떠나, 강 아래쪽에 위치한 슐리포크트 씨의 대형 목재상에 도제徒弟로 들어갔다. 사람들은 그를 이해와 아량으로 대해 주었고, 그 역시 상냥하고 싹싹하게 굴었다. 평화로운 시간이 규칙적으로 흘러갔다. 그러나 요하네스가 스물한 살 되던 해에 어머니가 지병으로 돌아가셨다.

이것은 요하네스 프리데만의 가슴에 오랫동안 큰 아픔으로 남았다. 그러나 그는 이 아픔을 즐겼고, 커다란 행복에 심취하듯 아픔에 자신을 내맡겼다. 또한 어린 시절의 수많은 기억들로 그 아픔을 더욱 키워 나갔고, 인생에서 처음 맛본 강렬한 체험으로서 가슴 깊이 간직했다.

인생은 우리가 행복한지, 행복하지 않은지 말하기 이전에 그 자체로 아름다운 것이 아닐까? 요하네스는 인생을 사랑했다. 아마 인생이 우리에게 제공하는 최고의 행복을 포기한 그가 자신에게 허용된 즐거움을 얼마나 내밀하고 세심하게 누릴 줄 아는 사람이었는지는 아무도 모를 것이다. 사실 봄철에 도시 앞 들판을 거닐고, 꽃향기를 맡고, 새들의 노랫소리를 듣는 것, 이 모든 것이 감사할 일이 아닌가?

요하네스는 교양이 인생을 즐길 수 있는 능력에 속한다는 사실, 아니 교양 자체가 인생의 향락 능력이라는 사실도 알고 있었다. 그래서 교양을 쌓아 나갔다. 음악을 사랑했고, 도시에서 열리는 연주회에는 빠짐없이 참석했다. 게다가 연주하는 모습이 굉장히 기괴하기는 해도 점차 바이올린을 들을 만하게 연주했고, 자신이 불러낸 아름답고 부드러운 음 하나하나를 즐길 줄도 알았다. 또한 많은 독서를 통해 시나브로 문학적인 감각도 길렀다. 물론 그렇다고 해서 그것을 남들과 나눌 일은 없었다. 그래도 요하네스는 최근 국내외에서 돌아가는 일에도 항상 눈과 귀를 열어 두었고, 시의 운율에 담긴 매력을 음미하거나 섬세하게 서술된 소설의 은밀한 분위기도 감상할 줄 알았다. 이 정도면 향락주의자라고 불러도 무방하지 않을까!

요하네스는 모든 것에 즐길 만한 가치가 있고, 그래서 행복한 체험과 불행한 체험을 구분하는 것이 어리석은 짓에 가깝다는 사실을 깨달았다. 그는 자신의 모든 느낌과 기분을 정말 기꺼이 받아들였고, 그게 우울하건 명랑하건 가리지 않고 소중하게 키워 나갔다. 채워지지 못한 소망인 그리움까지. 그는 그리움 자체를 사랑했는데, 그 이유를 속으로 이렇게 되뇌었다. 제아무리 좋은 것이라도 실현되는 순간 끝나 버리고 말아. 고요한 봄날 저녁의 감미로우면서도 슬픈, 그러면서도 무언가 막연한 듯한 그리움과 소망이, 사실 여름이 가져다줄 그 어떤 성취보다 즐겁지 않을까? 그렇다. 키 작은 프리데만 씨는 진정한 향락주의자였다.

길을 가다가 요하네스를 만나면 예전부터 익숙한, 연민 섞인 다정한 태도로 인사하는 사람들은 아마 그의 그런 면을 몰랐을 것이다. 또한 밝은색 외투에다 반짝거리는 실크해트를 쓰고(이상하게도 그에게는 허영기가 조금 있었다) 점잔을 빼며 우스꽝스럽게 거리를 활보하는 이 불행한 불구자가, 유유히 흘러가는 이 인생을 대단히 열정적으로는 아니더라도 스스로 만들어 낸 조용하고 부드러운 행복감에 충만해서 깊이 사랑한다는 사실도 몰랐다.

프리데만 씨가 가장 아끼고 열렬히 애정을 쏟았던 것은 뭐니 뭐니 해도 연극이었다. 그는 연극적인 감수성이 무척 뛰어난 사람이었다. 그래서 무대에서 감동적인 사건이 일어나거나 극이 파국으로 치달을 때면 자그마한 몸을 파르르 떨기까지 했다. 그는 시립 극장의 일등석에 자리를 정해 놓고 규칙적으로 연극을 보러 다녔고, 때로는 세 누나와 함께 극장에 가기도 했다. 누나들은 어머니가 죽은 뒤 남동생과 공동으로 소유하게 된 그 오래된 집에서 함께 생활하고 있었다.

누나들은 안타깝게도 여전히 결혼을 하지 못했다. 그러나 자족하지 못하고 현실에 불만을 터뜨리며 살 나이는 이미 오래전에 지났다. 맏이인 프리데리케가 프리데만 씨보다 열일곱 살이나 많았던 것이다. 맏이와 바로 아래 동생인 헨리테는 삐쩍 마른 몸에 키만 멋없이 컸고, 반면에 막내 피피는 너무 작은 키에 몸은 뚱뚱했다. 게다가 막내는 말을 할 때마다 몸을 흔들며 입에 거품을 무는 요상한 습관이 있었다.

키 작은 프리데만 씨는 세 누나에 대해 별로 신경을 쓰지 않았다. 누나들은 자기들끼리 똘똘 뭉쳤고, 어떤 일에서건 항상 의견이 같았다. 특히 지인들 가운데에서 누군가 약혼이라도 하면 무척 반가운 일이라며 입을 모았다.

요하네스는 슐리포크트 씨의 목재상을 떠나, 대리점이나 너무 과도한 업무를 요하지 않는 작은 사업체를 인수해서 독립할 때가 되었을 때도 누나들과 계속 함께 살았다. 집에서는 식사 때만 계단을 올라가면 되도록 1층의 방들을 몇 개 썼다. 이따금 천식으로 고생했기 때문이다.

요하네스의 서른 번째 생일인 6월의 어느 화창하고 따뜻한 날이었다.

점심 식사 후 그는 헨리테가 만들어 준 목 베개를 두른 채, 입에는 시가를 물고 손에는 양서를 들고 천막에 앉아 있었다. 그러다 가끔 책을 밀쳐 두고 늙은 호두나무 위에서 참새들이 즐겁게 지저귀는 소리에 귀를 기울이고, 집으로 이어지는 말끔한 자갈길과 알록달록한 화단이 있는 잔디밭을 가만히 바라보곤 했다.

키 작은 프리데만 씨는 수염이 없었고, 얼굴도 어릴 때와 거의 변하지 않았다. 다만 얼굴선이 조금 날카로워졌을 뿐이다. 가녀린 담갈색 머리는 옆 가르마로 단정히 넘겼다.

어느 순간 그는 책을 무릎에 내려놓고 햇빛 찬란한 푸른 하늘을 올려다보며 스스로에게 말했다. "이제 30년이 지났어. 앞으로 10년이 더 남았을지, 20년이 더 남았을지는 몰라. 그건 신만이 아시겠지. 어쨌든 앞으로의 세월도 조용히 다가와 지나간 세월처럼 소리 없이 지나갈 거야. 평정심을 잃지 않고 그 시간을 기다리기만 하면 돼."

6

같은 해 7월 세상을 떠들썩하게 한 관구 사령관 이동 사건이 있었다. 오랫동안 그 자리에 앉아 있던 통통하고 사람 좋은 사령관은 지역사회에서 무척 인기가 많아 주민들은 그와 헤어지는 것을 섭섭해했다. 어떤 연유로 그가 떠나게 되었는지는 알 수 없는 노릇이지만, 수도 출신의 폰 린링겐 씨가 이리로 부임한다는 것은 기정사실이었다.

어쨌든 이 인사이동은 그리 나빠 보이지 않았다. 결혼은 했지만 자식이 없는 신임 중령이 도시 남쪽 근교에 상당히 큰 규모의 빌라를 빌린 것을 보고 사람들은, 앞으로 그 집에서 사교 모임이 자주 열릴 거라고 쉽사리 짐작했기 때문이다. 아무튼 중령이 엄청난 부자라는 소문이 돌았고, 그 소문은 그가 하인 넷, 승마용과 마차용 말 다섯 필, 랜도 마차* 한 대, 사냥용 경마차 한 대를 대동하고 온 것만으로도 입증되었다.

사령관 부부는 도착한 지 얼마 되지 않아 지역 명망가들을 방문하기 시작했고, 그들의 이름은 곧 모든 사람의 입에 오르내렸다. 그런데 주된 관심은 남편이 아니라 아내에게 쏠렸다. 남자들은 사령관의 아내를 보고 어리둥절해하며 얼마간 판단을 유보했지만, 여자들은 게르다 폰 린링겐 부인을 보자마자 그 사람됨과 품성에 대해 노골적으로 반감을 드러냈다.

하겐슈트룀 변호사 부인이 대화 중에 헨리테 프리데만에게 말했다.

"수도에서 왔다는 티를 내는 거야 그렇다 쳐요. 어차피 거기서 온 사람이니까. 담배를 피우고 말을 타는 것도 좋다 이거예요! 하지만 행동거지는 그냥 자유로운 정도가 아니라 제멋대로예요. 아니, 그 말도 꼭 들어맞는 것 같지는 않네요…… 아시다시피 그 여자도 뭐 못생긴 얼굴은 아니에요. 어떻게 보면 예뻐 보이기도 해요. 하지만 여자다운 매력 같은 건 정말 눈곱만큼도 없어요. 웃는 것도 그렇고 몸놀림도 그렇고, 남자들이 좋아할 만한 구석은 하나도 없다고요! 애교하고는 아예 담을 쌓은 여자예요. 물론 나도 애교 없는 여자를 절대 나쁘게 생각하는 사람이 아니에요. 하지만 스물넷밖에 안 된 젊은 여자가 여자다운 귀여운 매력을 전부 버리고 살아도 되는 거예요? 안 그래요? 난 말은 잘 못해도 무슨 말을 하는지는 아는 사람이에요. 여기 남자들은 너무 놀라 지금도

---

*지붕을 접을 수 있는 사륜마차. 네 명이 마주 보고 앉을 수 있는 좌석과 앞에 약간 높은 마부석이 있다.

16

어리벙벙해 있지만, 몇 주만 지나면 역겨워서 그 여자한테 등을 돌려 버릴 거예요."

"글쎄요, 그 집에서는 아주 떠받들고 사는 것 같던데……"

헨리테가 말했다.

그러자 하겐슈트룀 부인이 소리쳤다.

"맞아요, 그 집 남편! 그런데 그 여자가 남편을 어떻게 대하는지 아세요? 그걸 꼭 봐야 되는데. 아니, 꼭 보게 될 거예요! 나도 물론 결혼한 여자가 남편 말고 다른 남자한테 어느 정도 쌀쌀맞게 구는 것에 대해선 대찬성인 사람이에요. 하지만 그 여자는 자기 남편한테 그래요. 어떻게 하는 줄 알아요? 남편을 얼음처럼 차갑게 노려보면서 불쌍하다는 투로 '이봐, 친구' 하고 말하더라고요. 그걸 보고 있자니 속에서 천불이 났어요. 그것도 그 집 남편처럼 멋진 남자한테 그러니 오죽하겠어요? 탄탄한 몸에 단정하고 신사답고, 몸 관리도 잘해 온 40대 장교한테 말이에요. 결혼한 지 4년 됐다고 하는데…… 아직……"

7

키 작은 프리데만 씨에게 린링겐 부인을 직접 볼 은총이 처음으로 주어진 곳은 대부분 상점만 다닥다닥 모인 대로변이었다. 그가 막 증권거래소에서 짤막하게 발언권을 행사하고 나오던 정오 무렵이었다.

그는 왜소한 몸집으로 점잔을 빼며 걸었다. 그 옆에는 턱수염을 둥글게 기르고, 눈썹이 무척 두툼하고, 엄청나게 키가 크고, 어깨가 딱 바라진 거상 슈테펜스 씨가 함께 걷고 있었다. 실크해트를 쓴 두 사람은 더

워서인지 외투 앞단추를 풀고 있었다. 그들은 산보용 지팡이를 박자에 맞추어 바닥에 딱딱 찍어 가며 정치 이야기를 했다. 그런데 거리 절반쯤 왔을까, 별안간 거상 슈테펜스가 말했다.

"저기 마차를 타고 오는 사람이 린링겐 부인이 아니라면 내 손에 장을 지지겠소."

"그거 잘됐구려." 프리데만 씨는 약간 날카롭고 높은 목소리로 말하고는 기대에 찬 눈길로 앞을 바라보았다. "그 부인과 대면한 적이 아직 한 번도 없었는데. 저기 노란 마차가 보이는군요."

실제로 린링겐 부인이 오늘 이용한 마차는 노란색 사냥 마차였다. 그런데 하인은 팔짱을 끼고 뒤에 앉아 있고, 그녀가 손수 날씬한 두 말을 몰고 있었다. 품이 넓은 재킷은 색이 무척 환했고, 치마도 밝은색 계통이었다. 갈색 가죽띠가 달린 작고 둥근 밀짚모자 밑으로 보이는 붉은빛이 도는 금발은, 귀 위로 말끔하게 묶어 목덜미까지 길게 내려와 있었다. 달걀형의 얼굴은 우윳빛이었고, 중간으로 상당히 몰린 두 눈 언저리에는 푸르스름한 그늘이 있었다. 작지만 조각한 듯이 오뚝한 콧잔등에 총총 박힌 주근깨는 얼굴과 잘 어울렸다. 입은 예쁜지 어떤지 알 수 없었다. 쉴 새 없이 아랫입술을 앞으로 내밀어 윗입술에 문대고는 다시 쏙 집어넣는 바람에 입 모양을 제대로 볼 수 없었기 때문이다.

마차가 다가오자 거상 슈테펜스는 공손히 머리를 숙였고, 키 작은 프리데만 씨도 모자를 살짝 들어 인사를 했다. 물론 그러면서 눈을 크게 뜨고 유심히 린링겐 부인을 관찰했다. 그녀도 채찍을 내려놓고 가볍게 고개를 끄덕이더니 천천히 두 사람 앞을 지나갔다. 좌우 집들과 진열창을 구경하면서.

몇 발짝을 뗀 뒤에 거상이 말했다.

"마차로 한 바퀴 휘 돌고 집으로 돌아가는 길인가 봅니다."

대답 없이 바닥만 내려다보고 있던 프리데만 씨가 갑자기 거상을 쳐다보고 물었다.

"뭐라고 하셨습니까?"

슈테펜스 씨는 다시 한 번 자신의 날카로운 추측을 되풀이했다.

8

사흘 뒤 요하네스 프리데만은 평소처럼 12시경에 산보에서 돌아왔다. 점심 식사 시간은 12시 반이었다. 그렇다면 시간이 30분 정도 있었다. 그는 그 시간 동안 현관문 바로 오른쪽에 붙은 자신의 '사무실'에 들어가 있으려고 하는데 하녀가 복도에서 오더니 말했다.

"손님이 오셨습니다, 프리데만 씨."

"내 손님?"

"아닙니다. 2층 아씨들께 오신 손님입니다."

"누군데?"

"린링겐 중령 부부입니다."

"그래? 그럼 나도 가 봐야지."

그는 계단을 올라가 2층 복도를 지나갔고, 전망이 좋아 '풍경실'이라 불리는 방문 앞에 멈추어 서서 하얀 손잡이를 잡으려고 했다. 그런데 갑자기 동작을 멈추고는 한 걸음 뒤로 물러나 몸을 돌리더니 천천히 왔던 길로 돌아갔다. 걸어가면서 그는 주위에 아무도 없는데도 큰 소리로 이렇게 말했다.

"아냐. 그만두는 게 낫겠어."

그는 '사무실'로 내려가 책상에 앉더니 신문을 집어 들었다. 그런데 1분 뒤 다시 신문을 내려놓고는 고개를 돌려 창밖을 내다보았다. 그러고 앉아 있는데, 하녀가 들어와 식사 준비가 끝났다고 알렸다. 요하네스는 누나들이 벌써 기다리고 있는 2층 식당방으로 올라가 악보 세 권을 포개서 올려놓은 자기 의자에 앉았다.

수프를 접시에 푸던 헨리테가 말했다.

"요하네스, 방금 여기 누가 왔다 갔는지 알아?"

"누구?"

"새로 온 중령 부부."

"그래? 예의 바른 사람들이네."

"맞아." 피피가 입가에 거품을 물고 말했다. "둘 다 좋은 사람 같았어."

이번에는 프리데리케가 말을 받았다.

"그건 그렇고, 우리도 답방을 미루어서는 안 되겠지? 모레 일요일에 가는 게 어때?"

"일요일? 좋아."

헨리테와 피피가 동시에 대답했다.

"너도 같이 갈 거지, 요하네스?"

프리데리케가 물었다.

"두말하면 잔소리지!"

피피가 이렇게 말하며 몸을 흔들었다.

그런데 프리데만은 이 질문을 흘려들은 채 불안한 표정으로 조용히 수프만 먹었다. 마치 어디선가 들려오는 정체 모를 섬뜩한 소리에 귀를 기울이는 듯이.

이튿날 저녁 시립 극장에서 〈로엔그린〉이 상연되었다. 도시에서 교양 있다는 사람은 전부 참석한 것 같았다. 자그마한 객석은 위에서 아래까지 꽉 들어찼고, 극장 안은 웅성거리는 소리와 가스 냄새, 향수 냄새로 가득했다. 그러나 1층과 상층을 막론하고 관객들의 오페라글라스는 모두 13호 특별 관람실 쪽으로 향해 있었다. 오늘 거기에 처음으로 린링겐 부부가 나타났기 때문이다. 이 부부를 면밀하게 살필 수 있는 좋은 기회였다.

프리데만 씨는 반짝거리는 흰 셔츠 깃이 목 위로 삐죽 나온 검은 정장을 완벽하게 차려입고 특별 관람실, 즉 13호실에 들어서는 순간 뒤로 주춤 물러났다. 그러더니 자기도 모르게 손으로 이마를 훔쳤고, 순간적으로 콧방울까지 벌름거렸다. 하지만 곧 자기 지정석에 앉았다. 린링겐 부인 바로 왼쪽이었다.

프리데만 씨가 착석하는 동안 부인은 아랫입술을 내민 채 한동안 그를 유심히 지켜보았다. 그러더니 몸을 돌려 등 뒤에 서 있는 남편과 몇 마디 주고받았다. 남편은 콧수염을 멋지게 기르고 갈색 얼굴이 선량해 보이는, 어깨가 넓고 키가 큰 신사였다.

서곡이 시작되고 린링겐 부인이 난간 위로 몸을 내미는 순간 프리데만 씨는 곁눈질로 재빨리 그녀의 자태를 훑어보았다. 그날 참석한 부인들 중에서 유일하게 가슴이 약간 깊이 파인 환한 야회복을 입고 있었다. 소매는 무척 넓고 불룩했으며, 흰 장갑은 팔꿈치까지 올라왔다. 저번에 품이 넓은 흰 재킷을 입었을 때는 몰랐는데, 오늘 보니 몸이 꽤 풍만했다. 가슴이 터질 듯이 천천히 오르락내리락했다. 붉은빛이 도는 금발은 하나로 묶여 목덜미까지 길고 무겁게 내려와 있었다.

프리데만 씨는 평소보다 몇 배는 더 창백했다. 말쑥하게 가르마를 탄 갈색 머리 아래쪽 이마에 땀방울이 송골송골 맺혀 있었다. 린링겐 부인은 붉은 우단을 입힌 난간에 올려놓고 있던 왼팔에서 장갑을 벗었다. 그때부터 그의 눈은 패물 하나 차지 않은 손과 마찬가지로 푸르스름한 혈관이 드러난 우윳빛의 둥근 팔에서 떨어질 줄 몰랐다. 보지 않으려고 해도 도리가 없었다.

무대에서는 바이올린 연주 사이로 나팔 소리가 우렁차게 울려 퍼졌고, 텔라몬트 백작이 쓰러졌으며, 오케스트라 연주는 열광적인 환호의 분위기로 빠져들었다. 프리데만 씨는 미동도 않고 창백한 얼굴로 조용히 앉아 있었다. 머리는 두 어깨 사이로 깊이 내려앉은 듯했고, 집게손가락 하나를 입에 대고 다른 손은 밖으로 접힌 재킷 소맷부리 속에 넣고 있었다.

막이 내려오는 동안 린링겐 부인은 일어나 남편과 함께 특별 관람실을 나갔다. 프리데만 씨는 고개를 돌리지 않고도 그 사실을 알아차렸다. 그는 손수건으로 이마를 가볍게 훔치더니 갑자기 자리에서 일어나 복도로 이어진 문으로 걸어갔다. 그런데 문에서 몸을 홱 돌려 다시 자리로 돌아와서는 조금 전 자세로 꼼짝 않고 앉아 있었다.

2막 시작을 알리는 신호 벨이 울리고 특별실 관객들이 자리로 돌아왔을 때 그는 린링겐 부인의 시선이 자신에게로 향하는 것을 느꼈다. 그러고 싶은 마음이 없었지만 그 역시 고개를 들어 그녀를 보았다. 두 사람의 시선이 마주치자 그녀는 눈을 피하지 않고 당황한 기색이라고는 눈곱만큼도 없이 그를 계속 유심히 관찰했다. 결국 자존심을 꺾어 시선을 내리간 쪽은 그였다. 그는 얼굴이 더욱 창백해졌고, 달콤하게 타들어

가는 듯한 야릇한 분노를 느꼈다. 음악이 다시 시작되었다.

2막이 끝나 갈 무렵 린링겐 부인이 부채를 떨어뜨렸다. 프리데만 씨 바로 옆이었다. 둘은 동시에 허리를 숙였지만 부채를 집은 쪽은 부인이었다. 그녀는 조롱기 섞인 미소를 지으며 말했다.

"고마워요."

조금 전 둘의 얼굴이 닿을 듯이 가까워졌을 때 그는 그녀의 가슴에서 흘러나온 따스한 향기를 맡았다. 얼굴이 일그러지고 온몸이 오그라들었다. 제대로 숨을 쉴 수 없을 정도로 심장이 쿵쾅거렸다. 그는 그렇게 30초 정도를 더 앉아 있다가 의자를 뒤로 빼 조용히 일어나서는 소리 없이 나갔다.

10

그는 등 뒤로 음악 소리를 들으며 복도를 지나 물품 보관소에서 실크해트와 외투, 지팡이를 찾아 계단을 내려가 거리로 나갔다.

따뜻하고 고요한 저녁이었다. 가스등 불빛 속으로 하늘을 향해 묵묵히 서 있는 잿빛 박공지붕 집들이 보였다. 하늘에선 별들이 밝고 부드럽게 반짝거렸다. 거리엔 사람이 거의 없었다. 마주친 몇 사람의 발소리만 보도 위에 저벅저벅 울렸다. 누군가 인사를 했지만 그는 보지 못했다. 고개를 푹 숙이고 있었던 것이다. 뾰쪽하게 튀어나온 가슴이 숨 쉬기 곤란할 정도로 파르르 떨렸다. 이따금 그는 혼잣말로 나직이 중얼거렸다.

"맙소사, 이를 어쩌지? 이를 어째?"

그는 경악스럽고 공포에 질린 눈으로 자기 속을 들여다보았다. 지금껏 그렇게 세심히 가꾸어 왔고, 항상 부드럽고 지혜롭게 다루어 왔다고 생각한 감정이 지금 격랑에 휩쓸려 마구잡이로 소용돌이치고 뒤집히고 있었다. 그는 갑자기 맥이 탁 풀리면서 현기증과 도취, 그리움, 고통으로 뒤범벅된 채 가로등에 기대서 떨리는 목소리로 중얼거렸다.

"아, 게르다!"

세상 만물이 고요했다. 사방을 둘러봐도 사람 그림자 하나 얼씬거리지 않았다. 프리데만 씨는 다시 기운을 차려 걸음을 내디뎠다. 극장이 있고 상당히 가파르게 강가로 이어지는 거리를 따라 올라갔다. 그러자 북쪽 방향의 중앙로가 나왔다. 그리로 계속 가면 그의 집이었다.

아, 그 여자가 그를 어떻게 바라보았던가! 어떻게? 강압적으로 그의 눈을 내리깔게 한 것일까? 시선으로 그에게 굴욕을 안긴 것일까? 그녀는 여자가 아니고, 그는 남자가 아니란 말인가? 그를 바라보던 그 야릇한 갈색 눈이 기쁨으로 떨고 있지는 않았던가?

그는 다시 무기력하게 치솟는 애욕의 증오를 느꼈다. 그러나 곧 그녀의 얼굴이 자신의 얼굴에 살짝 닿을 듯한, 그래서 그가 그녀의 체취를 흡입한 그 순간을 생각했다. 그는 두 번째로 걸음을 멈추고 기형의 상체를 뒤로 젖힌 채 공기를 들이마셨다. 이어 넋이 빠진 것처럼 어쩔 줄 모르는 절망적인 상태에서 또다시 중얼거렸다.

"맙소사, 이를 어쩌지? 이를 어째?"

그는 다시 기계적으로 걸음을 천천히 옮겼다. 후텁지근한 저녁 공기를 뚫고, 행인 하나 없이 자신의 발소리만 울리는 거리를 지나 마침내 집 앞에 섰다. 그는 현관 복도에서 잠시 멈추어 서서 그곳에 밴, 지하실과 같은 서늘한 냄새를 들이켰다. 그러고는 '사무실'에 들어갔다.

그는 창문이 열린 창가 책상에 앉아 누군가 그를 위해 유리잔에 담아 놓은 크고 노란 장미 한 송이를 똑바로 응시하다가 장미를 들고 눈을 감은 채 향기를 맡았다. 그러나 곧 지치고 슬픈 표정으로 장미를 툭 밀쳐놓았다. 이제 이런 건 모두 끝난 것 같았다. 이런 향기가 그에게 이제 무슨 소용이고, 지금껏 그에게 '행복'을 안겨 준 것이 다 무엇이란 말인가?

그는 옆으로 고개를 돌려 고요한 거리를 내다보았다. 간혹 지나가는 사람들의 발소리가 대기를 가르며 울렸다. 하늘엔 별들이 반짝거렸다. 그는 당장 쓰러질 것처럼 지치고 힘이 없었다. 머릿속은 텅 비었고, 절망이라는 감정이 깊고도 부드러운 비애로 녹아들기 시작했다. 시구절 몇 개가 어렴풋이 떠올랐고, 〈로엔그린〉 음악이 귓전에 맴돌았다. 눈앞에 린링겐 부인의 모습이 다시 생생히 나타났다. 난간을 감싼 붉은 우단 위에 놓여 있던 그녀의 흰 팔까지. 곧이어 그는 열에 들뜬 채 깊은 잠 속으로 몽롱하게 빨려 들어갔다.

11

자다가 여러 번 깰 뻔했지만, 그때마다 그는 깨어나는 것에 대한 두려움 때문에 의식 없는 상태로 다시 빠져들어 갔다. 그러나 날이 완전히 밝자 눈을 뜨고 고통스러운 시선으로 주위를 둘러보았다. 어제의 일이 마음속에 선명하게 떠올랐다. 잠으로도 고통은 결코 중단되지 않은 듯했다.

머리가 몽롱하고 눈이 따가웠다. 세수를 하고 오드콜로뉴를 이마에 가볍게 바르고 나자 한결 나아졌다. 그는 창가의 자리로 가 조용히 앉았다. 창문은 여전히 열려 있었다. 아직 이른 새벽이었다. 5시쯤인 것 같았다. 이따금 빵을 배달하는 소년이 거리를 오갈 뿐 다른 사람은 보이지 않았다. 맞은편 집들에도 아직 롤커튼이 쳐 있었다. 그러나 새들은 벌써 지저귀고 하늘은 눈부시게 푸르렀다. 아름다운 일요일 아침이었다.

문득 편안하고 익숙한 감정이 키 작은 프리데만 씨를 덮쳤다. 대체 내가 뭘 두려워하는 거야? 모든 게 평소와 똑같잖아? 그래, 어제 내가 나쁜 발작처럼 정신이 깜박 나갔던 건 인정해. 하지만 그것도 이젠 끝이야! 지금도 늦지 않았어. 이런 식의 파멸에서 얼마든지 도망칠 수 있어! 그런 발작을 새로 야기할 자극만 피하면 돼! 그는 용기가 솟구치는 것을 느꼈다. 마음의 갈등을 이겨 내고 자기 속에서 그것을 완전히 짓눌러 버릴 힘을 느꼈다.

시계가 7시 반을 알리자 프리데리케가 커피를 들고 들어와 뒷벽 가죽 소파 앞의 둥근 테이블 위에 놓았다.

"잘 잤어, 요하네스? 아침 식사 가져왔어."

"고마워." 프리데만은 대답에 이어 마치 지나가는 말처럼 덧붙였다. "참 누나, 미안한데 오늘 답방 가는 거 누나들끼리만 가야 될 것 같아. 난 몸이 별로 안 좋아. 같이 갈 상황이 아냐. 잠도 못 잤고, 머리도 아프고…… 간단히 말해서 오늘은 나 빼고 가."

"아쉽네. 하지만 다음엔 꼭 같이 가야 해. 그러고 보니 몸이 안 좋아 보인다. 두통약이라도 갖다 줘?"

"아니, 지나면 괜찮아질 거야."

이윽고 프리데리케가 나갔다.

그는 테이블 옆에 서서 천천히 커피를 마시고 뿔 모양의 회른헨 빵을 먹었다. 결연한 태도를 보인 자신이 만족스럽고 대견했다. 식사가 끝나자 그는 시가를 들고 다시 창가로 가 앉았다. 아침을 먹고 나니 기분이 한결 편안해졌다. 행복과 희망이 마구 밀려오는 느낌이었다. 그는 시가 연기를 내뿜으며 책을 읽었고, 눈을 끔벅거리며 햇빛 찬란한 바깥세상을 내다보았다.

이제 거리는 활기를 띠고 있었다. 수레 구르는 소리, 사람들의 말소리, 마차 딸랑거리는 소리가 그가 앉아 있는 데까지 울려 왔다. 이 모든 것 속에서도 새들의 지저귐이 들렸고, 눈부시게 푸른 하늘에서 따뜻한 미풍이 불어왔다.

10시경 그는 누나들이 복도를 지나 현관문을 삐걱 여는 소리를 듣고, 얼마 뒤에는 창문 앞을 지나가는 것을 보았지만 특별히 관심을 두지 않았다. 그러고 한 시간이 지났다. 그는 점점 행복해지는 것을 느꼈다.

신이 나 미칠 것 같은 감정이 가슴을 가득 채우기 시작했다. 아, 공기는 얼마나 신선하고, 새들의 노랫소리는 얼마나 아름다운가! 이럴 때 산보라도 나가면 또 얼마나 즐거울까! 순간 다른 의도는 전혀 없이, 달콤한 경악과 함께 이런 생각이 퍼뜩 떠올랐다. 그녀한테 가면 어떨까? 그는 마음속에서 불안스레 자신에게 보내는 모든 경고의 목소리를 완강히 눌러 버리고는 희열에 찬 결연함으로 이렇게 스스로에게 덧붙였다. 나는 갈 거야, 그녀에게!

외출용 검정 정장을 차려입은 그는 실크해트와 지팡이를 들고 급히 집을 나가, 숨을 몰아쉴 정도로 빠르게 시내를 지나 남쪽 교외로 향했다. 지나가는 사람들에게는 눈길 한 번 주지 않은 채 걸음을 내디딜 때마다 열심히 고개만 끄덕거렸다. 넋이 나간 듯 황홀경에 사로잡힌 모습이었다. 그러다 마침내 마로니에 가로수 길에 위치한 붉은 빌라에 도착했다. 대문에 붙은 문패에는 '폰 린링겐 중령'이라고 적혀 있었다.

12

막상 대문 앞에 서자 갑자기 몸이 떨리기 시작했다. 심장이 미친 듯이 요동치며 가슴 안벽을 쿵쿵 두드렸다. 그럼에도 그는 안뜰을 지나 현관 초인종을 눌렀다. 이로써 모든 게 결정되었다. 돌아올 수 없는 강을 건넌 것이다. 그는 될 대로 되라고 생각했다. 갑자기 마음속이 쥐 죽은 듯이 조용해졌다.

문을 열고 나온 하인이 그에게 명함을 받아 들고는 붉은 양탄자가 깔린 계단을 급히 올라갔다. 프리데만 씨는 꼼짝도 않고 양탄자만 꼿꼿이 응시했다. 얼마 뒤 하인이 돌아와, 부인께서 손님을 위로 모실 것을 분부했다고 전했다.

프리데만 씨는 2층 살롱 문 옆에 지팡이를 세워 두고 거울 앞에 섰다. 얼굴은 창백했고, 핏발 선 눈 위 이마에는 머리카락이 찰싹 달라붙어 있었다. 손에 들고 있던 실크해트도 걷잡을 수 없이 덜덜 떨렸다.

하인이 문을 열자 그는 안으로 들어갔다. 꽤 널찍한 살롱은 조금 어두웠다. 창문에 커튼을 친 탓인 듯했다. 오른쪽에는 그랜드피아노가 있었고, 중앙 둥근 테이블 둘레에는 갈색 비단 소파들이 놓여 있었다. 왼쪽 옆벽 소파 위에는 두꺼운 금빛 액자 속에 풍경화 한 점이 걸려 있었다. 벽걸이 양탄자도 어두웠다. 뒤편의 돌출된 유리창으로 종려나무가 보였다.

1분이 지나자 린링겐 부인이 오른쪽 문 커튼을 양쪽으로 젖히고 두터운 갈색 양탄자를 밟으며 소리 없이 다가왔다. 매우 소박한 스타일의 붉고 검은 격자무늬 옷을 입고 있었다. 돌출 창으로 쏟아져 들어온 빛기둥 속에서 먼지들이 춤을 추듯 하늘거렸고, 그녀의 풍성한 붉은 머리는

28

빛이 닿자 순간적으로 황금색으로 빛났다. 그녀는 예의 그 야릇한 눈으로 마치 검사하듯 그를 살펴보았는데, 평소처럼 아랫입술을 내밀고 있었다.

"부인." 프리데만이 그녀를 올려다보며 입을 열었다. 키가 그녀의 가슴까지밖에 닿지 않았다. "저도 부인을 방문해서 인사를 드리고 싶었습니다. 저번에 부인께서 제 누님들을 찾아 주신 자리에 안타깝게도 저는 집에 없었거든요…… 심히 유감으로 생각합니다."

그는 더 이상 무슨 말을 해야 할지 몰랐다. 그런데도 그녀는 계속서서 그를 뚫어지게 바라보기만 했다. 마치 계속 말하라고 강요하는 것처럼. 별안간 그는 피가 거꾸로 솟으며 이런 생각이 들었다. 이 여자는 내게 고통을 주고, 나를 갖고 놀려고 해. 내 마음을 꿰뚫어 보고 있다고! 여자의 눈이 떨고 있어……

마침내 그녀가 아주 밝고 맑은 목소리로 말했다.

"이렇게 친히 걸음 해 주시니 감사한 일이군요. 얼마 전 댁에 갔다가 당신을 뵙지 못해 저도 무척 유감이었습니다. 자리에 앉으시겠어요?"

그녀는 그 옆에 앉더니 소파 팔걸이에 팔을 올려놓고는 뒤로 등을 기댔다. 그는 상체를 앞으로 구부린 채 무릎 사이에 모자를 들고 앉아 있었다.

"15분 전에 누님들이 여기 왔다 간 건 알고 계신가요? 그분들 말씀으로는 편찮으시다고 하던데."

"예…… 맞습니다. 오늘 아침까지만 해도 몸이 안 좋았죠. 외출하는 건 무리라고 생각할 정도로요. 이렇게 늦게 찾아봬서 다시 한 번 사과드립니다."

"지금도 얼굴이 안 좋아 보여요." 그녀가 차분하게 말했다. 여전히 그를 꼿꼿이 바라보면서. "낯빛이 창백하고, 눈도 충혈됐어요. 원래 건강이 안 좋은가요?"

"아, 아니, 그, 그건 아니고요……" 프리데만 씨가 말을 더듬었다. "대체로 만족할 만한 수준입니다."

"저도 많이 아파요." 그녀가 그에게서 시선을 떼지 않고 계속 말했다. "하지만 아무도 그걸 몰라요. 저는 신경이 예민해서 사람들의 이상야릇한 상태에 대해 잘 파악하는 편이죠."

이 말을 끝으로 그녀는 턱을 가슴까지 내리고는 그를 밑에서부터 위로 올려다보았다. 그가 입을 열길 기다린다는 듯이. 그러나 그는 대답하지 않았다. 그저 조용히 앉아 눈을 동그랗게 뜨고 생각에 잠긴 표정으로 그녀를 바라보기만 했다. 아, 그녀의 말은 얼마나 야릇한가! 밝고 편안한 목소리는 또 얼마나 가슴에 와 닿는가! 가슴속에서 심장 고동이 차츰 진정되고 있었다. 그는 마치 꿈을 꾸는 듯했다. 린링겐 부인이 다시 입을 열었다.

"제 기억이 틀리지 않다면 어제 공연이 끝나기 전에 먼저 나가셨죠?"

"그렇습니다, 부인."

"아쉬웠어요. 공연은 별로였지만, 아, 물론 상대적으로는 괜찮은 편이라고 할 수 있겠네요. 어쨌든 당신처럼 연극에 몰입할 줄 아는 관객이 일찍 가 버린 것은 유감이었어요. 음악 좋아하세요? 피아노는 치세요?"

"바이올린은 조금 켤 줄 압니다. 여기서 조금이라는 건 거의 켤 줄 모른다는……"

"바이올린을 켜신다고요?"

그녀는 이렇게 묻고는 그의 머리를 지나 공중으로 눈을 돌리며 잠시 생각에 잠겼다. 그러다 다시 입을 열었다.

"그럼 가끔 같이 연주도 할 수 있겠군요! 저는 피아노 반주를 좀 해요. 여기서 같이 연주할 사람을 찾다니 참 기뻐요. 같이 하실 거죠?"

"부인의 뜻이 그러시다면 따라야지요."

그는 여전히 꿈결처럼 대답했다. 그 뒤 잠시 침묵의 순간이 생겼다. 그때 그는 보았다. 갑자기 바뀌는 부인의 표정을. 그녀의 얼굴이 알아보기 힘들 정도로 미세하게 잔인한 비웃음으로 일그러지는 것을. 그녀의 눈이 예전에 두 차례 그랬던 것처럼 섬뜩하게 떨리면서 그를 탐색하듯 꼿꼿이 바라보는 것을. 그는 얼굴이 벌겋게 달아올랐다. 얼굴을 어디에 둘지 몰라 안절부절못했고, 머릿속까지 아득했다. 그는 그 상태로 고개를 푹 숙이고는 멍하니 양탄자를 내려다보았다. 달콤한 고통이 뒤섞인 무기력한 분노가 다시 짧은 전율처럼 전신을 타고 흘러내렸다.

온몸의 힘을 모아 필사적으로 다시 고개를 들었을 때 그녀는 더는 그를 보고 있지 않았다. 그녀의 시선은 태연히 그의 머리를 넘어 문 쪽으로 향해 있었다. 그는 간신히 몇 마디를 입 밖에 내놓았다.

"부인께서는 이곳 생활에 웬만큼 만족하시는지요?"

린링겐 부인은 대수롭지 않다는 듯이 대답했다.

"아, 그럼요. 만족하지 않을 이유가 있겠어요? 물론 좀 답답하고, 관찰하는 듯한 시선이 조금 부담스럽기는 해요…… 참, 잊어버리기 전에 말씀드려야겠네요. 우린 며칠 안에 몇 사람을 집에 초대할 생각이에요. 격의 없는 조촐한 모임이죠. 뭐, 같이 연주도 하고, 수다도 떨고…… 마침 집 뒤에 아주 예쁜 정원이 있거든요. 강가까지 바로 연결되죠. 간단히 말씀드려서, 당신과 당신 누님들은 당연히 초대를 받으실 거예요. 하지만 기왕 말이 나온 김에 지금 여기서 참석을 부탁드릴게요. 오실 수 있겠어요?"

프리데만 씨가 감사의 인사와 함께 확답을 주는 순간 문손잡이가 아래로 힘차게 꺾이더니 중령이 방에 들어왔다. 두 사람은 일어났고, 린링겐 부인이 서로를 인사시켰다. 중령은 아내에게 했듯이 프리데만 씨에게도 똑같이 정중하게 허리를 숙였다. 구릿빛 얼굴이 열기로 번들거렸다.

중령은 장갑을 벗으면서 힘차고 날카로운 목소리로 프리데만 씨에게 뭐라고 말했다. 그러나 프리데만 씨는 멍한 눈으로 아득히 올려다보며, 중령이 호의의 뜻으로 어깨를 톡톡 두드려 주기만 기다렸다. 그러나 중령은 뒤꿈치를 모으고 상체를 살짝 숙인 채 아내에게 몸을 돌리더니 알아들을 수 있을 만큼 낮은 목소리로 말했다.

"여보, 프리데만 씨한테 우리의 작은 모임에 와 달라는 부탁은 했소? 당신만 괜찮다면 여드레 후에 모임을 열 생각이오. 날씨가 계속 이렇게 좋아서 그날도 정원에 나갈 수 있었으면 좋겠소."

"당신 뜻대로 해요."

린링겐 부인은 이렇게 말하더니 눈으로 남편을 스치고 지나갔다.

2분 뒤 프리데만 씨는 작별 인사를 했다. 문간에서 다시 한 번 허리를 숙였을 때 표정 없이 가만히 자신을 바라보던 그녀와 눈이 마주쳤다.

13

그는 떠났다. 그러나 도시로 돌아가지 않고, 자기도 모르게 가로수 길에서 갈라지는 다른 길로 들어섰다. 강가의 옛 성채로 이어지는 길이었다. 그곳엔 잘 가꾼 녹지와 그늘진 길, 벤치가 있었다.

그는 고개도 들지 않고 마치 넋이 나간 사람처럼 빨리 걸었다. 지독하게 더운 느낌이었다. 몸속에서 뜨거운 불꽃이 활활 타올랐다가 가라앉고, 지친 머릿속은 망치로 쿵쿵 두드리는 듯했다.

그녀의 시선이 아직도 그에게 계속 달라붙어 있는 건 아닐까? 그것도 지난번처럼 공허하고 무표정한 시선이 아니라, 조금 전처럼 야릇한 느낌으로 조곤조곤 말을 건넨 뒤 일순간 잔인한 떨림으로 바뀌던 그 시선 말이다. 아, 그녀는 그가 아찔한 느낌으로 어쩔 줄 몰라 허둥대는 것을 즐기는 것일까? 그의 마음을 알고 있다면 그에게 조금은 연민을 가질 수 있지 않을까?

그는 풀이 무성한 방벽 옆 강변을 따라 걸었다. 그러다 재스민 덤불이 반원 형태로 둘러싼 벤치에 앉았다. 사방이 달콤하고 후텁지근한 향으로 가득했다. 파르르 떠는 듯한 강물 위에 햇볕이 뜨겁게 타오르고 있었다.

그는 무언가에 쫓기듯 지치고 고단한 느낌이었다. 그러나 마음속에서는 엄청난 고통의 격랑이 일고 있었다. 다시 한 번 주위를 살핀 뒤 이대로 조용히 물속으로 들어가는 게 낫지 않을까? 그러면 잠깐의 고통 끝에 영원한 평온의 세계로 구원받겠지? 아, 평온! 그것은 그가 원하던 것이었다. 그러나 그가 진정으로 원한 것은 텅 비고 공허한 무無의 평온이 아니라 선하고 고요한 상념들로 충만한, 부드럽고 이성적인 평화였다.

이 순간 그는 생에 대한 사무치는 사랑과 잃어버린 행복에 대한 깊은 그리움으로 몸서리쳤다. 그러나 다음 순간, 자기 둘레에서 침묵을 지키는, 무심하기 짝이 없는 자연의 평온함이 눈에 띄었다. 강물은 햇빛을 받으며 유유히 제 갈 길을 흘러갔고, 풀은 파르르 떨며 일렁였고, 꽃은 늘 같은 자리에서 피었다가 시들고 스러졌다. 이처럼 세상 만물이 현재의 삶에 묵묵히 순응하며 따르고 있었다. 문득 이 모든 것에 대한 동류의 감정, 이런 필연성에 대한 동의의 감정이 미친 듯이 밀어닥쳤다. 다른 모든 운명보다 우월하다는 자신감에서만 우러나올 수 있는 감정이었다.

그는 서른 번째 생일의 오후가 떠올랐다. 그때는 남은 생에 대한 어떤 두려움도 희망도 없이 평온하고 행복하게 앞으로의 시간을 내다보았다. 미래에는 더 이상 빛이나 그림자가 없었다. 그저 모든 것이 부드러운 어스름 불빛 속에 잠겨 있다가, 거의 눈에 띄지 않게 서서히 저 뒤편 어둠 속으로 흐릿하게 사라져 갈 뿐이었다. 이것이 당시 그가, 우월감에 젖은 평온한 미소로 다가올 시간들을 바라본 모습이었다. 불과 얼마 전의 일이었다.

그러다 그녀가 왔다. 아니, 와야 했다. 그게 그의 운명이었으니까. 아니, 그녀 자체가 그의 운명이었다. 오직 그녀만이! 그는 첫 순간에 벌써 그것을 느끼지 않았던가? 어쨌든 그녀가 와 버렸다. 그도 자기 삶의 평화를 지키려고 방어를 안 해 본 것이 아니지만, 그녀로 인해 사춘기 시절부터 속에서 억눌러 온 모든 것이 폭발하고 말았다. 자신에게 고통과 파멸밖에 가져다주지 않는다는 사실을 분명히 느꼈기에 억누를 수밖에 없었던 바로 그것이었다. 그것은 저항할 수 없는 가공할 힘으로 그를 낚아채어 파멸의 구렁텅이로 몰아넣었다.

그는 지금 파멸의 구렁텅이에 빠졌다고 느꼈다. 그렇다면 더 싸우고 괴로워해야 할 이유가 있을까? 모든 것은 자기 길을 갈 뿐이다. 그도 자기 길을 계속 걸어가, 저 뒤 아가리를 쩍 벌리고 있는 심연 앞에서 눈을 감으면 그뿐이었다. 운명에 허리를 숙이고, 도저히 벗어날 수 없는 가학적이면서도 달콤한, 저 어마어마하게 강렬한 힘에 복종하면 그뿐이었다.

강물이 반짝거렸다. 재스민에서 진하고 후텁지근한 향이 뿜어 나왔고, 새들은 사방에서 지저귀고, 나무 사이로는 무겁게 내려앉은 푸르디푸른 하늘 한 점이 빛나고 있었다. 키 작은 곱사등이 프리데만 씨는 그러고도 한참을 더 벤치에 앉아 있었다. 앞으로 몸을 숙이고, 이마를 양손으로 받친 채.

14

린링겐 중령의 집이 담소를 나누기에 무척 좋은 장소라는 점에 대해 서는 누구나 동의했다. 식당 홀 안에 멋스럽게 장식해서 길게 이어 놓은 테이블에는 서른 명 남짓 앉아 있었다. 이 집 하인 하나와 일당을 주고 고용한 일꾼 둘이 벌써 부지런히 얼음을 들고 테이블을 돌아다니고 있었다. 홀 안에서는 잔 부딪치는 소리와 그릇 달가닥거리는 소리가 끊이지 않았고, 음식에서 피어오르는 김과 부인네들의 향수 냄새가 가득했다. 이 도시에서 웬만큼 사업을 한다는 사람은 모두 아내와 딸들을 데리고 이 자리에 모여 있었다. 그 밖에 위수衛戍 지역의 거의 모든 장교와 평판 좋은 노의사 한 명, 법률가 몇 명 그리고 이 지역 유지 축에 끼는 사람들도 참석해 있었다. 수학을 공부하는 대학생도 하나 있었는데, 방학 중에 잠시 내려온 중령의 조카였다. 이 대학생은 프리데만 씨 맞은편에 앉은 하겐슈트룀 양과 깊은 대화를 나누고 있었다.

프리데만 씨는 테이블 끝 부분 의자에 근사한 우단 방석을 놓고 앉아 있었다. 아름다운 것과는 거리가 먼 김나지움 교장 부인 옆자리였는데, 슈테펜스 영사가 테이블로 인도한 린링겐 부인과도 멀지 않은 곳이었다. 지난 여드레 사이 키 작은 프리데만 씨에게 일어난 변화는 깜짝 놀랄 정도였다. 기겁할 정도로 얼굴이 창백한 것이야 홀을 가득 채운 하얀 가스등 불빛 탓이라고 할 수도 있었지만, 형언할 수 없을 정도로 슬픈 빛을 띤 그늘지고 충혈된 눈과 쏙 들어간 볼까지 불빛 탓으로 돌릴 수는 없었다. 어쨌든 그는 이런 변화 때문에 평소보다 더 기형으로 보였다.

프리데만 씨는 포도주를 너무 많이 마셨고, 이따금 옆에 앉은 교장 부인에게 몇 마디를 건넸다.

식사를 하면서는 프리데만 씨에게 한 마디도 던지지 않던 린링겐 부인이 이제 몸을 살짝 앞으로 내밀며 그를 불렀다.

"요 며칠 당신이 와서 바이올린을 켜 주길 기다렸는데 오시지 않더군요."

그는 한순간 뭐라 대답도 못 하고 넋이 나간 표정으로 멍하니 그녀를 바라보기만 했다. 그녀는 하얀 목이 훤히 드러나는 밝고 가벼운 옷을 입고 있었는데, 빛나는 머리에는 만개한 노란색 장미 한 송이를 꽂고 있었다. 이날 저녁 그녀의 뺨은 약간 붉었지만, 여느 때처럼 눈가에는 푸르스름한 그늘이 드리워 있었다.

프리데만 씨가 테이블 위의 접시를 내려다보며 무언가 대답을 내놓는 순간, 옆자리의 교장 부인까지 베토벤을 좋아하느냐고 물어 연이어 대답을 해야 했다. 그때였다. 테이블 상석에 앉아 있던 중령이 아내에게 눈길을 던지더니 잔을 부딪치는 시늉을 하며 말했다.

"신사 숙녀 여러분, 커피는 다른 방에서 마실 것을 제안드립니다. 그리고 오늘 저녁엔 정원에 나가는 것도 괜찮을 것 같습니다. 정원에서 바람을 쐬고 싶으신 분이 있으면 제가 동무가 되어 드리겠습니다."

좌중에 잠시 침묵이 흐르자 폰 다이데스하임 중위가 어색한 분위기를 깨려고 재미있는 농담을 했고, 사람들은 폭소를 터뜨렸다. 교장 부인을 모시고 홀을 마지막으로 나선 프리데만 씨는 사람들이 벌써 담배를 피우고 있는, 옛 독일 양식으로 꾸며 놓은 방을 지나 아늑하고 적당히 어두운 거실로 부인을 안내한 뒤 물러났다.

그는 오늘 옷차림에 신경을 많이 썼다. 연미복은 흠잡을 데가 없었고, 셔츠는 눈부시게 희었으며, 예쁜 모양의 길쭉한 발에는 번쩍번쩍 빛나는 에나멜 구두를 신고 있었다. 이따금 구두와 바지 사이로 붉은 비단 양말이 언뜻 보이기도 했다.

그는 복도를 내다보았다. 사람들이 벌써 삼삼오오 짝을 지어 계단을 내려가 정원으로 향하고 있었다. 그는 시가를 물고 커피를 든 채 옛 독일 양식의 방 문가에 앉았다. 방 안에는 몇몇 신사가 잡담을 나누고 있었다. 그는 거기 앉아 거실 쪽을 훔쳐보았다.

거실 문 바로 오른쪽 테이블에 열심히 말을 하는 대학생을 중심으로 사람들이 모여 있었다. 수학을 전공하는 그 대학생은 한 점을 지나는 한 직선과 평행하는 선을 한 개 이상 그을 수 있다고 주장했다. 하겐슈트룀 변호사 부인은 말도 안 된다고 소리쳤다. 그러자 대학생은 사람들이 마치 이해한 것처럼 머리를 끄덕거릴 수밖에 없을 정도로 명쾌하게 자기주장을 증명해 보였다.

그 방 안쪽, 그러니까 붉은 갓을 씌운 나지막한 램프가 있는 터키풍 소파에 게르다 폰 린링겐이 젊은 슈테펜스 양과 앉아 대화를 나누고 있었다. 부인은 노란 비단 쿠션에 살짝 몸을 기댄 채 다리를 꼬고 천천히 담배를 피우고 있었는데, 연기를 코로 내뱉으면서도 아랫입술을 내밀고 있었다. 슈테펜스 양은 그녀 앞에 목각 인형처럼 꼿꼿이 앉아 불안스레 웃으면서 뭐라 대답을 하고 있었다.

키 작은 프리데만 씨에게 주목하는 사람은 아무도 없었고, 그의 큰 눈이 끊임없이 린링겐 부인에게 향해 있다는 것을 눈치챈 사람도 없었다. 그는 축 늘어진 자세로 부인을 물끄러미 바라보았다. 그의 시선에는 뜨거운 정염도 아릿한 아픔도 담겨 있지 않았다. 그 안에는 무감각하고 생기 없는 무언가만 담겨 있었다. 힘과 의지가 느껴지지 않는 멍한 몰두 라고 할까?

그렇게 10분가량이 흘렀다. 린링겐 부인이 갑자기 벌떡 일어나더니 그에게로 뚜벅뚜벅 걸어갔다. 마치 지금까지 내내 눈을 돌리지 않고도 그를 몰래 관찰하고 있었다는 듯이. 그녀가 프리데만 씨 앞에 멈추어 섰다. 그도 벌떡 일어나 고개를 들어 그녀를 쳐다보았다. 그녀의 입에서 떨어질 말을 기다리며.

"정원으로 나가려고 하는데, 함께 가시겠어요, 프리데만 씨?"

"기꺼이 따르겠습니다, 부인."

15

부인이 계단을 내려가며 말했다.

"우리 집 정원을 아직 못 보셨죠? 상당히 넓어요. 사람들이 거기 너무 많지 않았으면 좋겠네요. 좀 편하게 바람을 쐬고 싶어서요. 식사 중에 머리가 아팠어요. 적포도주가 너무 독했나 봐요. 이리 와요. 저 문으로 가요."

유리문이었다. 문을 열고 나가자 작고 서늘한 복도로 이어졌고, 거기서 계단을 몇 개 내려가자 바로 바깥이었다.

별이 총총한 아름답고 따스한 밤이었다. 꽃밭에서 뿜어져 나온 향기가 사방에 진동했고, 정원에는 달빛이 가득했다. 하얗게 반짝거리는 자갈길에서는 손님들이 담배를 피우고 이야기를 나누며 이리저리 거닐고 있었다. 분수 둘레에는 일단의 사람이 모여 있었는데, 인기 많은 그 노의사가 주변 사람들의 폭소 속에 종이배를 물 위에 띄우고 있었다.

린링겐 부인은 가볍게 고개를 끄덕이며 그들을 지나쳐, 저 멀리 꽃향기 그윽한 앙증맞은 화원이 어둑한 공원으로 바뀌는 지점을 가리켰다.

"중앙 가로수 길로 가요."

그녀가 말했다. 가로수 길 입구에는 낮고 넓은 오벨리스크가 두 개 서 있었다.

저 뒤, 그러니까 일직선으로 뻗은 마로니에 가로수 길 끝 부분에 달빛을 받아 푸르스름하게 빛나는 강이 보였다. 온 사방이 어둡고 서늘했다. 간혹 작은 샛길이 나타났지만, 이 길들도 둥그렇게 돌아 결국 강으로 이어져 있었다. 꽤 한참 동안 아무 소리도 들리지 않았다.

"물가에 내가 자주 가는 곳이 있어요. 아주 예쁜 곳인데, 거기 잠시 앉아 얘기나 나눠요. 아, 저 봐요, 나뭇잎 사이로 별 하나가 휙 지나가네요."

그는 대답도 없이 지금 그들이 다가가고 있는, 희미하게 빛나는 녹지만 바라보았다. 건너편 강가와 성채의 녹지대도 알아볼 수 있었다. 두 사람이 가로수 길을 떠나 강으로 내려가는 잔디밭에 이르렀을 때 린링겐 부인이 말했다.

"저기 오른쪽으로 조금만 가면 그 장소가 나와요. 보이죠? 다행히 아무도 없네요."

둘이 앉은 벤치는 가로수 길에서 공원 쪽으로 여섯 걸음 정도 떨어진 곳에 있었다. 그곳은 나무들 간격이 넓은 가로수 길보다 따뜻했다. 귀뚜라미가 풀숲에서 찌르르 울고 있었다. 물가에선 풀숲이 가느다란 갈대로 바뀌었다. 달빛으로 환한 강물이 부드러운 빛을 발산하고 있었다.

두 사람은 한동안 침묵하며 강물을 바라보았다. 그러다 어느 순간 그 목소리가 들렸다. 일주일 전에 그가 들었던 목소리, 그러니까 생각에 잠긴 듯이 나직하고 부드럽게 그의 가슴을 건드린 그녀의 목소리였다. 프리데만 씨는 그 소리를 듣는 순간 다시 가슴이 뭉클해졌다.

"언제부터 불구가 됐나요, 프리데만 씨? 태어날 때부터 그랬나요?"

그는 침을 꿀꺽 삼켰다. 목구멍이 죄어 오는 듯했기 때문이다. 이어 그가 낮은 목소리로 공손하게 대답했다.

"아닙니다, 부인. 애기 때 보모가 바닥에 떨어뜨리는 바람에 이렇게 됐습니다."

"지금은 몇 살이죠?"

"서른입니다, 부인."

"서른 살요? 그럼 그 30년 동안 행복하지 않았겠군요?"

프리데만 씨는 고개를 끄덕였다. 입술이 파르르 떨렸다.

"예. 행복하다고 생각했던 건 거짓말이었고 착각이었습니다."

"그럼 행복하다고 믿었다는 말씀이에요?"

"예, 그렇게 믿으려고 애썼습니다."

"용감한 일이네요."

1분이 지났다. 귀뚜라미만 찌르르 울어 댔고, 그 뒤로 나뭇잎이 미세하게 바람에 살랑거렸다.

"나도 불행에 대해선 어느 정도 알아요. 불행에는 이런 여름밤 강가에 나와 앉아 있는 게 가장 좋죠."

그는 이 말에는 대답을 않고, 어둠 속에 평화롭게 잠긴 건너편 강가를 힘없이 가리켰다.

"얼마 전 제가 저기에 앉아 있었습니다."

"우리 집에 왔던 날 말인가요?"

그는 고개만 끄덕였다.

그러더니 별안간 앉은 자리에서 몸을 덜덜 떨며 일어나 흐느끼더니 슬픈 짐승처럼 외마디 비명을 토해 냈다. 구슬픈 비명이지만 거기엔 자기 구원의 의미도 담겨 있는 듯했다. 그는 그녀 앞에 천천히 무릎을 꿇고, 벤치 위에 놓인 그녀의 손을 살짝 건드렸다. 그러고는 그 손에 이어 다른 손까지 꽉 잡았다. 기형으로 뒤틀린 이 작은 남자는 몸을 떨고 움찔거리면서 그녀의 무릎에 얼굴을 묻었고, 도저히 인간 같지 않은 헐떡거리는 목소리로 이렇게 더듬거렸다.

"부, 부인도 제 마, 마음을…… 잘 아, 아시지…… 제 고, 고백을…… 더, 더는 견, 견딜 수가…… 제발…… 제발……"

그녀는 그를 막지도 않았고, 그렇다고 그에게 몸을 숙이지도 않았다. 다만 몸을 약간 뒤로 빼고 꼿꼿이 앉아 있기만 했다. 강물의 미광이 반사되어 희미하게 반짝거리는, 가운데로 많이 몰린 그녀의 작은 두 눈이 그의 머리 위를 지나 먼 곳으로 뻣뻣이 향해 있었다.

그런 그녀가 갑자기 도도하고 경멸 어린 웃음을 짧게 터뜨리며 그의 뜨거운 손에서 손을 홱 빼내더니 팔을 잡고 그를 옆으로 내동댕이쳐 버렸다. 그런 다음 용수철 튀듯이 벌떡 일어나 가로수 길로 사라졌다. 그는 풀밭에 얼굴을 박은 채 마비된 것처럼 누워 있었다. 이미 제정신이 아니었다. 온몸이 쉴 새 없이 실룩거렸다. 그는 간신히 버티고 일어나 두 걸음을 떼 보았지만 이내 그 자리에 풀썩 무너져 그대로 강가에 누워 버렸다.

이런 창피를 당한 그는 지금 어떤 심정일까? 어쩌면 예전에 그녀가 시선으로 그에게 굴욕을 안겼을 때 느낀 애욕의 증오로 불타오르고 있지 않을까? 그녀에 의해 개처럼 취급받아 이렇게 바닥에 내동댕이쳐진 지금은 그 증오가 자기 자신에게라도 터뜨려야 할 활화산 같은 분노로 바뀌지 않았을까? 아니면, 자신에 대한 역겨움으로 치를 떨고 있을까? 스스로를 파멸시키고 싶고, 갈가리 찢어 버리고 싶고, 완전히 없애 버리고 싶은 갈망으로 가득 차 있지 않을까?

그는 배를 깔고 누운 채 앞으로 조금씩 움직였다. 그러다가 물가에 닿자 거침없이 상체를 물속에 밀어 넣었다. 이후 그의 머리는 들리지 않았고, 물 밖에 놓인 다리도 움직이지 않았다.

그의 몸이 물에 철퍼덕 빠지는 소리에 귀뚜라미들이 한순간 조용해졌다. 그러다 찌르르 우는 소리가 다시 울렸고, 나뭇잎이 바람에 나직이 쏴쏴 흔들렸다. 사람들의 웃음소리가 긴 가로수 길을 따라 희미하게 들려왔다.

행복에의 의지
Der Wille zum Glück

　내 친구 파올로의 아버지 호프만 씨는 남미에서 플랜테이션 농장으로 돈을 벌었다. 거기서 좋은 가문의 원주민 처자와 결혼한 뒤 곧 고향인 북독일로 돌아왔다. 신혼부부는 남편 쪽 가족이 사는 내 고향 도시에 터전을 잡았다. 파올로가 태어난 곳도 여기였다.

　나는 파올로의 부모님에 대해 더 자세히 아는 것이 없었다. 어쨌든 파올로는 자기 어머니와 판박이처럼 닮았다. 내가 처음 본 그 애의 모습, 그러니까 아버지들이 처음으로 우리를 학교에 데려다 주었을 때 본 모습은 누리끼리한 얼굴색의 깡마른 소년이었다. 나는 지금도 그 애의 모습이 선하다. 수병복水兵服 목깃까지 내려온 헝클어진 검은 고수머리가 갸름한 얼굴을 액자처럼 감싸고 있었다.

　우리 둘은 집에서 부족한 것이 없이 자랐기 때문에 새로운 환경과 삭

막한 교실, 특히 우리에게 ABC만 가르치려 드는 붉은 수염의 그 좀스러운 선생님에게 도저히 적응할 수가 없었다. 나는 나를 두고 가려는 아버지의 재킷에 울면서 매달렸다. 반면에 파올로는 굉장히 소극적인 태도를 보였다. 그는 가만히 벽에 기댄 채 얇은 입술을 꾹 다물고는 눈물이 그렁그렁한 커다란 눈으로 다른 아이들을 바라보기만 했다. 우리와는 달리 잔뜩 희망에 부풀어 있는 아이들은 서로 옆구리를 쿡쿡 찔러 가며 우리를 마치 이상한 동물 보듯 히죽거리며 건너보았다. 연민 같은 건 전혀 없는 얼굴들이었다.

이런 무표정한 얼굴에 둘러싸인 상황에서 우리 둘은 처음부터 서로에게 끌렸고, 그래서 붉은 수염 선생님이 우리를 나란히 앉게 했을 때 무척 기뻤다. 그 뒤로도 우리는 계속 붙어 다녔고, 함께 교양을 쌓고 매일 도시락을 바꾸어 먹었다.

내 기억으로 그는 그때 이미 몸이 좋지 않았다. 이따금 장기 결석을 했고, 그러다 다시 학교에 나온 날이면 관자놀이와 뺨에 담청색 혈관이 평소보다 더 뚜렷이 드러났다. 몸이 약한 갈색 피부의 사람들에게서 자주 나타나는 혈관이었는데, 그에게는 항상 그런 혈관이 있었다. 내가 여기 뮌헨에서 그를 다시 만났을 때 내 눈에 처음 들어온 것도 그 혈관이었고, 나중에 로마에서 만났을 때도 그것이 가장 먼저 눈에 띄었다.

학창 시절 내내 우리의 우정은 처음에 생겨났을 때와 비슷한 이유로 계속 유지되었다. 그것은 대부분의 동급생들에 대한 '거리 두기의 파토스'*였다. 열다섯 살에 남몰래 하이네를 읽고, 김나지움 4~5학년**에 세상과 인간에 대해 확고한 판단을 내릴 수 있는 학생이라면 누구나 아는 파토스였다.

내 기억으로는 열여섯 살 때, 우리는 함께 댄스를 배우러 다녔고 거기서 첫사랑도 함께 경험했다.

그는 쾌활한 성격의 금발 여자아이에게 마음을 빼앗겼다. 그는 나이에 어울리지 않는, 우수에 젖은 열정으로 그 여자아이를 숭배했다. 내겐 간혹 섬뜩하게 느껴지기도 하는 열정이었다.

한 댄스파티가 지금도 생생히 기억난다. 그 여자아이는 상대를 계속 바꾸는 군무에서 다른 한 남자아이와는 짧은 간격으로 두 번이나 함께 춤을 추면서도 그에게는 한 번도 기회를 주지 않았다. 나는 걱정스럽게 그를 관찰했다. 그는 내 옆의 벽에 기대어 에나멜 구두만 우두커니 내려다보다가 갑자기 풀썩 쓰러져 기절해 버렸다. 우리는 쓰러진 그를 집에 데려다 주었고, 그는 여드레 동안 몸져누웠다. 그의 심장이 좋지 않다는 걸 알게 된 것이 아마 그때였을 것이다.

이 일이 있기 전부터 파올로는 그림을 그리기 시작했다. 그림에 상당한 재능을 보였는데, 나는 지금도 그가 그 여자아이의 특징을 정말 똑같이 집어낸 그림 한 장을 간직하고 있다. 그림의 작가 서명 옆에는 이렇게 적혀 있었다. '그대는 한 송이 꽃이어라!—파올로 호프만 작.'

언제였는지는 정확히 모르겠지만, 어쨌든 그의 부모님이 아버지 쪽 연고가 있는 카를스루에로 정착하러 우리 도시를 떠났을 때 우리는 이미 상급반이었다. 파올로는 학교를 옮기지 않고 어느 노교수 집에 하숙을 했다.

하지만 그런 상황은 오래가지 않았다. 파올로가 어느 날 갑자기 부모

---

*인간 유형을 강함과 약함, 위대함과 천함, 고귀함과 저급함으로 나눌 때 전자의 사람이 후자의 사람에게 스스로를 낮추는 것이 아니라 거리를 두면서 자신을 지켜 나가고자 하는 파토스를 가리킨다. 의지가 강한 사람들에게 나타나는 특성으로 니체의 『우상의 황혼』에 나오는 표현이다.
**우리 나이로 중학교 2~3학년에 해당한다.

님이 사는 카를스루에로 가 버린 것이다. 다음 사건이 그 일에 대한 직접적인 원인은 아니더라도 어느 정도 영향을 끼친 것은 사실이다.

종교 수업 시간이었는데, 나이 든 신부님이 갑자기 매서운 눈초리로 파올로에게 뚜벅뚜벅 걸어가더니 책상 앞에 놓인 구약성경 밑에서 종이 한 장을 꺼냈다. 종이에는 왼발까지 완성된 무척 관능적인 여자가 노골적인 자태로 사람들의 시선을 유혹하고 있었다.

파올로가 카를스루에로 간 뒤 우리는 종종 엽서를 주고받았다. 그러던 것이 점차 뜸해지다가 결국 완전히 연락이 끊기고 말았다.

헤어진 지 5년쯤 지났을 때 나는 뮌헨에서 그를 다시 만났다. 화창한 봄날 오전이었다. 아말리에 가를 걸어 내려가는데, 미술대학의 널따란 계단을 내려오는 사람이 보였다. 멀리서 볼 때는 이탈리아 모델 같은 인상을 풍기는 남자였다. 그런데 가까이 다가가자 긴가민가하던 것이 정말 사실로 확인되었다. 파올로였다.

중키에 마른 몸매, 숱 많은 까만 머리에 뒤로 젖혀 쓴 모자, 누리끼리한 살갗에 도드라진 푸른 혈관, 그리고 조끼 단추를 몇 개 채우지 않은 모습에서 드러나듯 맵시는 있지만 좀 너저분한 옷차림, 살짝 위로 말려 올라간 콧수염, 이런 모습으로 그는 아무 생각 없이 흐느적거리며 내게로 걸어왔다.

우리는 거의 동시에 서로를 알아보았고, 정말 진심으로 재회를 반겼다. 미네르바 카페로 자리를 옮겨 서로 그사이 어떻게 살았는지 캐묻는 동안 그는 들떠 보였다. 아니, 무척 흥분한 듯했다. 눈은 빛났고 몸짓은 컸다. 그러나 여전히 건강은 안 좋아 보였다. 실제로 아프기도 했다. 물론 이건 지금에 와서야 하는 소리다. 어쨌든 그때도 그는 내 눈에 건강이 좋지 않아 보였고, 그래서 내가 그 이야기를 직접 꺼내기도 했다.

"지금도 그래 보여?" 그가 물었다. "그럴 법도 해. 사실 많이 아팠거든. 특히 작년에는 무척 심하게 아팠어. 여기가."

그가 왼손으로 자기 가슴을 가리켰다.

"심장 말이야. 예전부터 항상 심장이 문제였어. 하지만 최근엔 아주 좋아졌어. 정말 최상이야. 이젠 완전히 건강해졌다고 할 수도 있어. 내 나이 스물셋에 말이야. 어떻게 보면 슬픈 일이지……"

그는 정말 기분이 좋아 보였다. 우리가 헤어진 뒤의 자신의 삶에 대해 밝고 생기 있게 이야기했다. 그는 나와 헤어진 뒤 부모님을 설득해서 화가가 되겠다는 허락을 받아 냈고, 약 9개월 전에 여기 미술대학을 졸업했다. 지금 여기 온 건 정말 우연이라고 했다. 졸업 후 그는 얼마간 여행을 했다. 주로 파리에서 살다가 지금은 약 5개월 전부터 여기 뮌헨에 살고 있다고 했다.

"아마 꽤 오래 여기 살게 될 것 같아. 아니, 누가 알겠어? 영원히 살게 될지……"

"그래?"

"그래! 그렇게 되지 말라는 법이 있어? 이 도시가 마음에 들어. 그것도 아주! 전체적인 분위기도, 사람들도 맘에 들어. 게다가 이것도 빼놓을 수 없는 일인데, 화가의 사회적 지위가 이만한 데가 없어. 무명 화가도 여기에선 아주 높게 쳐줘."

"여기서 좋은 사람들을 만났어?"

"물론. 몇 안 되지만 아주 좋은 사람들이지. 한 가족을 예로 들면…… 카니발 때 알게 됐는데…… 여기 카니발은 정말 매력적이야…… 가족 이름은 슈타인이야. 슈타인 남작이지."

"어떤 귀족이야?"

"엄청난 재력으로 귀족이 된 사람이지. 남작은 증권 중개인이었어. 옛날에는 빈에서 엄청난 역할을 했다나 봐. 제후 집안치고 교류하지 않는 집이 없을 정도였다…… 그러다 갑자기 퇴폐주의에 빠져 가산을 탕진했고, 백만 마르크 정도만 간신히 챙겨서 나와 지금은 여기서 살고 있어. 호사스럽지는 않지만 품위 있게."

"유대인이야?"

"내가 알기로는 아냐. 하지만 남작 부인은 유대인인 것 같아. 어쨌든 정말 편안하고 세련된 사람들이라고밖에 할 말이 없어."

"아이는 있어?"

"아이는 아니고 열아홉 살 된 딸이 하나 있어. 부모님이 무척 다정하신……"

순간 그는 당황한 듯했다. 그러다 이렇게 덧붙였다.

"이건 진심으로 제안하는 건데, 너를 그 가족한테 소개하고 싶어. 정말 그러고 싶어. 네 생각은 어때?"

"나야 당연히 좋지. 열아홉 살 처녀를 알게 되는 것만 해도 고마운 일이지 않겠어?"

그가 순간적으로 나를 살짝 흘겨보았다.

"그럼, 오래 끌 게 뭐 있어? 너만 괜찮으면 내일 1시나 1시 반쯤 만나서 같이 가자. 집은 테레지에가 25번지 2층이야. 그 가족한테 내 학창시절 친구를 소개할 생각을 하니 벌써 가슴이 설렌다. 어쨌든 약속한 거야!"

실제로 우리는 다음 날 점심 무렵, 테레지에가의 한 우아한 건물 2층에서 초인종을 누르고 있었다. 초인종 옆에는 굵은 검정 글씨로 '폰 슈타인 남작'이라고 적혀 있었다.

파올로는 집까지 가는 내내 흥분해 있었다. 아니, 즐거워 죽겠다는 표정이었다. 그런데 내 옆에 서서 문이 열리기를 기다릴 동안에는 이상한 변화가 감지되었다. 눈썹만 실룩거릴 뿐 그 전의 흥분 상태는 모두 사라진 것이다. 강제로 만들어 낸 긴장된 차분함이라고 할까? 그는 머리를 살짝 내밀고 있었고, 이마도 긴장으로 팽팽했다. 마치 온몸의 신경과 근육을 한곳으로 모아 귀를 쫑긋 세운 뒤 유심히 귀를 기울이는 한 마리 동물 같았다.

우리의 명함을 받아 들고 안으로 사라진 하인이 다시 돌아와 주인마님의 분부를 전했다. 곧 나올 테니 잠시 앉아서 기다리라는 것이다. 하인은 짙은 색 가구들이 비치된 적당한 크기의 방으로 우리를 안내했다.

우리가 들어가자 거리가 내려다보이는 돌출된 창 쪽에서 환한 봄옷을 입은 젊은 부인이 일어나더니 잠시 탐색하는 표정으로 가만히 서 있었다. 나는 무의식적으로 파올로를 곁눈질하며 그가 말한 이 집 딸인 것 같다고 생각했다. 그때 파올로가 속삭였다. "남작 따님 아다 양이야!"

자태가 우아하고, 나이에 비해 한결 성숙한 여인이었다. 굼뜨게 느껴질 정도로 느리고 부드러운 몸짓도 이제 스물도 채 안 된 젊은 처자라는 인상을 거의 풍기지 않았다. 이마에서 양쪽 관자놀이로 흘러내린 검은 곱슬머리는 윤기가 흘렀고, 우윳빛 피부와 효과적으로 대조를 이루었다. 촉촉하게 젖은 도톰한 입술, 보기 좋을 만큼 살이 붙은 코, 아몬드 모양의 검은 눈, 아치형의 부드럽고 짙은 눈썹, 이런 얼굴은 최소한 부분적으로나마 유대계의 피를 물려받았다는 사실을 분명히 드러내고 있었지만, 전체적으로는 비할 바 없이 아름다웠다.

"아, 손님이 오셨나요?"

그녀는 몇 걸음 다가오면서 물었다. 약간 쉰 듯한 목소리였다. 그녀는 우리를 좀 더 잘 보려고 한 손을 이마에 가로로 갖다 댔고, 다른 손으로는 벽에 붙어 있는 그랜드피아노를 짚었다.

"그것도 아주 반가운 손님이네요."

그녀는 이제야 내 친구를 알아보았다는 듯이 환한 표정으로 말하더니 궁금해하는 눈빛으로 내게로 시선을 돌렸다.

파올로가 허리를 숙여 그녀가 내민 손에다 말없이 입을 맞추었다. 졸릴 정도로 느린 동작이었는데, 마치 이런 좋은 기회를 최대한 길게 즐기려는 듯했다.

"아가씨, 제 친구를 소개해 드리겠습니다. 학창 시절 ABC부터 함께 배웠던 친구입니다."

그녀가 내게도 손을 내밀었다. 장신구 하나 없는 손은 뼈가 없다고 해도 믿을 정도로 부드러웠다.

"반가워요." 그녀가 특유의 미세한 떨림이 담긴 짙은 색 눈으로 나를 지그시 바라보며 말했다. "부모님도 기뻐하실 거예요. 참, 두 분이 오셨다는 연락은 했죠?"

그녀는 터키풍 소파에 앉았고, 우리는 맞은편 의자에 자리를 잡았다. 그녀의 하얀 두 손은 이야기하는 내내 무릎 위에 힘없이 놓여 있었다. 불룩한 옷소매가 팔꿈치까지만 내려와, 손목 안쪽의 연한 살갗이 드러났다.

몇 분 뒤 옆방의 문이 열리더니 이 집의 주인 부부가 들어왔다. 남작은 땅딸막한 체구의 세련된 신사였다. 머리는 벗어졌고, 회색 수염은 끝이 뾰쪽했다. 그는 손목까지 내려온 굵은 금팔찌를 아주 독특한 방식으로 셔츠 소맷부리 속에 감추어 넣곤 했다. 예전에 남작 작위를 받을 때 원래 이름에서 몇 음절이 없어졌는지는 정확히 알 수 없었다. 그의 아내는 그냥 멋없는 회색 옷을 입은 못생기고 작은 유대인이었다. 귀에서는 커다란 다이아몬드가 반짝거렸다.

내 소개가 끝나자 부부는 정말 따뜻하게 인사를 건넸고, 내 친구에게는 이 집의 오랜 벗을 대하듯 한참 동안 굳게 악수를 나누었다.

이 도시에 온 목적과 내 출신을 두고 질문과 대답이 몇 차례 오간 뒤 화제는 미술 전시회로 옮아갔다. 파올로도 거기에 여성 누드화를 한 점 출품한 모양이었다.

"정말 훌륭한 작품이었네!" 남작이 말했다. "최근에 거기 들렀다가 자네 그림 앞에서 반 시간이나 서 있었지 뭔가. 빨간 양탄자 위의 살색 톤이 아주 효과적이었어. 정말 예술이었다니까, 호프만 군!" 그가 대견하다는 듯이 파올로의 어깨를 툭툭 쳤다. "그렇다고 무리해서 작업하지는 말게! 그건 절대 안 돼! 지금 자네에게 가장 필요한 건 몸을 아끼는 걸세. 요즘 건강은 어떤가?"

내가 남작 부부에게 내 신상에 대해 이것저것 설명하는 동안 파올로는 맞은편에 바짝 붙어 앉은 이 집 딸과 목소리를 낮춰 몇 마디를 주고받고 있었다. 내가 아까 그에게서 보았던 그 이상한 느낌의 긴장된 차분함은 여전히 사라지지 않고 있었다. 그는 마치 먹이를 향해 도약할 준비를 하는 흑표범 같은 인상을 풍겼다. 물론 그의 어떤 점 때문에 그렇게 비쳤는지는 나로서도 정확히 말할 수 없었다. 어쨌든 건강 상태를 묻는 남작의 질문에 그가 너무도 확신에 찬 목소리로 대답할 때, 그의 짙은 눈 속에는 섬뜩할 정도로 병적인 광채가 어른거렸다. 누르스름하고 갸름한 얼굴에 박힌 두 눈 속에 말이다.

"아, 예, 더할 나위 없이 좋습니다! 모두 걱정해 주신 덕분입니다! 저는 정말 건강하게 잘 지내고 있습니다."

15분쯤 뒤 우리가 일어나자 남작 부인은 내 친구에게, 이틀 뒤 목요일에 여기서 다시 열리는 '5시 다과 모임'을 잊지 말라고 당부했다. 그러고는 내게도 그날 같이 와 주었으면 좋겠다고 했다.

거리에 나오자 파올로는 담배에 불을 붙였다.

"그래, 어땠어?"

"아, 정말 좋은 사람들이었어!" 나는 서둘러 대답했다. "특히 그 집 딸은 감탄이 절로 나오던걸."

"감탄이?" 그가 짧게 웃음을 터뜨리고는 고개를 다른 쪽으로 돌렸다.

"그래, 맘껏 웃어!" 내가 말했다. "하지만 너도 아까 저 집에서 보니까 눈빛에 은밀한 갈망 같은 게 어른거리던데…… 내가 잘못 본 거야?"

그는 한순간 침묵하더니 천천히 고개를 흔들었다.

"뭘 보고 그런 생각이 들었는지 난 잘……"

"됐어, 됐어! 내가 궁금한 건 아다 양은 널 어떻게 생각하느냐 그 말이야."

그는 한순간 묵묵히 바닥만 내려다보았다. 그러더니 낮지만 확신에 찬 목소리로 말했다.

"난 꼭 행복해질 거야."

이 의지에 대해 나는 속으로 회의가 치솟는 걸 억누를 수 없었지만, 그래도 진심으로 그의 손을 굳게 잡아 주고는 헤어졌다.

그러고 몇 주가 흘렀다. 그사이 나는 가끔 파올로와 함께 남작의 살롱에서 열린 오후의 다과 모임에 참석했다. 단출하지만, 정말 좋은 사람들의 모임이었다. 참석자 중에는 궁정 여배우와 의사, 장교도 있었는데, 그 밖의 면면은 일일이 기억나지 않는다.

파올로의 태도는 바뀐 것이 없었다. 외모만 걱정을 불러일으킬 뿐, 늘 하던 대로 유쾌하고 명랑하게 살았고, 그러다가도 남작 딸만 있으면 내가 처음에 그에게서 발견한 그 섬뜩한 차분함을 다시 보여 주었다.

어느 날 나는 루트비히 가에서 폰 슈타인 남작을 만났다. 우연찮게 이틀 동안 파올로를 보지 못한 상태였다. 남작은 말을 타고 가다가 멈추더니 안장에 앉은 채로 내게 악수를 청했다.

"이렇게 만나서 반갑네. 내일 오후에 우리 집에서 볼 수 있겠지?"

"남작님께서 허락만 해 주신다면 여부가 있겠습니까? 제 친구 호프만이 평소 목요일처럼 저를 데리러 올지는 아직 모르겠지만 말입니다."

"호프만? 아니, 자네는 그 친구가 여길 떠난 걸 모른다는 말인가? 자네한테는 알렸을 거라고 생각했는데."

"금시초문입니다."

"소리 소문도 없이 종적을 감추었군…… 그런 걸 두고 예술가의 변덕이라고 하나 보군. 어쨌든 내일 오후에 보세."

남작은 아연한 표정으로 서 있는 나를 내버려 두고서 말을 몰고 가 버렸다.

나는 부리나케 파올로의 집으로 달려갔다. 남작의 말이 맞았다. 호프만은 떠나고 없었다. 주소도 남기지 않았다.

남작이 '예술가의 변덕'을 넘어 그 이상을 알고 있는 것은 확실해 보였다. 나로서도 짐작 가는 게 있었다. 그것을 사실로 확인시켜 준 사람은 남작 딸이었다.

다과 모임에서는 이자르탈 계곡으로 소풍을 가기로 했고, 나도 그 자리에 참석해 줄 것을 요청받았다. 사람들은 오후에야 출발했고, 저녁 늦게 돌아올 때는 어떻게 하다 보니 남작 딸과 내가 맨 뒤에서 짝을 이루며 걷게 되었다.

나는 파올로가 사라진 뒤에도 그녀에게서 어떤 변화도 감지하지 못했다. 그녀는 한결같이 평정심을 유지했고, 내 친구 이야기는 입에 올리지도 않았다. 다만 그녀의 부모님만 내 친구의 갑작스러운 여행에 길게 유감의 말을 늘어놓았다.

그때 우리는 뮌헨 인근의 풍광 좋은 지역을 나란히 걷고 있었다. 나뭇잎 사이로는 달빛이 밝게 비쳤다. 우리는 한동안 나머지 일행들의 수다에 조용히 귀를 기울였다. 우리 옆으로 좌르르 소리를 내며 흘러가는 시냇물 소리만큼이나 단조로운 수다였다.

그러던 어느 순간 그녀가 갑자기 파올로 이야기를 꺼냈다. 무척 차분하고 확신에 찬 어조였다.

"당신은 어렸을 때부터 그분의 친구시죠?"

"네, 아가씨."

"그분의 비밀에 대해서도 알고 계신가요?"

"직접 말은 안 해도 그 친구 속에 있는 깊은 마음을 짐작하고 있다고 생각합니다."

"그럼 당신을 믿어도 될까요?"

"조금도 염려하실 필요 없습니다, 아가씨."

"좋아요." 그녀는 단호한 태도로 고개를 빳빳이 들었다. "그분이 나한테 청혼을 했어요. 그런데 부모님이 거절하셨어요. 아버지 어머니 말씀으로는 그분이 아프다는 거예요. 그것도 무척 많이요. 하지만 그런 건 상관없어요. 난 그분을 사랑해요. 당신한테 이런 이야기를 해도 되는 거죠? 그렇죠? 난……"

그녀는 잠시 혼란스러운 표정을 짓는가 싶더니 이내 처음의 그 결연함으로 되돌아갔다.

"그분이 어디 있는지는 나도 몰라요. 하지만 혹시 그분을 만나게 되면, 그분도 이미 내 입으로 직접 들었지만 이 말을 꼭 전해 주세요. 주소를 알게 되면 편지로 알려 주셔도 되고요. 난 그분 외에 다른 어떤 남자하고도 결혼하지 않을 거라고 말이에요. 우린 꼭 다시 만날 거예요!"

외침과도 같은 이 마지막 말에는 반항과 결연함 외에 어쩔 줄 몰라 하는 어린 동물의 애처로운 아픔이 담겨 있는 것 같아, 나는 말없이 그녀의 손을 꼭 잡아 주지 않을 수 없었다.

나는 호프만의 부모님께 편지를 써서 아들이 머물고 있는 곳을 알려 달라고 부탁했고, 곧 남부 티롤의 주소가 도착했다. 그러나 그리로 보낸 편지는 반송되어 왔다. 수신인이 다음 목적지도 밝히지 않은 채 벌써 그곳을 떠났다는 소식과 함께.

그는 누구에게도 방해를 받고 싶지 않은 듯했다. 모든 것으로부터 도망쳐 어딘가에서 아무도 모르게 죽고 싶은 것 같았다. 아니, 죽을 생각임이 분명했다. 모든 정황으로 볼 때, 그를 다시 볼 수 없을 것이라는 예상은 그저 기우에 그치지 않고 슬픈 사실이 될 가능성이 무척 높았다.

지병으로 가망이 없는 남자가 화산처럼 뜨겁게 타오르는 관능적인 열정으로 그 젊은 처자를 사랑한 것은 명확하지 않은가? 그것은 청소년기의 첫사랑 때 보인 열정과 똑같은 것이었다. 그렇다면 한창 피어오른 건강한 여자와의 합일에 대한 갈망을 부채질한 것은 병자의 이기적 본능이었다. 그런데 이 정염의 뜨거운 불덩이가 진정되지 않은 채 남아 있게 되면 결국 그의 마지막 생명력을 빠른 속도로 갉아먹지 않을까?

그 뒤로 5년이 흘렀다. 그사이 나는 그 친구가 살아 있다는 연락을 받지 못했지만, 그렇다고 그 친구가 죽었다는 소식도 듣지 못했다.

작년에 나는 이탈리아에 머물렀다. 로마와 그 주변 지역이었다. 나는 뜨거운 여름 몇 달을 산에서 보낸 뒤 9월 말에 도시로 돌아왔다. 어느 따뜻한 날 저녁이었다. 나는 아란조 카페에서 차를 한 잔 시켜 놓고 앉아 신문을 뒤적거리다가, 이따금 아무 생각 없이 고개를 들어 햇빛 가득한 홀 안의 생기 있는 움직임들을 바라보곤 했다. 손님들이 들락거렸고, 종업원들은 급히 이리저리 쫓아다녔으며, 활짝 열어 놓은 문으로 신문팔이 소년들의 긴 외침도 흘러 들어왔다.

갑자기 내 눈앞에 그때 장면이 선명하게 떠오른다. 내 또래의 한 신사가 테이블들을 지나 천천히 출구 쪽으로 향하고 있었다. 그런데 저 걸음걸이는……? 그때 그도 나에게로 고개를 돌렸다. 그러더니 눈썹을 치켜세우며 "아" 하고 반갑게 놀라는 탄성과 함께 내게로 걸어왔다.

"여기 있었어?" 우리 둘의 입에서 동시에 터져 나온 말이었다. 이어 그가 덧붙였다.

"우리 둘 다 아직 살아 있었군."

말을 할 때 그의 눈은 초점을 잃고 내 시선에서 조금 비켜난 느낌이었다. 5년 사이 그는 변한 게 거의 없었다. 얼굴이 조금 더 마르고, 눈이 조금 더 퀭해졌을 뿐이다. 그는 가끔 숨을 깊이 들이마셨다.

"로마에 온 지 오래됐어?" 그가 물었다.

"도시에 온 지는 얼마 안 됐어. 몇 달간 산에 있었거든. 자네는?"

"나는 몇 주 전까지 바닷가에 있었어. 자네도 알잖아, 내가 산보다 바다를 좋아하는 걸. 우리가 보지 못하는 사이 난 세상을 많이 돌아다녔어."

그는 셔벗 한 잔을 시켜 홀짝거리며 그 다섯 해를 어떻게 보냈는지 이야기하기 시작했다. 늘 여행 중인 삶이었다. 그는 티롤의 산들을 섭렵했고, 이탈리아 전체를 천천히 종단했으며, 시칠리아에서 아프리카로 건너가 알제리와 튀니지, 이집트를 돌아다녔다고 했다.

"마지막에는 얼마간 독일에 있었어. 카를스루에에. 부모님이 아주 애절하게 보고 싶어 하셨거든. 내가 다시 떠나겠다고 하자, 처음에는 말리다가 정말 마지못해 보내 주셨어. 이탈리아에 온 건 석 달 전이야. 자네도 알겠지만, 이곳 남국은 집처럼 편하게 느껴져. 정말 로마만큼 마음에 드는 도시는 없을 거야."

건강 상태에 대해서는 아직 한 마디도 꺼내지 않았던 내가 그제야 입을 뗐다.

"모든 걸 종합해 보니, 자네 건강이 상당히 좋아졌다고 결론 내려도 돼?"

그가 한순간 의아하다는 눈빛으로 나를 바라보더니 이렇게 대답했다.

"내가 활기차게 사방 천지로 돌아다니는 걸 보니 그렇다는 거야? 그렇다면 이렇게 말해 두지. 그건 무척 자연스러운 욕구였어. 자네 같으면 뭘 할 수 있었겠나? 술, 담배뿐 아니라 사랑까지 내게는 모두 금지돼 있어. 나한텐 마취제 같은 게 필요했다고. 이해하겠어?"

내가 침묵하자 그가 덧붙였다.

"그것도 5년 전부터 그래. 정말 절실히 필요했지."

이로써 우리는 지금껏 애써 피해 온 지점에 이르렀다. 이어진 침묵이 우리 둘 모두의 당혹감을 말해 주고 있었다. 그는 우단 소파에 등을 기댄 채 샹들리에를 올려다보았다. 그러더니 갑자기 다시 입을 열었다.

"무엇보다, 내가 그렇게 오랫동안 소식을 뚝 끊고 살았던 것을 용서해 줄 수 있어? 그런 내 마음을 이해할 수 있겠지?"

"물론이지!"

파올로가 거의 딱딱한 느낌의 어조로 말을 이어 갔다.

"뮌헨에서 내게 무슨 일이 있었는지 자네도 알아?"

"알 만큼은 알지. 게다가 자네한테 전해 달라는 말을 5년 내내 가슴에 품고 다니기까지 했어. 어느 아가씨한테 받은 부탁이었지."

그의 지친 눈 속에 순간적으로 불꽃이 일었다. 이어 그는 조금 전과 똑같이 건조하고 날카로운 어조로 말했다.

"어떤 새로운 내용이 있는지 들어 보기나 하지."

"새로운 건 없어. 예전에 자네가 그 아가씨한테 직접 들었던 내용을 다시 되새기는 것뿐이니까."

나는 온갖 몸짓과 수다를 섞어 가며 그날 밤 남작 딸이 내게 해 준 이야기를 되풀이했다.

그는 손등으로 느릿느릿 이마를 닦아 가면서 내 말을 경청했다. 그러고는 흥분한 기색이라고는 조금도 없이 말했다.

"고마워."

그의 무덤덤한 어조에 나는 혼란스러워졌다.

"물론 벌써 5년이 지났어. 아가씨나 자네나 둘 다 많은 일을 겪었을 세월이지. 그사이 생각이나 감정, 소망, 느낌 같은 게 얼마나 많이 바뀌었겠어? 게다가⋯⋯"

나는 말을 뚝 그쳤다. 갑자기 그가 벌떡 일어나더니, 내가 지금은 그에게서 없어졌다고 생각한 예전의 열정이 다시 꿈틀거리는 목소리로 소리쳤기 때문이다.

"나는 그 약속을 지키겠어!"

순간 나는 그의 얼굴과 태도에서, 예전에 남작 딸을 처음 함께 만나러 가던 날 그에게서 발견한 그 표정을 다시 알아보았다. 먹잇감을 잡기 위해 도약할 준비를 하는 맹수에게서 나타나는, 긴장으로 팽팽한 의도적인 차분함이었다.

나는 화제를 돌렸고, 우리는 다시 그의 여행과 그가 도중에 그린 스케치에 대해 이야기했다. 스케치는 많지 않은 것 같았지만, 그런 건 그에게는 전혀 상관없는 듯했다.

자정이 조금 지나 그가 일어났다.

"자러 가야겠어. 혼자 있고 싶기도 하고…… 내일 오전에 도리아 미술관으로 오면 날 만날 수 있을 거야. 사라체니의 그림을 모사하는 중이거든. 악기를 연주하는 그림 속의 천사한테 완전히 반해 버렸어. 별일 없으면 그리로 와. 여기서 만나게 돼서 정말 반가웠어. 잘 자."

그가 나갔다. 답답한 느낌이 들 정도로 천천히 흐느적거리면서 조용히 나갔다.

그다음 달 내내 나는 파올로와 함께 도시를 사방으로 휘젓고 다녔다. 남국의 현대적인 대도시 로마는 그 자체로 온갖 예술이 넘쳐 나는 살아 있는 박물관이었다. 시끄럽고 빠르고 뜨겁고 합리적인 삶으로 충만하지만, 동방의 무더운 나태함이 따뜻한 바람에 실려 오는 도시이기도 했다.

파올로의 태도는 늘 똑같았다. 보통은 진지하고 조용했고, 때로는 축 처져 있었지만, 그러다가도 언제 그랬나 싶게 갑자기 눈에 광채가 일면서 다시 기운을 차려, 죽어 가던 대화를 열정적으로 이어 가곤 했다.

그날은 언급하지 않을 수 없다. 그때 파올로는 몇 마디 말을 했는데, 나는 지금에야 그 의미를 제대로 이해했다.

어느 화창한 늦여름 일요일이었다. 우리는 아침에 '비아 아피아'*를 산보했다. 유서 깊은 이 고대 도로를 따라 로마 바깥쪽으로 멀리 나간 다음 측백나무로 둘러싸인 작은 언덕에서 휴식을 취했다. 고대의 거대한 상수도 시설이 있는 햇빛 찬란한 캄파냐 지방과 부드러운 운무에 감싸인 알바니아 산맥의 황홀한 풍경을 감상할 수 있는 언덕이었다.

파올로는 한 손으로 턱을 괴고 내 옆의 따뜻한 잔디밭에 반쯤 누워 지치고 흐린 눈으로 먼 곳을 내다보았다. 그러다 갑자기 그 완벽한 냉담함의 상태에서 확 깨어나더니 내게 몸을 돌렸다.

"이 느낌이야! 대기의 이 느낌이 전부라고!"

내가 뭔가 동조하는 말을 하자 그는 다시 잠잠해졌다. 그러다 어느 순간 다시 절박한 표정으로 내게 얼굴을 돌려 다짜고짜 말했다.

"내가 아직 살아 있다는 게 이상하지 않아?"

나는 당혹스러워 침묵했다. 그는 다시 생각에 젖은 표정으로 멀리 앞쪽을 내다보았다.

"난 이상해." 그가 천천히 말을 이어 갔다. "내가 아직 살아 있다는 게 정말 하루하루 놀라워. 내 건강 상태가 진짜 어느 정도인지 알아? 알제리에서 만난 프랑스 의사가 이렇게 말하더군. 이런 몸으로 어떻게 계속 여행을 다닐 수 있는지 자기는 도저히 모르겠다고. 그러면서 당장 집으로 돌아가 침대에 누워 휴식을 취하라고 충고했어. 항상 대놓고 솔직하게 말하는 사람이었지. 우린 매일 저녁 함께 도미노를 하는 사이였어.

어쨌든 그런데도 난 아직 살아 있어. 물론 하루하루를 근근이 버티고 있지만. 밤의 어둠 속에 누워 있으면, 물론 오른쪽으로 돌아눕지, 그렇게 누워 있으면 심장이 목까지 쿵쿵 치고 올라오는 것과 동시에 서서히 어지러워지면서 두려움으로 식은땀이 나기 시작해. 그러다 어느 순간 마

---

*로마 제국 최초의 간선도로. '아피우스의 길'이라는 뜻이다. 기원전 312년 감찰관 아피우스 클라우디우스 카에쿠스가 건설하기 시작한 이 길은 로마에서 티레니아 해 연안의 테라치나까지 뻗어 있다.

치 죽음이 나를 건드리는 것 같은 느낌이 들어. 내 속의 모든 것이 고요해지고, 심장 박동이 멈추고 호흡이 정지되는 그런 순간이지. 그러면 나는 벌떡 일어나 불을 켜고 숨을 깊이 들이쉰 다음 주위를 둘러보며 사물들을 눈으로 하나하나 삼켜 버려. 그러고는 물을 한 모금 마시고 다시 침대에 눕지. 항상 오른쪽으로! 그 뒤에 천천히 잠이 들어.

난 무척 오래 깊이 자. 늘 미치도록 피곤하거든. 마음만 먹으면 여기 이대로 누워서 죽을 수도 있다는 게 믿어져?

지난 몇 년 동안 난 수천 번도 넘게 죽음과 대면해 왔어. 그런데도 죽지 않았어. 무언가 날 붙잡아 주는 게 있어. 난 벌떡 일어날 때마다 무언가를 생각하고, 오직 한 문장에만 매달려 그걸 속으로 스무 번이나 되뇌어. 눈으로는 주변의 모든 불빛과 생명을 게걸스럽게 빨아들이면서 말이야…… 이러는 날 이해할 수 있겠어?"

그는 꼼짝도 않고 누워 있었다. 내 대답을 기다리는 것 같지는 않았다. 그때 내가 뭐라고 대답했는지는 모르겠다. 다만 그의 말이 남긴 강렬한 인상은 결코 잊을 수 없다.

그리고 그날이 왔다. 아, 마치 어제 일처럼 생생하다.

가을 초입의 어느 날이었다. 우중충하면서도 무척 더운 날이 이어지고 있었다. 아프리카에서 불어온 습하고 텁텁한 바람이 거리를 휩쓸었고, 저녁이면 온 하늘이 마른번개로 쉴 새 없이 번쩍였다.

아침에 나는 함께 바람이나 쐴 생각으로 파올로의 집으로 갔다. 그런데 집에 들어서자 방 한가운데에 커다란 트렁크가 놓여 있고, 장롱 문도 활짝 열려 있었다. 동방 여행에서 가져온 수채화 스케치와 바티칸 궁의 유노 여신 얼굴을 본떠 만든 석고상은 아직 제자리에 있었다.

파올로는 꼿꼿한 자세로 창가에 서 있었다. 내가 놀라 소리를 질렀는데도 움직이지 않고 계속 창밖만 내다보았다. 그러다 잠시 몸을 돌려 편지 한 장을 내밀었다. 읽어 보라는 한마디 말과 함께.

나는 그의 얼굴을 빤히 바라보았다. 열에 들뜬 까만 눈동자와 갸름하고 누리끼리한 병색의 얼굴에는 죽음만이 만들어 낼 수 있는 표정이 어려 있었다. 무시무시한 진지함이었다. 그 표정을 보는 순간 나는 나도 모르게 받아 든 편지로 눈을 돌렸다. 그러고는 읽어 내려갔다.

친애하는 호프만 군!

자네 주소를 흔쾌히 가르쳐 주신 존경하는 자네 부모님 덕분에 이렇게 편지를 쓰게 되었네. 부디 이 편지를 따뜻한 마음으로 읽어 주길 바라네.

친애하는 호프만 군, 지난 5년 동안 내가 늘 신실한 우정의 감정으로 자네를 생각하고 있었다는 점은 분명히 장담할 수 있네. 자네나 나나 둘 다에게 무척 고통스러웠던 그날 자네가 갑자기 떠나 버린 것이 나와 내 식구에 대한 분노의 표출이라는 것을 인정해야 한다면, 그에 대한 슬픔은 자네가 내 딸아이에게 청혼했을 때 내가 느낀 충격과 당혹스러움보다 훨씬 더 클 것이네.

당시 나는 자네에게 남자 대 남자로서 말했네. 모든 점에서 진심으로 지극히 높이 평가하는 청년에게 내 딸아이와의 결혼을 반대해야 하는 이유를 설명한다는 것이 잔인하게 비칠 수도 있다는 위험을 감수하고서도, 그 이유를 말할 수밖에 없었네. 그것은 또한 하나밖에 없는 딸의 지속적인 행복을 염두에 두어야 할 아비의 심정이기도 했네. 그래서 결혼 가능성에 대한 생각이 떠오를 때마다 소망의 싹을 양쪽으로 가차 없이 잘라 버려야 했네.

친애하는 호프만 군, 나는 지금 그때와 똑같은 입장으로 이야기하네. 벗이자 아비로서 말이네. 자네가 떠난 지 5년이 지났지만 나는 지금껏 자네가 내 딸아이의 가슴에 심어 준 애정의 뿌리가 얼마나 깊은지 챙겨 볼 여유가 없었네. 그런데 최근에 그에 대해 눈을 번쩍 뜨게 해 주는 사건이 일어났네. 이제 와서 그걸 자네한테 숨길 이유가 어디 있겠나? 딸아이는 자네 생각 때문에 정말 훌륭한 청년의 구혼을 거절했네. 아비로서는 대찬성할 수밖에 없는 혼처였는데 말일세.

내 딸아이의 감정과 소망에는 세월도 무용지물이었네. 이 대목에서 솔직하고 겸손하게 질문을 하나 던지겠네. 자네도 내 딸아이와 똑같은 심정인가? 만일 그렇다고 한다면 우리는 부모로서 자식의 행복에 더는 방해가 되지 않겠다는 점을 분명히 밝히는 바이네.

답장을 기다리겠네. 어떤 내용이 실리더라도 답장 그 자체에 고마워하겠네.

자네에 대한 존경심을 가득 담아.

—오스카 폰 슈타인 남작

나는 고개를 들었다. 그는 뒷짐을 진 채 다시 창밖을 내다보고 있었다. 나는 이 말밖에 묻지 않았다.

"갈 거야?"

그는 고개를 돌리지 않고 대답했다.

"내일 새벽까지 짐을 다 꾸려 놓아야 해."

그날은 이것저것 처리하고 짐을 싸느라 시간을 다 보냈다. 나는 그를 도와주었다. 저녁에는 내 제안으로 로마의 거리로 함께 마지막 산책을 나갔다.

여전히 무척 후텁지근했다. 하늘은 매 순간 급작스레 내려치는 번개의 인광으로 번쩍거렸다. 파올로는 차분하고 지쳐 보였다. 그러나 깊이 무겁게 숨을 들이쉬었다.

우리는 아무 말을 하지 않거나 별로 중요하지 않은 대화를 하면서 한 시간쯤 시내를 돌아다니다가 '폰타나 디 트레비' 앞에서 걸음을 멈추었다. 바다의 신이 급히 마차를 몰고 가는 모습이 조각된 유명한 분수였다.

우리는 다시 한 번 한참 동안 분수대를 찬찬히 살펴보며 감탄을 금치 못했다. 생기 넘치는 조각상의 인물들은 끊임없이 하늘거리는 새파란 불빛에 감싸인 채 신비스러운 느낌을 자아냈다.

파올로가 말했다.

"확실히 베르니니는 제자의 작품으로도 나를 황홀하게 해. 그런 예술가를 싫어하는 사람들을 도저히 이해할 수 없어. 물론, 〈최후의 만찬〉이 그림보다는 조각이 많다면, 베르니니의 작품은 전체적으로 조각보다 그림이 많지. 하지만 장식 면에서 그보다 위대한 조각가가 있을까?"

"혹시 그거 알아? 이 분수에 어떤 사연이 있는지? 로마를 떠나는 사람이 이 물을 마시면 다시 돌아오게 된대. 내 여행용 잔에 물을 받아 줄 테니 마셔."

내가 떨어지는 물줄기에 잔을 대고 물을 받았다.

"로마를 다시 봐야지."

파올로가 내 유리잔을 받아 입으로 가져가려는 찰나, 번개가 연이어 번쩍 치면서 온 하늘이 눈부신 불빛으로 한동안 번쩍거렸다. 그 바람에 얇은 유리잔이 분수대 가장자리에 부딪쳐 산산조각 났다.

파올로는 손수건으로 옷에 묻은 물기를 닦아 냈다.

"마음이 부산하니까 이런 칠칠치 못한 실수까지 저지르는군. 그만 가지. 잔이 비싼 게 아니었으면 좋겠네."

이튿날 아침 날씨는 쾌청했다. 우리가 기차역으로 가는 동안 청명한 여름 하늘이 우리에게 환한 미소를 지어 주었다.

이별은 짧았다. 내가 행운을 빌어 주자 그는 말없이 내 손을 잡고 흔들었다.

나는 파올로가 허리를 꼿꼿이 펴고 넓은 전망창 앞에 선 모습을 한참 바라보았다. 그의 눈 속에는 깊은 진지함과 승리의 도취가 깃들어 있었다.

무슨 이야기를 더 하겠는가? 파올로는 죽었다. 결혼식 다음 날 아침에 죽었다. 신혼 초나 다름없었다. 그건 예정된 일이었다. 그가 그토록 오래 죽음을 이겨 낼 수 있었던 것은 의지, 즉 행복에의 의지 때문이 아니었던가? 행복에의 의지가 충족되자 그는 투쟁이나 저항 한 번 하지 못하고 그냥 죽을 수밖에 없었다. 더는 살아야 할 구실이 없었던 것이다.

나는 이렇게 자문해 보았다. 그가 잘못 행동한 것일까? 자신과 하나가 된 그 여인에게 고의로 해를 끼친 건 아닐까? 그러나 장례식에서 그의 관 머리맡에 선 그녀를 보는 순간 내 생각은 바뀌었다. 그녀의 얼굴에도 내가 그에게서 발견한 표정이 담겨 있었다. 승리에 찬 엄숙하고 강렬한 진지함이.

토니오 크뢰거
Tonio Kröger

1

　좁은 도시 상공의 구름층 뒤로 희미하게 빛나는 겨울 해가 희뿌옇게 맥 빠진 모습으로 떠 있었다. 박공지붕 집들이 늘어선 골목은 축축하고 바람이 불었다. 가끔 하늘에서는 얼음도 눈도 아닌 부드러운 싸라기가 내렸다.

　학교가 끝났다. 포석이 깔린 운동장과 창살이 쳐진 정문 밖으로 수업에서 해방된 아이들이 우르르 쏟아져 나와 좌우로 흩어졌다. 큰 아이들은 책 보따리를 왼쪽 어깨에 멋지게 걸치고 맞바람을 헤쳐 가듯 오른팔을 휘저으며 점심 식사가 기다리는 집으로 향했다. 반면에 작은 아이들은 흥겹게 종종걸음을 쳤다. 그 바람에 길바닥의 얼음 반죽이 사방으로 뛰었고, 물개 가죽 가방에 든 학용품이 달그락거렸다. 그러나 점잖게 걸어가는 주임 선생님 앞에서는 다들 공손한 눈빛으로 모자를 벗고 인사를 했다. 챙이 넓은 중절모자를 쓰고 주피터처럼 수염을 기른 남자였다.

"이제 와, 한스?"

차도에서 한참을 기다리던 토니오 크뢰거가 미소를 지으며 한스에게 다가갔다. 다른 친구들과 뭔가 이야기를 나누며 정문을 나오던 한스는 막 그 자리를 떠나려던 참이었다.

"왜?" 한스가 토니오를 보고 의아하다는 듯이 묻는가 싶더니 이내 표정이 바뀌었다. "아, 맞다! 같이 좀 걷기로 했었지!"

토니오는 입을 다물었다. 눈빛이 어두워졌다. 한스는 오늘 점심에 같이 산책하기로 한 걸 잊고 있다가 이제 다시 떠올린 게 분명했다. 토니오 자신은 이 약속을 한 뒤로 다른 생각은 전혀 하지 않고 오직 이 순간만 손꼽아 기다려 오지 않았던가!

"얘들아, 잘 가!" 한스 한젠이 다른 친구들에게 말했다. "크뢰거하고 좀 걷기로 했어." 두 친구는 왼쪽으로 몸을 돌렸고, 다른 친구들은 오른쪽으로 어슬렁어슬렁 걸어갔다.

한스와 토니오는 학교가 파한 뒤 산책할 시간이 있었다. 둘 다 오후 4시에야 점심을 먹는 여유 있는 집이었기 때문이다. 그들의 아버지는 공직을 겸한 큰 사업가였다. 한마디로 이 도시에서는 꽤 영향력 있는 유지였다. 한젠 가문은 몇 세대 전부터 저 아래 강변에 널찍한 목재소를 갖고 있었는데, 거기서는 거대한 기계톱이 왱 소리를 내며 나무를 자르는 소리가 끊이지 않았다. 반면에 토니오는 곡물 회사를 운영하는 크뢰거 영사의 아들이었는데, 그 회사 상호가 검고 굵게 찍힌 곡물 자루가 매일같이 마차에 실려 거리를 지나가는 광경은 누구나 볼 수 있었다. 조상

대대로 내려온 그의 집은 도시에서 가장 으리으리한 축에 속했다. 두 친구는 아는 사람들이 많아 걸어가면서 줄곧 모자를 벗어야 했다. 물론 이 열네 살 소년들에게 먼저 인사를 하는 사람도 여럿 있었다.

책가방을 어깨에 멘 두 소년은 따뜻하고 좋은 옷을 입고 있었다. 한스는 수병복의 넓고 푸른 깃이 어깨와 등까지 내려오는 반코트를 입었고, 토니오는 허리띠가 있는 회색 외투를 걸쳤다. 한스는 짧은 리본이 달린 덴마크 선원 모자를 쓰고 있었는데, 모자 밑으로 삐져나온 머리칼은 연한 금발이었다. 얼굴은 굉장히 잘생겼고, 어깨가 넓고 허리가 잘록한 몸매도 멋있었으며, 짙푸른 눈은 세상을 예리하게 바라보는 듯했다. 반면에 둥근 펠트 모자를 쓴 토니오는 정교하게 조각한 듯한 전형적인 남국풍의 갈색 얼굴이었고, 무거운 눈꺼풀 아래 부드럽게 그늘진 짙은 두 눈은 약간 겁먹은 듯 몽롱하게 바깥세상을 내다보고 있었다. 입매와 턱 선은 무척 부드러웠다. 토니오가 박자 같은 건 무시하고 아무렇게나 걷는다면, 한스는 검은 양말을 신은 늘씬한 두 다리로 박자를 맞추며 탄력 있게 걸었다.

토니오는 말이 없었다. 마음이 아렸다. 이맛살을 찌푸려 약간 비스듬한 모양의 눈썹을 가운데로 모으고, 휘파람을 불듯이 입술을 둥글게 하고, 고개를 삐딱하게 기울인 채 물끄러미 먼 곳을 응시했다. 그만의 독특한 자세와 표정이었다.

갑자기 한스가 토니오의 팔짱을 끼더니 옆에서 토니오를 바라보았다. 지금 토니오가 왜 이러는지 잘 알고 있었던 것이다. 토니오는 그 상태로 계속 걸으면서도 여전히 입을 열지 않았지만 속으로는 이미 봄눈 녹듯 마음이 풀려 있었다.

"약속을 잊었던 게 아냐, 토니오." 한스는 이렇게 말하며 보도를 내려다보았다. "길이 젖어 있고 바람이 불어서 오늘은 산책이 힘들 거라고 생각했어. 물론 나는 날씨가 어떻든 상관없어. 그래서 네가 날 기다리는 걸 보고 얼마나 기뻤는지 몰라. 네가 집에 가 버린 줄 알고 속으로 화가 나려고 했거든."

이 말을 듣는 순간 토니오는 속으로 뛸 듯이 기뻤다.

"그래, 이제 성벽 길로 가자!" 토니오가 들뜬 목소리로 말했다. "뮐렌발, 홀스텐발 성벽 길을 지나 집까지 바래다줄게…… 아냐, 아냐, 괜찮아, 한스. 난 집에 혼자 가면 돼. 상관없어. 정 마음이 쓰이면 다음번에는 네가 날 바래다주면 되잖아."

사실 토니오는 한스의 말을 곧이곧대로 다 믿지는 않았다. 한스가 자기만큼 이 산책을 소중하게 생각하지 않는다는 사실은 분명히 느끼고 있었다. 하지만 한스가 약속을 잊은 것을 후회하고 자신과 화해하려고 마음 쓰는 것을 보면서, 그런 화해의 시도를 뿌리치고 싶은 마음은 없었다.

문제는 토니오가 한스를 좋아하고 그로 인해 벌써 많은 괴로움을 겪었다는 사실이다. 원래 더 많이 좋아하는 사람이 약자이고 더 많이 괴로워할 수밖에 없는 법이다. 이런 단순하고 가혹한 삶의 교훈을 아직 열네 살밖에 안 된 소년도 벌써 터득하고 있었다. 그러나 그는 이런 경험을 마음에 새겨 두고 즐기기만 할 뿐 실제 자신에게 적용해서 실질적으로 도움을 얻는 성격은 아니었다. 또한 그는 학교에서 주입식으로 집어넣는 지식보다 이런 교훈을 훨씬 중요하고 흥미롭게 생각하는 유형이었다. 그래서 고딕식 아치형 교실에서 수업을 받을 때도, 대개 교과 내용은 뒷전이고 이런 교훈들을 뿌리까지 더듬어 내려가 통찰하고 철저히 심사숙고하곤 했다. 이런 일에 몰두하고 있으면 그의 내면에서는 크나

큰 만족감이 퍼져 나갔다. 마치 자기 방에서 이리저리 서성이며 저 밑 정원의 늙은 호두나무 아래 분수대에서 춤을 추듯 솟구치는 물줄기 소리에 맞추어 최대한 부드럽게 바이올린을 연주할 때(그는 바이올린을 켤 줄 알았다)와 비슷한 만족감이었다.

토니오는 분수와 늙은 호두나무, 바이올린 그리고 방학 때면 찾아가 여름 바다의 꿈속으로 가만히 귀를 기울이던 저 아득한 발트 해를 사랑했다. 말하자면 그는 이런 것들에 둘러싸여 있었고, 그것들 사이에서 내면의 삶이 흘러가고 있었다. 그것들은 시에도 효과적으로 사용될 수 있었는데, 실제로 토니오 크뢰거가 가끔 짓는 시에도 반복해서 나왔다.

토니오에게 자작시를 적은 공책이 있다는 사실이 본인의 실수로 알려지면서 학우와 교사들은 그를 좋지 않게 생각했다. 남들의 이런 반응에 대해 토니오는 화를 내는 것이 바보 같고 저급하게 여겨져, 그렇게 대응하지는 않고 오히려 학우와 교사들을 경멸하는 쪽을 택했다. 그러지 않아도 평소에 매너리즘에 빠진 그들의 사고방식을 역겨워했을 뿐 아니라 그들의 개인적 약점을 신통하게도 훤히 꿰뚫어 보던 그였다. 그러나 다른 한편으론 그 자신도 시를 쓰는 것을 일종의 일탈이나 어울리지 않는 짓으로 느꼈기에, 그것을 괴상한 짓거리로 생각하는 다른 사람들의 의견도 어느 정도 수긍할 수밖에 없었다. 물론 그렇다고 시 쓰는 걸 그만 둘 수는 없었다.

그는 집에서는 쓸데없는 짓거리로 시간을 허비하고 수업 시간에는 정신을 딴 데 팔고, 교사들에게는 여러모로 평판이 좋지 않았기에 늘 한심하기 짝이 없는 성적표를 집으로 가져갈 수밖에 없었다. 이런 아들에 대해, 늘 사색적인 푸른 눈에 정갈하게 옷을 차려입고 단춧구멍에 들꽃 한 송이를 꽂고 다니는, 훤칠한 신사인 그의 아버지는 불같이 화를 내며 걱정을 숨기지 않았다. 하지만 어머니는 달랐다. 검은 머리에 무척 아름답고, 아버지가 예전에 지도상에서 맨 아래쪽 나라에서 데려와 이 도시의 부인들과는 무척 다른, 콘수엘로라는 이름을 가진 어머니는 성적표 같은 것이야 아무래도 상관하지 않았다.

토니오는 그랜드피아노와 만돌린을 기막히게 연주하는, 짙은 피부색의 정열적인 어머니를 사랑했다. 게다가 당신의 아들이 사람들에게 형편없는 평가를 받아도 눈 하나 깜박하지 않는 것도 기뻤다. 하지만 다른 한편으로는 아버지의 분노가 훨씬 위엄 있고 존경할 만한 태도로 여겨졌다. 그는 비록 아버지에게 야단을 맞기는 해도 근본적으로는 아버지의 태도에 전적으로 공감할 수 있었던 반면에 아무래도 좋다는 식의 어머니는 좀 경박하게 느껴졌다. 그래서 간혹 이런 생각이 들었다. 지금의 내 모습이 지겨워. 고치려고도 안 하고 고칠 수도 없는 게 지겨워. 나태하고 반항적이고, 남들은 전혀 관심도 안 갖는 것 따위나 머릿속에 가득하고…… 그런 사람은 따끔하게 야단맞고 벌 받는 게 당연해. 그냥 입맞춤이나 음악 같은 걸로 넘길 문제가 아냐. 우린 초록색 마차를 타고 다니는 집시가 아냐. 건실한 사람들이야. 크뢰거 영사 가문이라고!

드물지 않게 이런 생각도 했다. 왜 나는 이런 별종으로 생겨 먹어서 늘 모든 것과 부딪치고, 선생님들과 사이가 안 좋고, 다른 친구들과 있으면 어색한 것일까? 친구들을 봐! 얼마나 선하고 평범해? 걔들은 선생님을 우습게 여기지도 않고, 시를 쓰지도 않고, 누구나 똑같이 생각하는 것만 생각하고, 누구나 큰 소리로 말할 수 있는 것만 생각해! 모두들 자신이 지극히 정상이고, 세상 모든 것들과 일치한다고 느껴! 아, 그럴 수 있으면 얼마나 좋을까…… 나는 왜 이 모양일까? 앞으로 어떻게 되려고 이럴까?

자기 자신과 삶의 관계를 이런 식으로 보는 시각이 한스에 대한 토니오의 사랑에 중요한 역할을 했다. 그는 우선 한스가 아름다웠기 때문에 사랑했고, 그다음엔 그가 모든 점에서 자기 자신과 정반대였기 때문에 사랑했다. 한스 한젠은 성적이 빼어난 학생이었을 뿐 아니라 승마에다 체조, 수영까지 못하는 것이 없어 모든 이에게 사랑받는 유쾌하고 발랄한 장부였다. 선생님들은 드러내 놓고 애정을 표시했고, 성을 빼고 이름만 불렀으며, 온갖 방법으로 그가 잘할 수 있도록 장려했다. 또한 학우들도 그의 환심을 사려고 애썼고, 길거리에서 만나는 신사 숙녀들도 걸음을 멈추고 덴마크 선원 모자 밑으로 삐져나온 머리카락을 쓰다듬으며 말했다. "안녕, 한스 한젠. 머리가 참 곱구나. 지금도 반에서 1등이지? 엄마 아빠한테 안부 전해 줘. 대견한 녀석 같으니⋯⋯"

한스 한젠은 그런 아이였다. 토니오 크뢰거는 그를 처음 보는 순간부터 동경을 느꼈다. 가슴 깊숙한 곳에서 활활 타오르는 부러움 섞인 동경이었다. 그는 생각했다. 너처럼 그렇게 푸른 눈을 갖고 있으면, 너처럼 온 세상과 그렇게 순조롭고 행복하게 어울려 살 수 있으면 얼마나 좋을까! 너는 언제나 누구에게나 존경받는 착실한 방식으로 생활하고 있어. 숙제가 끝나면 승마를 배우거나 실톱으로 작업을 하고, 방학 중에는 바닷가에서 노를 젓거나 돛배를 타거나 수영을 해. 반면에 나는 백사장에 빈둥빈둥 누워 바다 위에서 시시각각으로 변하는 자연의 신비스러운 표정에 넋을 놓을 뿐이야. 네 눈이 그렇게 맑은 것도 그 때문이겠지? 아, 너처럼 될 수 있다면⋯⋯

그러나 토니오는 한스처럼 되려고 하지 않았다. 어쩌면 그처럼 되고 싶다는 소망도 진심이 아니었을지 모른다. 하지만 한스가 자신의 모습

그대로를 사랑해 주었으면 하는 것은 애절한 바람이었다. 토니오는 그의 사랑을 얻으려고 자기 방식으로 손을 내밀었다. 천천히 진심을 다해 다가가는 헌신적인 방식이자, 고통과 슬픔이 함께하는 방식이었다. 그의 낯선 외모에서 기대할 수 있는 그 어떤 격렬한 정열보다 더 깊고 강렬하게 타오르는 슬픔이었다.

한스를 향한 토니오의 구애가 완전히 헛되지는 않았다. 어려운 문제를 말로 표현해 내는 능력에서 토니오가 자신보다 낫다는 것을 인정하던 한스가, 자신을 향한 토니오의 마음에 무척 강렬하고 부드러운 감정이 실려 있음을 정확히 꿰뚫어 보았기 때문이다. 그래서 그는 토니오에게 감사를 표했고, 호의적인 태도를 통해 토니오에게 많은 행복을 안겨 주었다. 물론 행복만 선사한 것이 아니라 고통도 안겨 주었다. 질투심의 고통, 실망의 고통 그리고 정신적으로 함께하기를 바라는 희망을 물거품으로 만들어 버리는 고통이었다. 어쩌면 이런 고통은 당연할지 몰랐다. 토니오는 한스의 생활 방식을 부러워하면서도 희한하게 끊임없이 한스를 자기 세계로 끌어들이려고 노력했기 때문이다. 그런 시도는 기껏해야 잠시만 성공할 수 있었고, 그것도 겉으로만 그렇게 비쳤을 뿐이다.

"요즘 굉장히 멋진 책을 읽었어. 정말 훌륭했어." 토니오가 말했다. 그들은 뮐렌 가에 있는 이베르젠 씨의 구멍가게에서 과일 맛 사탕을 10페니히를 주고 사서 나누어 먹고 있었다. "너도 한번 읽어 봐, 한스. 실러의 『돈 카를로스』라는 작품인데…… 원하면 빌려 줄게."

"아냐, 됐어. 안 그래도 돼, 토니오. 그런 책은 나하고 안 맞아. 난 그냥 승마 책이나 계속 읽을게. 그 속에 얼마나 멋진 사진들이 있는지 알아? 우리 집에 오면 보여 줄게. 말들이 걷고 달리고 뛰어오르는 모습을 찍은 스냅사진들인데, 말이 엄청 빨리 움직여서 육안으로는 볼 수 없는 온갖 자세를 똑똑히 확인할 수 있어!"

"육안으로 볼 수 없는 걸 확인할 수 있다고?" 토니오가 예의상 관심을 보였다. "대단하네. 하지만 『돈 카를로스』는 상상을 뛰어넘어. 그 책에는 네가 꼭 읽어 봐야 할 멋진 대목이 한두 군데가 아냐. 쿵 하고 머리를 한 대 얻어맞은 것처럼 충격적이야."

"머리를 얻어맞은 것처럼 충격적이라고? 어떻게?"

"예를 들어 후작한테 속아서 왕이 우는 장면이 있어. 그런데 사실 후작은 왕자를 위해 왕을 속인 거야. 자기를 희생한 거지. 이제 왕이 울었다는 소식이 편전에서 신하들에게도 전해졌어. '우셨다고?' '폐하께서?' 궁중의 신하들은 모두 당황해서 어쩔 줄을 몰랐어. 평소에 그렇게 엄하고 완고하신 국왕이었으니까 더더욱 그랬겠지. 하지만 난 왕이 운 걸 충분히 이해할 수 있어. 왕자와 후작 두 사람을 합친 것보다 왕이 훨씬 더 불쌍하게 느껴져. 왕은 항상 너무 외로웠고, 남들의 사랑도 받지 못한 사람이었거든. 그래서 이제야 믿을 만한 사람을 하나 얻었다고 생각했는데, 그런 사람이 배신을 하니까……"

한스는 옆에서 토니오의 얼굴을 바라보았다. 이 얼굴 속의 무언가가 한스에게 이 이야기에 관심을 갖게 한 모양이었다. 그가 별안간 다시 토니오의 팔짱을 끼며 이렇게 물었다.

"후작이 어떤 식으로 왕을 배신했는데, 토니오?"

한스의 이런 반응에 토니오는 가슴이 뭉클했다.

"사연은 이래. 브라반트와 플랑드르로 가는 편지들이 모두……"

"저기 에르빈 이머탈이 와." 한스가 말했다.

토니오의 말이 뚝 끊겼다. 에잇, 망할 놈의 자식! 하필 이럴 때 나타나서 방해할 게 뭐야! 우리와 걷는 내내 승마 이야기나 안 했으면 좋겠는데…… 에르빈도 한스와 같이 승마 교습을 받고 있었기 때문이다. 은행 지점장의 아들인 에르빈은 이 근방 성문 앞에 사는데, 다리는 굽고 눈은 실눈처럼 가늘었다. 그가 가로수 길을 따라 두 사람에게 다가오고 있었다. 책가방은 벌써 집에 두고 온 모양이었다.

"안녕, 이머탈." 한스가 말했다. "크뢰거와 잠시 산책하는 중이야."

"난 시내에 가 봐야 해." 이머탈이 말했다. "뭘 좀 살 게 있어서. 하지만 얼마간은 함께 걸을 수 있어. 아, 그거 과일 맛 사탕이구나! 그래, 고마워. 몇 개 먹어 볼게. 한스, 내일 우리 교습 있는 거 알지?" 승마 교습을 가리키는 말이었다.

"당연히 알지! 지난 연습에서 내가 최고 점수를 받아 이번에 가죽 각반을 받게 됐는데 어떻게 모르겠어?"

"크뢰거, 너는 승마 안 배워?" 이머탈이 물었다. 두 눈이, 마치 반짝거리는 한 쌍의 가느다란 틈새 같았다.

"아니……" 토니오가 애매한 어조로 대답했다.

"너도 아버지한테 승마를 배우게 해 달라고 말해, 크뢰거." 한스가 말했다.

"그럴까……" 토니오는 별것도 아니라는 듯이 급히 대답했다. 한순간 목구멍이 죄어 오는 느낌이었다. 한스가 자기를 성으로 불렀기 때문이다. 한스도 그것을 눈치챘는지 얼른 해명했다.

"내가 널 크뢰거라고 부른 건 네 이름이 너무 이상해서 그래. 너한테는 미안한 말이지만, 난 사실 네 이름이 별로야. 토니오…… 그게 뭐야? 그건 이름도 아냐. 물론 네 잘못은 아니지. 절대 아냐!"

"네 이름이 이국적이고 좀 특별해서 그럴 거야." 이머탈이 마치 토니오를 위로하려는 듯이 말했다.

토니오는 입술을 움찔거리더니 이내 정신을 가다듬었다.

"맞아, 바보 같은 이름이야. 나도 하인리히나 빌헬름 같은 이름을 갖고 싶어. 진심이야. 이런 이름을 갖게 된 건 안토니오라는 우리 외삼촌 이름을 따서 내가 세례를 받았기 때문이야. 우리 어머니는 저 바다 건너편에서 오셨거든……"

곧이어 토니오는 입을 닫고는 다른 두 친구가 말과 가죽 물건에 대해 이야기하도록 내버려 두었다. 한스는 이머탈의 팔짱까지 끼어 가며 정말 관심 있게 열심히 이야기했다. 『돈 카를로스』 같은 이야기로는 도저히 불러일으킬 수 없는 관심이었다. 토니오는 울고 싶은 충동이 콧속으로 따끔거리며 치솟는 것을 느꼈을 뿐 아니라 계속 덜덜 떨리는 턱을 고정하려고 무던히 애썼다.

한스는 토니오의 이름을 싫어했다. 하지만 그렇다고 어쩌겠는가? 한젠의 이름은 한스였고, 이머탈의 이름은 에르빈이었다. 둘 다 아무도 생소하게 여기지 않는 친숙한 이름이었다. 하지만 '토니오'라는 이름은 이국적이고 특별했다. 게다가 그 이름을 가진 사람도 본인이 원하든 원치 않든 모든 점에서 특이했다. 그는 혼자였고, 정상적이고 평범한 사람들의 세계로 들어가지 못했다. 초록색 마차를 타고 다니는 집시가 아니라 크뢰거 영사 가문의 아들이었는데도 말이다…… 그런데 둘이 있을 때는 토니오라고 부르던 한스가 다른 사람이 끼면 왜 그와 있는 것을 부끄러워하는 것일까? 때로는 토니오에게 살갑게 대하고, 환심을 사려고 애쓰던 한스가 아닌가? 예를 들어, 아까 "후작이 어떤 식으로 왕을 배신했는데, 토니오?" 하고 물을 때는 팔짱까지 끼지 않았던가? 그런데 이머탈이 나타나자 안도의 한숨을 내쉬며 토니오를 버린 것은 물론이고 난데없이 그의 생소한 이름까지 들먹이며 비난했다. 아, 이런 걸 모두 꿰뚫어 보는 것은 얼마나 가슴 아픈 일인가……! 둘이 있을 때는 한스가 자신을 약간 좋아한다는 것을 토니오도 알고 있었다. 그러나 제삼자만 끼면 토니오와 함께 있는 것을 창피해하면서 그를 제물로 삼았다. 그로써 토니오는 다시 혼자가 되었다. 펠리페 왕이 떠올랐다. 배신을 당하고 울던 그 왕이었다.

"아, 이젠 정말 안 되겠다!" 에르빈 이머탈이 말했다. "시내에 가야 해! 간다. 다음에 봐, 사탕 잘 먹었어!" 에르빈은 길가의 모래 둑으로 펄쩍 뛰어 올라가더니 굽은 다리로 둑을 따라 종종걸음을 쳤다.

"난 이머탈이 좋아!"

한스가 힘주어 말했다. 그에게는 사람에 대해 싫고 좋은 감정을 분명히 해서 마치 시혜를 베풀듯 사람들에게 나누어 주는, 흔히 자의식 강한 부잣집 자식들에게서 볼 수 있는 못된 버릇이 있었다. 어쨌든 한스는 이왕 말이 나온 김에 승마 이야기를 계속했다. 이제 그의 집도 얼마 남지 않았다. 성벽 길을 따라가면 금방이었다. 둘은 가지만 앙상하게 남은 나무를 쌩쌩 휘감고 불어오는 습기 찬 강풍에 모자가 벗겨지지 않도록, 고개를 숙이고 모자를 꽉 잡았다. 한스가 말하는 동안 토니오는 가끔 건성으로만 "아", "그래" 하고 호응해 주었다. 한스가 이야기에 빠져 다시 팔짱을 껴도 전혀 기쁘지 않았다. 겉으로만 살갑게 구는 것일 뿐 아무런 의미가 없는 행동으로 느껴졌기 때문이다.

둘은 기차역에서 멀지 않은 곳에서 성벽 구역을 벗어나, 둔중한 몸체를 이끌고 급히 칙칙 소리를 내며 지나가는 기차를 보았다. 그러면서 심심풀이로 기차 칸의 수를 헤아렸고, 모피 외투로 몸을 감싼 채 맨 뒷자리에 앉아 있는 남자에게 손을 흔들어 주었다. 이윽고 둘은 린덴플라츠 광장 변에 있는 거상 한젠 씨의 빌라 앞에서 걸음을 멈추었다. 한스는 저 아래 정원 문으로 가더니 그 위에 올라타 그네를 타듯 앞뒤로 움직이는 것이 얼마나 재미있는지 몸으로 보여 주었다. 한스가 움직일 때마다 문이 삐걱거렸다. 마침내 그가 작별 인사를 했다.

"이제 들어갈게. 잘 가, 토니오. 다음번에는 내가 바래다줄게. 정말이야."

"잘 가, 한스. 같이 산책해 줘서 고마워."

악수를 나누는 둘의 손은 축축하게 젖고 정원 문의 녹이 묻어 있었다. 그런데 토니오의 눈에 비친 한스의 예쁘장한 얼굴에는 어쩐지 후회의 빛이 어려 있는 것 같았다.

"참, 다음에 『돈 카를로스』를 꼭 읽어 볼게!" 한스가 재빨리 말했다. "울었다는 왕의 이야기가 퍽 흥미로울 것 같아!" 이어 그는 책가방을 팔에 끼고 앞마당으로 들어갔다. 그러더니 집 안으로 사라지기 전에 다시 한 번 돌아보며 고개를 끄덕여 주었다.

토니오는 지극히 행복한 표정으로 활기차게 그 자리를 떠났다. 바람이 뒤에서 밀어 주기도 했지만, 그렇게 가볍게 그곳을 떠날 수 있었던 것은 바람 때문만이 아니었다.

한스가 정말 『돈 카를로스』를 읽는다면 둘 사이에는 이머탈이든 누구든 다른 사람은 절대 끼어들 수 없는 공통의 화제가 생기는 셈이었다. 그리 되면 서로 얼마나 잘 이해할 수 있겠는가! 게다가 그 뒤로 한스가 자기처럼 시를 긁적거리게 될지 누가 알겠는가! ……그러나 그건 안 될 말이었다. 한스는 토니오처럼 되려고도 하지 않겠지만, 토니오처럼 되어서도 안 되었다. 한스는 지금의 한스로 남아야 했다. 모든 사람이 좋아하고, 그중에서도 토니오가 가장 사랑하는 모습 그대로 밝고 씩씩하게 남아야 했다! 물론 그런 한스라고 해서 『돈 카를로스』를 읽는 게 해가 될 것 같지는 않았다. 토니오는 딱 바라진 낡은 성문을 지나 부두를 따라 걸었고, 박공지붕 집들이 늘어선, 바람 불고 축축한 골목길을 따라 부모님의 집으로 올라갔다. 심장이 뜨거워지는 느낌이었다. 그리움과 슬픈 질투, 약간의 경멸감 그리고 순수한 희열이 가슴속에서 살아 숨 쉬는 듯했다.

2

금발의 잉게, 잉게보르크 홀름! 고딕식 분수가 하늘을 찌를 듯이 뾰쪽하게 여러 개 서 있는 시장 광장 근처에 사는 홀름 박사의 딸이자, 토니오 크뢰거가 열여섯 살 때 사랑에 빠진 소녀였다.

어떻게 그런 일이 일어났을까? 그전에도 수없이 그 소녀를 보아 온 토니오였지만, 어느 날 저녁 특유의 불빛 속에서 본 소녀의 모습은 그를 완전히 사로잡아 버렸다. 그날 소녀는 여자 친구와 대화 중에 특유의 쾌활한 방식으로 깔깔 웃으며 고개를 옆으로 젖혔고, 특별히 가늘지도 곱지도 않은 손을 특유의 몸짓으로 뒷머리로 올리면서 하얀 망사 소매가 팔꿈치까지 미끄러져 내렸다. 게다가 말을 할 때 별로 중요하지도 않은 한 단어를 특유의 방식으로 유난히 강조했는데, 그럴 때면 목소리에서 따스한 여운이 울려 퍼졌다. 그 모습을 보고 그 목소리를 듣는 순간 황홀한 감정이 토니오의 가슴을 뜨겁게 휘감았다. 지금보다 어리고 철없던 시절에 한스 한젠을 보면서 느낀 것보다 훨씬 강한 감정이었다.

그날 밤 그는 소녀의 모습을 가슴에 품고 돌아갔다. 굵게 땋은 금발, 웃고 있는 길쭉하고 푸른 눈, 주근깨가 총총 박히고 선이 고운 콧잔

등…… 그는 소녀의 목소리가 귓전에 계속 울려 퍼져 잠을 이룰 수 없었다. 그래서 소녀가 그 사소한 단어를 유별난 방식으로 강조하던 대로 나직이 흉내 내는 순간 온몸이 전율했다. 이것이 사랑임은 경험으로 알아차렸다. 이 사랑이 자신에게 분명 많은 고통과 번민, 굴욕을 안겨 줄 것이고, 마음의 평화를 깨뜨릴 것이고, 가슴을 선율로 가득 채울 것이고, 또 어떤 일을 원만하게 돌아보며 거기서 차분하게 전체를 도출해 낼 평정심을 잃게 할 거라는 점을 정확히 알고 있었음에도 그는 사랑을 기쁘게 받아들였다. 그 사랑에 자신을 온전히 내맡겼으며, 온 마음으로 그 사랑을 키워 나갔다. 이유는 분명했다. 사랑이 사람을 풍요롭고 생기 넘치게 한다는 것을 잘 알고 있었기 때문이다. 그는 원래 차분하게 전체를 도출해 내는 것보다 풍요롭고 생기 넘치는 상태를 더 갈망했다.

토니오가 쾌활한 잉게 홀름에게 홀딱 빠진 것은 후스테데 영사 부인의 살롱에서 일어난 일이었다. 그날 저녁 부인의 집에서는 댄스 강습이 열렸는데, 살롱 안은 이미 널찍하게 치워져 있었다. 상류층 자제들만 참석하는 개인 교습이었다. 이들은 돌아가면서 각자 부모님의 집에 모여 댄스와 예절에 관한 수업을 받았다. 더구나 이런 목적을 위해 발레 선생 크나크가 매주 함부르크에서 여기까지 직접 찾아왔다.

그의 이름은 프랑수아 크나크였는데, 참으로 특이한 사람이었다. "J'ai l'honneur de me vous representer, mon nom est Knaak(여러분께 저를 소개하게 되어 영광입니다. 제 이름은 크나크입니다)…… 이런 말은 허리를 숙이면서 하는 게 아니라 허리를 세운 다음에 해야 합니다. 그것도 낮은 목소리로 또박또박하게 말입니다. 프랑스어로 자기를 소개해야 하는 상황이 매일 있지는 않지만, 이 언어로 정확하고 완벽하게 자기를 소개할 수 있다면 독일어로도 틀리지 않고 자기소개를 할 수 있을 겁니다." 반짝거리는 새까만 프록코트가 통통한 엉덩이에 착 달라붙어 있는 모습이 얼마나 가관이던지! 바지는 부드럽게 주름지며 넓은 공단 리본이 달린 에나멜 구두 위까지 내려와 있었고, 갈색 눈은 스스로의 아름다움에 지친 나른한 행복감으로 주위를 둘러보고 있었다.

그의 과도한 자신감과 예의범절에 모든 이들이 압도당했다. 그가 이 집 안주인에게 걸어갔다. 아, 그렇게 물결치듯 몸을 흔들며 유연하면서도 기품 있게 걷는 사람이 또 있을까? 그는 부인 앞에서 허리를 숙이더니 부인이 손을 내밀기를 기다렸다. 마침내 부인의 손을 잡고는 나직이 감사의 인사를 전한 뒤 사뿐사뿐 뒤로 물러나, 왼발을 축으로 오른발을 옆으로 홱 들어 올리며 원을 그리듯 돌았다. 그러고는 엉덩이를 실룩거리며 그 자리를 떴다.

사람들이 모인 자리를 떠날 때는 허리를 굽힌 채 뒷걸음질로 문까지 가야 했고, 의자를 가져올 때는 의자 다리를 잡고 바닥에 질질 끌면 안 되고 의자 등받이를 가볍게 잡고 옮겨 와 소리 없이 바닥에 내려놓아야 했다. 서 있을 때도 배 위에 두 손을 포개 놓아야 했고, 입꼬리 쪽으로 혀를 내밀어서는 안 되었다. 그런데도 그렇게 하는 사람이 있으면 크나크 씨는 그 모습을 똑같이 따라 해서 그 사람이 평생 그 자세를 역겹게 느끼도록 했다.

이것이 그의 예절 교육이었다. 이에 비하면 그의 무용 기량은 훨씬 수준이 높았다. 가구를 싹 치운 살롱에는 샹들리에에 가스등이 타오르고 벽난로 위에는 촛불이 켜져 있었다. 바닥에는 활석滑石 가루를 뿌려 놓았고, 수강생들은 묵묵히 반원 형태로 둘러서 있었다. 문간 커튼 저편, 그러니까 살롱 바로 옆방에서는 어머니들과 다른 부인들이 벨벳 소파에 앉아, 무용 선생이 구부정한 자세로 프록코트 양쪽 옷자락을 각각 두 손가락으로 잡은 채 다리를 사뿐사뿐 놀려 가며 마주르카 춤 동작을 하나하나 시범 보이는 모습을 손잡이 달린 안경으로 유심히 지켜보았다. 크나크 씨는 관객들을 놀래 줄 생각이 있으면 딱히 그럴 이유도 없는데도 갑자기 바닥에서 펄쩍 뛰어올라, 쌕쌕 소리가 날 것처럼 다리를 빙빙 돌리며 어지러울 정도로 빠른 속도로 회전했다. 그러고는 자기 성채 안에 있는 모든 사람의 가슴에 쿵 하고 감동의 파문을 남기듯 묵직한 소리와 함께 다시 착지했다.

토니오 생각에, 그는 정말 어이없는 원숭이 같은 인간이었다. 하지만 쾌활한 잉게 홀름은 넋이 나간 듯한 미소를 지으며 크나크 씨의 몸동작을 지켜보고 있었다. 그런데 자유자재로 움직이는 그의 몸이 토니오에게 경탄과 비슷한 감정을 불러일으킨 것은 그 몸짓 때문만이 아니었다. 어떻게 사람의 눈이 그렇게 차분하고 동요가 없을 수 있을까! 그의 두 눈은 사물의 내면을 들여다보지 않았다. 다시 말해 복잡하게 감정이 얽혀 있고 슬픔이 깃들어 있는 곳까지 들여다보지 않는다는 말이다. 그의 두 눈은 갈색이고 자기가 아름답다는 사실밖에 아는 게 없었다. 그래서 그의 자세가 그렇게 당당할 수 있었다. 그렇다. 그처럼 걸으려면 어리석어야 했다. 그래야 사랑받을 수 있었다. 그런 사람이 사랑스럽기 때문이다. 토니오는 금발의 귀여운 잉게가 크나크 씨를 뚫어지게 바라보는 것을 충분히 이해할 수 있었다. 그렇다면 토니오를 그런 눈으로 바라보는 소녀는 없을까?

있었다. 페어메렌 변호사의 딸 막달레나였다. 부드러운 입매에 짙은 빛깔의 커다랗고 초롱초롱한 두 눈에 진지함과 열정이 가득한 소녀였다. 막달레나는 춤을 추다가 자주 넘어졌는데, 여자가 남자 파트너를 선택할 수 있는 기회가 오면 항상 토니오에게 갔다. 그녀는 토니오가 시를 쓴다는 것을 알고 있었다. 두 번이나 시를 보여 달라고 하기도 했다. 또한 멀리서 고개를 숙인 채 토니오를 지켜볼 때도 많았다. 그러나 그런 게 무슨 소용이겠는가? 토니오는 잉게 홀름을 사랑하고 있었다. 그가 시 나부랭이나 긁적거린다는 것을 분명 경멸하고 있을 그 쾌활한 금발 소녀를…… 그는 잉게를 응시했다. 행복과 조롱으로 가득 찬 그녀의 가름한 푸른 눈을 보았다. 그녀에게 다가갈 수 없고 영원히 타인으로 남아야 한다는 쓰라린 아픔과, 질시 어린 그리움이 가슴속에서 활활 타올랐다.

"첫 번째 쌍앙나방*!" 크나크 씨가 말했다. 이 남자가 얼마나 멋있게 이 말을 콧소리에 섞어 발음하는지는 도저히 표현할 길이 없다. 이제 다같이 카드리유**를 배울 시간이었다. 그런데 토니오는 네 쌍으로 이루어진 조에 잉게도 속한 것을 알고 소스라치게 놀랐다. 그는 되도록 그녀를 피하려고 애썼는데도 끊임없이 그녀 곁으로 빨려 들어갔고, 그녀에게 눈길을 주지 않으려고 했는데도 그의 시선은 항상 그녀에게 향해 있었다. 이제 잉게가 빨강 머리 페르디난트 마티센의 손을 잡고 미끄러지듯이 앞으로 나와 땋은 머리를 뒤로 젖히더니, 숨을 크게 내쉬며 토니오 앞에 섰다. 피아노 반주자 하인첼만 씨가 뼈마디 굵은 손으로 건반을 치자 크나크 씨의 입에서 명령이 떨어졌고, 곧 카드리유가 시작되었다.

잉게는 토니오 앞에서 이리저리 스텝을 밟으며 앞뒤로 몸을 움직이거나 회전했다. 그녀의 머리카락과 부드러운 흰색 옷감에서 나오는 향기가 가끔 코끝에 와 닿았다. 그는 점점 눈이 흐려졌다. 사랑해. 사랑한다고.

---

*앙나방은 '앞으로'라는 뜻의 프랑스어.
**18세기 후반과 19세기에 유행한 프랑스 사교춤으로, 주로 네 쌍의 남녀가 네모 대형으로 춤을 춘다.

사랑스러운 잉게. 그는 속으로 이렇게 말하며, 이 말 속에 자신이 지금 느끼는 고통을 오롯이 집어넣었다. 그녀가 그를 거들떠보지 않고 혼자서만 저렇게 열심히 즐겁게 춤을 추는 것에 대한 고통이었다. 문득 슈토름의 아름다운 시가 떠올랐다. '나는 자고 싶은데 너는 춤만 추려 하는구나.' 자신은 사랑하고 싶은데 상대는 춤만 추려고 하는 이 굴욕적인 모순이 그의 마음을 아프게 했다.

"첫 번째 쌍앙나방!" 크나크 씨가 말했다. 벌써 한 바퀴 돌아 새로 시작할 차례가 되었다. "인사! 여성들의 물리네*! 투르드맹Tour de main**!" 크나크 씨는 누구도 형언할 수 없을 정도로 우아하게 'de'에서 묵음 되는 'e'를 목구멍 밑으로 집어삼켰다.

"두 번째 쌍앙나방!" 토니오와 그의 파트너가 나왔다.

"인사!" 토니오가 허리를 숙였다. "여성들의 물리네!" 그런데 갑자기 토니오가 고개를 숙이고 이맛살을 찌푸리더니 네 여성들의 손, 그중에서도 잉게 홀름의 손에 자신의 손을 올려놓고는 함께 물리네를 추었다.

사방에서 키득거리고 깔깔거리는 웃음소리가 터져 나왔다. 크나크 씨가 경악스러운 상황을 표현하는 전형적인 발레 동작을 취하더니 소리쳤다. "오, 맙소사! 그만, 그만! 아니, 크뢰거가 왜 거기 여자들 틈에서 춤을 추죠? 물러나요, 크뢰거 양! 어서 물러나요. 이런 기막힐 데가! 다들 이해했는데, 당신만 이해 못했어요. 얼른 저리 가요! 제자리로 돌아가라고!" 크나크 씨가 주머니에서 노란 비단 손수건들을 꺼내 휘저으며 토니오를 자기 자리로 내쫓았다.

춤을 추러 온 소녀 소년뿐 아니라 옆방에서 구경하던 부인들도 모두

---

*두 명 혹은 네 명이 오른손을 한데 모아, 그것을 축으로 삼고 도는 자세.
**'손 회전'이라는 뜻의 프랑스어.

웃음을 터뜨렸다. 크나크 씨의 호들갑으로 토니오의 실수가 갑자기 우스꽝스러운 소극으로 변해 버렸다. 사람들은 마치 연극을 보는 것처럼 즐거워했다. 하인첼만 씨만 사무적인 표정으로 계속 연주하라는 신호를 기다리고 있었다. 크나크 씨의 이런 야단스러운 행동에는 벌써 단련되어 있었던 것이다.

곧이어 속개된 카드리유가 끝나자 휴식 시간이 찾아왔다. 하녀가 와인젤리 유리잔을 가득 올려놓은 쟁반을 딸그락거리며 들고 들어왔고, 이어 여자 요리사가 자두 케이크를 들고 졸졸 따라 들어왔다. 그러나 토니오는 살롱을 몰래 빠져나와 복도로 나가더니 블라인드가 쳐진 창문 앞에 뒷짐을 지고 섰다. 내려진 블라인드 사이로는 아무것도 보이지 않았다. 그래서 그런 창문 앞에서 밖을 내다보는 양 서 있는 것이 얼마나 우스운 짓거리인지 미처 생각하지 못했다.

그러나 그는 지금 밖을 내다보는 것이 아니라 안을 들여다보고 있었다. 그의 내면에는 원망과 그리움이 그득했다. 그는 왜, 왜 여기 있는가? 그 방의 창가에 앉아 슈토름의 『이멘 호湖』를 읽으며 이따금 늙은 호두나무 가지가 묵직하게 삐걱거리는 저녁 정원을 내다보고 있어야 하지 않을까? 그게 그의 자리가 아닐까? 남들이야 발랄하고 맵시 있게 춤을 추든 말든 그게 무슨 상관일까? 아냐, 아냐! 그래도 그의 자리는 여기였다. 여기 있어야 자신이 잉게 옆에 있다는 것을 알 수 있었다. 물론 지금은 이렇게 외롭게 멀리 떨어져 고작 저 안에서 들려오는 웅성거림과 딸각거림과 웃음소리 속에서, 따스한 생명이 울려 나오는 듯한 그녀의 목소리를 구분해 내려고 애쓰고 있지만 말이다. 웃고 있는 너의 갸름한 푸른 눈, 너 금발의 잉게! 너처럼 아름답고 명랑하려면 『이멘 호』를 읽어선 안 되겠지? 그런 것들 따위에는 눈길조차 주지 말아야겠지? 하지만 그건 너무 슬픈 일이야!

그녀는 올 거야! 그가 나간 것을 알아채고, 그가 지금 어떤 기분인지 느끼고, 그래서 그를 몰래 쫓아와 비록 동정심에서 우러난 것일지라도 그의 어깨에 손을 올리며 이렇게 말할 거야. 같이 들어가자. 기분 풀어. 사랑해. 토니오는 등 뒤로 귀를 기울이며, 그녀가 올지도 모른다는 말도 안 되는 긴장감을 안고 기다렸다. 그러나 그녀는 오지 않았다. 그런 일은 세상이 두 쪽 나도 일어나지 않았다.

그녀도 다른 모든 사람과 마찬가지로 그를 비웃었을까? 그렇다. 그녀도 비웃었다. 그녀를 위해서건 그 자신을 위해서건 부인하고 싶은 마음이 굴뚝같았지만, 그건 부인할 수 없는 사실이었다. 그는 오직 그녀 곁으로 가야 한다는 생각에 취해 자기도 모르게 '여성들의 물리네'를 같이 춘 것뿐이었다. 그게 뭐가 잘못됐는가? 훗날 언젠가는 사람들도 더는 토니오를 비웃지 않을지 모른다. 예를 들어, 얼마 전에 한 잡지사에서 그의 시를 실어 주겠다고 약속하지 않았던가? 물론 시가 출간되기 전에 잡지사가 문을 닫았지만 말이다. 어쨌든 그의 모든 글이 인쇄되어 나올 만큼 그가 유명해지는 날이 올지 모른다. 하지만 그리 되더라도 잉게는 눈 하나 깜박할까? 아니다. 그녀는 그런 것 따위에는 아무 감동을 받지 않을 것이다. 분명히 그럴 것이다. 춤출 때 잘 넘어지는 막달레나라면 몰라도 잉게 홀름은 결코 아니었다. 푸른 눈의 쾌활한 잉게에게는 불가능한 일이었다. 그렇다면 유명해지는 것도 결국 헛짓이 아닌가?

이런 생각으로 토니오는 가슴이 쬘 듯이 아팠다. 자기 속에서 유희와 멜랑콜리가 어마어마하게 놀라운 힘으로 요동치고 있음을 느끼면서도, 자신이 동경하는 사람들이 도저히 좁혀지지 않는 명랑함의 거리감으로 그의 그런 힘들과 대립하고 있다는 사실을 깨닫는 것은 무척 가슴 아픈 일이었다. 하지만 이렇게 희망 없이 남들과 외롭게 떨어져, 내려진 블라인드 앞에 마치 창밖을 내다보고 있기라도 한 것처럼 슬프게 서 있는데도 행복했다. 심장이 살아 있었기 때문이다. 심장은 잉게보르크 홀름을 위해 따뜻하고 슬프게 뛰었고, 영혼은 명랑하기 짝이 없는 평범한 금발의 한 여인을 희열에 찬 자기부정으로 껴안고 있었다.

그는 꽃향기가 퍼져 나오고 음악 소리와 유리잔 부딪치는 소리가 나직이 들려오는 외로운 장소에 상기된 얼굴로 서서, 저 멀리 파티의 소음 가운데 옥구슬 같은 그녀의 목소리를 구분해 내려고 여러 번 애썼다. 그녀로 인해 이렇게 고통스럽게 서 있지만 행복했다. 걸핏하면 넘어지는 막달레나는 그를 진심으로 이해하고 그와 함께 웃고 그와 대화를 나눈 반면에 금발의 잉게는 옆에 있어도 저 멀리 낯선 곳에 있는 것처럼 어색하게 느껴져 가슴 아팠던 적이 한두 번이 아니었다. 잉게와의 사이에 그런 장벽이 있는 것은 서로 언어가 달랐기 때문이다. 그럼에도 그는 행복했다. 토니오는 스스로에게 말했다. 행복은 사랑받는 것이 아냐. 사랑받는 것은 허영심을 채우려는 구역질 나는 만족감에 지나지 않아. 행복이란 사랑하는 거야. 어쩌면 사랑하는 대상에게 몰래 접근하는 것일지도 몰라. 그는 이런 생각을 내면 깊숙이 새겨 넣고 철저히 사색했으며, 그 생각의 근원까지 느껴 보았다.

변치 않을 거야! 토니오는 생각했다. 내 목숨이 붙어 있는 한 변함없이 너 잉게보르크를 사랑할 거야! 이 생각은 정말 진심이었다. 그러나 마음속에서는 두려움과 슬픔이 뒤섞인 감정이 이렇게 나직이 속삭이고 있었다. 그사이 매일 만나고는 있지만 한스 한젠도 까맣게 잊지 않았느냐고. 그런데 약간 음흉스럽게 들리는 이 나직한 목소리가 옳았음이 증명된 것은 더더욱 끔찍하고 비참한 일이었다. 그러니까 시간이 흘러, 토니오가 예전처럼 무조건적으로 그 쾌활한 잉게를 위해 목숨까지 바칠 생각은 하지 않게 된 날이 찾아온 것이다. 자신의 방식으로도 세상에서 뜻깊은 일을 충분히 해낼 수 있다는 의욕과 힘을 자기 안에서 느꼈기 때문이다.

물론 자신이 지켜 온 맑고 순결한 사랑의 불꽃이 활활 타올랐던 제단을 조심스럽게 맴돌며 그 앞에 무릎을 꿇고, 어떻게 해서든 그 불꽃을 살리려 애쓰기도 했다. 변치 않겠다던 그 첫 마음을 지키고 싶었기 때문이다. 그러나 얼마 뒤 자기도 모르게 그 불꽃은 소리 없이 꺼지고 말았다.

그 뒤에도 토니오는 차갑게 식어 버린 제단 앞에 얼마간 서 있었다. 이 세상에서 변치 않는 마음이란 불가능하다는 것에 대한 충격과 실망감으로 가득 찬 채. 그러다 어깨를 으쓱하고는 자기 길을 떠났다.

3

토니오는 약간 건들거리면서 고르지 않은 걸음걸이로, 휘파람을 불고 고개를 삐딱하게 기울인 채 먼 곳을 바라보며 자기 길을 걸었다. 길을 잘못 든다면 그것은 일부 사람들에겐 올바른 길이 하나만 있을 수 없기에 생기는 일이었다. 대체 앞으로 무엇이 될 생각이냐고 사람들이 물으면 그의 대답은 그때그때 달랐다. 속으로는 이것저것 다 불가능한 것투성이라고 생각하면서도 겉으로는 자기 속에 수없이 많은 삶의 가능성이 존재한다고 말하곤 했다(이런 생각은 이미 글로도 적어 놓았다).

좁은 고향 도시를 떠나기 전에 이미 그 도시를 그와 연결시켜 주던 고리와 실타래는 소리 없이 풀려나간 상태였다. 유서 깊은 크뢰거 가문은 서서히 붕괴와 해체의 수순을 밟고 있었고, 사람들이 보기에 토니오 자신의 실존도 같은 상태의 특징을 보이고 있었다. 집안 어른인 친할머니가 돌아가셨고, 얼마 지나지 않아 사색적인 눈에 늘 정갈하게 옷을 차려입고 단춧구멍에 들꽃 한 송이를 꽂고 다니는 훤칠한 아버지까지 세상을 떠났다. 으리으리한 크뢰거 가문의 집도 기품 있는 오랜 역사와 더불어 팔리는 신세가 되었고, 아버지 회사도 정리되었다. 반면에 그랜드 피아노와 만돌린을 기막히게 연주하고 현실적인 모든 것에 이래도 그만 저래도 그만인 태도를 보이던, 정열적이고 아름다운 어머니는 1년 후에 이탈리아계의 유명한 음악가와 재혼했다. 그리고 새 남편을 따라 푸른 하늘이 있는 남쪽으로 떠났다. 토니오는 어머니의 이런 행동을 정숙하지 못하다고 여겼지만, 그에게 그런 어머니를 말릴 자격이 있기는 한 것일까? 시나 긁적거리고, 앞으로 뭐가 될 거냐는 질문에 답변조차 제대로 못하는 주제에 말이다.

그는 습기를 머금은 바람이 박공지붕을 쌩쌩 휘감고 불어 대는 각진 모양의 고향 도시를 떠났다. 청소년기에 그렇게 친숙하던 정원 분수와 늙은 호두나무도 떠났고, 그렇게 사랑하던 바다도 떠났다. 그러나 그런 것들을 뒤로하면서 아픔은 없었다. 그는 이미 사리를 분별할 만큼 철이 들어서 자신이 어떤 성향의 사람인지 분명히 알았고, 그를 그렇게 오랫동안 붙잡아 둔 그 졸렬하고 저급한 이전의 현실과 삶에 대해 조롱만 가득했기 때문이다.

그는 지상에서 가장 숭고해 보이는 힘에 오롯이 자신을 내맡겼다. 그 힘에 복무하는 것이 자신의 사명으로 느껴졌을 뿐 아니라, 그 힘은 고귀함과 명예를 약속하는 듯했다. 그것은 의식 없고 말 없는 삶에 웃으면서 군림하는 정신과 언어의 힘이다. 그는 젊은 열정으로 그 힘에 자신을 내맡겼다. 그 힘은 자신이 선사할 수 있는 모든 것으로 그에게 보답했고, 대신 빼앗아 갈 수 있는 모든 것도 가차 없이 빼앗아 갔다.

그 힘은 그의 시선을 벼렸고, 사람의 가슴을 부풀게 하는 위대한 말들을 꿰뚫어 보게 했다. 또한 사람들의 영혼과 자신의 영혼으로 들어가는 문을 열어 주었고, 혜안을 길러 주었으며, 사람들의 말과 행동 뒤에 숨은 궁극적인 배경과 세상의 속살을 보여 주었다. 그가 거기서 본 것은 코미디와 비참함이었다.

이런 인식의 고통과 자부심과 더불어 고독이 찾아왔다. 그 입장에서도 쾌활하지만 감각이 무딘 천진한 사람들 틈에 있는 것이 편치 않았고, 사람들 입장에서도 그의 이마에 찍힌 독특한 표식이 당혹스러웠다. 그런 가운데 말과 형식에 대한 즐거움은 점점 커져 갔다. 표현의 즐거움이 우리를 깨우고 우리에게 활기를 주지 못한다면 영혼을 아는 것만으로는 낙담할 수밖에 없다고, 그는 자주 말하곤 했다(이 역시 이미 글로 적어 놓았다).

그는 남국의 큰 도시들에서 살았다. 남국의 태양이 그의 예술을 좀 더 풍요롭고 성숙하게 만들어 줄 거라 믿었다. 어쩌면 그를 그리로 이끈 것은 어머니에게 물려받은 피였는지 모른다. 그러나 당시 그의 심장은 사랑 없이 죽어 있었기에 그는 육체를 탐했고, 쾌락과 죄책감의 구렁텅이에 빠져 허우적거렸으며, 그 과정에서 말할 수 없이 괴로워했다. 이처럼 마음속 깊은 곳에서 그를 고통스럽게 하고, 한때는 자신도 가끔 누렸지만 그 이후엔 다른 쾌락들에 빠져 되찾지 못한 정신적 쾌락에 대한 아련하고 그리운 기억을 일깨운 것은 아마 아버지의 피였을 것이다. 사색적인 눈에 정갈하게 옷을 차려입고 늘 단춧구멍에 들꽃 한 송이를 꽂고 다니던 그 아버지 말이다.

　그는 한편으로는 관능에 대한 역겨움과 증오, 순수함과 건전한 평온에 대한 갈망에 사로잡혀 있었지만, 다른 한편으로는 예술의 공기도 한껏 들이마셨다. 그것은 상춘의 향기를 머금은 나른하고 달콤한 공기이자, 은밀한 생식의 열락이 꿈틀대고 들끓고 싹트는 공기였다. 이렇게 해서 그는 도저히 합치될 수 없는 양극단, 즉 차가운 정신과 뜨거운 관능의 불덩이 사이를 쉼 없이 오가며 양심의 가책에 눌린 고단한 삶을 살았다. 이것은 토니오 크뢰거가 그렇게 혐오하던, 상궤를 벗어난 극단적이고 일탈적인 삶이었다. 아, 얼마나 미로 같은 삶인가! 그는 가끔 생각했다. 어쩌다 나는 이런 해괴한 모험에 빠져든 것일까? 태생적으로 초록색 마차를 타고 다니는 집시도 아닌 인간이 말이다……

　건강이 약해지는 만큼이나 예술가적 본능은 더욱 날카로워지고, 까다롭고 고급스럽고 정선되고 섬세해지고, 진부한 것에 민감해지고, 미적 감각과 감수성의 문제에 극도로 예민해졌다. 그가 처음 작품을 발표했을 때 문단에서는 많은 박수와 환호가 쏟아졌다. 유머가 넘치고 고통의 심연을 잘 들여다본 고급스러운 작품이라는 것이다. 그래서 그의 이름, 즉 예전에는 선생님들이 꾸짖듯이 불렀던 이름, 호두나무와 분수, 바다에 관해 시를 처음 쓰면서 그 옆에 적었던 이름, 남국과 북국의 음률이 결합된 이름*, 바로 이 이국적인 냄새가 물씬 나는 시민적 이름이 얼마 지나지 않아 특출한 것을 가리키는 대명사가 되었다. 그의 작품은 고통의 밑바닥까지 맛본 듯한 경험과, 끈기 있고 야심만만한 보기 드문 성실

---

*토니오는 예술적인 정취가 살아 있는 남국의 라틴어 이름이고, 크뢰거는 시민적 삶을 대변하는 북독일적 이름이다.

성이 짝을 이루고 있었기 때문이다. 미적 감각과 까다로운 민감성의 싸움으로 격렬한 고통을 겪으면서도 탁월한 작품을 만들어 낼 수 있었던 것이 바로 이 성실성이었다.

그는 살기 위해 일하는 평범한 사람이 아니라 일하는 것 외에는 원하는 것이 없는 단 한 사람처럼 일했다. 단순히 살아 있다는 것만으로는 아무 의미가 없다고 생각하고, 오직 창작자로 간주되길 원했다. 그래서 창작을 하지 않을 때는 남의 눈에 띄지 않게 그림자처럼 살았다. 마치 역을 맡지 않을 때는 아무 존재도 아닌, 분장을 지운 배우와 비슷했다. 그는 이렇게 숨어서 세상과 담을 쌓고 말없이 일만 했고, 예술적 재능을 사교적인 장식물로 여기는 소인배들을 경멸했다. 그런 이들은 부유하건 가난하건, 거지처럼 옷을 입고 돌아다니건 개성 넘치는 넥타이를 매고 사치스럽게 살아가건 대부분, 훌륭한 작품이란 빈한한 삶의 압박 속에서만 생겨나고, 생활하는 자는 창작할 수 없고, 완전한 창작자가 되려면 죽어야 한다는 사실도 모른 채 예술가입네 하고 우아하고 행복하게 살아가는 족속이었다.

4

"들어가도 되겠소?" 토니오 크뢰거가 아틀리에 문턱에 서서 물었다. 모자를 벗어 손에 들고 심지어 허리까지 약간 굽히고 있었다. 리자베타 이바노브나는 아무 말 가리지 않고 다 할 수 있는 여자 친구였는데도 말이다.

"왜 그래요, 토니오 크뢰거? 격식 차리지 말고 들어와요!" 그녀가 통통

튀는 억양으로 말했다. "당신이 훌륭한 집에서 자라 예의가 바른 건 알아요." 그녀는 왼손에 들고 있던 팔레트에 붓을 꽂아 넣고는 오른손을 내밀더니, 고개를 살래살래 흔들고 웃으며 그의 얼굴을 쳐다보았다.

"작업 중이었나 보군. 어디 좀 봅시다…… 아, 그동안 진척이 많이 됐군." 그가 화대 양편에 놓인 의자 위에 기대 놓은 채색 스케치들과 커다란 캔버스를 번갈아 보았다. 격자무늬 선이 그어진 캔버스 위에는 막 색을 칠하기 시작한 목탄화가 허깨비처럼 흐릿하게 스케치되어 있었다.

아틀리에는 뮌헨 셸링 가 뒷골목의 나무 계단이 여러 층 있는 건물에 있었다. 폭이 넓은 북향 창문 너머로 파란 하늘이 보였고, 새들이 지저귀고 햇빛이 화사했다. 열린 벼락닫이 문으로 흘러 들어온 봄의 신선하고 달콤한 숨결이 넓은 작업실에 가득한 정착액과 유성물감 냄새와 뒤섞였다. 환한 오후의 황금빛 햇살이 휑한 아틀리에 공간 안으로 거침없이 흘러 들어와 약간 파손된 바닥을 비추었고, 창문 아래 작은 병과 튜브, 붓으로 뒤덮인 거친 책상, 벽지를 바르지 않은 벽에 액자도 없이 걸어 놓은 습작들 그리고 찢어진 비단으로 만든 칸막이 커튼까지 남김없이 비추었다. 커튼 뒤의 공간은 세련된 가구들로 장식된 자그마한 거실 겸 휴게실이었다. 햇빛은 화판 위에 완성되어 가는 그림과 그 앞의 여성 화가와 남성 작가까지 환하게 비추고 있었다.

그와 나이가 비슷한 그녀는 서른이 조금 넘어 보였는데, 물감 얼룩이 있는 짙푸른 앞치마 옷을 입고 등받이 없는 낮은 의자에 앉아 손으로 턱을 괴고 있었다. 옆머리가 벌써 약간 희끗희끗한 잘 다듬은 갈색 머리는 가르마 부분에서 살짝 물결치며 내려와 관자놀이를 덮고, 무척 호감 가는 슬라브계의 갈색 얼굴을 액자처럼 감쌌다. 코는 약간 뭉툭했고, 광대뼈는 튀어나왔으며, 까만 눈은 작고 반짝거렸다. 그녀는 눈을 가늘고 삐딱하게 뜨고 무언가 마음에 들지 않는 듯, 긴장되고 화난 표정으로 자신의 작품을 유심히 바라보고 있었다.

그는 오른손을 허리춤에 올리고 왼손으로는 갈색 콧수염을 빙빙 돌리며 그녀 옆에 서 있었다. 나직이 휘파람을 불 때는 언제나 그렇듯 비스듬한 눈썹이 침울하고 긴장된 느낌으로 실룩거렸다. 거리감이 느껴지는 스타일의 차분한 회색 양복은 무척 신경을 써서 세심하게 차려입은 듯했다. 짙은 색 머리는 지극히 단순하고 정확하게 가르마를 탔고, 이마는 무슨 깊은 생각을 하는지 신경질적으로 움찔거렸으며, 남국풍의 얼굴은 마치 도화지에 딱딱한 석필로 덧그린 것처럼 선이 날카로웠다. 그런 가운데도 입은 부드럽고 턱은 연약한 느낌을 자아냈다. 얼마 뒤 그가 손으로 이마와 눈을 훔치더니 고개를 돌리며 말했다.

"여기 오지 말았어야 했나 봐."

"왜, 무슨 일 있어요, 토니오 크뢰거?"

"나도 막 글을 쓰다가 오는 길인데, 내 머릿속이 이 캔버스와 똑같소, 리자베타. 대략의 구조, 계속되는 수정으로 더러워진 빛바랜 스케치, 얼룩 몇 군데, 여기 와서 이걸 보는 순간 나 자신을 보는 것 같았소. 갈등과 대립도 다시 보는 듯하고." 그가 코를 킁킁댔다. "집에서 나를 괴롭힌 갈등과 대립 말이오. 참 희한하지 않소? 어떤 생각에 푹 빠져 있으면 어디를 가나 그 생각이 표현된 것을 보게 되니…… 심지어 바람 속에서도 그 생각이 맡아져요. 정착액 냄새와 봄의 향내가 그렇지 않소? 예술과, 그래요, 사실 예술과 대립되는 게 뭐가 있겠소? '자연'이라고 말할 생각은 말아요, 리자베타. '자연'은 사람을 지치게 하지 않아요. 절대로. 그러고 보니 나도 산보나 하는 게 좋을 걸 그랬소. 물론 그런다고 기분이 나아질지는 의문이지만. 5분 전에 이 근방에서 단편소설을 쓰는 아달베르트를 만났는데, 그 친구가 특유의 공격적인 어투로 이렇게 말하더군. '빌어먹을 놈의 봄 같으니! 봄은 진짜 잔인한 계절이오. 생각해 보시오, 토니오 크뢰거. 핏속에 단정치 못한 생각들이 스멀거리고 온당치 못한 욕정이 사람을 불안케 하는데, 어떻게 제대로 생각을 하고, 차분하게 앉아 작품 속의 포인트나 효과를 세심히 구상할 수 있겠소? 사실 봄이 우리 핏속에서 불러일으키는 그런 감정들은 잘 따져 보면 아무 쓸데 없는 통속적인 짓거리에 불과하오. 해서 나는 지금 카페로 가는 길이오. 아시다시피 카페야말로 계절의 변화에 구애되지 않는 중립지대 아니겠소? 고결한 착상을 떠올릴 수 있는, 황홀하고 숭고한 문학적 공간이란 말이오.' 그러더니 그 친구는 카페로 갔소. 나도 그때 같이 갔어야 하는 게 아니었는지 모르겠소."

리자베타가 재미있어하는 표정을 지었다.

"그 표현 좋네요, 토니오 크뢰거. '단정치 못한 생각들이 스멀거린다.' 그 소설가 말도 일리가 있어요. 봄은 정말 작업하기에 좋지 않거든요. 그래도 조금만 기다려 줘요. 하던 것 마저 하고요. 아달베르트 표현대로 하자면, 이 그림에 포인트와 효과를 넣는 거죠. 그런 다음 같이 '살롱'에 가서 차를 마셔요. 당신이 하고 싶은 얘기 다 들어 줄게요. 오늘 무척 화나는 일이 있다는 게 한눈에 척 보이거든요. 그때까지 어디 아무 데나 앉아 있어요. 그 고급스러운 양복만 걱정되지 않는다면 저기 궤짝에 앉아도 되고요."

"이런 양복을 입는다고 탓하지 말아요, 리자베타 이바노브나! 내가 다 해진 벨벳 재킷이나 빨강 비단 조끼를 걸치고 돌아다니면 좋겠소? 예술가의 내면은 항상 불온한 모험으로 가득해요. 빌어먹을 노릇이지만, 그렇다면 겉으로는 잘 차려입고 단정한 사람처럼 처신해야 하지 않겠소?

그리고…… 내가 화가 나 보인다고 했는데, 그렇지 않소." 그는 이렇게 말하며 리자베타가 팔레트에 물감을 섞는 것을 가만히 지켜보았다.

"아까 말했다시피 한 가지 문제, 즉 한 가지 갈등 때문에 글쓰기 작업이 방해받고 있소…… 그런데 조금 전에 우리가 무슨 이야기를 하다 말았지? 아, 아달베르트! 단편 쓰는 그 친구! 정말 당당하고 확신에 찬 사람이오. 봄은 진짜 잔인한 계절이라고 하면서 카페로 달려가지 않았소? 자신이 원하는 걸 알고 있다는 건 중요한 일이오. 사실 나도 봄이 되면 신경이 날카로워지고, 봄이 일깨우는 통속적인 기억과 감성 때문에 혼란스러워져요. 다만 그런 봄을 탓하거나 경멸하지 않을 뿐이죠. 봄 앞에서는 나 자신이 부끄러워지기 때문이오. 사실 봄의 순결한 자연성과 의기양양한 젊음 앞에 서면 나 자신이 부끄러워지지 않겠소? 이런 걸 전혀 모르는 아달베르트를 부러워해야 할지 가소롭게 생각해야 할지 잘 모르겠소.

봄은 작업하기 힘든 계절이오. 그건 분명해요. 왜 그럴까? 그건 우리가 느끼기 때문이오. 창작자는 느껴도 된다고 생각하는 사람은 뭘 모르는 사람이오. 진정한 예술가라면 누구나 그런 아마추어적인 순진한 말에 웃음을 지을 거요. 뭐 어쩌면 우수가 깃든 웃음일 수도 있지만, 어쨌든 분명히 웃을 거요. 예술의 본질을 전혀 모르고 하는 소리니까. 그건 그 자체로 사소하기 짝이 없는 재료에 지나지 않아요. 유희적이고 우월한 태도 속에서 예술적 형상물이 차분하게 조합되는 그런 재료 말이오. 만일 당신한테 말해야 할 것이 너무 많고, 그로 인해 당신의 심장이 너무 뜨거워진다면 당신은 분명 완벽한 실패를 맛볼 거요. 당신은 격정적이고 감상적으로 변할 뿐 아니라, 거기서 나오는 것이라고는 어설픈 것, 졸렬하면서도 진지한 것, 감정을 억누르지 못한 것, 아이러니가 없는 것,

맛맛한 것, 지루한 것, 진부한 것밖에 없을 거요. 그러면 결국 당신에게 돌아오는 게 뭐겠소? 사람들의 냉담한 반응과 자신에 대한 실망과 참담함뿐이지 않겠소? 그럴 수밖에 없는 게, 감정이라는 건, 그러니까 따뜻하고 일상적 감정이라는 건 항상 진부하고 쓸데없기 때문이오. 타락하고 기교 넘치는 우리 신경조직의 예민함과 차가운 황홀감만 예술적이오. 해서 예술가들은 일상의 인간적인 것에서 벗어나 비인간적인 것이 되어야 하고, 인간적인 것으로부터 묘한 거리감과 냉담한 관계를 유지할 필요가 있소. 인간적인 것을 갖고 놀고, 그것을 효과적이고 미적 감각으로 표현하기 위해, 아니 그런 시도라도 하기 위해서 말이오. 양식과 형식, 표현 방면으로 재능이 있다는 것은 인간적인 것과의 차갑고 까다로운 관계, 즉 인간적인 요소의 가난함과 황량함을 전제로 하는 것이오. 건강하고 강한 감정은 결단코 미적 취향이 아니기 때문이죠. 예술가는 인간이 되자마자, 일상적 감정으로 느끼기 시작하자마자 바로 끝장입니다. 아달베르트도 그것을 알고 있어서 카페로 간 것이죠. '현실과 동떨어진 영역'으로 말이오."

"당신도 참, 그건 그 사람 일이죠." 리자베타는 이렇게 말하더니 양은 대야에 손을 씻었다. "당신은 그 사람을 따를 필요가 없어요."

"물론이죠, 리자베타. 나는 그 사람을 따르지 않아요. 그 이유는, 그래도 나는 봄을 대하면 이따금 예술가로서의 내 세계를 조금이나마 부끄러워할 줄 알기 때문이오. 가끔 얼굴도 모르는 독자들한테 편지가 와요. 칭찬과 감사의 편지들이죠. 감동에 젖은 독자의 열광적인 편지도 있어요. 그런 글들을 읽을 때면 나는 내 작품이 그들에게 불러일으킨 따뜻하고 서툰 인간적인 감정에 가슴이 뭉클해지기도 하지만, 그 글들에서 느껴지는 순진한 감동에 일종의 연민이 밀려오기도 해요. 하지만 이 성실하고 천진난만한 사람들이 혹시라도 무대 뒤에 숨은 작가의 진면목을 보게 되면 어떻게 되겠소? 소설을 쓰고 연기를 하고 작곡을 하는 사람들이 정직하고 건강하고 단정한 인간들이 아니라는 것을 알게 되면 어떻게 되겠소? 아마 정신이 번쩍 들며 환상에서 깨어나겠죠. 나는 그 생각만 하면 낯이 뜨거워져요…… 그런데도 나는 그런 것에 구애되지 않고 내 천재성에 대한 그들의 경탄을 스스로를 고양하고 자극하는 데 이용해요. 그리고 그런 경탄을 진심으로 받아들이면서 위대한 남자인 것처럼 연기하는 원숭이 같은 표정을 짓죠…… 잠깐, 리자베타, 말을 마저 끝내겠소. 나는 정말 죽도록 피곤할 때가 많소. 인간적인 것에 동참하지 않으면서 인간적인 것을 표현하느라 말이오…… 대체 예술가를 남자라고 할 수 있겠소? 그건 '여자'한테 물어봐야겠죠. 난 우리 예술가들이 박제된 교황청 남자 성가대의 운명과 어느 정도 비슷하다고 생각해요. 우리는 정말 감동적으로 노래해요. 하지만……"

"그래요, 당신은 부끄러워해야 해요, 토니오 크뢰거. 자, 이제 차 마시러 가요. 물이 곧 끓을 거예요. 여기 담배도 있으니 피워요. 소프라노 이야기까지 했어요. 거기서부터 계속 얘기해요. 하지만 부끄러워해야 해요. 당신이 얼마나 자부심에 찬 열정으로 당신의 직업에 헌신적인 사람인지 내가 모른다면 몰라도……"

"'직업' 이야기는 말아요, 리자베타 이바노브나. 분명히 말하건대, 문학은 직업이 아니라 저주요. 그게 언제부터 저주로 느껴지기 시작했는지 알겠소? 일찍부터요. 끔찍할 정도로 일찍부터요. 인간이 당연히 신이나 세상과 평화롭고 조화로운 관계를 맺고 살았을 시대부터 그랬죠. 당신도 이마에 표식이 있는 예술가로서 평범하고 정상적인 사람들과는 확연히 다르다고 느낄 거요. 당신을 남들과 구분 짓는 심연, 즉 아이러니와 불신, 반대, 인식, 감정의 심연은 점점 더 깊어지고, 그로써 당신은 고독해지오. 그때부터는 더 이상 남들과 말도 통하지 않게 되오. 이런 운명이 있겠소? 가슴이 살아 있고, 사랑으로 충만한 사람이라면 그런 운명을 끔찍한 것으로 느끼죠…… 당신의 자의식이 뜨겁게 타오르는 건 수많은 사람 가운데서도 당신이 자신의 이마에 있는 표식을 스스로 느끼고, 남들도 분명 그것을 알아챌 거라고 생각하기 때문이오. 내가 아는 사람 중에 천재적인 연극배우가 하나 있는데, 인간적으로는 병적으로 소심하고 줏대 없는 성격이오. 예술가로서는 완벽한 그 사람을 그렇게 초라한 인간으로 만든 것은 배역이 들어오지 않으면 극도로 예민해지는 자의식이오. 예술을 직업이 아니라 저주받은 운명처럼 여기고 해 나가는 진짜 예술가를 군중 속에서 알아보는 것은 그리 날카로운 눈이 아니어도 충분히 가능하오. 그런 사람의 얼굴에는 자신이 대중과 분리되어 있고 대중에 속하지 않는다는 감정, 남들이 자신을 알아보고 관찰한다는 느낌, 그리고 제왕처럼 위엄 있으면서도 동시에 어색한 표정이 드러나 있어요. 평복을 하고 대중 속을 거니는 제후의 표정에도 아마 비슷한 것이 들어 있을 거요. 하지만 그런 평복도 소용이 없소, 리자베타! 당신이 아무리 변장하고 위장하더라도, 예를 들어 대사관 직원이나 휴가 중인 근위대 소위처럼 옷을 차려입어도, 당신이 눈을 뜨고 말을 하는 순간 누구나 당신이 평범한 인간이 아니라 어쩐지 낯설고 생경하고, 자기들과는 다른 족속이라는 걸 금방 알아차릴 거요.

대체 예술가가 무엇이오? 아마 이 질문만큼 인류가 단순하게 생각하고 태만하게 인식한 질문은 없을 거요. 예술가의 작품에서 감동을 받은 순박한 사람들은 겸허하게 이렇게 말해요. '그런 건 하늘이 내린 재능'이라고. 그러니까 그들은 예술 작품이 자신들에게 그렇게 밝고 고상한 영향을 준다면 그런 예술 작품을 만든 사람도 분명 밝고 고상할 거라고 철석같이 믿는 거죠. 그래서 예술가들의 재능이 어쩌면 지극히 나쁜 전제 조건과 관련된, 지극히 미심쩍은 재능일 수도 있다고는 생각하지 않아요…… 예술가가 쉽게 상처를 받는다는 건 잘 알려져 있소. 반면에 양심의 가책을 느끼고 자의식이 건전한 사람들은 그렇지 않죠. 그것도 잘 알려진 이야기요…… 들어 봐요, 리자베타. 나는 영혼의 저 밑바닥에서부터, 아니 정신의 밑바닥이라고 해도 상관없소, 그런 밑바닥에서부터 예술가 유형에 대해 아주 심각한 의심을 품고 있소. 저 북국의 좁은 도시에 살았던 내 신실한 선조들이 자기 도시를 찾은 수상쩍은 마술사나 곡예사들에게 품었을 그런 의심 말이오. 이 이야기 한번 들어 보시오. 내가 아는 은행가가 하나 있는데, 머리가 허옇게 센 그 사람은 단편소설 쪽으로 재능이 있소. 주로 여가 시간에 소설을 쓰는데도 가끔 아주 탁월한 작품이 나오기도 해요. 그런데 이런 섬세한 소질에도 불구하고, 나는 '불구하고'라고 말하고 싶소, 그 남자는 도덕적으로 결함이 없는 사람이 아니었소. 누구나 손가락질할 만한 죄를 저질러 꽤 오랜 시간 옥살이를 해야 했으니 말이오. 그런데 정작 그가 자신의 소설적 재능을 알게 된 곳은 바로 감옥이었소. 그의 작품 속에 있는 기본 모티브도 모두 감옥 시절의 체험에 바탕을 두고 있고. 여기서 조금 거칠게 추론하자면, 작가가 되기 위해서는 감옥과 같은 경험이 필요하다고 할 수 있지 않겠소? 하지만 바로 이런 의심이 다시 솟구쳐요. 감옥에서의 경험보다 그를 감옥으로 보낸 내면의 성향이 오히려 예술가적 자질의 뿌리와 더 잘 어울리지 않았을까, 하는 의문 말이오. 소설을 쓰는 은행가는 아주 드물어요. 하지만 범죄와 담을 쌓고, 도덕적으로 흠결이 없는 신실한 은행가가 소설을 쓰는 것은 더 드문 일일 거요. 아니, 그런 일은 절대 없을 거요…… 그래요, 웃고 싶으면 웃어요. 그래도 반은 진담으로 하는 소리요. 아마 예술가 성향이나 예술가가 사람들에게 미치는 영향만큼 세상에서 골치 아픈 문제는 없을 거요. 가장 전형적이고, 그래서 가장 큰 영향을 끼친 예술가의 뛰어난 작품을 떠올려 봐요. 예를 들면 『트리스탄과 이졸데』처럼 병적이고 몹시 불건전한 작품 말이오. 이 작품이 지극히 정상적인 감성을 소유한 건강한 젊은이에게 어떤 영향을 끼치는지 관찰해 봐요. 그 청년은 정신이 고양되고, 새로운 힘을 얻고, 따뜻하고 진정한 감동에 젖고, 또 어쩌면 자기도 이런 '예술적' 창작을 해 봐야겠다고 자극을 받을지도 몰라요…… 선량한 아마추어들이죠! 사실 우리 예술가들의 내면은 그 청년이 '따스한 가슴'과 '솔직한 열정'으로 꿈꾸는 것과는 근본적으로 달라요. 간혹 여자들과 젊은이들에 둘러싸여 열광적인 환호를 받는 예술가들이 있긴 하지만, 난 그들의 진면목을 알아요…… 예술가의 뿌리와 부수 현상, 전제 조건과 관련해서, 우린 줄곧 진기한 경험을 하게 되죠……"

"미안하지만, 토니오 크뢰거. 다른 사람들한테서만 그런 경험을 한다는 거예요, 아니면 당신도 그렇다는 말이에요?"

그는 침묵했다. 그러더니 비스듬한 눈썹을 가운데로 모아 찌푸리고는 나직이 휘파람을 불었다.

"잔 이리 줘요, 토니오. 진하게 안 탔어요. 담배도 한 대 더 피워요. 스스로도 잘 알겠지만, 당신은 꼭 그렇게까지 볼 필요가 없는 방식으로 사물을 보는 것 같아요."

"그건 호레이쇼*의 대답이군. '그런 식으로 보는 건 사물을 너무 세밀

---

*『햄릿』에 등장하는 햄릿의 충직한 친구.

하게 보는 게' 아니냐, 그런 뜻이오?"

"내 말은 다른 측면에서도 똑같이 그렇게 세밀하게 볼 수 있다는 거예요. 난 그림을 그리는 어리석은 여자일 뿐이에요. 혹시 내가 당신에게 답해 줄 말이 있다면, 당신 말에 대해 문학이라는 당신의 천직을 방어해 줄 말이 있다면, 그건 분명 새로운 것이 아니라 당신도 잘 아는 것을 상기시키는 데 지나지 않아요…… 이를테면 이런 것들이죠. 문학은 사람의 마음을 정화하고 치유하는 기능이 있고, 인식과 언어를 통해 격정적인 감정을 가라앉히고, 또 이해하고 용서하고 사랑하는 길로 이끌고, 언어에는 구원의 힘이 있고, 문학적 정신이 인간 정신을 통틀어 가장 고귀한 현상이고, 작가는 완벽한 인간이자 성자라는 것이죠. 사물을 이런 식으로 보는 것도 충분히 세밀하게 보는 게 아닐까요?"

"당신은 그런 말을 할 자격이 있소. 당신네 나라의 작품, 즉 러시아 문학의 숭배할 만한 작품들을 생각하면 그렇소. 러시아 문학이야말로 당신이 말한 그런 신성한 문학이죠. 난 당신의 항변을 무시할 생각은 없소. 당신이 말한 게 오늘 내 속에 떠오른 생각이기도 하니까…… 나를 봐요. 무척 활기가 없어 보이지 않소? 약간 나이도 들어 보이고, 독설에다 지쳐 보이기까지 하죠. 안 그래요? 자, 이제 아까 말한 '인식'으로 돌아가 봅시다. 한 인간을 떠올려 봐요. 천성적으로 잘 믿고, 온화하고 선량하고, 약간 감상적이고, 거기다 남의 마음을 꿰뚫어 보는 눈이 있어서 파멸해 버릴 것처럼 만신창이가 된 사람이오. 그 사람은 세상의 슬픈 양태에 압도당하지 않으려 하고, 그래서 몹시 고통스러운 것조차 관찰하고, 유심히 살피고, 받아들이죠. 게다가 구역질 나는 인간 존재를 허구로 만들어 냄으로써 자신의 도덕적 우월성을 명료하게 인식하고 우쭐해해요. 물론 그래야죠! 하지만 표현의 온갖 즐거움에도 당신 역시 이런 일이 좀 버겁게 느껴질 때가 있을 거요. 모든 걸 이해한다는 것이 모든 걸 용서한다는 뜻일까요? 난 모르겠소. 리자베타, 내가 '인식의 구역질'이라고 부르는 것이 있소. 어떤 사안의 본질을 꿰뚫어 보는 것만으로도 죽고 싶을 만큼 역겨워서 그것과 화해하고 싶은 기분이 전혀 들지 않는 상태를 말하죠. 햄릿이 그래요. 전형적인 문학인이었던 덴마크인 햄릿 말이오. 그는 알기 위해 태어난 것이 아닌데도 알 수밖에 없는 운명이 어떤 건지 잘 알고 있었소. 속울음을 삼켜야 하는 상황에서도 사안을 꿰뚫어 보고 인식하고 깨닫고 관찰하고, 몸을 껴안고 입술을 맞대는 순간에도, 또 감정에 눈멀어 시선이 굴절되는 순간에도 지금까지 관찰한 것을 웃으면서 모른 척해야 한다는 것, 그만큼 고약한 일이 있겠소? 비통하고 화가 치미는 일일 거요. 하지만 화를 낸다고 무슨 소용이 있겠소?

그런데 이에 못지않게 고약한, 이 사안의 또 다른 면이 있소. 모든 진리에 대한 폄하와 무관심, 빈정거리는 권태로움이오. 주지의 사실이지만, 세상의 온갖 진리를 맛보았다고 생각하는 똑똑한 사람들 틈에 있을 때보다 할 말이 없고 절망적인 경우가 있겠소? 그 사람들한테 인식이란 모두 낡고 지루한 것이오. 만일 당신이 뛸 듯이 기뻐하며 새로 깨달은 진리를 입 밖에 꺼내면 그들은 당신의 하찮은 깨달음에 콧방귀를 뀔 거요…… 그래요. 문학은 사람을 피곤하게 만들어요. 장담하건대, 인간 사회에서는 너무 회의에 빠져 자기 의견을 말하지 않으면 바보 취급을 받을 수 있소. 사실은 건방지거나 용기가 없어서 그런 것뿐인데 말이오…… '인식'에 관한 이야기는 이쯤 해 두고, '언어' 문제로 넘어가 봅시다. 아까 언어에 인간을 구원하는 기능이 있다고 했는데 정말 그렇게 생각해요? 오히려 언어는 인간의 감정을 차갑게 식혀 얼음 위에 올려놓는 것이 아니겠소? 솔직히 말해, 문학어라는 명목으로 인간 감정을 그렇게 신속하고 피상적으로 처리해 버리는 것은 공분을 일으킬 정도로 외람되고 냉정한 행위요. 만일 가슴이 터질 듯이 벅차오르면 당신은 감미롭거나 고상한 경험에 빠져 있다고 느낄 거요. 그러면 글쟁이한테 찾아가 봐요! 아주 간단하게 처리해 줄 테니. 최단시간에 모든 감정을 깔끔하게 정리해 줄 거요. 글쟁이는 당신의 감정을 분석하고 양식화하고, 이름 붙이고, 자기 의견을 밝히고, 말로 명확히 표현할 거요. 그런 다음 이 모든 것이 영구히 처리되었다고 판정하고 감사의 말도 듣지 않으려 할 거요. 당신 역시 문제가 완전히 해결된 것처럼 냉정하고 홀가분한 마음으로 집으로 돌아가면서, 방금 전까지 무엇 때문에 그렇게 달콤한 소란에 빠져 혼란스러워했는지 의아하게 생각할지도 모르오. 이런데도 허영심에 찬 그 냉정한 돌팔이 편을 들겠소? 그 돌팔이의 신조가 뭔지 알아요? 말로 표현된 것은 해결되었다는 거요. 그럼 온 세상을 말로 다 표현해 내면세계의 모든 문제도 해결되고 구원받고 처리된 거요…… 얼마나 좋소? 물론 그렇다고 나를 허무주의자로 생각하지는 말아요!"

"당신은 허무주의자가 아니죠……"

리자베타는 막 찻숟가락을 입에 가져가려다가 그 자세 그대로 굳어버렸다.

"그래…… 그래…… 정신 차려요, 리자베타. 분명히 말하자면 난 살아 있는 감정과 관련해서는 허무주의자가 아니오. 글쟁이들은 문제가 말로 표현되어 '해결된' 뒤에도 인생이 계속 이어지고, 그렇게 계속 사는 것을 부끄러워할 필요가 없다는 걸 몰라요. 봐요. 삶은 문학을 통한 온갖 구원에도 굴하지 않고 줄곧 죄를 저지르고 있지 않소? 정신의 눈으로 보면 모든 행위가 죄악이니까.

이제 결론을 내릴 때가 된 것 같소, 리자베타. 난 인생을 사랑해요.

이건 고백이오. 그러니 고백을 받아 주고 가슴에 품어 주시오. 누구에게도 하지 않은 고백이니까. 사람들은 내가 인생을 미워하거나 두려워하거나 경멸하거나 혐오한다고 해요. 심지어 그런 내용을 글로 써서 발표한 사람도 있소. 그런데 난 사실 그런 말을 듣는 게 좋소. 달콤하기까지 했죠. 물론 그렇다고 그 사람들의 말이 사실이라는 건 아니오. 난 인생을 사랑해요…… 웃고 있구려, 리자베타. 왜 웃는지 알아요. 하지만 단언컨대, 내가 지금 말한 것을 문학이라고 여기지는 말아요! 체사레 보르자나, 그를 지도자로 숭상하는 맹목적인 철학도 버려요! 보르자는 내게 아무 의미가 없소. 나는 그를 조금도 높이 평가하지 않아요. 어떻게 그런 비정상적이고 악마적인 사람을 모범으로 숭상할 수 있는지 도저히 이해가 안 돼요. 그래요, 인생이란 정신이나 예술과 영원히 반대편에 있소. 우리처럼 평범하지 않은 인간들은 삶을 피비린내 나는 위대함과 거친 미의 변형으로 보지 않아요. 우리가 동경하는 것은 정상적이고 단정하고 사랑스러운 삶이오. 진부하지만 매혹적인 그런 삶이란 말이오! 노회하고 상궤에서 벗어나고 악마적인 것에 깊이 열광하는 사람은 예술가와 거리가 멀어요. 그 밖에 천진하고 소박하고 살아 있는 것에 대한 그리움을 모르는 사람, 우정과 헌신, 친근감, 인간적 행복에 대한 그리움을 모르는 사람도 마찬가지요. 예술가라면 응당 일상의 환희에 대한 그리움으로 남몰래 가슴을 쥐어뜯어 봐야 해요.

단 한 명이라도 인간적인 친구가 있다면! 일반인들 가운데 친구가 한 명만 있다면 내가 얼마나 뿌듯하고 행복해할지 상상이나 갑니까? 그러나 지금까지 나에게는 악마와 요괴, 괴물, 인식에 둔감한 유령에 가까운 글쟁이 친구들밖에 없었소.

가끔 나는 강단에 올라가 홀에 모인 사람들과 마주해요. 내 강연을 들으려고 온 사람들이죠. 그런데 강단 위에서 나는 관객들을 둘러보며 관찰하는 나 자신을 발견하곤 해요. 어떤 사람들이 내 강연을 들으러 왔을까, 어떤 사람들이 내게 박수를 보내고 감사의 환호성을 지를까, 내 문학이 여기에서 누구와 이상적인 합일을 이룰까, 하는 질문들을 가슴에 품고 몰래 홀 안을 훔쳐보는 나 자신을 말이오. 그러나 내가 찾는 것은 없었소, 리자베타. 내가 익히 잘 아는 무리들뿐이었소. 마치 초기 기독교 신자들 모임 같았소. 육체적으로는 허약하고 정신적으로는 고급스러운 사람들 말이오. 항상 잘 넘어지는 사람들이죠. 무슨 말인지 알겠소? 문학을, 삶을 향한 부드러운 복수로 여기는 사람들뿐이었단 말이오. 항상 괴로워하고 그리워하는 가련한 인간들뿐이지. 결코 다른 이들은 오지 않았소. 눈이 파란 사람들 말이오. 그들에겐 정신이 필요 없을 테니까!

그런데 곰곰이 따져 보면, 그런 사람들이 내 강연에 왔으면 하고 바라는 건 논리적으로 맞지 않소. 생각해 봐요. 삶을 사랑하면서도 온갖 기교를 써서 삶을 자기편으로 끌어들이려 애쓰고, 삶이 문학의 병든 고결함과 섬세하고 우울한 부분에 호의를 가지길 바라는 건 모순이오. 예술의 영역은 점점 커지고 있지만, 건강하고 천진난만한 사람들의 영역은 지상에서 점점 줄어들고 있소. 우리는 그중에서 아직 남은 것들을 정성스럽게 보존해야 하고, 스냅사진이 담긴 승마 책을 읽기 좋아하는 사람들을 문학으로 유혹해서는 안 되오!

왜 그런지 아시오? 일반인이 어설프게 예술을 따라 하는 것만큼 딱한 모습이 어디 있겠소? 우리 예술가들은 정말 그런 얼치기 예술가들을 제일 경멸해요. 심지어 그 생활인들은 기회가 되면 자기도 예술가가 될 수 있을 거라고 믿죠. 내가 그런 한심한 일을 직접 겪었소. 예전에 난 어떤 훌륭한 집에 초대를 받아 사람들과 먹고 마시고 떠들었소. 말이 유난히 잘 통하는 자리였죠. 그래서 이렇게 얼마간이라도 순진하고 정상적인 사람들과 스스럼없이 어울리며 그들과 같은 부류인 것처럼 그 자리에 녹아든 것이 감사하고 기뻤소. 그런데 갑자기 한 장교가 자리에서 벌떡 일어나더군요. 나를 향해서 말이오. 잘생기고 몸집이 단단한 소위였는데, 나는 설마 그런 멋진 제복을 입은 사람이 그 제복의 품위에 어긋나는 짓을 하리라고는 예상치 못했소. 그런데 그 사람이 분명한 어조로 자신이 쓴 시를 낭송하고 싶다며 양해를 구하지 않겠소? 사람들은 당황한 미소를 지으며 그러라고 했소. 그러자 장교는 그때껏 윗옷 자락에 감추어 두고 있던 쪽지를 꺼내 자작시를 읽기 시작했소. 음악과 사랑에 바치는 시였는데, 느낌만 있고 감동은 없었소. 난 정말 말리고 싶었소. 저렇게까지 할 필요가 있을까? 다른 사람도 아니고 소위가! 세상의 주인이! 아니나 다를까, 당연한 일이 일어나고 말았소. 사람들은 지루한 표정을 지으며 입을 다물었고, 형식적으로 잠깐 박수를 치더니 곧 분위기가 싸늘해졌소. 그런 상황에서 나는 내 속에서 두 가지 감정을 느꼈소. 경솔한 젊은 장교가 이 모임에 뿌려 놓은 당혹스러움에 나도 일말의 책임이 있다는 게 하나였소. 그 장교가 침범한 영역이 바로 내 영역이었기 때문이오. 그래서 그런지 나를 보는 사람들의 시선도 곱지 않았소. 비웃고 경원하는 눈빛이었죠. 두 번째 감정은 방금 전까지 내가 그 인간 자체에 진심 어린 존경심을 보냈던 장교가, 갑자기 내 눈에 아주 작게 보이기 시작했다는 거요…… 연민이 일었소. 호의를 보여 주고 싶었소. 그래서 다른 몇몇 용감하고 선량한 신사들에 이어 나도 그 장교에게 다가가 격려해 주었소. '축하합니다. 소위님! 정말 재주가 뛰어나시군요! 아니, 최고였습니다!' 이렇게 말하며 나는 어깨까지 두드려 주었소. 제국의 장교라면 절대 받아서는 안 될 격려였죠. 그래도 어쩌겠소? 모두 자기 탓인걸! 소위는 난감한 표정으로 우두커니 선 채로 죗값을 톡톡히 치렀소. 조국을 위해 목숨을 바칠 생각은 않고, 예술의 월계수 나뭇잎을 한 장 정도 따는 건 괜찮겠지 하고 생각한 죄요. 그래선 안 됩니다. 그런 점에서 나는 나의 동료이자 범죄를 저지른 그 은행가 편을 들겠소. 내가 오늘 햄릿처럼 말이 많았구려. 안 그렇소, 리자베타?"

"하고 싶은 얘기 다 했어요?"

"아뇨. 하지만 그만하겠소."

"그래요, 그 정도면 충분하죠. 내 대답을 기다리세요?"

"해 줄 말이라도 있소?"

"있을 것 같아요. 당신 이야기 잘 들었어요. 처음부터 끝까지. 오늘 오후 당신이 말한 모든 것에 잘 어울리는 대답을 해 주려고 해요. 당신을 그렇게 불안하게 만드는 문제에 대한 해답이기도 해요. 그럼 말할게요! 누가 뭐라고 하든 여기 앉아 있는 당신도 한 사람의 시민이라는 사실이 그 해답이에요."

"내가?" 그는 이렇게 되물으며 앉은 채로 온몸이 털썩 무너졌다.

"그렇지 않나요? 물론 충격이 크겠죠. 그래야 하기도 하고요. 그래서 제가 판결을 좀 누그러뜨려 드리죠. 그 정도는 할 수 있으니까. 당신은 길을 잘못 든 시민이에요. 길 잃은 시민이라고요."

침묵이 흘렀다. 얼마 뒤 토니오는 결연하게 일어나더니 모자와 지팡이를 집어 들었다.

"고맙소, 리자베타 이바노브나. 이제 마음 편히 집으로 돌아갈 수 있겠소. 난 해결되었으니까!"

가을 무렵 토니오가 리자베타에게 말했다. "곧 여행을 떠날 거요. 바람을 좀 쐬어야 할 것 같아서. 여길 훌쩍 떠서 어디 먼 데로 갈 생각이오."

"갑자기 무슨 바람이 불었어요? 다시 이탈리아로 갈 생각이에요?"

"이탈리아 얘기는 꺼내지도 말아요, 리자베타! 거긴 내가 경멸할 정도로 마음에서 멀어진 곳이오. 내가 혼자 멋대로 그곳의 일원이라고 생각했던 것도 오래전 일이오. 그곳이 예술의 고장이라고 생각했으니 말이오. 눈부신 하늘, 뜨겁게 익어 가는 포도, 달콤한 관능…… 한마디로, 난 이제 그런 것들이 싫소. 그런 것들을 포기했단 말이오. 그 모든 아름다움이 자꾸 신경에 거슬려요. 그리고 끔찍할 정도로 활기차고, 동물처럼 새까만 눈동자를 가진 저 아래쪽 사람들도 좋아하지 않소. 그 라틴족의 눈빛엔 양심이 없소. 그래서 이젠 덴마크로 가 볼까 해요."

"덴마크요?"

"거기 가면 뭔가 좋은 일이 일어날 것 같은 느낌이오. 어쩌다 보니 지금껏 한 번도 그곳에 가 본 적이 없소. 내 소년기 전부를 그 나라 국경 인근에서 보냈는데 말이오. 어쨌든 그런데도 난 예전부터 그 나라를 잘 알았고 사랑했소. 북국에 끌리는 이런 경향은 아버지한테 물려받은 게 틀림없소. 어머니는 남국의 아름다움에 더 끌리는 분이었으니까. 그런 걸 두고 보면 어머니도 모든 것에 이래도 그만, 저래도 그만이었던 분은 아니었소. 북국 사람들이 쓴 책들을 떠올려 봐요. 심오하고 순수하고 유머가 넘쳐요. 난 그것들을 뛰어넘는 책을 보지 못했소. 그 책들을 사랑해요. 강한 바닷바람을 받으며 자란 사람만 소화할 수 있는 독특한 스칸디나비아 음식도 떠올려 봐요. 나도 어릴 때부터 먹어 와서 익숙한 음식이지만 지금도 잘 맞을지는 모르겠소. 저 위 사람들이 즐겨 사용하고, 우리 동네 사람들도 자주 붙이는 이름도 떠올려 봐요. 일례로 '잉게보르크'라는 이름은 흠 하나 없이 완벽한 시를 하프로 타는 소리 같지 않소? 거기다 저 위쪽엔 바다도 있소. 발트 해 말이오…… 한마디로 난 북쪽으로 가요. 발트 해를 다시 보고 싶고, 그 이름들을 다시 듣고 싶고, 현지에서 그 책들을 읽고 싶소. 또한 크론보르 성의 테라스에 서 있고 싶기도 해요. '유령'이 햄릿에게 다가가 그 가련하고 고결한 젊은이를 곤궁과 죽음으로 몰아넣었던 그곳 말이오."

"물어도 될지 모르겠지만, 어떻게 갈 생각이에요? 경로 말이에요."

"통상적인 길로 가지 않겠소?" 그는 어깨를 으쓱하며 눈에 띄게 얼굴이 빨개졌다. "그래요. 13년 전에 떠나온 내 고향 도시에 들를 거요. 원래의 내 출발지였죠. 어쩌면 상당히 이상한 여행이 될지도 모르겠소."

그녀가 살며시 웃었다.

"내가 듣고 싶었던 말이 그거였어요. 잘 다녀와요. 편지 쓰는 것도 잊지 말고요. 알았죠? 덴마크 여행의 소중한 경험이 듬뿍 담긴 편지 기대할게요."

6

토니오 크뢰거는 북쪽으로 갔다. 여행은 편안하게 했다(내적으로 남들보다 힘든 고통을 앓는 사람은 외적으로는 약간의 편안함을 누릴 권리가 있다는 것이 그의 지론이었다). 쉬지 않고 달리다 보니, 어느 순간 그가 떠났던 좁은 도시의 잿빛 하늘 위로 우뚝 솟은 탑들이 나타났다. 그때부터 고향 도시에서의 짧고도 이상한 체류가 시작되었다.

연기에 그을린 길쭉한 역사 안으로 기차가 진입할 때는 이미 우중충하던 오후가 저녁으로 넘어가고 있었다. 역사 안은 기묘하게 친숙했다. 더러운 유리 지붕 밑에서는 여전히 자욱한 연기가 뭉게뭉게 피어올라 여기저기 긴 조각처럼 이어져 공중으로 흩어졌다. 토니오가 가슴속에 조롱만 담고 떠났던 당시와 똑같았다. 그는 짐을 찾아 호텔로 옮겨 달라고 지시하고는 기차역을 떠났다.

바깥에는 여객 마차들이 일렬로 서 있었다. 말 두 필이 끄는, 지나치게 천장이 높고 넓은 마차였다. 그는 마차를 타지 않고 구경만 했다. 다른 것들에 대해서도 마찬가지였다. 길쭉한 박공지붕, 가까운 지붕들 위로 빠끔 고개를 쳐든 뾰족한 탑들, 질질 끌면서도 속사포처럼 말하는 주변의 약간 통통한 금발 머리 사람들을 그는 바라보기만 했다. 속에서 갑자기 신경질적인 폭소가 터져 나왔다. 어떻게 보면 흐느낌과 비슷한 웃음이었다. 그는 걸었다. 끊임없이 세차게 얼굴에 와 닿는 축축한 바람을 맞으며, 난간에 신화의 조각상들이 서 있는 다리 위를 천천히 걸었고, 부두를 따라 얼마간 거닐었다.

이럴 수가! 어떻게 모든 것이 이렇게 각지고 조그맣게 보일까? 예전에도 좁은 박공지붕 골목들이 시내 쪽으로 이렇게 요상한 모양으로 가파르게 올라갔단 말이지? 황혼 녘의 흐릿한 강물 위에서는 배의 굴뚝과 돛대가 바람을 맞으며 너울거렸다. 저 길을 따라 올라가 볼까? 그의 마음속 집이 있는 길이었다. 아냐, 내일 가는 게 좋겠어. 그는 지금 몹시 졸렸다. 긴 여행으로 머릿속이 묵직했다. 안개처럼 몽롱한 생각들만 느릿느릿 머릿속을 굴러가고 있었다.

지난 13년 동안 이따금 속이 좋지 않을 때면 고향 집 꿈을 꾸었다. 비스듬한 골목길에 있던, 발소리 쿵쿵 울리던 낡은 집이었다. 꿈속에서 아버지는 아직 살아 있었다. 아버지는 타락한 생활을 이유로 아들을 호되게 꾸짖었고, 그럴 때마다 아들은 그 꾸짖음을 당연하게 받아들였다. 그런데 토니오는 지금 이 순간과 그 질긴 유령 같은 꿈의 세계가 전혀 분간이 되지 않았다. 사람은 꿈을 꾸면서도 이게 꿈인지 생시인지 스스로 묻기도 하는데, 그럴 때면 필연적으로 확신에 차서 이게 현실이라고 결정 내리지만 항상 끝에 가서는 그 꿈에서 깨어나곤 한다. 행인은 거의 없고 바람만 세차게 부는 거리를 걸었다. 바람이 불어오는 쪽으로 고개를 숙인 채 몽유병 환자처럼 호텔 방향으로 걸었다. 오늘 묵을 곳은 도시에서 가장 좋은 호텔이었다. 다리가 휜 한 남자가 끝에 불꽃이 타오르는 긴 작대기를 들고 선원들 특유의 건들거리는 걸음으로 앞서 걸어가더니 거리의 가스등마다 불을 붙였다.

지금 토니오의 심정은 어떨까? 육신의 고단함이라는 잿더미 아래서 불꽃으로 활활 타오르지 못하고 희미하고 고통스럽게 빛을 내고 있는 것은 무엇일까? 조용, 조용! 아무 말도 하지 마! 단 한 마디도! 그는 이대로 마냥 걷고 싶었다. 바람을 맞으며 꿈결처럼 친숙하고 어둑한 골목길을 그냥 걷고 싶었다. 그런데 모든 것이 정말 좁고 다닥다닥 붙어 있었다. 그러다 보니 목적지에는 곧 도착했다.

지형이 높은 도심에는 아치형의 가로등이 있었는데, 거기에 막 불이 켜졌다. 호텔도 그곳에 있었다. 호텔 앞에는 시커먼 사자 두 마리가 서 있었다. 토니오가 어릴 때 무척 무서워하던 사자상이었다. 사자들은 여전히 마치 재채기를 할 것처럼 서로를 바라보고 있었다. 그런데 예전보다 훨씬 작아진 것 같았다. 토니오는 사자들 사이를 지나갔다.

그가 걸어서 왔기 때문인지 호텔 측의 대접은 별로 극진하지 않았다. 도어맨과 검은 양복을 차려입은 세련된 신사가 그를 맞았는데, 새끼손가락으로 소맷부리를 계속 소매 속으로 집어넣고 있던 신사는 자기소개를 하더니 토니오를 머리부터 발끝까지 유심히 살폈다. 손님의 사회적 지위를 재고, 신분상 어느 계급에 넣을지 판단해서 그에 합당한 대우를 하려는 눈치였다. 그런데 만족할 만한 결론에 도달할 수 없었는지 그냥 적당히 예의를 갖추기로 결정한 듯했다. 연한 금빛 구레나룻을 기르고, 낡아서 반질반질한 연미복을 입고, 장미꽃 리본이 달린 소리 나지 않는 구두를 신은, 순해 보이는 한 종업원이 그를 말끔하고 고풍스럽게 꾸며진 3층 방으로 안내했다. 창문 밖으로 그림처럼 아름다운 중세풍의 풍경이 어스름한 불빛 속에 펼쳐져 있었다. 안뜰과 박공지붕 그리고 호텔 인근에 위치한 기괴한 모습의 육중한 교회도 보였다. 토니오는 한동안 창문 앞에 서 있다가 널찍한 소파에 팔짱을 끼고 앉아, 미간을 찌푸리며 낮게 휘파람을 불었다.

방에 불이 들어왔고, 짐도 곧 도착했다. 그와 동시에 순해 보이는 종업원이 탁자 위에 숙박계를 내려놓았다. 토니오는 고개를 삐딱하게 기울인 채 이름과 혼인 여부, 출생지를 적어 넣었다. 이어 저녁 식사를 가볍게 주문하고는 소파 귀퉁이에 앉아 계속 허공을 응시했다. 식사가 배달되어 왔을 때 그는 한참 동안 음식에는 손을 대지 않다가 겨우 한두 술을 뜨고는 한 시간 정도 방 안을 서성거렸다. 이따금 걸음을 멈추고 눈을 감기도 했다. 이어 천천히 옷을 벗고 침대에 들었다. 그리고 오래도록 잠이 들었다. 야릇한 느낌의 그리움이 담긴 어지러운 꿈을 꾸면서.

아침에 깨었을 때 방 안이 온통 햇빛으로 환했다. 그는 퍼뜩 정신을 차리며 자신이 지금 어디에 있는지 곰곰이 생각해 보고는 벌떡 일어나

커튼을 열어젖혔다. 바람에 뜯겨 나간 가느다란 조각구름이 벌써 약간 빛바랜 늦여름의 푸른 하늘에 줄지어 떠갔고, 고향 도시 위로 햇빛이 쏟아지고 있었다.

그는 평소보다 치장에 더욱 신경을 썼다. 깔끔하게 씻고 면도를 한 뒤 마치 말쑥하고 단정한 인상을 주어야 할 우아한 자리에 초대를 받아 가는 것처럼 산뜻하고 깨끗하게 단장했다. 그는 옷을 입으면서 심장이 불안스레 두근거리는 소리를 들었다.

아, 바깥은 얼마나 환하던지! 차라리 어제처럼 거리에 땅거미가 깔리면 훨씬 마음이 편할 것 같았다. 그러나 지금은 사람들의 시선에 노출된 채 햇빛 투명한 거리를 걸어야 했다. 혹시 아는 사람이라도 만나면 어쩌지? 걸음을 멈추고 지난 13년 동안 어떻게 지냈느냐는 질문에 답이라도 해야 하는 상황이 오면 어쩌지? 그런 일은 없을 것이다. 다행히 그를 아는 사람은 더 이상 없었다. 설사 그를 기억하는 사람이 있다고 해도 그를 알아보지 못할 것이다. 그사이 그의 모습이 많이 변했기 때문이다. 그는 거울 앞에 서서 자신을 유심히 관찰했다. 문득 이 가면, 즉 삶의 고통을 일찍 겪어서 본래 나이보다 늙은 이 얼굴 뒤에 숨어 있으면 좀 더 안전할 거라는 느낌이 들었다. 그는 아침을 내가게 하고는 자신도 방을 나섰다. 그러고는 도어맨과 검은 양복을 세련되게 차려입은 신사의 얕잡아 보는 시선을 뒤로하고 호텔 현관문과 두 마리 사자를 지나 밖으로 나갔다.

어디로 가는 것일까? 그 자신도 잘 몰랐다. 어제와 상황이 비슷했다. 그는 박공지붕과 작은 탑들, 아케이드, 분수들이 야릇한 기품을 풍기며 굉장히 익숙한 모습으로 다닥다닥 붙어 있는 광경을 다시 발견하는 순간 그리고 머나먼 꿈속의 부드럽고도 쓰디쓴 향내가 실린 듯한 강한 바람의 압력을 얼굴에서 느끼는 순간, 안개로 엮은 베일 같은 것이 그의 의식을 감싸는 순간…… 얼굴 근육의 긴장이 풀렸다. 그는 차분해진 시선으로 인간과 사물을 관찰했다. 어쩌면 저 길모퉁이를 돌면 이 꿈에서 깨어날지도 모른다고 생각하면서……

어디로 가는 것일까? 그가 접어든 방향은 슬프고도 회한에 찬 간밤의 꿈들과 관련이 있는 느낌이었다. 그는 시장으로 향했다. 시청 건물 아래 아치형 통로에서는 정육점 주인들이 피 묻은 손으로 고기를 저울에 달고 있었다. 곧 뾰쪽하게 치솟은 고딕식 분수가 여러 개 있는 시장 광장이 나타났다. 거기서 그는 어느 집 앞에 멈추어 섰다. 다른 집들처럼 길쭉하고 소박한 집이었는데, 둥글게 휘고 그물 장식이 있는 박공지붕을 이고 있었다. 그는 이 집을 하염없이 바라보더니 문 옆에 붙은 문패를 읽고, 창문 하나하나를 눈으로 더듬었다. 그러고는 천천히 발길을 돌렸다.

어디로 가는 것일까? 집 방향이었다. 시간이 있었기에 그는 산책 겸 길을 돌아 성문 쪽으로 향했다. 뮐렌발과 홀스텐발 성벽 길을 지나갈 때는 나뭇가지를 쌩쌩 휘감고 돌아오는 바람에 모자가 날아가지 않도록 꼭 붙들어야 했다. 그는 기차역에서 멀지 않은 곳에서 성벽 구역을 벗어났고, 둔중한 몸체를 이끌고 칙칙 소리를 내며 급히 지나가는 기차를 보았고, 심심풀이로 기차 칸의 수를 헤아렸으며, 맨 뒷자리에 앉은 남자를 바라보았다. 린덴플라츠 광장에 이르자 한 예쁘장한 빌라 앞에 걸음을 멈춘 뒤 한참 동안 정원과 창문을 살펴보고는 마지막으로 정원 문을 빙그르르 돌려 보았다. 그런 다음 차가워지고 녹 묻은 손을 가만히 내려다보더니 등을 돌렸다. 그는 딱 바라진 낡은 성문을 지나 부두를 따라 걷다가 부모님의 집이 있는, 가파르고 바람이 많이 부는 골목으로 올라갔다.

다른 이웃집들에 둘러싸인 것처럼 박공지붕이 우뚝 솟아오른 부모님의 집은 300년 전과 똑같이 잿빛으로 근엄하게 서 있었다. 토니오는 반쯤 지워진 글씨로 현관 위에 쓰인 경건한 금언을 읽고는 숨을 크게 들이쉰 뒤 안으로 들어갔다.

1층 문들을 지날 때 심장이 불안스레 쿵쾅거렸다. 귀에 펜을 꽂고 사무복을 입은 아버지가 어느 문에서라도 나와 아들을 붙들어 세우고는 아들의 비정상적인 생활을 엄히 꾸짖을 것 같았다. 아들로서는 응당 받아들여야 할 꾸짖음이었다. 그런데 토니오는 아무 방해도 받지 않고 문들을 지나갔다. 현관 안쪽 바람막이 문은 닫혀 있지 않고 조금 열려 있었다. 어른들이 알면 야단을 맞을 일이지만, 다른 한편으로는 그걸 보면서 용기가 나기도 했다. 마치 신기한 행운이 따르는지, 앞을 가로막는 장애물이 저절로 사라지면서 누구의 방해도 없이 무사히 앞으로 나아가는 그런 꿈속 같았다. 네모꼴의 큼직한 포석이 깔린 널찍한 복도를 지나갈 때는 발소리가 쿵쿵 울렸다. 쥐 죽은 듯이 조용한 부엌 맞은편에는 예전처럼 상당한 높이로, 어울리지 않지만 깨끗이 랙칠을 한 목조 방이 벽에서 튀어나와 있었다. 하녀들의 방이었는데, 사다리처럼 생긴 계단을 통해서만 복도에서 올라갈 수 있었다. 그런데 예전에 거기에 있던 큰 장과 조각 장식함은 보이지 않았다. 과거 이 집의 아들이었던 토니오는 첫눈 무늬가 있는, 하얗게 랙칠된 나무 난간을 손으로 짚으며 육중한 계단을 올라갔다. 걸음을 뗄 때마다 손을 들었다가 다시 부드럽게 난간에 내려놓았다. 마치 이 낡고 견고한 난간에 대한 예전의 친숙한 감촉이 되살아날지 조심스럽게 시험이라도 하는 듯이. 그런데 계단참에서 걸음을 뚝 멈추었다. 1층과 2층 사이 중간층으로 가는 입구였다. 문에 하얀 팻 말이 붙어 있었는데, 검정 글씨로 '공공 도서관'이라고 적혀 있었다.

공공 도서관? 토니오는 의아했다. 이곳은 책이니 공공이니 하는 것과는 전혀 상관없는 곳이었다. 그는 노크를 했다. 안에서 들어오라고 누군가 큰 소리로 말했다. 그는 문을 열고 들어가 긴장되고 음울한 눈으로 터무니없이 변해 버린 실내를 살펴보았다.

중간층은 연이은 방 세 개로 이루어져 있었는데, 연결된 방문은 모두 열려 있었다. 벽은 똑같은 형태로 제본된 책들이 줄지어 꽂힌 짙은 색 서가로 거의 천장까지 덮여 있었다. 각 방에는 상점 판매대와 비슷하게 생긴 책상에 꾀죄죄한 남자들이 한 명씩 앉아 무언가를 쓰고 있었다. 그중 두 사람은 토니오를 향해 고개만 돌렸고, 첫 번째 방에 있던 남자는 급히 일어나더니 두 손으로 책상을 짚고는 방문객을 바라보았다. 고개를 내밀고 입술을 모으고 눈썹을 치켜세우고 눈을 빠르게 깜박거리면서.

"실례합니다." 토니오가 책들에서 눈을 떼지 않고 말했다. "여긴 처음입니다. 도시를 둘러보는 중이거든요. 여기가 공공 도서관이라고요? 책들을 좀 살펴봐도 되겠습니까?"

"물론이죠!" 공무원이 한층 더 심하게 눈을 깜박거리며 말했다. "여긴 누구나 이용할 수 있으니까요. 그냥 둘러만 보시겠습니까? 아니면⋯⋯ 도서 목록을 하나 드릴까요?"

"괜찮습니다. 쉽게 찾을 수 있습니다." 이 말과 함께 토니오는 책등의 제목을 꼼꼼히 살피는 것 같은 인상을 주려고 천천히 벽을 따라 걸었다. 이윽고 책 한 권을 뽑아 펼치더니 그걸 들고 창가로 갔다.

여긴 그의 가족이 아침 식사를 하던 방이었다. 파란 벽지에 신들의 모습이 도드라지게 그려진 큼직한 식당 홀이 위층에 따로 있었지만,

아침 식사만큼은 이 방에서 했다. 그리고…… 저기 저 방은 침실이었다. 할머니가 거기서 돌아가셨다. 연세가 많았는데도 죽음과 힘차게 싸우셨던 분이다. 생에 애착이 많은 활기찬 여장부였으니까. 나중에 아버지도 저기서 숨을 거두었다. 단춧구멍에 들꽃 한 송이를 꽂고 다니시던, 약간 우수에 젖고 사색적인 표정에 훤칠하고 올바르던 분이었다. 임종 당시 토니오는 침대 발치에 눈시울이 붉어진 채 뜨겁고 먹먹한 감정에 젖어 앉아 있었다. 사랑과 고통으로 범벅된 감정이었다. 정열적이고 아름다운 어머니도 그때는 뜨거운 눈물을 흘리며 침대맡에 무릎을 꿇고 앉아 있었다. 물론 그 뒤에 남쪽 출신의 예술가와 결혼해서 저 멀리 푸른 나라로 떠났지만…… 제일 안쪽의 가장 작은 방은 오랫동안 토니오의 방이었다. 지금은 다른 방들과 마찬가지로 꾀죄죄한 한 남자가 지키는 책들로 가득했다. 토니오는 학교가 끝나면 오늘처럼 산책을 끝낸 뒤 집에 들어와 자기 방으로 갔다. 한쪽 벽에 책상이 있었고, 책상 서랍 속에는 당시 그의 첫 시들이 들어 있었다. 어쩔 줄 몰라 하는 소년의 마음을 처음으로 담은 시였다. 아, 호두나무…… 별안간 아릿한 우수가 전신을 타고 내려갔다. 그는 고개를 돌려 창밖을 내다보았다. 정원은 황량했다. 그러나 늙은 호두나무는 원래 자리에 서 있었다. 바람을 묵직하게 견뎌 내면서. 토니오는 손에 들고 있던 책으로 눈길을 돌렸다. 그도 잘 아는 빼어난 문학작품이었다. 그는 책 속의 문장들을 내려 보다가 얼마간 작품의 정교한 흐름을 따라갔다. 서사적인 포인트와 효과가 형상화의 열기 속에서 서서히 상승하더니 이내 감동적으로 다시 가라앉는 과정을……

그래, 참 잘 쓴 글이야. 그는 이렇게 생각하며 책을 도로 꽂아 두고는 몸을 돌렸다. 그런데 그 공무원이 여전히 꼿꼿이 선 채, 직업적인 성실성과 신중한 불신이 뒤섞인 표정으로 눈을 깜박거리는 것이 보였다.

토니오가 말했다. "아주 훌륭한 장서군요. 대충 다 둘러봤습니다. 감사드립니다. 안녕히 계십시오." 그가 문을 열고 나갔다. 공무원의 입장에서는 참 미심쩍은 퇴장이었다. 그래서 토니오는 그 공무원이 자신의 방문을 깊이 불안해하며 몇 분간 더 그 자세로 서서 눈을 깜박거릴 거라고 확신했다.

집을 더 둘러볼 마음은 없었다. 그는 고향 집에 왔다고 생각했지만, 위층 기둥 홀 안쪽의 큰 방들에는 이미 낯선 사람들이 살고 있었다. 계단 꼭대기에 설치된, 전에 없던 유리문을 보고 알았다. 게다가 문 옆에는 문패까지 있었다. 계단을 내려간 그는 발소리가 울리는 복도를 지나부모님의 집을 떠났다. 그러고는 어느 레스토랑 한구석에 앉아 깊은 생각에 잠긴 채 기름지고 위에 부담 되는 식사를 하고 호텔로 되돌아갔다.

토니오가 검은 정장을 입은 세련된 신사에게 말했다. "일을 다 봤습니다. 오늘 오후에 떠나겠습니다." 그는 계산서와 부두로 가는 마차를 요청했다. 증기선을 타고 코펜하겐으로 갈 생각이었다. 그는 방으로 올라가 허리를 꼿꼿이 펴고 책상에 앉아 손으로 뺨을 받친 채 초점 없는 눈으로 책상을 말없이 내려다보았다. 얼마 뒤 계산서에 적힌 금액을 지불하고 짐을 챙겼다. 약속한 시간에 마차가 왔고, 그는 떠날 채비를 하고 계단을 내려갔다.

검은 정장을 입은 신사가 계단 발치에서 그를 기다리고 있었다.

"손님, 죄송합니다만……" 신사가 새끼손가락으로 계속 소맷부리를 소매 안으로 밀어 넣으며 말했다. "혹시 1분만 시간을 내주실 수 없겠습니까? 이 호텔의 소유주인 제하제 씨께서 손님과 몇 말씀 나누고 싶어 하십니다. 형식적인 이야기인데…… 저 뒤에 계십니다. 저랑 잠시만 같이

가 주시겠습니까? 이 호텔의 소유주인 제하제 씨께서 뵙고자 하는 것일 뿐입니다."

그는 토니오를 정중한 손짓으로 로비 안쪽으로 안내했다. 거기엔 정말 제하제 씨가 있었다. 토니오가 예전부터 아는 사람이었다. 물론 얼굴만 아는 사이였지만. 작고 뚱뚱하고 다리가 휜 제하제 씨는 말끔히 다듬은 턱수염이 벌써 하얗게 세어 있었다. 하지만 아직도 가슴 부분이 넓게 트인 프록코트를 입고, 초록색으로 수놓은 벨벳 모자를 쓰고 있었다. 그런데 혼자가 아니었다. 그 옆, 그러니까 벽에 부착된 간이 탁자 옆에 헬멧을 쓴 경찰관이 한 명 서 있었다. 그는 간이 탁자 위에 놓인 알록달록한 서류 위에 장갑 낀 오른손을 올려놓고는 군인처럼 딱딱하게 굳은 얼굴로 토니오를 쏘아보았다. 마치 토니오가 자신을 보자마자 그 자리에 털썩 주저앉기라도 기대하듯이.

토니오는 두 사람을 번갈아 보더니 상대가 먼저 말을 꺼내기를 기다렸다.

"뮌헨에서 오셨습니까?" 이윽고 경찰관이 선량한 목소리로 느릿느릿 물었다.

토니오는 그렇다고 대답했다.

"코펜하겐으로 가신다고요?"

"예, 덴마크 휴양지로 여행하는 중입니다."

"휴양지요? 좋소, 신분증을 제시해 주시오." 경찰관은 특히 마지막 단어를 즐거운 톤으로 발음했다.

"신분증요?" 토니오는 신분증이 없었다. 손가방을 열어 안을 들여다보았지만, 지폐 몇 장과 여행지에서 처리할 생각으로 갖고 온 소설 교정지밖에 없었다. 그는 공무원을 상대하는 것을 좋아하지 않았고, 그래서 이제껏 여권도 만든 적이 없었다.

"미안하게 됐습니다만 난 신분증을 갖고 다니지 않습니다."

"그래요?" 경찰관이 말했다. "신분증을 갖고 다니지 않는다? 이름이 어떻게 되오?"

토니오가 이름을 말했다.

"정말 당신 이름 맞소?" 경찰관이 허리를 펴더니 갑자기 콧구멍을 한껏 벌렁거렸다.

"틀림없습니다." 토니오가 대답했다.

"뭘 하는 분이시오?"

토니오는 침을 꿀꺽 삼키더니 단호한 목소리로 자신의 생업을 이야기했다. 순간 제하제 씨가 고개를 들어 호기심 어린 표정으로 토니오를 쳐다보았다.

"음…… 그러니까 당신은 우리가 찾는 인물이 아니라고 진술하시는군요." 이 말 뒤에 경찰관은 알록달록하게 적힌 서류에서 발음하기 어렵고 낭만적인 느낌이 나는 이름을 또박또박 이야기했다. 여러 민족의 발음이 기묘하게 뒤섞인 이름처럼 들렸는데, 토니오는 듣는 즉시 잊어버렸다. 경찰관의 말이 이어졌다. "부모가 누군지도 모르고 신원도 불확실한 그 인물은 여러 사기 사건과 다른 범죄로 뮌헨 경찰에 쫓기고 있는데, 지금 덴마크로 도주 중이라는 첩보가 있소."

"난 그 인물이 아니라고 이미 말했습니다." 토니오가 신경질적으로 어깨를 으쓱하며 말했다. 이 몸짓이 어느 정도 확고한 인상을 불러일으켰다.

"아, 물론 그러셨죠. 하지만 제시할 신분증이 없지 않소?"

이때 제하제 씨가 둘을 진정시킬 생각으로 중간에 끼어들었다.

"이건 형식적인 절차입니다. 그 이상도 이하도 아닙니다! 경찰로선 소임을 다하고 있는 것뿐이니 손님께서도 이해해 주시기 바랍니다. 사실 손님의 신분을 증명할 만한 게 뭐라도 있으면 좋으련만…… 그런 게 없으니……"

모두들 침묵했다. 토니오는 자신이 신원 미상의 사기꾼도, 초록 마차를 타고 다니는 집시 출신도 아니고, 크뢰거 영사 가문의 자제라는 사실을 제하제 씨에게 털어놓음으로써 이 난감한 상황을 마무리 지을까, 생각하기도 했지만, 굳이 그럴 마음이 들지 않았다. 그렇다고 사회질서를 지키려는 이들의 행동이 잘못이라고 생각되지도 않았다. 아니, 이들의 행동은 나름대로 충분히 수긍할 수 있다. 결국 그는 어깨만 으쓱했을 뿐 입을 열지 않았다.

"그 안엔 뭐가 들었소?" 경찰관이 물었다. "그 손가방 말이오."

"이거요? 별것 없습니다. 교정지만 들었어요." 토니오가 대답했다.

"교정지라고요? 그걸 왜? 한번 봅시다."

토니오가 교정지를 건넸다. 경찰은 그것을 간이 탁자 위에 펼쳐 놓고 읽기 시작했다. 제하제 씨도 다가와 함께 읽었다. 토니오는 어깨 너머로 그들이 어떤 부분을 읽는지 살펴보았다. 서사적인 포인트와 효과를 멋들어지게 살려 낸 대목이었다. 그는 문득 뿌듯한 기분이 들었다.

"보십시오! 거기 내 이름도 있지 않습니까? 그걸 내가 썼고, 곧 출간도 될 겁니다. 아시겠습니까?"

"자, 이제 됐습니다." 제하제 씨가 단호하게 말하더니 교정지를 한데 모아 접어서 토니오에게 돌려주었다. "이걸로 충분해요, 페터젠!" 제하제 씨는 눈을 꾹 감으면서 그만하라는 듯이 고개를 흔들며 같은 말을 반복했다. "손님을 더 오래 잡아 둬서는 안 돼요. 마차가 기다리고 있어요. 잠시 불편을 드려 정말 죄송합니다, 손님. 경찰도 자신의 직분을 다한 것뿐이니 양해해 주십시오. 물론 저는 처음부터 잘못 짚었다고 분명히 이야기했지만……"

정말 그랬을까, 토니오는 생각했다.

경찰관은 제하제 씨의 말에 완전히 동의하지는 못하는 눈치였다. 그는 여전히 신원 미상의 인물이 어떻고, 신분증이 어떻고 하는 말을 더 늘어놓았다. 그러나 제하제 씨는 거듭 사죄의 뜻을 밝히며 손님을 로비로 모셔 가더니 두 마리 사자 사이를 지나 마차까지 직접 안내한 뒤, 토니오가 마차에 오르자 경의의 표시로 문까지 정중하게 닫아 주었다. 이윽고 우스꽝스러울 정도로 높고 널찍한 여객 마차가 덜거덕거리며 구르기 시작했고, 곧 요란한 소리를 내며 가파른 골목길을 따라 항구로 내려갔다.

이것이 고향 도시에서의 이상한 체류였다.

7

밤이 내렸다. 토니오가 탄 배가 대해로 나왔을 때 물결치는 은빛 광채와 함께 벌써 달이 떠올랐다. 그는 점점 거세지는 바람에 외투로 몸을 꽁꽁 감싼 채 뱃머리 돛대 옆에 서서 저 아래 세차고 매끄러운 파도의 어두운 방랑과 표류를 내려다보았다. 파도는 얼싸안을 듯이 넘실대다가 어느 순간 철썩 소리와 함께 부딪치더니 갑자기 예기치 않은 방향으로 흩어지면서 거품을 일으키며 반짝거렸다.

그네를 타는 것 같은 고요한 황홀감이 가슴 깊이 벅차올랐다. 하지만 충분히 있을 수 있는 일로 받아들이기는 했으나, 그는 고향 도시에서 사기꾼으로 몰려 체포될 뻔한 일로 약간 풀이 죽어 있었다. 그러다 배에 타서 짐 싣는 광경을 구경했다. 어려서 아버지와 함께 배에 탔을 때도 가끔 그랬다. 선원들은 덴마크어와 북부 독일어로 소리를 질러가며 증기선의 깊숙한 곳에 짐을 실었다. 거기엔 짐 뭉치와 궤짝만 있는 게 아니라 굵은 쇠창살 우리에 갇힌 북극곰과 벵골호랑이도 있었다. 아마 함부르크에서 덴마크의 동물원으로 보내는 것 같았다. 이것들을 구경하면서 토니오는 벌써 마음이 어느 정도 풀렸다. 그러다 배가 평평한 강기슭을 따라 미끄러져 올라가자 경찰관 페터젠과의 실랑이는 까맣게 잊어버렸다. 대신 그전에 있었던 일, 그러니까 간밤의 달콤하고 슬프고 회한에 찬 꿈들, 고향 도시에서의 산책, 고향 집 정원의 호두나무, 이 모든 것이 마음속에 다시 생생히 떠오르기 시작했다. 그러다 바다가 활짝 열린 지금에는 어렸을 때 여름 바다의 꿈 이야기를 엿들었던 해변과 등대 불빛을 보았다. 부모님과 함께 묵었던 호텔 불빛까지…… 아, 발트 해! 그는 아무 장애물 없이 거침없이 불어오는 강한 바닷바람에 고개를 약간 숙였다. 귀를 휘감는 바람은 가벼운 현기증과 얼얼한 마비 증상을 일으켰고, 그런 마비 속에서 모든 나쁜 것과 고통, 방황, 욕망, 수고의 기억들이 기분 좋게 스르르 가라앉았다. 그와 함께 주변의 바람 소리와 물결 소리는 고향 집 호두나무에서 나던 바람 소리로, 어느 집 정원 문이 삐걱거리며 돌아가는 소리로 바뀌었다. 어둠이 점점 깊어지고 있었다.

"저 별들 좀 봐요, 정말 기가 막히네요!"

갑자기 누군가 옆에서 느리게 노래하는 톤으로 말했다. 양철통 안에서 나오는 것 같은 남자 목소리였는데, 토니오도 이미 아는 목소리였다.

붉은빛이 도는 금발에 소박하게 차려입은 이 청년은 눈두덩이 붉고, 방금 바닷물에서 나온 것처럼 축축한 느낌의 차가운 외모였다. 그는 선실에서 저녁 식사를 할 때 토니오 옆자리에 앉았는데, 별로 티를 내지 않으면서 엄청난 양의 바닷가재 오믈렛을 먹어 치웠다. 그 남자가 이제 토니오 옆 난간에 기대어 엄지와 검지로 턱을 받친 채 하늘을 올려다보고 있었다. 지금 이 청년은 인간과 인간 사이의 빗장이 자연스레 허물어지고, 낯선 사람에게도 마음이 열리고, 또 평소에는 부끄러워 말을 하지 못하던 사물에 대해서도 이상하게 입이 열리는, 축제 같은 감정의 고양 상태에 있는 것이 분명했다.

"저것 좀 보세요. 저 반짝이는 별들 말입니다. 이거 원, 하늘이 온통 별 천지네요. 그런데 말입니다, 저런 별들 가운데 많은 것이 지구보다 몇백 배는 더 크다면 어떤 기분이 들겠습니까? 우리 인간은 근대에 들어 전화나 전보뿐 아니라 다른 많은 것을 발명하고 이루어 냈습니다. 하지만 고개를 들어 하늘을 보면 우리가 사실 벌레에 지나지 않는다는 걸, 그것도 아주 불쌍한 벌레에 지나지 않는다는 걸 받아들여야 하지 않을까요? 내 말이 맞습니까, 틀렸습니까? 그래요, 우린 벌레입니다." 그는 스스로 묻고 스스로 답하더니 겸손하고 회오에 찬 표정으로 천체를 올려다보았다.

아…… 아냐, 이 친구는 문학의 피가 흐르는 사람이 아냐! 토니오는 생각했다. 그와 함께 최근에 읽은 글이 떠올랐다. 유명한 프랑스 작가가 쓴 우주론적 심리학적 세계관에 관한 논문이었는데, 꽤 세련된 잡담이라 할 수 있었다.

토니오는 깊은 체험에서 우러난 이 청년의 말에 대답 비슷한 말을 해주었다. 이어 두 사람은 난간에 기댄 채 대화를 이어 갔다. 불안스레 비치는 달빛에 파도가 거세게 이는 밤바다를 바라보면서. 이야기를 해 보니 이 청년은 함부르크에서 온 상인인데, 휴가차 여행 중이라고 했다.

"증기선을 타고 무작정 코펜하겐으로 가야겠다는 생각만 했습니다. 그래서 이 자리에 서 있는 거고요. 지금까지는 아주 좋았습니다. 그런데 바닷가재 오믈렛을 먹은 게 잘못이었습니다. 선생님도 왜 그런지 알게 되실 겁니다. 오늘밤에 폭풍이 칠 거거든요. 선장이 그렇게 말했어요. 그런 날씨에 소화가 잘 안되는 음식으로 속을 채우고 배에 타는 건 별로 재미가 없는 일이죠."

토니오는 스스럼없이 자신의 어리석은 행동을 늘어놓는 이 청년에게 은근히 친밀감이 들었다.

"그래요. 여기 위쪽 사람들은 너무 무겁게 식사를 하는 편이죠. 그래서 움직이길 싫어하고 우수에 차 있나 봐요."

"우수에 차 있다고요?" 청년이 토니오의 말을 따라 하더니 어이없다는 얼굴로 그를 찬찬히 살펴보았다. "이 고장 분이 아니세요?" 그가 갑자기 물었다.

"아, 예. 멀리서 왔습니다." 토니오는 애매하게 두 팔을 들어 방어하는 자세를 취하며 대답했다.

"선생님 말씀이 맞습니다. 우수에 차 있다는 거 말입니다. 저는 거의 항상 우수에 차 있죠. 특히 오늘처럼 별이 하늘에 가득한 밤에는요." 그는 다시 엄지와 검지로 턱을 받쳤다.

이 친구는 분명 시를 쓸 것 같군! 토니오는 생각했다. 그것도 깊고 솔직한 감상에서 우러난 시를.

밤이 깊어졌다. 바람은 대화가 불가능할 정도로 거셌다. 결국 두 사람은 잠을 좀 자 두기로 결정하고 잘 자라는 인사를 나누었다.

토니오는 선실의 좁은 침대에 몸을 쭉 뻗고 누웠지만 쉬이 잠에 들지 못했다. 세찬 바람과 아릿한 향내가 이상하게 그를 흥분시켰다. 무언가 감미로운 것을 초조하게 기다리듯 가슴까지 두근거렸다. 그런데 배가 파도 꼭대기에서 가파르게 미끄러져 내려오고 스크루가 물 바깥에서 경련을 일으키듯 돌아가며 배가 몹시 흔들릴 때는, 속이 무척 고약하게 울렁거렸다. 그는 다시 옷을 챙겨 입고 갑판으로 올라갔다.

구름은 빠른 속도로 달을 스쳐 갔고, 바다는 춤을 추고 있었다. 얌전한 모습으로 고르게 밀려오는 파도는 이제 존재하지 않았다. 대신 바다는 저 멀리 흐릿하고 가물거리는 불빛 속에서 갈가리 찢어지고 터지고 뒤집혔으며, 불꽃 모양의 거대하고 뾰쪽한 혀를 날름거렸고, 거품 가득한 낭떠러지와 끝이 뾰쪽한 희한한 형상들을 만들어 냈고, 어마어마한 팔 힘으로 미친 듯 날뛰며 사방으로 물거품을 내뿜었다. 배는 힘겹게 항해했다. 위아래로 요동치고 이리저리 흔들리고 고통스러운 비명을 토해 가며 간신히 광란의 바다를 뚫고 나아갔다. 가끔 배 안쪽에서 높은 파도로 괴로워하는 북극곰과 호랑이의 울부짖음이 들렸다. 방수복을 입고 머리 위로 후드를 쓰고, 허리춤에 전등을 매단 한 남자가 다리를 벌린 채 간신히 균형을 잡으며 갑판 위를 조심스레 걷고 있었다. 함부르크에서 온 청년이었다. 그는 뱃전에서 걸음을 멈추더니 난간 밖으로 몸을 쑥 내밀고 구토를 했다. 토니오를 발견하고는 탁하고 흔들리는 목소리로 말했다. "이거 보십시오! 자연의 이 엄청난 폭동……!" 그러나 청년은 말을 잇지 못하고 급히 고개를 돌렸다. 속에서 다시 음식이 솟구쳤던 것이다.

토니오는 팽팽한 밧줄을 붙잡고, 신이 나 걷잡을 수 없이 날뛰는 자연의 이 모든 광경을 바라보았다. 가슴속에서 환호성이 치솟았다. 폭풍과 파도 소리를 눌러 버릴 정도로 엄청난 환호처럼 느껴졌다. 사랑의 감격으로 바다에 바치는 노래가 마음속에서 울려 퍼졌다. 그대 내 청춘의 거친 벗이여, 우린 또다시 하나가 되었네…… 그러나 여기까지였다. 시는 더 이상 나오지 않았고, 완성되지 않았고, 차분하게 하나로 빚어지지 않았다. 그의 심장이 살아 있었던 것이다.

그는 그렇게 한참을 서 있다가 선실 옆의 벤치에 누워 별들이 깜박거리는 하늘을 올려다보았다. 그러다 깜박 잠이 들었다. 중간에 차가운 물거품이 얼굴에 튀었지만 선잠이 든 상태에서는 부드러운 애무처럼 느껴졌다.

깎아지른 듯한 백악암 절벽이 달빛 속에 유령처럼 보이면서 조금씩 가까워졌다. 모엔 섬이었다. 그사이 다시 졸음이 밀려들었다. 가끔 짠 물거품이 얼굴에 따갑게 튈 때마다 인상을 찌푸리며 잠시 잠에서 깼다. 하지만 완전히 깼을 때는 벌써 날이 밝아 있었다. 환한 회색의 상쾌한 날이었다. 초록색 바다는 한결 잔잔해져 있었다. 아침 식사 시간에 토니오는 그 젊은 상인을 다시 만났다. 그런데 그를 본 청년의 얼굴이 빨개졌다. 아마 어둠 속에서 그런 시적이고 낯 뜨거운 말을 늘어놓은 것이 부끄러운 듯했다. 청년은 다섯 손가락을 다 이용해서 얼마 안 되는 불그스름한 수염을 쓸어 올리면서 군인처럼 딱딱하게 아침 인사를 하더니 슬금슬금 토니오를 피해 다녔다.

배가 덴마크 땅에 닿았다. 코펜하겐에 도착한 토니오는 팁을 달라는 것 같은 표정을 짓는 사람에게는 누구나 팁을 주었다. 그리고 사흘 동안 여행 안내 책자를 펼쳐 들고 호텔 방과 시내를 오가며 도시를 샅샅이 돌아다녔다. 마치 견문을 넓히려고 여행하는 훌륭한 여행객처럼. 그는 왕립 신시가지와 그 중심부에 있는 '말'을 구경했고, 마리아 성당 기둥 옆에 서서 존경스러운 마음으로 성당을 올려다보았고, 토르발센의 고결하고 사랑스러운 조각품들 앞에 한참 동안 서 있었으며, 원형 탑 위로 올라갔고, 성들을 둘러보았고, 티볼리에서 이틀 동안 다채로운 밤을 보냈다. 그런데 이것이 그가 본 전부는 아니었다.

이 도시에는 오래된 고향 집들과 똑같이 생긴 집들이 많았다. 둥글게 휘고 그물 장식이 있는 박공지붕까지 똑같았다. 토니오는 이 집들의 문패에서 어릴 때부터 익숙하던 이름들을 발견했다. 무언가 부드럽고 소중한 것을 가리키는 것 같으면서도 질책과 한탄, 잃어버린 것에 대한 그리움이 담긴 이름이었다. 그는 느긋하고 사색적인 표정으로 축축한 바다 공기를 들이마시는 내내 푸른 눈과 금발의 얼굴들을 쉽게 발견했다. 고향 도시에서 보냈던 날 밤, 이상한 느낌의 고통과 회한으로 가득 찬 꿈에서 본 것과 비슷한 얼굴들이었다. 그리고 길을 가다가 사람들의 시선 하나에, 말 한 마디에, 웃음소리 하나에 가슴 깊은 곳이 슬며시 움직이는 느낌을 받기도 했다.

그는 이 활기찬 도시를 오래 견디지 못했다. 기억과 기대가 반반씩 섞인, 달콤하면서도 바보 같은 불안감이 그의 마음을 움직였다. 충실한 여행객 노릇을 집어치우고 어디 한적한 해변에서 조용히 쉬라는 것이었다. 그는 어느 흐린 날(바다 색깔이 짙어졌다) 다시 배를 타고 셸란 섬 해안을 따라 북쪽 헬싱외르 방향으로 올라갔다. 그곳에 내리자 지체 없이 마차를 타고 45분 정도 포장도로를 달렸다. 해수면보다 약간 지형이 높은 길이었다. 이윽고 최종 목적지에 닿았다. 초록색 창 덧문이 달려 있고, 나지막한 집들이 늘어선 마을 중앙의 작고 하얀 호텔이었다. 꼭대기에 나무를 덧댄 탑이 있었는데, 거기 올라가면 외레순 해협과 스웨덴 해안이 한눈에 들어왔다. 그는 이 호텔에 내려 종업원이 안내한, 햇빛이 잘

드는 방에 들었고, 소지한 짐을 선반과 옷장에 풀어 놓고는 당분간 여기서 살아갈 채비를 했다.

8

9월도 벌써 상당히 지났다. 그래서인지 올스고르 호텔에도 손님이 많지 않았다. 1층에 횡목으로 천장을 짠 커다란 식당 홀이 있었는데, 높직한 창으로 유리 베란다와 바다가 내다보였다. 여기서 식사를 할 때는 호텔 주인이 마치 의장처럼 자리를 이끌었다. 주인은 머리가 허옇게 센 노처녀였는데, 눈은 생기가 없고 볼은 분홍빛이며, 입은 쉴 새 없이 참새처럼 쫑알거렸고, 불그스름한 두 손은 항상 테이블보 위에 약간 눈에 띄게 모아 놓고 있었다. 손님 중에는 목이 짧고 선원 수염처럼 은회색 수염을 기르고, 얼굴이 푸르죽죽한 늙은 남자가 있었다. 수도에서 온 생선 장수 영감이었는데, 독일어에 능했다. 그는 코가 꽉 막힌 것 같았고, 뇌졸중 증상도 좀 보였다. 호흡이 짧고 간헐적이었는데, 때로 반지를 낀 집게손가락으로 한쪽 콧구멍을 누른 채 킁 하고 바람을 세게 불어 다른 쪽 콧구멍에 공기를 넣으려고 했다. 그런데도 아침이든 점심, 저녁 가리지 않고 식탁에서 브랜디 병을 홀짝거렸다. 이 늙은 손님 말고는 미국 청소년 셋과 그들의 가정교사나 보호자로 따라온 것 같은 남자 하나가 전부였다. 남자는 말없이 안경만 자주 밀어 올리곤 했는데, 하루 종일 아이들과 축구만 했다. 머리가 주황색이고, 가운데 가르마를 탄 아이들은 항상 지루하고 무표정한 얼굴이었다. 대화라는 것도 아이나 어른이나 이게 다였다. 한 애가 "저기 소시지 좀 줘!" 하면 다른 애가 "그건 소시지가 아니고 햄이야!" 하는 식이었다. 이런 대화 말고는 대개 조용히 앉아 뜨거운 물만 마셨다.

토니오는 이런 식사 자리가 마음에 들었다. 그만의 평화를 즐길 수 있었기 때문이다. 그는 간혹 생선 장수 영감과 여주인이 대화를 나눌 때 덴마크 특유의 후음喉音과 밝고 탁한 모음에 유심히 귀를 기울였고, 때로는 생선 장수 영감과 간단하게 날씨 이야기를 몇 마디 주고받은 뒤 자리에서 일어나 베란다를 통해 다시 해변으로 내려갔다. 아침에도 벌써 한참 동안 돌아다닌 해변이었다.

이따금 해변이 고요하고 여름 같을 때가 있었다. 바다는 은빛 반사광의 조화로 푸른색, 초록색, 불그스름한 줄무늬를 이루며 잔잔하고 매끄럽게 가라앉아 있었다. 햇볕에 해초가 건초처럼 말라붙었고, 해파리도 여기저기서 말라 가고 있었다. 해변에는 썩은 냄새와 어선의 타르 냄새가 약간 섞여 있었다. 토니오는 타르 냄새가 나는 어선에 등을 기대고 앉았다. 탁 트인 수평선을 향해 있었지만, 스웨덴 해안 쪽을 바라보지는 않았다. 바다의 그윽한 숨결이 모든 것을 순수하고 싱그럽게 어루만지고 있었다.

이어 폭풍우 치는 우중충한 날들이 왔다. 파도는 뿔로 들이받을 듯이 달려오는 황소처럼 고개를 숙인 채 해변을 향해 노호하듯 질주해 와서, 내륙 깊숙한 곳까지 덮쳤다. 파도의 습격을 받은 해변은 젖어서 반짝거리는 해초와 조개, 떠밀려 온 판자로 뒤덮였다. 무겁게 내려앉은 하늘 아래, 쭉 늘어선 파도 구릉들 사이로 연초록 거품을 머금은 골짜기들이 길게 이어졌다. 하지만 구름 뒤쪽 해가 숨은 곳에서는 수면 위에 우단을 깔아 놓은 듯 희끄무레한 광채가 어른거렸다.

토니오는 자신이 그렇게 사랑하던 바다의 이 영원한 포효, 사람을 마비시키는 이 격렬한 울부짖음에 푹 빠진 채 바람과 물보라를 맞고 섰다. 몸을 돌려 그 자리를 벗어나자 갑자기 사방이 고요하고 따뜻해지는 듯했다. 그러나 등 뒤에서는 바다가 그를 유혹하듯 부르고, 그에게 인사하는 것을 알고 있었다. 그의 얼굴에 미소가 피어올랐다.

그는 호젓한 풀밭 길을 따라 육지 쪽으로 걸어갔다. 얼마 뒤 구릉 형태로 넓게 펼쳐진 너도밤나무 숲이 그를 맞았다. 그는 나무에 등을 기대고 이끼 위에 앉았다. 나무 사이로 바다가 길쭉한 띠 모양으로 보였다. 이따금 파도 부서지는 소리가 바람에 실려 왔다. 멀리서 널빤지들이 후드득 떨어지는 소리 같았다. 나무 위에서는 목이 쉰 듯한 까마귀 울음소리가 황량하고 적막하게 들려왔다…… 그는 무릎 위에 책을 올려놓고 있었지만 단 한 줄도 읽지 않았다. 대신 깊은 망각의 상태를 즐기고 있었다. 몸이 구원을 받아 시간과 공간 위로 떠오르는 듯한 상태였다. 이따금 심장만 아픔으로 실룩거리는 듯했다. 그리움이나 후회로 이루어진 아릿한 순간의 감정이었는데, 그는 지금 정말 태평하게 자기 속에 푹 빠져 있어서 이 감정이 무엇이고 어디서 온 것인지 따져 볼 여력이 없었다.

그렇게 여러 날이 지나갔다. 하지만 그는 정확하게 며칠이 흘렀는지는 몰랐고, 알고 싶지도 않았다. 그러다 그날이 왔고, 사건이 일어났다. 해가 찬란하게 하늘에 떠 있고 호텔에 많은 사람이 있던 날이었다. 그런데 토니오는 그 사건에 대해 특별히 놀라지 않았다.

그날은 아침부터 마치 축제일처럼 황홀하게 시작되었다. 토니오는 무척 일찍, 그것도 굉장히 갑작스레 침대에서 일어났다. 뭔가 정체를 알 수 없는 것에 흠칫 놀라며 잠에서 깼는데, 마치 방 안이 마법 세계의 조명을 밝혀 놓은 듯 신비롭게 보였다. 유리문과 발코니가 외레순 해협 쪽으로 향해 있고 얇은 흰 망사 커튼으로 거실과 침실이 나뉜 방은, 부드러운 톤의 벽지가 발라져 있고 환하고 가벼운 가구들이 비치되어 있어서, 늘 밝고 아늑한 인상을 풍겼다. 그런 방이 잠에 취한 그의 두 눈 앞에 천상의 조명을 받은 것처럼 완전히 모습이 바뀌어 있었다. 방은 말할 수 없이 우아하고 부드러운 장밋빛에 푹 잠겼고, 벽과 가구는 황금빛으로 물들었으며, 망사 커튼 역시 온화한 붉은색으로 은은히 타오르고 있었다. 토니오는 이 방에서 지금 무슨 일이 일어났는지 한참 동안이나 알아차리지 못했다. 그러다 유리문 앞에 서서 밖을 내다보는 순간 이 모든 것이 떠오르는 해의 작품이라는 사실을 깨달았다.

지난 며칠은 날이 흐리고 비가 내렸다. 그런데 지금은 바다와 대지를 덮은 하늘이 마치 팽팽한 연파랑 비단을 펼쳐 놓은 것처럼 맑고 화창했다. 둥근 해가 붉고 황금빛으로 물든 구름에 가리거나 에워싸인 채 장엄하게 솟아올랐다. 그 아래 수많은 주름이 반짝거리는 것 같은 바다는 몸을 파르르 떨며 함께 발갛게 타오르는 듯했다. 그날은 이렇게 시작되었다. 토니오는 혼란스러우면서도 행복한 기분으로 옷을 주섬주섬 챙겨 입고 누구보다도 먼저 아래층 베란다에서 아침 식사를 한 뒤 해변으로 나가 작은 목조 온천장에서 외레순 해협 쪽으로 얼마간 헤엄쳐 갔고, 이어 해변을 몇 시간 거닐었다. 돌아왔을 때는 옴니버스 같은 마차가 호텔 앞에 여러 대 서 있었다. 호텔에 들어가니 식당 홀뿐 아니라 인접한 살롱, 그러니까 피아노가 있는 응접실 외에 베란다와 그 앞의 테라스까지 소시민 차림의 많은 사람이 둥근 테이블을 차지하고 앉아 흥겹게 대화를 나누며 버터 빵에 맥주를 즐기고 있었다. 여러 가족이 함께 온 모양이었다. 나이 든 사람과 젊은 사람뿐 아니라 아이들도 몇몇 보였다.

토니오는 두 번째 아침 식사를 하면서(식탁 위에는 차가운 음식과 훈제 고기, 소금에 절인 음식, 구운 음식이 푸짐하게 차려져 있었다) 무슨 일인지 물었다.

생선 장수 영감이 대답했다. "헬싱외르에서 손님들이 왔지 뭐요! 관광도 하고 댄스파티도 즐긴다고 합디다. 이거 원, 오늘 밤 잠은 다 잤소. 댄스파티가 열릴 테니까. 춤에다 음악에다…… 밤늦게까지 떠들어 대지 않겠소? 야유회와 댄스파티를 겸한 가족 모임이라고 하던데, 예약까지 한 모양이오. 날씨가 좋아 야유회 하기엔 좋겠소. 다들 보트와 마차를 타고 오느라 지금 늦은 아침을 드는 중이오. 그 뒤엔 이 근방을 좀 돌아다니다가 저녁때 돌아올 거요. 밤에는 여기 홀에서 춤판을 벌일 테고. 빌어먹을, 우린 밤새 눈도 못 붙일 거요."

"심심하던 차에 기분 전환이라고 생각해야지 어쩌겠습니까?" 토니오가 대답했다.

그 뒤로 식탁에서는 한참 동안 대화가 오가지 않았다. 호텔 여주인은 불그스름한 손가락을 테이블 위에 가지런히 모아 놓았고, 생선 장수 영감은 오른쪽 콧구멍으로 콧바람을 불어 공기를 좀 통하게 하려 했고, 미국에서 온 아이들은 뜨거운 물을 마시며 지루한 표정만 지었다.

그때 문득 그 일이 일어났다. 한스 한젠과 잉게보르크 홀름이 홀을 걸어 들어온 것이다.

토니오는 해수욕과 빠른 걸음으로 산책한 뒤의 기분 좋은 나른함에 젖어 의자에 등을 기댄 채 토스트에다 훈제 연어를 먹고 있었다. 그의 자리는 베란다와 바다가 내다보이는 쪽이었다. 그런데 갑자기 문이 열리더니 두 사람이 손을 잡고 들어왔다. 전혀 급할 게 없다는 듯이 느릿느릿한 걸음걸이였다. 잉게보르크, 그러니까 금발의 잉게는 그 옛날 크나크 씨에게서 댄스 교습을 받을 때처럼 환한 옷을 입고 있었다. 하늘거리는 꽃무늬 옷은 발목까지 내려왔다. 어깨에는 넓고 흰 망사 레이스를 걸치고 있었는데, 브이 자로 재단되어 부드럽고 나긋나긋한 목이 그대로 드러났다. 모자는 턱 끈을 묶어 팔에 걸고 있었다. 예전보다 한결 성숙한 모습이었다. 다만 멋지게 땋은 머리는 이제 이마 위에 두르고 있었다. 한스 한젠은 예전과 변한 게 하나도 없었다. 여전히 넓고 푸른 깃이 어깨와 등까지 내려오는 수병 제복 반코트를 입고, 짧은 리본이 달린 선원 모자를 손에 들고 태평스레 걷고 있었다. 잉게보르크는 식사하는 사람들을 외면하며 걸었는데, 아마 자신에게 쏠린 사람들의 시선이 부끄러운 모양이었다. 하지만 한스는 이 세상 어떤 것에도 거리낄 것이 없다는 듯이 아침 식사를 하는 테이블 쪽으로 고개를 돌린 채 강철처럼 파란 눈으로, 도전적이고 약간 경멸적으로 한 사람씩 유심히 살펴보았다. 심지어 자신이 얼마나 대단한 사내인지 보여 주기라도 하려는 듯이 잉게보르크의 손을 놓고는 들고 있던 모자를 한층 격하게 돌리기도 했다. 그렇게 두 사람은 조용히 푸른빛을 띠어 가는 바다를 배경으로 토니오의 눈앞에서 홀을 길게 가로질러 맞은편 피아노 방으로 사라졌다.

오전 11시 30분에 일어난 일이었다. 손님들이 아침 식사를 하는 동안에도 옆방과 베란다에서는 사람들이 일어나 옆쪽 통로로 호텔을 나갔다. 더 이상 식당 홀에 들어서는 사람은 없었다. 밖에서 사람들이 농을 주고받고 폭소를 터뜨리며 마차에 오르는 소리가 들렸고, 곧 마차가 한 대씩 달그락거리며 호텔을 빠져나가는 소리가 이어졌다.

"저 사람들이 다시 온다고요?" 토니오가 물었다.

"그렇다니까!" 생선 장수 영감이 말했다. "고약하게 됐소. 악단까지 벌써 불렀다지 않소. 나는 이 홀 바로 위층에서 자야 되는데……"

"기분 전환이라고 생각해야지 어쩌겠습니까?" 토니오는 같은 말을 반복하고는 일어나 나갔다.

이날도 그는 여느 날과 마찬가지로 해변과 숲을 거닐고, 무릎에 책을 올려놓고, 눈을 끔벅거리며 해를 올려다보았다. 머릿속에는 오직 한 가지 생각밖에 없었다. 생선 장수 영감 말대로 그들이 다시 돌아와 홀에서 댄스파티를 열 거라는 생각이었다. 그때를 기다리는 것 외엔 할 일이 없었다. 그것도 감정적으로 죽은 지난 긴 세월에는 느끼지 못한, 불안하면서도 달콤한 설렘과 함께. 어느 순간, 하나의 생각이 꼬리에 꼬리를 물고 일어나더니 문득 멀리 있는 한 지인이 떠올랐다. 소설가 아달베르트였다. 자신이 원하는 것을 잘 알고 있고, 그래서 봄기운을 피해 카페로 도망친 인간이었다. 토니오는 그 사람을 떠올리며 어깨를 으쓱했다.

이날은 평소보다 일찍 점심 식사를 들었다. 저녁 식사도 평소보다 이른 시간에 피아노 방에서 했다. 식당 홀은 벌써 댄스파티 준비로 바빴기 때문이다. 홀 안은 축제 분위기로 모든 것이 어수선했다. 날이 어두워지고 토니오가 방에 앉아 있을 때 호텔 안팎이 다시 활기를 띠었다. 나들이를 나간 사람들이 돌아온 것이다. 게다가 헬싱외르 쪽에서도 새로운 손님들이 자전거와 마차를 타고 속속 도착했다. 호텔 1층에서는 벌써 바이올린을 조율하는 소리와 클라리넷을 연습하는 코맹맹이 같은 소리가 울려 퍼졌다. 모든 점에서 아주 멋진 댄스파티가 될 것 같았다.

이제 단출한 악단이 행진곡을 연주하기 시작했다. 음악이 절도 있게 쿵쿵 울려 퍼지면서 폴로네즈*로 댄스파티가 개막되었다. 토니오는 한동안 얌전히 앉아 귀를 기울이다가 행진곡 템포가 왈츠 박자로 넘어가는 순간 자리에서 일어나 소리 없이 방을 빠져나왔다.

---

*4분의3 박자의 느린 폴란드 춤곡.

그의 방이 있는 복도에서 옆 계단을 지나면 호텔 옆문으로 들어갈 수 있었다. 그러니까 다른 방을 거치지 않고 복도에서 유리 베란다로 바로 나갈 수 있었던 것이다. 그는 이 길을 택했다. 마치 금지된 오솔길을 걷는 것처럼 몰래 발소리를 죽여 걸었다. 벌써 맑고 낭랑하게 들려오는 어질어질하고 행복 넘치는 음악 소리에 거역하지 못하고 끌려가듯 조심스럽게 어둠 속을 더듬었다.

베란다는 텅 비었고, 불도 밝혀 놓지 않았다. 홀로 들어가는 유리문에만 반짝거리는 갓이 달린 큼직한 석유등 두 개가 환히 켜져 있었다. 유리문은 열려 있었다. 그는 살금살금 다가갔다. 환한 실내에서 춤추는 사람들을 여기 어둠 속에서 엿볼 수 있다는 은밀한 즐거움으로 인해 온몸이 짜릿해졌다. 그는 자신이 찾는 두 사람에게 재빨리 탐욕스러운 시선을 보냈다.

파티가 시작된 지 반 시간이 채 지나지 않았지만 분위기는 한껏 무르익은 듯했다. 그도 그럴 것이 이들은 하루 종일 아무 걱정 없이 행복하게 함께 시간을 보내다가 몸이 바짝 달아오르고 흥분한 채 이곳으로 돌아왔기 때문이다. 토니오가 용기를 내어 문 쪽으로 조금 더 다가가니 피아노 방이 보였는데, 거기서는 늙수그레한 신사 네댓이 담배를 피우고 술을 마시며 카드놀이를 하고 있었다. 다른 남자들은 전면과 벽 쪽의 벨벳 소파에 아내들과 앉아 춤추는 젊은이들을 구경했다. 다들 쭉 뻗은 무릎 위에 양손을 올려놓고 여유로운 표정을 짓고 있었다. 반면에 정수리 부분에 작고 둥근 모자를 쓴 어머니들은 두 손을 가슴 아래에 포개 놓고 고개를 옆으로 살짝 기울인 채 젊은 사람들이 신 나게 노는 것을 지켜보았다. 무대는 홀의 상대적으로 긴 벽 쪽에 마련되어 있었는데, 거기서 악단이 준비해 온 곡들을 연주했다. 악단에는 심지어 트럼펫 주자도 있었는데, 자기 소리가 두려운지 머뭇거리듯이 조심스럽게 연주하는데도 음이 갈라지고 쇳소리가 났다. 남녀 쌍들은 물결치듯 선회하며 춤을 추었고, 춤을 추지 않는 쌍들은 팔짱을 끼고 둥그렇게 홀을 돌았다. 옷은 다들 댄스파티용이 아니라 그냥 여름철 일요일 외출복 같은 것을 입고 있었다. 신사들은 소도시풍의 양복을 입었는데, 이때를 위해 일주일 내내 아껴 둔 옷인 듯했다. 숙녀들은 허리에 착 달라붙는 조끼에 들꽃을 꽂은 환하고 가벼운 옷을 입었다. 아이들 몇도 자기들끼리 나름대로 춤을 추었는데, 심지어 음악이 쉴 때에도 춤을 멈추지 않았다. 제비 꼬리 장식이 달린 연미복을 입은, 다리 긴 남자가 이 파티의 사회자이자 지휘자 역할을 맡은 듯했다. 안경을 쓰고 인두로 머리를 지진 시골 유지나 우체국 부국장 같기도 하고, 덴마크의 한 소설에서 방금 현실로 걸어 나온 우스꽝스러운 인물 같기도 했다. 그는 제비 꼬리를 휘날리며 동에 번쩍 서에 번쩍 바쁘게 홀을 돌아다녔다. 땀까지 뻘뻘 흘리는 것이, 맡은 바 책무에 푹 빠진 듯했다. 처음에는 발끝으로 사뿐사뿐 걷듯이 등장해서는, 그다음에는 끝이 뾰쪽하고 반질반질한 군화 신은 발을 십자형으로 복잡하게 포개며 걸었고, 두 팔을 공중으로 휘두르며 지시를 내렸고, 악단을 향해 연주하라고 소리쳤고, 또 힘껏 박수를 쳤다. 이런 동작을 할 때마다 마치 품위의 상징처럼 어깨에 부착된 크고 알록달록한 나비 리본이 팔락거렸는데, 그는 가끔 고개를 돌려 그것을 사랑스럽게 바라보곤 했다.

그렇다. 그들이 있었다. 오늘 햇빛 속에서 토니오 크뢰거 앞을 지나간 두 사람이었다. 그는 두 사람을 거의 동시에 알아보는 순간 까무러칠 정도로 기뻤다. 한스는 그 바로 옆에 서 있었다. 문 근처였다. 그는 다리를 넓게 벌리고 고개를 조금 숙인 채 큼직한 카스텔라 한 조각을 조심스럽게 먹으며, 부스러기를 받으려고 턱 밑에 손바닥을 우묵하게 받치고 있었다. 금발의 잉게는 저기 벽 쪽에 앉아 있었는데, 우체국 부국장 같이 생긴 친구가 막 제비 꼬리를 흔들며 그녀에게 다가가더니, 한 손은 등 뒤로 돌리고 다른 손은 우아하게 가슴께에 올려놓고는 정중하게 고개를 숙이며 춤을 청했다. 그러나 그녀는 고개를 저으며 너무 숨이 차서 좀 쉬어야겠다고 말하는 것 같았다. 그러자 남자는 잉게 옆에 앉았다.

토니오는 예전에 자신이 짝사랑했던 두 사람을 가만히 살펴보았다. 한스와 잉게, 두 사람이 짝을 이룬 것은 개별 특징이나 의상이 비슷해서가 아니라 종족과 유형이 비슷해서였다. 강철같이 푸른 눈과 금발, 밝음을 간직한 그들의 면모는 순수하고 맑고 명랑한 인상에다 당당하면서도 단순하고 쉽게 다가갈 수 없는 냉담한 인상을 함께 불러일으켰다. 그는 두 사람을 보고 또 보았다. 예전처럼 어깨가 넓고 허리가 잘록한 한스는 여전히 좋은 몸매를 유지한 채 수병복을 입고 자신만만하게 서 있었다. 잉게는 특유의 쾌활한 방식으로 깔깔 웃으며 고개를 젖혔고, 특별히 가늘지도 곱지도 않은 손을 특유의 몸짓으로 뒷머리로 올렸다. 그 바람에 가벼운 소매가 팔꿈치까지 스르르 미끄러져 내렸다. 불현듯 향수가 토니오의 가슴을 아픔으로 뒤흔들어 놓았다. 그는 얼굴의 경련을 들키지 않으려고 자기도 모르게 어둠 속으로 성큼 물러났다.

내가 너희를 잊었을까? 토니오는 스스로에게 물었다. 아냐. 한 번도 잊은 적이 없어! 한스 너도, 금발의 잉게 너도! 내가 글을 쓴 것도 너희 때문이야. 나는 박수갈채를 받을 때면 혹시 너희가 그 자리에 없는지 몰래 주위를 살피곤 했어. 한스, 예전에 너희 집 정원 문에서 약속했던 것처럼 『돈 카를로스』를 읽었어? 읽지 마! 너한테 더는 그런 요구를 하지 않겠어. 외로워 눈물을 흘리는 왕이 너하고 무슨 관계가 있겠어? 너는 시와 멜랑콜리 같은 것으로 눈을 흐리고, 바보 같은 꿈에 젖을 필요가 없어…… 아, 너처럼 되고 싶어! 처음부터 다시 시작해서 너처럼 자라고 싶어. 너처럼 성실하고 쾌활하고 소박하고 올바르고, 질서에 잘 따르고, 신이나 세상과도 아무 갈등이 없고, 천진하고 행복한 사람들로부터 사랑받고 싶어! 잉게 너를 아내로 맞아 한스 너 같은 아들을 낳고 싶어. 인식의 저주와 창작의 고통에서 벗어나 지극히 평범한 행복을 누리며 사랑하고 찬양하고 싶어…… 다시 시작할 수 있을까? 설령 그게 가능하다고 해도 아무 소용이 없을 거야. 어차피 똑같이 될 테니까. 지금까지 그랬던 대로 똑같이 반복될 뿐이야! 세상에는 올바른 하나의 길을 아예 가지지 못한 사람들이 있는데, 그런 이들은 필연적으로 잘못된 길로 빠져들 수밖에 없어!

음악이 그치고 휴식 시간이 찾아왔다. 가벼운 음식과 음료가 제공되었다. 우체국 부국장 같은 남자가 직접 쟁반을 들고 돌아다니며 부인들에게 청어 샐러드를 건넸다. 잉게에게 건넬 때는 심지어 무릎까지 꿇었다. 그녀는 기쁘면서도 부끄러운지 얼굴이 빨개졌다.

이제 홀 안의 사람들도 유리문 뒤에 서 있는 구경꾼에게 관심을 보이기 시작했다. 달뜨고 예쁘장한 얼굴들이 의아하고 생경한 눈으로 그를 살펴보았다. 그래도 토니오는 자리를 떠나지 않았다. 잉게와 한스도 거의 동시에 그를 눈으로 훑고 지나갔다. 경멸에 가까운 표정이 담긴 철저한 무관심의 시선이었다. 그런데 토니오는 갑자기 어디에선가 자신에게 *끈끈하게* 와 닿는 시선을 느꼈다. 고개를 돌리자, 자신에게 닿았다고 느낀 그 눈과 즉시 마주쳤다. 그리 멀지 않은 곳에 한 처녀가 서 있었다. 창백하고 갸름하고 연약한 얼굴이었는데, 그전에 그가 홀 안을 훑어볼 때 벌써 유심히 눈길이 간 사람이었다. 남자들이 별로 같이 춤을 추려고 하지 않아 입을 꾹 다문 채 혼자 쓸쓸히 벽 쪽에 앉아 있었던 것이다. 처녀는 지금도 혼자였다. 남들처럼 밝고 고운 옷을 입고 있었지만, 속이 비치는 천 아래로 뼈가 불거진 앙상한 어깨가 어른거렸다. 깡마른 목도 초라한 두 어깨 사이에 너무 깊이 박혀 있어서 이 조용한 처녀에게 약간 불구가 있는 게 아닌지 의심이 들 정도였다. 얇은 반장갑을 낀 두 손은 납작한 가슴 위에 손가락 끝이 닿을락 말락 하게 놓여 있었다. 그런 처녀가 고개를 살짝 숙인 채 촉촉하게 젖은 검은 눈으로 토니오를 바라보고 있었다. 그는 시선을 돌려 버렸다.

여기 아주 가까운 곳에 한스와 잉게가 마치 오누이처럼 다정히 앉아 있었다. 그새 한스가 잉게가 있는 곳으로 옮겨 온 것이다. 둘은 얼굴이 불그레한 사람들에 둘러싸여 신 나게 먹고 마셨고, 수다를 떨며 즐거워했으며, 낭랑한 목소리로 서로를 놀려 먹었다. 이들의 웃음소리가 공중으로 밝게 울려 퍼졌다. 토니오가 이들에게 다가갈 수 있을까? 그래서 두 사람에게 미소의 반응이라도 얻을 만큼 농담을 할 수 있을까? 그런 일이 일어난다면 행복할 것 같았다. 정말 간절히 바라는 일이었다. 그리만 된다면 두 사람과 자잘한 유대 관계라도 생겼다는 생각에 기쁘게 방으로 돌아갈 수 있을 것 같았다. 토니오는 저들에게 다가간다면 어떤 농담을 할지 궁리했다. 그런데 농담을 할 용기가 나지 않았다. 설사 그런 용기가 난다고 해도 결과는 마찬가지일 것 같았다. 두 사람은 그의 농담을 이해하지 못하고 그냥 어색한 표정만 지을 것이다. 그들의 언어는 그와 다르기 때문이다.

이제 다시 춤이 시작될 모양이었다. 부국장 같은 남자가 이리저리 쫓아다니며 모든 것을 지휘했다. 사람들에게 어서 춤출 상대를 고르라고 독촉했고, 종업원들의 도움을 받아 의자와 유리잔을 치웠으며,

악단에는 연주를 지시했고, 어디로 가야 할지 모르는 굼뜬 사람들에게는 등을 떠밀어 그들이 가야 할 곳을 일러 주었다. 뭘 하려고 저러는 것일까? 그는 남녀 네 명씩 조를 짜고 있었다. 아…… 순간 토니오는 끔찍한 기억에 얼굴이 새빨갛게 달아올랐다. 카드리유였다!

음악이 연주되고, 남녀 쌍들이 인사를 하며 뒤섞여 걸어갔다. 우체국 부국장 같은 남자가 명령을 내렸다. 그런데 이게 무슨…… 프랑스어로 명령을 내린 것이다! 그것도 비할 데 없이 고상한 어조로 비음을 섞어서. 잉게는 토니오 바로 앞에서 춤을 추었다. 유리문 옆에 배치된 조였다. 그녀는 그 앞에서 이리저리 움직였다. 앞으로 뒤로, 걷듯이 스텝을 밟다가 어느 순간 빙그르르 몸을 돌렸다. 머릿결이나 부드러운 옷감에서 나는 듯한 향기가 가끔 그의 코끝을 건드렸다. 토니오는 예전부터 익숙한 감정에 사로잡혀 눈을 감았다. 이번 여행 동안 그 향기와 아릿한 매력을 나직이 느낀 감정이었는데, 그것이 이제 다시 감미로운 고통으로 가슴을 가득 채웠다. 이 감정이 대체 무엇일까? 그리움? 연정? 질투심? 자기 경멸……? 여성들의 물리네! 금발의 잉게, 내가 물리네를 추다가 한심한 모습으로 남들의 웃음거리가 되었을 때 너도 웃었지? 나를 비웃었지? 너는 내가 어느 정도 유명 인사가 된 지금에도 나를 비웃겠지? 그래, 그럴 거야. 넌 당연히 그럴 거야! 설사 내가 혼자서 교향곡을 아홉 개나 작곡하고, 『의지와 표상으로서의 세계』를 쓰고, 〈최후의 심판〉을 그렸다고 하더라도 너에겐 영원히 나를 비웃을 권리가 있어. 그는 잉게를 보았다. 그러자 예전에는 그토록 친숙했음에도 이후로는 오랫동안 기억하지 못했던 한 시구가 떠올랐다. '나는 자고 싶은데 너는 춤만 추려 하는구나.' 그는 이 시구를 잘 알고 있었다. 이 시구에 담긴 북방의 멜랑콜리와 진심이 깃든, 서툴고 굼뜬 감성도 잘 알고 있었다. 여기서 '잔다'

는 것은…… 춤이라는 행동으로 옮겨야 할 의무 없이 자기 속에 감미롭고 태만하게 잠들어 있는 감정 그대로 살고 싶다는 것을 의미했다. 하지만 춤은 추어야 했다. 사랑하는데도 춤을 추어야 하는 것 속에 담긴 굴욕적인 모순을 한시도 잊지 않고서, 위험하고 어려운 예술의 칼춤을 민첩하고 침착하게 추어야 했다.

갑자기 모든 사람이 미친 듯이 멋대로 움직이기 시작했다. 각 조가 해체된 것이다. 사람들이 펄쩍펄쩍 뛰고 미끄러지듯이 사방으로 흩어졌다. 카드리유를 갤럽*으로 끝낼 모양이었다. 남녀 쌍들이 질주하듯이 빠른 박자에 맞추어 토니오 앞을 휙휙 지나갔다. 샤세 스텝을 밟으며 급히 서로를 추월했고, 헐떡거리면서도 짧게 폭소를 터뜨렸다. 그런데 전체적인 질주 흐름에 묻어가던 한 쌍이 갑자기 빙빙 돌면서 앞으로 빠르게 달려 나왔다. 창백하고 연약한 얼굴에 깡마른 어깨 그리고 목이 너무 짧게 느껴지던 그 처녀였다. 그녀는 토니오 바로 앞에서 비틀거리더니 미끄러져 넘어졌다. 그것도 무슨 일이 생기지 않을까 걱정이 될 정도로 세차게 넘어졌다. 그녀를 붙들고 있던 파트너와 함께. 남자는 몹시 아픈 모양이었다. 자기 파트너가 어떻게 됐는지는 신경도 쓰지 않고 몸을 반쯤 일으킨 채, 잔뜩 인상을 쓰면서 양손으로 무릎을 문지르기에 바빴다. 그사이에도 처녀는 여전히 바닥에 가만히 누워 있었다. 넘어진 충격으로 기절한 것처럼 보일 정도였다. 토니오가 다가가 그녀의 팔을 부드럽게 잡고 일으켰다. 처녀가 지치고 혼란스럽고 불행한 표정으로 그를 올려다보았다. 그러더니 별안간 그녀의 연약한 얼굴에 옅은 홍조가 피어올랐다.

"고마워요, 정말 고마워요!" 그녀는 촉촉한 검은 눈으로 그를 쳐다보

* 매우 빠른 4분의2 박자의 원무.

144

았다.

"이제 춤을 그만 추어야겠습니다, 아가씨." 토니오가 부드럽게 말했다. 그러고는 한스와 잉게에게 다시 시선을 돌렸고, 이어 베란다와 댄스파티 장을 떠나 자기 방으로 올라갔다.

그는 자신이 참가하지도 않은 댄스파티의 열기에 도취되어 있었다. 질투심으로 지치기도 했다. 예전과 똑같았다! 모든 것이 똑같았다! 그때도 그는 상기된 얼굴로 어두운 곳에 서 있었다. 생동감 넘치고 행복한 금발의 친구들 때문에 괴로워하면서. 그러다 혼자 쓸쓸히 그 자리를 떠났다. 누군가 쫓아와야 하는데! 잉게가 와야 하는데! 그가 없어진 것을 알고 은밀히 쫓아와 그의 어깨에 손을 올리며 이렇게 말해야 하는데! 같이 들어가. 기분 풀어. 사랑해! 그러나 그녀는 오지 않았다. 그런 일은 일어나지 않았다. 그랬다. 당시와 똑같았다. 그리고 당시처럼 행복했다. 가슴이 살아 있었기 때문이다. 지금은 가슴이 죽어 있었다. 대체 지금까지 무슨 일이 있었던 것일까? 무감각, 황폐함, 차가움 그리고 정신과 예술……!

그는 옷을 벗고 잠자리에 누워 불을 껐다. 이불 속에서 두 친구의 이름을 나직이 불러 보았다. 북국의 순결함이 담긴 이 음절들은 그에게 사랑과 고통, 행복의 원천이자, 단순하고 진정한 감정이자 고향이었다. 그는 그때 이후 오늘까지 살아온 세월을 돌아보았다. 감각과 사고의 방종한 모험이 먼저 떠올랐다. 이어 반어와 정신에 갉아먹히고, 인식에 마비되고 황폐해지고, 창작의 열기와 냉기에 녹초가 되고, 성스러움과 욕정의 양극단을 양심의 가책 속에서 끊임없이 오가고, 인위적으로 선택한 차가운 흥분 상태로 닳고 남루하고 지치고, 길을 잃고 난삽하고 번민하고 병든 모습으로 살아온 자신이 보였다. 그는 후회와 향수로 흐느껴 울었다.

사위는 조용하고 어두웠다. 그러나 아래층에서는 삶의 달콤하고 통속적인 4분의3 박자가 물결치듯 희미하게 올라왔다.

9

토니오 크뢰거는 북국에 앉아, 약속한 대로 여자 친구 리자베타 이바노브나에게 편지를 썼다.

내가 곧 돌아갈 저 남쪽 아르카디아*에 있는 리자베타에게.

편지는 이렇게 시작했다.

이제야 편지와 비슷한 것을 쓰게 되었구려. 하지만 어쩌면 실망할지도 모르겠소. 내가 쓰려는 내용이 좀 일반적으로 흐를 것 같다는 생각이 들기 때문이오. 그렇다고 이야기할 것이 전혀 없다거나, 여기서 내가 나름대로 이런저런 경험을 하지 않았다는 건 아니오. 고향 도시에서는 심지어 경찰에 체포될 뻔한 일도 있었소⋯⋯ 그 얘기는 직접 만나서 합시다. 요즘은 소설식으로 이야기하는 대신 그냥 일반적인 것을 괜찮은 방식으로 말하고 싶은 날들이 가끔 있소.

전에 당신이 나를 '길 잃은 시민'이라 불렀던 걸 아직 기억하오? 무심결에 나온 이런저런 고백들에 휩쓸려, 내가 삶이라 부르는 것에 대한 사랑까지 고백할 때 당신이 내게 붙여 준 이름이었지. 나는 스스로에게 이렇게 물어봐요. 그 말이 얼마나 진실과 부합되는 말인지 당신은 알고 있

* 원래는 그리스 펠로폰네소스 반도의 한 지방을 가리키지만 여기서는 토니오가 '행복의 땅'이라 여기는 남쪽 지방의 뮌헨을 의미한다.

146

을까? 내가 시민이라는 사실과 '삶'에 대한 내 사랑이 결국 동일한 것이라는 걸 당신도 알고 있을까, 하고 말이오. 이번 여행은 그 문제에 대해 깊이 사색할 좋은 기회가 되어 주었소.

알다시피 내 아버지는 북국의 기질을 타고난 분이었소. 청교도 정신에서 나온 신중함과 철저함, 올바름이 몸에 배어 있고, 우수 어린 경향도 보였소. 반면에 어머니는 정체 미상의 이국적인 피에 아름답고 감각적이고 순진하고, 좀 너저분하면서도 정열적이고, 충동적이고 방종한 성격이오. 이런 두 분의 결합은 의심할 바 없이 굉장히 이례적인 가능성과 이례적인 위험성을 내포한 혼합이오. 여기서 나온 것이 예술로 길을 잘못 든 시민이고, 훌륭한 가정교육에 대한 향수를 간직한 집시이고, 양심의 가책에 시달리는 예술가요. 왜 양심의 가책에 시달리는지 아시오? 예술적인 것, 비범한 것, 천재적인 것의 깊숙한 곳에 담긴 모호하고 수상쩍고 의심스러운 것을 꿰뚫어 보게 하는 것도 시민적 양심이요, 단순한 것과 진실한 것, 편하고 정상적인 것, 천재적이지 않은 것 그리고 단정한 것이라면 덮어 놓고 사랑하게 하는 것도 시민적 양심이기 때문이오.

나는 이 두 세계 사이에 있고, 그중 어느 것에도 안주하지 못하오. 그래서 사는 게 좀 힘드오. 당신네 예술가들은 나를 시민이라 부르고, 시민들은 나를 체포하려 들어요. ……나는 둘 중 어느 것이 내 마음을 더 아프게 하는지 모르겠소. 시민들은 어리석소. 하지만 나를 감동도 동경도 없는 인간으로 여기는, 미를 숭배하는 당신 같은 예술가들은 이걸 알아야 하오. 운명적으로 생겨 먹길, 일상의 환희에 대한 동경보다 더 감미롭고 가슴에 와 닿는 것이 없다고 생각하는 예술가도 있다는 사실을 말이오.

나는 위대하고 마적魔的인 미의 오솔길을 힘들게 걸어가며 지상의 '인간들'을 경멸하는, 자부심에 찬 차가운 사람들을 경탄하오. 하지만 그들이 부럽지는 않소. 작가를 정말 작가답게 만들어 주는 것이 있다면 그것은 인간적인 것, 살아 있는 것, 평범한 것에 대한 시민적 사랑이라고 생각하기 때문이오. 모든 온기와 선의, 유머는 그 사랑에서 나와요. 인간의 말과 천사의 말을 할 줄 아는 사람이 있다고 하더라도 사랑이 없으면 그저 의미 없이 울리는 공이나 요란한 종과 같을 뿐이라고 성경에 적혀 있는데, 내가 말한 사랑도 성경 속의 그 사랑과 같은 게 아닌가 하는 생각이 들어요.

나는 이룬 게 많지 않소. 사실 아무것도 이루지 못한 것이나 마찬가지요. 더 나은 것을 하고 싶소, 리자베타. 이것은 약속이오. 이 글을 쓰는 동안 파도 소리가 여기까지 들려와요. 눈을 감으니 아직 태어나지 않은 세계가 희미하게 보여요. 질서와 체계가 잡히길 바라는 세계요. 그밖에 인간 형상들의 그림자가 우글거리는 것도 보여요. 마법으로 자신들을 구해 달라고 손짓하고 있소. 그중에는 비극적인 사람도 있고, 한심한 사람도 있고, 또 비극적이면서 한심한 사람도 있소. 나는 이들에게 깊은 애정을 느껴요. 하지만 나의 가장 깊고 은밀한 사랑이 향하는 곳은 금발에 파란 눈을 가진 사람들, 밝고 생동감 넘치는 사람들, 행복한 사람들, 사랑할 가치가 있는 사람들 그리고 평범한 사람들이오.

리자베타, 이 사랑을 나무라지 마시오! 풍성한 결실을 맺는 선한 사랑이오. 그 속에는 그리움과 우울한 질투, 약간의 경멸 그리고 순결한 행복이 깃들어 있다오.

신동
Das Wunderkind

신동이 들어오자 홀 안이 조용해진다.

잠잠해진 가운데 사람들이 박수를 치기 시작한다. 옆쪽 어디에선가 우민愚民의 지도자인 세습 군주가 먼저 박수를 쳤기 때문이다. 다들 아직 아무것도 듣지 못했으면서 이렇게 박수갈채를 보내는 것은 음악회를 주최한 쪽에서 이 신동에 대해 미리 엄청난 홍보를 해 둔 덕분이다. 그래서 사람들은 이 아이와는 상관없이 벌써 감동할 준비가 되어 있다.

나폴레옹 시대의 화환과 전설적인 꽃들이 수놓인 화려한 가리개 뒤에서 신동이 나오더니 무대로 이어진 계단을 올라가, 마치 약간 소름이 돋은 상태로 몸을 살짝 떨며 욕탕 안으로 들어가듯 박수갈채의 세계 속으로 들어간다. 이미 그 아이를 우호적으로 맞을 채비가 끝난 세계이다. 신동은 무대 가장자리로 가 사진 촬영할 때처럼 미소를 지으면서,

아이인데도 어른처럼 한 발을 뒤로 빼고 무릎을 굽히며 앙증맞고 수줍게 감사의 인사를 한다.

온통 새하얀 비단옷으로 치장한 신동을 보는 순간 홀 안에서는 감동의 물결이 번져 나간다. 신동은 허리춤에 굵은 장식 띠를 두른 환상적인 스타일의 흰 비단 재킷을 입고 신발까지 흰 비단으로 만든 것을 신고 있다. 그런데 흰 비단 반바지 밑으로 드러난 갈색 피부가 하얀 옷과 선명한 대조를 이룬다. 신동은 그리스 소년이다.

신동의 이름은 비비 사첼라필라카스이다. 여기서 '비비'가 무엇의 약자이고 애칭인지는 임프레사리오 말고는 아무도 모른다. 그는 이것을 사업상의 비밀로 생각한다. 옆 가르마를 타서 어깨까지 내려오는 비비의 매끄러운 검은 머리는 살짝 튀어나온 갈색 이마 부분에서 작은 비단 리본으로 묶어 뒤로 넘겼다. 신동은 세상에서 가장 순진무구한 얼굴을 하고 있다. 미성숙한 자그마한 코, 아무것도 모르는 것 같은 입. 다만 쥐 눈처럼 새까만 눈 밑의 부위는 조금 칙칙해서 코와 입에서 풍기는 느낌과는 확연히 구분된다. 아홉 살 정도로 보이는 신동은 아무리 어리게 보아도 여덟 살은 돼 보이지만 주최 측에서는 일곱 살이라 강변한다. 사람들은 이 말을 믿어야 할지 말아야 할지 결정을 내리지 못한다. 속으로는 어쩌면 벌써 진실을 알고 있을지 모르지만, 이런 경우에는 으레 그러듯 그냥 넘어가기로 한 것 같다. 그 정도도 너그럽게 넘어가는 선의 없이 어떻게 남루한 일상에서 감정의 고양과 감동을 기대하겠는가? 군중의 뇌로는 전적으로 타당한 생각이다!

신동은 환영의 갈채가 잦아들 때까지 감사를 표하고 그랜드피아노로 걸어간다. 청중들은 공연 순서가 적힌 팸플릿을 마지막으로 들여다본다. 〈장엄한 행진〉에 이어 〈몽상〉과 〈부엉이와 참새들〉이 차례로 연주된다. 모두 비비가 직접 작곡한 것으로 프로그램도 비비가 짰다. 물론 비비는 악보를 적을 줄 모르지만 비상한 머릿속에 모든 선율을 담아 두고 있다. 임프레사리오는 공연 포스터에서 진지하고 객관적인 어조로 비비의 이 곡들에 대해 예술적 가치를 인정해야 한다고 썼는데, 이는 자기 속의 비판적 정신과 극심한 대립 끝에 나온 인정으로 보인다.

신동은 회전의자에 앉아 작은 다리로 페달을 찾는다. 페달은 비비의 짧은 다리를 고려해서 정교한 기계장치를 활용해 다른 피아노들보다 한 층 높은 곳에 달려 있다. 네발이 달린 발판 위의 그랜드피아노는 신동이 어디에든 갖고 다니는데, 수없이 옮기는 바람에 벌써 빛이 바래고 흠집도 많다. 그러나 그런 것이 오히려 청중들에게 흥미를 더한다.

비비는 흰 비단 신발을 신은 발을 페달 위에 올려놓는다. 그러고는 도도한 표정으로 정면을 응시하더니 오른손을 들어 올린다. 앙증맞은 손이지만 관절은 아이 같지 않게 튼튼하고, 손마디도 혹독한 훈련으로 단단해 보인다.

비비는 사람들이 좋아할 표정을 짓는다. 청중을 즐겁게 해 주어야 한다는 것을 알기 때문이다. 그렇지만 정작 자신도 이런 표정을 지으면 남몰래 특별한 쾌감을 느낀다. 누구에게도 설명할 수 없는 이 쾌감은 뚜껑 열린 피아노 앞에 앉을 때마다 전신을 타고 내리는 짜릿한 행복감이자 은밀한 환희이다. 비비는 이 느낌을 결코 잃고 싶지 않을 것이다. 신동의 눈앞에 7옥타브로 이루어진 희고 검은 건반이 펼쳐져 있다. 지금껏 신동은 이 옥타브와 함께 깊은 감동을 자아내는 운명과 모험 속으로 수없이 빠져들어 보았지만, 건반은 볼 때마다 항상 깨끗이 닦인 칠판처럼, 아무도 건드리지 않은 순백의 세계처럼 느껴진다. 신동 앞에는 오직 음악뿐이다. 음악이 마치 유혹하는 바다처럼 펼쳐져 있다. 신동은 그 속으로 풍덩 뛰어들어 행복하게 헤엄치고, 물 위에 떠 있고, 물살에 휩쓸리고, 폭풍이 칠 때는 물 밑으로 잠수해 들어가지만, 그 와중에도 지배권은 항상 손에서 놓지 않은 채 음악을 통솔하고 명령한다. ……이윽고 신동의 오른손이 허공에 멈춘다.

홀 안이 쥐 죽은 듯이 조용하다. 첫 음을 앞둔 긴장의 순간이다. 어떻게 시작될까? 이윽고 연주가 시작된다. 비비는 집게손가락으로 중간 정도의 음역에서 첫 음을 가져온다. 전혀 예상하지 못한, 트럼펫 소리처럼 힘찬 음이다. 곧 다른 음들이 줄을 이으며 도입부가 전개된다. 그제야 사람들은 온몸의 긴장을 푼다.

이곳은 신식 일류 호텔의 화려한 홀이다. 벽에는 육감적인 살색 그림들이 장식되어 있고, 육중한 기둥들이 서 있으며, 테두리에 나선형 무늬가 있는 거울도 걸려 있다. 하나의 완벽한 체계를 이룬 듯한 무수한 백열전등은 방사형으로 퍼져 나가 곳곳에서 무리를 지어 솟아 나와 홀 안을 천상의 은은한 황금빛으로 파르르 떨게 한다. 빈자리는 하나도 보이지 않는다. 심지어 측면 통로와 객석 뒤에도 사람들이 서 있다. 12마르크나 하는 앞좌석(임프레사리오는 경외심을 자아낼 정도의 가격을 책정해야 한다고 믿는 사람이다)에는 지체 높은 사람들이 줄지어 앉아 있다. 최상류층 사람들은 특히 신동에 대한 관심이 높다. 그 외에 제복을 입은 이들과 최신 스타일로 멋을 낸 사람들도 많이 눈에 띈다. 심지어 어린아이들도 제법 보인다. 가정교육을 잘 받아 얌전한 자세로 자리를 지키고 있는 이 아이들은 천부적인 재능을 타고난 또래의 신동을 반짝거리는 눈으로 바라보고 있다.

앞줄 왼쪽에는 이중 턱에 분을 바르고 머리에 깃털을 꽂은 피둥피둥한 부인이 앉아 있는데, 신동의 어머니이다. 옆에는 임프레사리오가 앉아 있다. 넓은 소맷부리에 커다란 금빛 단추가 달린 옷을 입은 전형적인 동양인 타입이다. 앞쪽 가운데에는 늙은 공주가 앉아 있다. 주름진 얼굴에 말라서 쪼글쪼글한 여인인데, 고상한 예술에 대해서는 후원을 아끼지 않기로 유명하다. 공주가 앉은 자리는 푹신푹신한 벨벳 소파이고, 발밑에는 페르시아 양탄자가 깔려 있다. 공주는 회색 줄무늬 비단옷의 가슴 바로 밑에 양손을 포개 놓고 고개를 옆으로 기울인 채 건반을 두드리는 신동을 바라본다. 그 모습이 마치 고결한 평화의 상징 같다. 공주 옆에는 초록색 줄무늬 비단옷을 입은 여관女官이 앉아 있다. 그러나 여관의 신분이기에 등을 기대고 앉지는 못한다.

비비는 화려하게 연주를 마무리한다. 그 조그마한 녀석이 얼마나 대단한 힘으로 피아노를 다루던지! 사람들은 자신의 귀를 믿지 못한다. 행진의 모티브, 활기차고 격정적인 선율이 조화로운 화음 속에서 다시 한 번 분출하듯이 터져 나온다. 비비는 한 박자 한 박자마다 마치 스스로 승리의 기쁨에 젖어 개선하듯 몸을 뒤로 젖힌다. 이어 힘차게 연주를 끝내고는 몸을 숙여 의자 옆으로 빠져나와 미소를 띠며 박수갈채를 기다린다.

감격에 겨운 박수가 한마음으로 폭발할 듯 객석에서 쏟아져 나온다. 저걸 보라! 신동이 한 발을 뒤로 빼고 허리를 굽혀 앙증맞게 인사하는 모습을! 박수를 쳐라, 박수를! 잠깐, 기다려! 나도 장갑을 벗어야지! 브라보, 대단한 녀석! 이름이 사코필락스인가 뭔가 하는 꼬마 녀석! 어떻게 저렇게 기막힌 녀석이 다 있지?

비비는 휴식을 취하기 전에 가리개 뒤에서 세 번이나 다시 불려 나온다. 늦게 온 사람들이 꾸역꾸역 뒤에서 밀고 들어와 그렇지 않아도 꽉 찬 홀 안이 더욱 비좁아진다. 이윽고 연주회가 재개된다.

비비는 아르페지오 화음으로만 이루어진 〈몽상〉을 속삭이듯 연주한다. 물론 이따금 가벼운 날갯짓처럼 짧은 멜로디가 아르페지오를 벗어나기도 한다. 이 곡이 끝나자 〈부엉이와 참새들〉이 이어진다. 이 곡은 청중을 열광의 도가니로 빠지게 할 만큼 엄청난 호응을 부른다. 진짜 어린애답고, 직접 눈으로 보고 있는 것만큼 생생한 곡이다. 저음에서는 부엉이 한 마리가 반투명의 눈을 끔벅거리며 뚱한 표정으로 앉아 있는 듯하고, 고음에서는 그런 부엉이를 놀리려는 참새들이 대담하면서도 겁먹은 목소리로 재잘거리는 듯하다. 이 곡이 끝나자 비비는 네 번이나 앞으로 불려 가 환호를 받는다. 반짝거리는 단추가 달린 옷을 입은 호텔 종업원이 커다란 월계수 화환 세 개를 들고 무대로 올라가 옆쪽에서 신동에게 내민다. 비비는 그것을 받아 들고 감사의 인사를 한다. 공주까지 이 박수갈채에 동참한다. 그러나 손바닥을 너무 약하게 마주쳐 소리는 거의 들리지 않는다.

박수갈채를 끌어내는 이 꼬마의 솜씨는 얼마나 노련한가! 가리개 뒤에서 청중들을 기다리게 하고, 무대로 올라가는 계단에서는 약간 머뭇거리고, 오래전부터 질렸을 화환의 알록달록한 공단 리본을 천진난만한 표정으로 즐겁게 살펴보고, 또 귀엽고 망설이듯 인사하고, 청중에게 미친 듯이 박수를 칠 시간을 주어서 그들의 손이 만들어 내는 귀중한 소리가 하나도 헛되지 않게 할 줄 알았다. '부엉이는 내 히트 곡이야.' 신동은 생각한다('히트 곡'은 임프레사리오에게 배운 말이다). '사실 나중에 연주될 환상곡이 훨씬 훌륭해. 특히 올림다장조로 가는 부분이 그래. 그런데도 청중들은 이 부엉이에 홀짝 빠져 버렸어. 부엉이는 내가 만든 첫 곡이자 가장 형편없는 곡인데 말이야.' 신동은 이렇게 생각하면서도 사랑스럽게 감사의 인사를 한다.

이어지는 곡은 명상곡과 연습곡이다. 전체적으로 꽤 방대한 프로그램이다. 명상곡은 앞서 연주한 나무랄 데 없던 〈몽상〉과 흡사하다. 연습곡에서 비비는 온갖 현란한 기술을 다 선보인다. 그런데 솔직히 말하면 신동의 기교는 독창성에 비해 좀 떨어진다. 다음은 환상곡 차례이다. 신동이 가장 좋아하는 곡이다. 신동은 이 곡을 매번 약간 다르게 연주하고 자유롭게 다룬다. 그래서 가끔 상태가 좋은 날이면 자신의 새로운 착상과 변주에 스스로도 깜짝 놀란다.

커다랗고 새까만 그랜드피아노 앞에 작고 하얗게 빛나는 신동이 앉아 거뭇거뭇하게 보이는 객석 위의 무대에서 홀로 선택받은 자의 자격으로 연주를 한다. 청중은 한결같이 쉽게 감동받지 못하는 둔감한 영혼들이다. 신동은 자신의 탁월한 영혼으로 그런 둔감한 영혼들을 움직여야 한다. 신동의 부드럽고 까만 머리가 흰 비단 리본과 함께 이마로 흘러내리고, 고된 훈련으로 단련된 튼튼한 손목 관절이 쉴 새 없이 움직이고, 아이다운 여린 갈색 뺨이 파르르 떨린다.

때로 신동에게 망각과 고독의 순간이 찾아온다. 가장자리가 칙칙한 이상한 쥐 눈같이 생긴 신동의 눈이 미끄러지듯이 옆으로 돌아간다. 객석을 지나 벽화가 그려진 홀 벽에 이른 신동의 눈은 홀의 벽을 꿰뚫고 모호한 삶으로 가득 찬 파란만장한 먼 곳으로 빨려 들어간다. 그러다 어느 순간 객석을 흘낏 바라보고는 움찔 놀라 다시 홀의 청중에게로 되돌아온다.

한탄과 환호, 감정의 고조와 급격한 추락! '아, 내 환상곡!' 신동의 가슴에서 사랑스러움의 물결이 넘쳐흐른다. '들어 봐요! 곧 올림다장조로 가는 부분이 나와요!' 신동은 올림다장조로 향하면서 서서히 변화를 주기 시작한다. '사람들이 이걸 알아차릴까?' 아냐, 그럴 리 없어! 청중은 절대 그걸 알아차리지 못해! 그래서 신동은 사람들이 뭔가 눈치를 챌 수 있도록 천장을 향해 눈꺼풀을 앙증맞게 치켜세운다.

객석에 줄지어 앉아 신동을 지켜보는 청중들도 나름 자기들 뇌로 갖가지 생각을 한다. 흰 수염에다 검지에 인장 반지를 끼고, 대머리에 혹이 난 한 늙은 신사는 이런 생각을 하고 있다. '부끄러운 일이야. 지금껏 〈쿠어팔츠 사냥꾼〉*밖에 모르고 살았으니. 그런 인간이 이제 허옇게 센 머리로 여기 앉아 저렇게 쪼그만 신동이 연주하는 것을 지켜보고 있자니 한심한 생각이 드는군. 하지만 어쩔 수 없는 일이지. 저건 하늘에서 내린 거니까. 신이 저 아이한테 특별한 재능을 선물한 거라고! 그렇다면 평범한 인간으로 태어난 걸 부끄러워할 필요는 없어. 그건 아기 예수하고도 비슷해. 아기 예수한테 허리를 숙이는 걸 부끄러워할 사람이 있을까? 그래, 그건 오히려 기분 좋은 일이야!' 마지막 대목에서 노인은 차마 '기분 좋다'는 말 대신 '달콤하다'는 말을 사용할 용기를 내지 못한다. 늙었지만 아직 기운이 팔팔한 신사에게 '달콤하다'는 표현은 좀 쑥스럽게 여겨졌기 때문이다. 하지만 실제로는 '달콤하게' 느끼고 있었다.

이번에는 코가 앵무새 부리처럼 생긴 한 장사꾼의 생각을 들어 보자. '예술은…… 그래, 당연히 삶에 약간의 빛을 가져다주지. 하지만 그것만 있는 게 아냐. 꽤 짭짤한 돈과 저런 비단옷도 갖다 준다고! 저 애도 벌이가 제법 쏠쏠하겠어. 봐, 12마르크나 하는 좌석을 50개나 팔았어. 그것만 해도 6백 마르크야. 거기다 다른 좌석들까지 다 합치면, 대관료와 조명, 프로그램에 들어간 비용을 빼더라도 천 마르크는 충분히 남겼겠어. 주머니가 아주 두둑하겠는걸.'

*독일의 유명한 민요.

그렇다면 코가 뾰쪽한 피아노 여강사는 무슨 생각을 하고 있을까? 유명한 음악가가 되겠다는 희망을 접고 어느 정도 현실을 냉정하게 직시할 줄 아는 나이에 이른 사람이다. '저 아이가 방금 연주한 건 쇼팽 곡이야. 그런데 음…… 뭐랄까…… 자연스럽지 못하다고 할까? 그래, 나중에 사람들이 물으면 연주가 좀 자연스럽지 않더라고 말해야겠어. 말해 놓고 나니까 근사한데! 게다가 피아노를 치는 손 자세가 저게 뭐야? 전혀 교육을 받지 못했어. 손등에다 동전을 올려놓고도 칠 수 있는 자세가 나와야지. 나 같았으면 자로 따끔하게 때려 줬을 거야.'

밀랍처럼 창백해 보이고, 쉽게 감상적인 생각에 빠질 수 있는 예민한 나이의 소녀는 남몰래 어떤 생각을 하고 있을까? '어머, 정말 대단해. 어쩜 연주를 저렇게 해? 저 애가 연주하는 건 사랑에 대한 열정이야. 저런 꼬마한테서 어떻게 저런 열정이 나오지? 저 애가 나한테 키스를 하면 막냇동생이 키스하는 것 같을 거야. 그건 키스가 아냐. 그런데도 현실적인 대상 없이 그 자체로 동떨어진 열정이 가능한 거야? 활활 타오르는 어린애 장난 같은 열정이 정말 가능한 거냐고? 그래, 내가 이런 생각을 큰 소리로 떠들면 사람들은 나한테 간유를 먹일 거야. 세상이 원래 그래.'

기둥에 기대어 있는 한 장교는 빛나는 성공을 거둔 신동을 바라보며 이런 생각을 한다. '대단한 녀석이야! 하지만 나도 대단해. 사람은 각자 자기 방식대로 대단한 거야!' 이렇게 생각하며 그는 발꿈치를 모아, 현존하는 모든 권력에 그러하듯 신동에게 경의를 표한다.

반질반질한 검은 재킷의 끝자락을 접어 올리고 흙탕물이 튄 바지를 입은 늙수그레한 비평가는 공짜 초대석에 앉아 이렇게 생각한다. '이런 녀석을 봤나! 개인으로는 아직 성장할 부분이 남아 있지만, 유형, 즉 예술가적 유형으로는 이미 완벽해. 자기 속에 예술가의 품위와 상스러움,

능청스러운 속임수와 성스러운 불꽃, 경멸과 은밀한 도취를 동시에 품고 있어! 하지만 이걸 글로 써서는 안 돼. 너무 훌륭해! 내 말을 믿어 줘. 만일 이 모든 것을 이렇게 명확하게 꿰뚫어 보는 눈이 없었다면 나는 예술가가 되었을 거야.'

그때 신동의 연주가 끝나고 홀 안에 폭풍 같은 환호가 인다. 신동은 가리개 뒤에서 무대 위로 불려 나오고 또 불려 나온다. 반짝거리는 단추를 단 호텔 종업원이 새로운 화환들을 갖고 올라간다. 월계수 화환 네 개에다 제비꽃과 장미꽃 다발이 각각 하나씩이다. 그런데 종업원 혼자서는 이 모든 꽃다발을 신동에게 건네줄 수 없자 임프레사리오가 직접 무대로 올라가 비비의 목에 월계수 화환을 걸어 주고 까만 머리를 사랑스럽게 쓰다듬어 준다. 그런데 갑자기 무언가 북받치는 감정에 이끌리듯 허리를 숙여 신동의 입에 뽀뽀를 한다. 그것도 쪽 소리가 나게. 순간 홀 안의 폭풍이 허리케인으로 바뀐다. 뽀뽀는 전기 충격처럼 홀 전체를 가로지르고, 사람들은 온몸에 소름이 돋는 전율과 미친 듯이 소리를 지르고 싶은 욕구를 느낀다. 홀이 떠나갈 듯한 환호와 귀청이 떨어질 듯한 박수가 동시에 터져 나온다. 저 아래 앉은, 신동 또래의 아이들 몇은 손수건을 흔든다. 그 와중에도 비평가는 이렇게 생각한다. '암, 저 순간에는 뽀뽀를 해야지. 케케묵긴 해도 꽤 효과적인 방법이지. 빌어먹을. 이렇게 모든 걸 꿰뚫어 보지는 말아야 하는데!'

신동의 연주회가 끝을 향해 달려간다. 7시 반에 시작된 연주회는 8시 반에 끝난다. 무대 위엔 화환이 가득하고, 피아노 램프 받침대 위에는 작은 화분이 두 개 놓여 있다. 비비는 마지막 곡으로 〈그리스 랩소디〉를 연주한다. 이 곡은 끝 부분에서 그리스 찬가로 넘어간다. 아마 객석에 앉아 있는 그리스 동포들은 이 자리가 고상한 연주회 자리만 아니라면

찬가를 따라 부르고 싶은 마음이 굴뚝같았을 것이다. 대신 그들은 마지막에 가서 우레와 같은 박수와 피 끓는 환호, 자기들만의 행진으로 아쉬운 마음을 푼다. 늙수그레한 비평가는 또 이렇게 생각한다. '암, 찬가가 나와야지. 다른 영역으로 넘어갈 필요가 있어. 감동을 줄 수 있다면 시도해 보지 않을 이유가 있겠어? 물론 난 이걸 비예술적이라고 쓸 거야. 아니, 아니지. 어쩌면 이게 진짜 예술일지 몰라. 예술가가 뭐야? 광대 아니겠어? 최고는 단연 비평가야. 물론 그걸 글로 쓸 수 없는 게 아쉽지만.' 흙탕물이 튄 바지를 입은 비평가는 이렇게 생각하며 자리를 뜬다.

상기된 신동은 아홉 번인가 열 번인가 무대로 불려 나간 뒤에는 더 이상 가리개에서 나오지 않고, 무대 밑의 어머니와 임프레사리오에게로 내려간다. 사람들은 아무렇게나 밀쳐놓은 의자들 틈에 서서 박수를 치며, 신동을 좀 더 가까이서 보려고 조금씩 앞으로 밀고 간다. 그 김에 공주를 보려는 사람들도 더러 있다. 무대 밑에서는 신동과 공주를 중심으로 촘촘한 사람 원이 두 개 만들어진다. 신동과 공주 둘 중에서 누가 접견을 하고 누가 접견을 받아야 하는 쪽인지 선뜻 판단 내리기 곤란해 보인다. 그때 여관이 명령을 받고 신동에게 가서 비단 재킷을 매만져 준다. 그러고는 신동의 팔을 잡고 공주에게 데려가더니 공주마마의 손에 입을 맞추라고 근엄하게 지시한다. "참 신통한 아이구나. 피아노 앞에 앉기만 하면 저절로 그렇게 연주가 되니?" 공주가 묻는다. "예, 공주마마." 비비가 대답한다. 그런데 속으로는 이렇게 생각한다. '어휴, 멍청하고 늙은 공주님 같으니!' 신동은 궁중 예법에 맞지 않은 수줍은 자세로 등을 돌리고는 다시 어머니에게로 돌아간다.

홀 밖의 물품 보관소 앞은 한꺼번에 몰린 사람들로 난리법석이다. 어떤 이들은 번호표를 번쩍번쩍 들어 올리고, 어떤 이들은 두 팔을 벌려 모피 외투와 숄, 고무 덧신을 테이블 안쪽에서 건네받는다. 어디선가 피아노 여선생이 지인들 틈에 섞여 소감을 이야기한다. "연주가 좀 자연스럽지 못했어." 그녀는 이렇게 큰 소리로 말하고는 주위를 돌아본다.

한 대형 벽거울 앞에서는 한 젊은 귀부인이 외투를 입고 모피 신을 신는 것을 소위 계급장을 단 두 오빠가 도와주고 있다. 눈부시게 아름다운 아가씨이다. 푸른 눈에 순수 혈통의 맑은 얼굴을 가진 것이 진정한 귀족 가문의 여식으로 보인다. 아가씨는 치장이 끝나자 오빠들을 기다린다. "아돌프, 뭘 그렇게 오래 거울 앞에 있어?" 아가씨가 거울 앞에 서서 자신의 소박하고 잘생긴 얼굴에서 눈을 떼지 못하고 있는 오빠에게 나직하고 화난 목소리로 말한다. 그래, 이만하면 됐어! 아돌프 소위는 여동생의 아량으로 거울 앞에서 외투 단추까지 마저 채운다. 그런 다음 그들은 밖으로 나간다. 윗부분이 둥그렇게 휜 가로등이 눈안개 사이로 희뿌옇게 어른거린다. 목깃을 세운 채 비스듬한 외투 주머니에 두 손을 넣고 걷던 아돌프 소위는 딱딱하게 얼어붙은 눈 위에서 마치 살랑살랑 흑인 춤을 추듯 조금씩 좌우로 휘청거린다. 날이 몹시 차다.

이들 뒤에서는 머리를 다듬지 않은 한 처녀가 우울한 표정의 청년과 함께 걸어가며 머릿속으로 이렇게 생각한다. '사랑스러운 아이야! 아니, 정말 존경스러운 아이야!' 그러더니 처녀는 단조로운 목소리로 이렇게 소리친다. "우리는 모두 신동이야. 창조하는 우리 모두는!"

이제껏 〈쿠어팔츠 사냥꾼〉밖에 모르고 살았고, 머리의 혹을 지금은 원통형 모자로 가리고 있는 늙은 신사는 이렇게 생각하고 있다. '정말 대단해! 이 정도면 피티아*라고 불러도 되지 않을까?'

---

* 델포이 신전에서 아폴론의 신탁을 받는 무녀.

160

우울한 표정의 청년은 나란히 걷던 처녀의 말을 알아들었는지 천천히 고개를 끄덕거린다.

이후 두 사람은 침묵한다. 머리를 다듬지 않은 처녀는 세 귀족 오누이를 바라본다. 그들을 경멸하지만 그들이 모퉁이를 돌아갈 때까지 뒷모습에서 눈을 떼지 못한다.

굶주리는 자들
— 연구 —
Die Hungernden
- Studie -

데틀레프는 자신이 불필요한 존재라는 것을 뼛속 깊이 느끼는 순간 슬그머니 소란스러운 축제 자리를 떠나 작별 인사도 없이 두 사람의 시야에서 사라졌다.

한동안 웅장한 극장 홀의 한쪽 긴 벽을 따라 묵묵히 걷기만 했다. 이 정도면 릴리와 그 키 작은 화가에게서 충분히 떨어졌다는 확신이 들기 전까지는 걸음을 멈추지 않다가 어느 순간 멈추어 서서 자리를 잡았다. 무대 근처였다. 그는 귀빈석의 금으로 칠갑한 궁륭형穹窿形 벽에 기댄 채 바로크 양식의 남녀 인물상 기둥 사이에 섰다. 수염을 기른 남자 인물상은 천장을 받치느라 목을 구부리고 있었고, 여성상은 봉긋한 양쪽 가슴을 홀 쪽으로 내밀고 있었다. 데틀레프는 여기서 이런 모습으로 관람하는 것이 남들 눈에 어떻게 비칠지는 알 수 없었지만, 이따금 오페라글라스를 눈에 갖다 대며 최대한 편안하게 관람하는 척했다. 그런데 조명이 환한 실내를 둘러보면서도 딱 한 지점만은 애써 피했다.

축제는 절정에 달했다. 배를 내민 듯 불룩한 귀빈석 뒤쪽에서는 사람들이 잘 차려진 식탁에서 먹고 마시고 있었다. 반면에 난간에서는 검은색과 다른 유채색 연미복을 입고 단춧구멍에 큼직한 국화를 꽂은 신사들이, 환상적으로 차려입고 요사스럽게 머리를 꾸민 부인들의 분 바른 어깨 쪽으로 몸을 기울인 채 다채롭게 북적거리는 아래쪽 홀을 가리키며 수다를 떨고 있었다. 그룹으로 나뉜 홀 안은 물 흐르듯 스르르 흐르다가 멈추어 서고, 다 함께 소용돌이치듯 선회하다가 색채의 유희 속에서 다시 환해졌다.

여자들은 하늘거리는 이브닝드레스를 입고, 턱 밑에 기괴한 리본으로 묶은 거룻배 모양의 모자를 쓰고, 기다란 지팡이를 짚고, 자루가 긴 외알 안경을 눈에 대고 있었다. 반면에 남자들은 심을 넣어 한껏 부풀린 소매가 회색 원통형 모자챙에 닿을 듯했다. 홀에서는 위층들을 향해 큰소리로 농을 던지고, 반가움의 뜻으로 맥주잔과 샴페인 잔을 쳐들었다. 무대 바로 앞에서는 고개를 젖히고 무대를 올려다보는 사람들로 북적거렸다. 무대 위에서는 알록달록하게 차려입은 배우들이 새된 소리를 지르고 있었다. 무언가 기상천외한 사건이 벌어지고 있는 듯했다. 이윽고 막이 내리자 모두들 폭소와 박수갈채 속에서 뒤로 물러나 흩어졌다. 순간 오케스트라 소리가 울려 퍼졌다. 사람들은 천천히 거닐며 어지럽게 뒤섞였다. 화려한 홀을 가득 채운, 대낮보다 밝은 황금빛 조명이 모두의 눈에 반짝거리는 반사광을 만들었고, 모두들 정처 없는 탐욕의 가쁜 숨결 속에서 꽃과 포도주, 음식, 먼지, 분가루, 향수 그리고 축제로 달아오른 몸에서 나는 따뜻하고 흥분된 향기를 빨아들이고 있었다.

오케스트라 소리가 멈추었다. 사람들은 팔짱을 끼고 선 채로 웃으면서 무대로 눈길을 주었다. 무대 위에서는 고성과 한숨이 오가는 가운데 뭔가 새로운 일이 벌어지고 있었다. 농부 복장을 한 사내 네댓이 클라리넷과 비음의 현악기들로 트리스탄 음악의 반음 화성을 패러디 했다. 데틀레프는 눈이 따가워 잠시 눈을 감았다. 그의 감각은 고의적인 왜곡에도 불구하고 이 음들에서 풍겨 나오는, 고통스러운 합일의 그리움을 들을 정도로 섬세했다. 갑자기 내면에서 고독의 우수가 새삼 솟구쳤다. 삶의 밝고 평범한 자식에 대한 질투와 사랑에서 생겨난 고독이었다.

릴리…… 이 이름은 그의 영혼 속에 애원과 연정으로 새겨져 있었다. 그래서 이제는 저 멀리 그녀가 서 있는 지점을 몰래 눈으로 스치고 지나가는 것을 그 자신도 막을 도리가 없었다. ……그렇다. 그녀는 아직 거기에 있었다. 저 뒤, 그러니까 그가 아까 떠나온 곳에 서 있었다. 이따금 인파가 갈라지는 틈새로 그녀의 전신이 보였다. 은으로 장식한 우윳빛 드레스를 입고, 금발의 얼굴을 약간 옆으로 기울이고, 두 손을 등 뒤로 돌린 채 벽에 기대서서 키 작은 화가를 장난기 어린 표정으로 빤히 들여다보고 있었다. 화가의 눈도 그녀와 마찬가지로 맑고 밝고 푸르렀다.

저들은 무슨 대화를 나누고 있을까? 아직도 나눌 대화가 남았을까? 아, 저들은 퍼내고 퍼내도 마르지 않는 순진무구함과 소박함, 밝음, 명랑함의 샘에서 물을 긷듯 저렇게 끊임없이 가볍게 대화를 꾸려 가는구나! 그러나 그는 어떤가? 몽상과 인식의 삶으로, 사람을 진 빠지게 만드는 통찰과 창작의 압박으로 진지하고 느려 빠지기만 해서 저들의 대화에 동참할 줄 몰랐다! 그래서 그들을 떠났다. 반항심과 절망에 휩싸여, 그러면서도 아량을 베푸는 마음으로 인간의 자식인 두 사람을 남겨 두고 몰래 혼자 그 자리를 떠나 이렇게 멀리서, 목구멍이 막힐 것 같은 질투심에 사로잡혀 두 사람이 짓는 안도의 미소를 확인하고 있다. 둘 다 자리를 무겁게 만들던 사람이 사라져서 지극히 안도하는 표정이었다.

그런데도 그는 왜 왔을까? 오늘도 왜 이곳을 다시 찾은 것일까? 그를 현실로 받아 주지 않고, 몰아붙이고 자극하기만 할 이들이라는 걸 알면서도 이런 구김살 없는 사람들 틈에 섞여 이런 고통을 자초하는 이유는 무엇일까? 그는 답을 알고 있었다. 갈망 때문이었다. 그는 언젠가 고백의 고요한 시간에 이렇게 쓴 적이 있다. "우리 고독한 자들, 삶의 적자가 아닌 자기 속에 유폐된 우리 몽상가들은 예술이라는 이름하에 얼음처럼 차가운 삶의 변두리에서 번민의 나날을 보낸다. ……우리의 이마에 새겨진 인식과 낙담의 표식이 저 생기 넘치는 자들에게 발각되자마자 우리는 도저히 극복되지 않는 소외감의 차가운 숨결을 내뿜는다. ……사람들은 우리 가련한 인간 유령들을 쭈뼛거리는 존경심으로 대하지만 가능한 한 빨리 다시 우리를 내버려 둔다. 그들은 공허하고 무언가를 아는 듯한 우리의 눈빛으로 인해 자신들의 즐거움을 방해받고 싶지 않은 것이다. ……우리 모두의 가슴속에는 순진한 것, 단순한 것, 생동감 넘치는 것 그리고 우정과 헌신, 신뢰, 인간적인 행복에 대한 은밀하고도 고통스러운 동경이 담겨 있다. 우리 평범하지 않은 인간들은 우리의 입장入場을 허용하지 않는 '삶'을 피비린내 나는 위대함이나 야생의 아름다움, 비범한 것의 환상으로 생각지 않는다. 우리가 진정으로 동경하는 것은 정상적이고 단정하고 사랑스럽고, 유혹적일 정도로 통속적인 삶이다."

무겁고 달콤한 사랑의 멜로디를 귀청이 찢어질 듯한 감상感傷으로 망쳐 놓던 클라리넷 연주가 홀 전체를 울리는 선량한 폭소로 중단되는 동안에도 그는 잡담을 나누는 두 사람을 건너다보고 있었다. ……그래,

너희가 그런 삶이야. 영원히 정신의 반대편에 서 있는 따뜻하고 사랑스러우면서도 어리석은 삶이라고! 내가 너희를 경멸한다고는 생각하지 마. 내가 너희에게 하찮게 여기는 표정을 짓는다고는 믿지 마. 땅속의 요괴이자 인식한 것을 내뱉지 못하는 우리 괴물들은 너희 뒤를 살금살금 뒤쫓다가 멀찌감치 떨어져서, 너희처럼 되고 싶은 그리움이 뜨겁게 타오르는 눈으로 너희를 바라볼 뿐이니까.

자신감을 찾아야 할까? 우리가 외롭다는 것을 부인해야 할까? 시대와 공간을 떠나 정신만이 고차원적인 사랑의 결합을 보장한다고 자부해야 하지 않을까? 하지만 누구와? 우리는 누구와 사랑의 결합을 이루는가? 항상 우리처럼 괴로워하고 그리워하는 가련한 동류의 인간들하고만 사랑의 결합을 이루지 않는가? 정신이 필요 없는 너희 푸른 눈을 가진 인간들과는 결코 그런 사랑을 이루어 내지 못한다.

……이제 그들은 춤을 추었다. 무대 위의 연극은 끝났고 오케스트라가 신 나는 음악을 연주했다. 매끄러운 바닥 위에서 남녀 쌍들이 미끄러지듯 스텝을 밟고 회전하고 몸을 흔들었다. 릴리는 키 작은 화가와 춤을 추었다. 아, 은으로 수놓은 빳빳한 목깃에서 성배처럼 솟아오른 귀여운 얼굴은 얼마나 사랑스러운가! 두 사람은 차분하고 탄력적인 스텝으로 빙글빙글 좁은 공간을 휘젓고 돌아다녔다. 화가의 얼굴은 릴리의 얼굴로 향해 있었고, 두 사람은 리듬의 달콤한 통속성에 적당히 몸을 실은 채 미소를 지으며 계속 수다를 떨고 있었다.

갑자기 고독한 데틀레프의 내면에서 마치 두 손으로 무언가를 움켜쥐고 마음대로 만들어 버릴 것 같은 움직임이 생겨났다. 아무리 그래도 너희는 내 거야! 그는 이렇게 느끼고 있었다. 나는 너희들 머리 위에 앉아 있어! 너희의 단순한 영혼을 미소로 꿰뚫어 보고, 너희 몸의 순진한 움직임 하나하나를 조롱기 어린 사랑으로 지켜봐. 또한 너희의 무의식적인 행동을 대할 때마다 내 속에서는 언어와 아이러니의 힘이 팽팽하게 솟구치고 있어. 그래서 내 심장은 소설적 유희를 통해 너희와 똑같은 존재들을 만들어, 예술의 빛 속에서 너희의 어리석은 행복을 세상 사람들에게 감동으로 안겨 줄, 쾌감에 찬 권력욕과 갈망으로 두근거리고 있어!

그런데 곧이어 그렇게 반항적으로 치솟았던 모든 생각이 그의 내면에서 힘없이 무너져 내리더니 예전의 그리움이 다시 힘차게 솟구쳐 올랐다. 아, 단 한 번만, 오늘 이 밤만이라도 예술가가 아닌 한 인간으로 살아보았으면! 존재해서는 안 되고 구경만 해야 하고, 살아서는 안 되고 창조만 해야 하고, 사랑해서는 안 되고 인식만 해야 하는 이 끔찍한 저주에서 한 번이라도 벗어나 보았으면! 아, 한 번만이라도 진실하고 소박한 감정 속에서 살아가고 사랑하고 찬미해 보았으면! 한 번만이라도 너희 틈에, 너희 속에 함께하면서 너희처럼 생동감 넘치는 존재가 되어 보았으면! 한 번만이라도 너희가 누리는 일상성의 환희를 황홀한 표정으로 맛보았으면!

그는 움찔하며 얼른 몸을 돌렸다. 열에 들뜬 저 예쁜 얼굴들이 여기서 있는 그를 인지하게 되면 야릇하고도 역겨운 표정을 지을 것 같았기 때문이다. 이곳을 벗어나 어디 조용하고 어두운 곳으로 숨어 들어가고 싶은 욕구가 속에서 갑자기 거부할 수 없을 정도로 강하게 치밀었다. 그렇다. 떠나는 것이다. 아까 릴리 곁에서 몰래 물러났던 것처럼 작별 인사도 없이 여기서 완전히 물러나는 것이다. 그래서 집에 가 불행으로 취한 이 뜨거운 머리를 차가운 베개 위에 올려놓고 싶었다. 그는 출구로 걸어갔다.

그녀는 눈치챘을까? 그가 가는 것을. 그는 자신이 떠날 것임을 잘 알고 있었다. 겉으론 당당한 척하지만 속으론 절망하면서 말없이 이 홀과 정원, 이 쾌활한 사교 모임에서 도망칠 것임을 알고 있었다. 그것도 자신이 그리워하는 밝은 세계의 그 여성에게 한 순간이라도 그늘을 드리우게 하고, 당혹스러운 생각을 불러일으키고, 동정심을 유발했으면 하는 은밀한 희망을 품은 채. ……그는 걸음을 멈추고 다시 한 번 그쪽을 건너다보았다. 속에서 애원의 목소리가 일었다. 이렇게 멀리서라도 그녀 곁에 계속 머물러 있다 보면 혹시 예기치 않은 행복이 찾아올지 누가 알겠어? 그러나 소용없는 일이었다. 그녀에게 다가갈 길도 없었고, 그녀와 말이 통할 리도 없었다. 희망이 보이지 않았다. 가라, 저 어둠 속으로! 가서 두 손으로 얼굴을 움켜쥐고 실컷 울어라! 너처럼 경직과 황폐함, 차가운 정신과 예술 세계에 사는 사람에게 눈물이라는 것이 남아 있다면! 그는 홀을 나갔다.

비수로 가슴을 후벼 파는 듯한 아픔과 동시에 말도 안 되는 황당한 기대가 마음속에서 일었다. 자신이 가는 것을 본 그녀가 그의 마음을 헤아려 얼른 달려와 비록 동정심에서 우러난 것일지라도 그를 멈추어 세우고는 이렇게 말할 거라는 기대였다. 같이 들어가. 기분 풀어. 사랑해. ……그는 하늘이 두 쪽 나도 그녀가 오지 않을 거라는 걸 알고 있었음에도 아주 천천히 걸었다. 춤을 추고 수다를 떨고 있는 나의 귀여운 릴리는 절대 오지 않을 거야……

새벽 2시였다. 복도에는 적막감이 흘렀다. 물품 보관소의 기다란 탁자 뒤에서는 여성 관리인들이 꾸벅꾸벅 졸고 있었다. 그 말고는 집에 돌아갈 생각을 하는 사람은 없는 듯했다. 그는 외투를 입고 모자를 쓰고 지팡이를 들고 극장을 나섰다.

광장에는 가로등 불빛이 희끄무레한 겨울 밤안개 속에 마차가 줄지어 서 있었다. 마차 앞에는 말들이 고개를 푹 숙이고 등에 담요를 걸친 채 서 있었다. 옷으로 몸을 꽁꽁 싸맨 마부들은 무리를 지어 딱딱한 눈 위에서 발을 동동 구르고 있었다. 데틀레프는 그중 한 사람에게 손짓을 했고, 마부가 말을 준비하는 동안 조명이 비치는 로비 출구에 서서 에일 듯 차가운 공기로 지끈거리는 머리를 식혔다.

개운치 못한 샴페인 뒷맛 때문에 문득 담배 생각이 났다. 그래서 기계적으로 담배를 꺼내 성냥을 켜고 불을 붙였다. 그런데 성냥불이 꺼진 바로 그 순간이었다. 무언가 눈앞에 얼핏 나타났다가 사라진 느낌이 들었다. 처음에는 그게 무엇인지 몰라 놀란 얼굴로 두 팔을 내린 채 멍하니 서 있기만 했다. 잊지 못할 정도로 강렬한 느낌이었다.

성냥 불빛 때문에 잠시 부셨던 눈이 서서히 원래대로 돌아가면서 한 형체가 어둠 속에서 떠올랐다. 헝클어진 머리, 쑥 들어간 볼, 붉은 수염, 비참한 몰골의 눈두덩…… 이글거리는 두 눈이 악의적인 조소와 탐욕스러운 탐색의 빛으로 그를 빤히 노려보고 있었다. 불과 두세 걸음 정도밖에 떨어져 있지 않았다. 두 주먹은 아래쪽으로 축 처진 바지 주머니에 쑤셔 넣고, 다 떨어진 재킷 목깃은 세운 채 극장 입구 양편의 한 가스등 기둥에 몸을 기대고 있었다. 고통으로 일그러진 얼굴이었다. 그의 시선이 데틀레프의 전신을 훑었다. 오페라글라스가 걸려 있는 모피 외투에서부터 에나멜 구두까지. 그러고는 다시 그 음흉하고 탐욕스러운 탐색의 눈으로 그의 눈을 뚫어지게 바라보았다. 딱 한 번 중간에 경멸적으로 흥 하고 짧은 콧김을 내뱉었다. ……그의 몸은 오한으로 바들바들 떨었고, 탄력 없는 두 볼은 더 홀쭉하게 들어간 듯했다. 그와 함께 눈꺼풀이 파르르 떨리며 내려앉았고, 입꼬리가 악의와 원망에 차서 옆으로 치켜 올라갔다.

데틀레프는 얼어붙은 듯이 서서 이 상황을 파악하려고 애썼다. 자신이 방금 극장 로비를 나와 마부에게 손짓한 뒤 은담뱃갑에서 담배를 꺼냈다는 생각이 퍼뜩 떠올랐다. 저자의 눈에는 축제나 참석하는 퍽 한가롭고 유복한 한량처럼 보였을 것이다. 데틀레프는 자신도 모르게 손을 들어 자기 머리를 톡톡 쳤다. 그러고는 크게 숨을 내쉰 뒤 그자에게 한 걸음 다가갔다. 말을 하려고, 무언가 설명을 하려고…… 그러나 그는 말없이 대기 중인 마차에 올랐고, 여기 상황을 명쾌히 정리하지 못한 데 대해 당황하고 대경실색해서 마부에게 행선지를 말하는 것조차 잊어버렸다.

빌어먹을, 이런 잘못이 있을까! 이런 말도 안 되는 오해가 있을까! 저 굶주리고 버림받은 자는 탐욕스럽고 신랄하고 지극히 경멸적인 눈초리로 그를 살펴보았다. 물론 그 눈빛에 담긴 경멸감이라는 것이 기실 부러움과 동경에 다름 아니었지만. 어쨌든 그 굶주린 자는 자신을 약간 드러내지 않았던가? 추위로 덜덜 떨고 악의와 원망에 찬 표정으로 자신의 소망을 말하지 않았던가? 뻔뻔할 정도로 행복해 보이는 데틀레프에게 한 순간이라도 그늘을 드리우게 하고, 당혹스러운 생각을 불러일으키고, 동정심을 유발했으면 하는 소망 말이다! 그러나 친구, 자네는 잘못 짚었어. 상대를 잘못 골랐다고. 자네의 비참한 몰골은 내게 어떤 공포와 부끄러움도 자아내지 못해. 낯설고 무시무시한 세계에서 보낸 공포와 부끄러움의 경고가 되지 못한다고! 왜냐고? 우린 형제니까!

어이, 친구. 여기 가슴 위쪽이 뭔가 걸린 것처럼 거북하고 따끔거리지? 내가 딱 맞혔지? 그리고 여기는 왜 왔어? 반항적이면서도 자부심에 가득 찬 모습으로 어둠 속에 앉아 있지 않고, 왜 홀의 불빛이 새어 나오고 삶의 음악과 웃음소리가 끊이지 않는 창문 아래 앉아 있는 거냐고? 사랑이라고 부를 수도 있고 증오라 부를 수도 있는 자네의 그 비참함에 자양분이 되어 주는 병든 욕망을 내가 모를 줄 알아?

자네 속에 가득한 비참한 심정들 중에 내게 낯선 건 하나도 없어. 자네는 내게 창피를 주려고 했어. 정신이라는 게 뭔지 알아? 증오의 유희야! 예술은 뭔지 알아? 그리움의 형상화야! 우리 둘의 고향은 기만당하고, 굶주리고, 탄핵하고, 부정하는 자들의 나라야. 게다가 삶과 어리석은 행복을 향해 굴욕적인 사랑에 빠지는 배반의 시간들, 즉 자기 경멸로 가득 찬 배반의 시간들 역시 우린 함께 나누고 있지.

잘못이야! 잘못이라고! 이런 안타까움이 가슴속에 가득 차자 그의 내면 깊숙한 곳에서 아프고도 달콤한 예감이 조금씩 빛을 발하기 시작했다. 그자만의 잘못인가? 이 잘못의 끝은 어디인가? 지상의 모든 그리움이 잘못이 아닌가? 나의 그리움부터 말이다. 단순하고 충동적으로 살아가는 사람들을 향한 그리움 그리고 정신과 예술을 통한 변용, 언어를 통한 구원을 모르는 무언의 삶에 대한 그리움 말이다. 아, 평화 없이 늘 괴로워하는 의지의 피조물들이여, 그런 우리는 모두 형제자매이다! 그러나 우리는 서로를 알아보지 못한다. 다른 사랑이 필요해, 다른 사랑이……

집에서 책들과 그림, 조용히 바라보는 흉상들 틈에 있을 때 한마디 부드러운 말이 그의 마음을 움직였다. '얘들아, 서로 사랑해……'

타락

Gefallen

또다시 우리 넷만 모였다.

이번 주최자는 키 작은 마이젠베르크였다. 그의 아틀리에는 만찬을 즐기기에 퍽 매력적인 장소였다.

그곳은 아주 독특한 양식으로 꾸며진 야릇한 공간이었다. 기이한 예술가 취향이라고 할까? 에트루리아산과 일본산 꽃병, 스페인 부채와 단도, 중국 우산, 이탈리아 만돌린, 아프리카 소라 나팔, 고대의 작은 입상들, 로코코 양식의 알록달록한 도자기 장식품, 성모마리아 밀랍상, 오래된 동판화, 마이젠베르크가 직접 그린 작품들, 이 모든 것이 테이블과 책장, 선반 그리고 바닥과 마찬가지로 두꺼운 동양 양탄자와 자수 무늬가 있는 빛바랜 비단 천으로 뒤덮인 벽들에, 마치 저마다 자기를 봐 달라고 소리를 지르는 것처럼 특이한 방식으로 배치되어 있었다.

우리 멤버는 키가 작으면서 행동이 날렵한 갈색 머리의 마이젠베르크, 어디에서건 여성해방의 정당성을 소리 높여 설파하는 신출내기 이상주의적 경제학자인 금발의 라우베 그리고 의학박사 젤텐과 나, 이렇게 넷이었다. 우리는 아틀리에 한가운데 육중한 마호가니 테이블 둘레에 각양각색의 의자를 놓고 앉아, 천재적인 집주인이 기가 막히게 조합해 놓은 탁월한 음식을 꽤 장시간 즐기고 있었다. 아니, 어쩌면 음식보다 포도주를 더 많이 마셨는지 모른다. 마이젠베르크가 이번에도 한턱 크게 낸 것이다.

젤텐 박사는 고풍스러운 무늬가 새겨진 커다란 교회 의자에 앉아 끊임없이 의자를 신랄하게 비꼬았다. 우리 중의 풍자가였다. 상대를 무시하는 듯한 그의 몸짓 하나하나에도 세상에 대한 경험과 경멸감이 깔려 있었다. 그는 우리 넷 중 가장 연장자였는데, 아마 나이가 서른 안팎일 것이다. 실제로 경험도 가장 많았다. 마이젠베르크는 그를 두고 이렇게 말했다. "뷔슈트* 같아! 하지만 재미있는 사람이야."

실제로 젤텐 박사에게는 '뷔슈트' 같은 면이 있었다. 눈은 좀 흐리멍덩했고, 짧게 자른 검은 머리는 정수리 부분이 벌써 약간 듬성듬성했다. 수염을 뾰쪽하게 기른 얼굴은 코에서 입가로 내려가면서 늘 조금 비웃는 표정을 짓고 있었고, 그 때문에 종종 다소 날카로운 인상을 풍겼다.

로크포르 치즈를 먹을 때 벌써 우리는 다시 '깊은 대화'의 한가운데에 들어와 있었다. 이것은 젤텐 박사의 표현인데, 그는 마치 저 하늘의 연출자에 의해 그다지 용의주도하게 기획되지 않은 지상의 삶을 아무거리낌 없이 마음껏 즐겨 놓고는, 나중에 가서 어깨를 으쓱하며 "그렇게

---

*독일의 전통적인 바보 인형 중 하나.

살지 말 걸 그랬나?" 하고 묻는 것이 철칙인 사람 같은 경멸적인 조소를 띠며 그렇게 말한 바 있었다.

그런데 라우베는 자신의 전공 분야로 교묘하게 화제를 돌려놓고는 항상 그랬듯이 자기 말에 자기가 취해 소파에 푹 파묻힌 채 열심히 허공으로 손을 휘저으며 열변을 토했다.

"그렇다니까요! 여자의 굴욕적인 사회적 지위는 우매한 사회적 편견에 뿌리가 있는 겁니다." (그는 '여성'이라고 말하지 않고 항상 '여자'라고 했다. 그게 좀 더 자연과학적으로 들린다는 것이다.)

"건배!" 젤텐이 안됐다는 듯이 부드럽게 말하고는 적포도주를 쭉 들이 켰다.

이것이 선량한 젊은이의 마지막 자제력을 앗아 가 버렸다.

"당신 정말! 당신 정말!" 라우베가 벌떡 일어났다. "늙은 냉소주의자 같으니! 당신하고는 말이 안 통해요! 하지만 다른 사람들은……" 그가 도전적인 자세로 마이젠베르크와 내게 고개를 돌렸다. "당신들은 내 말이 옳다고 생각하죠? 그렇습니까, 안 그렇습니까?"

오렌지를 까고 있던 마이젠베르크가 분명한 어조로 말했다. "반반이지."

"계속 말해 봐요." 내가 라우베에게 말을 시켰다. 그는 한번 꺼낸 말을 끝까지 하지 못하면 절대 가만있지 못하는 사람이었다.

"내 말은, 우매한 사회적 편견과 고루한 사회적 불의 때문이라는 겁니다! 자잘한 변화요? 가소로운 일이죠. 여학교를 세우고 여자들을 전신원으로 고용하는 게 뭐가 대수입니까? 중요한 건 더 큰 데 있어요. 사회적 관념 같은 거 말입니다. 예를 들어 연애나 성적인 것과 관련한 사회적 편견은 지극히 편협하고 잔인하기까지 해요."

"그래." 박사가 홀가분하게 말하더니 냅킨을 옆으로 치웠다. "어쨌든 이제는 얘기가 재미있어지겠군."

라우베는 젤텐 박사에게 눈길 한 번 주지 않고 꿋꿋하게 말을 이어 갔다. "들어 보세요." 그는 디저트로 나온 사탕 한 알을 손에 들고 흔들더니 무슨 거창한 일이라도 할 것 같은 표정을 지으며 입에 쏙 집어넣었다. "만일 남녀가 서로 사랑하다가 남자 쪽이 여자 몸을 망쳐도 남자는 예전과 똑같이 건실한 사람으로 살아갈 수 있어요. 아니, 심지어 호방하다는 말까지 듣죠. 망할 놈. 그런데 여자는 어떻습니까? 버림받고, 사회적으로 내쫓기고 손가락질당하고, 타락한 인간 취급을 받아요. 타-락-한 인간이라고요! 말이 됩니까? 그런 사회적 견해의 도덕적 근거가 뭡니까? 그리 보자면 남자는 타락한 게 아닙니까? 아니, 실제로는 남자가 여자보다 훨씬 더 추악하고 부도덕했죠. ……어떻게 생각하세요? 말씀들 좀 해 보세요!"

생각에 잠긴 표정으로 피우던 담배 연기를 물끄러미 바라보고 있던 마이젠베르크가 선량한 목소리로 말했다. "사실 자네 말이 맞지."

라우베의 얼굴이 의기양양해졌다.

"그렇죠? 내 말이 맞는 거죠? 그런 판단에 도덕적 정당성이 어디 있어요?"

나는 젤텐 박사를 바라보았다. 그는 아주 조용했다. 작고 동그란 빵을 두 손으로 돌리면서 예의 그 날카로운 표정을 지으며 살짝 아래쪽으로 시선을 내리깔았다.

"다들 일어날까?" 그가 차분하게 말했다. "자네들한테 이야기를 하나 해 주지."

우리는 식탁을 옆으로 밀어 두고, 맨 뒤쪽에 양탄자와 작은 소파들이 있는 아늑한 구석방으로 가 편하게 자리를 잡고 앉았다. 담소를 나누기에 적합한 작은 공간이었다. 천장에서 깊이 내려온 전등이 공간을 푸르스름한 빛으로 가득 채우고 있었다. 담배 연기가 벌써 천장 밑에 얇은 층을 이루며 살며시 물결치고 있었다.

"자, 시작해 봐요." 마이젠베르크가 프랑스산 베네딕트 리큐어를 유리잔 네 개에다 따르며 말했다.

"그러지 않아도 기회가 되면 이 이야기를 자네들한테 들려주고 싶었는데 마침 잘됐군. 단편소설 형태로 막 끝냈거든. 자네들도 알지? 내가 그런 글을 좀 긁적거린다는 걸."

나는 그의 얼굴을 제대로 볼 수 없었다. 그는 다리를 꼬고 두 손을 재킷 주머니에 넣고, 등을 소파에 기댄 채 파란 전등을 조용히 올려다보고 있었다.

얼마 후 그가 다시 입을 열었다.

"내 이야기의 주인공은 북부 독일의 작은 도시에서 고등학교를 졸업하고, 열아홉엔가 스무 살엔가 P 대학에 진학했어. 남부 독일의 제법 큰 도시에 있는 대학이었지.

그는 아주 괜찮은 녀석이었어. 나무랄 데 없는 친구였지. 쾌활하고 착하고 사교적이어서 곧 모든 친구의 사랑을 받았어. 게다가 몸매도 늘씬하고 얼굴도 잘생겼어. 부드러운 얼굴선, 늘 명랑해 보이는 갈색 눈, 가녀린 입술, 이제 막 돋아나기 시작한 남자다운 첫 수염…… 그가 검은 머리에 밝은색 둥근 모자를 뒤로 젖혀 쓰고 두 손을 호주머니에 찌른 채 주위를 호기심 어린 눈으로 두리번거리며 길거리를 배회하면, 처녀들이 모두 그에게 사랑스러운 눈길을 보냈어.

더구나 순수하기까지 했어. 몸과 마음이 모두 순결했지. 어떤 전투에서도 패한 적이 없고, 어떤 여자도 건드려 본 적이 없다고 당당하게 틸리 백작*에게 말할 수 있을 정도였지. 물론 처음 것이나 두 번째 것이나 아직 기회가 없어서 그런 것뿐이지만.

어쨌든 P 도시에 온 지 두 주가 채 지나기 전에 그도 자연스레 사랑에 빠졌어. 그것도 그 나이 또래의 남자아이들이 보통 그러는 것처럼 술집 급사한테 빠진 게 아니라 젊은 연극배우 벨트너 양한테 빠졌어. 괴테 연극을 좋아하는 순진한 배우였지.

괴테가 탁월하게 지적한 것처럼, 남자들의 몸속에는 청춘의 묘약이 있어서 모든 여자가 헬레나처럼 아름다워 보이지만, 그 여자는 정말 예뻤어. 아이처럼 호리호리한 몸매에 옅은 금발, 경건하면서도 쾌활한 회청색 눈, 작고 고운 코, 천진난만하고 달콤한 입술, 부드럽고 둥근 턱.

처음에 그는 여자의 얼굴에 반했고, 다음엔 손에, 그다음엔 여자가 고대극의 역할을 맡았을 때 가끔 맨살이 드러나는 팔에 반했어. 그러다 어느 날부터는 그 여자의 전부를 사랑하게 되었지. 그가 전혀 모르는 여자의 영혼까지.

이 사랑에는 막대한 돈이 들어갔어. 최소한 이틀에 한 번은 괴테 극장의 1층 앞쪽 좌석을 사야 했기 때문이지. 그는 틈나는 대로 엄마에게 편지를 써서 온갖 핑계를 대 가며 돈을 부쳐 달라고 했어. 그러나 이것은 오직 여자를 위한 거짓말이었기에 전부 용서된다고 생각했어.

여자를 사랑한다는 사실을 알아차렸을 때 그가 맨 먼저 한 일은 시를 쓰는 것이었어. 독일적인 '고요한 서정시'였지.

---

* '갑옷을 입은 수도사' 혹은 '갑옷을 입은 성자'라는 별명으로 유명한, 30년전쟁 때 신성 로마 제국의 군대를 지휘한 명장.

그는 밤늦게까지 책들 틈에 앉아 시를 쓸 때가 많았어. 방 안에서는 낮은 옷장 위의 작은 자명종 시계만 단조롭게 째깍거렸고, 밖에서는 이따금 외로운 발소리만 뚜벅뚜벅 들릴 뿐이었지. 그러다 문득 가슴 맨 위, 그러니까 목이 시작하는 지점에서 연하고 미지근한 아픔을 느꼈고, 그것이 자꾸 눈까지 솟구쳐 올라 액체로 쏟아지려고 했어. 하지만 우는 것이 너무 창피해 속으로 꾹꾹 누르며 시로 속울음을 토해 낼 뿐이었어.

그는 여린 시구와 우수에 젖은 음조로 여자가 얼마나 감미롭고 사랑스러운지, 그 자신은 얼마나 병들고 지쳐 있는지, 그의 영혼은 얼마나 불안에 떠는지 절절히 표현해 냈어. 그의 영혼은 저 멀리 아득한 곳, 장미와 제비꽃이 지천으로 핀 곳에서 달콤한 행복을 꿈꾸고 있었지만, 그의 몸은 여기에 이렇게 묶여 있기만 한 것에 대한 한탄이었지.

하지만 한심한 짓이었어. 누구든 비웃을 게 분명했어. 언어라는 건 참으로 우둔하고 무의미하거든. 그러나 분명한 건 그가 여자를 사랑한다는 거였어. 그는 여자를 사랑했어!

자기 고백이 끝나자 당연히 곧 부끄러워지는 순간이 찾아왔어. 여자의 입에다 키스하는 건 꿈에도 생각지 못하고, 하얀 손이나, 아니면 귀여운 발에라도 조용히 입 맞출 수 있으면 지금 당장 죽어도 여한이 없을 만큼 굴욕적이고 가련한 사랑이었기 때문이지.

한번은 밤중에 깨었을 때 여자가 지금 어떤 모습으로 누워 있을지 상상해 보았어. 사랑스러운 얼굴은 새하얀 베개 위에 얌전히 놓여 있고, 달콤한 입술은 약간 벌어져 있고, 옅은 푸른빛 핏줄이 어슴푸레 보이고 말로 표현할 수 없을 정도로 고운 두 손은 이불 위에 얌전히 포개져 있겠지? 이어 그는 갑자기 확 돌아누워 얼굴을 베개에 파묻더니 오랫동안 어둠 속에서 흐느껴 울기 시작했어.

이로써 그리움은 절정에 달했어. 그 상태에서는 시를 쓸 수도, 음식을 삼킬 수도 없었어. 사람들을 만나는 것도 피했고, 외출도 거의 하지 않았으며, 눈 밑에 거뭇거뭇한 그늘까지 진하게 생겼어. 더 이상 일을 할 수도, 책도 읽을 수 없었어. 다만 오래전에 구입한 여자의 사진 앞에서 하염없이 넋을 놓고 있을 뿐이었지. 눈물과 사랑에 젖은 채로.

그러던 어느 날 저녁, 그는 고교 시절부터 친하게 지내던 묄링과 함께 어느 술집 구석에 맥주잔을 앞에 놓고 조용히 앉아 있었어. 그와 같은 의학도였지만, 학년은 높은 친구였어.

어느 순간 묄링이 맥주잔을 탁자에 쾅 하고 내려놓으며 말했어.

'야, 왜 그래? 대체 무슨 일인지 말을 해 봐.'

'무슨 말을?'

그러나 그는 곧 시치미 떼는 짓을 그만두고 속에 있는 말을 털어놓았어. 여자와 자신에 대해.

이야기를 듣고 난 묄링은 고개를 절레절레 흔들었어.

'고약하게 됐군. 방법이 없어. 네가 처음이 아니거든. 도저히 곁을 안 주는 여자야. 지금까지는 어머니랑 같이 살다가 얼마 전에 어머니가 죽었대. 그런데도 전혀 변화가 없어. 씨알도 안 먹혀. 지독하게 정숙한 여자야!'

'너 지금 무슨 생각 하는 거야? 내가 그 여자를 어떻게 해 볼 생각으로……'

'그런 거 아니었어? 나는 그럴 거라고 생각했는데……'

'야, 묄링……!'

'아, 그래, 미안해. 이제야 네 마음 알았어. 그런 감상적인 사랑일 줄은 생각 못했거든. 그럼 꽃다발을 보내 봐. 순수하고 존경하는 마음을 담은 편지도 쓰고. 그래서 직접 만나서 그런 존경하는 마음을 전달하고 싶다며 만남을 허락해 달라고 간청해 보라고!'

그는 얼굴이 하얗게 질리며 온몸을 바들바들 떨었어.

'그건…… 그건 안 돼!'

'왜 안 돼? 40페니히만 주면 그런 심부름을 해 줄 사람은 널렸어.'

그는 점점 몸을 심하게 떨었어.

'그만해! 가능한 이야길 해야지.'

'그 여자는 아직도 같은 집에 살아?'

'몰라, 그건.'

'아직 그것도 몰라? 참 나. 이봐요, 급사! 여기 주민 주소록 좀 갖다 줘요!'

묄링이 재빨리 주소록을 뒤져 여자의 주소를 찾아냈어.

'이거 아냐? 허, 무슨 천상의 세계에 살고 있는 줄 알았더니 실제로는 호이가 6a번지 4층에 살고 계셨군. 여기 적힌 거, 이거 맞지? 이르마 벨트너, 괴테 극장 단원…… 여긴 정말 싸구려 지역인데…… 예술에 대한 보상이 이런 식이군.'

'제발 그만해, 묄링……!'

'알았어, 알았어. 그만할게. 대신 너도 내 말대로 해. 그 여자 손에 진짜 입을 맞출 날이 올지 누가 알아? 천하태평 같으니. 아무것도 안 하고 속만 끓이면 뭐해? 이번에는 무대 앞 3미터 자리를 살 돈으로 꽃다발을 사.'

'돈 같은 건 상관없어!'

'그래, 한번 미쳐 보는 것도 좋은 일이지!' 묄링이 혼잣말처럼 중얼거렸어.

이튿날 오전 감동적일 만큼 순박한 편지가 멋진 꽃다발과 함께 호이가로 배달되었어. 아, 답장을 받을 수 있다면, 어떤 내용이라도 답장만 온다면 그는 미친 듯이 환호성을 지르며 편지 한 줄 한 줄에다 입을 맞출 것 같았어.

여드레 후 대문 옆의 편지함 뚜껑이 너무 자주 여닫은 바람에 부러지고 말았어. 집주인 아주머니가 욕을 해 댔지.

그의 눈 그늘은 점점 짙어졌어. 이제는 정말 몰골이 비참해졌지. 그는 거울 속에 비친 모습에 깜짝 놀라 자기 연민에 엉엉 울고 말았어.

'이 친구야!' 뢸링이 어느 날 결연한 어조로 소리쳤어. '이대로는 안 되겠어. 넌 점점 나락으로 빠져들고 있다고. 뭐라도 해야 해! 내일 무작정 그 여자 집으로 쳐들어가는 거야!'

병들어 가는 그의 눈이 휘둥그레졌다.

'무작정…… 쳐들어간다고?'

'그래.'

'안 돼. 그 사람이 허락하지 않았어.'

'편지를 쓴 게 바보 같은 짓이었어. 아무것도 모르는 상태에서 편지만 보고 덜컥 너한테 관심을 가질 거라고 생각한 게 잘못이었다고. 이젠 도리가 없어. 그냥 여자 집으로 쳐들어가는 거야. 넌, 안녕하세요, 하고 인사만 받아도 행복에 취할 거 아냐? 네가 괴물처럼 추악하게 생긴 것도 아니니까 여자도 널 바로 내쫓지는 않을 거야. 내일 가는 거야.'

그는 머릿속이 어질어질해졌어.

'난 못하겠어.' 그가 나직이 말했어.

'그럼 나도 도울 방법이 없어!' 뢸링이 화가 나서 소리쳤어. '죽이 되건 밥이 되건 너 혼자 알아서 해!'

이제 고통스러운 나날이 지나갔어. 바깥에서 겨울이 5월과 마지막 사투를 벌이는 것처럼 그의 내면에서도 힘겨운 싸움이 벌어지고 있었던 거지.

그런데 어느 날 아침, 간밤에 그 여자 꿈을 꾸고 일어나 창문을 열자 밖은 어느새 봄이 찾아와 있었어.

하늘은 마치 부드럽게 미소 짓는 것처럼 맑고 푸르렀어. 공기에서도 향신료처럼 달콤한 냄새가 났어.

그는 봄을 보고 듣고, 느끼고 냄새 맡고 맛보았어. 세상 만물이 온통 봄이었지. 건너편 지붕 위에 걸린 넓은 태양 광선 줄기가 파르르 떨며 그의 심장 속으로 흘러 들어와 그의 마음에 힘과 맑음을 선사하는 것 같았어.

이윽고 그는 묵묵히 여자의 사진에다 입을 맞추고는 까칠까칠한 수염을 말끔하게 깎은 뒤 깨끗한 와이셔츠와 근사한 양복을 입고 호이 가로 향했어.

자신도 놀랄 정도로 이상하게 마음이 평온했어. 그런 자신을 의식하고 있는데도 마음의 평온은 깨지지 않았어. 계단을 올라가 여자의 집 앞에서 이르마 벨트너라는 문패를 읽는 사람이 마치 자신이 아닌 것 같은 기분이 들 정도로 몽환적인 평온이라고 할까?

그때 갑자기 내면에서 이런 목소리가 들렸어. 이건 미친 짓이야! 대체 뭐하는 짓이야? 누가 보기 전에 빨리 내려가!

그런데 그는 이런 소심한 마음의 마지막 신음을 통해 조금 전의 혼란스러운 상태를 완전히 떨쳐 버린 것 같았어. 그와 함께 좀 더 크고 확실하고 밝은 희망이 마음속에 깃들었지. 그 전까지는 최면 상태처럼 어떤 필연성에 짓눌린 느낌이었다면 지금은 자유로우면서도 확고하고, 기쁨의 탄성을 지르는 의지에 따라 행동할 수 있을 것 같은 느낌이 들었어.

그래, 봄이었거든!

따르릉 초인종 소리가 온 층에 울려 퍼졌고, 곧 한 여자아이가 문을 열어 주었어.

'집에 아가씨 계시니?' 그가 활기차게 물었어.

'예, 계세요. 그런데 누구신지……?'

'여기……'

그가 명함을 건넸어. 하녀가 명함을 들고 안으로 들어가자 그도 마음 속으로 호탕하게 웃으며 그냥 뒤따라 들어갔어. 그래서 하녀가 아가씨 에게 명함을 건넸을 때는 그도 벌써 방 안에 들어와 손에 모자를 든 채 허리를 꼿꼿이 펴고 서 있었어.

짙은 색의 소박한 가구들이 비치된 평범한 크기의 방이었어.

창가에 앉아 있던 아가씨가 자리에서 일어났어. 방금 책을 보던 중이 었는지 테이블 위에는 밀쳐 둔 책이 있었지. 그런데 아, 어쩌면 그렇게 매 혹적일 수 있을까! 무대 위의 어떤 모습도 지금 현실 속의 이 모습만큼 매혹적이지 않았어. 가냘픈 몸을 감싸고 있는, 가슴 부분이 좀 더 짙은 회색 드레스는 소박하면서도 우아했고, 이마 위 물결치는 금발에는 5월 의 햇살이 파르르 떨고 있었어.

그는 황홀감으로 피가 끓고 요동치는 듯했어. 그녀가 놀라워하는 눈 으로 그의 명함을 보고, 이어 또다시 놀라워하는 눈으로 그를 보는 순 간, 그는 자기도 모르게 두 발짝 앞으로 다가가면서 마음속의 열렬한 그리움을 몇 마디 불안하고 격정적인 말로 쏟아 냈어.

'제발…… 노엽게 생각지는 말아 주십시오!'

'그런데 이렇게 갑자기 들이닥친 이유가 뭐죠?' 그녀가 재미있어하는 표정으로 물었어.

'허락은 받지 못했지만, 제가 아가씨를 얼마나 경탄하는지 직접 만나 뵙고 꼭 제 입으로 말씀드리고 싶었습니다.' 그녀가 상냥하게 소파를 권했어. 자리에 앉자 그는 말을 약간 더듬으며 다시 말을 이어 갔어. '보시다시피, 저는 항상 이렇게 모든 걸 속에 담고 다닐 뿐 아니라…… 속에 있는 걸 바로 다 말해 버려야 직성이 풀리는 인간입니다. 그래서…… 부, 부탁을 드리자면…… 제게 왜 답장을 해 주지 않았는지 말씀해 주실 수 있겠습니까?' 그가 순박한 표정으로 물었어.

'사실……' 그녀는 미소를 지으며 대답했어. '저를 인정해 주신 글과 아름다운 꽃다발을 받고 얼마나 기뻤는지 몰라요. 하지만…… 답장은 보낼 수 없었어요. 어떻게 바로…… 게다가 답장을 어떻게 쓸지도……'

'아, 그러셨군요. 이제야 이해가 됩니다. 그런데 지금 제가 이렇게 허락 없이 찾아온 것을 불쾌하게 생각하시는 건 아니겠죠?'

'아니에요. 어떻게 그러겠어요?' 잠시 어색한 침묵이 흘렀어. 그러자 그녀가 이 상황을 무마하려고 재빨리 화제를 바꾸었어. 'P 시에는 얼마 전에 오셨죠?'

'아닙니다. 벌써 육칠 주나 됐습니다.'

'그렇게나 됐나요? 저는 당신의 친절한 편지를 받은 열흘 전쯤에 당신이 제 무대를 처음 봤을 거라고 생각했어요.'

'이런 말씀을 드리긴 좀 그렇지만, 저는 매일 저녁 아가씨가 무대에 오르는 것을 봤습니다.'

'그랬나요? 그럼 좀 더 일찍 찾아오시지 그랬어요?' 그녀가 천진하게 놀라며 물었어.

'제가 좀 더 일찍 찾아왔어야 한다고요?' 그의 목소리에서 교태가 뚝

뚝 묻어났어. 그는 이렇게 맞은편 소파에 앉아 그녀와 친숙하게 대화를 나눌 수 있다는 게 미치도록 행복했어. 그래서 이게 달콤한 꿈이 아닌지, 혹은 평소처럼 그런 꿈을 꾸고 난 뒤 슬프게 깨어나야 하는 건 아닌지 염려가 될 정도로 이 상황이 믿기지 않았어. 게다가 얼마나 마음이 들떴는지, 자기도 모르게 다리를 편하게 꼬고 앉을까 하는 생각까지 들었어. 심지어 행복감이 벅차올라, 환호성을 지르며 그녀 발아래 엎드려 이렇게 고백하고 싶은 마음이 굴뚝같았어. 이 모든 건 연극입니다. 내가 이렇게 찾아온 건 당신을 사랑해서입니다. 사랑해요…… 사랑해!

그녀는 얼굴을 약간 붉히면서도 그의 대답이 재미있는지 깔깔거리며 웃었어.

'미안해요. 그런데 제 말을 오해하신 것 같아요. 제가 좀 서툴게 표현하기는 했지만, 그래도 그렇게 이해력이 더디면 안 되죠.'

'예, 아가씨. 앞으로는 제대로 빠르게 이해하도록 노력하겠습니다.'

그는 이제 완전히 제멋대로였어. 이 대답 뒤 그는 다시 한 번 스스로에게 이렇게 말했어. 그녀가 여기 있어! 내 사랑이! 내가 그녀 옆에 있다고! 그는 지금 그녀 옆에 있는 것이 진짜 자기 자신이라는 것을 스스로에게 확신시키려는 듯 계속 정신을 바짝 모았어. 그러고는 믿을 수 없을 만큼 행복한 시선으로 그녀의 용모와 자태를 훑었지. 아, 연한 금발, 달콤한 입술, 시간이 지나면 살이 살짝 접힐 것 같은 부드러운 턱, 어린애처럼 밝은 목소리, 극장 밖에서는 남부 독일의 사투리가 약간 묻어 나오는 사랑스러운 말 그리고 그의 마지막 대답에는 반응하지 않고 그의 이름을 좀 더 정확히 숙지하려고 테이블에서 그의 명함을 집어 올리는 우아한 손! 꿈속에서 얼마나 자주 이 손에 입을 맞추었던가? 형언할 수 없는 이 손에! 그리고 이제 다시 그에게로 향한 눈, 다정한 관심이 줄곧 커져 가는 눈! 그녀가 다시 입을 열었어. 둘은 묻기도 하고 대답도 하면서 계속 수다를 떨었는데, 간혹 말이 막히면 서로의 태생과 일, 그녀의 배역에 관한 이야기로 가볍게 대화의 실타래를 계속 풀어 나갔어. 그런데 사실 배역에 대한 그녀의 이해는 별것이 없었어. 물론 그의 입장에서야 그녀가 웃으면서 계속 손사래를 치는데도 그녀의 말에 무한한 찬사와 감탄을 보냈지만 말이야.

그녀의 유쾌한 웃음에는 마치 뚱뚱보 아빠가 앞쪽 관객석을 향해 막 모저풍의 익살을 선보이는 듯한 연극적인 냄새가 약간 풍겼지만, 그조차도 황홀했어. 그래서 그렇게 웃는 얼굴을 꾸밈없이 순수한 마음으로 바라보고 있노라면 당장 그녀 발아래 엎드려 그녀를 향한 자신의 크고 큰 사랑을 솔직하게 털어놓고 싶은 유혹을 여러 번 눌러야 할 정도였어.

이윽고 그가 당황한 표정으로 시계를 보고 벌떡 일어났을 때는 벌써 한 시간이 꼬박 지나 있었어.

'벨트너 양, 제가 너무 오래 붙잡아 둔 것 같습니다. 진작 저를 내보내야 하셨을 텐데! 하지만 아가씨와 함께 있으니 시간이 어찌나 빨리 가는지 아가씨 자신은 모르실 겁니다.'

그는 어느새 능숙한 남자로 변해 있었어. 그래서 이제 그의 진심 어린 찬사는 예술가로서만 그녀를 칭찬하는 단계를 넘어 본능적으로 점점 개인적인 성격을 띠어 가고 있었어.

'지금 몇 시인데 벌써 가시려고요?' 그녀가 슬프고도 의아한 눈빛으로 물었어. 이것은 비록 연기라고 하더라도 무대 위에서 하는 것보다 훨씬 사실적이고 설득력이 있어 보였어.

'제가 한 시간 동안이나 아가씨를 지루하게 붙잡아 두고 있었습니다.'

'무슨 말씀을 그렇게 하세요? 지루하다니요! 그런데 정말 시간이 빨리 지나갔네요.' 이제는 그녀의 표정에 정말 의심할 바 없이 솔직한 의아함이 담겨 있었어. '벌써 한 시간이 지났다고요? 나도 서둘러야겠네요. 새로 맡은 배역 연습을 해야 하거든요. 오늘 저녁에 공연이 있어요. 오실 거죠? 시연에서는 제대로 연기를 못 하는 바람에 하마터면 감독님한테 얻어맞을 뻔했어요.'

'제가 그 인간을 죽여 드릴까요? 언제가 좋겠습니까?' 그가 진지하게 물었어.

'내일보다는 오늘이 좋겠네요!' 그녀는 웃음을 터뜨리며 작별의 뜻으로 손을 내밀었어.

그는 허리를 숙여 끓어오르는 욕정으로 그녀의 손에 입술을 갖다 대고는 도저히 질리지 않는 길고 긴 입맞춤을 했어. 속으로는 정신을 차려야 한다고 끊임없이 경고하는 목소리가 들려왔지만, 도저히 이 입맞춤에서, 그녀 손의 감미로운 향기에서, 이 아찔한 행복감에서 벗어날 수가 없었던 거지.

그녀가 조금 급히 손을 뺐어. 그가 그녀를 다시 바라보았을 때 그녀의 얼굴에 당혹감이 어린 것 같았어. 어쩌면 남자로서는 내심 기뻐해도 될 표정이었지만, 그는 그것을 그렇게 받아들이지 않고 자신의 적절치 못한 행동에 대한 불쾌함으로 해석했기에 한순간 속으로 자책했어.

그래서 그는 재빨리 지금까지보다 한층 형식적인 어투로 말했어.

'제게 보여 주신 호의에 진심으로 감사드립니다, 벨트너 양.'

'그런 말씀 마세요. 제가 오히려 알게 돼서 정말 기뻐요.'

'아, 정말이에요?' 그의 목소리가 다시 그전의 순박한 어조로 바뀌었어. '그럼, 청이 하나 있는데…… 부디 뿌리치지 마시기 바랍니다. 그러니까…… 혹시 제가 다시 찾아봬도 될까요?'

'물론이죠! ……아, 그게 무슨 뜻이냐 하면…… 그래요, 안 될 이유가 있느냐는 거죠.' 그녀는 약간 당황한 것 같았어. 야릇한 입맞춤 뒤에 바로 이어진 그런 청을 선뜻 승낙한 것이 시간상 적절치 못하다고 여겼기 때문이지.

'다시 이렇게 수다를 떨 수 있다면 저도 기쁠 거예요.' 그녀가 차분하고 상냥한 어조로 얼른 이렇게 덧붙였어. 그러더니 다시 한 번 손을 내밀었어. '정말 고마웠어요!'

그는 짧은 목례를 하고 밖으로 나왔어. 그러자 갑자기 꿈속에서처럼 그녀의 모습이 보이지 않았어. 이게 꿈이었을까?

그러나 그는 곧 자신의 손과 입술에 묻은 그녀 손의 온기를 느낌과 동시에 이것이 현실이었음을, 꿈속의 뻔뻔하고도 행복한 상상들이 실현되었음을 새삼 깨달았어. 그는 술에 취한 사람처럼 비틀대며 계단을 내려가면서 그녀의 몸이 자주 닿았을 난간으로 허리를 숙여 위에서 저 밑에까지 환호의 키스를 했어.

거리에서 약간 안쪽으로 들어간 그녀의 집 앞에는 마당 같기도 하고 정원 같기도 한 앞뜰이 있었는데, 그 뜰 왼편의 라일락 덤불에서 막 첫 꽃이 피고 있었어. 그는 걸음을 멈추고 한껏 달아오른 얼굴을 서늘한 덤불에 묻은 채 고동치는 자신의 심장 소리를 들으며 한참 동안 어린 라일락 꽃의 부드러운 향기를 들이마셨어.

아, 그가 그녀를 얼마나 사랑하고 있는지!

지나는 길에 식당에 들렀을 때 륄링과 다른 친구들 몇은 벌써 식사를 끝내고 테이블에 앉아 있었어. 그는 열에 들뜬 얼굴로 얼핏 목례를 하고 자리를 잡았어. 그런데 몇 분 동안 조용히 앉아 득의만만한 웃음으로 그들을 차례로 지켜보기만 했어. 아무것도 모르고 담배만 피우고 있는 친구들을 몰래 비웃기라도 하듯.

'어이, 친구들!' 그가 별안간 테이블 위로 몸을 숙이며 소리쳤어. '너희들 새 소식 모르지? 난 행복해 미치겠어!'

'아 그래?' 뢸링은 의미심장한 표정으로 그의 얼굴을 빤히 바라보더니 은근한 몸짓으로 테이블 위로 손을 내밀었어.

'진심으로 축하해!'

뢸링의 말에 다른 친구들이 연이어 토를 달았어.

'뭔데?'

'무슨 일이야?'

'너희들 아직 눈치 못 챘어? 오늘 이 친구 생일이야. 생일을 자축하러 여기 온 거라고. 이 친구 얼굴 좀 봐! 완전히 새로 태어난 사람 같지 않아?'

'맞아, 그래 보여!'

'브라보!'

'오늘 한턱내야 하는 거 아냐?'

'당연하지! 어이, 급사!' 그가 소리쳤어.

이렇게 해서 그는 오늘 생일을 맞은 사람처럼 축하를 받았어.

그 뒤 초조한 그리움으로 기다린 여드레의 시간이 힘겹게 지나가고 그는 재차 그녀를 방문했어. 사전에 그녀의 허락이 있었던 거지. 이제는 사랑의 두려움에서 비롯된 처음의 긴장과 흥분 같은 건 없었어.

이후 그는 더 자주 그녀를 만나고 담소를 나누었어. 헤어질 때마다 그녀가 다음 방문을 허락했던 거지.

두 사람은 격의 없이 수다를 떨었어. 가끔 대화 중에 두 사람이 갑자기 동시에 느끼는, 막연한 불안감 같은 어색하고 당혹스러운 감정 상태만 없었다면 우정이라고 해도 무방할 정도의 그런 교제였지. 그런 순간이 찾아오면 대화는 뚝 끊기고 몇 초 동안 어색한 침묵만 흐르다가, 첫 손등 키스 때와 마찬가지로 순간적으로 경직된 형식 속에서 대화를 이어 갈 다른 화젯거리를 찾곤 했어. 그는 공연 후 몇 번 그녀를 집까지 바래다주었어. 그녀와 함께 걸어가던 봄날의 밤들이 그의 가슴을 얼마나 큰 행복으로 채워 주었던지! 집 앞에 이르러 그녀는 진심으로 그의 수고에 고마워했고, 그러면 그는 그녀의 손에 입을 맞춘 뒤 속으로 쾌재를 부르며 집으로 돌아갔어.

그러던 어느 날이었어. 그가 작별 인사를 하고 몇 걸음 걸어가다가 갑자기 등을 돌렸는데, 문틈에 서 있던 그녀가 별안간 허리를 숙이더니 바닥에서 무언가를 찾는 몸짓을 했어. 실제로 뭔가 떨어진 것 같지는 않았어. 그가 등을 돌리자 깜짝 놀라 얼떨결에 그런 시늉을 한 것 같았어.

'어젯밤에 너희들을 봤어!' 언젠가 륄링이 말했지. '정말 너한테 최대의 찬사를 보낸다. 아직까지 그 여자한테 그 정도로까지 접근한 사람은 없었어. 정말 대단해! 하지만 아직은 애송이야. 여자 입장에선 너한테 그만큼 호의를 보이기 어려웠을 거야. 천하에 정숙한 여자로 소문난 사람이니까! 너한테 단단히 빠진 게 분명해. 그럼 앞뒤 가리지 말고 저돌적으로 한번 밀어붙여 봐야 하지 않겠어?'

그는 륄링이 무슨 말을 하는지 순간적으로 알아차리지 못하고 있다가 이내 그 말뜻을 간파했어. '무슨 소릴 하는 거야?'

그러나 말과는 달리 그의 몸은 부르르 떨었어.

봄이 무르익었어. 5월 말에 벌써 비 한 방울 내리지 않는 더운 날이 이어졌어. 칙칙하고 흐린 푸른색의 하늘이 목마른 대지를 내려다보았고,

저녁 무렵이면 질기고 잔인한 한낮의 열기가 호흡 한 번만으로 충분히 느낄 수 있는, 짓누르는 듯한 후텁지근한 더위에 자리를 내주었어.

그런 어느 늦은 오후였어. 우리의 착한 주인공은 도시 앞 구릉지대를 배회하고 있었어.

집 안에서는 견딜 수가 없었어. 또다시 병이 도진 거야. 그녀와 함께하면서 얻은 온갖 행복으로 이미 오래전에 진정되었다고 믿은, 그 타는 그리움이 다시 그를 몰아대기 시작했어. 이제 그의 입에서는 절로 신음이 새어 나왔어. 그녀를 향한 신음이. 대체 뭘 더 바라는 것일까?

그 대답은 륄링에게서 왔어. 원래의 메피스토보다 선량하지만 덜 지적인 메피스토에게서.

구체적인 방법은 가르쳐 줄 수 없지만
고도의 직관을 마무리하려면……

그는 신음과 함께 고개를 흔들며 저 멀리 황혼을 응시했어.

그 대답은 륄링에게서 왔어! 아니, 그의 얼굴에 다시 핏기가 없어지는 것을 본 륄링이 먼저 잔인한 몇 마디 말로 그것에 이름을 붙이더니, 적나라하게 설명까지 덧붙여 주었지. 그러지 않았더라면 그는 아직도 부드럽고 막연한 멜랑콜리의 안개에만 감싸여 있었을 거야!

그는 지쳤지만 무언가 갈구하는 듯한 걸음걸이로 계속 무더위 속을 거닐었어.

줄곧 재스민 향기가 나는 것 같은데 재스민 덤불은 보이지 않았어. 사실 아직 재스민이 필 철은 아니었어. 하지만 밖에 나오면 항상 어디선 건 이 달콤하고 뇌쇄적인 향이 풍겨 오곤 했지.

길이 굽어지는 곳에 나무가 듬성듬성 서 있는, 방벽 모양의 비탈에 벤치가 하나 있었어. 그는 거기 앉아 물끄러미 앞을 바라보았어.

길 건너편에는 메마른 풀밭이 유유히 흘러가는 강물까지 비스듬히 이어졌고, 두 줄의 미루나무 사이로 도로가 일직선으로 길게 뻗어 있었어. 저기 옅은 보랏빛 지평선에서는 농부의 수레가 외롭고 힘겹게 굴러가고 있었어.

그는 앞만 응시하고 앉아 손가락 하나 까딱할 엄두를 내지 못했어. 다른 모든 것들도 미동을 보이지 않았기 때문이지.

그런 가운데에도 재스민 향은 계속 코끝에 진하게 와 닿았어.

질식할 듯한 미지근한 정적과 짓누르는 듯한 압박감이 온 세상에 목마른 그리움으로 가득 차 있는 것 같았어. 그는 어떤 식으로든 해방이 찾아와야 한다고 느꼈어. 어디선가 이 모든 갈증을 폭풍처럼 시원하게 씻어 줄 만족감과 구원이, 자연도 그렇지만 자기 속에도 찾아와야 한다고 느꼈어.

곧이어 환한 고대 의상을 입은 그 여자의 자태와 부드러우면서도 시원해 보이는 가늘고 흰 팔이 눈앞에 아른거렸어.

그는 목표가 확실히 정해지지 않은 애매한 결심과 함께 벤치에서 벌떡 일어나 도시로 걸음을 재촉했어.

그런데 목적지에 다다랐다는 희미한 의식과 함께 걸음을 멈추는 순간 마음속에서 불현듯 커다란 공포가 치솟았어.

저녁이 깊었고, 사위는 조용하고 어두웠어. 이 시각, 교외 같은 느낌의 이곳에는 지나다니는 사람이 별로 없었어. 구름 뒤로 별들이 마치 얇은 베일을 쓴 것처럼 희미하게 빛났고, 그 아래 달이 떠 있었어. 보름달에 가까운 달이었지. 저 멀리 끈적거리는 가스등 불빛이 보였어.

그는 그녀의 집 앞에 섰어.

이리로 오려고 했던 것이 아닌데, 자기도 모르게 마음속의 무언가에 이끌려 온 것이었어.

하지만 막상 이렇게 서서 가만히 달을 올려다보는 순간 자신이 제대로 찾아왔고, 여기가 자기 자리라는 것을 깨달았지.

어디선가 불빛이 내려왔어.

이 건물 4층, 창문이 하나 열린 그녀의 방에서 쏟아지는 불빛이었어. 그러니까 그녀는 극장 일을 마치고 집에 돌아와 아직 잠들지 않고 있다는 뜻이었지.

눈물이 났어. 그는 울타리에 기대어 울었어. 모든 게 슬펐어. 세상은 얼마나 말없이 목말라하는지, 달은 또 얼마나 창백하던지!

그는 한참을 울었어. 한동안 이것이 갈증을 풀어 줄 청량제이자 해결책이자 해방이라고 느꼈던 거지. 이어 그의 눈은 아까보다 더 메마르고 뜨거워졌어.

이 메마른 압박감이 온몸을 짓누르자 입에서 신음이 터져 나왔어. 저기…… 저 위를 향한 신음이……

그래, 어쩔 수 없어. 굴복하는 거야!

아냐! 굴복하는 게 아니라 내 의지로 하는 거야!

몸을 쭉 펴자 근육이 불끈 솟아올랐어.

그러나 곧이어 고요하고 미지근한 고통이 다시 그의 힘을 앗아 가 버렸어.

그래, 그럼 그냥 허리 숙여 굴복하는 게 낫겠어.

그는 힘없이 건물 문을 밀고 들어가 발을 질질 끌듯이 천천히 계단 위로 올라갔어.

하녀는 이 시각에 찾아온 그를 약간 의아한 눈으로 바라보았지만, 주인 아가씨가 집에 있다고 알려 주었어.

하녀가 아가씨에게 그의 방문을 알리지 않았기에 그가 직접 이르마의 거실을 짧게 노크한 다음 문을 열고 들어갔어.

그는 지금 자신이 무슨 짓을 하는지 의식하지 못했어. 자기 의지로 걸어가는 게 아니라 뭔가가 그를 걸어가게 하는 것 같았어. 마치 힘이 빠져 꽉 잡고 있던 것을 놓쳐 버린 느낌이랄까? 마치 말 없는 필연성이 슬픔에 가까운 진지한 표정으로 그리로 가라고 지시하는 것 같다고 할까? 그는 독자적으로 움직이는 어떤 의지가, 내면에서 들리는 이 조용하고 강력한 명령에 고통스럽게 저항하는 것을 느꼈어. 그냥 굴복해! 굴복하라고! 그럼 올바른 일이 일어날 거야. 일어나야 할 일이.

그는 노크에 이어 나직한 기침 소리를 들었어. 말을 하기 위해 목청을 가다듬는 기침 같았어. 이어 안에서 들어오라는 소리가 들렸지. 피곤하면서도 의아한 목소리였어.

그가 들어갔을 때 그녀는 안쪽 벽의 둥근 탁자 뒤 소파에 앉아 있었어. 조금 어두운 곳이었어. 갓을 씌운 램프가 창가의 작은 탁자 위에 놓여 있었어. 그녀는 그에게로 고개를 돌리지 않았어. 들어온 사람이 당연히 하녀라고 생각했기에 지친 듯 소파 등받이에 뺨을 대고 있던 자세를 풀지 않았던 거야.

'안녕하세요, 벨트너 양.' 그가 나직이 말했어.

순간 그녀는 불에 덴 사람처럼 깜짝 놀라며 고개를 들더니 깊은 충격에 휩싸여 그를 쳐다보았어.

그녀는 얼굴이 창백했고 눈까지 빨갰어. 입 주위에는 조용히 침잠된 고통의 표정이 어렸고, 그를 향한 눈빛과 목소리에는 한없이 부드러운 고단함이 깃들어 있었지.

'이렇게 늦게……'

순간 그의 내면에서 따스하고 진정 어린 고통이 솟구쳤어. 지금까지는 자기 자신을 잊고 산 적이 없기에 한 번도 느껴 보지 못한 감정이었는데, 그의 삶 위에 밝고 맑은 행복으로 떠 있던 그녀의 사랑스러운 눈과 지극히 달콤한 그녀의 얼굴에서 아픔을 읽은 거야. 다시 말해서 지금껏 오직 자신에 대한 연민만 느껴 왔다면 이제 처음으로 그녀에 대한 깊고 무한한 연민을 느낀 거지.

그는 멈추어 선 자세 그대로 조심스럽게 물었어. 나직한 목소리에서 진심 어린 감정이 묻어났어.

'왜 우셨습니까, 이르마 양?'

그녀는 묵묵히 무릎 쪽으로 고개를 숙였어. 무릎 위에 올려놓은 손에는 하얀 손수건이 꽉 쥐어 있었어.

그는 곁으로 다가가 앉으면서 그녀의 가늘고 흰 두 손을 잡았어. 손은 차고 젖어 있었어. 그는 혹여나 부서질까 조심스럽게 그 손을 잡고는 한 손 한 손에 입을 맞추었어. 그러고는 가슴 깊은 곳에서 솟구치는 뜨거운 눈물을 쏟으며 떨리는 목소리로 같은 말을 반복했어.

'울고…… 있었어요? 울고 있었어요?'

그녀는 가슴 위로 점점 고개만 숙일 뿐 말이 없었어. 머리에서 기분 좋은 향이 엷게 풍겨 나왔어. 그녀의 가슴은 무겁고 두렵고 소리 없는 고통과 씨름하는 것 같았어. 그녀의 섬약한 손가락이 그의 손안에서 움찔거리는 동안 그녀의 비단결 같은 긴 속눈썹에서는 두 줄기 눈물이 주르르 흘러내렸어.

그는 불안에 가득 차, 그녀의 두 손을 자기 가슴으로 가져가 꼭 누르며 몸서리치는 아픔에 목이 메어 이렇게 슬픔을 토해 냈어.

'나는 당신이…… 우는 것을 지켜볼 수가 없습니다. 도저히 견딜 수가 없다고요!'

그녀가 그를 향해 창백한 얼굴을 들어 올리자 이제 두 사람은 서로의 눈을 깊이 들여다보았어. 둘의 영혼은 이 눈을 통해 서로에게 말하고 있었어. 사랑한다고. 그와 함께 구원의 함성과 더없는 행복으로 가득 찬 사랑의 외침이 마지막 두려움을 깨뜨렸어. 젊은 육신 둘이 마치 발작이 일어난 것처럼 서로를 급히 껴안더니 떨리는 입술을 포갰어. 이 긴 첫 키스 동안 세상의 모든 소음은 완전히 잦아들었고, 이제 자극적이고 탐욕적으로 변한 라일락 향기만 창문을 통해 흘러 들어왔어.

그는 너무 가냘프다는 느낌이 들 정도로 나긋나긋한 그녀의 몸을 소파에서 안아 올렸어. 이어 두 사람은 잠시 떨어진 입으로 서로 얼마나 사랑하는지 더듬거리며 말했어.

그전까지 그의 소심한 사랑 안에서는 저 하늘의 신이나 다름없었고, 앞에만 서면 항상 자신이 약하고 서투르고 작게 느껴지기만 했던 그녀가 자신의 키스를 받으며 동요하는 것을 보면서 그는 야릇한 전율을 느꼈어.

그는 밤중에 한 번 깼어.

달빛이 그녀의 머리에 어른거렸고, 손은 그의 가슴 위에 놓여 있었어.

그는 하늘의 신을 올려다보았고, 그녀의 잠든 눈에다 입을 맞추었어. 과거보다 더 선해진 청년의 모습이었지.

밤새 폭풍우가 몰아치면서 자연도 이제 이전의 답답한 열병에서 해방되었어. 온 세상이 신선한 향기로 호흡하는 듯했어.

서늘한 아침 햇살 속에 창기병들이 시내를 지나갔고, 사람들은 문 앞에 서서 상큼한 공기를 마시며 기뻐했어.

그는 한층 젊어진 봄의 대기를 뚫고 집으로 걸어가는 내내 사지에 몽환적인 열락의 나른함을 느꼈고, 맑고 푸른 하늘을 향해 이렇게 소리치고 싶었어. 아 그대 내 사랑, 내 사랑!

집에 도착해 책상에 앉아서는 그녀의 사진을 앞에 두고 자기 성찰의 시간을 가졌어. 자신이 한 짓을 양심에 비추어 보면서 자신이 혹시 여자의 몸이나 탐하는 타락한 인간이 아닌지 반성해 본 거지. 아마 그런 인간으로 판명되었다면 무척 괴로워했을 거야.

그러나 성찰의 시간은 좋고 아름다웠어. 마치 성찬식 때처럼 청아하고 엄숙한 기분이 들었지.

이제 밖으로 시선을 돌려 새들이 지저귀는 봄과 부드럽게 웃음 짓는 하늘을 내다보자 지난밤처럼 진정 어린 감사의 마음으로 신의 얼굴을 들여다보는 것 같았어. 그는 자연스레 두 손을 하나로 모았고, 뜨거운 애정으로 그녀의 이름을 마치 경건한 아침 기도처럼 봄의 대기 속으로 불어넣었어.

뢸링! 아냐, 이 친구는 알아선 안 돼. 인간적으로는 썩 괜찮은 친구지만, 분명 또 시답잖은 소리나 늘어놓으면서 이 일을 우스꽝스럽게 만들어 버릴 거야. 하지만 나중에 고향 집에 가게 되면 엄마한테는 왱왱 소리가 나는 전구 불빛 아래서 이 모든 이야기를 털어놓을 거야. 이 모든 행복을.

이어 그는 다시 행복한 상태에 빠져들었어.

그런데 뢸링은 당연히 여드레 후에 모든 걸 알게 되었어.

'야, 너 날 바보로 알아? 나도 이제 다 알아. 그러니 상세히 이야기 좀 해 봐!'

'무슨 소릴 하는지 모르겠는데. 설령 내가 안다고 해도 네가 알고 있는 것에 대해 상세히 말하고 싶은 마음은 없어.' 그는 훈장 선생님 같은 표정으로 재치 있게 말을 비틀어 가며 응대했어. 그것도 이제 볼일 없으면 가 보라는 뜻으로 집게손가락으로 다른 쪽을 가리키면서 말이야.

'어, 이 친구 보게! 이제 농담까지 늘었어. 대단해! 그래, 행복하게 잘 살아!'

'물론이지. 난 아주 행복해.' 그가 진지하고 확고하게 대답하고는 친구의 손을 꼭 잡아 주었어.

그런데 뢸링은 또다시 예전의 짓궂은 태도로 돌아갔어.

'그 아가씨 이제 곧 현실에서 젊은 부인 역을 맡게 되는 거 아냐? 그렇지 않아도 부인용 모자가 아주 잘 어울릴 것 같더군! 참, 내가 그 집의 숨겨 둔 애인 역할을 하면 안 될까?'

'정말 못 말리는 친구군!'

어쩌면 뢸링이 떠들고 다녔을 수도 있고, 아니면 우리의 주인공이 주변 사람들이나 지금까지의 생활 습관과 완전히 결별함으로써 그에 대한 이야기가 사람들 사이에서 화제가 되지 않을 수 없어서 그랬을 수도 있지만, 어쨌든 얼마 지나지 않아 이 도시에서는 괴테 극장의 벨트너가 햇병아리 대학생과 그렇고 그런 사이라는 소문이 파다하게 나돌았어. 그러면서 다들 예전부터 그 여자의 정숙함을 믿은 적이 없다고 입을 놀려 댔지.

그는 정말 모든 것과 결별했어. 주위의 온 세상은 가라앉은 듯했어. 그는 몇 주 동안 오직 분홍빛 구름과 바이올린을 켜는 로코코 양식의 큐

피드상들 사이만 둥둥 떠다녔어. 열락의 환호성을 지르면서. 시간이야 어떻게 지나가든, 항상 그녀의 발치에 누워 고개를 젖힌 채 그녀의 숨결을 들이마실 수만 있다면 그만이었어. 나머지 삶은 아무런 의미가 없었어. 이제 그의 삶 속에는 오직 하나밖에 없었거든. 흔히 책 속에서 '사랑'이라는 진부한 말로 표현되는 그것 말이야.

방금 언급한, 그가 그녀의 발치에 누워 있다는 것은 두 사람의 관계를 특징적으로 잘 보여 주고 있어. 그러니까 여자가 같은 나이의 남자보다 사회적으로 스무 살이나 더 많은 것처럼 대우를 받고 있음을 말해 주는 거지. 상대의 마음에 들려는 본능적인 욕구에 따라 상대의 비위를 맞추려고 늘 말과 행동을 조심하는 쪽은 언제나 그였어. 게다가 사랑을 나눌 때의 자발적 헌신은 도외시하더라도 단순한 일상적 교제에서 아무 구애 없이 자유롭게 행동할 수 없는 쪽도 늘 그였어. 분명 헌신적인 사랑도 있었겠지만 그보다는 그가 사회적 약자라는 점이 더 크게 작용해서, 그는 그녀에게 어린아이처럼 야단맞는 것을 기꺼이 감수했고, 그런 다음에야 굴욕적이고 애처롭게 용서를 구한 뒤 그녀의 품에 얼굴을 묻을 수 있었어. 그러면 그녀는 그의 머리를 사랑스럽게 쓰다듬어 주곤 했지. 정말 그는 발치에서 그녀를 올려다보았고, 그녀가 시키는 대로 오라면 오고 가라면 갔어. 그녀의 기분에 따라 움직이는 꼭두각시나 다름없었지. 변덕이 심한 여자였거든.

뢸링이 말했어. '너 완전히 쥐여사는구나. 대가 센 그 여자에 비해 넌 너무 순해 빠졌어.'

'바보 같은 놈! 넌 아무것도 몰라. 난 그녀를 사랑해. 그게 전부야. 그것도 남들처럼 아무렇게나 사랑하는 게 아니라…… 정말로…… 정말로…… 아, 말로 표현할 수가 없어!'

'순진한 녀석! 너처럼 착한 인간도 없을 거야!'

'말도 안 되는 소리 집어치워!'

그는 뢸링의 말이 정말 터무니없이 들렸어. 쥐여사는 건 뭐고 너무 순해 빠졌다느니 하는 건 또 뭐란 말인가? 이런 시답잖은 소리는 뢸링만할 수 있었어. 아무것도 모르면서. 대체 저 친구는 어떻게 생겨 먹은 인간일까? 무슨 인간이 저러냐 말이야! 우리 관계는 정말 단순하고 아무문제가 없어. 그는 항상 그녀의 손을 꼭 붙잡고 이렇게 말할 뿐이었어. 당신이 나를 좋아해 주는 것, 당신이 나를 조금이라도 사랑해 주는 것이 얼마나 기쁜지 몰라!

어느 아름답고 온화한 저녁, 그는 외로이 길을 배회하다가 가슴 뭉클한 시를 지었어. 내용은 이랬어.

> 주위에 노을빛 꺼지고
> 하루가 조용히 저물면
> 그대의 손을 경건히 모으고
> 신을 올려다봐.
>
> 우리의 행복 위에
> 비애에 찬 신의 눈이 머물러 있는 것 같지 않아?
> 신의 고요한 시선은 마치 우리 행복도
> 언젠가 사라질 거라고 말하는 것 같지 않아?
>
> 언젠가 이 봄이 끝나고

황량한 겨울이 오겠지?
삶의 가혹한 손길에
하나씩 길을 잃겠지?

안 돼, 그대 얼굴을, 그대 고운 얼굴을
그렇게 불안에 떨며 내 머리에 기대지 마.
봄은 아직 나무 잎사귀 매달고
햇살 가득한 채 웃고 있으니까.

안 돼, 울지 마! 고통은 아직 저 멀리 잠들어 있을 뿐이야.
어서 와, 어서 와, 내 가슴으로!
아직 사랑은 하늘을 향해
감사의 환호를 올리며 바라보고 있으니까!

그런데 이 시가 그의 마음을 뭉클하게 했던 것은 혹시 있을지 모를 사랑의 종말을 진지하고 생생하게 표현하고 있었기 때문이 아니었어. 그건 말도 안 되는 망상이지. 그의 마음을 가장 잘 표현한 것은 마지막 시구뿐이었어. 현재 누리고 있는 흥분된 행복 속에서 구슬프고 단조로운 운율이 빠르고 자유로운 리듬에 의해 깨지는 그 시구 말이야. 나머지는 그의 눈에 막연히 눈물을 고이게 한 음악적인 분위기였을 뿐이야.

그는 고향의 가족에게 편지를 썼어. 그런데 아무도 이해하지 못할 편지였어. 도대체 내용이라는 것이 있다고 할 수 없었기 때문이지. 편지에는 문장부호들이 지극히 흥분한 상태로 사용되어 있었고, 특히 겉으로는 아무 이유가 없어 보이는 느낌표만 가득했어. 물론 그의 입장에서는 어쩔 도리가 없었어. 지금 자신이 누리는 행복을 전달하고 털어놓고 싶었지만, 곰곰이 생각해 보니 이런 문제를 너무 솔직히 털어놓을 수는 없었던 까닭에 다의적인 느낌표만 남발할 수밖에 없었던 거지. 그는 박학다식한 아버지조차 상형문자에 가까운 아들의 이 편지를 해독하지 못하고 난감해하는 모습을 상상하며 몰래 행복한 웃음을 지었어. 아버지는 기껏해야 '아들이 지금 한없이 행복하구나' 하는 정도밖에 이해하지 못하실 거야.

이런 사랑스러우면서도 어리석고 달콤하고 용솟음치는 행복 속에서 시간은 어느새 7월 중순까지 후딱 지나갔어. 만일 즐겁고 유쾌한 그날 아침이 오지 않았다면 이 이야기는 무척 지루했을 거야.

그날 아침은 정말 아름다웠어. 아직 조금 이른 시각인 9시쯤 됐는데, 피부에 와 닿는 햇살이 기분 좋게 느껴지고 공기에서도 퍽 좋은 냄새가 풍겨 왔어. 그 눈부시게 아름다웠던 첫날밤 다음 날 아침에 맡은 공기와 똑같았지.

그는 한껏 들떠, 눈처럼 하얀 보도를 지팡이로 활기차게 짚으며 걸어갔어. 그녀에게 가는 길이었지.

물론 그녀는 그가 올 줄 전혀 몰랐지만, 그는 그게 더 마음에 들었어. 원래는 그날 아침에 강의를 들으러 갈 생각이었어. 그러나 그 계획은 당연히 성사되지 못했어. 오늘 같은 날씨에 강의실에 앉아 있는 게 말이 되겠어! 혹시 비라도 온다면 몰라도 말이야. 하늘이 저렇게 환하고 부드럽게 미소 짓는 이런 날에…… 당연히 그녀에게로 가야지. 그녀에게로! 결심이 서자 마치 구름에 둥둥 떠 있는 것 같았어. 그는 호이가로 내려가면서 오페라 〈카발레리아 루스티카나〉에 나오는 흥겨운 술

자리 노래의 힘찬 리듬을 휘파람으로 불었어.

그녀의 집 앞에 멈추어 서서는 한동안 라일락 향을 마셨어. 라일락 덤불과는 어느새 깊은 속내를 주고받는 친구가 되어 있었지. 그는 이 집에 올 때마다 라일락 앞에 걸음을 멈추고 둘만의 대화를 나누었어. 말은 없지만 정이 듬뿍 묻어나는 대화였어. 라일락은 저 위에서 기다리고 있을 달콤한 일들에 대해 자분자분 들려주었어. 그러면 그도 누군가 다른 사람에게는 털어놓을 수 없을 만큼 큰 행복이나 아픔이 닥쳤을 때 넘쳐 오르는 감정을 주체하지 못하고 위대하고 고요한 자연으로 눈을 돌리는 사람처럼 가만히 라일락을 들여다보았지. 그럴 때면 자연은 정말 가끔 그의 이야기를 알아듣는 듯한 표정을 지었어. 그는 오래전부터 이 라일락을 자신의 사랑에 동참하고 공감하는 친숙한 존재로 여겨 왔을 뿐 아니라 그의 이야기에 등장하는 단순한 첨가물 이상의 의미를 이 라일락에 부여했어. 그가 가진 영원한 시적 감수성 덕분이었지.

그는 사랑스럽고 부드러운 라일락 향을 통해 장밋빛 이야기를 충분히 들은 뒤 위로 올라갔어. 그러고는 지팡이를 복도에 세워 두고 노크도 하지 않고 거실로 들어갔어. 기쁨에 들떠 두 손은 환한 여름 양복 바지 주머니에 찔러 넣고, 둥근 모자는 뒤로 젖혀 쓴 채로. 그녀가 이런 모습을 가장 좋아했기 때문이지.

그는 '안녕, 이르마! 이렇게 갑자기 찾아와서……' 깜짝 놀랐지, 하고 말하려다가 오히려 놀란 것은 그 자신이었어. 그가 들어서는 순간 그녀가 용수철에서 튀어 오르듯 테이블에서 벌떡 일어나는 것을 보았어. 마치 무언가 급히 가지러 가는 사람처럼 보였는데, 그게 뭔지는 알 수 없었어. 그녀는 그 상태로 가만히 서서 동그랗게 뜬 눈으로 이상하게 그를 바라보더니 어찌할 줄을 모르고 냅킨으로 입을 닦는 시늉을 했어. 테이블 위에는 커피와 구운 과자가 있었고, 맞은편에는 기품 있는 노신사가 앉아 있었어. 점잖게 차려입은, 수염이 새하얀 노신사였는데, 과자를 씹고 있다가 무척 놀란 표정으로 그를 쳐다보았어.

그는 재빨리 모자를 벗고는 당황한 표정으로 모자를 손으로 빙빙 돌렸어.

'아, 미안해. 손님이 있는지 몰랐어.' 그가 말했어.

이르마를 향한 우리 주인공의 스스럼없는 반말에 노신사는 과자를 씹던 동작을 뚝 그치더니 그녀에게로 눈을 돌렸어.

우리의 착한 청년은 그녀가 하얗게 질린 얼굴로 계속 서 있는 것을 보고 덜컥 겁이 났어. 그런데 노신사의 표정은 더 안 좋아 보였어. 시체 같다고나 할까! 게다가 머리도 빗지 않은 것 같았어. 대체 이 사람은 누구일까? 그는 얼른 머리를 쥐어짰어. 이르마의 친척? 그러나 친척이 있다는 이야기는 들은 바가 없었어. 어쨌거나 그가 적절치 못한 시점에 온 것은 틀림없었어. 아, 이렇게 원통하고 안타까울 데가! 그가 이 순간을 얼마나 기다려 왔던가! 그런데 이제 돌아가야 할 상황이 됐어! 이런 끔찍한 일이 있을까? 그런데 아무도 입을 열지 않는 건 또 뭐지? 이런 상황에서는 어떻게 처신해야 하는 거지?

'어째서?' 노신사가 별안간 이렇게 소리치고는 이 수수께끼 같은 물음에 답을 기대하는 듯 움푹 들어가고, 반짝거리는 작은 회색 눈을 두리번거렸어. 좀 혼란스러운 듯했어. 표정도 멍청해 보였고, 아랫입술도 바보같이 축 늘어졌어.

문득 우리의 주인공은 자신을 소개해야겠다는 생각을 했어. 그래서 최대한 예의를 갖추어 입을 열었어.

'제 이름은 OOO라고 합니다. 저는 그냥…… 인사차 들른 것뿐입니

다……'

'그게 나하고 무슨 상관이오?' 기품 있는 노신사가 버럭 호통을 쳤어. '대체 원하는 게 뭐요?'

'죄송합니다만, 저는……'

'됐소! 당신은 당신 볼일이나 보시오. 어차피 여기선 필요 없는 사람이니까. 안 그래, 우리 애기?' 그가 사랑스러운 눈길로 이르마를 올려다보았어.

우리의 주인공은 원래 영웅은 아니었지만 노신사의 말투에 심한 모욕감을 느꼈어. 그렇지 않아도 이 모든 상황에 대한 실망감으로 기분을 완전히 잡친 상태였기에 그의 태도는 백팔십도로 바뀌었어.

'실례지만, 노인장.' 그가 차분하면서도 단호한 목소리로 말했어. '노인장께서 무슨 권리로 저한테 그런 식으로 말씀하시는지 정말 이해가 가지 않습니다. 저로 말할 것 같으면 이 방에 머무를 수 있는 권리가 최소한 노인장만큼은 있다고 생각하는 사람입니다.'

노신사는 심한 충격을 받은 것 같았어. 이런 식의 말에 익숙하지 않았던 거지. 아랫입술이 감정의 동요로 실룩거렸어. 그러더니 마침내 냅킨으로 자기 무릎을 세 번이나 내려치면서 빈약한 성대의 힘을 빌려 간신히 이렇게 내뱉었어.

'버르장머리 없는 놈! 버르장머리 없는 놈!'

난데없이 버르장머리 없는 인간이 되어 버린 우리의 주인공, 아까는 이 노인장이 혹시 이르마의 친척일지도 모른다는 생각에 분노를 다소 누그러뜨려 대꾸했다면, 이제는 그런 인내심조차 완전히 사라져 버렸어. 대신 이르마에게 자신이 얼마나 특별한 사람인가 하는 자부심이 속에서 꾸역꾸역 솟구쳐 올라왔어. 이제 저 노인장이 누구든 상관이 없었어. 자신이 극도의 모욕감을 느낀 것이 중요했어. 그래서 문 쪽으로 몸을 살짝 틀더니 노신사에게 분노에 찬 어조로, 당장 이 집에서 나가 달라고 요구했어. 마치 자기가 이 집의 가장이라도 된 듯한 느낌에 사로잡혀서 말이야.

순간 노신사는 말문이 턱 막혀 버렸어. 그러다 방 안 여기저기로 어지럽게 눈을 돌리면서 웃음도 울음도 아닌 소리로 웅얼거렸어.

'이게…… 이게 뭐지…… 이게 무슨…… 맙소사! 대체 이게 무슨 일이야…… 이르마, 말 좀 해 봐!' 노신사가 도움을 바라는 얼굴로 이르마를 쳐다보았어. 그러나 벌써 몸을 돌리고 있던 이르마는 한 마디도 없었어.

불쌍한 노인은 그녀의 지원을 기대할 수 없다는 사실을 깨달았을 때, 또 새파란 젊은 놈이 재차 문 쪽을 가리키며 나가라고 위협조로 재촉했을 때 자신의 패배를 인정할 수밖에 없었어.

'그래, 가지.' 노신사가 품위 있는 체념 조로 말했어. '당장 가지. 하지만 이게 끝이 아냐. 두고 보자고, 불한당 같은 놈!'

'물론이죠. 두고 봅시다!' 우리의 주인공이 소리쳤어. '꼭 보자고요! 나한테 그런 욕을 퍼붓고도 아무 일 없을 줄 알았소? 어쨌든 오늘은 일단 여기서 나가요! 어서!'

노인은 몸을 파르르 떨고 신음을 내며 의자에서 간신히 일어났어. 헐렁한 바지 속에서 마른 다리가 흐느적거렸어. 그는 일어서서는 갑자기 허리를 잡았어. 하마터면 도로 자리에 주저앉을 뻔했지. 이것이 노인을 감상적인 상태에 빠지게 했어.

'이 늙고 불쌍한 것!' 노인은 문 쪽으로 비틀비틀 걸어가며 신세 한탄을 했어. '이 늙고 불쌍한 것! 이제 저런 불한당한테 행패까지 당하고…… 에고, 에고!' 그러다 갑자기 속에서 다시 천불이 나는 모양이었

어. '두고 봐…… 꼭 두고 봐! 꼭!'

'그래, 두고 봅시다!' 청년은 노인을 괴롭히는 것에 재미가 들렸는지, 복도까지 따라 나와 같은 말로 받아쳤어. 노인은 떨리는 손으로 원통형 모자를 쓰고 두꺼운 외투를 팔에 걸친 채 불안한 걸음걸이로 계단까지 걸어갔어. 그런데 노신사의 이런 가련한 모습에 서서히 동정심이 일기 시작한 우리의 선량한 주인공은 이제 어조를 부드럽게 바꾸었어. '그래, 두고 보시죠! 언제든 연락 주십시오.' 그의 어투는 계속 정중했어. '하지만 저에 대한 노인장의 태도를 생각해 보면 제 태도를 무례하게 받아들일 수만은 없을 겁니다.' 이 말을 끝으로 그는 공손하게 인사했고, 저 밑에서 노인이 애처롭게 마차를 소리쳐 부르는데도 그냥 모른 척해 버렸어.

그런데 이제야 머릿속에 그 노인이 누구였을까 하는 생각이 다시 떠올랐어. 그 정신 나간 노인이 말이야. 정말 그녀의 친척일까? 숙부, 아니면 조부? 하지만 아무리 그렇다고 하더라도 자신에게 그렇게까지 할 수는 없다는 생각이 들었어. 혹시 천성이 그런 양반일까? 그런데 노인이 정말 그녀의 친척이라면 그녀가 그런 내색을 했어야 하지 않을까? 그녀는 내내 두 사람의 싸움에 끼어들 생각조차 하지 않았어. 이제야 그 점이 떠올랐어. 지금까지는 모든 신경이 그 파렴치한 노인에게 쏠려 있었기 때문에 다른 생각을 할 여유가 없었던 거지. 도대체 그 양반은 누구일까? 그녀와 어떤 관계일까? 그는 정말 기분이 좋지 않았어. 그래서 자신이 어쩌면 너무 교양 없이 행동했을 수도 있다는 생각에 거실로 들어가기가 일순간 망설여졌어.

이윽고 그가 거실 문을 닫고 돌아섰을 때 이르마는 소파에 옆으로 앉아 삼베 손수건 자락을 입에 물고 꼿꼿이 앞만 바라보고 있었어. 그에게는 얼굴도 돌리지 않은 채.

그는 한순간 어쩔 줄 몰라 가만히 서 있다가 빌듯이 두 손을 모으고는 난감한 표정으로 울먹이며 소리쳤어.

'말 좀 해 봐! 그 사람이 누구야? 제발!'

그녀는 꼼짝도 하지 않았고, 말도 하지 않았어.

그는 온몸에 소름이 돋았어. 막연한 공포가 치솟았어. 그러나 아무 일도 아닐 거라고 완강하게 스스로를 달래고는 그녀 옆에 앉아 아버지처럼 자상하게 그녀의 손을 잡았어.

'정신 차려, 이르마. 설마 나한테 화난 건 아니지? 그 양반이 먼저 시작한 거야. 대체 그 노인이 누구야?'

묵묵부답.

그는 어쩔 줄 몰라 자리에서 일어나더니 그녀에게서 몇 걸음 떨어졌어.

소파 옆 침실 문이 반쯤 열려 있었는데, 그가 불쑥 거기로 들어갔어. 침대 위엔 이불이 헝클어져 있었고, 그 머리맡 작은 탁자 위엔 뭔가 눈에 띄는 것이 있었어. 그가 다시 거실로 돌아왔을 때는 그의 손에 파란색 지폐가 몇 장 들려 있었어.

그는 뭔가 다른 이야기를 할 기회를 잡은 것이 기뻤어. 그래서 테이블 위에 지폐를 올려놓으며 말했어.

'이런 건 잘 간수해야지. 침실 테이블 위에 있었어.'

순간 그의 얼굴이 백지장처럼 하얘졌어. 그뿐만 아니라 눈이 휘둥그레지고, 입술까지 덜덜 떨리면서 벌어졌어. 그가 지폐를 들고 들어왔을 때 그녀는 기겁했는데, 그가 그 눈을 본 거야.

그의 내면에서 무언가 추악한 것이 앙상한 잿빛 손을 위로 내뻗더니 안쪽에서 그의 목을 꽉 움켜쥐는 것 같았어.

우리의 가련한 청년이 두 손을 뻗은 채, 마치 자기 장난감이 산산조각나 바닥에 나뒹구는 것을 본 아이처럼 불쌍한 목소리로 이 말밖에 내놓지 못하는 모습은 정말 슬프기 그지없었어. '아냐, 아냐! ……이건 아냐!'

이어 휘몰아쳐 오는 공포 속에서 그는 그녀에게 다가가, 자신도 구할 생각으로 미친 듯이 손을 와락 잡으며 필사적으로 애원했어. '제발 아니라고 말해 줘! 제발! ……당신은 몰라. 내가 당신을 얼마나…… 얼마나…… 제발! 아니라고 말해 줘!'

그는 다시 그녀에게서 떨어져 큰 소리로 한탄하며 창가에서 털썩 무릎을 꿇고 벽에 머리를 쿵쿵 찧었어.

그녀는 완고한 몸짓으로 소파에 더 깊숙이 몸을 파묻었어.

'그래, 난 배우야. 그런데 무슨 헛소리야? 다들 그렇게 해. 성자처럼 행동하는 것에 질렸어. 그러다 어찌 되는지도 똑똑히 봤어. 안 될 말이지. 특히 우리 같은 사람들한테는 안 돼. 그런 성자 짓은 부자들이나 계속하라고 그래. 우린 알아서 살아 나가야 돼. 옷도 사야 하고 화장도 해야 하고…… 돈이 필요한 일은 셀 수가 없어.' 이 말과 함께 그녀가 갑자기 크고 짧은 웃음을 터뜨렸어. '내가 그렇고 그런 여자라는 건 세상이 다 알고 있었어.'

순간 그는 그녀에게 득달같이 달려들어 잔인하고 가학적인 키스를 미친 듯이 퍼부었어. 가끔 그의 입에서 '아, 당신…… 당신……!' 하는 말이 더듬더듬 흘러나왔는데, 마치 그의 내면에서 온전한 사랑이 무시무시하고 반항적인 감정에 맞서 필사적으로 싸우는 것 같았어.

사랑 속에 증오가, 육욕 속에 격렬한 복수가 깃들어 있음을 그는 어쩌면 이 키스에서 배웠을 수도 있고, 아니면 나중에 다른 게 추가되었을 수도 있어. 물론 그 자신도 그게 무엇인지는 모르지만.

그는 이제 집을 나와 부드럽게 미소 짓는 하늘 아래, 라일락 덤불 앞에 서 있었어. 한참을 꼼짝도 않고 두 팔을 축 늘어뜨린 채로. 그러다 어느 순간 라일락에서 달콤한 사랑의 숨결이 무척이나 사랑스럽고 순수하고 부드럽게 그에게로 흘러나오는 것을 느꼈어.

순간 그는 비탄과 분노를 이기지 못하고 미소 짓는 하늘을 향해 거칠게 종주먹을 날렸고, 거짓의 향기를 내뿜는 라일락을 잔인하게 후려쳤어. 그 바람에 라일락은 가지가 꺾이고 부러지고 고운 꽃잎이 뭉개졌어.

이윽고 그는 자기 방 책상에 조용하고 힘없이 앉아 있었어.

밖은 여전히 찬란한 여름날의 사랑스러운 광채로 빛나고 있었어.

그는 그녀의 사진을 뚫어지게 바라보았어. 사진 속의 여인은 아직도 예전처럼 달콤하고 순결한 모습이었어.

위층에서 굴러가듯 빠른 피아노 반주 속에 야릇한 느낌의 구슬픈 첼로 연주가 들려왔어. 깊고 연약한 첼로 음이 그의 영혼을 아릿하게 휘감는 동안 내면에서는 부드러운 우수에 젖은 시 몇 구절이 오랫동안 잊고 있던 고통처럼 살며시 솟구쳐 올랐어.

······언젠가 이 봄이 끝나고
황량한 겨울이 오겠지?
삶의 가혹한 손길에
하나씩 길을 잃겠지?······

이것이 내가 생각한, 이야기 속의 모든 것을 화해시키는 최선의 결말이었어. 그 어리석은 풋내기 청년은 그렇게 앉아 울고 있었고."

우리가 앉아 있는 구석방에 한순간 정적이 흘렀다. 내 옆의 두 친구도 젤텐 박사의 이야기가 불러일으킨 우수 젖은 분위기에서 자유로워 보이지 않았다.

"끝났어요?" 이윽고 키 작은 마이젠베르크가 물었다.

"다행히!" 내 느낌에 젤텐은 일부러 약간 딱딱하게 말하더니 벌떡 일어나 방의 맨 뒤쪽 작은 목각 선반 위에 놓인 꽃병으로 다가갔다. 거기엔 싱싱한 라일락이 꽂혀 있었다.

그제야 나는 그의 이야기가 내게 준 그 야릇한 인상이 어디서 왔는지 불쑥 깨달았다. 라일락이었다. 이야기 속에서 의미심장한 역할을 했고, 이야기의 전체적 분위기를 지배한 그 라일락 향 말이다. 젤텐 박사가 우리에게 이 이야기를 털어놓게 된 것도 이 향기 때문이었고, 내게 강한 암시를 준 것도 이 향기였다.

"감동적이었어요." 마이젠베르크가 깊은 한숨과 함께 새 담배에 불을 붙였다. "아주 감동적인 이야기였어요. 그러면서도 지극히 단순했죠!"

"그렇지." 내가 동의했다. "그런 단순성 때문에 이 이야기가 더욱 사실처럼 들린 거겠지."

박사가 짧게 웃음을 터뜨리고는 라일락 꽃으로 한층 가까이 얼굴을 쑥 밀었다.

금발의 젊은 이상주의자는 아직 말이 없었다. 그는 흔들의자를 계속 앞뒤로 흔들며 여전히 디저트 사탕을 먹고 있었다.

"라우베 저 친구도 아주 깊이 감동한 모양이군." 마이젠베르크가 말했다.

"감동적인 이야기인 건 확실해요." 라우베가 의자 흔드는 것을 그만두고 자리에서 일어나더니 단호하게 말했다. "젤텐 박사님은 내 주장을 반박하려고 이 이야기를 꺼냈는데, 그 의도가 성공한 흔적을 찾을 수가 없어요. 대체 이 이야기에서 여성에 대한 도덕적 편견의 정당성이 어디 있습니까?"

"제발 그 진부한 이야기 좀 그만해!" 박사가 라우베의 말을 험악하게 끊었다. 목소리에 설명하기 어려운 이상한 흥분기도 담겨 있었다. "자네가 아직도 내 말을 이해하지 못하는 게 유감이야. 오늘은 사랑으로 타락한다면 내일은 돈으로 타락할 수 있는 게 여자야. 내가 말하고 싶었던 게 그거라고. 그 이상도 그 이하도 아냐. 어쩌면 자네가 그렇게 비난하는, 여성에 대한 도덕적 편견에 대한 정당성이 거기 담겨 있을지도 모르지."

"잠깐! 갑자기 궁금해지네요." 마이젠베르크가 입을 열었다. "이 이야기가 사실이라면 박사님은 어떻게 그렇게 세세한 부분까지 알고 계시죠? 그리고 그렇게 흥분하시는 이유가 뭐죠?"

박사는 한순간 침묵했다. 그러더니 방금 천천히 깊이 향을 들이마시던 라일락 꽃을 발작에 가까울 정도로 짧고 거칠게 오른손으로 움켜쥐었다.

"내가 그 '선량한 청년'이기 때문이지. 그렇지 않다면 흥분할 이유도 없겠지."

박사가 이렇게 말하며 참담하고 슬픈 표정으로 라일락을 잔인하게 움켜쥐던 모습은 실제로 당시와 똑같아 보였다. 물론 그 '선량한 청년'의 모습이 더는 그에게서 보이지 않는다는 것도 사실이지만.

베네치아에서의 죽음
Der Tod in Venedig

1장

50번째 생일 이후 공식적으로 '구스타프 폰 아셴바흐'*라는 이름을
사용하게 된 구스타프 아셴바흐는 우리 대륙에서 몇 달 동안 심상찮은
조짐을 보이던 19××년** 어느 봄날 오후 뮌헨의 프린츠레겐텐 가에 위
치한 집을 나와 혼자 꽤 멀리까지 산책을 갔다. 작가인 그는 오전 내내
극히 신중하고 용의주도하고 집요하고 면밀한 의지력을 요하는, 몸에 무
리가 갈 만큼 힘든 작업에 매달린 탓에 극도로 예민해져 있었다. 그럼에

---

*아셴바흐라는 이름 앞에 '폰'이 붙은 것은 귀족 작위를 받았음을 의미한다.
**제1차 세계대전이 일어나기 직전 전쟁의 먹구름이 짙게 드리우기 시작한 유럽의 국제 정
 세를 암시한다.

도 내면의 창작 동력 장치가 계속 돌아가는 한, 키케로가 달변의 본질로 간주한 '정신의 지속적 운동'을 멈출 수 없었다. 게다가 기력이 쇠하면 하루에 한 번은 꼭 낮잠을 자 두어서 정신의 긴장을 풀어야 했는데, 그 시간도 빼먹었다. 그는 차를 마시고 곧 야외로 나갔다. 맑은 공기를 쐬고 몸을 움직이고 나면 다시 활력이 생겨 저녁에는 작업이 좀 수월해지지 않을까 하는 희망을 안고서.

5월 초였다. 습하고 추운 날씨가 몇 주 계속되더니 때 이르게 한여름이 찾아왔다. 이제 막 나무에 연한 잎사귀가 달리기 시작했는데도 영국 공원은 8월처럼 후텁지근했고, 도시 근교에는 차량과 산보객들로 붐볐다. 아셴바흐는 점점 조용해지는 길을 따라가다가 아우마이스터에 도착해서 손님들로 북적이는 식당 정원을 잠시 굽어보았다. 정원 가장자리에는 임대 마차와 호화스러운 마차가 몇 대 서 있었다. 거기서부터 그는 떨어지는 해를 벗 삼아 공원 바깥으로 나가 탁 트인 들판으로 귀로에 올랐는데, 몸이 고단한 데다 푀링 상공에 뇌우가 쏟아질 것 같은 낌새가 보이자 북부공동묘지역에서 곧장 전차를 타고 도시로 들어가기로 마음먹었다.

어쩐 일인지 정류장과 주변 일대에는 사람 하나 보이지 않았다. 전차 궤도가 슈바빙 방향으로 반짝거리며 외롭게 뻗어 있는 웅거러 가에도 그리고 푀링거 가에도 그 흔한 수레 하나 지나다니지 않았다. 팔려고 내놓은 십자가와 비석, 기념비 때문에 느닷없이 제2의 묘지 같은 느낌이 나는 석공소 울타리 너머에도 아무 움직임이 없었다. 추모관 맞은편에는 비잔틴 양식의 건축물이 사그라지는 석양빛을 받으며 묵묵히 서 있었다. 그리스풍의 십자가와 환한 색깔의 다양한 종교화로 장식된 건축물 전면에는 금박 비문이 대칭으로 새겨져 있었다. 내세의 삶과 관련된 명구였는데, 예를 들면 이런 것들이었다. "그대는 신의 집으로 들어가고 있나니." "영원한 빛이 그대를 비추나니." 전차를 기다리던 아셴바흐는 몇 분 동안 이 문구들을 읽고, 그 속에 어른거리는 신비스러운 의미에 정신의 눈을 푹 담그면서 상당히 기분이 나아졌다. 그런데 이런 몽환적인 상태에서 서서히 깨어나던 중에 문득 넓은 계단을 양쪽에서 지키고 선 묵시록적인 동물상 위쪽 주랑柱廊에서 한 남자를 발견했다. 평범하지 않은 그 모습이 아셴바흐의 생각을 완전히 다른 쪽으로 돌려놓았다.

　남자가 방금 추모관의 청동 문을 열고 나왔는지, 아니면 아셴바흐가 못 본 사이 외부에서 여기까지 올라온 것인지는 확실치 않았다. 아셴바흐는 이것저것 따져 보지 않고 그냥 전자의 경우일 거라고 생각했다. 적당히 큰 키에 마르고, 수염이 없고, 눈에 띄는 주먹코에 머리는 붉고, 우윳빛 피부에 주근깨가 많은 남자였다. 바이에른 사람이 아닌 건 분명했다. 최소한 챙이 넓고 반듯한 인피靭皮 모자만 봐도 외국이나 아주 먼 데서 온 사람이라는 느낌이 들었다. 물론 이 지방에서 쉽게 볼 수 있는 배낭을 메기는 했다. 어쨌든 그는 로덴 천으로 만든 누런 양복을 입고, 옆구리에 바짝 붙인 왼쪽 팔뚝에 잿빛 우비를 걸치고, 끝에 철이 박힌 지팡이를 비스듬히 짚고는 발을 꼬고 서서 지팡이 손잡이에 몸을 기대고 있었다. 머리를 곧게 세우고 있어서 헐렁한 스포츠 셔츠 위로 솟아오른 마른 목의 울대뼈가 툭 불거져 보였다. 속눈썹이 붉은 눈은 별다른 색깔이 없었고, 두 눈 사이에 수직으로 깊게 팬 주름은 그 아래 주먹코와 잘 어울렸다. 남자는 그런 눈으로 무언가를 탐색하듯 날카롭게 먼 곳을 살피고 있었다. 높은 위치에 있어서인지는 몰라도 남자의 자세는 뭔가 위압적이고 당당할 뿐 아니라 심지어 거친 인상까지 풍겼다. 물론 지는 해에 눈이 부셔 인상을 찡그리고 있어서 그런 느낌을 받았거나, 아니면 원래 표정이 그런 사람이었는지도 모른다. 입술은 잇몸까지 드러날 정도로 짧았고, 그 사이로 희고 긴 이가 훤히 들여다보였다.

아셴바흐가 낯선 남자를 반은 멍하게, 반은 심문하듯 살펴보는 바람에 조심성을 잃어서인지, 어느 순간부터 남자가 갑자기 그의 시선을 눈치채고 똑같이 그를 꼿꼿이 바라보았다. 그것도 누가 이기나 어디 끝까지 한번 가 보자는 투의 도전적인 시선이었다. 결국 불편해진 아셴바흐가 먼저 시선을 거두고 울타리를 따라 걷기 시작했다. 남자한테는 더는 신경을 쓰지 않겠다는 잠정적인 결심과 함께. 그리고 실제로 이후 몇 분 동안은 남자를 까맣게 잊었다. 그런데 이방인의 행색에 담긴 나그네 같은 면이 그의 상상력에 영향을 끼쳤는지, 아니면 다른 물리적 심리적 영향이 작용했는지는 몰라도 그는 내면이 야릇하게 확장되는 것을 의식하며 깜짝 놀랐다. 그것은 떠돌아다니는 불안감 같은 것이자, 먼 곳에 대한 청춘의 갈망이자, 생생하고 새로우면서도 오래전에 잊고 있던 감정이었다. 그래서 그는 이 느낌의 정체와 목표를 파헤치려고 뒷짐을 지고 시선을 내리깐 채 마치 제자리에 묶인 것처럼 가만히 서 있었다.

그것은 다름 아닌 훌쩍 떠나고 싶은 욕구였다. 그런데 그 욕구는 실제로 발작처럼 일어나더니 격정으로 휘몰아치다가 급기야 환각 상태로 고조되었다. 이제 욕망이 시각적으로 빤히 보였다. 오전의 작업 이후 아직까지 가라앉지 않고 있던 상상력이 불현듯 다시 불붙더니 지상의 온갖 다양한 기적과 공포의 본보기들을 만들어 냈다. 어떤 풍경이 보였다. 안개 자욱한 하늘 아래 습기 차고 울창하고 무시무시한 열대 늪지대였다. 수렁과 진창으로 들어가는 물줄기와 섬들로 이루어진 원시 세계였다. 통통하게 부풀어 오른, 기상천외한 꽃을 피운 식물들의 비옥한 토양에서 털 많은 종려나무 줄기들이 먼 곳 가까운 곳 할 것 없이 쭉쭉 뻗은 광경이 보였다. 또한 기괴하게 뒤틀린 나무들이 허공을 지나 바닥에 뿌리를 내리기도 하고, 초록의 그림자가 어른거리는 물속에 뿌리를 박기도 했다. 물 위에 둥둥 떠 있는, 쟁반만 한 우윳빛 꽃들 사이로 희한하게 생긴 부리에 어깨가 유난히 올라간 이국적인 새들이 얕은 곳에 서서 꼼짝도 않고 옆을 바라보고 있었다. 그 밖에 울창한 대나무 숲의 마디진 줄기 사이로 웅크린 호랑이의 번뜩이는 눈빛도 보였다. 이 모든 것이 아센바흐의 심장을 경악과 불가사의한 갈망으로 망치질해 대고 있었다. 이어 환영幻影이 물러갔다. 그는 고개를 절레절레 흔들며 다시 묘비 석공소 울타리를 따라 걸었다.

그는 최소한 돈에 구애되지 않고 세계적인 교통수단의 이점을 마음껏 누릴 경제력을 가지면서부터, 여행이란 그럴 마음이 없는데도 이따금 꼭 취해야 할 위생 조치와 비슷한 것이라고 여겼다. 자아와 유럽의 영혼이 부여한 과제들로 너무 바쁘기도 하고, 창작의 의무감에 짓눌리기도 하고, 또 다채로운 세상을 즐기기에는 원래 그런 기분 전환 같은 것을 별로 좋아하지 않는 성격인 탓에 그는 자신의 생활 반경을 크게 벗어나지 않는 세계 내에서 얻을 수 있는 생각과 견해들에 전적으로 만족하며 살아왔다. 그렇기에 유럽을 떠나고 싶다는 유혹을 느낀 적은 한 번도 없었다. 특히 그의 삶이 느려지면서부터, 또 예술가로서의 사명을 완수하지 못할 거라는 공포를, 즉 자신의 것을 마무리하고 자기 속에 있는 것을 다 내놓기 전에 지상에서의 시간을 마감하는 것이 단순히 기우가 아니라는 것을 깨달으면서부터는 외적 실존을, 이제 고향이 된 이 아름다운 도시와 비 오는 여름철을 위해 산간지대에 투박하게 지어 놓은 별장으로 한정 짓고 살았다.

그러다 보니 이렇게 뒤늦게 느닷없이 솟구친 여행 충동도 젊을 때부터 꾸준히 단련해 온 자기 규율과 이성에 의해 금방 완화되고 억제되었다. 원래 그는 지금 심혈을 기울이고 있는 작품을 어느 정도 진척시키고 난 뒤에 시골로 이주할 계획을 품고 있었다. 그래서 몇 달 동안 작품에서 손을 떼고 일없이 세상을 주유하겠다는 생각은 너무 무분별하고 비계획적이어서 일고의 가치도 없어 보였다. 그러나 이 유혹이 불쑥 치솟은 이유에 대해서는 누구보다 자신이 잘 알고 있었다. 스스로도 인정하듯이 그것은 도주 충동이었다. 아득하고 새로운 것에 대한 그리움이자, 모든 짐을 내려놓고 잊고 거기서 해방되고픈 갈망이자, 경직되고 차갑고 열정적인 일상의 작업실과 작품에서 도피하고픈 충동이었다. 물론 그는 글 쓰는 것을 좋아했을 뿐 아니라, 수차례 검증된 자신의 강하고 자랑스러운 의지와 점점 커져 가는 권태감 사이에서 날마다 반복되는 소모적인 갈등도 사랑한다고 할 수 있었다. 하지만 그런 권태감은 아무도 몰라야 하고, 그의 작품 안에서 실패의 조짐으로건 나태함의 조짐으로건 어떤 식으로도 드러나서는 안 될 것이었다. 어쨌든 지금으로선 이 상황을 과장하지 않고, 활기차게 터져 나온 이 욕구를 자의적으로 질식시키지 않는 것이 사리에 맞을 듯했다. 그는 일을 생각했다. 어제와 마찬가지로 오늘도 다시 손을 놓을 수밖에 없었던 그 대목을 생각했다. 인내심을 갖고 장시간 다듬는다고 해서, 그냥 기습하듯 순식간에 후다닥 해치운다고 해서 될 일이 아닌 듯했다. 그는 그 대목을 재차 검토하면서 막힌 곳을 뚫거나 해체해 보려 했다. 그러나 곧 몸서리치는 반감과 함께 그 공격을 그만두고 말았다. 그렇다고 그 작업에 특별한 어려움이 있는 것은 아니었다. 다만 어떻게 다듬어도 결코 만족할 상태에 이르지 못할 거라는 원천적인 불만에서 기인한 반감이 그를 무기력하게 만들었다. 그런 불만은 젊은 시절부터 그가 가진 재능의 본질이자 지극히 내밀한 본성이었다. 그가 그동안 감정을 가혹할 정도로 억누르고 차갑게 식힌 것도 그 때문이었다. 감정이라는 것은 일을 즐겁게 대충 처리하고 적당한 수준에서 완성해도 그냥 넘어가는 경향이 있었다. 그래서 이제 억눌린 감정이 그를 떠나고, 그의 예술에 계속 날개가 되어 주기를 거부하고, 형식과 표현에 대한 모든 즐거움과 환희를 앗아 가는 것으로 그에게 복수를 하는 것일까? 그렇다고 그가 창작한 작품들이 나빴던 것은 아니었다. 아마 그건 매 순간 자신의 대가다움을 차분하게 느낄 수 있는 나이 덕분이었을 것이다. 어쨌든 그는 그런 거장다운 성취로 국가에서 상까지 받았는데도 그런 거장다움이 즐겁지 않았다. 자신의 작품에는 열정적으로 뛰노는 감정이 없는 듯했다. 이것이야말로 기쁨의 산물로서 내용보다 더 중요한 장점이자, 예술 세계를 향유하는 독자들에게 즐거움을 안겨 주는 요소였다. 그는 벌써부터 시골에서 보낼 여름이 두려워졌다. 식사를 준비할 하녀와 식사를 차려 줄 하인, 이렇게 셋이서만 작은 집에서 지내야 했다. 또한 더딘 진척 때문에 괴로워할 작업 공간과 그곳을 에워싼 산꼭대기와 암벽들의 친숙한 모습도 두려워졌다. 그 여름을 무사히 견뎌 내고 유익한 시간으로 만들려면 무언가 환경의 변화가 필요했다. 약간의 즉흥적인 삶, 빈둥거리는 생활, 머나먼 공기, 새로운 피의 공급이 필요했다. 그러려면 여행이 제격이었다. 그는 이 생각에 만족했다. 호랑이가 사는 먼 곳까지 갈 필요는 없었다. 침대칸에서 하룻밤을 자고, 매력적인 남국의 세계적 휴양지에서 서너 주 낮잠을 즐기다 오면 될 것 같았다.

그는 응거러 가를 따라 접근하는 전차 소리를 들으며 이런 생각에 잠겼다. 전차에 오르면서는 오늘 밤 지도와 열차 시간표를 꺼내 놓고 후보지를 면밀히 찾아보아야겠다고 마음먹었다. 플랫폼에서는 이런 의미심장한 생각으로 이끌어 준 인피 모자 쓴 남자를 찾아보아야겠다는 마음이 문득 들기도 했다. 그런데 남자의 행방이 묘연했다. 아까 서 있던 자리에도, 정류장 일대에도, 전차 안에도 보이지 않았다.

2장

그는 프로이센 프리드리히 대왕의 생애를 선명하고 힘찬 서사적 산문으로 표현한 작가이자, 한 이념의 그늘 속에서 많은 인물이 등장하고 수많은 인간 운명이 파노라마처럼 펼쳐진 소설 『마야』를 장시간의 성실함 끝에 한 자 한 자 완성해 낸 끈기 있는 예술가이자, 깊은 깨달음 없이도 결연한 도덕적 행동이 가능함을 보여 주어 젊은 독자들에게 큰 호응을 얻은 소설 『어떤 비참한 남자』의 작가였다. 끝으로(이로써 완숙기에 발표된 그의 작품들을 모두 짧게 정리하는 셈인데) 그는 평론가들로부터, 반론을 전개해 나가고 전체를 엮어 가는 힘이 실러의 명작 『소박문학과 감상문학』에 비견된다는 평을 듣는 열정적 논문 「정신과 예술」의 저자이기도 했다. 이런 구스타프 아셴바흐는 슐레지엔 지방의 도청 소재지 L 시에서 고위 사법부 관료의 아들로 태어났다. 그의 선조들은 장교, 판사, 행정 관료 출신으로서 왕을 모시거나 국가에 봉직하면서 엄격하고 청렴하게 생활한 사람들이었다. 이런 집안에 한층 내밀한 정신성의 피가 흐른다는 것은 선조 중에 성직자가 한 분 있었다는 사실에서 알 수 있었다. 급한 기질의 감각적인 피는 이전 세대에 작가의 어머니를 통해 이 가문에 유입되었다. 어머니는 보헤미아 출신의 악장 딸이었는데, 아들의 외모에 이국적인 면이 새겨진 것도 모두 어머니 때문이었다. 이렇듯 직분에 충직한 냉철한 꼼꼼함과 약간 어둡고도 불같은 충동의 결합이 한 예술가, 그것도 아주 특별한 예술가를 낳았다.

그는 원래 명예에 초점을 맞춘 사람이었기에 특별히 조숙하지 않았는데도 어조에 단호함과 함축성을 담아 일찍부터 세상일에 성숙하고 능숙하게 대처해 나갔다. 처음 명성을 얻은 것도 고등학교 때라고 할 수 있었다. 그로부터 10년 뒤에는 책상에 앉아 교양 있게 처신하면서 명성을 관리하는 법을 배운 것은 물론이고, 이미 능력이 검증된 성공한 작가로서 여기저기에서 쇄도하는 요청으로 시간이 없어 독자들의 편지에 짧게 답할 수밖에 없었지만, 짧은 편지에서나마 자신이 선하고 훌륭한 작가라는 인상을 주는 법을 터득했다. 40대에는 혹사에 가까운 글쓰기와 기복이 심한 창작 욕구에 지친 상태에서도 세계 각국의 우표가 붙은 우편물을 날마다 성실하게 처리했다.

그의 재능은 진부함이나 괴팍함과는 거리가 멀었던 덕분에 대중의 폭넓은 신뢰뿐 아니라 까다로운 독자층의 찬사와 요구 섞인 관심까지 동시에 받을 수 있었다. 그래서 그는 젊을 때부터 사방에서 성취, 그것도 크나큰 성취에 대한 기대를 한 몸에 받았기에 빈둥거리면서 시간을 허비한 적도, 청춘의 태평스러운 나태함에 젖은 적도 없었다. 그가 서른다섯 살 무렵 빈에서 병이 들었을 때 주변의 한 세심한 관찰자가 사람들이 모인 자리에서 이런 말을 했다. "다들 아시겠지만, 아셴바흐는 예전부터 이렇게만 살았어요." 화자는 왼손으로 천천히 주먹을 꽉 쥐면서 말했다. 그러고는 손을 다시 풀어 소파 팔걸이에 힘없이 걸쳐 놓더니 덧붙였다. "결코 이렇게 살지는 않았죠." 맞는 말이었다. 그런데 그가 그렇게 살았던 것이 원래 강건한 성격으로 태어나서가 아니라 소명감을 갖고 늘 긴장해서 그런 것임을 감안하면 자기 관리와 도덕성은 더욱 빛났다.

어릴 때 그는 몸이 약해 학교에 다닐 수 없어 가정교육으로 학교 수업을 대신했고, 그 바람에 친구 없이 외롭게 성장했다. 하지만 그 과정에서 자신이 어떤 부류인지 일찍이 깨달을 수 있었다. 즉 그는 재능이 부족한 것이 아니라 그 재능을 이루는 데 필요한 물리적 토대인 건강이 부족한 인간형이었다. 다시 말해 초반에는 큰 성취를 이루지만 나이 들어서는 재능을 펼치는 일이 드문 그런 족속이었다. 그러나 그가 가장 좋아하는 말은 '끝까지 버텨라'는 말이었다. 이 명령은 그에게 고통스러운 가운데에도 행동하게 만드는 미덕의 화신처럼 여겨졌고, 프리드리히 대왕을 다룬 그 소설도 사실 이 명령의 찬양서나 다름없었다. 더구나 그는 나이 들기를 손꼽아 기다리기도 했다. 인간 삶의 단계마다 거기에 맞는 특징적 결실을 이룬 작가만이 진실로 위대하고 보편적이고 존경스러운 예술가라고 믿어 왔기 때문이다.

그는 재능으로 떠안은 과제를 연약한 어깨에 짊어지고 멀리까지 나가고 싶었기에 극도의 기율紀律이 필요했다. 다행스럽게도 이런 식의 자기 기율은 아버지 쪽 유전자에 새겨진 유산이었다. 그는 남들이 시간을 허비하거나 떼 지어 몰려다니고 혹은 위대한 계획의 실행을 아무렇지도 않게 다음으로 미루어 버리는 연령대에서는 물론이거니와, 40대와 50대에도 매일 아침 가슴과 등에 찬물을 끼얹는 것으로 하루를 시작했고, 그런 다음 원고지 옆에 키 큰 은촛대 두 개를 밝혀 놓고는 간밤의 수면으로 비축해 둔 힘을 두세 시간 동안 글쓰기에 열정적으로 쏟아부었다. 그래서 문외한들이 프리드리히 대왕의 영웅적 삶을 그린 대서사시나 『마야』를 가리켜, 강제로 밀어붙인 힘과 긴 호흡의 산물이라고 부른다고 해도 충분히 용서할 수 있었다. 그건 도덕성의 승리였기 때문이다. 하지만 실제로 그 작품들은 날마다 수많은 영감들을 차곡차곡 쌓아 둔 위대한 결실이라고 보는 편이 더 정확했다. 작가는 그 옛날 자신의 고향 지방을 침략한 프리드리히 대왕과 비슷하게 강인한 의지와 끈기로 수년 동안 한 작품에 치열하게 매달렸고, 자신에게 가장 원기 왕성하고 품위 있는 시간을 글쓰기 작업에 쏟았기에 소설 속의 모든 지점이 탁월할 수밖에 없었다.

중요한 정신적 생산물이 동시대에서 폭넓고 깊은 영향력을 행사할 수 있으려면 저자의 개인적 운명과 동시대인들의 일반적 운명 사이에 은밀한 유사성, 아니 엄밀히 말해서 합일점이 있어야 한다. 대중은 자신들이 예술 작품에 명예를 안겨 주는 이유를 알지 못한다. 전문가 집단과는 달리 그들은 그들의 애정을 정당화하려고 작품에서 수백 가지 장점을 발견했다고 믿는다. 그러나 그들이 보내는 박수갈채의 진정한 근거는 딱히 규정하기 어렵다. 그것은 그저 공감일 뿐이다. 언젠가 아셴바흐는 별로 눈에 띄지 않는 자리에서 직접 이렇게 말한 바 있다. 현존하는 거의 모든 위대한 것은 '그럼에도'의 형태로 존재한다. 그러니까 위대한 것은 걱정과 고통, 가난, 버림받음, 육체적 쇠약, 악덕, 정염, 수많은 장애를 넘어 이루어졌다는 것이다. 이는 단순한 소견 이상의 의미를 담고 있었다. 그것은 체험이었고, 그의 삶과 명예의 공식이자, 그의 작품으로 들어가는 열쇠였다. 그렇다면 이것이 그의 작품에 등장하는 독특한 등장인물들의 도덕적 특징이나 외적 몸짓이 된다 한들 뭐가 이상하겠는가?

이 작가가 유난히 아끼는, 그래서 작품 속에서 다양한 모습으로 반복해서 나오는 새 유형의 주인공에 대해 어느 눈 밝은 평론가는 일찍이 이런 분석을 내놓았다. 그 주인공은 "창과 칼이 몸을 뚫고 들어오는 중에도 이를 악물고 차분하고 의연하게 수치를 참아 내는 젊은 이지적 남성성"의 전형이다. 이것은 훌륭하고 영민하고 적확한 분석이었다. 물론 너무 수동적인 색채만 강조한 면이 없지 않았지만 말이다. 왜냐하면 운명에 맞서는 태도나 고통 속의 우아함이 단순히 인내만을 의미하는 것이 아니기 때문이다. 그것은 오히려 능동적 행위이자, 적극적 승리이다. 그런 면에서 '성 세바스티아누스'*는 예술 일반까지는 몰라도 언어예술 영역에서는 가장 아름다운 상징이 될 것이다. 성 세바스티아누스의 이야기에서 드러나는 것은 마지막 순간까지 살점을 파고드는 화살의 고통과 생물학적인 파멸을 세상 사람들에게 숨기려는 우아한 자기 절제였다. 그것은 연기만 내면서 타오르는 욕정을 순결한 불꽃으로 일으키고, 미의 제국에서 지배권을 잡으려고 비상하는, 관능적으로는 불리하게 작용하는 추함이자, 십자가 발치에 있는 오만방자한 군중들을 자기 발아래에 무릎 꿇릴 힘을 정신의 뜨거운 심원에서 끌어오려는 빛바랜 무기력이자, 형식에 공허하고도 엄격하게 복무하는 사랑스러운 태도이자, 그릇되고 위험한 삶이자, 사람을 쉬이 지치게 하는 타고난 사기꾼의 그리움이자 예술이었다. 이뿐 아니라 이와 비슷한 다른 운명을 모두 살펴본 사람이라면 이런 유약함 외에 다른 영웅적 자질이라는 것이 대체 있기나 할까, 하고 의심을 가질지 모른다. 어쨌거나 이것 말고 다른 어떤 영웅적 자질이 이 시대에 어울린다는 말인가? 구스타프 아셴바흐는 거의 탈진상태에 이른 작가들, 과도한 짐에 짓눌린 작가들, 이미 녹초가 되어 버린 작가들, 아직까지 간신히 버티고 있는 작가들 그리고 허약한 몸에 경제적으로도 부실하지만 초인적인 의지와 지혜로운 자기 관리로 적어도 한동안은 위대한 결실을 기대해 볼 만한 모든 도덕주의적인 작가를 대

---

*고대 로마 제국 황제의 근위병. 독실한 기독교 신자로서 붙잡힌 기독교인들을 보살펴 주었다는 이유로 처형당했다. 유럽 미술사에서 기둥이나 나무에 묶인 채 많은 화살을 맞고 죽어 가는 아름다운 청년은 대부분 성 세바스티아누스를 그린 것이다.

변하는 인물이었다. 이런 작가들은 많았고, 그들이 시대의 영웅들이었다. 이들 모두는 아셴바흐의 작품에서 스스로를 재인식했고, 자신들이 인정받고 고양되고 찬미되는 것을 발견했다. 그래서 그에게 감사했고 그의 이름을 널리 알렸다.

아셴바흐는 젊어서 시대와 불화했고, 세상에 맞추어 살지 못했으며, 공적인 분야에서 실패를 맛보았고, 잘못된 판단과 행동으로 웃음거리가 되었고, 말과 작품에서 예의와 분별에 어긋나는 짓을 저질렀다. 하지만 그 과정에서 품위를 얻었다. 그의 주장에 따르면 모든 위대한 재능에는 태생적으로 품위를 향한 자연스러운 충동과 갈망이 내재되어 있다는 것이다. 그렇다면 이렇게 말할 수 있다. 그의 전全 발전 과정은 회의와 야유라는 모든 심리적 압박을 뒤로하고 품위를 향한, 의식적이고 반항적인 상승 과정이었다고.

정신에 구애되지 않고 쉽고 생동감 있는 이야기를 엮어 나가면 대중을 기쁘게 할 수는 있지만, 무조건적인 열정에 빠진 젊은이들을 사로잡으려면 문제적인 것을 제시해야 한다. 아셴바흐도 문제적 인간이었고, 어느 젊은이 못지않게 무조건적이었다. 그는 정신의 노예가 되어 인식을 남용했고, 열매가 될 종자를 빻아 버렸고, 비밀을 누설했으며, 재능을 의심하고 예술을 배반했다. 그러니까 그의 작품들이 충직한 독자들을 즐겁게 하고 북돋우고 생기 있게 만드는 반면에, 정작 젊은 예술가인 그는 예술과 예술가의 수상쩍은 본질을 냉소주의로 대함으로써 20대 젊은이들을 바짝 긴장시켰다.

그런데 고결하고 유능한 정신도 다른 어떤 것보다 인식의 날카롭고 독한 자극에 더 빠르고 철저하게 둔감해지는 것 같다. 슬플 정도로 꼼꼼한 젊은이의 면밀함도 거장이 된 남자의 깊이 있는 결정, 즉 지식이 의지와 행위, 감정, 열정을 조금이라도 마비시키고 모욕하고 낙담시킨다면 그런 지식은 단호히 부정하고 거부하고, 머리를 빳빳이 치켜든 채 못 본 척하겠다는 결정과 비교하면 일천한 것이 분명하다. 유명한 소설 『어떤 비참한 남자』는 시대의 비도덕적 심리주의에 대한 역겨움의 분출이라고밖에 달리 어떻게 해석하겠는가? 이런 역겨움은 소설 속에서, 아내를 무기력함과 악습과 윤리적인 미필적 욕망에서 피도 안 마른 다른 남자의 품에 밀어 넣고는 비열한 짓을 저질러도 된다고 생각하면서 낯선 운명을 손에 넣는, 그 약하고 어리석은 얼치기 불한당 같은 인물 속에 구현되어 있었다. 여기서 타락을 비난했던 말 속에는 모든 도덕적 의심으로부터의 전향, 타락에 대한 공감의 단절, '모든 걸 이해한다는 것은 곧 모든 걸 용서하는 것'이라는 동정적인 문구의 느슨함에 대한 거부가 담겨 있었다. 여기서 준비되고 있던 것, 아니 벌써 완수된 것은 '부활한 자유분방함의 기적'이었다. 이것은 얼마 뒤 아셴바흐가 어느 대담에서 다소 비밀스러우면서 명확한 어조로 강조한 말이었다. 참 이상야릇한 연결이 아닌가! 그 무렵 그에게서 과도할 정도로 강한 미의식이 대두하고, 차후 그의 작품들에 대가다움과 고전적 특징을 선명하게 부여한 형식의 고귀한 순수성과 소박성, 균형미가 나타났던 것이 이 '부활'의, 그 새로운 품위와 엄격성의 정신적 결과였을까? 그러나 지식, 혹은 해체하고 저지하는 인식을 초월한 도덕적 단호함이란 결국 세계와 영혼의 도덕적 단순화를 의미하는 것이 아닐까? 또한 악한 것과 금지된 것, 도덕적으로 불가능한 것의 강화를 의미하지 않을까? 그리고 형식에는 두 얼굴이 있지 않을까? 도덕적인 면과 비도덕적인 면 말이다. 그러니까 형식은 기율의 결과와 표현으로서는 도덕적이지만, 태생적으로 도덕에 대한 무관심을 내포하고, 본질적으로는 무소불위의 권력을 도도하게 휘두르

228

며 도덕적인 것을 찍어 누르려 한다는 점에서는 비도덕적, 아니 반도덕적이지 않을까?

그야 어떻든 상관없다. 인간의 발전 과정은 하나의 운명이다. 대중의 폭넓은 관심과 신뢰를 받는 이의 발전은 빛나는 명성과 의무감과 상관없이 진행되는 발전 과정과 달라야 하지 않을까? 만일 위대한 재능을 타고난 사람이 방탕한 인형 상태에서 벗어나 정신의 품위를 명확하게 인지하고, 의지할 데 없이 혼자만의 혹독한 고통과 갈등으로 번민하면서 자신에게 권력과 명예를 안겨다 주는 고독의 고결한 옷을 차려입을 경우, 집시 기질이 뼛속 깊이 각인된 사람들만 그것을 지루하게 생각하고 비웃고 싶을 것이다. 말이 나왔으니 말인데, 재능의 자기 형성 과정에는 얼마나 많은 유희와 반항, 즐거움이 내재할까! 아센바흐의 문학에도 시간이 지나면서 무언가 관료적이고 교육적인 냄새가 배기 시작했고, 더 나중에는 문체에서도 직접적인 대담성과 미묘하고 혁신적인 뉘앙스가 사라졌다. 대신 표준적이고 확고한 면, 번드르르한 전통적인 면, 보수적이고 형식적인 면, 심지어 상투적인 면이 문체에 깃들었다. 루이 14세가 그랬다고 전해 오듯, 노년으로 접어든 아센바흐는 모든 상스러운 단어를 자신의 사전에서 추방해 버렸다. 그 무렵 교육 당국은 그의 작품 일부를 정선해서 검정 교과서에 실었고, 그 역시 이 조처를 합당한 것으로 받아들였다. 또한 막 즉위한 독일의 한 제후가 프리드리히 대왕을 소재로 한 소설의 작가인 그에게 50회 생일을 맞아 귀족 칭호를 하사하자 사양하지 않았다.

몇 년의 방황 후 몇 번 이리저리 거주지를 옮긴 끝에 그는 일찌감치 뮌헨을 영구 거주지로 선택했고, 예외적인 경우에만 위대한 정신에게 부여되는 명예시민의 자격으로 그곳에 정착했다. 젊은 나이에 학자 집안 출신의 처자와 혼인했지만, 행복했던 결혼 생활은 때 이른 아내의 죽음으로 짧게 끝나고 말았다. 부부 사이엔 지금 한 남자의 아내가 된 딸이 하나 있고 아들은 없었다.

중키에 갈색 머리의 아셴바흐는 수염을 기르지 않았다. 머리는 다소 왜소해 보이는 체구에 비해 꽤 큰 편이었다. 뒤로 넘긴 머리는 정수리 부분이 훤했지만, 관자놀이 부분은 아직 숱이 많고 허옇게 세어 있었다. 넓은 이마는 흡사 흉터처럼 보일 정도로 주름이 많았고, 무테안경의 코받침은 약간 펑퍼짐하면서 우아하게 휜 코의 뿌리에 깊이 박혀 있었다. 큰 입은 맥없이 풀어져 있을 때가 많았지만, 일순간 팽팽하고 가늘게 모아질 때도 많았다. 잘생긴 턱은 부드러운 주름으로 갈라져 있었다. 대개 고통스럽게 약간 옆으로 기울어진 얼굴은 실제론 거센 운명의 풍파를 겪은 적이 없어 보이지만, 그럼에도 힘들고 굴곡진 삶만이 만들어 내는 인상이 얼굴 곳곳에 각인되어 있었다. 그것을 새겨 넣은 것은 예술이었다. 예를 들어 이마 뒤에서는 전쟁을 두고 벌어지는 볼테르와 국왕의 번뜩이는 대화가 생겨났고, 안경 너머의 지치고 깊은 두 눈은 7년전쟁의 야전병원에서 벌어지는 아비규환을 보고 있었다. 개인적으로 보자면 예술은 고양된 삶이다. 예술은 더 깊은 행복을 맛보게 하지만, 더 빨리 지치게 하고, 자신을 섬기는 시종들의 얼굴에 상상과 정신의 모험이 만들어 낸 흔적들을 새겨 넣는다. 그래서 수도원처럼 외부와 격리된 곳에서 생활하더라도 예술은 거친 정염과 쾌락으로 가득 찬 인생도 만들어 내기 힘든 호사와 극도의 섬세함, 지루함, 호기심을 지속적으로 만들어 낸다.

3장

  그는 여행을 떠나기로 마음먹었지만, 세속의 일과 문학에 관련된 몇 가지 일 때문에 산책 뒤에도 2주나 더 뮌헨에 붙잡혀 있어야 했다. 그러다 마침내 시골 별장을 4주 이내에 들어갈 수 있도록 수리해 달라고 지시하고는 5월 중순과 말 사이 어느 날 밤 기차를 타고 트리에스테로 출발했고, 거기서 24시간을 머문 뒤 이튿날 아침 폴라로 가는 배에 몸을 실었다.

  그가 찾고자 했던 것은 지금까지의 모든 것과 아무 관련이 없는 낯선 것이었다. 물론 그러면서도 쉽게 도달할 수 있어야 했다. 그는 몇 년 전부터 휴양지로 사랑받는 아드리아 해의 한 섬에 묵었다. 이스트라 해안에서 멀지 않고, 색색의 누더기 같은 옷을 입은 원주민들이 알아듣지 못하는 말을 쓰고, 해안에 탁 트인 바다가 보이는 아름답게 갈라진 절벽이 있는 섬이었다. 그러나 비와 무거운 공기, 자기만의 작은 세계에 갇힌 것 같은 오스트리아 호텔 그리고 부드러운 모래가 깔린 해안만이 허락하는 바다와의 차분하고 내밀한 관계가 없어 그곳이 싫어졌고, 자신이 원래 목표한 곳에 도착했다는 느낌을 받지 못했다. 어디로 가야 할지 정해지지 않아 마음속의 기차는 불안에 떨고 있었다. 그렇게 선박 시간표를 들여다보며 열심히 연구하고 있는데, 문득 충격적이면서도 지극히 당연하게 목적지가 불쑥 눈앞에 떠올랐다. 하룻밤 사이에 동화 같은 기상천외한 일탈을 경험하려면 어디로 가야 할까? 답은 명백했다. 그런데도 여기서 뭘 하고 있었단 말인가? 길을 잘못 든 것이다. 그가 가고자 했던 곳은 여기가 아니라 거기였다. 그는 지체하지 않고 잘못 찾아든 숙소의 예약을 취소했다. 그러고는 안개 낀 새벽, 이 섬에 도착한 지 일주일 반만에 날렵하게 생긴 모터보트를 타고 바다 건너 군항으로 돌아갔다. 거기서 잠깐 육지에 올랐다가 즉시 잔교棧橋를 지나, 증기를 내뿜으며 베네치아로 항해할 채비를 하는 선박의 축축한 갑판에 올랐다.

이탈리아 국적의 노후한 배였는데, 전체적으로 낡고 그을리고 음산했다. 아센바흐가 배에 오르자 꾀죄죄한 곱사등이 선원이 히죽 웃으며 능글맞고도 정중하게 그를 선실로 안내했다. 조명을 밝힌 동굴 모양의 선실에는 책상이 하나 놓여 있었고, 그 뒤에는 모자를 삐딱하게 쓰고 입가에 담배를 꼬나문, 구닥다리 서커스 단장 같은 인상의 남자가 앉아 있었다. 염소수염을 기른 남자는 가볍게 얼굴을 찌푸린 사무적인 태도로 여행객들의 신상을 기록하며 승차권을 교부했다. "베네치아행!" 그는 팔을 쭉 뻗어 비스듬히 기울인 잉크병 속의 걸쭉한 잉크를 펜에 찍으며 아센바흐의 주문을 반복했다. "베네치아 1등석이라고요? 금방 해 드리겠습니다, 선생님!" 그는 큼직하게 글씨를 휘갈겨 쓰고는 작은 상자에 든 파란 모래를 글씨 위에 뿌렸다. 그러고는 흐르는 모래를 도자기 그릇에 마저 흐르게 하더니 뼈마디가 불거진 누런 손가락으로 종이를 접어 그 위에다 다시 글씨를 적었다. "여행지를 정말 잘 선택하셨습니다." 그는 시키지도 않은 수다를 떨었다. "베네치아는 멋진 도시죠. 과거의 역사든 현재의 매력이든 교양인들이라면 뿌리치기 힘든 매력이 넘치는 곳이고말고요!" 재빠르면서 미끈한 동작과 그것에 수반된 공허한 수다 속에는 무언가 사람을 홀려 관심을 딴 데로 돌리게 하려는 의도가 담겨 있는 듯했다. 마치 앞의 손님이 갑자기 베네치아로 떠나려는 결심을 바꾸지 않을까 염려라도 하는 사람처럼 말이다. 그는 급히 돈을 받아 능숙한 도박장 직원처럼 잽싸게 책상의 얼룩진 책상보 위에 거스름돈을 내려놓았다. "좋은 시간 보내십시오!" 그는 마치 배우처럼 허리를 숙여 인사했다.

"모시게 돼서 영광입니다, 손님 여러분!" 그는 더 이상 기다리는 사람이 없는데도 마치 장사가 아주 잘되는 양 팔을 올리며 소리쳤다. 아셴바흐는 다시 갑판으로 나왔다.

그는 난간에 한 팔을 걸쳐 놓은 채 배가 떠나는 것을 구경하려고 부두에서 어슬렁거리는 사람들과 갑판에 나온 승객들을 살펴보았다. 2등석 승객들은 여자 남자 할 것 없이 뱃머리 갑판에 상자와 보따리를 깔고 앉아 있었다. 제1상갑판에는 단체 여행객으로 보이는 젊은이들이 한 무리 있었다. 보아하니 폴라 시에서 상점 직원으로 일하는 사람들 같았는데, 이탈리아로 야유회라도 가는지 다들 몹시 들떠 있었다. 그들은 야유회와 자신들에 대해 큰 소리로 떠벌리며 사람들의 시선을 모았고, 신나게 떠들고 웃으며 동료들의 몸짓 연기를 즐겼다. 또한 옆구리에 서류 가방을 끼고 부두 거리를 따라 일터로 향하는 동료들이 배를 타고 놀러 가는 이들을 향해 지팡이로 위협하는 시늉을 하자, 난간 너머로 몸을 쭉 내밀고 온갖 말을 다 섞어 가며 놀려 댔다. 그런데 그중에도 유독 한 남자가 눈에 띄었다. 지나치게 유행을 따르는 스타일의 연노랑 여름 양복에 빨간 넥타이를 매고, 위쪽으로 대담하게 굽은 파나마모자를 쓴 이 남자는 무척 흥분해서 누구보다 열심히 쉰 목소리로 소리치고 있었다. 그런데 좀 더 자세히 살펴보는 순간 아셴바흐는 깜짝 놀랐다. 청년이 아니었던 것이다. 아니, 그냥 젊지 않은 게 아니라 누가 봐도 늙은이였다. 눈가와 입가에 주름이 자글자글했고, 두 뺨의 연한 홍조는 화장이었으며, 색색의 띠가 둘러진 모자 밑의 갈색 머리는 가발이었다. 또한 탄력 없는 목에는 힘줄이 불거졌고, 턱과 아랫입술 사이의 짧은 일직선 수염은 색이 바랬으며, 웃을 때 보이는 누런 이는 싸구려 의치였고, 양쪽 집게손가락에 인장 반지를 낀 두 손은 명백한 노인 손이었다. 아셴바흐는 소름 끼치는 기분으로 그와 그 친구들을 유심히 지켜보았다. 저들은 그가 늙은이인지 모르는 것일까? 어울리지도 않게 최신 스타일의 알록달록한 옷을 입고 마치 자기가 청년이라도 된 것처럼 구는 것을 모를까? 보아하니, 저들은 저 노인네를 자기들 사이에 지극히 당연하게 끼워 주었고, 그를 자기들 또래로 대하는 듯했다. 그래서 노인이 장난삼아 옆구리를 쿡 찔러도 아무런 반감 없이 같이 장난을 쳤다. 어떻게 된 일일까? 아셴바흐는 이마에 손을 갖다 대고, 잠을 못 자 화끈거리는 눈을 감았다. 모든 게 지금까지 익숙했던 것들과는 완전히 다르게 시작하려는 듯했고, 세계가 기이한 모습으로 일그러지는 몽환적인 느낌이 들었다. 물론 표정을 약간 어둡게 한 뒤 다시 주위를 돌아보면 금방 사라질 것 같았다. 순간, 수영할 때와 비슷한 느낌이 전신을 휘감았다. 그래서 터무니없이 겁을 집어먹고 고개를 들어 보니 무겁고 음산한 선체가 벽을 쌓아 놓은 물가에서 서서히 떨어져 나가는 것을 알 수 있었다. 엔진이 앞뒤로 움직이면서 부두와 선체 사이에 어른거리는 불결한 물결 띠가 천천히 퍼져 나갔다. 이윽고 증기선은 지렁이 기어가듯 탁 트인 바다 쪽으로 뱃머리 돛대를 완만하게 틀었다. 아셴바흐가 우현으로 건너가자 곱사등이 선원은 해변용 의자를 펼쳐 주었고, 얼룩이 있는 연미복을 입은 승무원은 혹시 시킬 일이 없는지 물어보았다.

하늘은 잿빛이었고, 바람은 축축했다. 부두와 섬이 서서히 뒤로 멀어지는가 싶더니 어느 순간 안개 낀 바다에서 빠른 속도로 사라졌다. 습기를 먹어 눈송이처럼 부풀어 오른 탄가루가 도저히 마를 것 같지 않은, 깨끗이 청소한 갑판 위에 내려앉았다. 한 시간 뒤, 갑판 상공에 돛천이 지붕처럼 씌워졌다. 비가 내리기 시작한 것이다.

외투로 몸을 꽁꽁 싸맨 여행자는 책을 무릎 위에 올려놓고 쉬었다. 그런데 언제 지나갔는지 모르게 시간이 지나갔다. 비는 이미 그쳐 있었고, 돛천 지붕은 제거되었다. 이제 수평선이 본연의 모습으로 완전히 드러났다. 흐린 천구 아래에는 온통 바다뿐이었다. 아무것도 분류되지 않는 텅 빈 공간에서는 시간을 재는 우리의 감각 능력도 떨어지기 마련이다. 그는 아득히 무한한 것 속으로 몽롱하게 빠져들었다. 유령처럼 어른거리는 이상한 형체들, 그러니까 요상하게 멋을 낸 노인과 선실에서 만난 염소수염을 기른 인간이 잠꼬대처럼 어지러운 소리를 내뱉고 애매한 몸짓을 하며 여행자의 정신을 스쳐 지나갔다. 그러다 결국 잠이 들었다.

정오 무렵 그는 식사를 하라는 전갈을 받고 복도처럼 생긴 식당으로 내려갔다. 각 침실의 문과 연결된 공간이었다. 그는 긴 식탁의 상석 쪽에 자리를 잡고 앉았는데, 반대편 끝에서는 10시부터 노인을 비롯한 상점 직원들이 활달한 성격의 선장과 함께 진탕 술판을 벌이고 있었다. 식사는 부실했다. 그는 빨리 식사를 끝내고, 하늘을 보려고 밖으로 나갔다. 베네치아 상공의 하늘이 밝아지는지 궁금했던 것이다.

그는 꼭 그럴 거라 믿었다. 이 도시는 늘 환한 광채 속에서 그를 맞았기 때문이다. 그러나 하늘과 바다는 여전히 우중충하고 납덩이처럼 무거웠다. 심지어 간간이 안개비까지 내렸다. 그래서 해상으로 가면 육로로 갈 때와는 다른 베네치아를 만나도록 정해져 있는 게 아닌가 하는 생각이 들기도 했다. 그는 뱃머리 돛대에 서서 멀리 앞쪽을 내다보며 육지가 나타나기를 기다렸다. 문득 우수와 격정에 찬 한 시인이 떠올랐다. 꿈에서 본 둥근 지붕과 종탑들이 이런 물결 속에서 솟구쳤다고 노래한 시인이었다. 아센바흐는 외경과 행복, 슬픔을 적절히 버무린 시인의 시 몇 구절을 조용히 읊조리며 그 시에 담긴 원초적 감정에 푹 빠져 보았다. 하지만 그러면서도 혹시나 이렇게 한가롭게 여행하는 자신에게 새로운 감격과 혼란, 새로운 감정적 모험이 뒤늦게나마 찾아오지 않을까, 진지하고 피곤한 가슴으로 시험해 보았다.

그때 오른편으로 평평한 해안이 눈앞에 떠올랐다. 수면 위엔 고기잡이배들이 북적였고, 해수욕장을 품은 섬이 나타났다. 증기선이 그 섬을 왼쪽으로 끼고 좁은 항로를 따라 천천히, 섬의 이름을 딴 항구로 미끄러져 들어갔다. 배는 알록달록하고 초라한 집들이 보이는 석호에서 멈추었다. 여기서 보건 당국의 범선을 기다려야 했다.

범선은 한 시간 뒤에야 나타났다. 그러니까 여행객들은 벌써 도착했지만, 아직 완전히 도착한 것은 아니었던 셈이다. 다들 특별히 급할 게 없는데도 몹시 초조해했다. 야유회를 온 젊은이들은 호수 건너 공원 지대에서 군대 나팔 소리가 들려오자 갑자기 애국심이라도 발동했는지 갑판으로 우르르 몰려 나가, 아스티 포도주에 취한 목소리로 건너편에서 훈련받고 있는 보병들에게 만세를 불렀다. 그런데 어울리지도 않게 멋을 낸 그 늙은이가 젊은 동료들과 똑같은 속도로 술을 마시다가 만취한 모습은 꼴불견이었다. 그의 늙은 뇌는 튼튼한 젊은이만큼 포도주를 버텨낼 수 없었던 것이다. 눈이 완전히 풀려 버린 늙은이는 떨리는 손가락에 담배를 끼운 채 제자리에서 간신히 균형을 잡으며 앞뒤로 비틀거리고 있었다. 중간에 한 발을 떼어 보았지만 금방 넘어지려고 하자 그 뒤부터는 아예 움직일 생각을 하지 않았다. 물론 그러면서도 꼴같잖게 자기 흥에 취해 지나가는 사람마다 옷자락을 붙잡고 혀 꼬부라진 소리를 늘어놓았고, 눈을 찡긋대며 낄낄거렸고, 또 인장 반지를 낀 주름진 집게손가락을 치켜세워 바보같이 놀려 댔고, 흉할 정도로 외설스럽게 혀로 입술을 계속 핥아 댔다. 아셴바흐는 눈살을 찌푸린 채 그런 노인을 지켜보며, 마치 세계가 기이하게 일그러지는 것을 막을 수 없다는 듯이 다시 예전의 몽롱한 감정에 빠져들었다. 그러나 이 감정에 계속 빠져 있는 것을 방해하는 상황이 발생했다. 바야흐로 엔진이 다시 씩씩하게 돌아가면서 목적지를 코앞에 두고 중단된 항해가 산마르코 운하를 따라 재개된 것이다.

이렇게 해서 그는 눈이 휘둥그레지는 항구의 풍경을 다시 보게 되었다. 외경에 찬 시선으로 항구에 접근하는 뱃사람들에게 이 공화국이 제공하는 환상적인 건축물들의 현란한 조합이었다. 으리으리한 궁전, 탄식의 다리, 사자와 성자가 새겨진 물가의 기둥들, 동화 같은 신전의 툭 튀어나온 화려한 익부翼部, 한눈에 보이는 성문 길과 거대한 시계, 그는 이것들을 보며 이런 생각에 잠겼다. 육로로 기차를 타고 베네치아로 들어오는 것은 뒷문으로 궁전을 들어가는 것과 마찬가지가 아닐까? 이렇게 배를 타고 거센 바다로 들어가야 정말 예기치 못한 베네치아의 모습을 볼 수 있지 않을까?

엔진이 멈추자 사방에서 곤돌라*가 몰려드는 동시에 상륙용 사다리가 내려졌다. 세관원들이 배에 올라 대충 검사를 끝내고 나자 곧 하선이 시작되었다. 아셴바흐는 베네치아와 리도를 오가는 소형 증기선 선착장이 있는 곳까지 자신을 태워다 줄 곤돌라를 물색했다. 바닷가에 숙소를 잡고 싶었던 것이다. 그의 뜻을 알아들은 사람들이 아래로 소리쳐 전달했다. 물 위에서는 곤돌라 사공들이 사투리로 말다툼을 하고 있었다. 아셴바흐는 아직 내려가지 못했다. 트렁크를 끌고 사다리 모양의 계단을 내려가기가 간단치 않았기 때문이다. 그 탓에 술에 취해 주정 아닌 주정을 부리는, 그 소름 끼치는 노인네의 치근거림과 터무니없는 작별 인사

---

*수상 도시 베네치아 특유의 교통수단으로서 수로를 따라 움직이는 길고 작은 배를 가리킨다.

를 몇 분 동안 고스란히 받아들여야 했다. 늙은이가 오른발을 살짝 뒤로 빼며 염소 울음소리 같은 목소리로 이렇게 인사했다. "더없이 행복한 여행 되시길 바랍니다. 추억거리도 많이 만드시고요! 잘 가요. 또 봐요, 각하 나리!" 늙은이는 침을 질질 흘렸고, 눈을 감더니 혀로 입가를 핥았다. 탄력 없는 입술 위 빛바랜 수염이 위로 치켜 올라갔다. "안부나 전해 주세요!" 늙은이가 두 손가락 끝을 입에 갖다 대며 혀 꼬부라진 소리로 말했다. "세상에서 제일 예쁘고, 제일 사랑스러운 애인한테 말입니다……" 순간 그의 입에서 위쪽 틀니가 툭 떨어졌고, 아셴바흐는 그 앞을 지나쳤다. "애인한테, 우아한 애인한테 꼭 안부 부탁합니다!" 아셴바흐는 등 뒤로 바람이 새는 듯한 애매한 발음을 들으며 밧줄 난간을 붙잡고 상륙용 계단을 내려갔다.

　베네치아의 곤돌라를 처음 타거나 오랜만에 타는 사람치고 일시적인 오싹함이나 은밀한 두려움, 혹은 불안감을 느끼지 않는 이가 있을까? 발라드풍의 시대부터 변하지 않고 내려왔고, 무엇보다 하나의 관처럼 느껴질 만큼 특유의 까만색이 칠해진 이 이상야릇한 배는 물결이 찰랑거리는 밤의 은밀한 범죄를 연상케 했다. 아니, 그보다 더 가슴 깊이 느껴지는 것은 죽음 그 자체, 관과 음습한 장례식, 조용히 떠나는 마지막 여행이다. 그런데 이런 관 안의 좌석, 즉 새까맣게 랙칠을 하고 약간 옅은 검은색 쿠션 팔걸이가 달린 좌석이 세상에서 가장 부드럽고 푹신할 뿐 아니라 앉은 이의 긴장을 가장 빨리 풀어 주는 의자라는 걸 눈치챈 사람이 있을까? 아셴바흐는 그것을 알아챘다. 부리처럼 생긴 뱃머리에 가지런히 놓인 자신의 짐 맞은편 사공 발치에 앉았을 때 말이다. 물 위의 사공들은 여전히 알아듣지 못하는 말로 위협적인 몸짓을 섞어 가며 거칠게 싸웠다. 하지만 그들의 목소리는 이 수상 도시 특유의 고요함 속으로 부드럽게 빨려 들어가 실체를 잃고 물결 위에 산산이 흩어지는 듯했다. 항구는 따뜻했다. 여행자는 시로코*의 숨결이 피부에 미지근하게 와 닿는 것을 느끼며 쿠션의 부드러운 부분에 몸을 기댄 채 지그시 눈을 감았고, 익숙하지 않은 감미로운 태만함을 즐겼다. 이 항해는 짧을 것이다. 아, 이대로 영원히 지속될 수만 있다면! 그는 몸이 살랑살랑 흔들리는 가운데 물 위의 북적거림과 어지러운 말들로부터 점점 멀어지는 것을 느꼈다.

아, 사위가 얼마나 고요하던지! 시간이 지날수록 얼마나 더 고요해지던지! 노가 차르르 물살을 가르는 소리와 뱃머리에 물결이 철썩 부서지는 소리 외에는 아무것도 들리지 않았다. 위로 급히 치받아 올라간 까만 뱃머리 끝에는 도끼 창 모양의 쇠붙이가 달려 있었다. 그런데 이 두 소리 말고도 또 다른 소리가 있었다. 중얼거리는 듯한 말소리였다. 곤돌라 사공이 팔에 힘을 주어 노를 밀 때마다 그의 이 사이에서 간헐적으로 터져 나오는 독백이었다. 아셴바흐는 눈을 들었다. 주변의 석호가 차츰 넓어지면서 곤돌라가 탁 트인 바다로 향하는 것이 보였다. 의아한 생각이 들었다. 그렇다면 이대로 너무 수동적으로 앉아만 있을 게 아니라 자신의 의사를 어느 정도 분명히 밝히는 것이 필요할 듯했다.

"증기선 선착장으로 갑시다." 그는 몸을 반쯤 뒤로 돌리며 말했다. 사공의 중얼거림이 뚝 멎었다. 그러나 답은 나오지 않았다.

"증기선 선착장으로 가자니까요!" 아셴바흐가 이번에는 몸을 완전히 돌려, 좀 높은 뱃전에 파리한 하늘을 향해 우뚝 솟은 것처럼 선 사공의 얼굴을 올려다보며 같은 말을 반복했다. 무뚝뚝한 사내였다. 아니, 험악

---

*사하라 사막 지대에서 지중해 주변 지역으로 부는 온난 습윤한 바람.

한 인상의 사내였다. 뱃사람 특유의 파란색 옷을 입고, 누런 장식 띠를 두르고, 올이 풀리기 시작한, 이렇다 할 모양이랄 게 없는 밀짚모자를 흘러내릴 정도로 삐딱하게 쓰고 있었다. 얼굴 생김새와 살짝 들린 코 아래 금빛 수염은 이탈리아인 같은 인상을 풍기지 않았다. 몸도 이런 일을 하기에는 적합하지 않을 정도로 허약해 보였다. 노를 저을 때도 온몸으로 전력을 다했다. 가끔 너무 힘이 들어 입술을 말아 올릴 때면 이가 허옇게 드러났다. 그런 사내가 불그스름한 눈썹을 찡그리며 손님을 휙 바라보더니 단호한, 아니 거칠기까지 한 어조로 대꾸했다.

"리도로 간다면서요!"

"물론이오. 하지만 곤돌라로는 산마르코까지만 갈 생각이오. 거기서부터는 바포레토*를 이용할 거요."

"바포레토는 이용할 수 없을 거요, 손님."

"아니 왜요?"

"바포레토에는 짐을 실을 수 없으니까요."

맞았다. 이제야 기억이 났다. 아셴바흐는 쉽사리 입을 열지 못했다. 하지만 이곳 사람 같지 않게, 이방인에게 무뚝뚝하고 불손하게 구는 것은 참기 어려웠다. 그래서 이렇게 말했다.

"그건 내가 알아서 하겠소. 정 안 되면 어디든 맡기면 될 거요. 돌아갑시다."

침묵이 흘렀다. 차르르 노 젓는 소리와 철썩 뱃머리에 파도 부서지는 소리만 들렸다. 곧이어 사공의 중얼거림이 다시 시작되었다. 이 사이로 자기 자신과 대화를 하는 듯했다.

---

* 베네치아에서 볼 수 있는 수상 택시의 일종.

어떻게 해야 할까? 이상할 정도로 반항적이고, 소름 끼칠 정도로 고집 센 사내와 물 위에 단둘이 남게 된 여행자는 자신의 뜻을 관철할 방도를 알지 못했다. 사실 그는 순간적으로 격분하지만 않았다면 푹신한 의자에서 계속 쉴 수 있었을 것이다. 더구나 이 상태가 오랫동안, 아니 영원히 계속되길 바라지 않았던가? 그냥 일이 흘러가는 대로 맡겨 두는 것이 최상이었을지 모른다. 아니, 그게 가장 편하고 현명한 일이었을 것이다. 이런 나태하고 안일한 생각은 지금 등 뒤에서 고집불통 사공이 노를 젓는 대로 부드럽게 흔들리는 푹신한 검은 팔걸이의자에서 비롯된 것처럼 보였다. 자신이 범죄자의 마수에 걸려들었다는 생각이 꿈결처럼 아련하게 아센바흐의 머릿속을 스쳐 지나갔다. 그렇다고 이런 생각을 행동으로 바꾸어 저항할 엄두는 나지 않았다. 어쩌면 이 모든 게 그냥 바가지를 씌우려는 행동일지 모른다는 생각이 들자 심사는 더욱 꼬였다. 그래서 그런 일을 미리 막아야 한다는 의무감에서, 혹은 자존심에서 아센바흐는 다시 기운을 차렸다.

"뱃삯이 얼마요?"

사공은 아센바흐의 머리 위 허공을 흘낏 바라보았다.

"얼마든 받게 되겠죠."

이런 말에 어떤 대답을 해야 할지는 명확했다. 아센바흐는 기계적으로 대답했다.

"만일 내가 원하는 곳으로 데려다 주지 않으면 한 푼도 못 받을 줄 알아요. 단 한 푼도!"

"리도로 가신다면서요?"

"이 배를 타고 가진 않을 거요."

"잘 모셔다 드리겠습니다."

이 말에 아셴바흐는 긴장을 풀었다. 암, 잘 모셔다 줘야지. 그렇고말고. 물론 네놈이 내 돈을 노리고 등 뒤에서 나를 노로 내리쳐 황천길로 보내더라도 네놈 입장에서는 잘 모셔다 주는 것일 테지만.

하지만 그런 일은 일어나지 않았다. 심지어 길동무까지 나타났다. 기타와 만돌린에 맞추어 노래를 불러서 강탈하다시피 돈을 구걸하는 남녀 악사들의 보트였다. 이들은 곤돌라에 배를 바짝 붙인 채 돈을 갈구하는 이국적인 노래로 고요한 물 위를 가득 채웠다. 아셴바흐는 그들이 내민 모자에 돈을 던져 주었다. 그러자 그들은 조용히 물러갔다. 이어 곤돌라 사공의 혼잣말 같은 중얼거림이 다시 들려왔다. 아무 관련 없는 조각말로 이어지는 자기 자신과의 대화 같았다.

이윽고 그는 목적지에 도착했다. 도시로 들어가는 증기선이 일으킨 물살에 몸을 비틀거리면서. 뒷짐을 진 시 관료 두 명이 얼굴을 석호 쪽으로 돌린 채 물가를 서성거리고 있었다. 아셴바흐는 뭍에서 쇠갈고리로 배를 잡아끄는 노인의 도움을 받아 곤돌라에서 잔교로 올라섰다. 베네치아의 선착장에서는 흔히 볼 수 있는 노인이었다. 아셴바흐는 잔돈이 없어 선착장 인근의 호텔에 들어가 돈을 바꾸려고 했다. 그래야 사공에게 적당히 뱃삯을 치를 수 있었다. 그런데 호텔 로비에서 돈을 바꾸고 돌아왔을 때 선착장에는 짐이 실린 수레만 있고, 곤돌라와 사공은 보이지 않았다.

"내뺐습니다." 쇠갈고리를 든 노인이 말했다. "나쁜 인간이죠. 허가도 안 받고 일했으니까요. 곤돌라 사공 가운데 허가증이 없는 사람은 그 인간 하나뿐이에요. 그래서 다른 사공들이 이리로 전화를 했죠. 그 인간은 공무원들이 여기서 자기를 노린다는 걸 알고 바로 달아나 버렸어요."

아센바흐는 어깨를 으쓱했다.

"선생님은 공짜로 배를 타신 겁니다." 노인이 이렇게 말하더니 모자를 내밀었다. 아센바흐는 그 안에 동전 몇 닢을 넣어 주고는 해변 호텔로 짐을 옮겨 달라고 부탁한 뒤 수레를 따라 가로수 길을 걸었다. 섬을 비스듬히 가로질러 해안으로 뻗은 가로수 길은 양쪽에 술집과 상점, 여관들이 즐비하고 하얀 꽃이 만발했다.

그는 호텔 뒤편, 그러니까 정원 테라스 쪽에서 널찍한 호텔 건물로 들어가 커다란 홀과 로비를 지나 사무실로 향했다. 미리 연락해 둔 덕분에 절차는 신속하게 끝났다. 검은 수염을 기르고 프랑스풍의 프록코트를 입은 지배인은 공손히 비위를 잘 맞추고 조용한 키 작은 남자였다. 그가 엘리베이터를 타고 3층까지 올라와 아센바흐를 객실로 안내했다. 벚나무 가구들이 비치된 아늑한 방은 진한 향을 내뿜는 꽃으로 장식되어 있었고, 높직한 창문으로는 바다가 한눈에 내다보였다. 지배인이 물러가자 그는 창가로 다가갔고, 곧이어 급사가 짐을 들고 와 방 안에 내려놓는 동안 인적 드문 오후의 해변과 햇빛이 비치지 않는 바다를 내려다보았다. 밀물 때였다. 바다에서는 길고 낮은 파도가 고른 박자로 잔잔하게 물가로 밀려오고 있었다.

말 없고 고독한 자가 관찰하고 맞닥뜨리는 것은 사교적인 자에 비해 한층 모호하고 강렬할 뿐 아니라 그 생각은 한층 무겁고 괴팍하며 항상 슬픈 빛을 띤다. 그래서 한 번의 눈길이나 웃음, 의견 교환으로 쉽게 떨쳐 버릴 수 있을 느낌과 심상도 그런 사람에게는 필요 이상으로 신경이 쓰이고, 침묵 속에서 점점 깊어지고, 의미심장한 체험과 모험과 감정이 된다. 고독은 독창적인 것, 대담하면서 생경한 아름다운 것 그리고 시를 낳는다. 그와 동시에 완전히 뒤집힌 것, 비정상적이고 터무니없는 것, 허락되지 않은 것을 낳기도 한다. 그래서 그가 지금까지 이리로 오면서 겪고 본 것들, 다시 말해 난데없이 애인 이야기를 꺼낸 그 어울리지 않게 멋을 낸 끔찍한 늙은이, 면허도 없이 바가지를 씌우려고 덤벼든 곤돌라 사공의 모습이 여행자의 마음을 여전히 어지럽혔다. 사실 이것들은 이성적으로 판단하는 데 어려움이 있는 것도 아니고, 원래 깊이 생각할 거리도 되지 못했지만 저 밑바닥에는 아주 야릇한 면이 있는 듯했다. 어쩌면 그를 불안케 하는 것도 바로 이 모순일지 몰랐다. 그는 이런 생각을 하며 바다에 눈인사를 건넸고, 베네치아를 이렇게 코 닿을 거리에서 알게 되어 기뻤다. 이윽고 그는 몸을 돌렸고, 세수를 한 뒤 객실 하녀에게 이곳에서의 편안한 생활을 위해 필요한 몇 가지를 주문했다. 그러고는 엘리베이터 운행을 담당하는 초록색 제복의 스위스인에게 1층으로 내려가자고 했다.

그는 바다 쪽 테라스에서 차를 마신 뒤 아래로 내려가, 부두 산책로를 따라 엑셀시오르 호텔 쪽으로 꽤 오래 걸어갔다. 돌아왔을 때는 벌써 옷을 갈아입고 저녁 식사를 하러 갈 시간이 된 것 같았다. 그는 자기 식대로 천천히 면밀하게 옷을 갈아입었다. 몸치장에는 원래 익숙한 사람이었다. 로비에 도착하니 약간 이른 듯했다. 로비에는 호텔 손님 대부분이 짐짓 서로 관심 없는 듯 서먹서먹하게, 그러면서도 식사에 대한 공통의 기대를 품고 앉아 있었다. 그는 테이블에서 신문을 집어 들고 가죽 소파에 앉아 사람들을 관찰했다. 처음 여기 도착해서 만난 이들과는 달리 편안한 느낌이 드는 부류의 사람들이었다.

여기서는 서로 많은 것을 관용하고 포용하는 세계가 열린 듯했다. 여러 나라의 말이 수군수군 뒤섞여 있었다. 문명 세계의 유니폼이라 할 수 있을 세계적으로 통용되는 야회복이, 다양한 인간들을 겉으로는 예의 바른 하나의 통일체로 묶고 있었다. 무미건조하고 따분한 표정의 미국인들, 식구가 많은 러시아 가족, 영국의 부인들, 프랑스 보모와 함께 온 독일 아이들이 보였다. 슬라브계가 압도적으로 많은 것 같았다. 바로 옆에서 폴란드 말로 이야기하는 소리가 들렸다.

　작은 등나무 테이블 둘레에 아직 장성하지 않은 아이들이 가정교사 혹은 인솔자로 보이는 여자의 보호 아래 모여 앉아 있었다. 열다섯에서 열일곱 살쯤으로 보이는 처자 셋과 열넷쯤 된 긴 머리 소년 하나였다. 아셴바흐는 소년을 보는 순간 깜짝 놀랐다. 완벽할 정도로 아름다웠던 것이다. 자기 속에 갇힌 듯한 우아하고 창백한 얼굴, 벌꿀색 머리, 반듯한 코, 사랑스러운 입술, 신성함이 느껴지는 고결하고 진지한 표정, 이 모든 것이 하나로 어우러져 역사상 가장 고귀한 시대의 그리스 조각품을 떠올리게 했다. 더구나 이런 지고지순한 형식미에다 자연과 조형예술에서도 그 비슷한 것을 발견할 수 없을 듯한 독특하고 개성적인 매력까지 담겨 있었다. 그 밖에 눈에 띄는 것은 네 형제자매의 의상과 태도에서 드러나는, 교육적 관점에 따른 명백한 대조였다. 성인에 가까워 보이는 큰누이를 비롯해서 세 자매의 옷차림은 일부러 저렇게 왜곡하기도 어려울 정도로 근엄하고 정숙했다. 하나같이 무릎까지 내려오는 수도원 풍의 연회색 옷을 입었는데, 아무 장식이 없고 일부러 몸에 맞지 않은 스타일로 재단하고 오직 목깃만 환한 그 옷들은 처자들의 몸에서 풍기는 매력을 단단히 억누르고 가리는 느낌이었다. 더구나 매끈하게 찰싹 달라붙은 머리 때문에 얼굴은 더욱 수녀처럼 공허하고 무표정해 보였다. 딸들을 이런 식으로 꾸민 것은 어머니가 분명했다. 하지만 아들에게는 딸들에게 강요한 것 같은 엄격한 교육적 원칙을 적용할 생각이 없었던 모양이다. 소년의 실존을 규정하는 것은 부드러움과 사랑스러움이었다. 아름다운 머리에 가위질을 하는 것조차 조심스러웠는지, 소년의 머리는 조각상 〈가시를 빼는 소년〉과 같이 이마로 흘러내려 귀를 덮고 목덜미까지 내려갔다. 옷은 영국 수병복을 입고 있었는데, 불룩한 소매는 아래로 갈수록 좁아져 아직 어린애 같지만 길쭉한 손의 고운 손목 관절을 꽉 조이고 있었다. 이 수병복의 끈과 리본, 자수로 인해 소년은 부유하고 버릇없이 자란 느낌을 자아냈다. 소년은 지금 자신을 관찰하고 있는 아셴바흐 쪽으로 반쯤 몸을 돌린 채 옆으로 앉아 있었는데, 검은 에나멜 구두를 신은 한 발을 다른 발 앞에 두고, 등나무 의자 팔걸이에 한쪽 팔꿈치를 올려놓은 채 주먹 쥔 손으로 뺨을 받치고 있었다. 소년의 태도에서는 누이들에게 익숙한 강제에 가까운 경직성은 보이지 않고 꾸밈없는 기품만 드러났다. 그런데 혹시 소년은 아픈 게 아닐까? 얼굴을 감싼 짙은 황금빛 머리에 비해 얼굴색이 너무 하얗기 때문이었다. 아니면 그저 편애와 변덕스러운 사랑, 지나친 보살핌으로 유약하게 키워서 그런 것일 뿐일까? 아셴바흐는 후자 쪽으로 기울었다. 거의 모든 예술가 기질에는 미를 창조하는 것의 부당함을 인정하고, 귀족적 특권에 애정과 경의를 표하는 오만과 배반의 경향이 천성적으로 내재하는 법이다.

종업원이 돌아다니며 식사 준비가 끝났다고 영어로 알렸다. 사람들이 서서히 유리문을 지나 식당으로 들어갔다. 현관홀이나 엘리베이터로 늦게 도착한 이들도 하나둘 그의 앞을 지나갔다. 식당 안에서는 벌써 식사가 시작되었지만, 젊은 폴란드 형제자매는 여전히 등나무 테이블에서 일어날 생각을 하지 않았다. 아셴바흐도 함께 기다렸다. 푹신한 소파가 편하기도 했지만, 아름다운 소년을 가까이서 좀 더 지켜보고 싶은 마음에서였다.

이윽고 불그스름한 얼굴에 작고 뚱뚱한 가정교사 같은 여자가 일어나라는 신호를 주었다. 회색과 백색이 섞인 옷을 입고, 진주로 치렁치렁 장식한 훤칠한 부인이 로비에 들어선 것이다. 가정교사는 눈썹을 치켜 세우고 의자를 뒤로 빼더니 부인에게 정중히 인사했다. 부인의 태도는 싸늘하면서도 기품이 흘렀고, 살짝 분을 바른 머리와 의상은 소박했다. 경건함이 고귀함의 요소로 간주되는 곳이라면 어디든 미적 취향으로 규정되는 그런 소박함이었다. 여인은 독일 고위 관료의 부인일 수도 있을 것 같았다. 그녀의 자태에서 환상적일 정도로 호화스러운 것은 귀걸이와, 긴 세 겹 줄에 은은하게 빛나는 버찌 크기의 진주가 매달린 목걸이뿐이었다. 값을 헤아릴 수 없을 정도로 비싼 물건 같았다.

네 남매는 벌떡 일어나더니 허리를 굽혀 어머니의 손에 입을 맞추었다. 어머니는 단아하지만 약간 피곤해 보이는, 콧날이 오똑한 얼굴로 잔잔하게 웃으며 아이들의 머리 너머로 가정교사에게 프랑스어로 몇 마디를 던지고는 유리문으로 뚜벅뚜벅 걸어갔다. 네 남매는 그 뒤를 따랐다. 맨 앞에는 딸들이 나이 순서대로, 그 뒤에는 가정교사가, 맨 뒤에는 소년이 섰다. 그런데 어떤 이유에서인지 몰라도 소년은 문턱을 넘기 전에 몸을 돌렸다. 로비에는 아무도 없었기에 독특한 느낌을 풍기는 소년의 짙은 회색 눈이, 무릎에 신문을 올려놓은 채 넋을 놓고 아이들을 바라보던 아셴바흐의 눈과 마주쳤다.

그가 본 것들 중에 어느 것 하나 특별히 눈에 띄는 점은 없었다. 아이들은 먼저 식사를 하러 가지 않고 어머니를 기다렸으며, 어머니에게 공손하게 인사했고, 식당에 들어갈 때는 통상의 관습을 지켰다. 다만 이모든 것에는 아셴바흐가 특별히 감동받을 만큼 강렬한 인상의 기율과 의무, 자긍심이 묻어 있었다. 그는 얼마간 망설이더니 곧 식당으로 따라 들어가 테이블을 안내받았다. 그런데 폴란드인 가족과 너무 멀리 떨어진 것을 알고는 잠시 속으로 아쉬움을 금치 못했다.

몸은 피곤했지만 정신적으로는 활발한 상태여서 그는 지루한 식사 시간 동안 추상적이고 선험적인 문제들에 몰두했고, 인간의 아름다움을 만들어 내려고 합법칙성을 개인적인 것과 연결시키는 신비한 고리에 대해 숙고했다. 거기에서 생각은 형식과 예술의 일반적 문제에 이르렀고, 마지막에는 자신의 생각과 발견이 꿈속의 행복한 속삭임과 비슷하다는 것을 알아차렸다. 물론 멀쩡한 정신 상태에서는 너무 밋밋하고 쓸데없는 것으로 증명될 속삭임이지만. 그는 식사 후 담배를 피웠고, 저녁 향기 물씬한 공원을 배회했다. 그런 다음 일찍 잠자리에 들어 깊은 잠에 빠졌다. 물론 중간에 여러 번 꿈을 꾸었지만 말이다.

날씨는 이튿날에도 나아지지 않았다. 육풍이 불었다. 바다는 칙칙하게 가라앉은 하늘 아래 무거운 정적 속에 누워 있었다. 더구나 말라서 쪼그라든 것처럼 수평선이 밋밋하고 가깝게 느껴졌고, 여러 겹의 기다란 모래언덕이 훤히 드러날 정도로 해안에서 뒤로 멀찍이 물러나 있었다. 창문을 여는 순간 아센바흐는 석호의 썩은 냄새를 맡은 듯한 느낌이 들었다.

기분이 언짢아졌다. 순간 벌써 여기를 떠나야 하지 않을까 하는 생각이 들었다. 몇 년 전 여기 머물 때도 몇 주 동안의 화창한 봄날 뒤에 갑자기 이런 날씨가 덮치는 바람에 건강이 상해 도망치다시피 베네치아를 떠나야 했다. 혹시 그때처럼 다시 불쾌하게 열이 나고 관자놀이가 지끈거리고 눈꺼풀이 무거워지는 현상이 나타나는 것은 아닐까? 거처를 옮기는 것은 성가신 일이지만, 바람이 바뀌지 않으면 여기 계속 머무를 수는 없었다. 그래서 그는 혹시 몰라 짐을 다 풀지 않고, 9시경에 밑으로 내려가 로비와 식당 사이에 따로 마련된 뷔페 홀에서 아침 식사를 했다.

뷔페 홀에는 큰 호텔들의 자랑거리에 속하는 엄숙한 정적이 흘렀다. 웨이터들은 발소리를 죽여 돌아다녔고, 들리는 것이라고는 찻잔 달그락거리는 소리와 나직한 속삭임뿐이었다. 아셴바흐 테이블에서 두 테이블 떨어진, 문 비스듬히 맞은편 구석에 폴란드 처자들이 가정교사와 함께 반듯이 앉아 있었다. 잿빛이 도는 금발을 곱게 빗었고, 눈은 충혈되어 있었으며, 짧고 흰 목깃과 소맷부리가 달린 뻣뻣한 느낌의 파란 옷을 입은 처자들은 절인 음식이 든 유리그릇을 돌리고 있었다. 아침 식사가 거의 끝나 가는 중이었지만 소년은 없었다.

아셴바흐는 입가에 미소를 띠며 생각했다. 녀석, 알고 보니 파이아케스족*이었군. 누나들과는 달리 마음대로 늦잠을 자도 될 특권을 누리는 걸 보니 말이야. 그는 갑자기 명랑해져서 그 작품의 구절을 읊조렸다. "자주 바뀌는 장신구여, 따뜻한 목욕이여, 휴식이여!"

그는 서두르지 않고 식사했다. 얼마 뒤 정복 모자를 쓴 수위가 홀에 들어오더니 이송되어 온 우편물을 그에게 건넸다. 그가 담배를 피우며 편지를 몇 통 개봉하는 사이 기다리던 늦잠꾸러기가 건너편에서 들어왔다.

유리문을 통해 들어온 소년은 조용히 홀을 가로질러 누이들의 테이블로 향했다. 걸음걸이는 상체 자세뿐 아니라 무릎 움직임과 흰 신을 신은 발의 내딛는 동작에까지 비범한 우아함이 배어 있었고, 무척 경쾌했으며, 연약하면서도 자부심이 가득했고, 또 도중에 두 번이나 홀 안으로 고개를 돌려 눈을 들었다가 내리까는 아이다운 수줍음으로 더욱 아름다워 보였다. 소년은 웃으면서 애매한 말투로 나직이 한마디를 하며 자

---

*호메로스의 『오디세이아』에 등장하는, 스케리아 섬에서 걱정 근심 없이 평화롭고 풍요롭게 살아가는 부족.

리에 앉았다. 그런데 이제 소년의 옆얼굴이 정확히 관찰하는 자의 정면으로 돌려지는 순간 아셴바흐는 재차 깜짝 놀랐다. 아니, 그냥 놀란 정도가 아니라 신과 비슷할 정도의 완벽한 아름다움에 가슴이 철렁 내려앉았다. 오늘 소년은 파랗고 하얀 줄무늬 천으로 만든 양복에 가볍게 블라우스만 받쳐 입었는데, 가슴에는 빨간 비단 리본이 달려 있고, 목부분은 빳빳하게 세워진 단순한 흰 깃으로 마무리되어 있었다. 이 깃은 양복의 전체적인 인상과는 별로 어울리지 않았지만, 그 깃 위로 솟은 얼굴은 비할 데 없이 사랑스럽고 매력적인 한 송이 꽃 같았다. 파로스 섬의 하얀 대리석을 녹여 만든 에로스 신의 얼굴이 저럴까? 눈썹은 지극히 곱고 진지했으며, 머리카락은 직각으로 말려 들어가 관자놀이와 귀를 어둡고 부드럽게 덮고 있었다.

좋군, 정말 좋아! 아셴바흐는 전문가다운 냉정함으로 인정했다. 예술가들이 때로 걸작 앞에서 느끼는 황홀한 감격의 표현이었다. 나를 기다린 건 분명 바다와 해변이 아니었어. 네가 여기 있는 동안에는 나도 여기 있겠어! 이렇게 생각하면서 그는 종업원들의 시선을 받으며 홀을 가로질러 커다란 테라스로 나간 뒤 곧장 판자 잔교를 지나서 호텔 손님들을 위해 따로 막아 놓은 해변으로 내려갔다. 거기서 해수욕장 관리인으로 보이는, 아마포 바지에 선원 블라우스를 입고 밀짚모자를 쓴 맨발의 노인에게 해변 오두막을 하나 빌려 그 앞의 모래 덮인 판자 바닥 위에 테이블과 의자를 내놓게 한 다음, 해변용 의자를 바다 가까이 노란 백사장으로 끌고 가 편히 누웠다.

그는 해변 풍경, 그러니까 자연 가장자리에서 아무 근심 없이 감각적으로 즐기는 이 문화적인 풍경을 예전부터 좋아했다. 얕은 잿빛 바다는 물장구를 치는 아이들과 수영하는 사람들로 이미 붐볐고, 물가에는 알록달록한 옷을 입은 사람들이 팔베개를 하고 모래에 누워 있었으며, 또 어떤 이들은 파란색과 빨간색으로 칠해진 용골 없는 배를 타고 노를 젓다가 뒤집혔는데도 깔깔거리며 즐거워했다. 줄지어 늘어선 해변 오두막 앞의 작은 베란다 같은 판자 바닥에는 사람들이 앉아 있었고, 그 오두막들 앞에는 놀이를 즐기는 사람, 느긋하게 누워 휴식을 취하는 사람, 아는 이를 찾아 수다를 떠는 사람, 아침의 광휘를 우아하게 즐기는 사람들 외에 대자연의 자유를 대담하고 쾌적하게 만끽하는 나체족들도 있었다. 저기 물가 쪽의 축축하고 딱딱한 모래에서는 흰 수영 가운과 강렬한 색의 헐렁한 셔츠를 입은 사람들이 드문드문 해변을 거닐었다. 오른편으로는 아이들이 만든 여러 겹의 모래성 주위에 각 나라를 상징하는 자그마한 깃발이 꽂혀 있었다. 조개와 과자, 과일을 파는 장사치들은 쪼그리고 앉아 물건을 팔았다. 왼편에는 나머지 오두막들과 이 해변의 경계선에 해당하는, 바다 쪽으로 비스듬히 놓인 오두막들이 있었는데, 그중 한 곳에서는 러시아 가족이 야영을 하고 있었다. 수염을 기르고 큼직한 치아가 눈에 띄는 남자들, 흐물흐물 늘어진 여자들, 화대畫臺 앞에 앉아 절망적인 탄식을 내뱉으며 바다를 그리는 발트 해 출신의 처녀, 못생겼지만 착해 보이는 아이 둘 그리고 두건을 쓰고 비굴한 노예 같은 태도를 보이는 늙은 하녀로 이루어진 가족이었다. 그들은 휴양지 생활을 감사한 마음으로 즐기는 듯했고, 말을 안 듣고 이리저리 쫓아다니는 아이들의 이름을 쉴 새 없이 불러 댔으며, 유머 넘치는 노인에게 군것질거리를 산 뒤 짧은 이탈리아어로 한참 동안 농을 주고받았고, 가족들끼리 볼에 입을 맞추었다. 자신들을 지켜보는 남들의 눈은 전혀 신경을 쓰지 않는 듯했다.

그래, 여기 머무는 거야. 여기보다 나은 곳이 어디 있겠어? 아셴바흐는 이렇게 생각하며 양손을 무릎 위에 포개 놓고 먼 바다로 눈을 돌렸다. 그의 시선이 허공으로 미끄러져 흐릿해지더니 황량한 공간의 단조로운 안개에 부딪쳐 산산조각 났다. 그가 바다를 좋아하는 데는 깊은 이유가 있었다. 일단, 다양한 형태의 까다로운 현상들을 피해 그저 단순하고 어마어마한 것 속에 숨고 싶다는, 고된 작업에 시달리는 예술가의 휴식 욕구가 첫 번째 이유였다. 또 다른 이유는 작가로서의 과제와 상반되는 것이지만, 그 때문에 더더욱 매력적으로 느껴지는 금지된 애착이었다. 즉 분류되지 않은 것, 무한한 것, 영원한 것, 무無의 세계에 자기도 모르게 끌린 것이다. 완전한 것 곁에서의 휴식은 빼어난 것을 추구하는 자가 영원히 꿈꾸는 것이 아닐까? 무란 완전한 것의 한 형식이 아닐까? 그런데 그가 꿈꾸듯이 허공 속으로 깊이 빠져들어 가려는 찰나, 물가 수평선 위로 한 인간의 형체가 갑자기 어른거렸다. 아셴바흐가 무변광대한 세계에서 시선을 거두어 정신을 차려 보니 그 아름다운 소년이 왼편에서 그 앞을 지나가고 있었다. 소년은 물에 들어갈 생각인지 맨발이었다. 무릎 위까지 걷어 올린 다리가 늘씬했다. 소년은 신발을 신지 않고 걷는 데 익숙한지, 천천히 걷는데도 움직임이 경쾌하고 당당했다. 그런데 바다 쪽으로 비스듬히 향한 오두막들로 눈을 돌려 감사하는 마음으로 정겹게 지내고 있는 러시아 가족을 발견하는 순간, 경멸에 찬 분노의 먹구름이 소년의 얼굴을 뒤덮었다. 이맛살이 찌푸려지고 입이 올라갔다. 게다가 입술을 한쪽으로 격하게 삐죽거리는 바람에 뺨이 일그러졌고, 눈썹을 심하게 찡그리는 바람에 눈이 움푹 꺼지면서 어두운 증오의 빛이 세차게 뿜어져 나오는 듯했다. 소년은 바닥을 내려다보더니 다시 위협적으로 그들을 돌아보았고, 이어 저들을 저버리는 듯한 격한 거부의 몸짓으로 적들에게 휙 등을 돌렸다.

그 모습을 보는 순간 아셴바흐는 일종의 배려나 충격으로, 혹은 존중과 부끄러움으로 마치 아무것도 보지 않은 것처럼 고개를 돌리고 말았다. 열정에 사로잡힌 이 진지한 관찰자에게는 이렇게 우연한 지각知覺을 혼자 마음에 품는 것조차 거북했기 때문이다. 그러나 그는 기분이 좋아지는 동시에 가슴이 뭉클했다. 다시 말해 행복감이 번졌다는 말이다. 하등 나쁠 게 없는 삶의 한 조각에 대한 이런 유치한 광신狂信은 무언의 신적인 것을 인간적인 관계로 끌어내렸고, 눈요깃거리로만 사용되던 자연의 고귀한 조각품을 깊은 관심을 보일 만한 것으로 만들었으며, 또 어차피 아름다움으로 중요해진 소년의 미숙한 형체에, 실제 나이 이상으로 소년을 진지하게 받아들이게 하는 얇은 막을 부여했다.

아셴바흐는 여전히 고개를 돌린 채 소년의 목소리에 귀를 기울였다. 모래성 놀이에 빠진 친구들에게 멀리서부터 자신의 출현을 알리려는, 밝지만 약간 연약한 목소리였다. 친구들은 이름인지 애칭인지 모를 호칭으로 몇 번 소리쳐 답했다. 아셴바흐는 궁금한 마음에 귀를 쫑긋 세워 보았지만, '아지오'나 '아지우' 같은 아름다운 두 음절 외에 더 정확한 것은 알아들을 수 없었다. 둘 중에선 '아지우'가 더 자주 들렸는데, 친구들은 끝의 '우' 음을 길게 끌면서 외쳤다. 아셴바흐는 이 이름의 울림이 아주 듣기 좋고 그 대상과도 잘 어울린다고 생각하면서 속으로 조용히 이름을 읊조려 보며 흡족한 기분으로 편지와 서류들로 눈을 돌렸다.

그는 작은 여행용 서류 가방을 무릎에 올려놓고 만년필로 이런저런 서신들을 처리하기 시작했다. 그러나 15분 뒤, 정말 즐기고 싶은 것을 눈앞에서 외면한 채 중요하지도 않은 다른 일에 몰두하는 것은 애석한 일이라 생각하며, 만년필을 옆으로 밀쳐 두고 다시 바다로 눈을 돌렸다. 얼마 후 그는 모래성을 만드는 소년들의 목소리에 이끌려, 해변용 의자 등받이에 편안히 기댄 고개를 오른쪽으로 돌렸다. 아름다운 아지오가 지금 어디서 무엇을 하는지 알아내기 위해서였다.

그는 첫눈에 소년을 찾아냈다. 가슴에 달린 빨간 리본은 눈에 안 띌 수가 없었다. 친구들과 함께 모래성의 축축한 해자垓字 위에 낡은 판자때기로 다리를 놓는 일에 열중하고 있던 소년은 고함을 치고 고갯짓을 하면서 이런저런 지시를 내리고 있었다. 아이들은 남녀 합해서 열 명 정도였다. 소년과 비슷한 또래도 있고 몇몇 어린 친구도 있었는데, 다들 폴란드어와 프랑스어, 혹은 발칸 반도의 언어를 섞어서 떠들고 있었다. 가장 자주 들리는 이름은 단연 소년의 이름이었다. 그렇다면 아이들 사이에서도 소년이 갈망과 구애와 경탄의 대상인 게 분명했다. 특히 같은 폴란드인으로 포마드 기름을 바른 검은 머리에 아마천으로 만든 벨트 달린 양복을 입고 체격이 다부진 '야슈'라는 이름의 사내아이가 소년의 가장 충직한 부하이자 친구인 것 같았다. 그들은 모래성 짓기가 어느 정도 끝나자 서로 허리를 두르고 해변을 따라 걸었고, '야슈'라는 사내아이는 아름다운 소년에게 입을 맞추기도 했다.

순간 아셴바흐는 손가락을 치켜들고 사내아이를 위협하고픈 충동을 느꼈다. '어이 크리토불로스*, 내 충고 하나 하는데, 한 1년 정도 떠나 있게! 상처가 나으려면 그 정도 시간은 필요할 거야.' 그는 웃으면서 이렇게 생각하고는 행상에게 잘 익은 큼직한 딸기를 사 먹었다. 해가 하늘의 연무층을 뚫고 나오지 못하는데도 날은 무척 따뜻했다. 몸의 감각이 고요한 바다가 안겨 주는 엄청나고 뇌쇄적인 즐거움을 향유하는 동안 정신

---

*『소크라테스 회상』에 나오는 대목. 크리토불로스가 알키비아데스의 아들에게 키스하자, 소크라테스는 크리토불로스에게 마음의 상처를 치유하기 위해 1년 정도 여행을 떠날 것을 권유한다.

은 나태함에 사로잡혔다. 지금 이 진지한 남자에게는 대략 '아지오'라 들린 그 이름이 정확하게 무엇인지 알아내는 것이 완벽하게 해결해야 할 적절한 과제이자 일인 듯했다. 그러다 결국 기억 속의 폴란드어 지식을 끄집어내 그 이름이 '타지오'인 게 분명하다고 결론 내렸다. '타데우시'를 줄인 말이 '타지우'로 들린 것이다.

타지오는 수영을 하고 있었다. 그 전에 소년의 모습을 눈에서 놓친 아센바흐는 저 멀리 바다에서 소년의 머리와 노처럼 높이 치켜든 팔을 발견했다. 바다는 멀리까지 깊지 않은 듯했다. 하지만 벌써 걱정이 되는지, 오두막 앞에서 소년을 부르는 여자들의 목소리가 터져 나왔다. 반복해서 울려 퍼지는 이름은 마치 무슨 구호처럼 해변을 가득 채웠는데, 부드러운 자음과 맨 끝에 길게 늘어지는 '우' 음으로 이루어진 이 이름에는 달콤하고 야성적인 면이 동시에 담겨 있는 듯했다. "타지우! 타지우!" 소년은 물결 위로 머리를 젖힌 채 역류하는 물을 다리로 차서 물보라를 일으키며 돌아왔다. 머리에서 물을 뚝뚝 떨어뜨리며 하늘과 바다, 대자연의 심원에서 생기발랄하게 빠져나오는 모습은 연약한 신처럼 아름다웠을 뿐 아니라 남자 이전의 사랑스러움과 떫은맛을 풍기고 신화적인 상상을 자아냈다. 마치 태초의 시간과 형식의 기원, 신들의 탄생에 관한 시학詩學 같다고 할까! 아센바흐는 눈을 감고 내면에서 울려 퍼지는 노래에 가만히 귀를 기울였다. 그러면서 재차 생각했다. 이곳은 참 좋은 곳이라고, 자신은 여기에 계속 머무르겠다고.

나중에 타지오는 해수욕으로 지친 몸을 쉬려고 오른쪽 어깨 밑으로 수건을 감고 팔베개를 한 채 모래 위에 누웠다. 아센바흐는 소년을 관찰하지 않고 책을 몇 쪽 읽었지만, 경탄의 대상이 바로 저 옆에 누워 있고 오른쪽으로 고개만 살짝 돌리면 그 존재를 볼 수 있다는 생각을 한시도 잊지 않았다. 심지어 저기 쉬는 자를 지키려고 자신이 여기 앉아 있다는 느낌까지 들었다. 그러니까 자기 일에 몰두하면서도 저기 오른편 멀지 않은 곳에 누워 있는 고결한 인간에 대한 집중을 조금도 게을리하지 않았던 것이다. 이렇게 해서 자신을 희생하면서까지 정신적으로 아름다운 것을 만들어 내는 자가 아름다움을 가진 자에게 바치는 가슴 뭉클한 애정과 자애로운 사랑이 그의 가슴을 감동적으로 채웠다.

정오가 지나자 그는 호텔로 돌아와 방으로 올라갔다. 방 안 거울 앞에 한참을 서서 허옇게 센 머리와 지치고 날카로운 얼굴을 들여다보았다. 순간 자신이 그동안 거둔 명성이 떠올랐다. 이제는 길에 나가면 많은 사람이 자신을 알아보고 존경의 시선을 보냈다. 걸출함과 우아함 면에서 최고봉을 이루었다는 언어적 기교 덕분이었다. 또한 그는 자신의 재능이 불러들인 외적인 성공을 하나하나 떠올리고, 하사받은 귀족 작위까지 기억했다. 그런 다음 점심을 먹으러 내려가 늘 앉던 테이블에서 식사를 했다. 식사 후 엘리베이터에 올랐을 때 역시 식사를 끝내고 나온 한 무리의 아이들이 공중에 떠 있는 엘리베이터 안으로 밀고 들어왔다. 그중에는 타지오도 있었다. 이제 소년과 아셴바흐의 거리는 지척이었다. 아셴바흐가 소년을 멀리 떨어진 그림 보듯 관찰하지 않고, 이렇게 가까이에서 세세한 면을 인지하고 살펴본 것은 처음이었다. 누군가 소년에게 말을 걸었고, 그사이 엘리베이터는 벌써 2층에 도착했다. 소년은 말할 수 없이 사랑스러운 미소로 친구에게 답하며 엘리베이터 밖으로 나갔다. 눈을 내리깔고 뒷걸음질을 치면서. 아름다움은 사람을 수줍게 만드는 것일까? 아셴바흐는 이렇게 생각하며 그 이유를 골똘히 생각해 보았다. 그런데 그 전에 타지오의 치아가 별로 좋지 않다는 사실을 눈치챘다. 건강한 광택은 보이지 않고, 대신 빈혈 환자 특유의 푸석푸석하고 투명한 이는 깨진 것처럼 뾰쪽뾰쪽하고 빛바래 있었다. 아셴바흐가 보기에 소년은 무척 병약한 것 같았다. 어쩌면 오래 살지 못할 것 같기도 했다. 아셴바흐는 이런 생각을 하며 자기도 모르게 만족감이나 안도감이 들었는데, 왜 그런 느낌이 들었는지 굳이 스스로에게 해명하려고 들지 않았다.

그는 방에서 두 시간을 보낸 뒤 오후에 바포레토를 타고 썩은 냄새가 나는 석호를 지나 베네치아로 갔다. 이어 산마르코에 내려 광장에서 차를 마셨고, 그 후엔 이곳에 오면 으레 그렇듯 거리를 돌아다니며 산책을 했다. 그런데 이렇게 돌아다니다가 기분과 결심이 완전히 바뀌어 버렸다.

골목길은 역겨울 정도로 후텁지근했다. 공기는 집과 가게, 식당에서 나오는 냄새와 끈끈한 연기, 향수 냄새 같은 것들이 흩어지지 않고 꾹꾹 뭉쳐 있는 것처럼 끈적거렸다. 담배 냄새도 골목 안에 갇혀 있다가 서서히 빠졌다. 좁은 골목길 안에서 밀고 밀치는 사람들 때문에 이 산책은 그에게 즐거움은커녕 오히려 성가심만 안겼다. 오래 걸을수록 시로코와 합쳐진 해풍이 만들어 낸 이 끔찍한 상태가 그를 점점 괴롭혔다. 신경이 곤두서면서 동시에 축 늘어지는 느낌이 들었다. 불쾌한 땀방울이 쏟아졌다. 눈도 흐릿해졌고, 가슴은 답답했으며, 열이 나고 머리까지 욱신거렸다. 그는 북적거리는 상점가에서 다리를 지나 빈민가로 도망쳤다. 그러나 여기서는 거지들이 귀찮게 달라붙었고, 하수구에서 나는 역한 냄새가 숨쉬기조차 힘들게 했다. 결국 그는 베네치아 중심부의 마법에 걸린 것 같은 장소들 가운데 하나인 조용한 광장의 분수대에 앉아 이마의 땀을 식히며, 이만 베네치아를 떠나야겠다고 마음먹었다.

베네치아의 이런 날씨가 그의 건강에 지극히 좋지 않으리라는 것은 두 번째로 확인하는 바였지만 이번에는 결정적이었다. 계속 고집을 피우며 버티는 것은 사리에 맞지 않았고, 바람의 방향이 바뀌리라는 전망도 불투명했다. 신속하게 결정을 내릴 필요가 있었다. 그렇다고 이대로 집으로 돌아갈 수는 없었다. 여름 숙소도 겨울 숙소도 아직 그를 맞을 채비가 되어 있지 않았다. 하지만 여기에만 바다와 해변이 있는 것은 아니었다. 석호와 후끈한 공기 같은 나쁜 첨가물이 없는 바다나 해변도 많을 것이다. 문득 트리에스테에서 멀지 않은 자그마한 해수욕장이 하나 떠올랐다. 사람들이 추천해 준 곳이었다. 그리 가면 안 될 이유가 있을까? 기왕 갈 거라면 지체 없이 떠나야 했다. 그래야 재차 이루어진 체류지 변경의 의미를 살릴 수 있을 것 같았다. 그는 이렇게 확고히 결정한 뒤 자리에서 벌떡 일어났다. 그러고는 가장 가까운 곤돌라 정류장에서 배를 잡아타고 음습한 미로 같은 운하를 따라갔다. 사자상이 양쪽에서 호위하는 운치 있는 대리석 발코니 밑을 지나고, 미끈거리는 담벼락 모서리를 돌고, 쓰레기가 둥둥 떠다니는 물 위에 큼직한 회사 로고가 어른거리는, 슬픔을 간직한 궁전 정면을 지나 산마르코로 미끄러져 갔다. 물론 그곳까지 이르는 것도 쉽지 않았다. 레이스 공장이나 유리 제품 업자들과 결탁한 사공이 곳곳에 배를 갖다 대고는 물건을 사도록 부추겼기 때문이다. 어떻게 보면 베네치아를 관통하는 이 기괴한 항해에 독특한 매력이 담겨 있을 수도 있었지만, 퇴락한 도시의 바가지 상술로 인해 그는 다시 정신이 번쩍 들면서 언짢아졌다.

호텔로 돌아온 그는 저녁을 먹기도 전에 사무실에 들러, 뜻밖의 사정이 생겨 내일 일찍 떠나게 되었다고 통보했다. 직원은 아쉬워하면서 영수증을 끊어 주었다. 아셴바흐는 식사를 마친 뒤 뒤쪽 테라스 흔들의자에 앉아 신문을 보면서 저녁을 보냈다. 미지근한 저녁이었다. 그는 잠자리에 들기 전에 내일 바로 떠날 수 있게 짐을 전부 싸 놓았다.

그런데 잠을 잘 자지 못했다. 내일 다시 떠날 생각을 하니 마음이 어수선했다. 아침에 창문을 열자 하늘은 여전히 흐렸지만 공기는 좀 상쾌해진 듯했다. 그 순간 벌써 후회가 밀려들었다. 방을 해약한 것이 일시적으로 몸이 안 좋은 상태에서 지나치게 성급하게 내린 결정이 아닐까? 해약을 좀 미루었다면, 그렇게 급작스럽게 겁을 먹지 않고 베네치아의 날씨에 적응해 보려고 하거나 날씨가 좋아지길 기다렸다면, 지금쯤 이리 서두를 필요도 없고 마음의 짐도 없이 어제처럼 오전에 해변을 산책할 수 있었을 것이다. 그러나 너무 늦었다. 지금은 어제 마음먹은 대로 여기를 떠날 수밖에 없었다. 그는 옷을 입고 8시쯤 아침을 먹으러 1층으로 내려갔다.

뷔페 홀에 들어갔을 때 식당은 텅 비어 있었다. 그가 자리를 잡고 주문한 음식을 기다리는 동안 손님들이 하나둘 나타났다. 찻잔을 입에 대는 순간 폴란드 처녀들이 보호자와 함께 들어오는 것이 보였다. 그들은 눈이 충혈된 채, 아침답게 경쾌하고 절도 있는 자세로 창가 구석 쪽 자기들 테이블로 걸어갔다. 그 직후 모자를 쓴 수위가 다가오더니 떠날 시간이 되었다고 말했다. 그와 다른 여행객들을 엑셀시오르 호텔까지 실어다 줄 차량이 벌써 대기 중이라는 것이다. 호텔에서부터는 모터보트로 손님들을 호텔 전용 운하로 기차역까지 운송할 예정이었다. 수위는 시간이 촉박하다고 했다. 아셴바흐는 그럴 리 없다고 생각했다. 기차 출발 시각까지는 아직 한 시간 이상이 남아 있었던 것이다. 순간 그는 떠날 손님을 빨리 내보내려고 하는 호텔 측의 행태에 화가 나서 수위에게, 자신은 조용히 아침 식사를 즐기고 싶다고 말했다. 수위는 머뭇거리면서 돌아가더니 5분 후 다시 돌아와 더 이상 차를 기다리게 할 수는 없다고 했다. 그러자 아셴바흐는 언짢은 감정을 숨기지 않고 대꾸했다. 가고 싶으면 자기 짐이나 먼저 챙겨서 가라, 자신은 시간에 맞춰 공공 증기선을 타고 갈 테니 더는 이 문제를 갖고 왈가왈부하지 말라고 했다. 수위는 허리를 숙이고 물러갔다. 아셴바흐는 성가신 재촉을 뿌리친 것이 기뻐 간단한 아침 식사를 서두르지 않고 끝낸 뒤 웨이터에게 신문까지 갖다 달라고 했다. 그러다 정말 시간이 촉박해서야 자리에서 일어났다. 그런데 그 순간 운명인지 우연인지 타지오가 유리문을 열고 들어왔다.

소년은 떠나는 자를 가로질러 가족들이 있는 테이블로 걸어가면서 머리가 세고 이마가 벗어진 남자 앞에 이르자 겸손하게 눈을 내리깔았다. 그러고는 이내 그 특유의 사랑스러운 표정으로 부드럽게 눈을 뜨더니 지나갔다. 아듀, 타지오! 아셴바흐는 생각했다. 너를 잠깐밖에 보지 못했구나. 그런데 평소 습관과는 달리 이 생각을 실제로 입 밖으로 내어 중얼거리면서 이 말까지 덧붙였다. "신의 축복이 함께하길!" 그는 밖을 나와 종업원들에게 팁을 나누어 주고 프랑스풍의 프록코트를 입은 지배인과 작별 인사를 한 뒤, 휴대용 짐을 든 벨보이를 뒤에 달고서 올 때 그랬던 것처럼 걸어서 호텔을 떠났다. 그는 꽃이 만발한 가로수 길을 지나고 섬을 가로질러 증기선 선착장까지 걸어간 뒤 배에 올라 자리에 앉았다. 그 후 깊은 후회를 동반한 슬픈 고통의 항해가 이어졌다.

석호와 산마르코를 지나 넓은 운하를 따라 올라가는 이 길은 친숙했다. 그는 뱃머리 둥근 벤치에 앉아 난간에 팔꿈치를 괸 채 손으로 햇빛을 가리고 풍경을 내다보았다. 공원들이 뒤로 물러났고, 작은 광장이 당당하고 우아하게 열렸다가 다시 멀어졌다. 일직선으로 늘어선 궁전들이 나타났으며, 수로의 방향이 바뀌자 리알토 다리의 화려한 대리석 아치가 보였다. 여행자는 이 풍경들을 보며 가슴이 미어졌다. 도시의 답답한 분위기에다 바다와 습지의 부패한 냄새 때문에 그전까지 그토록 여기를 떠나고 싶어 했지만, 그런 그가 이제는 그 냄새를 애정 어린 고통으로 깊이 흡입하고 있었다. 아, 이 모든 것이 마음속에 이렇게 깊이 자리하고 있던 걸 어떻게 까맣게 잊고 생각조차 못했을까! 어떻게 그럴 수 있었을까? 오늘 아침까지만 해도 자신의 행동이 약간 유감스러웠고 그게 올바른지 조금 의심스러운 데 그쳤다면, 지금은 단순한 유감과 의심을 넘어 비통함과 절절한 아픔이 되었다. 그래서 자신도 모르게 여러 번두 눈에 눈물이 고였고, 이럴 줄 미처 예상하지 못한 것을 스스로 고백할 수밖에 없을 정도로 마음이 쓰라렸다. 그런데 정말 견디기 어렵고 인정하기 싫었던 것은 따로 있었다. 앞으로 다시는 베네치아를 보지 못하고, 이것이 영원한 이별이 될 거라는 예감이었다. 이 도시가 그의 육신을 병들게 한다는 사실이 두 번씩이나 확인되었기 때문이다. 그는 두 번째로 베네치아를 허겁지겁 떠나야 했기에, 앞으로 이 도시에 다시 머무는 것은 불가능하고 금지된 일이라고 생각하지 않을 수 없었다. 한마디로 그가 감당할 수 없는 도시였다. 그런 도시를 다시 찾는 것은 어리석은 짓이었다. 그랬다. 그는 이제 이곳을 떠나면 수치심과 반발감 때문에라도 이 사랑하는 도시를 다시 찾지 않으리라고 느꼈다. 두 번이나 육체적인 문제로 포기할 수밖에 없었던 이 도시를 말이다. 그런데 심적인 애착과 육체적 능력 사이의 이 갈등이 불현듯 초로의 작가에게 무척 중대한 문제로 비쳤다. 어떤 수를 써서라도 막았어야 했는데도 별로 진지하게 싸워 보지도 않고 그냥 쉽게 감내하고 받아들여 버린 어제의 경솔한 굴복이 이해되지 않을 정도로, 이 육체적인 패배가 굴욕적으로 느껴졌다.

그사이 증기선은 기차역에 접근했고, 고통과 속수무책의 심정은 이제 혼돈의 상태로 발전했다. 고통의 여행자에게는, 여기를 떠나는 것도 말이 안 되고, 다시 돌아가는 것도 그에 못지않게 말이 안 되는 짓이었다.

이렇게 혼란스러운 상태로 그는 역에 들어섰다. 시간이 촉박했다. 기차를 타려면 단 1초도 허비할 시간이 없었다. 그는 기차를 타고 싶기도 했고, 타고 싶지 않기도 했다. 그러나 결국 촉박한 시간이 그를 앞으로 몰아붙였다. 그는 서둘러 기차표를 끊은 뒤 시장 통처럼 북적거리는 대합실 안을 두리번거리며 이곳에 상주하는 호텔협회 직원을 찾았다. 얼마 뒤 직원이 나타나 그의 커다란 트렁크를 부쳤다고 보고했다. 벌써 부쳤다고요? 예, 문제없이 잘 부쳤습니다. 코로로요. 뭐, 코로로? 화난 질문과 당황한 대답이 몇 마디 급히 오간 끝에 엑셀시오르 호텔 화물 운송부에서 그의 트렁크를 다른 낯선 짐들과 함께 완전히 엉뚱한 방향으로 보내 버린 사실이 밝혀졌다.

아센바흐는 이런 상황에서 누구나 납득할 수 있는 표정을 지으려고 애썼다. 하지만 속에서는 괴상한 기쁨과 믿어지지 않는 명랑함이 거의 발작하듯 요동치고 있었다. 직원은 혹시 부친 짐을 다시 찾을 수 없는지 득달같이 달려가 보았지만, 예상한 대로 빈손으로 돌아왔다. 그러자 아센바흐는 짐 없이는 여행할 수 없으니 이대로 해변 호텔로 돌아가 짐이 도착할 때까지 기다리겠노라고 말하고 나서 호텔 모터보트가 아직 밖에 있는지 물었다. 직원은 아직 문 앞에 있다고 자신 있게 대답하고는 창구로 가 끊은 표를 환불해 달라고 이탈리아어로 장광설을 늘어놓은 뒤, 아센바흐에게는 당장 전보를 쳐서 짐이 조금도 지체되지 않고 조속히 돌아올 수 있도록 만반의 조처를 취하겠다고 다짐했다. 이렇게 해서 여행자는 기차역에 도착한 지 20분 만에 대운하를 따라 다시 리도로 돌아가는 이상한 일을 겪게 되었다.

요상한 느낌이 들 정도로 믿기 어렵고, 창피하고, 웃기면서도 꿈같은 일이었다. 무슨 운명의 조화인지, 방금 깊은 슬픔에 젖어 영원히 작별을

고한 장소들을 한 시간도 안 돼 다시 보게 되었으니 말이다. 작고 날렵한 모터보트는 뱃머리에서 거품을 일으키며 곤돌라와 증기선들 사이를 요리조리 잽싸게 빠져나가면서 목적지로 돌진했다. 그사이 이 배의 유일한 승객은 짐짓 분노의 체념에 찬 표정을 지으며 가출 소년 같은 불안하고 들뜬 흥분을 감추고 있었다. 이따금 이 예기치 않은 사고 때문에 가슴이 웃음으로 터져 나갈 것 같았다. 더구나 어떤 행운아에게도 이보다 더 호의적인 사고는 닥칠 수 없을 것 같았다. 물론 돌아가면 다시 돌아온 이유를 설명해야 하고, 사람들의 놀라는 얼굴을 견뎌 내야 했다. 하지만 그것만 버티면 모든 게 잘되었다. 불행한 일이 저지되었고, 심각한 실수가 바로잡혔으며, 그가 등졌다고 생각한 모든 것이 다시 눈앞에 펼쳐지면서 언제든 마음만 먹으면 다시 볼 수 있게 되었으니까 말이다…… 그런데 배가 너무 빨리 달려 착각한 것일까, 아니면 이젠 그럴 필요가 없는데 실제로 바람의 방향이 바뀌어 바다에서 바람이 불어오는 것일까?

섬을 지나 엑셀시오르 호텔까지 연결된 좁은 운하의 콘크리트 벽에 파도가 부서졌다. 물가에서 귀환자를 기다리던 옴니버스가 잔물결 일렁이는 바다보다 높은 고도의 직선 길을 따라 그를 해변 호텔로 데려다주었다. 수염을 기르고 꼬리 달린 프록코트를 입은 자그마한 지배인이 그를 맞이하려고 옥외 계단을 내려왔다.

지배인은 비위를 살살 맞추어 가며 이 돌발 사건을 손님이나 호텔 측에 심히 곤혹스러운 일이라고 칭했고, 그러면서도 여기 호텔에서 짐이 도착하길 기다리겠다는 아셴바흐의 결정을 아주 잘한 일이라고 치켜세웠다. 물론 그가 전에 쓰던 방은 벌써 나가고 없지만, 그에 못지않은 방을 즉시 내주겠다는 말도 잊지 않았다. "운이 없으시군요, 손님." 그가 엘리베이터에 타자 스위스인 엘리베이터 보이가 웃으면서 말했다. 이렇게 해서 도주자는 다시 숙소에 들었다. 그것도 위치나 설비 면에서 지난번 방과 거의 똑같은 방에.

이 이상한 오전의 소용돌이로 지치고 맥이 풀린 그는 휴대용 가방에 든 내용물을 방 안에 꺼내 놓고는 창문이 열린 창가로 가 의자에 털썩 주저앉았다. 바다는 어느새 옅은 초록색을 띠고 있었고, 공기는 더 맑고 가벼워졌으며, 오두막과 보트들이 늘어선 해변은 여전한 잿빛 하늘 아래에서 한결 다채로워 보였다. 아셴바흐는 두 손을 무릎 위에 포개 놓고 밖을 내다보았다. 한편으론 돌아온 것에 만족하면서도, 다른 한편으론 자신의 진정한 욕구를 알아채지 못하고 우유부단하게 굴었던 데 대한 불만의 뜻으로 고개를 절레절레 흔들었다. 그렇게 그는 한 시간 가까이 아무 생각 없이 조용히 꿈을 꾸듯 앉아 있었다. 정오 무렵, 빨간 리본이 달린 줄무늬 수병복을 입은 타지오가 바다에서 해변 울타리 문을 지나 판자 깔린 길로 돌아오는 것이 보였다. 그런데 아셴바흐는 그 높이에서 소년의 모습을 정확히 알아보기도 전에 벌써 그게 타지오임을 금방 알아차렸다. 그러면서 뭔가를 생각하려 했다. 예를 들면 이런 것이었다. 그래, 타지오. 너도 다시 돌아오는구나! 순간 아셴바흐는 무심결에 나온 이 인사가 자신의 본심과는 얼마나 다른지 뼈저리게 느끼고 있었다. 그의 내면에서는 피 끓는 감격과 기쁨, 영혼의 아픔이 절절히 울리고 있던 것이다. 게다가 여기와의 이별이 그렇게 힘들었던 이유가 바로 타지오 때문이었다는 사실을 이제야 분명히 깨닫게 되었다.

그는 밖에서는 보이지 않는 높은 곳에 조용히 앉아 내면을 들여다보았다. 표정은 깨어 있고 눈썹은 치켜 올라갔으며, 입가에는 호기심에 찬 영민하고 신중한 미소가 떠올랐다. 이어 그는 고개를 들고, 의자 팔걸이에 힘없이 늘어뜨리고 있던 두 팔을 포물선을 그리며 천천히 들어 올렸다. 손바닥을 앞으로 향한 것이 마치 가슴을 활짝 열고 두 팔을 쫙 벌리는 동작 같았다. 그랬다. 그것은 반가운 환영 인사이자 차분하게 소년을 맞는 몸짓이었다.

4장

이제는 두 볼이 활활 타오르는 그 신*이 날마다 벌거벗은 채 화염을 토하는 사두마차를 몰고 창천蒼天을 휘젓고 다녔고, 휘몰아치는 동풍에 그의 노란 머리가 휘날렸다. 또한 부드럽게 일렁이는 먼 바다에는 비단처럼 희끄무레한 광채가 어른거렸다. 모래도 뜨겁게 달아올랐다. 은빛으로 파르르 떠는 창공 아래 해변 오두막 앞에는 적갈색 돛천으로 그늘막이 쳐졌고, 사람들은 그 아래 명암의 경계가 선명한 그늘 안에서 오전 시간을 보냈다. 공원 식물들이 향유 같은 향을 내뿜고, 저 위 하늘에선 별들이 윤무를 추고, 몽롱한 바다의 웅얼거림이 나직이 밀려와 인간들의 마음에 말을 거는 저녁 시간도 황홀했다. 이런 저녁에는 내일도 햇빛 찬연한 날이 이어지리라는 반가운 약속이 담겨 있었다. 그것도 시간에 구애되지 않는 한가함이 깃들어 있고 생각지도 못한 매력적인 사건들이 무수히 일어날 듯한 날들이 말이다.

자의와는 상관없는 불운으로 어쩔 수 없이 여기 묶이게 된 손님은 짐

---

*그리스 신화의 태양신 헬리오스를 가리킨다. 매일 아침 불꽃에 싸인 마차를 타고 동쪽 궁전을 나와 하늘로 올라갔다가 저녁이면 서쪽 궁전으로 들어가며 다시 황금의 배로 동쪽으로 돌아간다고 한다.

이 다시 도착한다고 해서 이곳을 떠날 이유를 찾지 못했다. 그는 이틀 동안 몇 가지 필수품 없이 지내야 했고, 큰 식당에서 식사할 때도 여행복 차림으로 갔다. 그러다 이윽고 길 잃은 짐이 다시 방에 돌아오자 그는 짐을 전부 풀어 장과 서랍 안에 꼼꼼히 챙겨 넣은 뒤 언제 떠날지는 정해 놓지 않고 당분간 머물기로 마음먹었다. 낮이면 비단 양복을 입고 해변에서 시간을 보내고, 저녁이면 적당한 옷으로 갈아입은 뒤 단골 테이블에서 식사를 할 수 있다는 것만으로도 만족스러웠다.

그는 이런 생활의 쾌적하고도 고른 리듬에 빨려 들어갔고, 이런 부드럽고 멋지고 온화한 생활 방식에 금세 사로잡혔다. 사실, 정제된 남국 해변 생활의 매력에다 지척에 특별한 신비로움을 품은 도시까지 있는 곳이 어디 흔하겠는가! 아셴바흐는 향락을 좋아하지 않았다. 특히 젊을 때는 더 그랬다. 언제 어디서나 재미있게 놀고 휴식을 취하고 즐거운 나날을 보내려고 할 때마다 불안과 반감에 젖어, 일상의 고단하지만 성스러울 정도로 냉정한 일 속으로 돌아가고픈 열망을 느꼈다. 그런데 오직 이곳만은 그를 마법으로 휘어잡아 그런 열망을 누그러뜨리고, 행복에 젖게 했다. 가끔 오두막의 그늘막 아래 앉아 푸르디푸른 남국 바다를 꿈에 취한 듯 바라보는 오전이나, 산마르코 광장에 한참 머물다가 별이 총총한 하늘 아래에서 숙소가 있는 리도로 향하는 곤돌라의 푹신한 좌석에 몸을 맡긴 채 다채로운 불빛과 사람의 애간장을 녹이는 세레나데 선율을 뒤로하며 항해하는 온화한 밤이면, 고향의 산악 지대에 있는 별장과 여름철에 글과 씨름하던 곳들이 떠올랐다. 구름이 정원 위로 낮게 깔리고, 저녁이면 지독한 뇌우로 집의 불이 꺼지고, 그가 먹이를 주는 까마귀들이 가문비나무 사이로 푸드덕 날개를 치며 날아가는 곳이었다. 이런 곳들을 떠올리면, 지금 자신이 마치 세상의 경계에 있다는, 인간이 지극히 가벼운 삶을 누린다는 엘리시온*의 땅에 들어온 듯한 기분이 들었다. 눈도 겨울도 폭풍도 사나운 빗줄기도 없이 항상 대지를 부드럽게 식혀 주는 오케아노스**의 숨결만 불어오는 가운데 복되고 한가한 나날이 흐르고, 힘든 일과 다툼도 없이 오직 태양과 그 태양의 축제에만 전념한다는 땅이었다.

아센바흐는 타지오를 자주, 아니 거의 끊임없이 보았다. 제한된 공간에서 모두가 똑같이 따라야 하는 시간표에 따라 움직이다 보니 그 아름다운 소년은 잠깐의 공백만 빼면 하루 종일 그의 주변에 있었다. 그는 타지오를 곳곳에서 보고 또 만났다. 호텔 아래층 공간들에서, 배 안에서 시원하게 바람을 맞으며 베네치아로 가거나 돌아오는 길에서, 화려한 광장에서, 혹은 운이 좋으면 길이나 작은 다리에서도 종종 마주쳤다. 그러나 사랑스러운 소년의 모습을 경건하게 바라보고 연구할 넉넉한 기회를 선사하는 시간은 주로 해변에서의 오전이었다. 규칙적으로 주어지는 가장 행복한 시간이었다. 그렇다. 그는 이 행복한 구속과 매일 똑같이 되풀이되는 호의적인 상황 덕분에 만족감과 삶의 기쁨으로 가득 찼고, 여기 머무는 시간이 더욱 귀하게 여겨졌으며, 연일 햇빛 찬란한 날이 계속될 거라 믿었다.

일에 대한 열망으로 두근거리며 일찍 일어나던 습관처럼 여기서도 그는 햇빛이 아직 온화하고 바다가 아침의 단꿈에 빠져 하얗게 반짝거릴 때쯤 누구보다 먼저 일어나 해변으로 나갔다. 그는 울타리 문을 지키는 수위에게 다정히 인사를 건넸고, 자리를 봐주고 갈색 그늘막을 쳐 주고 오두막 안의 가구를 밖으로 내주는 맨발의 흰 수염 노인에게도 친근히

---

*제우스의 총애를 받는 영웅들만 사후에 가게 된다는 지고지복의 이상향이자 낙원이다.
**그리스 신화에 나오는 대양大洋의 신.

인사한 뒤 자리를 잡고 앉았다. 이후 서너 시간, 그러니까 해가 중천으로 치솟으며 지독한 열기를 내뿜고 바다의 푸른빛이 점점 깊어지는 그 시간이 타지오를 마음 놓고 감상할 수 있는 시간이었다.

그는 타지오가 왼쪽 바다 가장자리에서 오는 걸 보기도 하고, 어떤 때는 뒤쪽 오두막들 사이에서 불쑥 나오는 모습을 보기도 했으며, 또 어떤 때는 온 줄 모르고 있다가 벌써 와 있는 것을 발견하고 반가움에 화들짝 놀라기도 했다. 그럴 때면 소년은 항상 해변에서 입고 다니는 파랑과 하양이 섞인 수영복을 입고, 평소 하던 대로 햇빛을 받으며 모래에서 놀고 있었다. 이 사랑스러운 무위도식의 삶, 이 한가하게 빈둥거리는 삶은 놀이이자 휴식이었다. 타지오가 하는 일이라고는 누이들이 오두막 앞 판자 바닥에서 지켜보는 가운데 어슬렁거리며 돌아다니거나, 물장구를 치거나, 모래를 파거나, 무언가를 잡거나, 혹은 모래에 눕거나 헤엄을 치는 것이 전부였다. 누이들은 그런 동생을 향해 가끔 "타지오! 타지오!" 하고 두성으로 소리를 질렀고, 그러면 타지오는 다양한 표정을 지으며 냉큼 달려와 누이들에게 겪은 것을 이야기하거나 발견하고 잡은 것들을 보여 주었다. 예를 들면 조개, 해마, 해파리 그리고 옆으로 기어 다니는 게 같은 것들이었다. 아셴바흐는 타지오가 하는 말을 한 마디도 알아듣지 못했지만, 지극히 일상적인 내용으로 보이는 그 말들이 그의 귀에는 기분 좋은 아련한 선율처럼 들렸다. 이렇게 해서 소년의 낯선 언어는 음악으로 승화했고, 기세등등한 태양은 소년의 머리 위에 아낌없이 찬란한 광채를 쏟아부었으며, 광활한 바다는 소년의 자태에 늘 얇은 막과 배경이 되어 주었다.

얼마 지나지 않아 관찰자는 자유롭게 스스로를 표현해 내는 이 고결한 육체의 선과 자세를 모두 알게 되었고, 벌써 친숙해진 모든 아름다움을 재차 즐겁게 인식하면서 끝 모를 감탄과 부드럽고 감각적인 쾌감을 느꼈다. 오두막에 손님이 찾아왔는지 누이들이 동생을 소리쳐 부르자 타지오는 물에 젖은 채로 달려와 머리를 넘겼고, 한 발은 땅에 고정시키고 다른 발은 발끝으로 서서 손을 내밀며 고혹적으로 몸을 돌렸다. 남의 마음에 들려고 하는 고결한 의무감과 우아한 긴장감과 사랑스러운 부끄러움이 흘러넘쳤다. 언젠가는 타지오가 몸을 쭉 펴고 엎드려 있었다. 목욕 수건을 가슴에 두르고, 조각칼로 깎은 듯한 부드러운 팔을 모래 위에 대고 오목한 손바닥으로 턱을 괸 채. 그런데 옆에는 '야슈'라는 이름의 아이가 웅크리고 앉아 타지오에게 친근하게 굴었는데, 비범한 자가 시중드는 하찮은 자에게 눈과 입으로 짓는 웃음만큼 황홀한 것이 있을까?

한번은 타지오가 식구들과 떨어져 바다 가장자리에 혼자 서 있었다. 아센바흐와 아주 가까운 거리였다. 소년은 목덜미로 손깍지를 낀 채 꼿꼿이 서서 천천히 그네를 타듯 발바닥을 안팎으로 살랑살랑 움직이면서, 밀려오는 낮은 파도가 발가락을 적시는 동안 꿈꾸듯이 푸른 바다를 바라보았다. 벌꿀색 머리는 고리 모양으로 관자놀이와 목덜미에 달라붙어 있었고, 상부 척추의 솜털은 햇빛에 고스란히 드러났다. 몸에 살이 많지 않아 갈비뼈의 섬세한 윤곽과 균형 잡힌 가슴도 눈에 띄었다. 겨드랑이는 조각상처럼 매끈했고, 오금 부분은 반짝거렸으며, 푸르스름한 혈관은 몸이 무슨 투명한 물질로 만들어진 듯 선명하게 비쳤다. 아, 곧게 뻗은 저 젊고 완벽한 몸에는 얼마나 훌륭한 기율과 정밀한 생각이 표현되어 있을까! 물론 저 성스러운 조각품을 탄생시킬 수 있었던 것은 은밀하게 움직이는 엄격하고 순수한 의지가 아니던가! 그것은 예술가인 그에게도 익숙하고 친근했다. 만일 그가 냉정한 열정으로 충만해 언어라는 대리석 덩어리에서, 그가 정신 속에서 보고 정신적인 미의 전형이자 귀감으로서 인간들에게 제시한 어떤 날씬한 형식을 해방시켰다면 그의 내면에도 그런 의지가 있는 게 아니던가?

아, 전형과 귀감이라! 그의 눈이 저기 푸른 바다 가장자리에 서 있는 고귀한 형체를 뜨겁게 끌어안았다. 그는 황홀한 탐닉 속에서 이 시선만으로 미 자체를 파악했다고 믿었다. 미는 신의 사유로서의 형식이자 정신 속에만 존재하는 순수한 완벽함이었다. 그런데 그 미의 비유적 모사가 인간으로 변하여 저기 저렇게 가볍고 사랑스러운 모습으로 우뚝 서서 경배를 기다리고 있었다. 이는 도취였다. 초로의 예술가는 그 도취를 일말의 주저 없이 탐욕스럽게 받아들였다. 그의 정신은 산고를 겪었고, 그의 교양은 격랑에 빠졌으며, 그의 기억은 젊은 시절부터 이어져 왔지만 이제껏 한 번도 자기만의 불꽃으로 살아 보지 못한 태곳적 생각을 불러냈다. 어느 책에선가 태양은 우리의 관심을 지적인 것에서 감각적인 것으로 돌린다고 하지 않았던가? 영혼이 쾌락에 취해 본래의 상태를 잊고 놀라운 경탄과 함께 햇빛에 비친 대상들 가운데 가장 아름다운 것에 혹할 정도로, 태양은 오성과 기억을 마비시키고 홀린다고 하지 않았던가? 그렇다. 영혼은 육체의 도움을 통해서만 좀 더 높은 관찰의 단계로 고양될 수 있다. 수학자는 순수한 형식을 이해하지 못하는 아이들을 위해 쉽게 이해할 수 있는 그림으로 보여 주는데, 사랑의 신 아모르도 비슷하다. 정신적인 것을 우리의 눈앞에 보여 주려고 젊은 인간의 형체와 색을 즐겨 사용한다는 말이다. 다시 말해 아모르는 인간들에게 원초적 기억을 떠올려 주려고 한 인간을 젊음과 아름다움의 온갖 반사광으로 치장하는데, 우리는 그런 젊은이를 볼 때마다 고통과 희망을 동시에 느낄지도 모른다.

도취된 자는 그렇게 생각했고 그렇게 느꼈다. 바다의 도취와 태양의 광채 속에서 그의 머릿속에 고혹적인 그림이 하나 떠올랐다. 아테네 성벽에서 멀지 않은 곳에 있는 늙은 플라타너스 한 그루였다. 나무 그늘이 성스럽게 드리우고, 순결한 나무 꽃향기로 가득 차고, 요정과 아켈로스를 기리기 위해 곳곳에 성화와 경건한 공양물들이 장식된 곳이었다. 가지를 넓게 펼친 나무 발치에는 매끄러운 자갈 위로 맑디맑은 시냇물이 흘렀고, 귀뚜라미들이 찌르르 울었다. 그런데 누운 채 고개를 들고 있을 정도로 경사가 완만한 잔디밭 위에는 한낮의 열기를 피해 두 사람이 누워 있었다. 못생긴 늙은이와 아름다운 소년이었다. 사랑스러운 미동을 대동한 늙은 현자였다. 소크라테스는 재치 있는 구애의 농을 섞어 가며 점잖게 파이드로스에게 그리움과 덕을 가르쳤다. 우선, 사람의 눈이 영원한 미의 화신을 보고 느낄 때 겪는 뜨거운 충격에 대해 이야기했다. 그런 다음 미의 모사를 보고도 미를 생각하지 못하는, 경외심이 없는 불경하고 나쁜 사람들의 욕망에 대해 이야기했다. 또한 신을 닮은 용모와 완벽한 육체가 눈앞에 나타났을 때 고결한 자를 엄습하는 성스러운 불안에 대해 이야기했다. 그 경우 고결한 자는 덜덜 떨면서 정신을 잃고, 감히 고개를 들어 바라볼 엄두를 내지 못하고, 그 미에 존경을 보내고, 또 다른 사람들에게 바보처럼 보이는 것만 두려워하지 않는다면 우상에 그러는 것처럼 공물을 바친다. 그 이유는, 파이드로스여, 아름다움만이 사랑스러운 동시에 눈에 보이기 때문이다. 명심하라! 아름다움만이 우리가 감각적으로 수용하고 감각적으로 견딜 수 있는 정신의 유일한 형식이라는 것을. 만일 그 밖의 다른 신적인 것들, 즉 이성과 미덕, 진리가 우리 눈앞에 감각적으로 나타난다면 어떤 일이 벌어지겠는가? 그 옛날 세멜레*가 제우스로 인해 그랬던 것처럼 우리는 사랑에 눈멀어 불에 타 죽지 않겠는가? 이렇듯 미는 그것을 느끼는 자가 정신에 이르는 길이다. 그저 그 길이고 수단일 뿐이다, 파이드로스여. ……이어 상대의 마음을 잘 읽는 노회한 소크라테스는 아주 복잡 미묘한 이야기를 한다. 사랑하는 자가 사랑받는 자보다 거룩하다는 것이다. 신은 사랑받는 자가 아니라 사랑하는 자 속에 있기 때문이다. 그러나 이는 어쩌면 지금까지의 모든 생각들 중에서 가장 연약하고 조롱받아야 할 생각일지 모른다. 그리움의 온갖 장난스러움과 가장 은밀한 육욕도 여기에서 비롯되었을 것이다.

작가의 행복은 온전한 감정이 될 수 있는 생각과 온전한 생각이 될 수 있는 감정에 있다. 당시 고독한 작가는 그런 가슴 뛰는 생각과 엄밀한 감정을 갖고 있었고, 그 생각과 감정에 순순히 따랐다. 그러니까 정신이 겸허하게 미 앞에 허리를 숙이면, 본성이 자연스레 환희에 차 전율했다. 그는 돌연 글이 쓰고 싶어졌다. 사실 에로스는 무위도식을 사랑하고, 그럴 목적으로 만들어졌다고 하지만, 위기에 처한 사람의 흥분된 감정은 위기의 순간에 생산적인 창작 쪽으로 맞추어졌다. 계기는 아무래도 상관없었다. 문화와 미적 취향의 시급하고 중차대한 문제를 고백 조의 목소리를 듣고자 하던 마음이 정신세계 속으로 들어가 여행을 떠난 자에게로 흘러든 것이다. 대상은 친숙했고, 그가 체험한 것이었다. 그는 갑자기 그 대상을 언어의 빛 속에서 환하게 밝혀야겠다는 욕심을 주체할 수 없었다. 그것도 타지오가 있는 데서 작업하고, 글을 쓸 때는 소년

* 제우스의 연인. 둘의 밀애에 격노한 제우스의 아내 헤라는 세멜레를 부추겨, 제우스가 헤라에게 구혼했을 때와 똑같은 광채를 띠고 와 달라고 요구하라고 한다. 세멜레의 요구라면 무엇이든 들어주기로 약속한 터라. 제우스는 위험한 일인 줄 알면서도 천둥소리와 번갯불에 싸여 나타났고, 세멜레는 그 불에 타 죽고 말았다. 둘 사이에서 태어난 아들이 디오니소스이다.

의 신체를 본보기로 삼고, 신을 닮은 듯한 그 몸의 선들에 따라 문체를 이어 가고, 그 옛날 독수리가 트로이의 목동을 창공으로 낚아채 간 것처럼 소년의 아름다움을 정신적으로 승화하는 것이 그의 욕망이었다. 그는 언어적인 욕구를 이렇게 달콤하게 느낀 적이 없었고, 언어 속에도 에로스가 있음을 이렇게 생생히 깨달은 적이 없었다. 이를테면 그늘막 아래 거친 테이블에 앉아 우상의 얼굴을 보고 음악 같은 목소리를 들으며 타지오의 아름다움에 대해 한 쪽 반짜리 정선된 산문을 쓰는, 정말 조심해야 할 귀한 시간에도 에로스가 함께했다. 이 산문의 순수성과 고급스러움, 흔들리는 감정의 긴장은 분명 짧은 시간 안에 많은 사람의 감탄을 불러일으킬 것이다. 세상이 아름다운 작품만 알 뿐, 그것이 생겨난 배경과 기원을 모르는 것은 분명 다행스러운 일이다. 예술가에게 영감을 불어넣은 원천을 세상 사람들이 알게 되면 무척 혼란스러워하고 충격을 받을 뿐 아니라 그로 인해 탁월한 작품의 효과도 없어지기 때문이다. 아, 얼마나 야릇한 시간인가! 아, 얼마나 이상한 느낌으로 사람을 고단하게 하고 신경을 빼앗던 시간인가! 아, 얼마나 이상한 느낌으로 정신과 육체가 교감하던 시간인가! 아셴바흐는 작업물을 챙겨 해변을 떠날 때면 몸이 지쳤다. 아니 지칠 대로 지쳐 녹초가 되었다. 게다가 마치 방탕한 일탈을 즐긴 후 양심의 가책을 받는 것 같은 느낌이었다.

이튿날 아침이었다. 그가 막 호텔을 나와 옥외 계단을 내려가려는데 벌써, 그것도 혼자서 바다로 가려고 해변 울타리 문 쪽으로 다가가는 타지오를 발견했다. 순간 이 기회를 이용해서 부지불식중에 자신에게 그렇게 큰 행복과 감동을 선사한 소년과 가볍고 명랑하게 인사를 나누고, 소년에게 말을 걸어 대답을 들으면서 소년의 시선을 즐기고 싶은 단순한 소망이 가슴속에서 피어오르더니 곧 집요한 생각으로 바뀌었다. 미소년은 어슬렁어슬렁 걸었다. 저 정도면 곧 따라잡을 것 같았다. 아센바흐는 걸음을 빨리했다. 얼마 후 오두막 뒤 판자 길에서 소년 뒤에 이른다. 소년의 머리와 어깨에 손을 올리며 무슨 말이라도 하고 싶다. 다정한 프랑스 어구가 입안에서 맴돈다. 순간, 어쩌면 빨리 달려서 그랬을 수도 있지만 심장이 망치질하듯 고동치는 것을 느낀다. 숨이 가빠 목소리가 어눌하고 떨릴 것 같다는 생각도 든다. 그는 망설인다. 마음을 가라앉히려고 애쓴다. 그런데 별안간 너무 오랫동안 소년을 바짝 뒤쫓고만 있는 게 아닌지 두려워진다. 소년이 뭔가 이상한 느낌이 들어 무슨 일인가 싶어 등을 돌리면 어쩌지? 그는 다시 한 번 걸음을 빨리하며 시도한다. 그러나 실패한다. 그는 포기하고 머리를 숙인 채 소년 곁을 지나간다.

너무 늦었어! 너무 늦었어! 그의 머릿속에 떠오른 생각이었다. 하지만 정말 너무 늦은 것일까? 어쩌면 그는 이 실패한 행동을 계기로, 유쾌하고 긍정적인 결과에 이르고, 유익한 냉정함을 되찾을 수 있었을지 모른다. 그러나 그러지 못했던 것은 이 초로의 작가가 냉정한 각성을 원치 않았고, 그에게는 도취가 몹시도 소중했기 때문이다. 불가사의한 예술가의 본질과 특성을 누가 해독하겠는가? 그 본질을 이루는, 절제와 무절제의 깊고 본능적인 융합을 누가 이해하겠는가? 무절제함이란, 유익한 냉정함을 원치 않을 수도 있기 때문이다. 아센바흐는 자신을 비판할 마음이 없었다. 그의 시도가 실패한 것이 양심의 가책 때문인지, 아니면 유약하고 칠칠치 못한 성격 때문인지 그 동인을 분석하고 판정 내리고 싶지 않았던 것은, 미적 감각과 노년의 정신적 기질, 자기 존중, 성숙함, 말년의 단순함 탓이었다. 그는 혼란스러웠다. 해변 경비원밖에 없었지만, 누군가 자신이 발걸음을 빨리하고 실패한 것을 관찰하지 않았을까, 또 그런 모습이 우스꽝스럽게 비치지 않았을까 염려되었다. 그는 이 웃기고 경악스러운 불안감을 두고 스스로에게 농담을 했다. '당황하기는! 싸우다 잔뜩 겁을 집어먹고 날갯죽지를 내린 수탉처럼 당황하기는! 사랑스러운 사람을 보면 용기가 꺾이고 자신감이 바닥으로 떨어지는 건 분명 신이 그렇게 만들어 놓았기 때문이야.' 그는 이렇게 생각하며 스스로를 위안했다. 모종의 감정을 스스로 인정하기에는 너무 교만했던 것이다.

그는 자신에게 허용한 이 한가하게 흘러가는 시간을 더 이상 관리하지 않았다. 고향으로 돌아가겠다는 생각도 들지 않았다. 돈은 이미 충분했다. 유일한 걱정이라면 폴란드인 가족이 혹시 떠날지도 모른다는 것이었다. 그런데 호텔 이발사에게 슬쩍 물어본 결과 그 가족은 그가 여기 도착하기 직전에 왔다고 했다. 그의 얼굴과 손은 햇볕에 그을렸고, 자극적인 짠 공기는 감정을 고조시켰다. 평소 같았으면 수면과 영양 보충, 자연처럼 원기를 북돋우는 것들이 선물로 주어지면 그는 그렇게 얻은 힘을 즉시 작품에 쏟아부었지만, 지금은 태양과 한가함, 바닷바람이 매일 공급해 주는 활력을 오직 비생산적인 도취와 감각에 바쳤다.

그는 깊이 잠들지 못했다. 낮은 단조롭지만 달콤했고, 짧은 밤은 행복한 불안으로 가득했다. 그는 일찍 잠자리에 들었다. 타지오가 무대에서 사라지는 9시쯤이면 그에게도 하루가 끝난 것 같았기 때문이다. 그러나 동이 틀 무렵 그는 부드럽게 파고드는 두려움에 잠이 깼고, 자신이 겪고 있는 이 모험 같은 사건을 가슴으로 기억했다. 그러면 더 이상 이불 속에 있지 못하고 슬그머니 일어나 새벽의 한기에 가볍게 옷을 걸치고 창문이 열린 창가에 앉아 해가 뜨길 기다렸다. 신비로운 일출이 잠으로 정화된 그의 영혼에 경건함을 가득 불어넣었다. 하늘과 땅과 바다는 아직 유령처럼 희뿌연 여명 속에 잠겨 있었고, 사그라지는 별 하나는 실체 없는 허공에서 유영하고 있었다. 한순간 바람이 불었다. 에오스*가 남편 옆에 누워 있다가 일어난다는, 범접할 수 없는 곳에서 온 활기찬 소식이었다. 이어 하늘과 바다가 맞닿은 아득한 곳이 감미로운 붉은색으로 물들기 시작하면, 창조의 비밀이 온몸으로 느껴졌다. 클레이토스와 케팔로스를 하늘로 데려간 납치범이자, 모든 올림포스 신들의 질투에도 아랑곳하지 않고 아름다운 오리온과 사랑을 즐겼다는 에오스가 서서히 접근하고 있었다. 저기 세상 가장자리에서 장미가 흩날리기 시작했고, 형언할 수 없이 고운 빛이 비치고 꽃이 피었으며, 아름답게 화장한 얼굴에 찬란한 빛을 품은 천진한 구름이 사랑의 신 아모르처럼 붉고 푸르스름한 안개 속에 둥둥 떠 있었다. 보라색 광채가 바다로 떨어지더니 물결에 떠밀려 서서히 앞으로 밀려오는 듯했고, 황금빛 창들이 밑에서 하늘 위로 솟구쳤고, 소리 없이 광채가 불타올랐다. 불덩이와 활활 타오르는 불꽃은 뜨거운 욕정처럼 어마어마한 위력으로 너울거렸고, 불꽃의 형제가 탄 신성한 준마들은 말발굽을 울리며 지각 위로 치솟았다. 고독한 파수꾼 아셴바흐는 신의 휘황찬란한 빛을 받으며 앉은 채로 눈을 감았다. 신의 영광이 그의 눈꺼풀에도 입 맞추게 하기 위해서였다. 삶을 엄격히 관리함으로써 이미 사장되었다고 생각한 예전의 감정들과 젊은 시절의 가슴 짓이기는 귀한 고통들이 이제 진기한 모습으로 바뀌어 돌아오고 있었다. 그는 혼란스럽고 놀랍다는 미소로 그것들을 알아보았고, 곧 사색에 빠지고 꿈을 꾸었다. 그러더니 서서히 그의 입술에서 한 이름이 새어 나왔다. 그는 여전히 미소를 지으며 얼굴을 위로 향하고 두 손을 무릎에 포갠 채 앉아 다시 선잠에 빠졌다.

---

*그리스 신화에 나오는 새벽의 여신. 로마 신화에서는 오로라이다.

이렇게 강렬한 축제의 장처럼 시작된 날은 이상야릇한 감정으로 고양되어 신화적인 색채를 띠었다. 갑자기 부드럽고 의미심장하게 관자놀이와 귀를 휘감고 돌아가는, 천상의 속삭임 같은 이 숨결은 어디서 오는 것일까? 하늘에는 하얀 새털구름이 신들의 목장에서 방목된 가축 떼처럼 여기저기에 자그맣게 무리 지어 퍼져 있었다. 좀 더 강한 바람이 일었고, 이어 포세이돈의 말들이 앞발을 치켜들고 내달리자 그 푸르스름한 곱슬머리 신을 따르는 황소들도 뿔을 세우고 포효하며 돌진했다. 하지만 좀 떨어진 해변 돌 더미 사이에서 솟구치는 파도는 마치 펄쩍펄쩍 뛰어오르는 염소 같았다. 공포스러운 삶으로 가득한, 성스럽게 왜곡된 세계가 황홀경에 빠진 작가를 끌어안았고, 그의 심장은 부드러운 우화를 꿈꾸었다. 베네치아 뒤로 해가 떨어질 때면 그는 여러 번 공원 벤치에 앉아 타지오를 지켜보았다. 색깔 있는 허리띠에다 흰옷을 입은 소년은 평평하게 다듬은 자갈밭에서 공놀이를 즐기고 있었다. 그런데 아셴바흐의 눈에 비친 것은 히아킨토스*였다. 두 신이 동시에 사랑했기에 죽음을 맞아야 했던 미소년이었다. 그렇다. 아셴바흐도 제피로스의 고통스러운 질투를 느낄 수 있었다. 신탁과 활, 키타라를 까맣게 잊은 채 미소년과 노는 데에만 정신이 팔린 연적에 대한 질투를. 그는 잔인한 질투심으로 조종하는 원반이 사랑스러운 소년의 머리에 맞는 것을 보았고, 쓰러지는 소년의 몸을 하얗게 질린 얼굴로 받았다. 소년의 달콤한 피에서 한없이 비통한 비문이 새겨진 한 송이 꽃이 피어났다……

---

* 태양신 아폴론과 서풍의 신 제피로스가 동시에 좋아한 미소년. 아폴론과 투원반을 즐기던 중 아폴론이 던진 원반에 맞아 목숨을 잃었다. 제피로스가 질투에 눈멀어 바람으로 원반의 방향을 조종했기 때문이다. 미소년의 피로 물든 대지에서는 핏빛의 히아신스(히아킨토스)가 피었는데, 꽃잎에는 탄식의 소리 '아, 슬프다!'를 뜻하는 'AIAI'라는 무늬가 새겨져 있었다고 한다.

눈으로만 아는 사람들끼리의 관계만큼 야릇하고 미묘한 것이 없다. 그 사람들은 매일, 아니 매시간 만나고 지켜보면서도 도덕적 인습이나 자기만의 고집에 사로잡혀 한 마디 말도 인사도 없이 무관심한 타인들처럼 행동한다. 그들 사이에는 불안과 과도한 호기심 그리고 상대에 대해 부자연스럽게 억압된 지식과 부족한 교류에서 생겨난 히스테리, 특히 일종의 긴장된 존중이 존재한다. 사람은 상대를 평가 내릴 수 없을 때는 일단 사랑하고 존중하기 때문이다. 그리움은 상대에 대해 아무것도 모를 때 생겨난다.

아센바흐와 어린 타지오 사이에도 필연적으로 모종의 친분 관계가 생길 수밖에 없었다. 더구나 나이 많은 아센바흐로서는 자신의 관심과 애정이 전혀 응답받지 못하고 있는 것은 아니라는 사실을 확인하는 순간 가슴 떨리는 기쁨을 감추지 못했다. 예를 들어 타지오가 아침에 해변으로 나올 때 오두막 뒤편 판자 길을 이용하지 않고 앞쪽 모래밭으로만 다닐 이유가 있을까? 게다가 아센바흐의 거처를 지나갈 때, 이따금 필요 이상으로 바짝 붙어 테이블과 의자를 거의 스치듯 식구들의 오두막으로 느릿느릿 걸어갈 이유가 있을까? 혹시 강력한 흡인력을 지닌 아센바흐의 압도적인 감정이 별생각 없는 연약한 대상에게 영향을 끼친 건 아닐까? 아센바흐는 매일 타지오의 출현을 기다렸고, 그러다 가끔 소년이 실제로 나타나면 무척 바쁜 듯이 굴면서 미소년이 지나가는 것을 본체만체했다. 하지만 또 어떤 때는 눈을 드는 순간 둘의 시선이 마주치는 일도 있었다. 그럴 때면 두 사람은 굉장히 진지해졌다. 늙은 자의 교양 있고 품위 어린 표정에는 내면의 동요가 드러나지 않았지만, 타지오의 눈에는 늙은 자를 유심히 뚫어 보고 숙고하듯 물음을 던지는 빛이 담겨 있었고, 걸음걸이에도 망설임이 어른거렸다. 그럼에도 소년이 고개를 돌리지 않고 그대로 지나간 것은 교육의 효과인 듯했다.

그런데 어느 날 저녁에는 평소와 다른 일이 일어났다. 가정교사를 비롯해서 폴란드 가족이 식당에 저녁을 먹으러 나타나지 않은 것이다. 아셴바흐는 그 사실을 확인하고 불안감을 감추지 못하며 근심스러운 표정으로 테이블을 돌아다녔다. 그러다 혹시 다른 곳에 있나 싶어 야회복을 입고 밀짚모자까지 쓴 채로 호텔 앞과 테라스 주변을 서성거렸다. 그때였다. 불현듯 수녀 같은 딸들과 가정교사 그리고 그들보다 네 걸음 뒤에서 타지오가 아치형의 정원등 불빛 속에서 걸어오는 것이 보였다. 증기선 선착장에서 오는 것이 분명했다. 무슨 일인지는 몰라도 도시에서 식사를 한 것 같았다. 물 위는 서늘했던 모양이다. 타지오는 금빛 단추가 달린 검푸른 수병복을 입고 그에 딸린 모자를 쓰고 있었다. 소년은 태양과 바닷바람에도 그을리지 않았는지, 피부는 처음과 마찬가지로 누르스름한 대리석 빛깔을 띠고 있었다. 하지만 오늘은 유난히 창백해 보였다. 날이 서늘해서인지, 아니면 정원등 불빛에 점점 납빛을 띠어 가는 달빛 때문인지는 모르겠지만, 소년의 균형 잡힌 눈썹은 윤곽이 뚜렷했고 두 눈에는 깊은 검은빛이 담겨 있었다. 말로 표현하기 어려울 정도로 아름다웠다. 아셴바흐는 그전에도 여러 번 고통스럽게 인지한 사실이지만, 말이란 감각적인 아름다움을 찬양만 할 수 있을 뿐 재현은 불가능하다는 사실을 새삼 깨닫고 있었다.

소년의 이 귀한 출현은 예상하지 못했다. 너무나 뜻밖에 일어난 일이라 그는 침착하고 품위 있는 표정을 지을 시간조차 없었다. 대신 그의 얼굴에는 간절히 그리던 사람을 보는 순간의 기쁨과 놀라움, 감탄이 노골적으로 드러났을 것이다. 그때 그 사건이 일어났다. 타지오가 미소를 지은 것이다. 그를 향해 말하듯이, 친숙하게, 고혹적으로, 거리낌 없이.

웃는 바람에 소년의 입술도 천천히 벌어졌다. 물에 반사된 자기 모습을 향해 몸을 숙이는 나르키소스의 미소이자, 물에 비친 자신의 아름다움을 향해 두 팔을 뻗는 듯한 깊고 황홀하고 뇌쇄적인 미소였다. 거기다 자기 그림자의 고운 입술에 입 맞추려는 시도가 가망 없음을 알고 살짝 찡그린 미소였고, 추파를 던지고 호기심 어리고 약간 괴로워하는, 매혹시키면서도 매혹당한 미소였다.

이 미소를 받은 자는 불길한 선물을 받은 것처럼 황급히 자리를 떴다. 어찌나 충격이 심하던지 테라스와 앞뜰의 불빛을 피해 뒤쪽 어두운 공원으로 서둘러 도망쳤다. 그의 입에서 화가 난 것 같으면서도 다정스러운 충고가 야릇하게 새어 나왔다. "넌 그렇게 웃어선 안 돼! 잘 들어. 누구에게도 그렇게 웃어선 안 돼!" 그는 벤치에 털썩 주저앉아 식물들이 뿜어 대는 밤의 향기를 정신없이 들이마셨다. 그러고는 등을 기대고 두 팔을 축 늘어뜨린 채 알 수 없는 힘에 압도당하고 여러 번 전율을 느끼면서, 그리움을 표현하는 변하지 않는 상투어를 읊조렸다. 여기에서는 말도 안 되고 터무니없고 용납될 수 없고 주책없는 소리 같지만, 여전히 신성하고 존엄한 그런 말이었다. "사랑해!"

5장

리도에 머문 지 4주째 되었을 때 구스타프 폰 아센바흐는 외부 세계에서 몇 가지 이상한 점을 인지했다. 우선 계절이 성수기로 향하는 중인데도 호텔 손님은 수가 느는 것이 아니라 오히려 줄어드는 것 같았다. 특히 주변에서 자주 들리던 독일어가 점점 띄엄띄엄 들리기 시작하더니 언제부터인가 어디서도 들을 수 없었고, 그 이후로는 식당과 해변에서는 오직 외국어밖에 들리지 않았다. 그러던 어느 날 이젠 자주 들르는 이발사와 대화를 나누다가 뭔가 미심쩍은 말을 들었다. 이발사는 이곳에 잠깐 머물다 바로 떠나 버린 한 독일 가족 이야기를 꺼냈고, 살랑살랑 비위를 맞추어 가며 계속 수다를 떨더니 이렇게 덧붙였다. "선생님은 떠나시지 않는 걸 보니 병이 무섭지 않나 보군요." 아셴바흐가 이발사의 얼굴을 빤히 바라보며 되물었다. "병이라니?" 뜻밖의 반응에 당황했는지 수다쟁이는 재빨리 입을 닫고는 다른 일을 하는 시늉을 하면서 질문을 못 들은 척했다. 그러나 질문이 집요하게 이어지자 자기는 아무것도 모른다며, 보통 당황스러움을 감출 때 그러듯 말이 많아지면서 얼른 화제를 바꾸려고 했다.

정오 무렵이었다. 바람 없이 태양만 작열했다. 오후에 아셴바흐는 베네치아로 나갔다. 폴란드 가족이 가정교사와 함께 증기선 선착장으로 가는 길로 접어드는 모습을 본 순간 무조건 그들을 따라가야 한다는 병적인 욕망이 작동한 것이다. 그의 우상은 산마르코 광장에 없었다. 그런데 광장 그늘진 곳의 둥근 철제 테이블에 앉아 차를 마시는데 갑자기 공기 중에서 독특한 향을 맡았다. 지금 생각해 보니, 그가 의식하지는 못하고 있었지만 벌써 며칠 전부터 그의 감각을 건드린 향이었는데, 참사와 상처, 불결함이 떠오르는 들척지근한 약품 냄새였다. 그는 곰곰이 생각한 끝에 이 냄새의 정체를 알아차렸고, 가볍게 식사를 마친 뒤 성당 맞은편의 광장을 떠났다. 좁은 골목길에 들어서자 냄새는 더욱 강해졌다. 길모퉁이에는 시 당국의 공고문이 붙어 있었다. 이런 날씨에는 소화기 계통의 질병이 자주 발생할 수 있으니 주민들은 굴이나 조개 같은 음식을 먹지 말 것과 운하의 물도 조심하라는 것이다. 사태의 심각성을 완화하려는 시 당국의 의도는 명백해 보였다. 주민들은 묵묵히 다리와 광장에 삼삼오오 모여 있었고, 이방인도 그들 틈에 서서 골똘히 생각에 잠겼다.

산호 목걸이와 모조 자수정 장신구를 파는 한 가게의 아치형 문에 주인이 기대서 있었는데, 아센바흐가 지나가면서 이 불길한 냄새의 정체를 물어보았다. 남자는 무거운 눈빛으로 이리저리 재 보듯 그를 훑어보더니 이내 명랑한 표정으로 몸짓까지 섞어 가며 대답했다. "예방 조치죠! 경찰에서야 당연하지 않겠습니까? 이런 날씨는 사람을 답답하게 하고, 시로코 열풍도 건강에는 별로 안 좋죠. 물론 짐작하시겠지만, 이게 좀 과장된 조치일 수도 있죠." 아센바흐는 고맙다고 인사한 뒤 계속 길을 갔다. 리도로 돌아가는 증기선 안에서도 이제 방역 소독약 냄새가 뚜렷했다.

호텔에 돌아오자 그는 급히 로비로 가 테이블에서 신문들을 들추어 보았다. 외국 신문에는 아무것도 없었다. 고향의 독일 신문들만 이곳의 소문을 적고, 확실치는 않지만 수치를 언급하고, 베네치아 당국이 부인하는 내용을 전하고, 그러면서도 그 발표에 대해 짙은 의구심을 표하고 있었다. 이제야 독일과 오스트리아 쪽 인간들이 한순간에 싹 사라진 이유를 이해할 수 있었다. 다른 나라 사람들은 아무것도 모르는 듯했다. 전혀 예감조차 못 하고 있으니 불안에 떨 일도 없었다. "숨기고 있는 거야!" 아센바흐는 흥분해서 신문들을 탁자 위에 툭 내려놓으며 생각했다. "세상이 알면 안 되겠지!" 그런데 이런 생각이 드는 동시에 그의 가슴속에는 지금 외부 세상이 빨려 들고 있는 이 위험한 모험에 대한 기대감도 일었다. 범죄가 일상의 안정된 질서와 안녕과는 어울리지 않듯, 열정도 사회조직의 이완이나 세계의 혼란, 시련을 두 손 들고 환영하기 때문이다. 열정은 그런 상황에서야 빛을 발할 여지가 있었다. 이렇게 해서 아센바흐는 베네치아의 불결한 뒷골목에서 당국에 의해 벌어지는 이 음험한 사건들에 은밀히 쾌감을 느꼈다. 그의 가슴속 비밀과 하나로 연결되어 있고, 그것을 지키는 것이 그에게도 굉장히 중요해진 이 도시의 사악한 비밀에 대해서 말이다. 사랑에 빠진 자에게는 타지오가 이 도시를 떠날지도 모른다는 것만큼 걱정스러운 일은 없었기 때문이다. 그래서 정말 그런 일이 일어난다면 자신이 앞으로 어떻게 살아가야 할지 모를 것 같다는 생각이 드는데도 전혀 놀랍지 않았다.

근래에는 일상의 시간표나 요행에 따라 미소년을 곁에서 바라보는 데 만족하지 않고, 적극적으로 소년을 따라다니고 추적하기 시작했다. 예를 들어 일요일에 폴란드 가족이 해변에 나타나지 않으면, 산마르코 광장에 미사를 드리러 갔다고 짐작하고 서둘러 그리로 달려갔다. 그러면 정말로 황금빛 어스름이 지배하는 성전 안에서 기도대 위로 몸을 숙이고 미사를 드리는 소년을 발견했다. 애타게 그리던 타지오를 말이다. 아센바흐는 저 뒤쪽 금 간 모자이크 바닥에 무릎을 꿇고 기도문을 중얼거리며 성호를 긋는 사람들 틈에 서 있었다. 낮고 넓은 동방적인 성전의 화려함이 그의 감각을 강하게 짓눌렀다. 앞쪽에서는 치렁치렁 장식한 사제가 이리저리 거닐고 무언가를 만지고 노래를 불렀다. 피어오른 향유 연기가 힘없이 깜박거리는 제단 촛불을 뿌옇게 감싸고 있었는데, 이 들큰한 향유 냄새 속에는 다른 냄새가 희미하게 섞여 있는 듯했다. 병든 도시의 냄새였다. 그러나 아센바흐는 연기와 희미한 불빛 사이로 저 앞쪽에서 미소년이 고개를 돌려 눈으로 자신을 찾는 것을 확인했다.

미사를 마친 사람들이 비둘기가 우글거리는 환한 광장으로 쏟아져 나오기 시작하면, 넋을 잃은 자는 현관홀에 몸을 숨긴 채 잠복에 들어갔다. 이윽고 폴란드 가족이 성당 문을 나섰고, 남매들은 격식을 갖추어 어머니에게 작별 인사를 했다. 어머니는 바로 호텔로 돌아가려는지 작은 광장 쪽으로 걸어갔다. 반면에 미소년과 수녀 같은 누이들, 가정교사는 오른편으로 방향을 꺾더니 시계탑 성문을 지나 잡화점 거리로 향했다. 아셴바흐는 어느 정도 거리를 두고 그들을 따랐다. 그러니까 베네치아 거리를 천천히 돌아다니는 미소년 일행을 몰래 뒤쫓았던 것이다. 그러다 보니 그들이 어떤 곳에 머물면 그도 멈추고, 그들이 발길을 돌려 다시 돌아오면 얼른 아무 음식점이나 건물 안뜰로 도망쳐야 했다. 그러다 그들을 놓치기라도 하면 얼굴이 벌겋게 달아오르고 기진맥진한 채 그들을 찾아 다리와 더러운 골목길을 헤매고 다녔다. 또 어떤 때는 어디 피할 데도 없는 좁은 길에서 갑자기 그들을 맞닥뜨리면 몇 분간 죽음과도 같은 고통을 참아 내야 했다. 물론 그 순간이 괴로웠다는 뜻은 아니다. 머리와 가슴은 술에 취한 듯 몽롱했고, 걸음걸이는 마치 인간의 이성과 품위를 짓밟는 취미를 가진 악마의 지시에 따르는 듯했다.

타지오 일행은 어디에선가 곤돌라를 탔다. 그들이 배에 오르는 동안 건물과 분수 뒤에 숨어서 지켜보던 아셴바흐도 그들이 물가를 떠나자마자 다른 곤돌라를 잡아탔다. 그러고는 목소리를 죽여 다급히 사공에게, 팁은 충분히 줄 테니 방금 모퉁이를 돌아간 곤돌라를 일정 정도 거리를 두고 몰래 쫓아가라고 했다. 사공은 장난기 섞인 뚜쟁이 투로 성실히 임무를 다하겠다고 장담했고, 순간 아셴바흐는 등줄기를 타고 흐르는 전율을 느꼈다.

이렇게 해서 그는 푹신한 까만 쿠션에 등을 기댄 채 살랑살랑 몸이 흔들리는 가운데 물 위를 미끄러져, 앞부분이 새 부리같이 생긴 다른 까만 곤돌라를 뒤쫓았다. 쫓는 내내 주체할 수 없는 격정이 그를 사로잡았다. 때로 배가 시야에서 사라지면 금방 불안과 근심이 치솟았다. 하지만 사공은 이런 일에 익숙한지, 항상 급히 가로지르거나 지름길을 택하는 영리한 작전을 통해 그리운 대상을 그의 눈앞에 다시 보여 주었다. 잔잔한 공기에는 냄새가 배어 있었고, 하늘을 회청색으로 물들인 연무 사이로는 해가 뜨겁게 불타올랐다. 운하의 물은 나무와 돌에 찰랑찰랑 부딪쳤다. 사공이 경고 같기도 하고 인사 같기도 한 말을 외치자, 저 멀리서 미리 서로 약속이라도 한 듯 미로의 정적을 뚫고 답이 돌아왔다. 높직한 곳의 작은 정원들에서는 흰색 자주색 방사형 꽃들이 아몬드 향을 풍기며 허물어져 가는 담벼락 위에 매달려 있었고, 아라비아 양식의 창틀은 흐릿한 모습으로 도드라져 있었다. 한 성당의 대리석 계단은 운하와 연결되어 있었는데, 그 위에 거지가 불행한 모습으로 웅크리고 앉아 마치 장님이라는 것을 과시라도 하듯 눈의 흰자위를 보이며 모자를 내밀었다. 볼품없는 골동품 가게 앞에서는 주인이 배를 타고 지나가는 아센바흐에게 잠시 들렀다 가라고 비굴한 표정으로 손짓했다. 마음껏 바가지를 씌울 요량으로 말이다. 이것이 베네치아였다. 살랑살랑 비위를 맞추는 수상쩍은 미인 같은 도시였다. 어찌 보면 동화 같고 어찌 보면 이방인들의 덫 같은 도시였고, 부패한 공기 속에서 한때 예술이 탐닉하듯 융성했고, 음악가들에게는 음탕한 자장가와 비슷한 선율을 영감으로 불어넣은 도시였다. 모험에 빠진 아센바흐는 눈이 도시의 풍만한 몸에 푹 잠기고, 귀는 도시의 선율에 홀린 듯했다. 하지만 그런 가운데에도 이 도시가 병들었고 돈벌이에 눈멀어 그 사실을 비밀에 부치고 있음을 기억해 냈고, 그럴수록 앞서 달려가는 곤돌라를 더욱 애절하게 바라보았다.

지금 혼란스러운 자가 느끼고 원하는 것이라고는 자신을 황홀경에 빠뜨린 대상을 중단 없이 뒤쫓고, 그 대상이 보이지 않을 때면 그 꿈을 꾸고, 사랑에 빠진 사람들의 공식대로 그 환영에다 달콤한 말을 건네는 것뿐이었다. 더구나 고독과 낯선 환경, 뒤늦게 찾아온 강렬한 행복에 취해 일말의 두려움이나 부끄러움도 없이 정말 낯 뜨거운 짓을 저지르기도 했다. 그러니까 그날 저녁 늦게 베네치아에서 돌아와 미소년의 호텔 2층 방 앞에서 걸음을 멈추고는, 완전히 도취된 상태에서 한참 동안 이마를 문틀에 대고 서 있었던 것이다. 그런 정신 나간 짓을 하다가 들키면 어떤 창피를 당할지 모르는데 말이다.

물론 중도에 그런 짓을 그만두거나 반쯤 정신이 드는 순간도 없지 않았다. 그럴 때면 무척 당황해하며, 무슨 짓이냐고 가슴을 쥐어뜯곤 했다. 빛나는 성취로 자신의 귀족적 뿌리에 관심을 갖게 된 사람이라면 누구나 그렇듯, 그 역시 성취를 이루고 성공을 거둘 때면 선조들을 생각하는 버릇이 있었다. 선조들의 인정, 선조들의 자부심, 선조들의 응당한 존중을 정신 속에서 확인하고 싶었다. 지금 여기에서도 그는 선조들을 생각했다. 금지된 체험과 감정의 이국적 일탈에서 빠져나오지 못하는 가운데, 선조들의 엄격한 평상심과 단정한 남성성을 떠올리며 우울한 미소를 지었다. 그분들은 뭐라고 할까? 아니, 그의 전 인생에 대해 선조들은 뭐라고 할까? 그분들의 눈으로 보면 타락으로 비칠 정도로 변질된 삶, 예술의 마력에 옭매인 이 삶에 대해 뭐라고 할까? 그 자신도 젊을 때는 아버지들의 시민 정신에 입각해서 그런 삶에 대해 치기 어린 조롱의 글을 쓰지 않았던가! 사실 근본적으로는 조상들의 삶과 다를 바 없는 삶인데도 말이다. 그도 군 복무를 했고, 조상들 몇 분처럼 군인이자 전사였다. 예술도 전쟁이었기 때문이다. 그것도 요즘은 사람들을 금방 나가떨어지게 하는 소모적인 싸움이었다. 자기 극복과 '그럼에도'의 삶, 강인하고 의연하고 절제된 삶, 그는 이것을 현시대에 맞는 부드러운 영웅주의의 상징으로 형상화했는데, 어쩌면 이 삶만이 남자답고 용감한 것으로 불려야 할지 모른다. 지금 그를 사로잡은 에로스가 어떤 식으로든 이런 삶과 특히 잘 맞고 잘 어울리는 것 같았다. 에로스는 가장 용감한 민족들에게서 특별한 명성을 누리지 않았던가? 그렇다. 에로스는 용맹성으로 그 민족들의 도시들에서 전성기를 이루었다. 옛 시대의 수많은 전쟁 영웅들은 기꺼이 에로스의 멍에를 썼다. 에로스 신이 안긴 굴욕은 굴욕이 아니었고, 다른 목적이라면 비겁함의 상징으로 비난받았어야 할 행동들, 즉 무릎 꿇고 맹세하고 간절히 애원하고 노예처럼 굴복하는 것, 이 행동들도 사랑하는 이에게는 결코 수치가 아니라 오히려 칭찬받아 마땅한 일이었다.

고혹蠱惑한 자의 사고방식은 이렇게 확고했고, 그것에 의지해서 품위를 지키려 했다. 하지만 그런 가운데에도 그는 베네치아 내부에서 일어나는 음험한 과정들에 끊임없이 촉각을 곤두세웠다. 바깥세상에서 일어나는 이 위험한 모험들은 그 내면의 모험과 은밀히 연결되어 있었고, 그의 열정을 막연하고 터무니없는 희망으로 키워 주었기 때문이다. 그는 재앙의 현 상태와 전망에 대해 확실한 새 정보를 얻으려고 도시의 커피점들을 미친 듯이 돌아다니며 독일 신문들을 샅샅이 뒤졌다. 며칠 전부터 호텔 로비의 신문 테이블에서 독일 일간지들이 싹 사라졌기 때문이다. 신문들마다 주장과 부인이 엇갈려 나타나 있었다. 환자와 사망자 수도 스무 명에서 마흔 명, 백 명, 아니 그 이상으로 들쭉날쭉했다. 역병 원인에 대해서는 완전히 단정 지을 수는 없지만, 극히 일부 외부 관광객들에게 묻어 들어온 것으로 추정되었다. 끝으로 신문들에는 베네치아 당국의 위험천만한 대처 방식에 대한 우려와 경고, 항의의 목소리가 실려 있었다. 그러나 무엇 하나 확실한 정보는 얻을 수 없었다.

그럼에도 고독한 자는 스스로 이 비밀에 은밀히 동참할 권리가 있다고 생각하면서, 비록 자신은 그 비밀에서 배제되어 있지만 비밀을 아는 사람들에게 유도 질문을 던져 뻔한 거짓말을 듣는 것에 야릇한 쾌감을 느꼈다. 입을 열지 않기로 묵계를 맺은 사람들이었기에 더더욱 그랬다. 하루는 대식당에서 아침 식사를 하면서 지배인에게 그런 식으로 대답을 추궁했다. 프랑스풍 프록코트를 입고 조심조심 움직이는 키 작은 지배인이 테이블 사이를 돌아다니며 손님들에게 인사말을 건네고 불편한 점이 없는지 물을 때였다. 그가 아센바흐가 앉은 테이블에서도 몇 마디 잡담을 나누려고 걸음을 멈추자 손님은 아무렇지도 않게 지나가듯이 물었다. 대체 무슨 일이 있기에 얼마 전부터 베네치아에 그렇게 소독을 해 대느냐고 말이다. 발소리도 나지 않게 조심스럽게 걸어 다니는 지배인이 답했다. "아, 그건 경찰에서 내린 조치입니다. 이렇게 푹푹 찌고 유례없이 더울 때는 만에 하나 발생할 수 있는 공중위생상의 불쾌한 일들을 미연에 방지하려고 경찰에서 그런 조치를 내리지요. 경찰로선 직분을 다하는 일입니다." "거참 착실한 경찰이오." 아센바흐는 대답했다. 잠시 후 지배인은 기상에 관해 몇 마디를 던지더니 물러갔다.

그날 저녁이었다. 저녁 식사 후 베네치아에서 온 한패의 길거리 악사들이 호텔 앞뜰에서 공연을 했다. 남자 둘 여자 둘로 이루어진 악단은 불빛으로 하얗게 빛나는 얼굴을 테라스로 향한 채 철제 아치형 정원등 옆에 서 있었고, 커다란 테라스에서는 손님들이 커피와 시원한 음료를 마시며 민속 공연을 즐겼다. 호텔 웨이터와 엘리베이터 보이, 사무실 직원들도 로비 문 옆에 서서 귀를 기울였다. 열성적으로 즐기려는 마음이 가득한 러시아 가족은 좀 더 가까이서 보려고 등나무 의자를 뜰 안쪽으로 내려놓고는 감사하는 마음으로 반원을 그리며 앉아 공연을 감상했다. 주인 가족 뒤에는 터번 비슷한 두건을 두른 늙은 여자 노예가 서 있었다.

거리의 악사들은 만돌린과 기타, 하모니카 그리고 밝고 고운 소리를 내는 바이올린을 연주했는데, 중간중간에 노래도 불렀다. 예를 들어 째질 듯이 날카로운 목소리의 젊은 여자와 달콤한 가성으로 노래하는 테너가 그리움이 넘쳐 나는 사랑의 이중창을 불렀다. 그러나 그중에서 가장 재능이 뛰어난 사람은 두말할 필요 없이 이 패거리의 우두머리인 기타 연주자였다. 극에서 바리톤 광대 역을 맡은 이 사내는 정작 노래는 거의 부르지 않았지만 연기만큼은 출중했고, 웃기는 재주도 대단했다. 커다란 기타를 팔에 끼고 나머지 무리에서 떨어져 나와, 무대 앞에서 손짓 발짓으로 익살을 떨면 관객들은 배를 잡고 웃었다. 특히 앞쪽에 앉은 러시아 가족은 남국의 이런 경쾌한 몸짓에 감격해서 박수와 환호를 아끼지 않았고, 사내는 그런 반응에 고무되어 더더욱 대담하고 자신 있게 행동했다.

아셴바흐는 난간 옆에 앉아 이따금 홍옥빛으로 반짝이는 유리잔에 담긴, 석류 즙과 소다수를 섞은 음료로 입술을 축였다. 그러면서 단조로운 음과 애끓는 통속적인 멜로디를 온 신경으로 탐욕스럽게 받아들였다. 열정은 고급스러운 감각을 마비시키고, 냉철한 정신이 불쾌하게 내치거나 유머러스하게만 받아들일 수 있는 자극에 진심으로 마음을 열기 때문이다. 그의 표정은 폴짝폴짝 뛰어다니는 광대 때문에 굳어져 있다가 이내 고통스러운 미소로 일그러졌다. 겉으로는 아무렇지도 않은 듯 앉아 있었지만 속으로는 극도로 긴장했다. 여섯 걸음 떨어진 돌난간에 타지오가 기대어 있었기 때문이다.

소년은 종종 만찬 때 입는 하얀 허리띠 정장을 입고 거부할 수 없는 천성적인 우아함을 내뿜으며 서 있었다. 왼 팔뚝을 난간 위에 걸치고 두 발은 꼬고, 오른손은 축이 되는 허리 쪽에 올린 채 거의 웃지 않고, 약간 거리를 둔 호기심만 보이고, 정중하게 받아들이기만 하겠다는 표정으로 떠돌이 가수들을 내려다보고 있었다. 가끔 소년은 허리를 세우고 가슴을 쭉 펴면서 아름다운 팔 동작으로 흰색 상의를 가죽 허리띠 밑으로 팽팽히 내리기도 했다. 또 어떤 때는 망설이듯 조심스럽게, 혹은 기습하듯 재빨리 왼 어깨 너머 소년을 연모하는 자가 앉은 자리로 고개를 돌렸는데, 그걸 볼 때마다 초로의 작가는 소스라치게 놀라기도 하고, 승리감에 환호하기도 하고, 예기치 못한 강편치를 맞은 듯 정신이 아찔하기도 했다. 그런데 둘의 시선이 마주치지는 않았다. 길 잃은 자가 창피하고 걱정스러운 마음에서 차마 소년에게로 눈을 돌리지 못했기 때문이다. 테라스 뒤쪽에는 타지오를 지키는 여자들이 앉아 있었다. 사랑에 빠진 자는 남의 눈에 띄어 의심받게 되지 않을까 염려하지 않을 수 없었다. 그렇다. 타지오가 해변이나 호텔 로비, 산마르코 광장에서 그 곁에 너무 가까이 있다 싶으면 여성 관리자들은 득달같이 소리쳐 타지오를 그에게서 떼어 놓으려 드는 것을 벌써 여러 번 눈치챈 것이다. 그럴 때면 그는 몸이 딱딱하게 굳으며 지독한 모욕감을 느꼈다. 그의 자부심은 이제껏 알지 못하는 고통으로 뒤틀렸고, 아무리 이게 모욕이 아니라고 부정하고 싶어도 냉철한 정신이 그것을 허락지 않았다.

그사이 기타 연주자는 혼자 반주에 맞추어 솔로 곡을 불렀다. 요즘 이탈리아 전역에서 유행 중인 여러 소절의 통속적인 대중가요였는데, 후렴 부분에서는 나머지 사람들도 각자 악기를 사용해서 함께 노래를 불렀다. 기타 연주자는 노래를 유연하면서도 극적인 방식으로 연출할 줄 아는 사람이었다. 가냘픈 체구에 얼굴이 홀쭉한 그는 혼자 일행과 떨어져 노래를 불렀는데, 목덜미에 걸치고 있는 허름한 모피 모자 밑으로 붉은 머리카락이 한 움큼 삐져나와 있었다. 그는 자갈밭 위에서 뻔뻔할 정도로 대담한 자세로 기타 줄을 튕기며 레시터티브*를 강렬하고 익살스럽게 선보였다. 어찌나 힘을 주는지 이마의 혈관이 불거질 정도였다. 그는 베네치아 유형이 아니라 나폴리 유형의 광대에 가까웠다. 그것도 어떻게 보면 포주 같고, 어떻게 보면 희극배우 같았다. 잔인하고 대담하고 위험하면서도 재미있는 사람이었다. 가사 내용만 보면 유치하기 짝이 없지만, 표정 연기와 몸짓, 또 암시하듯 눈을 끔벅거리고 혀로 음탕하게 입술을 핥는 식의 행동으로 그의 노래는 무언가 수상쩍은 면과 모호한 역겨움을 자아냈다. 도회지풍의 옷에 받쳐 입은 스포츠 셔츠의 힘없는 깃 위로 야윈 목이 솟아 있었는데, 울대뼈가 유난히 불거졌다. 코는 뭉툭했고, 수염이 없어 나이를 짐작기 어려운 창백한 얼굴에는 찡그리는 버릇과 악습으로 깊이 골이 파여 있었다. 그런데 불그스름한 눈썹 사이의 반항적이고 고압적이고 사나워 보이기까지 하는 굵은 두 주름은 입을 비죽이며 히죽 웃는 표정과 이상하게 잘 어울렸다. 그러나 고독한 자의 관심을 가장 끈 부분은 그 수상쩍은 인물이 특유의 수상쩍은 기류를 스스로 몰고 다니는 듯한 인상이었다. 다시 말해 노래의 후렴이 시작할 때마다 사내는 익살스러운 표정으로 인상을 찡그리고 인사하듯 손을 흔들고, 괴상한 몸짓으로 아센바흐 바로 밑을 지나갔는데, 그때마다 그의 옷과 몸에서 나는 강한 페놀 냄새가 마치 연기처럼 테라스 위까지 올라오는 듯했다.

가볍고 풍자풍의 노래가 끝나자 사내는 돈을 걷기 시작했다. 그는 기

---

*오페라나 종교극 따위에서 대사를 말하듯 노래하는 형식.

꺼이 돈을 낼 준비를 하는 러시아 가족부터 출발해서 이내 계단을 훌쩍 뛰어 올라왔다. 공연 중에는 그렇게 뻔뻔하게 굴던 사내가 여기 위에서는 그렇게 비굴할 수가 없었다. 한 발을 뒤로 빼고 굽실굽실 절을 하며 각 테이블 사이를 돌아다녔는데, 음흉하게 굴종하듯이 미소를 지을 때는 억센 이가 다 드러나면서 붉은 눈썹 사이에 깊은 두 고랑이 위협적으로 파였다. 사람들은 생계비를 거두어들이는 이 이질적인 존재를 호기심과 혐오감이 섞인 눈으로 찬찬히 살폈고, 손가락 끝으로 동전을 집어 모피 모자 속에 넣을 때는 모자에 살이 닿지 않으려고 조심했다. 그런데 원래 광대와 점잖은 손님들 사이에 물리적인 거리가 없어지면 항상 약간 당혹감이 생기는 법이다. 특히 즐거운 공연이었다면 더더욱 그럴 것이다. 사내도 그걸 느꼈는지 더욱 굽실거리며 머리를 조아렸다. 이제 사내가 아셴바흐에게 다가왔다. 주위의 누구도 생각조차 하지 못하는 그 냄새와 함께.

"이보시오!" 고독한 자가 목소리를 죽여 거의 기계적으로 말했다. "베네치아에서 소독을 하던데, 왜 그런 거요?" 광대가 쉰 목소리로 대답했다. "경찰 때문입죠, 나리! 날이 이렇게 찌고 시로코가 불면 그렇게 하게 되어 있습죠. 시로코는 사람을 짓누르고 건강에도 좋지 않습니다." 그는 이런 질문을 듣게 되다니 참 놀랍다는 표정으로 대답하고, 시로코가 얼마나 짓누르는 바람인지 보여 주기라도 하듯 손바닥으로 꾹꾹 누르는 시늉을 했다. "그러니까 베네치아에 병이 나돌아서 그러는 게 아니라는 말이오?" 아셴바흐가 이 사이로 매우 나직이 물었다. 광대의 얼굴 근육이 우스워 어쩔 줄 모르겠다는 듯이 찡그려졌다. "병이라니요? 무슨 병 말씀하시는 거죠? 시로코가 병인가요? 아님 우리 경찰이? 농담도 잘하십니다, 나리. 병이라니요, 말도 안 됩니다! 그냥 예방 조처죠. 찌는 더위에 혹시 몰라 경찰이 예방 조처를 하는 겁니다." 광대가 손짓까지 섞어 가며 과장되게 이야기했다. "그럼 다행이고." 아셴바흐는 다시 짧고 나직이 말하고는 터무니없이 큰 액수의 동전을 재빨리 모자 속에 떨어뜨렸다. 그러고는 사내에게 이제 가도 된다는 뜻으로 눈짓을 보냈다. 광대는 히죽 웃고 다시 굽실거리며 자리를 떴다. 그런데 계단을 채 내려가기도 전에 호텔 직원 둘이 달려와 얼굴을 바짝 마주 대더니 낮은 목소리로 무언가를 추궁하는 듯했다. 광대는 어깨를 으쓱하며, 절대 발설하지 않았다고 단언했다. 사람들도 그것을 보았다. 풀려난 광대는 정원으로 돌아가 정원등 아래에서 잠시 일행들과 상의하더니 다시 무대로 나와 감사와 이별의 노래를 불렀다.

고독한 자가 이제껏 들어 본 적이 없는 노래였다. 알아듣지 못할 사투리로 부르는, 후렴구가 웃음소리로 채워진 저속한 유행가였다. 후렴 부분에선 패거리 전부가 질서 있게 목청껏 끼어들었다. 그럴 때면 노랫말과 악기 반주는 사라지고, 아무렇게나 웃는 것 같으면서도 묘하게 리듬을 맞춘 웃음소리만 들렸다. 특히 솔리스트는 거짓된 웃음을 지극히 생동감 있게 꾸며 내는 재주가 대단했다. 자신과 점잖은 손님들 사이에 다시 예술적 거리가 확보되자 그에게서는 본래의 뻔뻔스러움이 되살아났다. 테라스 위로 날려 보내는 인위적인 웃음도 실은 비웃음의 폭소였다. 그는 마지막 소절이 끝나 갈 때쯤 이미 참을 수 없는 키득거림과 싸우는 듯했다. 목소리가 흐느낌에 가깝게 흔들리더니 손으로 입을 틀어막고 어깨를 비틀어 댔다. 그러다 가장 적절한 순간에 웃음이 걷잡을 수 없이 터져 나오더니 울부짖듯이 폭발했다. 그런데 그 웃음에는 전염 작용이 있는지, 테라스 위의 관객들도 아무 이유 없이 스스로 북받친 명랑함에 사로잡혀 폭소를 터뜨렸다. 바로 이것이 가수의 자유분방한 태도에 더욱 힘을 실은 듯했다. 그는 무릎을 굽히고 손바닥으로 허벅지를 찰싹 내려치더니 옆구리를 잡고 뒤로 넘어가는 시늉을 했다. 이제는 더 이상 웃는 게 아니라 울부짖음이나 다름없었다. 그는 손가락으로 위를 가리켰다. 마치 테라스 위에서 웃고 있는 인간들보다 더 웃기는 것은 없다는 듯이. 그러다 마지막에는 정원과 베란다 위의 모든 사람이 웃었다. 문 옆에 선 웨이터와 엘리베이터 보이, 호텔 급사들까지.

아셴바흐는 의자에 가만히 앉아 있을 수가 없어서, 심적인 저항과 도주의 표시로 앉은 채 허리를 꼿꼿이 폈다. 하지만 사람들의 폭소와 불어오는 소독약 냄새, 멀지 않은 곳에 있는 미소년의 모습이 서로 뒤엉켜 그를 마법의 꿈으로 옭아맸다. 깨뜨릴 수도 벗어날 수도 없게 머리와 감각을 단단히 옭아맨 마법이었다. 그는 객석의 유쾌하고 산만한 분위기를 틈타 대담하게 타지오를 건너다보았다. 시선이 향하는 동안 미소년은 그 시선에 응답이라도 하듯 마찬가지로 진지해지는 것 같았다. 건너다보는 자의 태도와 표정에 따르기라도 하듯 그리고 이곳의 일반적 분위기는 소년을 지배할 수 없다는 듯이. 아이다우면서 많은 것을 내포한 이런 순종적인 태도에는, 머리가 허연 자가 두 손으로 얼굴을 가리고 싶은 것을 간신히 참을 정도로 사람을 무장해제 하고 압도하는 무언가가 있었다. 또한 그는 타지오가 이따금 허리를 꼿꼿이 펴고 깊은숨을 내뱉는 모습을 보고, 가슴이 답답해서 한숨짓는 것처럼 느껴졌다. '병약한 아이야. 오래 살지 못할 것 같군.' 그는 다시 이렇게 냉정하게 생각했다. 가끔 이런 객관적인 생각이 그를 도취와 그리움에서 해방시키기도 했다. 이처럼 그의 가슴속에는 일탈의 무절제한 즐거움과 함께 소년을 수수하게 보살피고 싶은 심정이 가득했다.

그사이 베네치아에서 온 거리 악사들은 공연을 끝내고 퇴장했다. 퇴장할 때 박수가 쏟아지자 패거리의 우두머리는 또 한 번 익살을 부리는 것을 잊지 않았다. 한 발을 뒤로 빼고 절을 한 뒤 손 키스를 날리자 관객석에서 다시 웃음이 터져 나왔고, 이어 똑같은 행동이 다시 반복되었다. 다른 일행이 벌써 밖으로 나간 뒤에도 그는 뒷걸음질을 치다가 정원 등 기둥에 부딪혀 고통으로 쓰러지는 시늉을 하면서, 엉금엉금 문 쪽으로 기어갔다. 그러다 마침내 문에 도착하자 언제 그랬냐는 듯이 지금까지의 광대탈을 벗어던지고 벌떡 일어났다. 용수철에 튕기듯이. 그러고는 테라스의 손님들에게 뻔뻔하게 혀를 쏙 내밀고 어둠 속으로 사라졌다. 손님들도 하나둘 자리에서 일어났다. 타지오도 난간 옆을 떠난 지 오래되었다. 그러나 고독한 자는 먹다 만 석류 주스를 앞에 놓고 한참을 더 앉아 있었다. 웨이터들이 의아해할 정도로. 밤이 성큼 다가왔고, 시간은 산산이 부서져 내렸다. 오래전 부모님의 집에 모래시계가 하나 있었는데, 그 쉽게 부서지고 의미 있는 물건이 갑자기 바로 눈앞에 있는 것처럼 나타났다. 불그스름한 모래가 좁은 유리 통로를 지나 흘러내렸고, 위쪽 모래가 바닥을 드러낼 즈음, 통로에서 작지만 격렬한 소용돌이가 일었다.

이튿날 오후, 그 완고한 자는 외부 세계를 시험하려고 새로운 발걸음을 내디뎠고, 이번에는 충분한 성과를 거두었다. 그는 산마르코 광장에 위치한 영국 여행사에 들어가 창구에서 돈을 좀 바꾼 뒤, 불신에 찬 이방인의 표정으로 자신을 상대하는 직원에게 예의 그 난처한 질문을 던졌다. 모직 양복을 입고, 아직 젊고, 중간 가르마를 타고, 미간이 좁은 영국 직원은 침착하고 성실해 보였는데, 사기꾼 기질이 농후한 이 남국에서는 퍽 낯설고 이색적으로 비쳤다. 물론 이 직원도 처음에는 이렇게 답했다. "염려하실 필요 없습니다, 선생님. 별 뜻 없는 조치니까요. 무더위와 시로코로 발생할 수 있는 위생 문제를 예방하고자 할 때 이런 조치를 내리곤 합니다." 그런데 치켜뜬 푸른 두 눈이 이방인의 시선과 마주치는 순간 그는 얼굴이 빨개졌다. 경멸감 어린 이방인의 지치고 슬픈 눈이 직원의 입술에 향해 있었던 것이다. 영국인 직원은 얼른 소리를 죽이고 약간 부산스럽게 손을 움직이며 다음 말을 이어 갔다. "물론 그건 당국 설명이지요. 여기선 다들 그렇게 설명하는 걸 당연하게 생각합니다. 하지만 솔직히 말씀드리면 이런 설명 뒤엔 다른 게 숨어 있기도 하죠." 그러고는 그는 성실하고 편안한 말투로 진실을 이야기했다.

몇 해 전부터 인도 콜레라가 점점 확산하는 추세를 보였다. 갠지스 강 삼각주 지역의 따뜻한 습지대에서 발생한 콜레라는 인간의 출입을 허락지 않는 밀림과 섬 지대 원시림의 악취 나는 숨결로 더욱 힘을 받아, 인도 북부를 엄청난 위력으로 장기간 휩쓸었다. 그러다 동쪽으로는 중국을, 서쪽으로는 아프가니스탄과 페르시아를 덮쳤고, 카라반의 주 교통로를 따라 아스트라한으로 세력을 넓히더니 급기야 모스크바까지 급습했다. 유럽은 이 유령이 거기에서 육로로 진입할까 봐 벌벌 떨었는데, 정작 병균은 시리아 상선에 의해 해로로 유입되어 지중해 항구들에서 거의 동시다발로 출몰했고, 툴롱과 말라가에서 슬며시 고개를 드는가 싶더니 팔레르모와 나폴리에서 여러 차례 가면을 벗어던졌으며, 이어 전 칼라브리아와 폴리아에서도 물러날 기미를 보이지 않았다. 그때까지만 해도 반도의 북부는 무풍지대였다. 그러나 그것도 올 5월 중순에 끝나고 말았다. 베네치아에서 같은 날에 부두 하인과 여자 채소 장수의 뼈만 남다시피 한 거무튀튀한 시신에서 끔찍한 비브리오균이 발견된 것이다. 베네치아 당국은 이 사실을 쉬쉬했다. 그러나 일주일 뒤 그 수는 열 명, 스무 명, 서른 명으로 불었고, 발생 구역도 다양해졌다. 그러던 어느 날 베네치아에서 며칠 휴가를 보내고 고향 도시로 돌아간 한 오스트리아 남자가 명백한 콜레라 증세를 보이며 숨을 거두었다. 석호 도시의 재난에 대한 소문이 처음으로 독일 일간지에 실리게 된 것도 그때였다. 베네치아 당국은 도시의 보건 상태가 더할 나위 없이 훌륭하다는 점을 강조하며 병균을 퇴치하기 위해 시급한 조치들을 취해 놓았다고 발표했다. 그러나 야채와 육류, 우유도 벌써 감염된 모양이었다. 당국에서 아무리 부인하고 쉬쉬해도 좁은 골목에서 죽어 가는 사람의 수는 자꾸 불어났다. 때 이르게 밀려온 무더위가 운하의 물을 미지근하게 데우는 바람에 병균 확산에 특별히 우호적인 환경이 조성된 것이다. 그랬다. 전염병은 여기서 새로운 힘을 받은 듯했고, 병원체의 내성과 번식력도 뚜렷이 배가된 듯했다. 병에 걸리면 회복되는 경우는 드물었다. 백 중 팔십이 죽었다. 그것도 끔찍한 방식으로. 병균이 극도로 사납게 들이닥쳐 흉악한 형태로 병자를 휘저어 놓고 가는 경우가 잦았기 때문이다. 일명 '고사枯死증'이라는 이 증세는 몸이 혈관에서 다량으로 분비된 수분을 배출할 수가 없어 발생하는데, 환자는 몇 시간 내에 바짝 말라붙고 혈액이 역청처럼 끈끈해지면서 경련을 일으키고 쉰 목소리로 끙끙 앓으며 질식해 숨졌다. 종종 가벼운 증세로 앓다가 갑작스레 혼수상태에 빠져 깨어나지 못하거나 여전히 누워 있는 경우도 있었다. 6월 초에는 시립 고아원에 설치된 격리 병동이 소리 소문 없이 차면서 고아원 두 곳에 자리가 부족하기 시작했고, 새로 조성된 부두에서 산미켈레 공동묘지로 가는 길에도 차량이 엄청나게 늘었다. 그러나 이 도시는 진실이 공개되면 일어날 전반적인 손실을 염려했고, 얼마 전 공원에서 개막된 미술 전시회도 고려해야 했으며, 또 공포와 나쁜 소문 때문에 외국인들을 상대로 하는 호텔과 상점이 받을 타격도 생각하지 않을 수 없었다. 당국이 진실을 밝히고 국제 협약을 준수하는 쪽을 포기하고, 은폐하고 부인하는 정책을 끈질기게 고수했던 것도 그 때문이다. 베네치아 보건 당국의 양심적인 최고위 관료는 이런 상황에 격분해서 스스로 자리에서 물러났고, 뒤이어 좀 더 고분고분한 사람이 조용히 그 자리에 앉았다. 주민들도 이런 사실을 알고 있었다. 고위층의 부패와 만연하는 불안감, 언제 죽을지 모르는 비상 상황은 하층민들에게 도덕적 불감증을 불러일으켰다. 무절제하고 비양심적인 태도와, 증가하는 범죄 속에서 드러나는 어둡고 반사회적인 충동이었다. 이제는 예전과 달리 저녁에 술 취한 사람들이 많이 보였고, 밤이면 불량배들로 거리가 불안해졌다. 강도와 살인까지 반복적으로 일어났다. 전염병으로 죽었다는 사람이 알고 보니 피붙이에 의한 독살로 밝혀진 경우도 벌써 두 건이나 있었다. 장사하는 사람들도 무척 치근거렸고, 부도덕한 방식으로 장사를 했다. 그전까지는 이 나라의 남쪽이나 동방에서나 볼 수 있고, 여기에서는 보기 힘든 모습이었다.

이런 사정과 관련해서 그 영국인은 다음과 같이 단호한 말로 마무리지었다. "하루라도 일찍 떠나는 것이 좋으실 겁니다. 이삼일 내에 봉쇄 조치가 내려질 수도 있습니다."

"고맙소." 아셴바흐는 이렇게 말하고 사무실을 나갔다.

광장은 햇살 없는 더위로 푹푹 찌고 있었다. 아무것도 모르는 외국 여행객들은 카페 앞에 앉아 있거나, 비둘기 떼로 뒤덮인 성당 앞에 서서 사람들의 손바닥 위에 놓인 옥수수 낟알을 쪼아 먹으려고 푸드덕 날개를 치며 달려드는 비둘기들을 지켜보고 있었다. 그런 가운데 고독한 자는 혼자만 진실을 알고 있다는 야릇한 흥분과 승리감에 취해 화려한 뜰의 포석을 이리저리 서성거렸다. 그러면서도 혀끝에서는 구토감이 일었고, 심장에서는 끔찍한 공포가 술렁였다. 그는 어떻게 해야 점잖고 올바

298

른 행동일지 곰곰이 생각해 보았다. 오늘 저녁 식사 후에라도, 몸에 진주를 치렁치렁 단 그 폴란드 부인에게 다가가 이렇게 말할 수 있었다. "부인, 초면에 실례인 줄 알지만, 이기적인 욕심 때문에 털어놓지 못한 충고, 아니 경고를 한마디 드려도 되겠습니까? 타지오와 따님들을 데리고 당장 여길 떠나십시오! 베네치아에 역병이 돌고 있습니다." 그런 다음 조롱기를 입가에 매달고 사는, 신의 도구인 타지오의 머리에 작별의 뜻으로 손을 올려놓고는 자신도 등을 돌려 이 늪에서 도망칠 수 있었다. 그러나 스스로에게 그럴 마음이 추호도 없다는 것은 그 자신이 이미 느끼고 있었다. 그런 행동은 그를 원래대로 돌려놓을 것이고, 그를 자기 자신에게로 돌아가게 할 것이다. 제정신을 잃은 사람에게 있어 자기 자신에게로 돌아가는 것보다 끔찍한 일은 없다. 그는 문득 석양빛 반짝이는 비문으로 장식된 하얀 건축물이 기억났다. 그 어른거리는 신비스러운 의미에 정신의 눈을 빼앗긴 비문이었다. 아울러 초로의 작가에게 저 먼 낯선 땅으로의 방랑과 청춘의 동경을 불러일으킨 그 이상야릇한 나그네 같은 인물도 떠올랐다. 그와 함께 귀향과 이성적인 각성, 냉정함, 고된 글쓰기와 대가연大家然하는 태도에 대해 생각하자니, 육체적인 고통의 표현으로 얼굴이 찡그려질 정도로 혐오스러운 감정이 치솟았다. 그는 격하게 중얼거렸다. "입을 열어선 안 돼! 침묵해야겠어!" 남몰래 비밀을 공유하고 있다는 공범자 의식 때문에 그는 미량의 포도주에 취한 지친 뇌처럼 도취 상태에 빠져들었다. 재앙으로 고립무원에 빠진 도시의 모습이 뇌리에 어지럽게 떠올랐다. 그런데 그 도시의 모습이 그의 내면에 도저히 말도 안 되는 희망들, 즉 이성의 영역을 뛰어넘는 엄청나게 달콤한 희망들에 불을 붙였다. 이런 기대에 비하면 그가 그전에 한순간 꿈꾼 그 여린 행복이 다 무엇이란 말인가? 혼돈의 매력에 대면 예술과 미덕이

대체 무엇이란 말인가? 그는 묵묵히 침묵을 지켰다.

그날 밤 그는 끔찍한 꿈을 꾸었다. 손에 잡힐 정도로 생생한 정신적 체험도 꿈이라 부를 수 있다면 말이다. 그 체험은 깊디깊은 수면 속에서 어떤 외부의 영향도 받지 않은 채 생생하게 일어난 일이기는 하지만, 여느 꿈과는 달리 그가 그 사건들 외부에서 서성이거나 서 있지는 않았다. 체험의 무대는 오히려 그의 정신 속이었다. 사건들은 그의 깊은 정신적 저항을 무참하게 억누르며 안으로 뚫고 들어와, 그의 실존과 그의 삶의 문화를 황폐화하고 절멸시켰다.

꿈의 시작은 공포였다. 뒤이어 일어날 일에 대한 공포와 설렘과 경악스러운 호기심이었다. 밤이 깊어지자 그의 감각은 귀를 쫑긋 세웠다. 멀리서부터 시끌벅적한 소리, 굉음 그리고 여러 소음이 섞인 소리가 점점 다가오고 있었다. 거기엔 딸랑딸랑, 쿵쾅쿵쾅, 둔탁한 천둥소리, 날카로운 환호, 우우우 울부짖는 소리가 뒤섞여 있었는데, 이 모든 것을 뚫고 비둘기 울음 같은 피리 소리가 깊은 저음으로 잔인할 정도로 달콤하고 줄기차게 울려 퍼지면서 인정사정없이 오장육부를 뒤흔들어 놓았다. 그는 다가오는 그것이 무엇인지 막연하게나마 한마디로 이름 붙일 수 있었다. '낯선 신!' 자욱한 연기 속에서 불덩어리들이 활활 타올랐고, 그의 여름 별장 주변과 비슷한 산악 지대가 보였다. 어지럽게 갈라진 불빛과 숲으로 덮인 산꼭대기, 나무줄기와 이끼 낀 바위들 사이로 사람과 동물이 소용돌이치듯 쏟아져 내려왔다. 광란의 무리였다. 산비탈은 온통 살덩이와 불꽃, 혼란, 비틀거리는 윤무로 뒤덮였다. 허리 아래로 너무 긴 가죽옷을 입은 여자들은 옷에 걸려 비척거리면서도 고개를 젖힌 채 신음을 토하며 미친 듯이 탬버린을 흔들어 댔고, 불꽃이 날리는 횃불과 비수를 돌려 댔으며, 혀를 날름거리는 뱀의 몸통을 붙잡거나, 소리를 지르며 두 손으로 자신의 젖통을 감싸 쥐었다. 피부에 털이 수북한 남자들은 머리에 뿔을 달고, 동물 가죽으로 아랫도리를 가리고, 고개를 숙이고, 팔과 허벅지를 들어 올린 채 놋쇠로 만든 심벌즈를 치고 미친 듯이 북을 두드렸다. 반면에 수염이 나지 않은 사내아이들은 가시가 달린 작대기로 숫염소를 쿡쿡 찔렀고, 염소 뿔에 매달린 채 염소들이 펄쩍펄쩍 뛰는 대로 질질 끌려가면서 환호성을 질렀다. 도취에 빠진 사람들은 부드러운 자음이 들어간, 우우 하고 끝을 길게 빼는 외침으로 울부짖었다. 지금까지 들어 보지 못한 달콤하고도 야성적인 소리였다. 한 곳에서 시작된 외침은 마치 사슴의 등에 실린 듯 공중으로 전파되어 곧 다른 곳에서 여러 목소리가 뒤섞인, 격한 승리감에 도취된 화답을 끌어냈고, 사람들은 이 외침에 고무되어 춤을 추고 사지를 뒤틀며 끊임없이 괴성을 토해 냈다. 그런데 이 모든 것을 뚫고 상황을 지배하는 것은 유혹하는 듯한 깊은 피리 소리였다. 이 소리는 지금 거부감 속에서 상황을 함께 체험하는 아센바흐까지 집요하게 유혹하고 있지 않은가? 극단적이고 무절제한 제물 의식에 어서 동참하라고. 그러나 그의 반감은 컸고 두려움도 컸다. 침착하고 품위 있는 정신의 적인 이 낯선 신으로부터 마지막까지 자신을 지키려는 의지도 굳건했다. 하지만 소음과 울부짖음은 산벽에 부딪혀 돌아오는 메아리로 더욱 증폭되면서 우위를 점했고, 휩쓸어 가는 광기로 한껏 부풀어 올랐다. 사방에서 피어오르는 연기가 감각을 압박했다. 숫염소들의 매캐한 냄새, 몸뚱이들의 헐떡거리는 숨소리, 썩은 물에서 나는 것 같은 악취, 거기다 또 다른 친숙한 냄새까지……주변을 떠도는 병균과 상처에서 나는 냄새였다. 그의 심장은 북소리로 쿵쿵 울렸고, 머리는 빙글빙글 돌았다. 분노와 현혹, 온몸을 마비시키는 육욕이 그를 사로잡았다. 그의 영혼은 이 신의 윤무에 동참하기를 열망하고 있었다. 나무로 만든 거대한 음란의 상징물이 벗겨지고 우뚝 세워졌다. 순간 그들은 전보다 더 난폭하게 울부짖듯이 주문을 외쳐 댔다. 그들은 입에 거품을 물고 미쳐 날뛰었고, 웃고 신음을 토하면서 가시 박힌 작대기를 서로의 살점에 찔러 넣었으며, 사지에서 흐르는 피를 혀로 핥았다. 꿈꾸는 자도 이제 그들 속에 그들과 함께 있었고, 낯선 신의 일부가 되었다. 그랬다. 신에게 제물을 바치는 의식으로서, 동물들에게 달려들어 살을 찢고 살육을 저지르며 모락모락 김이 나는 살점을 게걸스럽게 뜯어 먹는 그들이, 어지럽게 뒤집힌 이끼 바닥에서 난삽한 혼음을 즐기는 그들이 바로 그 자신이었다. 그의 영혼은 타락의 광란과 음행에 한껏 취했다.

급습을 당해 악마의 손아귀에 무기력하게 붙잡혀 있던 아셴바흐는 녹초가 된 상태로 이 꿈에서 깨어났다. 그는 더 이상 자신을 관찰하는 사람들의 시선이 두렵지 않았다. 자신에게 의심스러운 눈초리가 쏟아지는 것에도 개의치 않았다. 그들 역시 이곳을 떠나 도망쳤다. 해변의 많은 오두막이 텅 비었고, 식당 홀에도 점점 빈자리가 많아졌다. 시내를 나가도 이방인들은 찾아보기 힘들어졌다. 진실이 조금씩 새어 나간 것 같았다. 관계자들의 끈질긴 함구에도 공포 분위기의 확산은 막을 수 없었던 모양이다. 그러나 진주로 장식한 그 부인은 식솔과 함께 아직 남아 있었다. 소문을 듣지 못했기 때문인지, 아니면 그런 소문 따위에는 신경을 쓰지 않을 정도로 자신감이 넘치고 대담하기 때문인지는 알 수 없었다. 어쨌든 타지오도 남았다. 그 주변을 벗어나지 못하던 아셴바흐는 종종 이런 생각을 했다. 언젠가 자신들을 방해하는 생명들이 도주와 죽음으로 모두 제거되어 그와 미소년 단둘만이 이 섬에 남게 되는 순간이 오지 않을까 하고 말이다. 그래서 오전에 바닷가에서 그 열망하는 소년을 끈적거리는 시선으로 무책임하고 줄기차게 바라볼 때면, 또 날이 저물 무렵 사람들이 은밀하고 구역질 나는 방식으로 죽어 나가는 골목길을 따라 품위 따위는 모두 벗어던지고 노골적으로 미소년의 뒤를 쫓을 때면, 그 무시무시한 병균이 그에게만큼은 밝은 희망을 선사하고, 도덕관념이니 하는 것들이 모두 힘없이 허물어지는 것 같았다.

사랑에 빠진 사람이 으레 그렇듯 그도 상대의 마음에 들고 싶어 했고, 그게 불가능할 것 같다는 생각에 극심한 불안을 느꼈다. 그는 양복에 젊고 밝게 보이는 액세서리를 달고 향수를 뿌렸다. 또 하루에도 여러 번 많은 시간을 들여 몸을 치장하고 화장을 한 다음 흥분하고 긴장된 심정으로 식당 홀에 들어갔다. 하지만 그를 매혹시킨 그 달콤한 미소년의 얼굴을 볼 때면 늙어 가는 자신의 몸뚱이가 역겨웠고, 자신의 허옇게 센 머리와 날카로운 얼굴선을 볼 때면 솟구치는 수치심과 절망감을 막을 수가 없었다. 그래서 그는 자신의 육신에 원기를 불어넣고 몸을 복원해야겠다는 충동을 느끼며 호텔 이발소를 뻔질나게 드나들었다.

이발 가운을 걸친 채 의자에 등을 기대고 앉아 수다쟁이 이발사가 머리를 매만지는 동안 그는 거울에 비친 자신의 모습을 괴로운 시선으로 들여다보았다.

"머리가 허옇군."

그는 못마땅하다는 듯 입꼬리를 추켜올리며 말했다.

"약간요. 저명하신 분들이 대개 그렇지만 약간 외모를 무시하고 외모에 무관심한 탓이죠. 그런 무관심을 무작정 좋다고 할 수는 없을 것 같아요. 특히 자연적인 것이냐, 인위적인 것이냐에 따라 편견을 가져서는 안 되는 분들이라면 더더욱 그렇지 않겠어요? 만약 그런 분들이 화장하는 것을 반대해서 자기 치아에까지 엄격하게 도덕적 잣대를 들이댄다면 좀 심하지 않겠어요? 결국 나이라는 건 우리의 정신과 마음의 나이예요. 그래서 경우에 따라선, 허옇게 센 머리를 그대로 두는 게 내키진 않지만 머리를 물들이는 것보다 더 심한 거짓이 될 수도 있죠. 그런 면에서 선생님도 원래의 자연스러운 머리색을 가지실 권리가 있습니다. 제가 선생님의 머리색을 간단하게 원래대로 되돌려 드릴까요?"

"어떻게?" 아셴바흐가 물었다.

그 말 많은 남자는 손님의 머리를 두 종류의 물로 씻었다. 하나는 맑은 물, 하나는 시커먼 물이었다. 그러자 그의 머리가 젊은 시절처럼 검게 변했다. 이어 이발사는 인두기로 머리를 부드럽게 말고는 한 걸음 뒤로 물러나 자신이 손질한 머리를 찬찬히 살펴보았다.

"이제 얼굴 피부에만 약간 생기를 주면 되겠습니다." 이발사가 말했다.

그는 자신의 작품에 도저히 만족할 수 없는 예술가처럼 금방 이렇게 매만져 놓고는 다시 부산을 떨며 새로 매만지기를 반복했다. 저항할 능력을 잃은 아셴바흐는 편안히 앉아 기다렸다. 아니, 단순히 기다리기만 한 것이 아니라 자신이 어떤 모습으로 달라질지 무척 흥분되고 기대되는 표정을 지었다. 거울 속의 눈썹은 한층 또렷해지고 고르게 아치를 그렸으며, 눈매는 좀 더 길어졌고, 눈꺼풀에 연하게 아이섀도를 바르자 눈의 광채까지 도드라졌다. 또한 눈 밑 부분에 연하게 색을 칠하자 푸르죽죽한 가죽 같던 피부가 부드러운 홍조를 띠며 살아났고, 조금 전까지 핏기 없이 파리하던 입술은 딸기색으로 부풀어 올랐으며, 볼과 입가의 고랑과 눈 밑 주름은 크림과 젊은 톤의 화장으로 가려지는 느낌이었다. 그는 두근거리며 청춘으로 피어나는 자신의 얼굴을 들여다보았다. 이발사는 마침내 만족한 표정을 지으며, 이런 사람들이 보통 그렇듯 자신이 매만진 손님에게 굽실거리며 감사를 표했다. 그러고는 아셴바흐의 외모를 마지막으로 다듬으며 말했다. "살짝 포인트를 주면 더 살아나죠. 이제 아무 걱정 없이 사랑에 빠지실 수 있을 겁니다." 황홀감으로 얼떨떨해진 노작가는 꿈에 취한 듯 행복하고 혼란스럽고 두려운 마음으로 이발소를 나왔다. 넥타이는 빨간색이었고, 챙이 넓은 밀짚모자에는 알록달록한 리본이 둘러져 있었다.

미지근하고 거센 바람이 일었다. 비는 거의 내리지 않았고, 내리더라도 살짝만 내렸다. 그러나 대기는 축축하고 진득진득했고, 썩은 연기로 가득 차 있었다. 그의 귓가엔 윙윙, 쏴쏴 하는 소리가 계속 울려 퍼졌고, 화장한 살갗 밑에서는 열이 났다. 사악한 바람의 영들이 대지를 휩쓸며 행패를 부리고, 악의를 품은 바닷새들이 저주받은 자의 식사를 뒤집어 엎고 쪼아 먹고 오물로 더럽히는 듯했다. 무더위로 식욕이 싹 달아났기 때문이다. 게다가 음식이 병균에 감염되지 않았을까 하는 의심까지 솟구쳤다.

어느 날 오후 아센바흐는 미소년을 뒤쫓다가 병든 도시의 복잡하게 뒤엉킨 내부 속으로 깊숙이 빠져들어 갔다. 미로처럼 얽힌 골목과 운하, 다리, 광장은 모두 엇비슷해서 그는 어디가 어딘지도 모른 채 방향감각을 잃고, 오로지 열렬히 뒤쫓고 있는 소년만 시야에서 놓치지 않으려고 애썼다. 게다가 들키면 창피를 당할지 몰라 조심스레 벽에 몸을 바짝 붙이거나 앞서 가는 행인 등에 몸을 숨겼다. 이런 지속된 긴장과 감정으로 그는 정신적으로 육체적으로 무척 지쳤을 텐데도 한참 동안이나 피곤한 줄을 몰랐다. 타지오는 식구들 뒤를 따라가고 있었다. 좁은 골목길에서는 대개 가정교사와 수녀 같은 누이들을 앞서게 하고, 자신은 따로 떨어져 어슬렁어슬렁 걸으면서 가끔씩 고개를 돌려 그 특유의 아련한 회색 눈으로 연인이 따라오는지 확인하곤 했다. 타지오는 그를 보았지만 누설하지 않았다. 아센바흐는 이 사실을 알아채고 감격했고, 그 눈에 이 끌리고 격정에 눈먼 채 가당치도 않는 희망을 품고 소년을 뒤쫓았다. 그럼에도 그는 타지오 일행을 놓치고 말았다. 그 폴란드 가족이 짧은 아치형 다리를 건넜는데, 다리 중앙의 높은 굴곡에 가려 보이지 않았던 것이다. 그가 다리 중앙에 도착해 보니 그들의 모습은 온데간데없었다. 앞쪽을 포함해서 더럽고 좁은 부두 길 양쪽을 모두 살펴보았지만 허사였다. 순간 급작스럽게 피곤이 몰려오면서 금방이라도 쓰러질 것 같아 그는 찾는 일을 그만둘 수밖에 없었다.

머리가 지끈거렸고, 몸은 끈적거리는 땀으로 뒤덮였으며, 목덜미가 파르르 떨렸다. 참을 수 없이 갈증이 밀려왔다. 그는 어디 잠시 쉬어 갈 곳이 없는지 주위를 두리번거렸다. 그는 작은 야채 가게 앞에서 딸기를 몇 개 샀다. 너무 익어 물렁물렁했다. 그는 걸어가며 딸기를 먹었다. 눈앞에 작은 광장이 나타났다. 저주에 걸린 것처럼 황량했다. 그도 아는 곳이었다. 몇 주 전 비록 행동으로 옮기지는 못했지만 여기서 탈출 계획을 세웠다. 그는 광장 한가운데 빗물 통 계단에 앉아, 돌로 만든 둥근 빗물 통에 머리를 기댔다. 사위는 고요했다. 포석 사이로 풀이 자랐고, 곳곳에 쓰레기가 널려 있었다. 광장 주변, 들쭉날쭉한 높이의 낡은 집들 가운데 뾰족한 아치형 창문과 작은 사자상 발코니가 있는 궁전 모양의 건물이 한 채 보였다. 사람은 살지 않는 것 같았다. 다른 집 1층에는 약국이 있었다. 훅 하고 밀려오는 따뜻한 바람에 이따금 페놀 냄새가 실려 왔다.

저기 광장에 앉아 있는 자는 문학적 거장이자, 품위 있는 예술가이자, 소설 『어떤 비참한 남자』의 저자였다. 모범이 될 정도로 순수한 형식 속에서 집시풍과 암울한 세계를 배격하고, 어둠의 구렁텅이와 연을 끊고, 타락의 세계를 배척하고, 지식의 한계를 극복하고, 비꼼과 야유에서 벗어나고, 대중의 신뢰에 책임감으로 답하고, 공식적으로 명성을 얻고, 귀족 작위를 받고, 학생들이 따라야 할 문체의 모범이 된 지체 높은 사람이었다. 그런 자가 저기 눈꺼풀을 내리깔고 앉아 있었다. 이따금 조롱하고 당황한 시선이 눈꺼풀 사이로 살짝 새어 나왔다가는 다시 재빨리 안으로 숨어 들어갔다. 화장으로 부풀려진 입술은 힘없이 처져 있었고, 그 입술 사이로 반쯤 조는 듯한 뇌가 기이한 꿈의 논리로 만들어 내는 말들이 드문드문 새어 나왔다.

"명심하라, 파이드로스여. 아름다움만이 사랑스러운 동시에 눈에 보이는 것이다. 그러니까 미는 감각적인 것의 길이고, 예술가를 정신으로 이끄는 길이다. 얘야, 너는 감각을 통해 정신의 길로 들어가려는 사람이 언젠가 진정한 남자의 품위와 지혜를 얻을 수 있다고 생각하느냐? 아니면 판단은 너에게 맡기겠다만, 그게 오히려 정말 위험하고 불쾌한 길이자, 필연적으로 오류에 빠질 수밖에 없는 그릇된 죄악의 길이라 생각하느냐? 너도 이제 알아야 한다. 에로스가 길동무가 되고 길을 인도해 주지 않으면 우리 작가들은 결코 미의 길을 걸을 수 없다는 것을. 그래, 우리도 나름의 방식으로 건실한 전사와 영웅이 될 수 있지만, 우린 본질적으로 여자와 같다. 우리에게는 정염이 영혼의 행복이고, 사랑이 영혼의 그리움이기 때문이지. 이게 바로 우리의 기쁨이고 수치다. 이제 알겠느냐? 우리 작가들은 지혜로울 수도, 품위 있을 수도 없다는 것을? 우리 작가들은 어쩔 수 없이 사도에 빠지고, 방탕과 감정의 일탈로 흘러들 수밖에 없다는 것을? 우리들이 쓰는 대가다운 문체는 모두 거짓이고 허튼짓이고, 우리가 누리는 명성과 존경은 한마디로 소극이고, 우리에 대한 대중의 믿음은 지극히 같잖은 짓이고, 예술로 대중과 아이들을 교육하겠다는 것은 해서는 안 될 무모한 시도다. 태어날 때부터 개선될 수 없는 타락의 성향을 타고난 사람이 어떻게 교육자로 적합하겠느냐? 물론 우리도 그런 타락의 나락을 거부하고 품위를 지키고 싶지만, 아무리 방향을 돌리려 해도 그 나락이 우리를 끌어당긴다. 우리는 분석적인 인식을 거부한다. 왜냐하면 파이드로스여, 인식에는 품위도 엄정함도 없기 때문이다. 인식은 신조도 형식도 없이 그저 알고 이해하고 용서하는 것이고, 타락의 나락에 호의적이다. 아니, 나락 그 자체다. 따라서 우리는 단호하게 인식을 배격한다. 대신 우리가 추구하는 것은 오로지 미뿐이다. 달리 말해서 그것은 단순함과 위대함, 새로운 엄격함, 또 거기에 얽매이지 않는 자유로움과 형식이라 할 수 있다. 그러나 파이드로스여, 형식과 자유로움은 도취와 탐욕으로 이끌고, 타락의 나락으로 인도하고, 고결한 자까지 끔찍한 감정의 죄악으로 이끈다. 엄정한 아름다움이 극악한 것으로 여기고 배척하는 그런 감정의 죄악으로 말이다. 그것이 바로 우리 작가들이다. 우리는 고상하게 위로 올라갈 능력이 없고, 단지 일탈만 할 수 있기 때문이다. 이제 나는 간다, 파이드로스여. 너는 여기 남아라. 내 모습이 더는 보이지 않거들랑 그때 너도 떠나거라."

며칠 뒤 아침이었다. 구스타프 폰 아센바흐는 몸이 좋지 않아 평소보다 늦은 시각에 호텔을 나섰다. 머리가 어질어질했지만, 단지 육체적인 문제는 아닌 듯했다. 이런 현기증에 급격히 치솟은 불안감이 동반했다. 탈출구와 희망이 보이지 않는다는 감정이었는데, 이게 외부 세계와 관련해서 그렇다는 것인지, 아니면 자기 자신과 관련해서 그렇다는 것인지는 분명하지 않았다. 현관홀에 운송 준비를 마친 짐들이 수북이 쌓여 있었다. 그는 수위에게 누가 떠나느냐고 물었다. 폴란드 가족의 이름이 돌아왔다. 각오하고 있던 일이었다. 그는 무너진 얼굴 표정을 바꾸지 않은 채, 굳이 알 필요는 없지만 이왕 말이 나왔으니 물어본다는 듯이 고개를 살짝 치켜들고는 다시 물었다. "언제요?" "점심 후에 떠난다고 합니다." 아셴바흐는 고개를 끄덕이고는 바다로 나갔다.

바닷가는 을씨년스러웠다. 첫 번째 모래톱과 해변을 가르는 넓고 얕은 물 위에는 잔잔한 거품이 앞으로 밀려왔다가 뒤로 굴러가고 있었다. 전에는 그렇게 다채롭게 활기를 띠었지만, 지금은 거의 버려진 행락지 같은 모습으로 변한 이곳에선 철 지난 가을 바다 냄새가 났다. 모래도 깨끗해 보이지 않았다. 겉보기에 주인을 잃은 것 같은 사진기 한 대가 삼각대 위에 서 있었다. 그 위에 씌워 놓은 검은 천이 약간 쌀쌀해진 바람에 펄럭거렸다.

타지오는 아직 남아 있는 동무 서너 명과 함께 자기 오두막 오른편에서 놀고 있었다. 아셴바흐는 해변 오두막 줄과 바다 사이 중간쯤 되는 곳에 해변용 의자를 갖다 놓고 앉아, 담요로 무릎을 덮은 채 또다시 타지오를 찬찬히 지켜보았다. 감시하는 사람이 없어서 그런지 놀이는 무질서하고 난폭했다. 어른들은 떠날 준비를 하느라 정신이 없었던 것이다. 벨트 달린 양복을 입고 새까만 머리에 포마드 기름을 바른, '야슈'라는 이름의 다부진 소년은 타지오가 얼굴에 모래를 뿌리자 화가 나, 타지오에게 억지로 씨름을 하자고 했다. 승부는 약한 미소년이 순식간에 쓰러지면서 끝났다. 그런데 지금껏 타지오를 상전처럼 모시던 미천한 자의 감정이 이 작별의 순간에 갑자기 잔인한 야만성으로 돌변해, 오랜 노예 생활에 대해 복수라도 하려는지 승자는 타지오가 쓰러진 뒤에도 놓아주지 않고 계속 패자의 등을 무릎으로 찍어 눌렀다. 그 바람에 그러지 않아도 씨름을 하느라 숨을 헐떡거리던 타지오는 얼굴을 모래 속에 박은 채 거의 질식할 지경에 이르렀다. 타지오는 찍어 누르는 아이를 떨쳐 내려고 발작처럼 손발을 휘저었다. 그런데 그 동작이 한순간에 뚝 그치더니 몸만 움찔거렸다. 아센바흐가 깜짝 놀라 소년을 구하러 일어서려는 순간 폭력을 가하던 소년이 마침내 제물을 놓아주었다. 타지오는 반쯤 몸을 일으킨 채 한 팔을 바닥에 짚고 몇 분간 꼼짝 않고 앉아 있었다. 얼굴은 하얗게 질렸고, 머리는 엉망으로 헝클어졌다. 눈빛도 어두웠다. 얼마 뒤 소년은 몸을 완전히 일으켜 천천히 자리를 떴다. 아이들이 소년을 불렀다. 처음엔 쾌활했지만, 그다음부터는 겁먹고 애원하는 목소리였다. 타지오는 들은 척도 하지 않았다. 까만 머리 소년은 장난을 너무 심하게 친 것이 금방 후회스러워졌는지 얼른 타지오에게 쫓아가 화해를 시도했다. 그러나 타지오는 어깨를 으쓱하며 상대를 돌려보냈다. 그러고는 바다 쪽으로 비스듬히 걸어 내려갔다. 맨발에다 빨간 리본이 달린 줄무늬 리넨 정장을 입고서.

타지오는 물가에 서서 머리를 숙인 채 젖은 모래 위에 발끝으로 그림을 그렸다. 그러더니 아무리 깊어도 무릎밖에 차지 않는 얕은 바닷속으로 걸어 들어갔다. 그렇게 아무렇게나 걸어가 모래톱에 당도했다. 거기서 소년은 먼 곳으로 얼굴을 돌린 채 잠시 멈추어 서더니 바닥이 드러난 길고 좁은 모래톱을 왼쪽으로 느릿느릿 걷기 시작했다. 넓은 물로 땅과 분리되고, 당당한 자부심으로 동무들과 분리된 모습이었다. 아무 연결 고리 없이 모든 것에서 떨어져 나간 형상이었다. 소년은 자욱하게 안개 낀 무한한 바다를 따라 머리카락을 휘날리며 걷다가 다시 멈추어 서서 먼 곳을 내다보았다. 그런데 별안간 무슨 생각이 났는지, 아니면 무슨 충동이 솟았는지, 한 손을 허리에 올린 채 상체를 돌렸다. 다리를 움직이지 않은 채 상체만 움직인 아름다운 회전이었다. 소년은 어깨 너머로 물가 쪽을 바라보았다. 거기엔 소년을 지켜보는 자가 앉아 있었다. 처음으로 소년의 아련한 회색 눈이 경계를 넘어와 그의 눈과 마주쳤던 그때처럼. 그 전까지 의자 등받이에 기댄 채 저기 바깥에서 걸어가는 소년의 움직임에 따라 천천히 움직이던 아센바흐의 머리가 이제 소년의 시선을 맞이하기라도 하듯 살짝 들렸다. 그러더니 가슴 위로 툭 떨어졌다. 그 바람에 그는 밑에서 위로 눈을 치켜뜬 것처럼 보였고, 힘없이 내면으로 가라앉은 표정이 깊은 잠에 빠진 사람 같았다. 그러나 정작 그가 보기엔, 창백하고 사랑스러운 '영혼의 인도자'*가 저 바깥에서 미소 지으며 손짓하는 것 같았고, 마치 그 인도자가 허리에서 손을 떼어 저 먼 곳을 가리키며 광대한 약속의 땅으로 먼저 둥둥 떠가는 듯했다. 그래서 그전에 자주 그랬던 것처럼 그도 인도자를 따라가려고 몸을 일으켰다.

몇 분 뒤 의자에 앉은 채 쓰러져 있는 아센바흐를 발견하고 사람들이 급히 달려왔다. 그는 자기 방으로 옮겨졌지만, 그날이 가기 전에 전해진 그의 부고는 세상에 깊은 충격을 안겼다.

*영혼을 지하 세계로 인도하는 헤르메스를 가리킨다.

죽음
Der Tod

9월 10일

이제 가을이 왔다. 여름은 더는 오지 않을 것이다. 온다고 해도 더는 보지 못할 것이다.

잿빛 바다는 잔잔하고, 가랑비가 슬프게 내린다. 오늘 아침 그것을 보는 순간 나는 여름과 작별했고, 이제 정말 가차 없이 다가오는 가을을 반갑게 맞았다. 내 마흔 번째 가을이다. 이 가을은 내가 가끔 경건함과 조용한 공포의 감정으로 나직이 중얼거리듯이 내뱉은 그날을 가차 없이 몰고 올 것이다.

9월 12일

딸아이 아순시온과 얼마간 산책을 나갔다. 말수가 적고, 간혹 큰 눈을 치켜뜨고 사랑스럽게 나를 올려 보기만 하는 딸아이는 내 산책의 좋은 동반자다.

우리는 크론스하펜 방향으로 해변 길을 걸었다. 그러나 길을 가다 한두 명 이상을 만나기 전에 다시 등을 돌려서 왔다.

돌아오는 길에 멀리서 내 집이 보이면 기쁨이 밀려왔다. 아무리 생각해도 정말 잘 선택한 집이다! 소박한 회색 집은 언덕에서 바다가 내려다보인다. 지금은 시든 풀이 축축하게 젖어 있고 바닥이 말랑말랑한 언덕이다. 뒤쪽으로 포장도로가 지나가고, 그 너머에 밭이 있다. 그러나 그런 것에는 관심이 없다. 내 관심은 오직 바다다.

9월 15일

잿빛 하늘 아래의 바닷가 언덕에 위치한 이 외로운 집은 음습하고 비밀스러운 동화 같다. 내 마지막 가을을 이 집에서 보내고 싶은 것도 그 때문이다. 그런데 오늘 오후 서재 창가에 앉아 있는데, 생필품을 실은 차가 도착했다. 프란츠 영감이 짐 부리는 걸 도와주었다. 사람들의 목소리가 들리고 소음이 일었다. 얼마나 신경에 거슬렸는지 모른다. 역겨워 몸을 부르르 떨었을 정도다. 나는 프란츠 영감에게 그런 일은 내가 잠든 새벽에만 하라고 지시했다. 영감은 단지 이렇게 대답했다. "분부대로 하겠습니다, 백작 나리." 그런데 나를 바라보는 그의 강렬한 눈 속에는 걱정스럽고 의심스러운 빛이 담겨 있었다.

그가 나를 어떻게 이해하겠는가? 그는 나를 조금도 모른다. 나는 내 마지막 나날이 일상적이고 지겨운 일들로 침해받는 걸 원치 않는다. 내 죽음에 무언가 시민적이고 습관적인 것이 섞이는 것이 너무 두렵다. 그 위대하고 진지하고 수수께끼 같은 날은 생경하고 이상야릇해야 한다.

그 10월 12일은……

9월 18일

마지막 나날 동안 나는 외출하지 않고 대부분의 시간을 긴 소파 위에서 지냈다. 책도 많이 읽지 않았다. 책을 읽으면 신경이 몹시 날카로워졌기 때문이다. 그냥 누워서 지치지 않고 조금씩 내리는 비를 내다보았다.

아순시온은 내 곁에 자주 왔다. 한번은 꽃을 가져왔는데, 해변에서 발견한 시들고 젖은 꽃 몇 송이였다. 고맙다는 뜻으로 입을 맞추자 아이는 울었다. 내가 '아프기' 때문이다. 아, 딸아이의 여리고 슬픈 사랑에 얼마나 가슴이 미어지던지!

9월 21일

아순시온을 무릎에 앉혀 놓고 서재 창가에 한참을 앉아 있었다. 우리는 넓은 잿빛 바다를 내다보았다. 높은 흰 문이 달려 있고 등받이가 딱딱한 소파들이 놓인, 등 뒤의 커다란 거실은 쥐 죽은 듯이 고요했다. 나는 앙증맞은 어깨 위로 차분하게 내려온 딸아이의 부드러운 검은 머리를 쓰다듬으며 혼란스럽고 다채로웠던 지난 삶을 떠올렸다. 가정의 보호를 받으며 자란 조용한 청소년기, 온 세계를 돌아다닌 방랑의 시절, 행복했던 짧고 환한 시간들……

리스본의 비단 같던 하늘 아래 그 아리땁고 부드럽던 여인이 기억나나? 여인이 네게 이 아이를 선사하고, 가녀린 팔로 네 목을 감으며 숨을 거둔 지 벌써 12년이 지났다.

딸아이는 엄마의 검은 눈을 닮았다. 다만 눈빛이 좀 더 힘없고 사색적이다. 하지만 딸아이의 입은 자기 입이다. 무한히 부드러우면서도 입매가 약간 새치름하다. 말을 하지 않고 아주 살짝 미소를 지을 때가 가장 예쁘다.

내 딸 아순시온! 내가 널 떠나야만 하는 걸 알고 있니? 정말 내가 아프기 때문에 우는 거니? 아, 그게 그것과 무슨 상관이 있을까! 그게 10월 12일과 무슨 상관이 있을까!

9월 23일

내가 떠올리고 기억할 수 있는 날은 드물다. 오랜 세월 오직 앞날만 생각해 왔고, 위대하고 으스스한 그날, 내 마흔 살의 10월 12일만 기다려 왔다!

어떻게 될까? 그날이 오면 어떤 일이 벌어질까? 두렵지는 않다. 다만 10월 12일이 고통스러울 정도로 너무 더디게 오는 느낌이다.

9월 27일

구데후스 박사가 노구를 이끌고 크론스하펜에서 왔다. 집 뒤의 포장도로로 차를 타고 와서 우리 부녀와 다시 한 번 아침 식사를 했다.

그가 닭 반 마리를 먹으며 말했다. "백작님은 몸을 움직이셔야 합니다. 특히 맑은 공기를 쐬며 몸을 많이 움직이셔야 합니다. 책은 읽지 마십시오! 생각도 하지 마십시오! 너무 골똘히 생각하면 안 됩니다! 제 눈에 백작님은 꼭 철학자 같으십니다!"

나는 어깨를 으쓱했고, 박사의 노고에 진심으로 고마움을 표했다. 박사는 딸아이를 위해서도 몇 가지 충고를 한 뒤 짐짓 어색한 미소를 지으며 딸아이를 관찰했다. 그는 내가 복용할 브롬*의 양을 높였다. 이제는 어쩌면 좀 더 쉽게 잠들지도 모른다.

9월 30일

9월의 마지막 날이다! 이젠 정말 얼마 남지 않았다. 오후 3시다. 10월 12일이 시작되기까지 몇 분이 남았는지 계산해 보았다. 8,460분이다.

오늘 밤은 잠을 잘 수 없었다. 바람이 일고 바다가 일렁이고 비가 쏟아졌기 때문이다. 나는 가만히 누워 시간을 보냈다. 생각하거나 사색에 잠겨야 할까? 안 될 말이다. 구데후스 박사는 나를 철학자로 생각한다. 하지만 내 머리는 무척 빈약하다. 난 오직 죽음밖에 생각하지 못한다. 죽음밖에는!

10월 2일

깊은 감동을 받았다. 내 행동에는 승리의 감정이 스며들어 있다. 내가 그렇게 생각할 때면, 사람들이 그런 나를 의심스럽고 불안하게 바라볼 때면, 가끔 사람들이 나를 미쳤다고 생각하는 것을 알았다. 스스로도 의문이 들어 나 자신을 시험해 보았지만 나는 미치지 않았다.

오늘 프리드리히 황제 이야기를 읽었다. 사람들이 '플로라** 밑에서' 죽을 거라고 예언한 그 황제였다. 그래서 황제는 피렌체***와 플로렌티눔 같은 도시들은 피했다. 하지만 그럼에도 그는 언젠가 플로렌티눔으로 갔고, 거기서 죽었다. 왜 죽었을까?

예언 자체는 대수롭지 않다. 문제는 그것이 너를 움켜쥐고 지배하느냐 하는 것이다. 만일 예언이 너를 지배한다면 그것은 이미 증명된 것이나 다름없다. 그리고 예언은 이루어질 것이다. 어떻게? 내 속에서

*독성이 있는 액체 원소. 진정제 원료로 쓰인다.
**꽃의 여신.
***'꽃 같은 도시'라는 뜻. 영어 명칭은 플로렌스이다.

일어나고 내 속에서 힘을 얻은 예언이 외부에서 오는 것보다 더 귀하지 않을까? 언제 죽을지 확고하게 아는 것이 어디서 죽을지 아는 것보다 더 미심쩍을까?

아, 인간과 죽음은 불변의 고리로 연결되어 있다. 너는 확고한 의지와 신념으로 죽음의 영역을 빨아들일 수 있다. 죽음이 네게 오도록 불러들일 수 있다. 네가 죽을 거라고 믿는 시간에……

10월 3일

자욱한 안개 탓에 무한하게 느껴지는 잿빛 바다처럼 내 생각이 눈앞에 펼쳐지면 나는 사물들 사이의 관련성을 보고 개념의 공허함을 깨달을 때가 많다.

자살이 무엇일까? 자기 의지로 죽는 것? 하지만 남의 의지로 죽는 사람이 있을까? 생명을 포기하고 죽음에 내맡기는 것은 어떤 형태든 유약함에서 나온다. 이런 유약함은 항상 육체적 정신적 질병의 결과이거나, 아니면 둘 모두의 결과다. 인간은 자신이 동의하지 않고는 죽지 않는다.

나는 동의하는가? 분명 그럴 것이다. 10월 12일에 죽지 않으면 나는 미칠 수도 있기 때문이다.

10월 5일

끊임없이 그 생각을 한다. 머릿속엔 온통 그 생각뿐이다. 죽을 시점을 언제 어떻게 알았는지 곰곰이 생각해 본다. 그러나 그것을 말로 표현할 수는 없다. 마흔 살에 죽을 거라는 사실은 열아홉이나 스무 살 무렵에 알았다. 몇 월 며칠일지 정확한 날짜는 스스로에게 집요하게 묻던 중에 어느 날 문득 알게 되었다.

이제 그날이 정말 가까이 다가왔다. 죽음의 차가운 숨결이 느껴질 정도로.

10월 7일

바람이 강해졌다. 바다는 쉴 새 없이 요동치고, 빗줄기는 지붕을 후드득 때린다. 밤에 잠이 오지 않아 비옷을 걸치고 해변으로 나가서 바위 위에 걸터앉았다.

등 뒤엔 언덕이 어둠과 빗줄기 속에 서 있고, 언덕 위의 회색 집엔 아순시온이 잠들어 있다. 아, 내 딸 아순시온! 눈앞에서는 파도가 칙칙한 거품을 내 발아래까지 풀어 놓는다.

밤새 바다를 바라보았다. 문득 죽음도, 죽음 이후도 저렇지 않을까 하는 생각이 들었다. 눈앞의 저 둔탁하게 철썩거리는 무한한 어둠처럼. 거기에도 생각이라는 것이 있을까? 나에 대한 의식이 있고, 그 의식이 계속 연결되어 나가고, 이해할 수 없는 저 철썩거림에 영원히 귀를 기울일까?

10월 8일

죽음이 오면 나는 죽음에 감사할 것이다. 더 기다릴 필요도 없이 순식간에 모든 것을 끝내 줄 것이기 때문이다. 이제 이 가을날도 사흘밖에 남지 않았다. 이 시간만 지나면 정말 고대하던 일이 일어날 것이다. 아, 마지막 순간, 최후의 순간이 얼마나 설레는 심정으로 기다려지는가! 그 순간은 황홀하지 않을까? 형언할 수 없이 달콤하지 않을까? 지고의 쾌락으로 파르르 떨지 않을까?

이 가을날 사흘만 지나면 죽음이 내 방으로 걸어 들어올 것이다. 죽음은 어떻게 행동할까? 나를 벌레처럼 대할까? 내 목을 잡고 누르지는 않을까? 아니면 내 뇌를 손으로 움켜잡을까? 나는 죽음이 위대하고 아름다울 뿐 아니라 거친 군왕의 카리스마를 갖추고 있다고 생각한다.

10월 9일

내 무릎에 앉은 아순시온에게 말했다. "어떤 식으로든 아빠가 곧 널 떠나게 되면 어떻겠니? 무척 슬플까?" 딸아이는 내 가슴에 작은 얼굴을 묻으며 구슬피 울었다. 나도 목이 죄어 오듯이 아팠다.

열이 있다. 머리가 뜨겁고 오한이 든다.

10월 10일

죽음이 찾아왔다. 이날 밤에. 물론 죽음은 보이지도 들리지도 않았다. 그래도 나는 죽음과 대화를 나누었다. 웃기는 일이지만 죽음은 치과 의사처럼 굴었다. "후딱 해치우는 게 좋겠어." 죽음이 말했다. 내가 원하던 바가 아니었다. 나는 반대하며 몇 마디 말로 죽음을 돌려보냈다.

후딱 해치우는 게 좋겠다고? 무슨 이런 말이 있을까? 불쾌하기 짝이 없었다. 이렇게 밋밋하고 지루하고 일상적인 말을 내뱉다니! 이때만큼 차갑고 냉소적인 실망감을 느껴 본 적이 없었다.

10월 11일(밤 11시)

내가 그걸 이해할까? 그래, 이해한다고 믿어 줘!

한 시간 반 전 내 방에 앉아 있는데, 프란츠 영감이 방으로 황급히 뛰어 들어오더니 바들바들 떨며 울먹이는 목소리로 소리쳤다. "아가씨가, 아가씨가…… 어서 빨리 가 보십시오!" 나는 급히 달려갔다.

나는 울지 않았다. 다만 차가운 전율로 온몸을 떨었다. 아이는 침대에 누워 있었다. 고통으로 일그러진 파리한 얼굴을 까만 머리가 감싸고 있었다. 나는 딸아이 옆에 무릎을 꿇고 앉아 아무것도 하지 않았고, 아무 생각도 하지 않았다. 구데후스 박사가 왔다.

"심장마비입니다." 박사는 이렇게 말하고는 전혀 놀란 기색 없이 고개만 끄덕거렸다. 이 돌팔이 의사는 벌써 이럴 줄 알았다는 듯이 굴었다.

그런데도 내가 그걸 이해했다고? 아, 내가 딸아이와 단둘이 있을 때였다. 밖에서는 비가 쏟아지고 바다가 요동치고, 난로 연통 속에서는 바람이 울부짖었다. 그때 내가 무척 화를 낸 기억이 순간적으로 또렷이 떠올랐다! 20년 동안 나는 한 시간 뒤에 시작될 이날을 위해 죽음을 불러 왔다. 그런데 마음 저 깊은 곳에서는 무언가 다른 것이 은밀히 속삭인다. 내가 이 아이를 두고는 떠날 수 없을 거라고 말이다. 그렇다면 나는 자정 이후에도 죽을 수가 없었다. 그럴 수가 없었다. 죽음이 찾아오면 다시 돌려보냈을 것이다. 그러자 죽음이 딸아이를 먼저 찾아갔다. 내 생각과 마음을 벌써 읽고 있었기 때문이다. 그렇다면 내 딸아이의 침대로 죽음을 끌어들인 것은 나였다. 너를 죽인 건 이 아비야! 미묘하고 비밀스러운 이 일련의 사건에 대한 거칠고 가련한 읊조림이었다.

안녕, 안녕! 어쩌면 저 바깥에서 네 생각과 의식을 다시 만나게 될지 몰라. 왜냐하면 저길 봐, 초침은 착실하게 나아가고 있고, 네 귀여운 얼굴을 비추는 램프는 곧 꺼질 테니까. 난 너의 작고 차가운 손을 잡고 기다려. 곧 죽음이 나를 찾아와 "후딱 해치우는 게 좋겠어" 하고 말하면 나는 그냥 고개를 끄덕이고 눈을 감을 거야.

환멸
Enttäuschung

고백하자면, 나는 그 특이한 신사의 이야기를 들으면서 무척 혼란스러웠다. 그날 저녁 내가 느낀 것을 다른 이들에게도 똑같이 느끼게 해 줄 수 있을지 사실 지금도 두렵다. 어쩌면 그 이야기의 힘은 생판 모르는 남자의 의아할 정도로 솔직한 태도 때문이었는지 모른다.

가을날 오전 산마르코 광장에서 그 미지의 남자가 처음 내 눈에 띈 것은 대략 두 달 전이다. 광장에는 사람이 별로 없었다. 마법의 건축물처럼 다채로운 대성당 앞에는 약한 해풍에 깃발들이 펄럭거렸고, 동화 같은 느낌을 자아내는 대성당의 웅장한 자태와 황금빛 장식은 그 황홀한 투명함으로 인해, 청명하고 부드러운 하늘과 뚜렷한 대조를 이루었다. 대성당 정문 앞에는 옥수수 낱알을 뿌려 주는 한 처녀 주위에 비둘기가 우글거렸고, 그것도 모자라 또 다른 비둘기들이 사방에서 계속 훽훽

날아들었다. 비할 바 없이 찬란하고 아름다운 풍경이었다.

그때 그를 만났다. 지금 이 글을 쓰면서도 그의 모습이 믿기지 않을 정도로 또렷이 떠오른다. 중키가 채 안 되는 그는 뒷짐을 지듯이 지팡이를 등 뒤로 돌려 구부정한 자세로 빠르게 걸었다. 뻣뻣한 검은 모자를 쓰고 환한 여름 외투에다 짙은 줄무늬 바지를 입고 있었다. 어떤 연유에서인지 몰라도 나는 그가 영국인일 거라고 생각했다. 나이는 서른쯤 된 것 같기도 하고, 어떻게 보면 쉰으로 보이기도 했다. 코는 약간 두툼하고 회색 눈은 피곤해 보였다. 얼굴은 깔끔하게 면도를 했고, 설명하기 곤란한 약간 바보 같은 미소가 입가에 늘 어른거렸다. 그는 간간이 눈썹을 치켜세우며 무언가를 탐색하듯 주위를 두리번거리기도 했지만, 이내 다시 바닥으로 시선을 깔고 자신과 대화하듯 몇 마디를 중얼거리고는 고개를 흔들며 엷게 웃었다. 이렇게 그는 집요하게 광장을 위아래로 오갔다.

그때부터 나는 매일 그를 관찰했다. 그 남자는 궂은 날이건 맑은 날이건, 오전이건 오후건 하루에 30번에서 50번씩 광장을 오가는 것 외에는 다른 일을 하지 않는 것처럼 보였기 때문이다. 그것도 늘 혼자, 늘 똑같은 유별난 몸짓으로 말이다.

이 글의 시간적 배경이 되는 그날 저녁에는 광장에서 군악대 공연이 열렸다. 나는 플로리안 카페에서 광장 쪽으로 널따랗게 펼쳐 놓은 작은 테이블에 앉아 있었다. 연주회가 끝나고, 그때까지 밀집대형으로 이리저리 살랑살랑 물결치던 인파가 서서히 흩어지기 시작할 무렵 그 미지의 남자가 평소처럼 멍한 미소를 지으며 내 옆의 빈 테이블에 앉았다.

시간이 지나면서 사위는 점점 고요해졌다. 사방으로 펼쳐 놓은 모든 테이블이 텅텅 비었고, 광장에 어슬렁거리는 사람만 띄엄띄엄 보이는 순간 장엄한 평화가 광장을 점유한 듯했다. 하늘은 별들로 뒤덮여 있었고, 웅장하고 화려한 산마르코 광장 위에는 반달이 둥실 떠 있었다.

남자를 등지고 앉아 신문을 읽고 있던 내가 막 자리에서 일어나려는 참이었다. 그때 나도 모르게 그에게로 반쯤 몸을 돌렸다. 지금껏 전혀 기척이 없던 뒤쪽에서 갑자기 남자의 목소리가 들렸던 것이다.

— 선생은 베네치아가 처음이시오?

그가 서툰 프랑스어로 물었다. 내가 힘들게 영어로 대답하려고 하자 그는 사투리가 전혀 섞이지 않은 독일어로 말을 이어 갔다. 나직한 쉰 목소리였는데, 중간중간 자주 헛기침을 하며 목을 풀었다.

— 전부 처음 보는 것이죠? 기대하던 그대로인가요? — 아니면 혹시 기대를 넘던가요? — 아, 이렇게 아름다울 거라고는 생각하지 않으셨군요! — 정말입니까? — 단순히 행복하고 부러워 보이려고 하는 말은 아니죠? — 아!

그는 의자에 등을 기대더니 눈을 빠르게 깜박거리면서 나를 유심히 살펴보았다. 뭐라 설명할 수 없는 표정으로.

침묵이 길게 이어졌다. 이 이상한 대화가 어떻게 나아갈지 몰라 내가 재차 일어나려고 하자 그가 급히 몸을 앞으로 내밀었다.

— 선생은 환멸이라는 놈이 뭔지 아시오?

그가 나지막하지만 절박하게 물었다. 두 손으로 지팡이를 짚으면서.
— 자잘하고 개별적인 실패나 오류를 말하는 게 아니라 우리의 삶이 마련해 놓은 거대하고 일반적인 환멸 말이오. 선생은 분명 모를 거요. 하지만 나는 청소년기부터 환멸이라는 놈과 함께 살았고, 그놈은 나를 외롭고 불행하고 약간 괴팍한 인간으로 만들었소. 나도 그건 부인하지 않소.

처음 보고 선생이 나를 어떻게 이해하겠소만, 청컨대 내 이야기에 잠시만 귀를 기울여 주신다면 선생도 나를 이해하게 될지 모르오. 2분이면 되오. 말로 할 수 있는 것이라면 빨리 말해 버릴 수 있을 테니까 말이오.

어쨌든 난 아주 작은 도시에서 자랐소. 아버지가 목사였는데, 먼지 하나 없이 깨끗한 우리 집에는 고풍스럽고 현학적인 낙관주의가 팽배했소. 지나칠 정도로 말이오. 게다가 집 안 곳곳에는 설교풍의 독특한 공기가 퍼져 있었소. 선과 악, 미와 추에 대한 거창한 말들의 공기였죠. 나는 그런 설교 조의 말들을 끔찍이 싫어하오. 내 고통의 책임이 전적으로 그런 말들에 있을지도 모르기 때문이오.

내게 인생은 전적으로 그런 거창한 말들로 이루어져 있었소. 그 말들이 내 속에서 불러일으킨 실체 없는 엄청난 예감 외에 내가 인생에 대해 아는 것은 없었소. 그래서 사람들로부터는 거룩한 선과 모골이 송연한 악을 기대했고, 인생으로부터는 황홀한 미와 소름 끼치는 추를 기대했소. 게다가 내 속에는 세상 모든 것에 대한 갈망이 그득했소. 두려우면서도 강렬한 동경이었죠. 광활한 현실에 대한 동경, 어떤 형태로든 그 현실을 체험하고 싶은 갈망, 황홀경과 같은 행복에 대한 동경, 말은커녕 예감조차 할 수 없을 정도로 무시무시한 고통에 대한 동경이었소.

선생, 나는 인생에서 처음 느낀 환멸을 정말 슬플 정도로 또렷이 기억하고 있소. 그런데 그 환멸의 본질적인 문제는 아름다운 희망의 좌절이 아니라 불행의 시작에 있다는 사실을 명심하기 바라오. 내가 아직 어린애일 때였소. 밤중에 우리 집에서 불이 난 거요. 불은 은밀하고 음흉하게 마수를 뻗쳐 내 방문 앞까지 이르렀고, 계단까지 화염에 휩싸이는 것도 시간문제인 것 같았소. 불을 맨 처음 발견한 사람은 나였소. 나는 온 집을 뛰어다니며 오직 이 한 마디만 열심히 소리 질렀소. '불이야! 불이야!' 지금도 그 말은 정확히 기억하고 있소. 그뿐 아니라 그 말을 하면서 어떤 감정이 들었는지도 생생하오. 물론 당시는 그 감정을 거의 인지하지 못했지만 말이오. 어쨌든 난 당시 이렇게 느꼈소. 이게 불이 난 거구나. 이제 불이 난 걸 경험하는구나. 그런데 화재는 이보다 더 끔찍해야 하지 않을까? 이게 전부일까?

물론 그건 결코 작은 일이 아니었소. 온 집이 불에 타 내려앉았고, 온 가족이 최악의 위기에서 간신히 살아남았으니까 말이오. 심지어 나는 화재로 심하게 다치기까지 했소. 그런데 내 판타지가 이 사건에 영향을 미쳐 내가 우리 집 화재를 더 끔찍하게 기억하는 거라고는 생각지 마십시오. 물론 화재가 훨씬 더 끔찍할 거라는 막연한 예감과 형체 없는 관념이 내 속에 살아 숨 쉬고 있었던 건 사실이고, 그 관념과 비교해 보면 현실이 너무 밋밋하게 느껴진 것도 사실이오. 아무튼 그 화재는 내 속의 기대가 실망스럽게 깨져 버린 생애 첫 커다란 경험이었소.

염려하지 마시오. 내가 느낀 환멸을 하나하나 속속들이 계속 얘기하지는 않을 테니까. 여기서는 내가, 인생에 대해 멋지게 기대했던 것들을 수많은 책에서 비운의 열정으로 섭취했다는 사실만 밝혀 두는 것으로 족하오. 시인들의 작품이었는데, 아, 나는 그사이 그 시인들을 미워하게 되었소. 거창한 말들을 벽이란 벽에 모두 써 놓고, 베수비오 화산에 가라앉은 히말라야삼나무로 그 말들을 하늘 가득히 채우려 했던 시인들 말이오. 나는 그들의 모든 거창한 말을 거짓말로 치부하거나 조롱으로 느낄 수밖에 없었소.

시인들은 황홀한 얼굴로 이렇게 노래 불렀소. 언어는 부족하다고! 현실을 표현하기에 언어는 너무 초라하다고 말이오! 그런데 아니었소, 선생. 아니었단 말이오. 내가 보기에 언어는 풍성했소. 인생의 빈약함과 한

계에 비하면 차고 넘칠 정도로 풍성했소. 일례로 아픔에는 한계가 있소. 기절할 때 느끼는 육체적인 아픔이 그렇고, 무감각 속에서의 심적 아픔이 그렇소. 행복도 다르지 않소! 그런데도 전달하고픈 인간의 욕구가 이 한계를 뛰어넘어 뭔가 더 거창한 것이 있는 양 거짓말들을 지어냈소.

나한테 문제가 있는 거요? 그 거창한 말들이 내 척수를 타고 나한테만 영향을 끼쳐, 있지도 않은 체험에 대한 예감을 불러일으킨다고 생각하시오?

나는 내 거대한 예감에 일치하는 체험을 찾으려고 인생으로 나갔소. 뜨거운 갈망을 안고서 말이오. 그러나 단언컨대, 기대가 충족되는 일은 결코 없었소! 사방을 떠돌며 지상에서 유명하다는 곳은 전부 찾아다녔고, 인간들이 온갖 위대한 말로 칭송하는 예술 작품과도 직접 대면했소. 그 앞에 서니 이런 생각이 들더군요. 아름답기는 하군. 하지만 더 아름다워야 하지 않을까? 이게 다일까?

나는 사실적인 것에 대한 감이 없소. 어쩌면 문제는 그것일지 모르오. 어쨌든 한번은 세상을 돌아다니다가 산중의 깊고 길쭉한 협곡 앞에 섰소. 나무가 없는 바위 벽은 직각으로 깎아지른 듯했고, 아래에는 계곡물이 바위를 휘감고 거칠게 흘러가고 있었소. 아래를 내려다보며 생각했소. 여기서 떨어지면 어떨까? 이 질문에 대한 답은 이미 알고 있었소. 비슷한 경험을 많이 했으니까. 나는 속으로 이렇게 생각하고 있었소. 떨어지면서 나 자신에게 이렇게 말하겠지? 이게 떨어지는 거구나. 이건 사실이야! 그런데 대체 이게 뭐지?

내가 나름대로, 세상에 대해 한마디쯤 할 수 있을 만큼은 충분히 경험했다는 사실을 믿어 주시겠소? 몇 년 전 한 처녀를 사랑했소. 손을 잡고 이끌며 보호하고 싶은 마음이 들 정도로 곱고 아리따운 여인이었소. 그런데 여인은 나를 사랑하지 않았소. 그도 그럴 것이 이미 다른 남자의 보호를 받고 있었던 거요. ……이보다 더 고통스러운 체험이 있겠소? 관능적인 쾌락과 잔인하게 뒤섞인 쓰디쓴 좌절만큼 괴로운 일이 있겠소? 나는 몇 날 며칠간 뜬눈으로 밤을 보냈소. 그런데 이 모든 것보다 더 슬프고 괴로운 것은 늘 이런 생각이었소. 이게 남들이 말하는 큰 고통이야! 그걸 내가 지금 겪고 있어! 그런데 대체 이게 뭐지?

행복에 관한 이야기까지 할 필요가 있겠소? 행복 역시 겪어 보았지만 나를 실망시켰기 때문이오. ……굳이 그 이야기까지 할 필요는 없을 것 같소. 그 이야기들도 어차피 인생이라는 것이 대체로 그렇고 그렇다는 것을 당신에게 납득시키지 못할 졸렬한 사례에 불과하니까 말이오. 결론적으로 말해서, 인생은 어중간하고 시시하고 밋밋해서 나를 실망시키고 또 실망시켰을 뿐이오.

젊은 베르테르는 언젠가 이런 말을 했소. "반신半神으로 칭송받는 인간은 과연 어떤 존재일까? 정말로 필요한 시점에 있어야 할 힘이 없는 존재가 아닐까? 기쁨으로 하늘을 날 것 같고 고통으로 침몰하고 싶은데, 실제로는 그러지 못하는 존재가 아닐까? 무한한 충만감에 빠지길 갈망하는 바로 그 순간에 다시 둔감하고 차가운 의식으로 돌아가기 때문에 말이다."

나는 바다를 처음 보았던 날을 자주 떠올리오. 바다는 크고 넓소. 나는 해변에서 바다로 눈을 돌리며 해방되길 바랐소. 그런데 저 뒤에 수평선이 있었소. 대체 수평선이 왜 있는 거요? 내가 인생에서 기대한 건 무한함이었단 말이오.

혹시 내 시야가 남들보다 좁아서 그럴까요? 앞서 말했지만 난 사실적인 것에 대한 감이 없소. 아니면 그런 감이 너무 지나친 걸까요? 혹시

나는 너무 일찍 포기해 버리는 인간이 아닐까요? 너무 빨리 지치는 인간이? 그래서 가장 낮은 단계의, 가장 약한 상태의 행복과 고통만 경험해 본 건 아닐까요?

아니, 그렇지 않소. 다른 사람들도 그렇지 않을 거라고 생각하오. 인생을 겪어 본 사람치고 시인들의 그 거창한 말에 동의할 이는 거의 없을 거라 믿소. 그들의 말은 비열한 거짓말이었소! 말이 나온 김에 이야기하자면, 선생도 눈치채셨소? 세상에는 남들한테 존경과 부러움을 받고 싶어서 고통이 아니라 거창한 행복의 말만 경험한 척 구는, 허영심 강한 사람들이 있다는 걸 말이오.

날이 어두워졌소. 얘기할 시간이 얼마 남지 않은 것 같아 이 자리에서 다시 한 번 고백하자면, 한때는 나도 행복하게 보이려고, 그 거창한 말들의 주인공과 한통속이 되어 나 자신과 남들 앞에서 거짓말을 했소. 물론 그런 허영기는 이미 여러 해 전에 없어졌지만. 지금의 나는 외롭고 불행하고 약간 괴팍할 뿐이오. 나도 그걸 부인하지 않소.

요즘은 별이 총총한 밤하늘을 올려다보는 것이 내가 가장 좋아하는 일이 되었소. 지상과 인생에서 멀어지는 데 그만큼 좋은 방법이 있겠소? 그런데 내가 그런 예감을 간직하려 애쓰는 것도 이해할 만한 일 아니오? 환멸의 고통스러운 찌꺼기 없이 내 거창한 예감과 일치하는 그런 해방된 인생을 꿈꾸는 것이 나쁜 일이오? 수평선의 한계가 존재하지 않는 삶을 꿈꾸는 것이 잘못된 일이오?

나는 그런 꿈을 꾸며 죽음을 기다리오. 아, 그런데 나는 죽음도 이미 지나치게 똑똑히 알고 있소. 내 인생 마지막 환멸을! 마지막 순간에 난 분명 이렇게 말할 거요. 아, 이게 죽음이구나. 그걸 내가 지금 겪고 있어. 그런데 대체 이게 뭐지?

선생, 광장이 벌써 서늘해졌소. 난 그걸 느낄 수 있소, 헤헤! 선생의 앞
날에 무궁한 발전이 있길 빌겠소. 아듀……

어릿광대
Der Bajazzo

　다 지나 놓고 나서 품위 있게 결론 내리자면, 나는 내 인생과 그 모든 것에 구역질이 난다. 구역질 나는 혐오감이 목을 조르고, 나를 몰아 대고, 나를 흔들더니 다시 내팽개친다. 물론 어쩌면 이 가소롭고 하찮은 일을 조만간 서둘러 해결한 뒤 재빨리 도망치는 데 필요한 원심력도 이 구역질이 제공할지 모른다. 이번 달과 다음 달도 계속 이렇게 살고, 아니 석 달, 반년까지 계속 이렇게 먹고 자고 나름대로 할 일을 하면서 지내는 것도 충분히 가능하다. 이 겨울 동안 겉으로 그래 왔던 것처럼, 기계적이고 잘 짜이고 차분한 방식으로 말이다. 그러나 겉으로만 그래 보였을 뿐, 속에서는 격렬한 해체 과정이 처절하게 진행되고 있었다. 사실, 겉으로 초연하고 세상에 무심하고 조용하게 사는 사람일수록 속으로는 더욱 치열하고 공격적이지 않을까? 물론 그래 봤자 소용이 없다. 사람은 어차피 살아야 하니까. 네가 행동하는 인간이 되기를 거부하고 평화롭고 한적한 곳에 은둔하더라도 네 마음속에서는 변화무쌍한 삶의 기복이 비쳐 가지 않을 것이고, 그 속에서 너는 너 자신을 드러낼 수밖에 없을 것이다. 영웅이든 바보든 간에.

나는 내 이야기를 쓰려고 깨끗한 공책을 준비했다. 그런데 왜 이것을 쓰려는 것일까? 뭐라도 해야 한다는 생각에서? 내 심리를 알고 싶어서? 내 마음을 들여다보면서 결국 이 모든 일이 일어날 수밖에 없었음을 확인하고 싶어서? 사실, 어떤 일이 결국 일어날 수밖에 없는 일이었다면 위안이 되기는 한다. 혹은 순간적이나마 스스로에 대한 우월감이나 아무래도 좋다는 무심함 따위를 즐기려고? 그렇다. 무심함이라는 것도 행복의 일종일지 모른다.

1

기억 저 아득한 곳에 오래된 소도시가 보인다. 박공지붕 집들이 늘어선 각지고 좁은 거리와 고딕식 교회, 분수도 아련히 보인다. 활동적이고 착실하고 소박한 사람들이 사는 도시 한가운데에 내가 자란 크고 낡은 회색 귀족 저택도 눈에 띈다.

재력을 갖춘 명망 있는 상인 가문이 4대째 내려오는 집이었다. 대문 위에는 '기도하고 일하라'는 글귀가 적혀 있고, 널찍한 돌바닥 현관 위엔 래칠을 한 나무 회랑이 있었다. 현관에서 넓은 계단을 올라간 뒤 또 다른 널찍한 공간과 작고 침침한 기둥 홀을 지나 높고 하얀 문을 열고 들어가면 거실이 나왔다. 어머니가 그랜드피아노를 치는 곳이었다.

어머니는 어스름 불빛 속에 앉아 있었다. 창문에 두툼하고 검붉은 커튼이 쳐져 있었다. 벽걸이 양탄자에 희게 수놓인 신들의 형상은 푸른색 배경 덕분에 입체적으로 보였는데, 그러다 보니 마치 쇼팽 야상곡의 깊고 무거운 첫 음들을 더 정확히 들으려고 몸을 앞으로 길게 빼고 있는 듯했다. 어머니는 쇼팽의 야상곡을 특히 사랑했는데, 화음 하나하나에 담긴 멜랑콜리를 충분히 즐기려는 듯 항상 몹시 느리게 연주했다. 피아노는 오래되어 울림이 좋지 못했지만, 높은 음들을 묵직이 가라앉히는 페달 덕분에 은은한 음이 떠오를 만큼 정말 기묘한 효과가 났다.

나는 등받이가 딱딱하고, 무늬가 돋아나게 짠 육중한 소파에 앉아 어머니를 관찰하며 연주에 귀를 기울였다. 작고 연약한 체구의 어머니는 대개 부드러운 연회색 옷을 입었다. 갸름한 얼굴은 아름답지 않았지만, 가르마를 타고 약한 웨이브가 들어간 옅은 금발에 둘러싸인 얼굴은 꿈을 꾸듯 조용하고 여린 아이 같았다. 심지어 고개를 옆으로 약간 기울인 채 피아노 앞에 앉아 있으면, 옛 성화에서 자주 볼 수 있는, 성모 발 아래에 앉아 열심히 현악기를 타는 감동적인 어린 천사와 비슷했다.

어릴 때 어머니는 당신 말고는 아무도 모를 것 같은 동화를 낮고 조용한 목소리로 자주 들려주었다. 혹은 당신의 무릎을 베고 누운 내 머리에 그냥 두 손을 올려놓은 채 묵묵히 앉아 있기도 했다. 지금 생각해 보면 그때가 내 생애에서 가장 행복하고 평화로운 시간이었던 것 같다. 어머니는 머리가 세지 않아 내 눈에는 늙지 않는 것처럼 보였다. 다만 조금씩 몸이 약해지고, 얼굴이 갸름해지고 조용하고 꿈을 꾸듯 변해 갈 뿐이었다.

반면에 아버지는 키가 크고 어깨가 넓은 장부였는데, 코안경을 걸친 하얀 조끼에다 고급스러운 검정색 양복을 입었다. 짧게 자른 은회색 구레나룻 사이에는 윗입술과 마찬가지로 깔끔하게 면도한 턱이 둥글고 강인하게 튀어나왔으며, 눈썹 사이에는 늘 세로 주름이 두 개 깊게 파여있었다. 아버지는 공적인 일에서 영향력이 큰 사람이었다. 나는 안도의한숨을 내쉬고 두 눈을 반짝이며 아버지 곁에서 물러나거나, 풀이 꺾여절망한 표정으로 떠나는 사람들을 직접 보았다. 그런 일은 나뿐 아니라어머니와 두 누나가 보는 가운데 종종 일어났기 때문이다. 어쩌면 아버지는 일부러 그런 모습을 보임으로써 당신처럼 출세하라는 야망을 내게심어 주려고 했는지도 모르고, 아니면 내가 몰래 의심했던 것처럼 그저관객이 필요했기 때문인지도 몰랐다. 의자에 기댄 채 한 손을 소맷부리에 넣고, 기뻐하거나 절망하면서 등 돌려 나가는 사람들을 느긋하게 지켜보는 아버지의 모습에서 나는 아직 어린아이였는데도 그런 의심을 하지 않을 수 없었다.

나는 구석에 앉아 마치 둘 중 하나를 선택해야 하는 것 같은 눈빛으로 아버지와 어머니를 살펴보면서, 꿈꾸는 것 같은 감각적 삶이 좋을지,아니면 권력을 누리는 행동적 삶이 좋을지 고민하곤 했다. 그러다 내 눈은 마지막에 어머니의 고요한 얼굴에 머물렀다.

2

그렇다고 내 외적 성향이 어머니와 비슷하지는 않았다. 내가 하는 일은 대부분 소리 없이 조용하게 흘러가는 것과는 한참 거리가 멀었다. 그중 하나가 생각난다. 또래 아이들과 노는 것보다 내가 훨씬 좋아했고,그 애들의 놀이보다 훨씬 깊이 빠져든 놀이였는데, 서른 살이 다 된 지금도 그 놀이를 생각하면 들뜨고 설렌다.

그것은 인형극이었다. 나는 혼자 방에 틀어박혀 커다랗고 근사한 인형극장을 꾸며 놓고 독특한 오페라 공연에 푹 빠졌다. 3층에 있던 내 방에는 발렌슈타인 장군처럼 수염을 기른 선조의 초상화가 두 점 걸려 있었는데, 나는 일단 방의 불부터 끄고 무대 옆에 등을 하나 갖다 놓았다. 분위기를 고조하려면 인공조명이 필요했다. 내 자리는 무대 바로 앞이었다. 내가 악단 지휘자였기 때문이다. 나는 둥글게 만든 커다란 마분지 상자 위에 가만히 왼손을 올려놓았다. 내 공연에서 유일하게 시각적인 오케스트라 장비였다.

이제 공연할 예술가들이 도착했다. 내가 직접 잉크와 펜으로 그린 다음, 가위로 오려서 설 수 있도록 나무를 댄 인형이었다. 외투를 입고 원통형 모자를 쓴 신사들과 무척 아름다운 숙녀들이었다.

내가 말했다. 안녕하십니까, 단원 여러분! 다들 잘 지내셨죠? 몇 가지 지시할 사항이 있어서 나는 먼저 나와 있었습니다. 자, 이제 분장실로 갈 시간이 된 것 같군요.

단원들은 무대 뒤 분장실로 향했고, 곧 완전히 달라진 모습으로 돌아왔다. 알록달록한 무대의상을 차려입은 완전한 배우의 모습이었다. 그들은 내가 커튼에 뚫어 놓은 구멍에 눈을 갖다 대고 객석이 얼마나 찼는지 살펴보았다. 빈자리는 많지 않았다. 나는 종을 쳐서 공연 시작을 알렸고, 곧 지휘봉을 들어 올렸다. 그러고는 잠시 그대로 멈추어 서서 이 신호가 불러일으키는 깊은 정적을 즐겼다. 그러나 곧 새로운 움직임을 향한, 예감에 찬 북소리가 둔중하게 울려 퍼졌다. 서곡을 알리는 북소리였는데, 왼손으로 마분지 상자를 두드려서 냈다. 이어 트럼펫과 클라리넷, 플루트 연주가 시작되었다. 내가 굉장히 독특한 방식을 써서 입으로 흉내 낸 소리였다. 오케스트라 연주가 이어지다가 힘찬 크레셴도 부분에 이르면 커튼이 말려 올라갔고, 그와 함께 어두운 숲이나 화려한 홀로 꾸며 놓은 무대에서 극이 시작되었다.

공연의 얼개는 머릿속으로 미리 짜 두었지만, 세부적인 것들은 즉흥으로 처리해야 했다. 클라리넷과 마분지 북소리에 맞추어 울려 퍼지는 격정적이고 달콤한 노래는 가슴을 진하게 울리는 야릇한 시였다. 더구나 거창하고 대담한 말들로 가득 차 있었고, 때로 운韻이 잘 맞기도 했다. 물론 이해할 수 있는 내용은 별로 없었다. 어쨌든 오페라는 계속되었다. 나는 왼손으로 북을 쳤고, 입으로는 노래를 부르거나 악기 소리를 흉내 냈으며, 오른손으로는 연기하는 배우들뿐 아니라 나머지 모든 일들을 세심히 지휘했다. 극이 끝나면 우레와 같은 박수가 쏟아지면서 커튼콜이 이어졌고, 심지어 어떤 때는 지휘자가 자리에서 몸을 돌려 당당하고도 겸손한 자세로 방 안의 객석을 향해 감사를 표하기도 했다.

진 빠지는 공연을 마치고 상기된 얼굴로 무대를 해체해서 다시 정리할 때면 행복한 피로감이 엄습했다. 마치 위대한 예술가가 최고의 능력을 발휘해서 완성한 작품이 성공을 거두었을 때 느끼는 행복한 노곤함이라고 할까! 이것이 내가 열서너 살 때까지 가장 좋아한 놀이였다.

3

그렇다면 그 큰 저택에서 보낸 내 어린 시절과 소년 시절은 어땠을까? 저택 아래층은 아버지가 업무를 보는 공간이었고, 위층에서는 어머니가 소파에 앉아 꿈을 꾸거나 생각에 잠겨 나직이 피아노를 쳤으며, 나보다 두 살과 세 살이 많은 누나들은 부엌이나 세탁장에서 일을 했다. 그런 것들은 사실 별로 기억이 나지 않는다.

분명한 것은 내가 무척 명랑한 아이였다는 사실이다. 나는 동급생들 사이에서 걸출한 집안과 교사들을 똑같이 흉내 내는 능력, 수많은 무대 소품 그리고 탁월한 말솜씨로 인기를 끌고 부러움을 한 몸에 받았다. 하지만 성적은 그리 좋지 못했다. 수업 시간에는 선생님들의 몸짓에서 우스꽝스러운 점들을 집어내느라 학업에 집중할 시간이 없었고, 집에 와서도 온통 오페라 소재와 시구를 비롯하여 다른 온갖 쓸데없는 짓거리밖에 하지 않아서 공부에 소홀했던 것이다.

점심 식사 후 내가 거실로 들어가 아버지에게 성적표를 내밀면, 아버지는 소맷부리 속에 손을 넣은 채 성적표를 꼼꼼히 살피다가 미간에 주름을 잡으며 말했다. "휴, 정말 한심하구나. 이런 걸 성적표라고 받아 오다니. 앞으로 뭐가 되려고 그러니? 생각이 있으면 말 좀 해 봐. 이러다간 절대 상류사회에 들지 못해!"

우울한 일이었다. 물론 그렇다고 나는 오후에 쓴 시를 저녁 식사 후에 부모님과 누나들 앞에서 낭독하는 것을 그만두지는 않았다. 물론 그럴 때면 아버지는 흰 조끼에 걸린 코안경이 흔들릴 정도로 웃음을 터뜨리며 소리쳤다. "괜한 시간 낭비하며 왜 이런 짓을 하는지 모르겠구나!" 그러나 어머니는 내 머리를 쓰다듬으며 말했다. "나쁘지 않구나. 몇 군데는 제법 괜찮았어."

나중에 몇 살 더 나이가 들었을 때 나는 혼자 피아노를 배웠다. 처음에는 올림바장조로 시작했다. 흰 건반보다 검은 건반이 훨씬 매력적으로 느껴졌기 때문이다. 그 뒤에 다른 음계로 넘어갔고, 피아노 앞에 앉아 있는 시간이 길어지면서 차츰 어느 정도 숙련된 단계에 이르렀다. 비록 박자와 멜로디는 맞지 않았지만, 화음의 변화로 이루어진 신비스러운 음의 물결 속에 최대한 많은 표현을 실으려고 노력했다.

어머니는 피아노를 치는 나를 보고 예술적 감각이 있다고 판단하고, 피아노 교습을 주선해 주었다. 그러나 수업은 반년밖에 가지 못했다. 나는 딱딱한 운지법이나 박자 따위를 배우는 데에는 도대체 흥미가 없었기 때문이다.

세월이 흘렀다. 나는 학교생활 때문에 걱정이 많았는데도 굉장히 쾌활하게 자랐고, 주변 사람과 친척들로부터 인기를 누리며 명랑하게 행동했다. 더구나 사랑스러운 아이 역할을 하는 데 재미를 붙여, 정말 천연덕스레 사랑스러운 연기를 잘했다. 속으로는 상상력이라고는 전혀 없는 무미건조한 인간들을 본능적으로 경멸하기 시작했지만.

4

고등학교 졸업반이던 열여덟 살의 어느 날 오후였다. 나는 우연히 부모님이 나누는 짧은 대화를 엿들었다. 두 분은 거실 둥근 테이블에 앉아 있었는데, 내가 바로 옆 식당 방에서 빈둥대며 창가에 앉아 이웃집 박공지붕 너머로 창백한 하늘을 올려다보고 있다는 것을 눈치채지 못하고 있었다. 나는 내 이름이 나오는 순간 반쯤 열린 하얀 날개 문으로 살그머니 다가갔다.

아버지는 한 손으로는 무릎 위에 경제 신문을 들고, 다른 손으로는 천천히 구레나룻 사이의 턱을 문지르며 소파에 등을 기댄 채 다리를 꼬고 있었다. 어머니는 소파에 앉아 조용히 자수를 놓고 있었고, 두 분

사이에는 등이 하나 놓여 있었다.

아버지가 말했다. "내 생각에는 우리 아들 녀석을 조만간 학교에서 데려와 어디 큰 상회에 견습생으로 넣었으면 좋겠소."

어머니는 슬픈 표정으로 고개를 들었다. "저렇게 재능 있는 아이를 요?"

아버지는 잠시 침묵하더니, 재킷에 붙은 실오라기를 세심하게 후 하고 불어서 털어 낸 뒤 어깨를 으쓱했다. 그러고는 두 팔을 들어 어머니에게 손바닥을 향한 채 말했다.

"여보, 언뜻 듣기로 상인한테는 재능이 필요 없다는 말 같은데 그건 잘못된 생각이오. 아무튼, 아들 녀석이 학교생활에 전혀 취미를 붙이지 못하는 걸 보면 정말 안타깝기 그지없소. 이제나저제나 나아질까 기대했는데 그럴 기미를 보이지 않으니⋯⋯ 당신이 말하는 녀석의 재능은 일종의 어릿광대 기질이오. 물론 그걸 무시해서 하는 말은 절대 아니오. 다만 녀석은 마음만 먹으면 얼마든지 사랑을 받을 수 있는 아이요. 사람들과 교제하는 요령도 알고, 사람들을 즐겁게 할 줄도 알고, 또 어떻게 해야 사람들이 좋아하는지도 알고 있소. 게다가 제 속에 남들의 마음에 들고 싶어 하고, 성공하고 싶어 하는 욕구도 있소. 그런 소질만으로도 행복한 인생을 꾸린 사람을 여럿 봤소. 다른 일에 시큰둥한 반응을 보이는 녀석의 성향을 고려하면, 그런 소질만으로도 상인이 되는데 상당한 재능을 갖추었다고 할 수 있을 거요."

이 말 끝에 아버지는 만족스러운 표정으로 소파에 등을 대고는 담뱃갑에서 담배를 꺼내 느긋하게 불을 붙였다.

"물론 당신 말이 맞아요." 어머니가 이렇게 말하더니 슬픈 얼굴로 방 안을 둘러보았다. "다만 저는 우리 아이가 나중에 예술가가 될 수도 있겠다는 생각을 자주 했고, 또 어느 정도는 그러기를 바랐던 것뿐이에요. ······사실 전문교육을 받지 않은 우리 아이의 음악적 재능에 뭔가 큰 기대를 해서는 안 되겠죠. 하지만 당신도 알고 계시죠? 우리 아이가 최근에 어느 미술 전시회에 다녀온 뒤로 그림을 그리기 시작한 걸요. 제 눈엔 그렇게 솜씨가 나쁜 것 같지 않았어요."

아버지가 담배 연기를 후 하고 내뿜으며 허리를 펴고 꼿꼿이 앉더니 짧게 말했다.

"다 쓸데없는 광대 짓이오! 그래도 정 원한다면 녀석한테 직접 물어볼 수는 있겠지."

그렇다면 내가 바라는 것은 무엇일까? 그런 게 있기나 한 것일까? 어쨌든 아버지가 제시한 내 인생의 외적인 변화가 무척 희망적으로 비친 것은 사실이었다. 그래서 나는 진지한 얼굴로, 학교를 떠나 상인이 되겠다고 말했고 실제로 강 아래쪽에 위치한 슐리포크트 씨의 대형 목재소에 견습생으로 들어갔다.

5

변화가 오직 외적인 데 그친 것은 당연했다. 나는 슐리포크트 씨의 목재 사업에 전혀 흥미가 없었기 때문이다. 나는 그저 매일 좁고 어두운 사무실 안에서 가스등 불 아래의 회전의자에 낯설고 멍하니 앉아 있었다. 예전에 학교에 있을 때와 똑같았다. 다만 차이가 있다면 지금은 걱정거리가 줄었다는 것뿐이다.

붉은 얼굴에 뱃사람처럼 꺼칠한 잿빛 수염을 기른 통통한 슐리포크트 씨는 나에게 거의 신경을 쓰지 않았다. 사무실과 적재장에서 상당히 멀리 떨어진 제재소에만 주로 머물렀기 때문이다. 직원들은 존경심으로 나를 대했다. 직원들 가운데 내가 유일하게 친하게 지낸 사람은 학교 다닐 때부터 알고 지내던 실링이라는 친구였다. 좋은 집안 출신인 재능 있고 쾌활한 청년이었다. 실링은 세상을 우습게 아는 듯이 말하면서도 목재 사업에 대해서는 뜨거운 관심을 숨기지 않았다. 그래서 어떻게 해서든 부자가 되겠다는 야망을, 하루도 입에 올리지 않고 넘어가는 날이 없었다.

나는 맡은 일을 기계적으로 처리한 뒤에는 대부분 적재장에서 판자 더미와 인부들 사이를 어슬렁거리며 돌아다니거나, 높은 나무 울타리 사이로 강을 관찰하곤 했다. 강변 철둑에서는 가끔 화물열차가 달렸는데, 나는 그런 풍경을 바라보며 내가 관람한 연극과 연주회, 혹은 내가 읽은 책을 생각했다.

나는 닥치는 대로 책을 읽었다. 감수성이 뛰어나, 문학작품 속의 주인공들과 감성 면에서 통했을 뿐 아니라 그들의 모습에서 나 자신을 보았고, 다른 책이 다시 영향을 끼칠 때까지 방금 읽은 책의 영향 아래 오랫동안 생각하고 느꼈다. 예전에 인형극 놀이를 했던 그 방에서 나는 이제 무릎 위에 책을 올려놓고 두 선조의 초상화를 올려다보며, 내가 정열적으로 빠져든 문학작품의 음악적 울림을 음미했다. 어슴푸레한 생각과 판타지가 만들어 내는 쓸모없는 혼돈에 푹 젖은 채……

누나들은 짧은 간격으로 연이어 결혼했다. 그 뒤로 나는 일하러 나가지 않을 때면 거실로 자주 내려갔다. 그곳엔 건강이 좋지 않고, 얼굴이 점점 아이 같아지고 고요해지는 어머니가 쓸쓸히 앉아 있었다. 어머니가 나를 위해 쇼팽을 연주하거나, 내가 어머니를 위해 새로 떠오른 화성을 선보일 때면 어머니는 내게 물었다. 지금 하는 일에 만족하냐고, 행복하냐고. ……물론 나는 의심할 바 없이 행복했다.

스무 살을 얼마 넘기지 않은 내 인생의 상황은 한마디로 잠정적이었다. 다시 말해, 슐리포크트 씨 밑에서건 다른 더 큰 목재상에서건 그런 일을 하면서 남은 생을 보내고 싶은 마음이 추호도 없었고, 언젠가는 박공지붕 집들이 즐비한 이 도시를 홀홀 떠나 세상 어딘가에서 내가 하고 싶은 대로 하며 사는 날이 올 거라는 생각이 늘 머릿속을 떠나지 않았다. 예를 들어 세련된 느낌의 훌륭한 소설을 읽고, 극장에 가고, 시간 나는 대로 악기를 연주하는 그런 생활이었다…… 그런데 20대 초의 잠정적인 삶이 행복했다고? 나는 잘 먹고 좋은 옷을 입었다. 또한 아주 일찍부터, 가령 학교 다닐 때부터 해진 옷을 입은 가난한 집 애들이 습관처럼 내 앞에서 굽실거리며 나와 비슷한 집안의 애들에게 소심하고 알랑거리는 태도로 흔쾌히 대장과 주인 자리를 내주는 것을 보았다. 그러면서 내가 남들의 부러움을 사는 부유한 상류층이라는 사실을 기분 좋게 깨달았다. 상류층은 가난하고 불행하고 시샘하는 사람들을 선의의 경멸감으로 내려다볼 권리가 있었다. 그런 내가 어찌 행복하지 않겠는가? 세상만사 다 자기 길이 있는 법이었다. 내 삶에는 우선 내가 친지들 사이를 낯설면서도 명랑하게 우월감을 느끼며 돌아다닐 수 있는 매력이 있었다. 나는 그들의 속물근성을 비웃으면서도 그들의 마음에 들고 싶어서 세련된 친절함으로 그들을 대했고, 그 모든 이들이 내게 드러내는 모호한 존경심을 즐겼다. 그들은 무언가 확실치는 않지만 내 존재 속에 자기들과는 완전히 다른 유별난 무언가가 있다고 믿는 듯했다.

6

아버지가 조금씩 달라지기 시작했다. 4시경 식사를 하러 오실 때 보면 미간의 주름이 갈수록 깊어지는 것 같았다. 게다가 예전처럼 위풍당당한 몸짓으로 소맷부리 속에 손을 집어넣지도 않았고, 무언가에 짓눌린 듯 소심하고 불안해하는 모습만 보였다. 그런 아버지가 어느 날 내게 말했다.

"너도 이제 이 아비의 건강을 갉아먹는 걱정거리를 알아야 할 나이가 되었다고 생각한다. 더구나 장차 네 인생과 관련해서 잘못된 기대를 하지 않으려면, 그 걱정거리들을 솔직히 털어놓는 것이 아비로서의 의무라는 생각도 드는구나. 네 누나들이 결혼하면서 우리 집 재산이 상당히 축난 것은 너도 알고 있을 게다. 게다가 최근에는 회사까지 큰 손실을 봐서 재산이 막대하게 줄어들었다. 나이가 드니 새삼 용기도 나지 않는 데다가 상황이 근본적으로 나아질 것 같다는 생각도 들지 않는구나. 앞으로 네 힘으로 살아 나가야 한다는 걸 명심하길 바란다."

아버지가 돌아가시기 두 달 전에 하신 말씀이었다. 어느 날 아버지는 사무실 안 팔걸이 소파에서 얼굴이 노랗게 질리고 몸이 마비된 채 낮게 신음하는 모습으로 발견되었다. 일주일 뒤에 열린 장례식에서 온 도시가 애도를 표했다.

그 뒤 어머니는 거실 소파에 맥 풀린 모습으로 조용히 앉아 있기만 했다. 대개 눈을 감은 채였다. 누나들과 내가 걱정을 해도 어머니는 그저 웃으면서 고개만 끄덕거렸고, 곧이어 다시 입을 닫고 움직이지를 않았다. 그러다 가끔 두 손을 무릎 위에 올려놓은 채 생경하고 슬픈 눈으로 벽걸이 양탄자에 그려진 신들을 바라보았다. 프록코트를 입은 신사들이 집으로 찾아와 회사 청산 과정을 보고할 때도 어머니는 고개를 끄덕이며 이내 눈을 감아 버렸다.

이제 어머니는 쇼팽을 치지 않았다. 이따금 정수리 부분을 가만히 쓰다듬을 때면 약하고 지치고 파리한 손이 파르르 떨렸다. 어머니는 아버지가 돌아가신 지 반년이 채 되기 전에 쓰러져 곧 세상을 떠났다. 고통의 신음도, 살려고 하는 몸부림도 없이.

이제 모든 것이 끝났다. 나를 이 도시에 붙잡아 둘 것은 아무것도 남지 않았다. 회사 정리 절차가 끝나자, 잘된 결과인지 잘못된 결과인지는 몰라도 내 손에 대략 10만 마르크의 유산이 떨어졌다. 혼자 살아가기에는 충분한 돈이었다. 더구나 대수롭지 않은 사유로 군 면제 처분을 받는 순간 내게는 더더욱 이 도시에 머물 이유가 없어졌다.

나를 이곳 사람들과 묶어 주는 끈은 이제 존재하지 않았다. 나는 그들 틈에서 자랐지만, 나를 바라보는 그들의 시선은 날이 갈수록 낯설고 의아한 빛을 띠어 갔다. 나로서도 한쪽으로 치우친 그들의 세계관 때문에, 어울려 살고 싶은 마음이 전혀 없었다. 물론 그들이 나를 제대로 본 것은 인정한다. 내가 정말로 아무 쓸데 없는 인간이라는 사실은 나 자신도 잘 알고 있었다. 그러나 아버지의 표현대로 내 '어릿광대 기질'을 즐거운 마음으로 받아들일 만큼 회의적이고 숙명론적인 성향을 지니고 있어서, 나는 기꺼이 내 방식대로 인생을 즐길 생각이었다. 자족自足에 관한 한 자신이 있었다.

나는 많지 않은 돈을 챙겨 거의 아무하고도 작별 인사를 나누지 않고 도시를 떠났다. 당분간 여행을 할 생각이었다.

이후 3년 동안 나는 수많은 새롭고 현란하고 풍성한 인상들을 가슴 가득 게걸스레 받아들이며 그에 흠뻑 취했다. 지금 생각해 보면, 그 시간들은 아름답고 머나먼 꿈처럼 느껴진다. 아, 내가 심플론 언덕의 눈과 얼음 사이에서 수도승들과 신년 축제를 벌인 때는 언제였던가? 베로나의 에르베 광장을 어슬렁거리던 것은? 보르고 산토스피리토에서 산피에트로 성당의 열주列柱 아래로 걸어 들어가고, 그 엄청난 광장에서 잔뜩 위축된 눈으로 주위를 두리번거리던 것은? 코르소 비토리오 에마누엘레에서 하얗게 반짝거리던 나폴리를 내려다보고, 바다 저 멀리 푸른 안개 속에 어른거리던 카프리 섬의 우아한 실루엣을 본 것은 또 언제였던가? ……아, 그렇게 아득하게 느껴지는 일들이 실제로는 6년밖에 지나지 않았다.

나는 내 처지에 맞게 굉장히 아껴 가며 여행했다. 숙소도 대개 소박한 민박이나 값싼 여관을 잡았다. 하지만 처음에는 예전의 부잣집 도련님 생활 습관을 떨치기가 힘들었고, 또 자주 이동했기 때문에 막대한 지출은 피할 수 없었다. 떠나기 전에는 여행 경비로 만 5천 마르크를 예상했지만, 실제 쓴 돈은 당연히 그보다 많았다.

여행 중에 여기저기서 만난 사람들과는 잘 지냈다. 그다지 재미없는 사람도 있었고 무척 흥미로운 사람도 많았다. 이들로부터는 예전 고향 사람들로부터 받았던 것과 같은 존경은 받지 못했지만, 대신 의아한 시선이나 질문을 받을 염려도 없었다.

나는 재능이라면 재능이라 할 수 있을 나름의 사교적인 재능으로 종종 함께 묵는 여행객들에게서 대단한 인기를 누렸다. 문득 팔레르모 미넬리 여관의 살롱에서 있었던 한 장면이 떠오른다. 다양한 연령대로 이루어진 프랑스 여행객들 사이에서 나는 우연히 작은 피아노에 앉아 리하르트 바그너의 오페레타를 즉석에서 연주하게 되었다. 비극적인 표정 연기와 낭송하는 듯한 노래, 막힘없이 흐르는 화음이 돋보이는 연주였다. 우레와 같은 박수갈채 속에 연주가 끝났을 때 한 노신사가 얼른 내게 다가왔다. 머리카락은 거의 없고, 몇 가닥 남지 않은 긴 구레나룻만 나풀거렸다. 그는 내 두 손을 잡고 눈물을 글썽이며 소리쳤다.

"아, 정말 놀랍소! 말이 안 나올 정도로 놀랍소! 맹세컨대 지난 30년 동안 이렇게 즐거워 보기는 처음이오. 정말 진심으로 감사드리오. 당신은 천생 배우나 음악가가 되어야 할 사람이오!"

그런 즉석 연주가 있는 날이면, 나는 마치 위대한 화가가 친구들과 어울리면서 마지못해 우스꽝스러우면서도 재치 있는 캐리커처를 그린 뒤에 느끼는, 천재의 자만심과 비슷한 기분을 느꼈다. 하지만 저녁 식사 뒤에는 다시 혼자 살롱으로 돌아가, 팔레르모의 풍경이 내게 일깨운 정감을 피아노의 장중한 화음으로 끌어내면서 고독하고 우수에 찬 시간을 보냈다.

나는 시칠리아 섬에서 스치듯이 아프리카를 지나 스페인으로 향했다. 마드리드 인근 시골의 비 내리는 음산한 겨울 오후였다. 나는 처음으로 독일로 돌아가고픈 소망을 느꼈다. 그럴 수밖에 없는 사정도 있었다. 한 곳에 정착해서 조용하고 규칙적으로 사는 생활에 대한 그리움은 차치해 두고, 아무리 아껴 써도 독일까지 가는 데 2만 마르크는 들 거라는 계산이 어렵지 않게 나왔기 때문이다.

나는 오래 망설이지 않고 프랑스를 거쳐 귀로에 올랐다. 서두르지는 않았다. 도중에 몇 도시에 들러 길게 머물면서 근 반년을 소비했다. 어느 여름날 저녁, 내가 탄 기차가 중부 독일 주도州都의 정거장으로 들어갈 때의 풍경이 슬픈 느낌으로 또렷이 기억난다. 여행을 시작할 때 미리 점찍어 둔 도시였다. 이제 나는 어느 정도 세상을 알고, 약간의 경험과 지식으로 무장한 채 여기서 아무 걱정 없이 누구에게도 기대지 않고, 많지 않은 재산에 맞추어 명상과도 같은 평온하고 방해받지 않는 인생을 살 수 있으리라는 기대로 어린애처럼 들떠 있었다.

그때가 스물다섯 살이었다.

8

이 도시를 선택한 것은 나쁘지 않았다. 규모는 상당히 컸지만, 시끄러운 대도시처럼 번잡하지 않았고 불쾌한 장삿속도 별로 보이지 않았다. 대신 몇 곳에 상당히 큰 유적지들이 있었고, 생동감 넘치고 부분적으로 우아한 구석이 있는 도시의 삶이 있었다. 도시 주변에도 쾌적한 곳이 더러 있었지만, 나는 늘 예술적인 취향으로 조성된 넓은 산책로를 선호했다. 이 산책로는 도시 대부분 지역이 기대고 있는, 길쭉하게 뻗은 레르헨베르크 언덕을 따라 이어졌는데, 이 언덕에 올라가면 집들과 교회, 완만하게 굽이치는 강 너머로 탁 트인 전망을 감상할 수 있었다. 몇몇 지점은, 특히 아름다운 여름날 오후 군악대가 연주하고, 화려한 마차와 산책객들이 여기저기 오갈 때면 마치 로마의 핀치오 언덕과 비슷한 느낌을 주었다. 어쨌든 이 산책로에 대해서는 나중에 다시 언급할 기회가 있을 것이다.

나는 사람들의 왕래가 많은 도심에서 침실과 큼직한 거실이 딸린 집을 빌렸다. 거실을 꼼꼼하게 꾸미면서 내가 얼마나 즐거워했는지는 아마 아무도 모를 것이다. 부모님의 가구는 대부분 누나들에게로 넘어갔지만, 내가 쓰던 물건들은 다시 내게 돌아왔다. 그러니까 책들과 두 선조의 초상화를 비롯해서 부피가 크고 희한한 물건들이 도착한 것이다. 그중에는 어머니가 나를 위해 남겨 주신 낡은 그랜드피아노도 있었다.

실제로, 모든 정리가 끝나고 여행 중에 수집한 사진들까지 벽에 붙이거나 무거운 마호가니 책상과 불룩한 서랍장 위에 올려놓은 뒤 창가 안락의자에 아늑하게 앉아 새로 얻은 내 집과 바깥 거리를 번갈아 바라보는 순간, 기쁨은 결코 작지 않았다. 그럼에도 그 순간 잊을 수 없었던 것은 만족감과 확신 외에 내 속에서 무언가 다른 것이 꿈틀대고 있었다는 사실이다. 그것은 약간 불안하고 걱정스러운 감정이자, 위협적으로 다가오는 힘에 대한 저항이자…… 지금까지는 잠정적인 상태로만 이어져 온 내 상황이 이제 처음으로 확정되고 변경될 수 없는 것으로 바뀌었다는, 약간 슬프고 먹먹한 기분이었다.

가끔 이런 감정이 반복적으로 일었던 것은 숨기지 않겠다. 하지만 오후 시간 창가에 앉아, 점점 깊어지는 어둠과 거기다 추적추적 내리는 비까지 바라볼 때 어떻게 우울한 변덕에 빠지지 않을 수 있겠는가? 어쨌든 분명한 것은 이제 미래가 완벽하게 보장되었다는 것이다. 나는 약 8만 마르크를 시립 은행에 맡겼다. 시절이 좋지 않아, 분기별로 받는 이자가 6백 마르크밖에 되지 않았지만, 그래도 그 돈이면 그럭저럭 품위를 지키며 살 수 있었다. 읽고 싶은 책을 사고, 종종 극장에 들르고, 가벼운 오락도 즐길 수 있었다.

이제 내 삶은 예전부터 목표로 삼았던 이상적인 삶에 맞게 흘러갔다. 10시쯤 일어나 아침을 먹고 정오까지는 피아노를 치거나 문학잡지 같은 책을 읽으면서 보냈다. 그런 다음에는 규칙적으로 들르는 작은 레스토랑으로 어슬렁거리며 걸어가 식사를 하고, 이어 제법 오랫동안 거리를 걷거나, 화랑에 가거나, 주변 지역을 돌거나, 레르헨베르크로 산책을 나갔다. 그러다 집에 돌아오면 오전에 했던 일이 되풀이되었다. 책을 읽고 피아노를 치고, 마음이 동하면 이것저것 그리거나 정성스레 편지를 썼다. 저녁 식사 뒤 극장이나 연주회에 가지 않으면 카페에 앉아 잠자러 가기전까지 신문을 읽었다. 아름다운 나날이었다. 특히 이따금 피아노를 치면서 새롭고 근사한 모티브가 떠오르거나, 소설을 읽고 그림을 보면서 가슴을 울리는 여운이 남으면, 그날은 특별히 행복한 내용을 담은 알찬 날처럼 느껴졌다.

말이 나온 김에 덧붙이자면, 나는 삶의 초안을 짜면서 이상적으로 접근했고, 일상의 나날에 최대한 알찬 내용을 많이 집어넣으려고 진심으로 고심했다. 반면에 생활은 검소했다. 평범하게 식사를 하고, 양복 한 벌로 많은 시간을 버텼으며, 육체적인 욕구를 세심히 제한했다. 대신 오페라나 연주회의 좋은 좌석을 구하는 데는 돈을 아끼지 않았고, 최신 문학작품을 구입하고 이런저런 미술 전시회를 관람했다.

이렇게 하루하루가 흘러 어느새 몇 주 몇 달이 훌쩍 지나갔다. 지루하지 않았느냐고? 고백하자면, 몇 시간 동안 지속적으로 알찬 내용을 전해 주는 책이 항상 손에 들어온 것은 아니었다. 피아노에 앉아 어떤 행복감도 없이 공상만 하거나 창가에 앉아 담배를 피우는 날도 드물지 않았다. 그러다 보면 온 세상과 나 자신에 대한 혐오감이 내 의지와는 상관없이 밀려 들어와 가슴을 후벼 팠다. 불안이 다시 엄습했다. 내가 예전에 알았던 그 고약한 느낌의 불안이었다. 그럴 경우 나는 벌떡 일어나 밖으로 뛰쳐나가서 거리를 오가는 직장인과 노동자들을 바라보며,

행복한 자의 우쭐한 미소로 어깨를 으쓱했다. 정신적으로건 물질적으로건 여유롭고 한가한 삶을 즐길 재능이 없는 사람들이었다.

9

스물일곱 살 청년이, 아무리 바꿀 수 없게 보인다고 하더라도 자신의 삶에 대해 영원히 확정되었다고 진지하게 믿을 수 있을까? 그러나 새들의 지저귐, 구름 사이로 방긋 비치는 푸른 하늘 한 점, 반쯤 잊힌 간밤의 몽롱한 꿈, 이것들만으로도 막연한 희망의 물줄기들이 갑자기 쏟아져 들어와, 그의 가슴을 예기치 않은 커다랗고 두근거리는 행복의 기대감으로 가득 채우는 것은 충분히 가능한 일이었다. ……나는 느릿느릿 하루를 보냈다. 목표도 없이, 그저 재미있는 잡지가 출간되는 날이면 그 자체가 작은 희망이 되어 평온하게 살았다. 행복하다는 뜨거운 확신과 함께. 물론 이따금 고독감으로 조금 지치기는 했다.

사실, 사람들과의 교제가 부족해서 아쉽게 느껴지는 시간도 드물지 않았다. 내가 사람들을 만나지 않는 이유는 굳이 설명할 필요가 없을 것이다. 나는 이 도시에서 좋은 관계를 유지하는 사람도 없었고, 상류층의 사교 모임에도 가지 않았다. 유복한 한량 행세를 하면서 돈 많은 젊은 애들과 어울리려면 돈이 있어야 했는데, 그럴 돈은 한 푼도 없었다. 그렇다고 집시 같은 애들과 어울릴 수는 없었다. 나는 훌륭한 교육을 받고 자랐고, 깨끗한 속옷과 멀쩡한 신사복을 입고 다니는 사람이었다. 그런 사람이 흘린 압생트*로 찐득찐득한 테이블에 껄렁한 인간들과 함께 앉아 아무 이야기나 어지럽게 떠들어 댈 수는 없는 노릇이었다. 물론 그러고 싶지도 않았다. 간단히 말해서, 세상에는 내게 어울릴 만한 마땅한 계층이 없었다. 어쩌다 알게 된 사람도 드물었지만, 혹시 그런 사람이 있다고 해도 관계는 늘 겉돌고 냉랭했다. 물론 모두 내 책임임을 인정한다. 불안해서 내가 그들에게 쉽게 곁을 주지 않았기 때문이다. 또한 별로 유쾌하지 않은 고백이기는 하지만, 상대가 아무리 너저분한 화가라고 하더라도 내가 어떤 사람인지 상대가 충분히 이해할 만큼 짧고 명확하게 말해 줄 수 있어야 했는데, 사실 나는 그렇게 말할 자신도 없었다.

게다가 어떤 식으로든 내게 이익이 되는 쪽으로 사람들과의 교제를 이용하지 않고 나만의 길을 걷고자 하는 자유로운 길을 선택했을 때는, 이미 그 사회와 단절하고 사교를 포기한 것이나 다름없었다. 만일 이제 와서 행복해지려고 다시 그 사람들을 필요로 한다면, 차라리 지금 이 시간에 거상으로서 공익에 힘을 쏟아 일반적인 부러움과 존경을 받는 일에 매진하는 편이 낫지 않을까!

그러나, 정말 그러나, 어느 순간 내 철학적 고독이 상당히 싫어졌다. 그것은 행복에 대한 내 관념과 맞지 않았다. 내가 지금 행복하다고 하는 의식이 흔들리는 일은 절대 없으리라고 믿어 왔는데, 그런 확신이 흔들렸던 것이다. 그렇다면 내가 행복하지 않다는 말인가? 아니, 심지어 불행하다는 말인가? 그건 상상조차 할 수 없는 일이었다. 이 단호한 대답과 함께 그 문제도 해결되었다고 믿었다. 그런데 그사이 내가 바깥세상과 단절한 채 혼자 은둔자처럼 살아가는 것이 결코 정상이 아니고, 정상으로 비치지도 않으며, 그런 고독한 생활로 시무룩해 있는 나 자신을 발견하는 경악스러운 시간이 찾아왔다.

* 향쑥이나 아니스 따위를 주된 향료로 써서 만든 혼성주混成酒.

시무룩하다는 것, 이것이 행복한 자의 특성일 수 있을까? 고향에 있을 때 제한된 사교 범위 안에서 지냈던 생활이 떠오른다. 그때 나는 나자신의 뛰어난 예술적 소질에 만족하면서 당당히 살았고, 사교적이고 사랑스러웠으며, 명랑한 두 눈엔 세상을 우습게 알면서도 우월한 자의 호의가 가득 담겨 있었다. 사람들은 그런 나를 별종으로 여기면서도 사랑으로 바라봐 주었다. 당시 나는 행복했다. 슐리포크트 씨의 목재소에서 일하는 처지였는데도 말이다. 그런데 지금은? 지금은?

평균 수준을 뛰어넘는 흥미로운 새 책이 출간되었다. 프랑스 소설인데, 나는 큰마음 먹고 그 책을 사서 소파에 편안하게 앉아 여유롭게 읽을 것이다. 300쪽에 이르는 이 소설은 예술적 감각과 해학이 넘치는 정말 훌륭한 책이다. 아, 이렇듯 나는 삶을 내 기호에 따라 꾸미고 살아간다. 그런 내가 행복하지 않을 수도 있다고? 가소로운 소리다. 한마디로 터무니없는 의문이다.

10

또 하루가 갔다. 다행히 알차지 않은 날이라고 말할 수 없는 날이었다. 저녁이 왔다. 창문에 커튼을 쳤고, 책상에 등불을 밝혔다. 그러다 자정이 가까워졌다. 침대에 들 수도 있지만, 나는 여전히 두 손을 무릎 위에 포개 놓고 소파에 반쯤 누워 천장을 올려다보며, 도저히 내쫓을 수 없는 어떤 불분명한 아픔이 가슴을 나직이 파고들어 갉아먹는 것을 가만히 좇는다.

몇 시간 전만 해도 위대한 예술 작품의 감동에 푹 빠져 있었다. 포악한 천재성과 타락한 호화스러움이 가득한 딜레탕티슴으로 사람을 마구 흔들어 대고 마비시키고 괴롭히고, 그러면서도 행복을 안기면서 다시 짓눌러 버리는 잔인하고 어마어마한 창작품 가운데 하나였다. ……내 신경은 아직 떨고 있고, 판타지는 마구 뒤집히고, 평소와 다른 분위기가 내 속에서 이리저리 물결친다. 그리움과 종교적 열정, 승리, 신비로운 평화로 뒤범벅된 감성이다. 그 안에는 그런 것들을 새로 솟구치게 해서 밖으로 내뿜고 싶다는 욕구도 존재한다. 그것들을 표현하고 전달하고 보이고 싶은 욕구이자, 그것들로 무언가를 만들고 싶은 욕구다.

내가 실제로 나 자신을 음이나 말, 형상으로 표현할 능력이 있는 예술가라면 어떨까? 그것도 솔직히 말해, 이 세 가지 능력을 모두 한꺼번에 가진 예술가라면 어떨까? 내가 다방면으로 재주가 많은 것은 사실이다. 예를 들어 나는 조용한 방 안에서 그랜드피아노 앞에 앉아 아름다운 감정들을 굉장히 멋지게 표현해 낼 능력이 있는 사람이다. 그것은 그 자체로 충분히 만족할 만한 일이다. 그런데도 내가 행복해지려고 다른 사람들을 필요로 한다면, 나라는 인간 역시 성공과 명성, 인정, 칭찬, 부러움, 사랑에 어느 정도 가치를 두고 있다는 것을 인정한다는 뜻이 아닐까? ……아, 벌써 팔레르모의 살롱에서 있었던 장면이 떠오른다. 그걸 보면 지금의 나도 그런 일이 내게 비할 바 없이 유쾌한 격려가 될 수 있음을 시인하고 있는 셈이다.

곰곰이 생각해 보면 내적 행복과 외적 행복이라는, 궤변에 가까운 이 가소로운 개념의 구분을 인정하지 않을 도리가 없다. 외적 행복이란 대체 무엇일까? 세상에는 신의 총애를 받는 인간 유형이 있다. 자신의 천재성이 곧 행복이고, 자신의 행복이 곧 천재성인 인간들이다. 태양 빛이 반사된 눈으로, 경쾌하고 우아하고 사랑스러운 방식으로 삶을 아주 가볍게 갖고 노는 빛의 인간들이다. 온 세상이 그들을 에워싸고, 경탄하고 칭찬하고 부러워하고 사랑한다. 질투조차 그들을 미워하게 할 수 없다. 그런데도 그들은 어린애처럼 버릇없이 변덕스럽고 오만하고 조롱하는 듯한 눈으로 바라본다. 자신의 행복과 천재성을 확신하면서. 이 모든 것은 절대 바뀔 수 없다는 듯이……

내게도 그런 인간이 되고 싶은 갈망이 있음을 부인하지 않겠다. 그리고 착각이든 진실이든 간에, 내가 예전에 그런 사람이었던 것 같은 느낌이 드는 것도 사실이다. 여기서 내가 '착각이든 진실이든 간에'라고 말한 것은, 솔직히 이런 문제에서 중요한 것은 자신이 스스로를 어떻게 생각하느냐, 자신이 어떤 사람처럼 구느냐, 그것도 얼마나 자신감 있게 그렇게 행동하느냐에 달려 있다고 믿기 때문이다.

내가 남들처럼 사회적으로 보탬이 되는 일을 하지 않고 남들과 연을 맺지 않는 삶을 설계한 것은 어쩌면 그런 외적 행복을 현실적으로 포기했음을 의미할지 모른다. 물론 어떤 순간에도 내 삶에 불만을 토로한 적은 없다. 내 삶에 대한 만족감은 흔들려서는 안 되고 의심받아서도 안 된다. 반복건대, 아니 필사적인 심정으로 강조컨대, 나는 행복해지고자 하고 행복해져야 하기 때문이다. 행복을 업적과 천재성, 고귀함, 사랑스러움으로 여기고, 불행을 추악한 것, 빛을 두려워하는 것, 경멸적인 것, 한마디로 하찮은 것으로 여기는 관념은 내 속에 너무 뿌리 깊이 박혀 있어서, 만약 내가 불행하다면 나는 결코 나 자신을 존중할 수 없을 것이다.

그러니 내가 어떻게 감히 불행하다고 말할 수 있겠는가? 만일 불행하다면 나는 지금 어쩌고 있어야 할까? 들쥐나 부엉이처럼 어둠 속에 쪼그리고 앉아 빛의 인간들을, 사랑스럽고 행복한 인간들을 부러운 눈으로 건너다보고 있지 않을까? 그들을 미워하고 나 자신을 경멸하고 있지 않을까? 독을 품은 사랑일 뿐인 증오로 말이다.

어둠 속에 쪼그리고 앉아 있어야 한다고? 아, 몇 달 전부터 가끔 세상 밖에 서 있는 나 자신과 철학적 고독에 대해 생각하고 느낀 것들이 떠오른다. 불안이 다시 스멀거리고 밀려든다. 고약한 느낌의 그 불안이다. 위협적으로 다가오는 힘에 대한 저항도……

물론 이런 것들을 잊게 해 주는 이런저런 위안과 기분 전환거리와 마취제가 있었던 것은 분명했다. 그러나 그것들은 어김없이 돌아왔다. 달이 가고 해가 가면서 수천 번도 넘게 다시 돌아왔다.

11

기적과도 같은 가을날들이 있다. 여름이 지나 밖에서는 벌써 나뭇잎이 노랗게 물들기 시작했다. 며칠 동안 바람이 길모퉁이를 쌩쌩 휘감아 불었고, 길가의 배수로에서는 더러운 물이 거품을 내며 콸콸 흘렀다. 너도 계절의 변화를 겸허히 받아들였다. 겨울을 견뎌 내려고 벌써 난롯가에 앉아 있었던 것이다. 그러던 어느 날 아침, 눈을 떴을 때 창문 커튼 사이로 길게 비치는 눈부시게 푸른 하늘을 보는 순간 너의 눈은 놀라움에 휘둥그레진다. 너는 침대에서 벌떡 일어나 창문을 열어젖힌다. 햇살이 물결처럼 파르르 떨며 밀려온다. 동시에 거리의 소음들 사이로 밝고 수다스럽게 지저귀는 새소리가 들린다. 너는 10월 첫날의 신선하고 가벼운 공기를 한껏 들이마신다. 그 속에는 한없이 달콤하고 상서로운 향기가 배어 있는 듯하다. 5월의 바람에서만 느낄 수 있는 향기다. 봄이다. 그것도 완연한 봄이다. 달력과는 상관없이. 너는 얼른 옷을 꿰입고 찬란한 하늘 아래 거리를 따라 서둘러 야외로 나간다……

지금으로부터 네 달 전에도 이처럼 전혀 기대하지 않았던 이상야릇한 날이 있었다. 달력상으로는 2월 초였다. 그날 나는 정말 기가 막히게 예쁜 것을 보았다. 집을 나선 시각은 아침 9시 전이었다. 가볍고 즐거운 기분으로 가슴 설레고, 정확히 알 수는 없지만 무언가 달라지고 예기치 않은 행복이 찾아올 것 같은 막연한 희망을 품고서 레르헨베르크로 향했다. 나는 오른쪽 끝에서 언덕을 올라 등성이를 길게 따라갔다. 자주 가는 산책로의 가장자리나 낮은 돌 경사로를 따라 걸었는데, 그래야 반시간쯤 소요되는 이 길 내내 테라스 형태로 가볍게 경사진 도시와, 햇빛에 반짝거리며 굽이쳐 흐르는 강을 훤히 내려다볼 수 있었다. 구릉과 푸른 들판 너머로 강물이 희미한 안개 속에서 어른거리고 있었다.

여기 언덕 위에서는 사람 그림자 하나 구경하기 힘들었다. 길 건너 벤치들도 주인 없이 쓸쓸했다. 이따금 나무들 사이로 햇빛에 하얗게 빛나는 동상만 보였다. 동상 위로 천천히 하늘거리며 떨어지는 시든 나뭇잎이 움직이는 전부라고 할까? 내가 옆쪽으로 환한 파노라마 같은 풍경을 바라보며 가만히 귀 기울이고 있던 정적은, 깨지지 않고 이어졌다. 그러다 언덕 끝에 다다랐고, 거기서부터 늙은 밤나무들 사이로 내리막길이 시작되었다. 그런데 갑자기 등 뒤에서 말발굽 소리와 마차 바퀴 구르는 소리가 들려왔다. 힘차게 달리는 말발굽 소리가 점점 가까워지면서 나는 길 가운데 자리를 내주어야겠다는 생각에 옆쪽으로 물러났다.

바퀴가 둘 달린 사냥용 경마차였다. 마차 앞에는 윤기 흐르고 생기 넘치는 말 두 마리가 숨을 가쁘게 몰아쉬고 있었다. 고삐는 열아홉이나 스물쯤 된 처녀가 쥐고 있었는데, 그 옆에는 풍채 좋은 고결한 용모의 노인이 앉아 있었다. 러시아식으로 기른 흰 콧수염과 무성한 흰 눈썹이 눈에 띄었다. 뒷자리에는 소박한 검은 제복을 입은 하인이 앉아 있었다.

내리막과 함께 말들이 주춤하면서 속도가 떨어졌다. 특히 한 녀석이 겁을 먹고 불안해하는 것 같았다. 녀석은 수레 끌채에서 옆으로 벗어나 머리를 가슴 위로 숙인 채 파르르 떨며 늘씬한 두 다리를 마지못해 내딛고 있었다. 그것을 본 노인이 걱정스러운 표정으로 몸을 숙여 우아한 장갑을 낀 왼손을 뻗어 옆에 앉은 처녀가 고삐를 팽팽히 당길 수 있도록 도와주었다. 보아하니, 그냥 재미 삼아 잠깐 처녀에게 고삐를 맡긴 것 같았다. 그게 아니더라도 그녀의 마차 모는 솜씨는 어른 흉내를 내는 어린애의 어설픈 수준을 넘지 못하는 듯했다. 그녀는 겁을 먹고 비척거리는 말을 진정시키려 애쓰면서 연신 심각하고 언짢은 표정으로 고개를 짧게 흔들곤 했다.

갈색 머리의 날씬한 여인이었다. 머리는 목덜미 위로 단단히 하나로 묶어 올렸지만, 이마와 관자놀이에는 묶음에서 풀린 연한 갈색 머리카락이 한 올 한 올 셀 수 있을 만큼 드문드문 내려와 있었다. 머리엔 작은 리본 장식만 달린 짙은 색 둥근 밀짚모자를 썼고, 짧고 검푸른 재킷과 소박한 연회색 치마를 입고 있었다.

얼굴은 선이 고운 달걀형이었다. 연갈색의 얼굴 피부는 아침의 맑은 공기로 발그스름했다. 얼굴에서 가장 매력적인 부분은 단연 눈이었다. 갸름한 두 눈에서 거의 절반을 차지하는 홍채는 반짝거리는 검은색이었다. 눈 위의 눈썹은 굉장히 고르고 붓으로 그린 듯 단아했다. 코는 약간 긴 듯했고, 입술은 선이 뚜렷하고 고왔지만 조금만 더 얇으면 어땠을까 하는 생각이 들었다. 그러나 그런 입도 하얗게 반짝거리는 고른 치아가 드러나는 순간 매력적으로 비쳤다. 그녀가 말과 씨름하느라 아랫입술을 깨물고, 그 상태로 어린애 같은 둥근 턱을 살짝 들어 올린 것이다.

이 얼굴을 보고 눈에 확 띄는 절색이라고 한다면 잘못일 것이다. 그러나 그 얼굴에는 젊고 생기발랄한 매력이 깃들어 있었고, 그 매력은 걱정을 모르고 자란 유복함과 훌륭한 교육, 사치스러운 보살핌으로 인해 다듬어지고 차분해지고 고결해진 듯했다. 지금은 고집을 피우는 말을 버릇없는 아이를 보듯 화난 빛으로 바라보는 갸름하고 반짝이는 두 눈도, 곧 지극히 당연하다는 듯이 다시 행복한 표정으로 바뀌게 될 것임이 분명했다. 어깨가 넓고 불룩한 재킷은 소맷부리가 가는 손목을 바짝 조이고 있었다. 이 길쭉한 우윳빛 손이 고삐를 쥐고 있는 모습만큼 세련된 우아함을 황홀하게 느낀 적이 없었다.

마차가 지나가는 동안 나는 눈길 한 번 받지 못한 채 길가에 서 있었다. 그러다 마차가 다시 속도를 내어 빠른 속도로 사라지자 나도 천천히 움직이기 시작했다. 내가 느낀 것은 기쁨과 감탄이었다. 하지만 동시에 가슴을 콕콕 찌르는 것 같은 야릇한 아픔도 밀려왔다. 쓴맛과 단맛이 함께 섞인, 가슴을 죄어 오는 감정이었다. 질투일까? 사랑? 아니면 자기 경멸? 나는 이 감정을 끝까지 파고들 엄두가 나지 않았다.

이 글을 쓰는 동안 한 불쌍한 거지가 떠오른다. 거지는 보석 가게 진열창 앞에 서서 반짝거리는 진기한 보석들을 뚫어지게 바라본다. 그러나 이 보석들을 갖고 싶다는 분명한 소망은 품지 못한다. 그런 소망을 품는다는 자체가 스스로를 조롱거리로 만들어 버리는 가소로운 일이기 때문이다.

12

여드레 뒤 우연히 그 처녀를 다시 본 것을 이야기하려고 한다. 그것도 오페라극장에서였다. 구노의 〈파우스트〉 상연 중이었는데, 내가 1층 무대 앞자리로 가려고 환한 홀에 들어서는 순간 건너편 2층 귀빈석에서 그 노신사와 처녀를 발견했다. 순간 내 가슴속에 일종의 충격과 혼란이 가벼운 파문처럼 일었다. 나는 어떤 이유에서인지는 몰라도 즉시 눈을 돌려 다른 줄의 귀빈석을 훑어보는 척했다. 서곡이 시작된 뒤에야 그 사람들을 좀 더 자세히 살펴볼 여유가 생겼다.

몸에 조이는 프록코트를 입고 나비넥타이를 맨 노신사는 품위 있게 조용히 소파에 등을 기대고 앉아 귀빈석 우단 난간에 갈색 장갑을 낀 한 손을 가볍게 올려놓고, 다른 한 손으로는 이따금 수염이나 허옇게 센 짧은 머리를 천천히 쓰다듬었다. 반면에 노신사의 딸이 분명해 보이는 처녀는 부채를 든 양손을 우단 쿠션 위에 올려놓은 채 흥미롭고 생기 있는 표정으로 몸을 굽히고 앉아 있었다. 때때로 고개를 살짝 젖혀 이마와 관자놀이에 내려온 연갈색 머리를 뒤로 넘기곤 했다.

그녀는 하늘하늘하고 밝은 비단 블라우스를 입고, 허리띠에 작은 제비꽃 다발을 꽂고 있었다. 갸름한 두 눈은 강한 실내조명 때문에 여드레 전보다 더 검게 빛났다. 그런데 나는 그전에 내가 보았던 입 모양이 실은 그녀의 독특한 버릇이라는 것을 알아차렸다. 그러니까 그녀는 매 순간 희고 고른 이로 아랫입술을 깨물며 턱을 살짝 들어 올렸던 것이다. 교태라고는 눈곱만큼도 보이지 않는 순진무구한 표정, 차분하면서도 쾌활하게 두리번거리는 시선, 장신구 하나 없이 오직 블라우스 위에 받쳐 입은 옷과 같은 색깔의 가느다란 비단 띠만 두른 부드럽고 하얀 목 그리고 가끔 오케스트라나 무대나 귀빈실에서 눈에 띄는 것이 있으면 주의를 기울이게 하려고 노신사에게 몸을 돌리는 동작, 이 모든 것이 말할 수 없이 곱고 사랑스러운 어린애 같은 인상을 불러일으켰다. 거기에는 감동이나 동정을 호소하는 것은 전혀 담겨 있지 않았다. 그것은 우아하고 유복한 생활을 통해 굳어지고 우월해진, 고귀하고 절제된 천진난만함이었다. 거기에서 행복이 나왔다. 오만방자한 것이 아니라 무언가 고요한 것이 어울리는 행복이었다. 그녀에게 행복은 당연한 것이었기 때문이다.

구노의 영민하고 애정이 충만한 음악은 그녀의 이 모습과 잘 어울린다는 생각이 들었다. 나는 무대에는 신경을 쓰지 않고 부드럽고 사색적인 분위기에 푹 빠져 음악에만 귀를 기울였다. 아마 음악이 없었다면 이 슬픈 분위기는 한층 더 고통스럽게 느껴졌을 것이다. 그런데 1막 뒤의 휴식 시간에 스물일곱에서 서른쯤으로 보이는 한 신사가 1층 무대 앞자리에서 일어나 사라지더니, 곧 내가 온 신경을 집중하고 있는 그 귀빈석에 세련되게 인사를 하며 나타났다. 노신사는 곧장 그에게 악수를 청했고, 처녀도 다정하게 고개를 끄덕이며 손을 내밀었다. 신사는 그녀의 손에 정중하게 입을 맞추더니 주위의 권유로 자리를 잡고 앉았다.

그 신사가 어디에서도 볼 수 없는 멋진 셔츠를 입고 있었다는 것은 나도 기꺼이 인정한다. 셔츠는 완벽하게 노출되어 있었다. 받쳐 입은 조끼는 길쭉한 검은 줄무늬에 지나지 않을 정도로 짧았고, 명치 훨씬 밑에서야 단추를 채운 연미복 재킷은 어깨에서부터 굉장히 넓은 곡선으로 재단되어 있었기 때문이다. 반면에 높고 빳빳하게 세운 목깃에 넓은 검정 나비넥타이를 매고, 적당한 간격으로 커다란 사각형 검정 단추 두 개를 채운 셔츠는 눈부실 정도로 하얗고, 감탄이 나올 정도로 풀을 잘 먹였는데도 전혀 뻣뻣해 보이지 않았다. 옷을 입은 사람이 불편하지 않도록 명치 부근에서 조금 들어갔다가 이내 보기 좋게 반짝거리며 다시 불룩하게 튀어나왔기 때문이다.

그 셔츠가 사람의 시선을 빼앗을 만하다는 건 분명했다. 그러나 얼굴은 완벽하게 동글동글했고, 그 위 두개골에는 아주 짧고 연한 금발이 덮여 있었다. 거기다 끈도 테도 없는 코안경을 썼고, 너무 무성하지는 않은 약간 곱슬곱슬한 금빛 콧수염을 길렀으며, 한쪽 뺨에는 결투 때 입은 것으로 보이는 자잘한 상처가 관자놀이까지 수두룩했다. 남자는 결점 하나 잡기 어려운 몸매에다 움직임에도 확고한 자신감이 배어 있었다.

남자가 계속 귀빈실에 있었기에 나는 저녁 내내 그를 관찰하면서 그만의 독특한 두 가지 자세를 확인할 수 있었다. 우선 사람들과의 대화가 끊기면 그는 다리를 꼬았고, 무릎 위에 쌍안경을 올려놓고 편안하게 의자에 등을 기댄 채 머리를 숙이고 입을 내밀어 자신의 양쪽 콧수염 끝을 관찰하는 데 몰두했다. 그렇게 최면에 걸린 사람처럼 앉아 있다가 가끔 머리를 이리저리로 천천히 돌렸다. 반면에 그 처녀와 대화를 하게 되면 공손하게 다리부터 풀었다. 하지만 등은 더 뒤로 기댔고, 양손으로는 소파를 잡았다. 그리고 머리는 최대한 높이 든 채 입을 넓게 벌리며, 사랑스러우면서도 어느 정도 우월한 느낌으로 그녀를 내려다보며 미소를 지었다. 놀랄 정도로 행복한 자의식에 가득 차 있는 사람임이 분명했다.

솔직히 말해, 나는 이런 사람의 진가를 안다. 워낙 무사태평한 성격이어서 그런지는 몰라도 그의 움직임 어디에도 괴로움과 당황스러움 따위는 없었다. 그는 자신감으로 가득 차 있었다. 그렇지 않을 이유가 없었다. 그는 지금껏 특별한 업적을 보이지 않고도 자기 길을 똑바로 걸어왔을 것이고, 앞으로도 명확하고 유익한 목표를 향해 그 길을 계속 걸어갈 것이다. 세상과의 균열은 없었다. 그렇게 세상의 그늘 속에서, 일반적인 존경의 햇볕 속에서 살아왔다. 그런 사람이 지금은 저기 귀빈실에 앉아 처녀와 수다를 떨고 있었다. 처녀의 순수하고 고상한 매력을 모를 정도로 눈치 없는 사람은 아니어서 어쩌면 이번엔 용기를 내어 구혼할지도 몰랐다. 이 남자에 대해 경멸의 말을 내뱉고 싶은 마음은 전혀 없다. 그건 진심이다.

그런데 나는, 나는 지금 어쩌고 있는가? 여기 멀리 어둠 속에 앉아, 나로서는 범접할 수 없을 만큼 고귀한 여인이 저렇게 하찮은 인간과 잡담을 나누며 웃고 있는 모습을 원망 가득한 채 지켜만 보고 있지 않은가! 배제되고 주목받지 못한 채, 자격도 없는 이방인처럼, 저들에 끼지 못하고 선 밖에 서서, 천민으로 추락한 나 자신에게 비참함을 느끼며……

나는 오페라가 끝날 때까지 자리를 지켰고, 물품 보관소에서 세 사람을 다시 만났다. 그들은 모피 외투를 걸치면서 이런저런 사람들과 몇 마디를 주고받고 있었다. 여기서는 어떤 부인과 저기서는 어떤 장교와…… 젊은 신사는 극장을 나간 뒤에도 노신사 부녀와 동행했다. 나도 극장 정문을 나선 뒤 약간 거리를 두고 세 사람을 뒤쫓았다.

비는 내리지 않았지만, 하늘엔 별만 몇 개 떠 있었다. 그들은 마차를 잡지 않고 수다를 떨며 유유히 걷기만 했다. 나는 가슴을 콕콕 찌르는 아픔과 조롱받은 듯한 비참한 감정으로 낙담하고 괴로워하면서, 어느 정도 소심한 거리를 유지하며 뒤쫓았다. 그들은 멀리 가지 않았다. 거리를 하나 지나자마자 소박하게 생긴 저택 앞에 걸음을 멈추었다. 이어 아버지와 딸은 진심 어린 작별 인사를 하고 안으로 들어갔고, 동행한 남자도 서둘러 자리를 떴다.

조각한 무늬가 있는 육중한 문 옆에는 '법률 고문관 라이너'라는 명패
가 붙어 있었다.

13

이 글을 쓰는 내내 내면에서 일어난 반발로 인해 책상에서 벌떡 일어
나 도망치고 싶은 마음이 수천 번도 넘게 들었다. 이 문제는 정말 녹초
가 될 때까지 파고 또 파헤쳐 모든 게 역겨울 정도로 넌더리가 났던 것
이다. 그래도 나는 이 글을 끝까지 마무리 짓기로 마음먹었다.

지금으로부터 세 달이 채 되기 전의 일이다. 시청 건물에서 자선 바자
회가 열린다는 내용을 신문에서 보았다. 그것도 귀족 사회에서 주최하
는 바자회라고 했다. 나는 그 광고를 주의 깊게 읽고, 곧 거기에 가기로
결심했다. 어쩌면 그녀도 바자회에 판매원으로 참여할지 몰랐다. 그렇다
면 누구에게도 방해받지 않고 그녀에게 자연스럽게 접근할 좋은 기회였
다. 가만히 생각해 보면 나도 좋은 가문 출신의 교양 있는 사람이었다.
라이너 양이 마음에 든다면 나도 그 멋진 셔츠를 입은 신사와 마찬가지
로 그 기회를 틈타 말을 걸고 몇 마디 농담을 주고받지 못할 이유가 없
었다.

바람이 불고 비가 내리던 오후, 나는 시청으로 출발했다. 시청 정문 앞
은 사람과 마차로 북적거렸다. 나는 청사로 들어가 입장권을 끊고 외투
와 모자를 보관소에 맡긴 뒤 사람들로 붐비는 넓은 계단에 힘겹게 도착
해서 2층으로 올라갔다. 연회장에서는 벌써 포도주와 음식, 향수, 전나
무 향이 뒤섞인 냄새가 끈적거리며 쏟아져 나왔고, 동시에 폭소와 대화,

음악, 외치는 소리, 종소리가 섞인 소음도 어지럽게 밀려 나왔다.

엄청나게 천장이 높고 넓은 홀은 깃발과 화환으로 알록달록하게 장식되어 있었다. 벽뿐 아니라 중앙에도 판매대가 길게 설치되어 있었다. 그중에는 개방 가판대도 있고, 칸막이가 있는 독립 판매소도 있었다. 여기저기서 환상적인 가면을 쓴 신사들이 고래고래 소리를 지르며 손님들을 불렀다. 꽃과 수공예품, 담배, 온갖 종류의 음료수를 갖다 놓고 파는 숙녀들도 다들 다양한 분장을 하고 있었다. 홀의 맨 안쪽 끝에는 화초로 장식된 강단에 악대가 자리를 잡고 음악을 연주했다. 판매대가 없는, 넓지 않은 통로에는 사람들이 빽빽한 대열을 이룬 채 천천히 앞으로 움직이고 있었다.

나는 음악 소리와 제비뽑기 소리, 유쾌한 선전 소리에 약간 어안이 벙벙한 채 이 인파에 합류했고, 얼마 지나지 않아 입구 왼편으로 네 발짝 떨어진 곳에서 찾고 있던 아가씨를 발견했다. 그녀는 전나무 잎 화환으로 치장한 작은 판매대에서 포도주와 주스를 팔고 있었는데, 이탈리아 여성 분장을 하고 있었다. 알록달록한 치마, 하얀 네모꼴 두건, 알바니아 풍의 짧은 조끼. 셔츠 소매가 짧아 팔꿈치까지 여린 살이 그대로 드러났다. 그녀는 약간 상기된 채 판매대 옆에 기대서서 갖가지 색깔이 섞인 부채를 만지작거리며, 판매대 둘레에서 담배를 피우는 신사들과 잡담을 나누고 있었다. 그중에서 나는 낯이 익은 신사를 한눈에 알아보았다. 그는 양쪽 모닝코트 주머니에 손가락을 네 개씩 찔러 넣은 채 그녀에게서 가장 가까운 곳에 서 있었다.

나는 천천히 떠밀려 그녀 앞을 지나갔다. 기회가 주어지자마자, 그녀가 지금보다 좀 더 한가해지자마자 바로 그녀에게 다가가기로 마음먹으면서…… 아, 예전의 그 쾌활한 자신감과 사교적인 면이 내게 아직도 남아 있는지, 혹은 지난 몇 주 동안 나를 시무룩하게 만들고 절망 비슷한 상태로 빠뜨린 것이 과연 근거가 있는 것이었는지 이제는 증명해야 했다! 나를 불안하게 했던 것이 과연 무엇이었을까? 저 처녀를 보면서 느끼는, 질투와 사랑, 부끄러움, 쓸쓸함이 뒤섞인 이 고통스럽고 비참한 감정은 어디서 오는 것일까? 고백건대, 지금도 내 얼굴을 화끈거리게 만드는 이 감정은 대체 어디서 오는 것일까? 솔직함! 사랑스러움! 밝고 귀여운 자기만족감! 빌어먹을, 자기만족감은 재능 있고 행복한 사람에게나 어울리는 법이지! 나는 그녀에게 접근할 목적으로 던질 농담과 근사한 표현, 이탈리아식 인사를 초조하게 생각하고 또 생각했다.

굼뜬 인파 속에서 다시 홀을 돌아오기까지는 제법 시간이 걸렸다. 마침내 기회가 왔다. 그 작은 포도주 가게 앞에 이르렀을 때 아까 그녀를 반원으로 둘러싸고 있던 남자들이 없어진 것이다. 다만 낯익은 그 신사만 여전히 판매대에 기대서서 처녀와 활발히 대화를 나누고 있었다. 이젠 정말 저들의 대화를 중단시켜야 했다! 나는 몸을 틀어 인파에서 빠져나온 뒤 판매대 앞에 섰다.

무슨 일이 벌어졌을까? 아, 아무 일도 벌어지지 않았다. 거의 아무 일도! 내가 판매대 앞에 서는 순간 두 사람의 대화는 끊겼고, 낯익은 신사는 한 발짝 옆으로 비켜서 테도 끈도 없는 코안경을 손가락 다섯 개로 잡는 것 같더니 그 손가락들 사이로 나를 관찰했다. 판매원 처녀도 마치 심사하는 듯한 눈길로 양복에서 신발까지, 나를 찬찬히 훑어보았다. 양복은 새것이 아니었고, 구두는 길거리에서 묻은 오물로 더러웠다. 게다가 나는 얼굴까지 벌겋게 달아올라 있었고, 모르긴 해도 분명 머리까지 엉망으로 헝클어져 있었을 것이다. 나는 냉정하지 못했고, 자유롭지도 않았다. 거기다 몸 상태까지 좋지 않았다. 이곳과는 어울리지 않는,

자격도 없는 이방인이 괜히 여기서 방해나 하고 있고, 그래서 스스로를 웃음거리로 만들고 있다는 느낌이 가슴 밑바닥에서부터 솟구쳤다. 불안감, 속수무책, 증오, 비참함으로 시선이 어지러웠다. 하지만 아직 제정신이 남아 있을 때 여기 온 목적을 이행해야 했다. 나는 어두운 표정으로 눈썹을 찡그리며 쉰 목소리로 무뚝뚝하고 짧게 말했다.

"포도주 한 잔 주시오."

순간 처녀가 자신의 남자 친구에게 별 이상한 인간이 다 있다는 듯한 시선을 흘깃 던진 것 같은 느낌이 내 착각인지 아닌지는 아무래도 상관없다. 그녀는 그와 나처럼 침묵하며 내게 포도주를 내밀었다. 나는 분노와 아픔으로 당혹스럽게 벌게진 얼굴로, 참담하고 한심한 꼬락서니로 시선도 들지 않고 두 사람 사이에 서서 포도주를 몇 모금 마셨다. 그러고는 돈을 테이블 위에 올려놓고 정신없이 인사한 뒤 홀을 벗어나 서둘러 밖으로 뛰어나갔다.

그 순간 이후 나는 끝났다. 이 일과 비교하면 별것도 아닌 일을 덧붙이자면, 며칠 뒤 나는 신문에서 다음과 같은 공고를 읽었다.

'제 여식 안나와 판사 시보 알프레트 비츠나겔 박사의 약혼식을 삼가 알리는 바입니다. 법률 고문관 라이너.'

14

그 순간 이후 나는 끝났다. 그나마 남아 있던 자기 확신과 행복하다는 자의식이 송두리째 와르르 무너져 내렸다. 나는 이제 살 수 없다. 내가 불행한 인간이라는 걸 고백한다. 내 속에 비참하고 한심한 몰골의 사내가 보인다. 계속 보고 있기가 힘들다. 나는 파멸할 것이다. 오늘이든 내일이든 스스로 목숨을 끊을 것이다.

그 사건 이후 내 마음속의 첫 본능적인 움직임은 그것을 대중 통속소설 같은 요소로 포장해서, 구역질 나는 내 참담한 처지를 불행한 사랑으로 치부하려는 영악한 시도였다. 그러나 바보 같은 짓이었다. 손바닥으로 하늘을 가릴 수는 없었다. 사람은 불행한 사랑으로 파멸하지 않는다. 또한 불행한 사랑은 정서적으로 구역질 나는 것이 아니다. 불행한 사랑을 겪은 사람도 자기 자신을 좋아할 수 있다. 그러나 자신에 대한 애정이 아무런 희망도 없이 완전히 무너져 내렸기에, 내게 남은 것은 파멸뿐이다.

마지막으로 이런 질문을 던져도 된다면, 내가 그 처녀를 정말 사랑했을까? 사랑하기는 한 것일까? 어쩌면 그랬을지도…… 하지만 어떻게, 왜 사랑했을까? 그 사랑은 오래전부터 예민해져 있던 내 병든 허영심의 산물이 아니었을까? 도저히 차지할 수 없는 그 고결한 처녀를 처음 보는 순간 고통스럽게 저항하면서 질투와 미움, 자기 경멸의 감정을 불러일으킨 그 허영심 말이다. 그렇다면 사랑이라는 것도 단지 그 허영심의 구실이고 탈출구이고 구제책이 아니었을까?

그렇다. 이 모든 건 허영심 때문이다! 아버지도 예전에 나를 보고 어릿광대라 부르지 않았던가?

아, 나는 옆으로 비켜나 앉아 이 세상을 무시할 권리가 없었다. 최소한 나라는 인간은 말이다. 너무 허영심이 강해 세상의 경멸과 무시를 견디지 못하고, 세상과 세상의 박수갈채가 없으면 견디지 못하는 것이 나라는 인간이었다. 그렇다면 그건 권리의 문제가 아니라 당위의 문제가 아니었을까? 아무 짝에도 쓸모없는 내 어릿광대 기질은 어떤 형태의 사회적인 직업에도 적합하지 않았던 게 아닐까? 그래, 좋다. 어찌 됐건 나를 파멸로 이끈 건 어릿광대 기질이 분명했다.

이래도 좋고 저래도 좋은 태도로 사는 것도 일종의 행복이다. 나도 그걸 알지만, 나 자신에 대해서는 그런 태도로 살 수 없고, 남들과 다른 눈으로 나 자신을 바라볼 수 없다. 나를 파멸시킨 것은 순진무구함으로 가득 찬 양심의 가책이다. 그렇다면 양심의 가책이란 결국 속으로 곪아가는 허영심의 다른 이름이 아닐까?

세상에는 한 가지 불행만 있다. 자신에 대해 애정을 상실하는 것이 그것이다. 자기 자신이 더는 마음에 들지 않는 것은 불행한 일이다. 아, 그동안 나는 그것을 얼마나 또렷이 느껴 왔던가! 그 밖에 모든 것은 삶의 유희이자 다채로움이다. 다른 고통에서는 아주 훌륭하게 자기 자신에게 만족할 수 있고, 아주 멋지게 자신을 예외로 만들 수 있다. 너 자신을 한심하고 역겨운 인간으로 만드는 것은 너 자신과의 불화이자, 고통스러운 양심의 가책이자, 허영심의 몸부림이다.

옛 지인이 불쑥 내 앞에 나타났다. 예전에 슐리포크트 씨의 목재소에서 함께 일한 적이 있는, 실링이라는 이름의 친구였는데, 사업 일로 이 도시에 들렀다가 나를 찾아온 것이다. 만사에 회의적인 유형의 친구였다. 그런 그가 바지 주머니에 손을 찔러 넣고, 테가 까만 코안경을 쓰고, 관용의 의미로 어깨를 으쓱하며 어느 날 저녁 내 앞에 나타나서 말했다. 여기서 며칠 머물다 갈 거라고. 우리는 술집으로 향했다.

"대단해! 아주 쾌적하게 살고 있군. 누구 눈치도 안 보고 독립적으로 말이야. 안 그래? 정말 자유로워 보여! 그래, 자네가 옳아! 어차피 한 번뿐인 인생 아닌가? 그것 말고 다른 게 뭐가 중요하겠나? 확실히 자넨 나보다 똑똑해. 나도 시인하지. 자넨 항상 천재였다고!"

그는 예전처럼 계속 입이 마르도록 나를 칭찬하고 호의적인 말을 해 주었다. 내가 그런 사람이 아니라는 것을 들키면 어쩌나, 하고 속으로 전전긍긍하고 있는 줄은 꿈에도 모른 채 말이다.

나는 이 친구가 생각하는 그런 사람처럼 보이려고 필사적으로 노력했다. 여전히 옛날처럼 당당하게 지내고, 행복한 자기 확신의 삶을 살고 있는 것처럼 말이다. 그러나 소용없는 짓이었다. 내게는 이미 강단도 용기도, 천연스럽게 연기할 침착함도 없는 상태였다. 그저 어색한 당황감과 자신감 없는 비굴한 태도만 남았을 뿐이다. 그는 믿기 어려울 정도로 빨리 사태를 파악했다. 아, 그전까지 나를 언제나 행복하고 우월한 인간으로 인정할 준비가 되어 있던 친구가 이제는 나를 꿰뚫어 보고, 깜짝 놀란 눈으로 바라보고, 차갑게 변하고, 외려 자신이 우월한 듯이 굴고, 이 자리가 불편한 듯 안절부절못하다가 마침내 얼굴 가득 경멸스러운 표정을 짓는 것을 보는 것이 얼마나 끔찍한 일이던지! 그는 예정보다 일찍 출발했다. 다음 날 몇 줄 휘갈겨 쓴 편지가 인편에 도착했는데, 갑자기 바쁜 일이 생겨 떠나게 되었다는 것이다.

인간은 모두 자기 자신에 대한 문제에만 지나치게 집착하기에 남에 대해서는 진지한 의견을 갖지 못하는 것이 사실이다. 사람들은 크게 내켜하지 않으면서도, 너 스스로 존중하는 만큼 너를 존중한다. 네가 원하는 대로 살아라. 뻔뻔할 정도로 확신을 보여 주고, 양심의 가책 같은 건 버려라. 너를 경멸할 만큼 도덕적인 사람은 없다. 네가 너 자신과 하나 되지 못하고 스스로에 대한 애정과 만족감을 잃으면 그리고 스스로를 경멸하는 모습을 보이면 남들도 당연히 너를 그렇게 대할 것이다. 나는 그 점에서 실패했다.

나는 이제 펜을 던지고 글쓰기를 끝낸다. 역겹고 구역질 난다. 삶에 종지부를 찍는다는 것은 어릿광대에겐 너무나 큰 용기가 필요한 일이 아닐까? 두렵다. 내가 이대로 살아가고, 먹고, 자고, 아무 일이나 조금 하고, 그러면서 내가 불행하고 한심한 인간이라는 것에 시나브로 둔감하게 익숙해질지도 모른다는 것이.

빌어먹을, 누가 생각이나 했을까? 어릿광대로 태어난다는 것이 이런 액운과 불행일지 말이다.

루이셴
Luischen

1

아무리 뛰어난 문학적 상상력으로도 도저히 상상이 안 가는 결혼이 있다. 그것은 연극에서 서로 상반되는 것끼리의 결합, 즉 늙고 어리석은 것과 아름답고 생기 넘치는 것의 위험한 결합처럼 그냥 받아들여야 한다. 소극笑劇에서는 그런 모순적인 것끼리의 결합이 극의 구성적인 토대가 되기 때문이다.

변호사 야코비의 아내로 말할 것 같으면, 굉장히 매력적인 젊고 아름다운 부인이었다. 30년 전에는 안나, 마가레테, 로자, 아말리에라고 불리기도 했지만, 언제부터인가 사람들은 이 이름들의 첫 글자를 합쳐 그냥 '암라'라 불렀다. 이 이국적으로 울리는 이름은 그녀라는 사람과 정말 잘 어울렸다. 그녀의 이국적인 면은 외모에서 잘 드러났다. 옆 가르마를 타 좁은 이마에서 양쪽으로 비스듬히 넘긴 풍성하고 부드러운 머리카락은 밤색이었지만, 윤기 없는 진노랑색을 띤 피부는 완벽한 남방 사람이었다. 이런 피부에 감싸인 몸도 남국의 햇볕에 잘 그을린 듯했고, 굼떠 보이는 식물성의 풍만함으로 인해 이슬람 왕비가 떠올랐다. 그녀가 이성보다 감정에 예속된 사람일 가능성이 무척 높다는 것은 탐욕스럽게 느릿느릿 움직이는 몸짓 하나하나가 불러일으키는 인상과 전적으로 일치했다. 게다가 그녀가 감정에 치우친 인간이라는 것은, 자기만의 참신한 방식으로 예쁜 눈썹을 좁은 이마 위로 수평으로 치켜세우며 아무것도 모를 것 같은 갈색 눈을 치켜뜨는 표정 하나만 봐도 금방 알 수 있었다. 그러나 그녀도 그걸 모를 정도로 모자라는 사람은 아니었다. 그래서 말을 거의 하지 않는 방법을 택해, 자신의 약점을 노출시키지 않았다. 아름다우면서 말수가 적은 여자에 대해서는 아무도 시비를 걸지 않기 때문이다. 아, 그런데 '모자란다'라는 것은 그녀의 특징 가운데 극히 일부만을 가리키는 말일 뿐이었다. 그녀의 시선은 우둔해 보이면서도 음탕하고 뇌쇄적이었다. 이 여자가 불행을 조장하지 않을 만큼 우둔한 사람이 아니라는 것은 누구나 알고 있었다. …… 덧붙이자면, 그녀의 코는 정면에서 보면 약간 크고 살점이 많았지만, 도톰한 입은 완벽했다. 관능적이라는 말 외에 다른 마땅한 표현이 없을 정도였다.

여러모로 걱정이 들게 하는 이 여인이 바로 마흔쯤 된 변호사 야코비의 아내였다. 이 남자를 보는 사람은 우선 입이 쩍 벌어졌다. 그는 비대했다. 아니, 그냥 비대한 정도가 아니라 마치 거대한 동상 같았다. 늘 잿빛 바지 속에 넣고 다니는 다리는 아무 형태가 없는 우람한 기둥 같아서 코끼리 다리를 방불케 했고, 지방 때문에 불룩한 등은 곰의 등판 같았으며, 불룩 튀어나온 배는 무슨 동산만 했다. 그는 늘 몸집에 비해 너무 작아 보이는 특이한 녹회색 재킷을 입고 다녔는데, 단추 하나만 간신히 채운 재킷은 단추를 풀자마자 단숨에 양쪽 어깨까지 벌어졌다. 이 거대한 몸통 위에는 너무 짧아 거의 구분이 안 되는 목이 걸쳐져 있었고, 그 위에는 상대적으로 무척 작아 보이는 얼굴이 솟아 있었다. 길쭉한 눈은 촉촉하게 젖었고, 코는 짧고 펑퍼짐했으며, 뺨은 살의 무게를 못 이겨 축 늘어졌고, 두 뺨 사이에는 꼬리 부분이 슬프게 처진 조그만 입이 뚫려 있었다. 둥근 머리통과 코밑에는 돼지 털처럼 딱딱한 연한 금빛 털이 있었는데, 성긴 털 사이로는 군데군데 맨살이 보였다. 너무 많이 먹어 피둥피둥해진 개처럼. ……아, 이런 비대한 몸이 건강할 수 없다는 것은 지극히 당연한 일이었다. 위로건 옆으로건 거대한 이 몸은 근육이라고는 전혀 없는 지방 덩어리였다. 그러니 혈액순환이 원활할 리 없었다. 사람들은 부풀어 오른 그의 얼굴이 갑자기 피가 몰려 벌개졌다가 다시 한순간에 핏기 없이 누렇게 변하는 모습을 자주 보았다. 그럴 경우 입은 대개 불쾌하게 일그러졌다.

그는 변호사 업무를 극히 제한적으로 보았다. 아내가 가진 재산까지 포함해서 가산은 꽤 많은 편이었다. 아이가 없는 부부는 카이저 가街의 건물 한 층에 집을 편안하게 꾸며 놓고 살았다. 사람들과의 교제도 활발했다. 물론 그것은 분명 암라 부인의 취향에 따른 것이었다. 괴롭지만 어쩔 수 없이 열심히 동참해야 하는 남편으로서는 그런 자리가 행복할 리 만무했다. 그 뚱뚱한 남자의 성격은 몹시 특이했다. 아마 이 세상 어디에도 그만큼 공손하고 친절하고 양보 잘하는 사람은 없을 것이다. 그러나 사람들은 대놓고 말은 안 했지만, 그의 지나친 친절함과 남의 비위를 잘 맞추는 태도가 어떤 연유에서인지는 몰라도 강요된 것이고, 또 그의 소심함과 불안에서 비롯된 것임을 느꼈기에 그의 그런 태도를 별로 유쾌하게 여기지 않았다. 자기 자신을 경멸하면서도 비겁함과 허영심에서 사랑스럽게 굴고 남의 마음에 들려고 애쓰는 것만큼 추한 모습도 없는데, 내가 보기에 야코비 변호사도 분명 그런 부류였다. 그는 굴종에 가까울 정도로 자기 비하가 심해서, 사람이라면 누구나 가져야 할 자신에 대한 존엄을 갖지 못했다. 그래서 테이블로 인도하고 싶은 부인이 있으면 이렇게 말했다. "존경하는 부인, 제가 비록 못생기고 역겨운 인간이지만 부인께서 호의를 베풀어 주신다면……" 이것은 자기를 낮추는 태도와는 상관없는, 그냥 씁쓸하고 고통스럽고 혐오감을 자아내는 말일 따름이었다.

다음의 일화도 마찬가지로 사실에 입각한 이야기이다. 어느 날 변호사가 산책을 나갔는데, 한 난폭한 짐꾼이 손수레를 끌고 가다가 한쪽 바퀴로 변호사의 발을 치었다. 그런데도 짐꾼 사내는 수레를 너무 늦게 세우고는 몸을 돌렸다. 변호사는 어쩔 줄 몰라 당황해했고, 얼굴이 하얘지고 볼살까지 떨었다. 그러더니 머리를 깊숙이 숙이며 더듬거렸다. "죄, 죄송합니다!" 화나는 일이다. 성을 내야 할 사람이 오히려 사과를 하다니! 이 유별난 거구는 늘 양심의 가책에 시달리는 것 같았다. 아내와 함께 도시의 주 산책로인 레르헨베르크를 걸을 때면, 놀랄 정도로 탄력 있게 걸어가는 암라에게 이따금 소심한 시선을 던지며 곳곳에서 마주치는 사람들에게 불안한 얼굴로 열심히 인사하기 바빴다. 만나는 소위 한 사람 한 사람에게 굽실거리며, 자기 같은 인간이 이렇게 아름다운 여자를 아내로 두어서 사죄라도 해야 한다고 느끼는 것처럼 말이다. 상냥한 말을 내뱉으면서 비참하게 일그러지는 그의 입은 제발 자신을 놀리지 말아 달라고 애원하는 것처럼 비쳤다.

앞서 암시된 바와 같이, 암라가 어떻게 그런 야코비 변호사와 결혼을 했는지는 아무도 모른다. 다만 야코비 입장에서는 그녀를 사랑한 것이 틀림없었다. 그것도 그런 몸을 가진 사람들에게서는 도저히 찾기 어려울 만큼 뜨겁고 절절한 사랑이자, 그의 나머지 성격에는 전적으로 일치하는 굴욕적이고 소심한 사랑이었다. 밤늦은 시각, 암라가 높직한 창문에 주름진 꽃무늬 커튼을 치고 침실에 누워 있을 때면 변호사가 방으로 들어왔다. 발소리는 들리지 않고 바닥과 가구만 둔중하게 쿵쿵 울릴 정도로 조용히. 그는 아내의 육중한 침대 옆에 무릎을 꿇고 앉아 한없이 사랑스러운 표정으로 아내의 손을 잡았다. 그럴 경우 아내는 눈썹을 이마 위로 치켜세우면서 거대한 돌덩어리 같은 남편을 악의가 담긴 관능적인 눈빛으로 묵묵히 관찰하곤 했다. 남편은 파르르 떠는 묵직한 손으로 아내의 셔츠 소매를 조심스럽게 걷어 올리고는 슬픈 하마 같은 얼굴을 아름다운 갈색 팔의 부드러운 손목에 묻었다. 푸르스름한 혈관이 짙은 피부색과 명확히 구분되는 지점이었다. 그는 짓눌리고 떨리는 목소리로 속삭이기 시작했다. 이성적인 남자라면 일상에서는 도저히 할 수 없는 말들이었다.

"암라, 내 사랑 암라! 혹시 내가 방해한 건 아니었소? 아직 잠이 안 들었소? 여신 같은 당신, 나는 온종일 이 생각만 했소. 당신이 얼마나 아름답고 내가 당신을 얼마나 사랑하는지! ……하고픈 말이 있는데, 잘 들어 봐요. 내 마음을 잘 표현할 수 있을지 모르겠소. ……나는 가끔 심장이 오그라들어 어디로 가야 할지 모를 정도로 당신을 사랑하오. 정말 감당이 안 될 만큼 사랑하오! 당신은 이해 못할 수 있지만, 사실이니까 믿어도 되오. 그리고 단 한 번이라도 좋으니, 이런 나한테 고맙다고 말해 주었으면 좋겠소. 알다시피, 당신에 대한 내 사랑과 같은 사랑은 우리의 인생에선 참으로 가치 있는 일이기 때문이오. 그리고…… 나를 사랑할 수는 없다고 하더라도 절대 나를 배신하거나 속이지 않겠다고 약속해 줄 수는 없겠소? 그냥 내 사랑이 고마워서 말이오. ……이 말을 하려고 당신을 찾아온 거요. 정말 진심으로, 정말 간절하게 부탁하오."

이런 상황은 대개 변호사가 자세를 바꾸지 않고 비통하게 나직이 울기 시작하는 것으로 끝났다. 그러면 암라도 안됐는지 남편의 뻣뻣한 머리털을 쓰다듬으며, 위로하는 것 같기도 하고 비웃는 것 같기도 한 어조로 발음을 길게 빼면서 이런 말을 몇 번 내뱉었다. 쪼르르 달려와 주인의 발을 핥을 개한테 하는 말처럼. "그래, 그래! 우리 착한 동물……!"

암라의 이런 태도는 두말할 것 없이 예의범절을 아는 아녀자의 태도가 아니었다. 이쯤에서 내가 지금껏 묵혀 온 진실을 털어 낼 시간이 된 것 같다. 그녀는 남편의 간절한 청에도 불구하고 남편을 속였다. 그녀와 놀아난 상대는 알프레트 로이트너라는 남자였는데, 스물일곱 살에 작곡한 흥겨운 소곡小曲들로 벌써 상당한 명성을 얻은, 젊고 재능 있는 음악가였다. 날씬한 몸매에 자신감 넘치는 얼굴, 자유로운 스타일의 금발 그리고 의도적인 냄새가 나기는 해도 항상 눈에 환한 웃음을 띠고 있는 것이 매력적인 사내였다. 그는 요즘의 소소한 예술가 유형에 속했다. 스스로에게 지나치게 많은 것을 요구하지 않고, 행복하고 사랑스러운 사람이 되는 것을 최우선으로 치고, 개인적인 호감도를 높이는 데 평범하지만 제법 그럴듯한 재능을 활용하고, 사람들이 모인 자리에서 자신의 소박한 재주를 과시하길 좋아하는 그런 유형 말이다. 이런 사람들은 일부러 순진한 척 굴고, 비도덕적이고, 양심 없고, 쾌활하고, 자기 확신이 가득했고, 병에 걸린 것을 자랑할 만큼 건강했다. 또한 이들의 허영심은 상처를 받지만 않는다면 실제로 사랑스럽기도 했다. 하지만 정말 심각한 불행이 덮치면, 예를 들어 도저히 장난기로 넘길 수 없고 자랑할 수 없을 만큼 심각한 병에 걸리면, 스스로 행복하다고 믿는 이 소소한 광대들은 얼마나 괴로워하는지 모른다! 이들은 분별 있게 불행을 받아들이는 법을 모른다. 고통이 닥치면 어떻게 대처해야 할지도 모른다. 그래서 쉽게 파멸하고 만다. ……이들 이야기만으로도 소설 하나는 충분할 것이다. 어쨌든 로이트너는 괜찮은 곡을 썼다. 주로 왈츠와 마주르카였는데, 통속적인 느낌이 너무 강해서 내가 이해하는 한 '음악'이라 보기 어려웠다. 게다가 모든 곡에 독창적인 요소가 있는 것은 아니었다. 신선한 경과부나 도입부도 없었고, 조화로운 전환부도 없었다. 또 전문가들도 흥미를 가질 만하고, 그것을 위해 곡이 만들어진 듯한 느낌이 들 정도로 재치와 창의성이 돋보이는 섬세한 효과가 없는 경우도 있었다. 물론 그가 쓴 이 두 장르의 곡에는 전반적으로 명랑한 분위기 가운데, 갑자기 빠르게 사라지듯 울리는 기괴한 우수와 멜랑콜리가 담겨 있는 경우도 많았다.

어쨌든 암라 야코비는 이 젊은 남자에게 푹 빠졌다. 용서받지 못할 부정한 사랑이었다. 로이트너도 그런 유혹을 뿌리칠 만큼 도덕적인 인간은 아니었다. 처음에는 이런저런 자리에서 우연히 만나다가 날이 가고 해가 가면서 두 사람 사이에 불순한 관계가 싹텄다. 도시 주민들은 누구나 둘의 관계를 알았고, 변호사의 등 뒤에서 입을 가리고 수군거렸다. 그렇다면 변호사는 어땠을까? 암라는 너무 멍청해서 양심의 가책 같은 것이 뭔지 몰랐고, 그런 걸로 남편에게 자신의 잘못을 털어놓을 사람이 아니었다. 그래서 남편은 늘 납덩이처럼 무거운 불안과 걱정을 안고 살았음에도 분명 아내에 대해 명확한 의심을 품지는 않았던 것 같다.

3

　이제 모두의 가슴에 기쁨을 안겨 주려고 대지에 봄이 찾아왔다. 암라는 즉시 가장 좋아하는 계획을 떠올렸다.
　"크리스티안." 그녀가 남편을 불렀다. 변호사의 이름은 크리스티안이었다. "새로 담근 봄 맥주를 축하할 겸 우리 큰 파티를 열어요. 음식은 그냥 송아지구이만 차려 놓고요. 하지만 사람은 많이 부르도록 해요."
　"물론이지." 변호사가 대답했다. "그런데 조금 연기하는 건 어떻겠소?"
　암라는 가타부타 대답을 안 하고 즉시 자기 계획만 자세히 늘어놓았다.
　"당신도 알다시피, 사람들이 많이 오면 우리 집은 너무 좁아요. 성문 앞의 큰 음식점이나 정원, 아니면 홀을 빌려야 해요. 그러면 공간도 넉넉하고 맑은 공기도 쐴 수 있어서 좋아요. 당신도 이해하죠? 맞아, 레르헨베르크 언덕 자락에 있는 벤델린 씨 집 어때요? 홀이 아주 크잖아요! 비어 있는 데다 술집과 양조장과는 통로 하나로 바로 연결돼요. 그 홀을 축제 때처럼 멋지게 장식하는 거예요. 탁자를 길게 이어 놓고, 새로 담근 맥주를 마시고, 춤을 추고, 악기도 연주하고…… 거기다 연극을 하는 건 어때요? 그 집에 작은 무대가 있거든요. 괜찮은 생각 같지 않아요? ……한마디로 독창적인 파티가 될 거예요. 모두들 아주 즐거워 할 거라고요."

아내가 말하는 동안 변호사는 얼굴이 약간 노래졌다. 입꼬리도 아래쪽으로 살짝 움찔했다.

"여보, 나도 그날이 진심으로 기다려지는구려. 이런 일은 당신이 능숙하게 잘하니, 알아서 준비하구려."

4

이렇게 해서 암라는 파티 준비에 착수했다. 우선 여러 신사 숙녀들과 의논을 했고, 벤델린 씨의 대형 홀을 직접 빌렸다. 심지어 파티준비위원회 같은 것을 꾸리기도 했다. 파티를 더 멋지게 장식할 유쾌한 공연들에 동참해 달라고 요청받거나 정중히 부탁받은 사람들로 꾸린 모임이었다. 그런데 가수로 활동하는 힐데브란트 부인만 빼고는 모두 남자였다. 나머지 구성원의 면면을 보면, 궁정 배우 힐데브란트 본인을 비롯해서 판사 시보 비츠나겔, 젊은 화가, 알프레트 로이트너 그리고 흑인 춤 공연을 위해 비츠나겔이 데려온 대학생 몇 명이 있었다.

암라가 파티를 열기로 결심한 지 여드레 만에 카이저 가에서 벌써 협의차 위원회가 소집되었다. 암라의 작고 따뜻한 살롱에 사람이 가득 찼다. 이 공간에는 두툼한 양탄자가 깔려 있고, 쿠션이 여러 개 놓인 터키식 소파 하나, 야자수 한 그루, 영국식 가죽 소파들, 다리가 멋지게 휜 마호가니 테이블이 있었다. 벨벳 탁자보가 깔린 테이블에는 고급스러운 물건이 여럿 놓여 있었다. 벽난로도 있었는데, 아직 불을 좀 때서 방 안이 훈훈했다. 검은 석판 위에는 고급 재료로 속을 채운 버터 빵 접시 몇 개와 유리컵, 배가 불룩한 백포도주 유리병 두 개가 놓여 있었다. 암라는 야자수 그늘이 드리워진 터키식 소파에 다리를 꼬고, 등을 기대고 앉아 있었다. 마치 온화한 밤처럼 아름다운 자태였다. 밝고 하늘하늘한 비단 블라우스에다 큼직한 꽃무늬가 수놓인 두툼한 짙은 색 치마를 입고 있었다. 그녀는 가끔 한 손으로 좁은 이마에 내려온 밤색 머리를 쓸어 올렸다. 가수인 힐데브란트 부인도 터키식 소파의 암라 옆에 앉아 있었다. 붉은 머리에 승마복을 입은 여성이었다. 두 부인 맞은편에는 남자들이 반원 형태로 빽빽이 앉아 있었다. 그들 가운데에 변호사가 있었다. 그가 앉을 수 있는 자리는 무척 나지막한 가죽 소파 하나뿐이었는데, 이루 말할 수 없이 불행한 표정을 짓고 있었다. 이따금 무겁게 숨을 내쉬었고, 마치 차오르는 구역질과 사투를 벌이는 것처럼 힘겹게 침을 꿀꺽꿀꺽 삼키곤 했다. 테니스복을 입은 알프레트 로이트너는 의자에 앉지 않고 산뜻하고 경쾌한 자세로 벽난로에 기대서 있었다. 한자리에 가만히 오래 앉아 있지 못한다는 것이 그의 주장이었다.

힐데브란트 씨는 울림이 좋은 목소리로 영국 가요에 대해 말했다. 지극히 착실하고 선량한 사람이었다. 검정색 옷을 입고 있었는데, 통통한 카이사르 황제와 비슷한 얼굴에 자신감 넘치는 태도, 세련된 미적 감각을 갖춘, 교양 있고 박식한 궁정 배우였다. 진지한 대화에서는 입센과 졸라, 톨스토이를 정면으로 비판하길 좋아했다. 이 작가들 모두 사악한 목표를 추구하고 있다는 것이다. 그런 사람이 오늘같이 사소한 사안에 대해서는 무척 나긋나긋했다.

"여러분도 〈That's Maria!〉라는 훌륭한 노래 아시죠?" 그가 말했다. "좀 외설스러운 구석이 있긴 해도 효과는 만점이죠. 또 다른 유명한 노래로는……" 그가 몇몇 다른 노래를 제시했고, 그중에서 사람들은 의견을 모아 노래를 정했다. 힐데브란트 부인은 노래를 부르겠다고 자청했다.

어깨가 축 처지고 끝이 뾰쪽한 금발 턱수염을 기른 젊은 화가는 마법사를 패러디 하기로 했고, 힐데브란트 씨는 유명한 남자들을 흉내 내기로 했다. 일이 순식간에 뚝딱 진행되어 모든 프로그램이 벌써 끝난 것처럼 보였을 때, 얼굴에 결투 때문에 생긴 흉터가 많고 붙임성이 좋은 판사 시보 비츠나겔 씨가 별안간 다시 발언을 시작했다.

"아주 좋습니다, 여러분. 정말 재미있는 공연이 될 것 같습니다. 그런데 외람되지만 이 말씀은 꼭 드리고 싶네요. 우리 공연에 하이라이트나 클라이맥스, 혹은 뭔가 한 방을 터뜨려 줄 결정적인 것이 빠진 느낌이 든다는 거죠. ……뭔가 특별한 것, 놀라서 입을 다물지 못하게 하는 것, 사람들을 뒤로 넘어가게 할 만큼 재미있는 것이 있으면 좋겠는데…… 결정은 여러분께 맡기겠습니다. 저는 딱히 묘안이 없습니다. 그냥 느낌으로는……"

"맞는 말씀입니다!" 벽난로에 기대서 있던 로이트너 씨가 테너 목소리로 말했다. "비츠나겔 씨의 말이 맞습니다. 공연의 절정을 장식할 하이라이트 프로그램이 꼭 필요합니다. 다 같이 숙고해 봅시다." 그는 빨간 허리띠를 몇 번 짧게 만져 똑바로 하면서 관찰하듯이 좌중을 훑어보았다. 그 표정이 정말 매력적이었다.

힐데브란트 씨가 입을 열었다.

"그러니까 유명인을 흉내 내는 프로그램이 클라이맥스로는 좀 부족하다고 생각하신다면……"

다들 판사 시보의 말에 동의했다. 모두에게 특별한 재미를 줄 하이라이트가 필요할 듯했다. 야코비 변호사조차 고개를 끄덕이며 나직이 말했다. "맞습니다. 뭔가 진짜 유쾌하고 재미있는 것이……" 다들 고민에 빠졌다.

다 같이 숙고해 보자는 말과 함께 시작된 약 1분간의 침묵 끝에 이상한 일이 일어났다. 터키식 소파 쿠션에 등을 기대고 앉아 마치 생쥐처럼 열심히 빠른 속도로 뾰쪽한 손톱을 뜯고 있던 암라의 얼굴에 아주 기이한 표정이 번뜩였다. 그러더니 어느 순간 입가에 살며시 미소가 피어올랐다. 넋이 나간 것 같기도 하고, 돈 것 같기도 한 미소였다. 아픔과 잔인함을 동시에 품은 음탕한 미소라고 할까? 동그랗게 반짝거리던 두 눈이 천천히 벽난로 쪽으로 스르르 옮겨 가더니 그 젊은 음악가의 눈에 잠시 머물렀다. 그러고는 갑자기 남편 쪽으로 상체를 휙 내밀면서 남편 무릎에 두 손을 올려놓고, 끈끈하고 빨아들일 것 같은 시선으로 남편의 얼굴을 뚫어지게 바라보았다. 그녀의 얼굴은 눈에 띄게 창백했다. 그녀가 애절한 목소리로 천천히 말했다.

"여보, 내가 제안 하나 할게요. 당신이 마지막 가수로 나와 빨간 비단 유아복을 입고, 우리를 위해 재미있게 춤을 춰 주면 안 될까요?"

이 짧은 말의 효과는 굉장했다. 젊은 화가만 좋은 뜻으로 웃으려고 했을 뿐 나머지는 그러지 않았다. 힐데브란트 씨는 돌처럼 차가워진 얼굴을 웃소매로 쓸었고, 대학생들은 기침을 하거나 상당히 큰 소리로 손수건에다 코를 팽 풀었으며, 평소에 얼굴이 빨개지는 일이 많지 않은 힐데브란트 부인도 얼굴이 새빨개졌고, 판사 시보 비츠나겔은 버터 빵을 가지러 간다며 도망쳐 버렸다. 낮은 소파에 고통스러운 자세로 웅크리고 앉아 있던 변호사는 얼굴이 노래졌고, 두려움이 가득한 웃음을 지으며 주위를 둘러보았다. 그러고는 이렇게 더듬거렸다.

"무슨 그런 소릴…… 아무 재주도 없는 사람한테…… 가당치도 않은…… 미안하지만 그건……"

알프레트 로이트너도 태평한 얼굴이 아니었다. 얼굴까지 약간 빨개진 것 같았다. 그래서 그는 고개를 내밀고 당혹스러운 눈길로 영문을 모르 겠다는 듯이, 혹은 암라의 의중을 알아내려는 듯이 그녀의 눈을 유심히 들여다보았다.

암라는 애원하는 자세를 바꾸지 않고, 시종일관 진지하게 똑같은 내용을 강조했다.

"거기다 로이트너 씨가 작곡한 노래를 부르는 거예요. 로이트너 씨가 반주를 넣어 줄 거예요. 그러면 우리 파티에서 최고로 멋진 클라이맥스 가 되지 않겠어요?"

침묵이 이어졌다. 짓누르는 듯한 무거운 침묵이었다. 그런데 갑자기 이 상한 일이 벌어졌다. 로이트너 씨가 마치 전염된 것처럼, 격랑에 휩쓸린 것처럼 흥분해서 한 걸음 앞으로 걸어 나오더니 급격한 감동에 빠진 사 람처럼 떨면서 말하기 시작했다.

"변호사님, 단언컨대 저는 준비가 되어 있습니다. 당신을 위해 작곡 할 준비가 되어 있다는 말입니다. 제 노래를 부르고 제 노래에 맞춰 춤 을 춰 추십시오. 그거야말로 우리가 생각할 수 있는 유일한 클라이맥스 입니다. ……아마 당신도 알게 될 겁니다. 제가 지금껏 만들었고, 앞으로 만들 곡 중에서 최고의 작품이 될 거라는 것을. ……거기다 빨간 비 단 유아복까지! 아, 정말 당신의 부인은 예술가입니다. 예술가라고밖에 말 못 하겠네요. 그렇지 않다면 어떻게 이런 생각을 할 수 있겠습니까? 말씀해 보세요. 정말 간절한 마음으로 부탁드립니다. 허락해 주십시오! 제기 힘을 보태겠습니다. 제가 근사한 걸로 만들어 드리겠습니다. 분명 보게 되실 겁니다."

이로써 문제가 정리되면서 모든 것이 빠르게 움직였다. 악의에서건 예 의상으로건 모든 사람이 변호사에게 그 역을 맡아 달라고 빗발치듯 청하기 시작한 것이다. 심지어 힐데브란트 부인까지 브륀힐데* 같은 목소리로 크게 말했다. "자신을 가지세요, 변호사님. 평소 당신은 무척 재미있고 유쾌한 사람이에요!" 그러나 변호사도 가만히 듣고 있지만은 않았다. 얼굴이 아직 약간 노랗기는 했지만, 결연한 어조로 확고하게 못을 박았다.

"여러분, 제 말 좀 들어 보세요. 제가 무슨 말씀을 드려야겠습니까? 저는 그 일에 어울리는 사람이 아닙니다. 제 말을 믿으세요. 웃기는 재주가 전혀 없는 인간입니다. 거기다 또…… 그만두죠. 어쨌든 미안하지만 이건 말이 안 되는 이야기입니다."

그는 요지부동이었다. 이번만큼은 고집을 꺾지 않았다. 암라는 이제 대화에 끼지 않고 멍한 표정으로 소파에 등을 기대고 앉아 있고, 로이트너 씨도 말 한 마디 없이 양탄자의 아라베스크 문양만 가만히 내려다보고 있었다. 얼마 후 힐데브란트 씨는 슬그머니 화제를 바꾸었고, 곧이어 모임도 해산되었다. 마지막 문제는 결정을 내리지 못한 채.

그날 저녁, 암라가 침대에 누워 아직 눈을 뜨고 있을 때 남편이 무거운 다리를 끌고 들어와 침대맡에 의자를 갖다 놓고 앉더니 나지막이 망설이면서 말했다.

"내 말 좀 들어 봐요, 암라. 솔직히 말해서 아까 그 일이 마음에 걸려서 우울하오. 오늘 내가 사람들한테 너무 매정하게 대했다면, 내가 면전에다 대고 너무 매몰차게 뿌리쳤다면 그건 맹세코 본의가 아니었소! 아까 당신이 정말 진지하게 한 말이라면…… 제발……"

암라는 잠시 침묵하더니 곧 천천히 눈썹을 치켜세우며 어깨를 으쓱

*바그너의 오페라 〈니벨룽겐의 반지〉에 나오는 북구의 신화적 인물. 게르만 민족 최고의 신 오딘의 딸이다.

했다.

"당신 말에 뭐라고 대답해야 할지 모르겠어요. 당신은 지금껏 내가 알던 당신이 아니었어요. 마치 다른 사람처럼 행동했어요. 당신더러 공연에 참여해 달라고 한 건 당신을 위해서 한 소리였어요. 다른 사람들도 꼭 필요한 일이라고 생각하고요. 그런데도 당신은 퉁명스럽게 거절했어요. 아무리 부드럽게 표현해도, 그건 사람들 가슴에 못을 박는 짓이었어요. 사람들을 실망시켰다고요! 당신의 쌀쌀맞은 태도 때문에 파티를 완전히 망쳤다고요! 그게 파티 주최자로서 할 짓이에요?"

변호사는 고개를 떨어뜨리고는 무겁게 숨을 내쉬었다.

"아니오, 암라. 나는 절대 파티를 망치려고 그런 게 아니오. 누구도 모욕할 생각이 없었고, 누구도 화나게 할 생각이 없었소. 그런데도 내가 그렇게 못되게 굴었다면 그 행동을 보상할 용의가 있소. 어차피 그건 재미로 하는 가장무도회이고, 악의 없는 놀이 아니겠소? 그걸 내가 못 할 이유가 어디 있겠소? 나 때문에 축제가 망쳐지는 일은 없게 하겠소. 함께하겠다고 약속하리다."

이튿날 오후 암라는 파티에 필요한 물건을 구입한다는 핑계로 다시 외출을 했다. 그런데 그녀가 도착한 곳은 홀츠 가 78번지 3층이었다. 바로 거기서 애인이 기다리고 있었다. 그녀는 몸을 쭉 뻗고 누워 사랑에 취한 채 남자의 머리를 가슴에 꼭 끌어안으며 격정적으로 속삭였다.

"잘 들어요, 우리 둘이 같이 해요. 그 사람이 노래하고 춤추는 동안 우리 둘이 반주를 넣는 거예요. 의상은 내가 준비할게요."

야릇한 전율과 발작과도 같은 참을 수 없는 폭소가 두 사람의 사지를 타고 흘러내렸다.

파티를, 그것도 야외에서 대규모로 파티를 열려는 사람은 누구나 레르헨베르크 언덕 자락에 위치한 벤델린 씨의 저택을 가장 선호한다. 예쁜 교외 도로에서 높은 울타리 문을 지나면 바로 공원 같은 정원이 나온다. 큰 술집에 딸린 이 정원은, 한가운데에 널찍한 연회장이 마련되어 있다. 레스토랑과 주방, 양조장과 길쭉한 통로 하나로 연결된 연회장은 재미있게 알록달록 채색된 나무로 지었는데, 중국 양식과 르네상스 양식이 기묘하게 섞여 있다. 연회장에는 커다란 날개 문이 여럿 달려 있고, 날씨만 좋으면 나무의 숨결을 맡기 위해 열어 두기도 한다. 한마디로 많은 사람을 수용할 수 있는 대형 홀이다.

오늘은 이 홀을 향해 달려오는 마차들이 멀리서부터 색색으로 반짝거리는 빛들로 환영 인사를 받았다. 울타리와 정원 나무는 물론이고 홀 건물 자체에도 알록달록한 등롱燈籠이 빽빽이 장식되어 있었기 때문이다. 홀 내부는 겉보기에도 절로 신이 나는 분위기를 연출했다. 천장을 따라 두툼한 장식 띠가 길게 연결되어 있었고, 그 장식 띠에는 또 수많은 종이 등이 달려 있었다. 깃발과 나뭇가지, 조화造花로 이루어진 벽 장식들 사이에서 수많은 전구들이 홀을 최대한 환하게 비추고 있는데도 말이다. 홀 한쪽 끝에는 무대가 있었고, 그 양편에는 관엽식물이 서 있었으며, 무대의 붉은 커튼에는 예술가가 그린 듯한 정령들이 장식되어 있었다. 홀 다른 쪽 끝에서 거의 무대에 이르기까지 꽃으로 치장한 테이블이 길게 이어졌고, 그 테이블에는 야코비 변호사 부부의 손님들이 새로 담근 맥주와 송아지구이를 즐기고 있었다. 손님들의 면면은 법률가, 장교, 상인, 예술가, 고위 관료들로 다양했다. 이들과 함께 온 아내와 딸들을 포함해서 모두 150명은 족히 넘을 것 같았다. 사람들은 소박한 검은 양복과 화사한 봄옷을 차려입고 있었다. 명랑한 자유분방함이 오늘의 의상 원칙이었기 때문이다. 신사들은 직접 항아리를 들고 한쪽 벽에 즐비한 커다란 맥주 통으로 달려가 맥주를 따라 왔다. 넓고 다채롭고 환한 홀은 전나무와 꽃, 사람들, 맥주, 음식 냄새가 뒤섞인, 달착지근하고 후끈한 축제의 향내로 가득했고, 여기저기서 달그락거리고 요란하게 떠들고, 유쾌하고 정중하고 발랄하고 걱정 없는 폭소로 시끌벅적했다. 변호사는 한 테이블 끝에 기형적인 자세로 난감하게 앉아 있었다. 무대 근처였다. 술은 많이 마시지 않았고, 간혹 옆자리에 앉은 하버만 참사관 부인에게 간신히 한 마디씩 던지곤 했다. 입꼬리는 축 처진 채 마지못해 숨을 쉬는 듯했다. 촉촉하고 퉁퉁 부은 슬픈 두 눈은 표정 변화 없이 우울하고 의아한 느낌으로, 분주하고 쾌활하게 움직이는 홀 안을 들여다보고 있었다. 마치 이 떠들썩하고 명랑한 축제의 공간에 말할 수 없이 슬프고 이해할 수 없는 무엇이 담겨 있기라도 한 것처럼.

이제 커다란 케이크가 테이블마다 돌려졌다. 그것을 신호로 사람들은 달콤한 포도주를 마셨고, 축사가 시작되었다. 궁정 배우 힐데브란트 씨는 고전, 그러니까 그리스 원전을 인용한 인사말을 하면서 새로 담근 봄의 맥주를 축하했고, 비츠나겔 판사 시보는 능숙한 몸짓과 세련된 방식으로 참석한 부인들을 위해 건배했다. 가까운 곳에 있는 꽃병과 식탁보에 놓인 꽃들을 들어 하나씩 각 부인들에 비유하면서 말이다. 맞은편에 앉은, 얇고 노란 비단옷을 입은 암라 야코비를 가리켜서는 '월계화보다 아름다운 여인'이라고 불렀다.

곧이어 암라는 자신의 정수리 부분을 쓰다듬고 눈썹을 치켜세우며 남편에게 진지한 표정으로 고개를 끄덕했다. 그러자 뚱뚱한 남편은 자리에서 일어나 흉한 미소를 지으며 인사말을 몇 마디 고통스럽게 더듬거렸다. 궁색하고 가련한 인사말이었다. 그의 등장으로 연회장 분위기는 순식간에 싸늘하게 변했다. 몇 군데에서 가식적인 브라보 소리가 터져 나오기는 했지만, 홀 안에는 한순간 짓눌린 듯한 침묵만 흘렀다. 물론 그것도 잠시였다. 곧 유쾌함이 다시 승리를 쟁취했다. 게다가 사람들은 담배를 피우며 꽤 취한 상태에서 일어나더니 시끄럽게 떠들면서 벌써 테이블들을 치우기 시작했다. 춤을 출 생각이었기 때문이다.

11시가 넘었다. 자유분방함은 정점으로 치달았다. 손님들 일부는 맑은 공기를 쐬려고 다채로운 조명을 밝혀 둔 정원으로 쏟아져 나갔고, 다른 일부는 홀에 삼삼오오 짝을 짓고 앉아 담배를 피우고 수다를 떨고 맥주를 따르고, 선 채로 맥주를 마셨다. ……그러다 어느 순간 무대에서 짧고 굵은 나팔 소리가 울렸다. 사람들을 홀 안으로 불러들이는 신호였다. 그 전에 관악기와 현악기로 이루어진 악단이 도착해서 막 무대 커튼 앞에 자리를 잡고 앉은 것이다. 빨간 프로그램 팸플릿이 놓인 의자들이 무대 앞에 줄지어 놓였고, 부인들이 거기에 앉았다. 남자들은 여자들 뒤나 양편에 섰다. 홀 안에 기대에 부푼 정적이 흘렀다.

이윽고 소악단의 서곡이 떠들썩하게 울려 퍼지면서 막이 열렸다. 아, 그런데 무대 위에 무엇이 펼쳐져 있는지? 요란한 의상에 입술을 피처럼 빨갛게 칠한 끔찍한 일단의 흑인들이 이를 드러내며 야만적인 괴성을 내지르기 시작했다. 실제로는 이 공연이 오늘 파티의 정점이었을 것이다. 객석에서 감격스러운 박수갈채가 홀이 떠나가라 터져 나왔다. 그리고 영리하게 짜 놓은 프로그램 순서에 따라 공연들이 하나하나 이어졌다. 힐데브란트 부인은 분을 뿌린 가발을 쓰고 등장해서 긴 지팡이로 바닥을 쿵쿵 치며 큰 소리로 노래를 불렀다. 영국 가요 〈That's Maria!〉였다.

훈장으로 뒤덮인 연미복을 입은 마술사는 기막힌 마술을 선보였고, 힐데브란트 씨는 괴테와 비스마르크, 나폴레옹을 깜짝 놀랄 만큼 비슷하게 연기했으며, 이어 등장한 신문사 주간 비젠슈프룽 박사는 '봄 맥주의 사회적 의미'에 대해 유머 넘치는 강연을 했다. 그러나 이것이 끝이 아니었다. 사람들은 가슴 졸이며 오늘의 클라이맥스를 기다렸다. 드디어 비밀에 휩싸인 마지막 공연의 빗장이 풀릴 시간이 된 것이다. 테두리가 월계관으로 장식된 이 마지막 공연 프로그램은 팸플릿에 이렇게 설명되어 있었다. '노래와 춤 : 루이쎈, 음악 : 알프레트 로이트너.'

흥분의 물결이 홀 안에 일렁거렸다. 악사들이 악기를 내려놓았다. 대신 지금껏 무심한 듯 삐죽 내민 입술 사이에 담배만 물고 묵묵히 문에 기대서 있던 로이트너 씨가 암라 야코비와 함께 무대 커튼 앞 중앙의 피아노에 앉았다. 사람들은 의아한 표정으로 서로의 눈을 마주보았다. 로이트너 씨는 상기된 얼굴로 초조하게 악보를 뒤적였고, 반대로 약간 창백한 암라는 한 팔을 의자 팔걸이에 올려놓고 무언가 노리는 게 있는 사람처럼 객석을 바라보았다. 사람들이 목을 빼고 기다리는 동안 마침내 공연 시작을 알리는 날카로운 종소리가 울렸다. 로이트너와 암라가 전주곡으로 별 의미 없는 몇 소절을 연주하자 커튼이 도르르 말려 올라가면서 루이쎈이 나타났다.

순간 사람들은 그 자리에 굳어 버렸고, 모두의 얼굴에 아연함이 들불처럼 번져 나갔다. 슬프고도 흉측스럽게 분장한 거대한 살덩어리가 곰처럼 춤추는 시늉을 하며 힘겹게 안으로 들어왔다. 변호사였다. 기형적인 몸을 넓게 감싼 선홍색 비단옷은 주름 하나 없이 발끝까지 내려왔고, 윗부분에 천을 도려내어 머리를 낸 탓에 밀가루로 분장한 목이 흉물스럽게 그대로 드러났다. 소매는 민소매에 가까울 정도로 짧았고, 어깨 부분은 심을 넣어 불룩했으며, 긴 연노란색 장갑은 근육 하나 없는 통통한 팔을 가렸다. 머리에는 높직한 연한 금빛 가발을 썼고, 그 가발 위에는 녹색 깃털 하나가 살랑살랑 흔들리고 있었다. 가발 밑에는 필사적으로 명랑해 보이려고 애쓰는 불행하고 누렇게 부은 얼굴이 있었고, 뺨은 동정심을 불러일으킬 만큼 줄곧 가련하게 떨렸다. 동그랗고 빨갛게 분장한 작은 두 눈은 차마 객석을 바라보지 못하고 계속 바닥만 꽂꽂이 내려다보려고 안간힘을 쓰고 있었다. 비대한 남자는 간신히 한 발 한 발 떼면서 두 손으로 옷을 잡거나 힘없이 집게손가락을 들어 올렸다. 다른 동작은 전혀 할 줄 모르고, 오직 그 동작만 반복하면서 눌리고 헐떡거리는 목소리로 피아노 반주에 맞추어 바보 같은 노래를 불렀다.

이 비참한 인물에게서 이전보다 더 많은 고통의 차가운 숨결이 흘러나왔던 건 아니었을까? 그래서 그 숨결이 모두의 자유분방한 쾌활함을 단숨에 질식시키고, 괴로운 불쾌감이 내뿜는 숙명적인 압력처럼 객석을 강하게 짓눌렀던 건 아니었을까? 모두의 눈 속에 공포의 빛이 어른거렸다. 관객들은 마법에 걸린 사람처럼 이 광경, 그러니까 피아노에 앉은 남녀 한 쌍과 저 위에서 춤을 추는 남편에게서 시선을 떼지 못했다. 눈 뜨고는 차마 볼 수 없는 이 끔찍한 광경은 아마 5분쯤 지속되었을 것이다.

이어 그 자리에 있던 사람이라면 평생 잊지 못할 순간이 찾아왔다. ……복잡하게 뒤엉킨, 이 소름 끼치는 짧은 시간에 일어난 사건은 지금도 우리의 뇌리에 또렷이 각인되어 있다.

우리는 '루이셴'이라는 제목의 웃기는 풍자시를 안다. 그리고 그 시에 나오는 다음의 시구도 분명히 기억한다.

나만큼 왈츠와 폴카 춤을
잘 추는 사람은 없어.
나는 많은 남자들의 마음을 움직인
천한 루이센이야.

이 저속하고 경박한 시구는 꽤 긴 세 연의 끝을 장식하는 후렴구였다. 그런데 알프레트 로이트너는 이 시로 새로운 노래를 작곡하면서 대단한 음악적 기교를 선보였다. 수준 미달인 천박한 가사 한가운데에 갑작스레 수준 높은 음악적 기교를 집어넣음으로써 사람들의 얼을 빼놓는 평소 수법을 마음껏 발휘한 것이다. 올림다장조로 흘러가는 가락은 첫 연에서는 진부하면서도 꽤 괜찮았다. 그런데 앞서 인용한 후렴구가 시작되자 박자는 차츰 빨라졌고, 점점 생기를 더해 가는 '나' 음의 강조를 통해 올림바장조로 넘어갈 것 같은 기대를 품게 하는 불협화음이 나타났다. 이 불협화음은 후렴구 2행의 '없어' 부분까지 복잡하게 뒤엉켰고, 엉킴과 긴장이 최고조에 달한 3행의 첫 구절 '나는'부터는 올림바장조로 조가 바뀌어 이전의 긴장이 해소되어야 했다. 그러나 그 대신 놀랄 만한 일이 일어났다. 천재적인 발상에 가까운 급격한 전환을 통해 그 대목에서 올림바장조 대신 그냥 바장조로 갑작스레 바뀐 것이다. 길게 늘어지는 〈루이센〉의 두 번째 음절에서 페달의 사용과 동시에 이루어진 이 예기치 못한 조바꿈은 뭐라 말로 표현할 수 없는 놀라운 효과를 냈다. 이것은 얼을 빼는 완벽한 기습이자, 등줄기를 타고 내리는 급격한 전율이자, 기적이자, 폭로이자, 잔인할 만큼 갑작스러운 베일 벗기기이자, 막을 찢는 도발이었다.

바장조로 바뀌면서 야코비 변호사는 춤을 뚝 그쳤고, 무대 한가운데에 뿌리박힌 사람처럼 가만히 서 있었다. 집게손가락 두 개는 여전히 공중에 떠 있었다. 한쪽이 다른 쪽보다 약간 낮은 상태로. 입술도 '루이센'의 '이'에서 뚝 그쳐 더는 움직이지 않았다. 피아노 반주도 거의 동시에 급격하게 중단되었다. 기괴하게 분장한 흉물스러운 남자는 동물처럼 고개를 빼고 충혈된 눈으로 앞을 응시했다. ……사람들로 가득 찬 이 깨끗하고 밝은 홀 안에는 여기 모인 이들의 생각이 모두 공기로 뿜어 나와 하나의 추문으로 농축된 것 같은 분위기가 흘렀다. ……그는 조명 아래 선명한 모든 관객의 찡그린 얼굴을 뚫어지게 바라보았다. 사람들은 한결같이 무언가를 아는 듯한 눈빛으로 저 아래 피아노를 치는 남녀와 자신을 쳐다보고 있었다. 아무 소리도 들리지 않는 끔찍한 정적이 모두를 짓누르는 동안 그의 눈은 점점 커져 갔다. 그런 눈으로 그는 천천히 그리고 섬뜩한 공포로 자기 앞의 남녀와 관객을 번갈아 바라보았다. ……불현듯 그의 얼굴에 무언가를 알아차린 것 같은 표정이 떠올랐다. 그와 함께 피가 한꺼번에 얼굴로 몰리더니 그가 입은 비단옷처럼 새빨갛게 얼굴이 부풀어 올랐다. 하지만 얼굴은 곧 다시 밀랍처럼 누렇게 변했고, 비대한 남자는 그 자리에 풀썩 쓰러졌다. 무대 마룻바닥이 쿵 하고 울릴 정도로 무겁게.

한순간 홀 안에 정적이 이어졌다. 그러다 곧 곳곳에서 비명이 터져 나오고 소란이 일었다. 남자 몇이 급히 달려갔다. 그중에는 젊은 의사도 있었다. 그들은 오케스트라 자리에서 무대 위로 풀쩍 뛰어 올라갔고, 이어 막이 내려졌다.

암라 야코비와 알프레트 로이트너는 서로 등을 돌린 채 여전히 피아노 앞에 앉아 있었다. 로이트너는 고개를 숙이고 있는 모습이 바장조로 넘어간 자신의 음악에 아직 귀를 기울이는 듯했고, 참새 머리처럼 멍청한 뇌로는 지금 무슨 일이 벌어졌는지 도저히 파악할 능력이 없는 암라는 멍한 얼굴로 주위를 두리번거렸다.

얼마 지나지 않아 젊은 의사가 다시 홀로 내려왔다. 진지한 얼굴에 끝이 뾰족한 검은 수염을 기른 유대인 남자였다. 그는 문가에서 자신을 에워싼 몇몇 남자들에게 어깨를 으쓱하며 말했다.

"죽었어요."

토비아스 민더니켈
Tobias Mindernickel

1

크바이가세 골목에서 도심 방향으로 꽤 가파르게 올라가는 거리들 가운데 하나가 그라우엔 베크 가인데, 이 거리 중간쯤 강에서 올라가자면 오른편으로 47번지 건물이 있다. 이웃집들과 전혀 구분이 안 되는 칙칙한 색깔의 길쭉한 건물이다. 1층에는 고무장화나 아주까리기름 등을 파는 잡화점이 들어서 있다. 문을 열고 복도를 지나가면서는 고양이들이 어슬렁거리는 안뜰이 보이는데, 그 복도 끝에 낡아서 삐걱거리는 좁은 나무 계단이 있다. 코를 들지 못할 정도로 퀴퀴하고 구린 냄새가 나는 계단이다. 2층 왼편에는 목수가 살고, 오른편에는 산파가 산다. 그리고 3층 왼편에는 구두장이가, 오른편에는 계단에서 발소리가 들리기만 하면 큰 소리로 노래를 부르는 여자가 산다. 4층으로 올라가면 왼편 집은 비어 있고, 오른편에는 성이 '민더니켈'이고 이름이 '토비아스'인 한 남자가 거주한다. 지금부터 이 남자에 대해 이야기하고자 한다. 도저히 이해가 가지 않을 만큼 수치스럽고 수수께끼 같은 사연이 있는 남자이다.

토비아스의 외모는 눈에 띌 정도로 특이하고 우스꽝스럽다. 예를 들어 산책을 할 때면, 다시 말해 깡마른 몸이 지팡이에 의지해 거리를 걸을 때면 그는 머리부터 발끝까지 온통 검은색이다. 표면이 꺼칠꺼칠하고 휜 옛날 스타일의 원통형 모자를 쓰고, 낡아서 반질반질하고 몸에 조이는 프록코트를 입고, 거기다 코트만큼 닳고 끝 부분의 올이 풀려 너덜너덜하고 반구두의 맨 위 고무가 보일 정도로 짧은 바지를 입고 있다. 물론 그런 가운데에도 옷에 먼지 하나 없이 꼼꼼하게 솔질한 것은 언급하지 않을 수 없다. 깡마른 목은 목깃이 짧은 탓에 더더욱 길게 솟구쳐 보인다. 센 머리는 관자놀이까지 매끈하게 내려와 있고, 원통형 모자의 넓은 챙 밑에는 깨끗이 면도한 파리한 얼굴이 자리하고 있다. 뺨은 움푹 들어갔고, 눈은 충혈되어 있다. 고개는 줄곧 바닥에만 향해 있을 뿐 드는 일은 거의 없다. 게다가 코에서 입가까지 기분 나쁜 팔자주름이 깊게 파여 있다.

토비아스는 거의 집을 나가지 않는다. 그럴 만한 이유가 있다. 밖에 나가는 순간 아이들이 우르르 몰려들어 한참 동안 꽁무니를 졸졸 따라다니면서 "호, 호, 토비아스!" 하고 노래를 부르며 웃고 놀리고, 심지어 코트를 잡아당기기 때문이다. 문 앞에 서 있는 어른들도 그냥 재미있다는 듯이 웃기만 한다. 토비아스 본인도 그런 아이들을 막지 않고 소심하게 주위만 두리번거리며 걷는다. 잔뜩 어깨를 움츠리고 고개를 뺀 채로. 마치 갑자기 쏟아지는 소나기를 피하려고 잰걸음을 놓는 사람 같아 보인다. 그런데 사람들이 그의 얼굴을 보고 웃는데도 그는 여기저기 문 앞에 서 있는 사람들에게 비굴하고 공손한 태도로 인사하기 바쁘다. 나중에 아이들이 더는 따라오지 않고, 그를 알아보는 사람이 없고, 간혹 몇 사람만 이상한 시선으로 그를 돌아보는 지점에 이르러도 그의 태도는 크게 바뀌지 않는다. 그는 계속 몸을 움츠린 채, 마치 온 세상이 그를 조롱하듯이 노려보는 것처럼 불안하게 주위를 두리번거리며 걷는다. 그러다 망설이듯 조심스럽게 고개를 들면 이상한 점이 눈에 띈다. 사람이든 사물이든 확고하고 차분한 시선으로 똑바로 바라보지 못한다는 것이다. 생경하게 들릴지 모르지만, 한 개인이 세상에 대해 가져야 할 자연스러운 우월감이나 자신감이라고는 전혀 없는 사람 같다. 그는 모든 것이 자기보다 우월하다고 느끼는 듯하다. 그렇다 보니 사람과 사물을 대하면 당연하다는 듯이 비굴하게 시선을 내리깔고 만다.

항상 혼자 다니고 어마어마하게 불행해 보이는 이 남자에겐 어떤 사정이 있는 것일까? 지나치게 고루한 옷차림과 세심하게 턱을 만지는 동작을 보면, 중산층이라는 사회계층에 들고 싶어 하지 않는 면이 엿보이는 듯하다. 그의 인생에서 무슨 일이 있었는지는 아무도 모른다. 다만 얼굴만 보면, 마치 삶이 경멸하듯 웃으면서 주먹으로 세게 후려친 것 같은 얼굴이다. ……물론 운명의 큰 파고波高 없이 그저 자신의 실존을 감당하지 못하는 사람일 수도 있다. 외모에서 우러나는 심한 열등감과 모자라는 듯한 나약한 태도는 마치 자연이 그에게 고개를 당당히 치켜들고 살아갈 만큼 충분한 마음의 평정과 힘, 줏대를 부여하지 않은 것처럼 고통스러운 인상을 자아낸다.

그는 까만 지팡이를 짚고 시내에 나갔다가 돌아오면 그라우엔 베크

가에서 마치 통과의례처럼 다시 아이들에게 놀림을 받은 뒤 집으로 들어간다. 그러고는 퀴퀴한 계단을 지나 자기 방으로 올라간다. 딱히 장식이라고 할 만한 것이 전혀 없는 초라한 집이다. 무거운 철제 손잡이가 달린 제국 시대 양식의 튼튼한 서랍장 하나만 제법 볼만하고 값나갈 뿐이다. 창문을 열면 이웃집 잿빛 담장에 가려 밖이 보이지 않는다. 그런 창문 앞에 화분이 하나 놓여 있는데, 아무것도 심지 않고 흙만 가득하다. 그런데도 토비아스 민더니켈은 가끔 창가로 가서 화분을 가만히 들여다보며 흙냄새를 맡는다. 이 방 옆에는 작고 어두운 침실이 딸려 있다. 그는 집에 도착하면 모자와 지팡이를 식탁 위에 올려놓은 뒤 먼지 폴폴 나는 초록색 소파에 앉아 한 손으로 턱을 괴고 눈썹을 올린 채 바닥을 내려다본다. 이것 말고는 지상에서는 아무 할 일이 없다는 듯이.

토비아스의 성격에 대해서는 뭐라 판단 내리기가 무척 어렵다. 다음 일화만 보면 그의 성격은 퍽 긍정적으로 보인다. 어느 날 그 독특한 남자가 집을 나섰다. 여느 때와 마찬가지로 아이들이 우르르 몰려와 웃고 놀리면서 그를 뒤쫓았다. 그런데 열 살쯤 된 남자아이가 다른 애의 발에 걸려 길바닥에 넘어져 코와 이마에서 피가 났다. 아이는 넘어진 채 울기만 했다. 토비아스는 즉시 몸을 돌려 쓰러진 아이에게로 달려갔고, 몸을 숙인 채 아이를 살펴보며 부드럽고 떨리는 목소리로 달래기 시작했다.

"어이구, 어쩌다 그랬니? 많이 아프겠구나. 봐, 여기 피까지 나는구나! 이마에서도 피가 나! 안됐구나. 정말 안됐어! 일어나지도 못하겠지? 그래, 울고 싶을 정도로 아플 거야, 불쌍한 녀석! 나도 가슴이 말도 못 하게 아프구나. 네가 잘못해서 생긴 일이지만, 내 손수건을 빌려 줄게. ……자, 이제 정신을 차리고 일어나 봐!"

그는 이 말과 함께 정말 남자아이의 이마를 손수건으로 싸매 주고 조심스럽게 아이를 부축해서 일으킨 뒤 자기 갈 길을 갔다. 그런데 그 순간 그의 태도와 표정은 평소와는 확연히 달랐다. 우선 몸을 똑바로 펴고 내딛는 걸음걸이에 자신감이 넘쳤고, 가슴은 꽉 죄는 프록코트 속에서 한껏 부풀어 올랐으며, 크게 뜬 두 눈엔 광채가 어른거렸다. 사람과 사물도 당당히 정면으로 바라보았고, 심지어 입가에 행복한 미소까지 피어올랐다.

이 사건 이후 그라우엔 베크 가의 사람들은 그를 놀리려는 마음을 조금 억눌렀다. 그러나 그도 잠시, 예기치 않은 그의 행동은 곧 잊었고 아이들은 다시 건강하고 명랑하면서도 잔인한 목소리로, 어깨를 움츠리고 고개를 숙이고 걷는 남자의 꽁무니를 졸졸 따라가며 이렇게 노래 불렀다. "호, 호, 토비아스!"

2

어느 화창한 날 오전 11시경이었다. 집을 나선 토비아스는 도시 전체를 가로질러 레르헨베르크로 향했다. 언덕길을 따라 길게 펼쳐진 그곳은 오후 무렵이면 도시의 상류층이 가장 즐겨 찾는 산책로였다. 그런데 그날처럼 날씨가 좋은 봄날에는 벌써 이 시각에도 마차와 산보객들이 제법 눈에 띄었다. 넓은 가로수 길의 한 나무 아래 어떤 남자가 어린 사냥개 한 마리를 줄에 묶고 서 있었는데, 행인들에게 이 개를 팔겠다는 의사를 분명히 드러내고 있었다. 어린데도 몸이 탄탄한 생후 4개월쯤 된 누런 개였다. 눈 주위에 동그란 검은 무늬가 있고 귀도 새까맸다.

열 걸음 정도 떨어진 거리에서 이 광경을 본 토비아스는 걸음을 멈추고 손으로 턱을 여러 번 문지르더니, 생각에 잠긴 표정으로 개 주인과 부지런히 꼬리를 흔드는 개를 바라보았다. 그러고는 다시 걸음을 떼기 시작해서, 지팡이 손잡이를 입에 갖다 댄 채 개 주인이 기대서 있는 나무를 세 번 돈 다음 다가가 개를 꼿꼿이 내려다보며 낮은 목소리로 황급히 말했다.

"이 개 얼마요?"

"10마르크요." 개 주인이 대답했다.

토비아스는 잠시 침묵하더니 머뭇머뭇 개 주인이 한 말을 반복했다.

"10마르크요?"

"그렇소."

토비아스는 가죽 지갑에서 5마르크와 3마르크, 2마르크 지폐를 한 장씩 꺼내 개 주인에게 급히 건넸다. 그러고는 목줄을 잡고 서둘러 잡아당겼다. 개는 가지 않으려고 낑낑거리며 뻗댔다. 토비아스는 다시 목을 움츠리며 주위를 흘끔거렸다. 이 거래를 지켜보고 있던 몇 사람이 웃음을 터뜨렸기 때문이다. 개는 가는 내내 앞발로 바닥을 버티며 가지 않으려고 안간힘을 썼고, 왜 그러느냐고 묻는 눈으로 새 주인을 불안하게 올려다보았다. 그러나 토비아스는 말없이 줄을 힘껏 당기기만 했다. 이윽고 도시를 가로질러 무사히 동네에 도착했다.

토비아스가 개와 함께 나타나자 동네 아이들 사이에서는 난리가 났다. 그러나 토비아스는 개를 안고 고개를 숙인 채 종종걸음만 쳤다. 아이들이 미친 듯이 웃고 놀리며, 옷자락까지 잡아당겨도 전혀 반응을 보이지 않았다. 건물에 들어선 토비아스는 서둘러 계단을 지나 방으로 들어갔다. 그제야 계속 칭얼대는 개를 바닥에 내려놓고는 부드럽게 쓰다듬으며 주인의 위엄을 갖추어 관대하게 말했다.

"알았어, 알았어. 이젠 날 무서워할 필요가 없어. 넌 개야. 그럴 필요가 없다고."

곧이어 그는 서랍장에서 삶은 고기와 감자를 담은 접시를 꺼내더니 그중 일부를 떼어 개에게 던져 주었다. 개는 즉시 낑낑대던 것을 멈추고 꼬리를 흔들며 음식을 허겁지겁 먹어 치웠다.

"넌 지금부터 에사우라고 부르겠다. 무슨 말인지 알겠어, 에사우? 이 이름을 단단히 기억하고 있어. 네 이름은 에사우야!" 그는 바닥을 가리키며 명령조로 불렀다.

"에사우!"

먹을 걸 더 줄지 모른다는 기대감에서였는지 개는 정말 토비아스 앞으로 쪼르르 달려왔다. 토비아스는 기특하다는 듯이 녀석의 옆구리를 톡톡 쳤다.

"그래, 잘했어! 그렇게 하는 거야."

이어 그는 몇 걸음 뒤로 물러나더니 또다시 바닥을 가리키며 명령을 내렸다.

"에사우!"

신이 나 있던 개는 냉큼 다시 달려와 주인의 신발을 핥았다.

토비아스는 명령을 내리고 명령이 실행되는 것에 엄청난 재미를 느껴, 지칠 줄 모르고 이 과정을 열서너 번 정도 반복했다. 마침내 개는 지친 것 같았다. 이젠 좀 쉬면서 소화나 시키고 싶은 것 같았다. 녀석은 앙증맞고 편한 자세로 눕더니 고루 잘 발달한 두 앞발을 나란히 쭉 뻗었다.

"한 번 더!" 토비아스가 말했다. "에사우!"

에사우는 고개를 돌린 채 움직일 생각을 하지 않았다.

"에사우!" 토비아스가 고압적인 목소리로 다시 소리쳤다. "피곤해도 이리 와야 해!"

그러나 에사우는 이제 아예 머리를 앞발에 묻어 버렸다.

"말 들어!" 나직한 어조에 섬뜩한 위협이 담겨 있었다. "말 듣지 않으면 주인을 화나게 하는 게 얼마나 어리석은 짓인지 알게 해 줄 거야!"

그래도 개는 꼬리만 살짝 움직였다.

그때였다. 주체할 수 없는 엄청난 분노가 민더니켈을 사로잡았다. 그는 한 손으로 까만 지팡이를 들고, 다른 손으로는 에사우의 목덜미를 잡아 들어 올리더니 깨갱거리는 강아지를 힘껏 후려쳤다. 분노로 제정신을 잃은 것 같았다. 그는 헐떡거리는 목소리로 같은 말을 반복했다.

"감히 내 말을 안 들어? 감히 내 말을 안 들어?"

이윽고 그는 지팡이를 던지고 낑낑거리는 개를 바닥에 내려놓았다. 그러고는 뒷짐을 지고 숨을 깊이 내쉬며 강아지 앞을 큰 걸음으로 왔다 갔다 하기 시작했다. 이따금 뿌듯하고도 화난 시선으로 에사우를 노려보면서. 그는 한동안 계속 이렇게 시위하듯이 방 안을 서성거리더니 마침내 개 옆에 멈추어 섰다. 개는 등을 대고 누워 애원하듯이 앞발을 움직였다. 토비아스는 팔짱을 낀 채, 전투에서 독수리 문장紋章을 잃어버린 중대 앞으로 걸어가는 나폴레옹처럼 경악스러울 정도로 차가운 눈빛과 엄한 어조로 말했다.

"자, 이제 네가 어떤 행동을 했는지 알겠어?"

개는 주인이 이렇게 접근해 준 데에 벌써 행복해하며 엉금엉금 기어가더니, 주인의 다리에 몸을 문대며 반짝거리는 눈으로 애원하듯이 주인을 올려다보았다.

토비아스는 한동안 이 비굴한 존재를 묵묵히 위에서 내려다보았다. 그러다 개의 가슴 뭉클한 온기가 다리에서 느껴지는 순간 얼른 에사우를 들어 올렸다.

"불쌍한 녀석, 나도 가슴이 아프구나." 그가 말했다. 그런데 그 착한 개가 얼굴을 핥기 시작하자 그의 내면에서는 갑자기 감동과 슬픔의 격랑이 일었다. 그는 고통스러운 사랑의 감정으로 개를 꼭 끌어안았다. 두 눈에는 눈물까지 그렁그렁했다. 그는 목멘 소리로 같은 말을 여러 번 반복했다. 한 번도 말을 제대로 끝맺지 못한 채로.

"아, 넌 내 하나뿐인…… 내 하나뿐인…… 내 하나뿐인……"

그는 에사우를 조심스럽게 소파에 눕히더니 손으로 턱을 괴고 그 옆에 앉아 부드럽고 평온한 눈으로 개를 내려다보았다.

3

이제 토비아스 민더니켈은 예전보다 외출이 훨씬 줄었다. 에사우를 사람들 있는 데로 데려갈 마음이 추호도 없었기 때문이다. 대신 온 신경이 오직 개에게로만 쏠려 있었다. 아침부터 저녁까지 먹이를 주고, 눈을 닦아 주고, 명령을 내리고, 야단치고, 인간처럼 정답게 대화를 나누는 것 외에 다른 일은 하지 않았다. 그런데 문제는 에사우가 항상 마음에 들게 행동하지는 않는다는 것이다. 소파에 개와 함께 누워 있을 때 공간이 좁아 답답해하고 졸려하는 개를 우수에 젖은 눈으로 지그시 바라보는 것은 행복한 일이었다. 그럴 때면 그는 자만심에 찬 태도로 에사우의 등을 불쌍하게 쓰다듬으며 말했다. "가련한 녀석, 힘들지? 그래 고통스러울 거야. 세상은 원래 슬픈 거니까. 너도 그걸 알게 될 거야. 아직 어리기는 하지만……"

그런데 개가 놀고 사냥하고 싶은 충동에 사로잡혀 천방지축으로 날뛸 때면, 예를 들어 실내화를 상대로 싸움을 하거나, 의자에서 펄쩍 뛰어내리거나, 너무 신이 나서 데구루루 구를 때면, 토비아스는 멀리서 불쾌하고 불안하고 못마땅하고 화난 표정으로 지켜보고 있다가, 도저히 안 되겠다 싶으면 퉁명스러운 어조로 개를 불러 야단쳤다.

"그만 좀 해! 뭐가 좋다고 그렇게 신이 나서 쫓아다녀? 그럴 이유가 없다고!"

한번은 방을 후다닥 빠져나간 에사우가 계단을 지나 거리로 뛰쳐나가는 일이 벌어졌다. 녀석은 밖에 나오자마자 고양이를 뒤쫓고 말똥을 먹고, 행복해서 미치겠다는 듯이 동네 아이들과 함께 정신없이 쫓아다녔다. 그러다 토비아스가 고통으로 일그러진 얼굴로 아이들의 폭소와 놀림을 받으며 거리에 나타났을 때 슬픈 일이 일어났다. 개가 주인을 보자 얼른 한달음에 도망을 친 것이다. 그날 토비아스는 개를 한참 동안 인정사정없이 때렸다.

개가 그의 집에 온 지도 벌써 몇 주가 지났다. 그러던 어느 날 토비아스는 에사우를 먹이려고 서랍장에서 둥근 빵을 꺼내 구부정한 자세로 앉아, 동물 뼈 손잡이가 달린 커다란 칼로 썰어 바닥에 떨어뜨려 주었다. 평소에 빵을 자를 때 쓰는 칼이었다. 그런데 이 멍청한 놈의 개가 먹는 것에 정신이 팔려 무턱대고 식탁 위로 펄쩍 뛰어오르는 바람에, 주인이 어설프게 들고 있던 칼에 오른쪽 어깨뼈 아래쪽이 찔려 피를 흘리며 바닥에 데굴데굴 뒹굴었다.

토비아스는 사색이 되어 모든 걸 제쳐 두고 곧바로 다친 에사우에게로 몸을 숙였다. 순간 그의 표정이 갑자기 바뀌었다. 얼굴 위로 안도와 행복의 표정이 획 스치고 지나간 것이다. 그는 낑낑거리는 개를 조심스럽게 소파에 안아 올렸다. 그 뒤로 그가 얼마나 헌신적으로 다친 개를 돌보았는지는 아마 아무도 상상할 수 없을 것이다. 그는 온종일 에사우 곁을 떠나지 않았다. 밤에도 자기 침대에서 재웠고, 씻기고 붕대를 갈고 쓰다듬고 위로했으며, 지치지 않는 기쁨과 정성으로 연민을 표했다.

"많이 아프지? 그래, 정말 많이 아플 거야, 불쌍한 녀석! 하지만 걱정 마, 우린 꼭 이겨 낼 거야……"

이 말을 할 때 그의 얼굴은 평화롭고 우수에 젖고 행복해 보였다.

그런데 에사우가 점점 힘을 내고 쾌활해지고 회복되어 가는 만큼 토비아스의 태도는 점점 불안해지고 불만족스럽게 변해 갔다. 이제부터 는 개의 상처를 세심하게 돌보는 것이 아니라 말과 쓰다듬는 행동을 통해서만 개에게 연민을 보일 수밖에 없었던 것이다. 반면에 에사우의 회복 속도는 굉장히 빨랐다. 원래 건강한 체질을 타고난 녀석이었다. 에사우는 다시 방 안을 어슬렁거리며 돌아다니기 시작하더니, 어느 날부터는 접시에 담긴 우유와 빵을 싹 먹어 치운 다음 완전히 회복된 것처럼 소파에서 펄쩍 뛰어 내려갔고, 예전처럼 즐겁게 짖으면서 천방지축으로 침실과 거실을 뛰어다녔으며, 침대 이불을 주둥이로 잡아당기고 감자를 툭툭 차고, 즐거워 죽겠다는 듯이 바닥에서 데굴데굴 굴렀다.

토비아스는 창가 화분 옆에 서 있었다. 올이 풀린 옷소매에서 길쭉하게 나온 앙상한 손으로 관자놀이 부근의 머리카락을 잡고 기계적으로 빙빙 돌리는 모습은, 이웃집 잿빛 담장을 배경으로 더더욱 시커멓고 특이해 보였다. 얼굴은 창백했고 원망으로 일그러져 있었다. 토비아스는 에사우가 뛰어다니는 모습을 당혹스럽고 부럽고 삐딱하고 못마땅한 시선으로 꼿꼿이 지켜보고 있었다. 그러다 갑자기 어느 순간 몸을 움직여 개에게로 돌진하더니 개를 붙잡고 천천히 품에 안았다.

"불쌍한 녀석······" 그는 고통스러운 목소리로 입을 뗐다. 그런데 에사우는 무척 흥분한 상태라 지금은 이런 식으로 대우받고 싶은 마음이 없다는 듯, 자신을 쓰다듬으려는 주인의 손을 장난스럽게 물고는 품에서 벗어나 바닥으로 뛰어내렸다. 그러더니 마치 놀리는 것처럼 옆으로 펄쩍펄쩍 뛰고는 짧게 짖으며 도망쳤다.

그 후에 일어난 일은 도무지 이해되지 않을 정도로 극악무도해서, 나는 그 과정을 상세히 묘사하고 싶지 않다. 토비아스 민더니켈은 두 팔을 늘어뜨린 채 약간 구부정한 자세로 서 있었다. 입술은 굳게 다물었고, 동공은 섬뜩하게 파르르 떨었다. 그러더니 마치 발작처럼 펄쩍 몸을 날려 개를 붙잡았다. 손에는 크고 날카로운 물건이 번뜩이고 있었다. 그는 그것을 개의 오른쪽 어깨에 박아 넣더니 가슴팍까지 깊게 그어 내려갔다. 개는 바닥에 털썩 떨어졌다. 한 마디 신음도 뱉지 못하고 그냥 옆으로 쓰러졌다. 피를 흘리고 몸을 떨면서······

다음 순간 토비아스는 개를 소파에 눕혔고, 그 앞에 무릎을 꿇고 앉아 손수건으로 상처를 누르며 더듬거렸다.

"불쌍한 녀석! 불쌍한 녀석! 아, 이 모든 게 얼마나 슬픈 일이니! 우리 둘 다 얼마나 슬프니! 아프지? 그래, 그래, 나도 알아. 네가 얼마나 아픈지······ 네가 얼마나 고통스럽게 내 앞에 누워 있는지! 하지만 내가 있잖아. 내가 네 옆에 있다고! 내가 위로해 줄게! 내가 가장 아끼는 손수건으로······"

개는 꼼짝 않고 누워 꾸르륵꾸르륵 힘겹게 숨을 몰아쉬고 있었다. 주인을 바라보는 흐릿한 두 눈에는 영문을 모르겠다는 아연함과 순진무구함 그리고 한탄이 가득 담겨 있었다. 곧이어 개는 다리를 약간 뻗는 것 같더니 숨을 거두었다.

미동도 없이 똑같은 자세로 앉아 있던 토비아스는 개의 몸에 얼굴을
묻고 비통하게 울었다.

토마스 만 노벨문학상 수상 연설

드디어 제게도 이런 감사의 순간이 찾아왔군요. 얼마나 열망하던 순간이었는지 굳이 말로 설명할 필요는 없을 듯합니다. 그런데 막상 이 순간이 닥치고 보니, 원래 연설을 잘 못하는 사람들이 그렇듯 감정이 북받쳐 말이 잘 나오지 않을까 걱정입니다. 작가란 체질적으로 사람들 앞에서 연설을 잘 못하는 사람이라고 생각합니다. 연설가와 작가 사이에는 말을 만들어 내고 영향을 주는 방식에서 정반대에 가까울 정도로 깊은 차이가 있습니다. 특히 즉흥성, 말의 우연성, 많은 것을 열어 두는 말의 기교적 원칙은 작가의 본능에 반하는 것들입니다. 그런데 제 경우에는 이 불가피한 연설을 더욱 힘들게 하는 불리한 상황이 하나 더 추가되어야 할 것 같습니다. 스웨덴 아카데미 여러분이 저를 위해 마련해 준 이 시끌벅적한 상황, 즉 황홀할 정도로 혼란스럽고 미칠 듯이 기쁜, 이 삶의 축제와도 같은 상황이 바로 그것입니다. 여러분이 수여하는 이 영광스러운 상을 제가 받게 되리라고는 꿈에도 생각지 못했습니다. 저는 서사적 인간이지 드라마적 인간이 아닙니다. 기본적으로 사유의 실타래를 차분히 풀어내고, 삶과 예술에서 균형을 유지하는 것이 제 소망과 본성에 맞는 일입니다. 그러다 보니 제 마음의 균형을 깨뜨리고 삶을 뒤흔들 것 같은 이 극적인 상황이 평소보다 제 말솜씨를 더 초라하게 만드는 것은 결코 이상한 일이 아닐 듯합니다. 스웨덴 아카데미의 결정이 세상에 알려진 이후 저는 매혹적인 구름 속을 거니는 것처럼 계속되는 축제의 소용돌이 안에서 지내고 있습니다. 이런 심리적 정신적 상태는 괴테의 놀랍도록 아름다운 연시에 나오는 한 구절이 가장 적확하게 표현하고 있는 듯합니다. 큐피드에게 바쳐진 그 시구를 인용하면 다음과 같습니다. "그대가 내 문학의 도구를 바꾸고 옮겨 놓았구려!" 저의 경우는 노벨상이 저의 서사적 도구를 드라마적 도구로 바꾸고 옮겨 놓았습니다. 노벨상의 감동을 일상의 삶에서 경험하는 사랑의 열정과 비교하는 것이 제게 수여된 이 영광스러운 상을 모욕하는 일이 아니길 빕니다.

그럼에도 지금 제게 쏟아진 이 크나큰 영광을 태연한 표정으로 받아들이는 것은 예술가로서 굉장히 힘든 일입니다. 예의 바른 데다가 자기비판적이고 양심적이기까지 한 예술가가 있을까요? 초인적이고 초개인적인 관점을 가진 사람만이 그럴 수 있을 겁니다. 개인적인 것을 떨쳐 버리는 것은 언제나 자선에 가깝습니다. 특히 이런 경우에는 말입니다. 괴테는 "비양심적인 인간들만이 겸손하다"고 당당히 말했습니다. 약간의 위선적이고 가식적인 도덕조차 거부하려 했던 한 위대한 남자의 말입니다. 그러나 신사 숙녀 여러분, 그 말이 반드시 어디에서나 통용되는 것은 아닙니다.

겸손은 영민함이나 이지력과 어느 정도 관련이 있습니다. 그래서 제게 주어진 이 영광을 근거로 자만하거나 거드름을 피운다면 정말 어리석은 사람이 아닐 수 없습니다. 해서 저는 제 이름으로 발표된 이 세계적인 상을 제 나라와 국민에게 바치고 싶습니다. 오늘날 독일과 독일인들은 국력이 최고조에 달했던 시기보다 더 강렬하게 저와 같은 사람에게 유대감을 느끼고 있습니다. 올해 스톡홀름의 세계적인 상은 오랜만에 다시 독일 정신, 특히 독일 산문에 주어졌습니다. 여러분은 상처 입고, 여러모로 이해받지 못하는 독일 국민이 이 같은 세계적인 호감의 표시를 얼마나 감사하게 받아들이고 있는지 상상하지 못할 것입니다.

제가 그 호감의 의미를 좀 더 자세히 해석해 보아도 좋을지 모르겠습니다. 독일에서 지난 15년 동안 정신적 예술적 성취는 결코 우호적인 환경 속에서, 정신적 물질적으로 안정된 상태에서 이루어지지 않았습니다. 어떤 작품도 안전하고 쾌적한 상태에서 무르익고 완성될 수 없었습니다. 예술과 정신이 처한 조건은 첨예한 시대 갈등을 내포한 문제적 조건이자, 궁핍과 혼돈과 고통의 조건이자, 거의 동양적이고 러시아적이라 할 수 있는 혼란스러운 통한의 조건이었습니다. 그 속에서 독일 정신은 서구적이고 유럽적인 원칙, 즉 형식의 명예를 지켜 냈습니다. 형식이야말로 진정 유럽의 명예가 아니겠습니까? 신사 숙녀 여러분, 저는 가톨릭 신자가 아닙니다. 어쩌면 여기 계신 모든 분들이 그렇듯 저 역시 신의 직접성을 믿는 개신교의 전통에서 살아왔습니다. 그럼에도 가장 좋아하는 성인이 있습니다. 바로 성 세바스티아누스입니다. 기둥에 묶인 채 사방에서 검과 화살에 찔리는 젊은이, 고통 속에서도 미소를 잃지 않는 그 성인을 여러분도 아실 겁니다. 고통 속에서의 기품, 그것이 성 세바스티아누스가 상징하는 영웅 정신입니다. 주제넘은 비유일지 모르겠지만 저는 독일 정신과 예술에서도 그러한 영웅 정신을 보여 주려 애썼고, 독일의 문학적 성취에 주어진 이 세계적인 영광 역시 그 숭고한 영웅 정신 때문이었다고 생각합니다. 독일은 문학을 통해 고통 속에서의 기품을 증명했습니다. 독일은 명예를 지켰습니다. 정치적으로는 고통의 무질서에 빠지지 않고 제국을 보존했으며, 정신적으로는 고통의 동양적 원칙을 서양적 형식 원칙에 결부시켜 고통 속에서 아름다운 것을 창조했습니다.

마지막으로 다시 한 번 개인적인 이야기를 하겠습니다. 수상 소식이 알려진 뒤 가장 먼저 달려온 사람들에게도 말했듯이 저는 이 상이 북방의 스칸디나비아 지역에서 주어졌다는 사실에 더더욱 가슴 뭉클한 감동을 느낍니다. 북국의 세계는 뤼베크 출신인 저와 어려서부터 생활 방식과 형식 면에서 비슷한 점이 많을 뿐 아니라 작가로서도 북국의 정신과 어조에 문학적으로 상당한 호감과 놀라움을 느끼기 때문입니다. 젊은 시절 저는 요즘 젊은이들에게 여전히 많이 읽히는 『토니오 크뢰거』라는 소설을 썼습니다. 남방과 북방의 세계를 다루는 이 작품은 한 인간 속에서 두 요소가 숱한 갈등을 빚으며 생산적으로 혼합되어 가는 과정을 그렸습니다. 남방은 정신적 감각적 모험과 차가운 예술가적 열정의 진수이고, 북방은 성실함과 시민적 고향, 깊은 곳에 내재한 모든 감정, 모든 내적인 인간성의 총체입니다. 제 마음속 깊은 곳에 자리하고 있던 북방의 고향이 지금 환희에 찬 축제로 저를 따뜻하게 맞아 주고 있습니다. 오늘은 제 삶에서 더없이 아름답고 의미 있는 날이자, 진정한 삶의 축제입니다. 스웨덴어로 표현하자면 '획티스다그(축제의 날)'입니다. 저의 어설픈 스웨덴어에 이어 마지막으로 여러분에게 한 가지 부탁을 드리고자 합니다. 신사 숙녀 여러분, 이처럼 아름다운 저녁을 선사해 준, 세계적으로 중요하고 축복받은 이 재단에 다 함께 감사를 전하고 행운을 빌어 줍시다. 스웨덴 풍습에 따라 만세 사창으로 노벨 재단을 축복하겠습니다. 노벨 재단 만세, 만세, 만세, 만세!

옮긴이의 말

유혹적일 정도로 평범한
통속의 삶을 사랑한 작가

　좋아하는 작가야 취향에 따라 천차만별이겠지만, 한창 문학과 철학에 빠져 있을 때 나는 토마스 만의 책을 별로 가까이하지 않았다. 나 자신이 세상을 폭넓게 바라볼 만큼 성숙하지 못한 탓도 있지만, 시대 흐름을 거스르는 듯한 그의 수구적 사고가 개인적으로 마음에 들지 않아서였다. 토마스 만은 젊은 시절 군주제와 국수주의, 반유대주의를 옹호하는 글을 썼다. 물론 나중에는 민주주의와 휴머니즘으로 돌아섰지만, 과거의 글 속에 배어 있을지도 모를 반역사적 사고에 대한 의심까지 지울 수는 없었다.

　그 후 많은 세월이 흘러, 토마스의 중단편을 번역해 달라는 의뢰가 들어왔다. 작품을 한 자 한 자 꼼꼼히 읽어 내려가면서 여러 생각이 교차했다. 작품은 작가의 삶과 떼어 놓고 보아야 하는 게 아닐까? 아니면 작품은 작가의 분신과도 같은 것이기에 둘은 결코 떨어뜨려 놓아서는 안 되는 것일까? 이는 문학계의 해묵은 논쟁거리이기도 하다. 일례로 노르웨이의 크누트 함순은 노벨문학상까지 받았지만, 말년에 온전치 않은 정신으로 나치에 동조함으로써 전후 그의 작품들은 거의 사장되다시피 했다.

그렇다면 작품을 작품으로만 보는 것은 가당치 않은 일일까? 도덕적으로 비난받는 사람은 그 작품도 함께 비난받아야 할까? 반대로 '작가는 작품으로만 말한다'라는 원칙이 반드시 옳다고만 할 수 있을까? 예술 작품을 작품 외적인 요소로 재단하는 것도 바람직하지 않지만, 작품도 결국 사람이 만들고 사람이 감상하는 것이기에 작가에 대한 독자의 취향 역시 존중되어야 하지 않을까? 토마스 만의 작품을 우리말로 옮기는 내내 따라다닌 단상이었다. 그만큼 그 자체로 문학적 풍미와 향취를 가득 느끼게 하는 작품들이었기 때문이리라.

여기에 소개된 열두 작품은 대체로 토마스 만의 초기작에 해당하는 것들이다. 열 편은 그간 국내에 소개된 것들이고, 두 편은 처음 소개되는 작품이다. 이야기 하나하나에마다 독특한 색과 결이 있지만, 가장 중요한 주제는 역시 예술성과 시민성의 대립이다. 이 대립은 토마스 만의 태생적 뿌리에도 극명하게 드러난다. 뤼베크 시 재무 담당 장관이었던 아버지는 독일 시민계급의 전통적 도덕률을 엄격히 따르는 전형적인 북부 독일인이었지만, 라틴계의 피가 흐르는 어머니는 도덕이나 세상사에는 관심이 없고 음악을 좋아하는 예술가적 기질의 소유자였다. 이와 관련해서 한 재미있는 조사가 있다. 역사적으로 유명한 천재들의 집안을 조사해 본 결과, 부모의 성향과 혈통이 판이할수록 천재가 태어날 가능성이 높다는 것이다. 그렇다면 결국 '다름의 미학'이 천재성과 창의력의 모태일까? 이것이 사실이라면 토마스 만도 예술가의 유전자를 듬뿍 안고 태어난 것이 분명해 보인다. 만의 자전적인 소설 「토니오 크뢰거」에도 이런 대목이 나온다. "내 아버지는 북국의 기질을 타고난 분이었소. 청교도 정신에서 나온 신중함과 철저함, 올바름이 몸에 배어 있고, (……) 반면에 어머니는 정체 미상의 이국적인 피에 아름답고 감각적이고 순진하고, 좀 너저분하면서도 정열적이고, 충동적이고 방종한 성격이오. 이런 두 분의 결합은 의심할 바 없이 굉장히 이례적인 가능성과 이례적인 위험성을 내포한 혼합이오."

시민성과 예술성을 동시에 내포한 토니오 크뢰거는 끊임없이 보통 사람들의 건강한 세계를 동경한다. 그들은 단정하고 성실하고 명랑하고 도덕적이다. 주어진 것을 의심 없이 받아들이고, 하찮은 것에도 즐거워하고, 남들과 어울리는 법을 안다. 토니오는 그런 그들이 부럽다. 자신은 아무리 애를 써도 그렇게 살 수 없고, 그들에게 다가가려고 해도 다가갈 수가 없다. 가질 수 없는 애인처럼 늘 일정한 거리를 두고 어둠 속에서 지켜보며 괴로워하고 갈망할 뿐이다. 일반인들은 그를 이질적인 존재로 본다. 그가 자기들과는 다른 세계에 살면서 자신들의 속내를 꿰뚫어보고 자신들을 경멸하고 있을 것 같은 느낌에 선뜻 그를 받아들이지 못한다. 물론 겉으로는 그에게 존경과 신의를 보내지만, 속으로는 함께 있는 것이 불편하다. 그건 토니오도 마찬가지다. 늘 일반인들의 세계를 동경하면서도 정작 그들과 함께 있으면 물과 기름처럼 섞이지 못하고 불편해한다. 일반인들의 편협함과 고루함, 속물근성이 속속들이 보이기 때문이다. 보지 않으려 해도 보지 않을 수 없는 것이 더 괴롭다. 어쩌면 이 상황을 이렇게 비유할 수도 있지 않을까? 시민사회의 대중은 주인에게 자유를 맡기고, 그 대가로 천진한 행복을 얻은 에덴동산의 노예다. 삶의 원칙을 스스로 찾을 필요 없이 주인이 정한 원칙대로 살아가기만 하면 되기에 본질적인 번뇌와 걱정거리는 존재하지 않는다. 현대적인 의미로 환원하면 매너리즘에 빠진, 길들여진 사고방식의 소유자들이다. 그러나 토니오는 에덴동산에서 선악과, 즉 인식의 열매를 따 먹었다. 그 대가로 에덴동산에서 쫓겨나 고독과 번민 속에서 살아간다. 에덴동산의 사람들이 부럽고 그립지만, 그리로 돌아갈 수는 없다. 그곳 삶의 본질이 어떤 것인지 몹시도 분명히 알기에 그곳 사람들처럼 주어진 것을 아무렇지도 않게 받아들이며 살 수는 없기 때문이다.

그렇다고 토니오가 예술 세계로 쉽게 받아들여진 것도 아니다. 오직 미美를 최고의 가치로 여기고 숭배하는 예술가들은 시민적 양심을 가진 그를 감동도 도취도 없는 인간이라 여긴다. 미의 숭배자들은 현실적 인간들을 경멸하고 깔본다. 그러나 토니오는 '예술적인 것, 비범한 것, 천재적인 것 속에도 모호하고 수상쩍고 의심스러운 것이 담겨' 있음을 깨닫는다. 이런 날카로운 지성의 눈을 가진 사람을 미적 허영기에 빠진 사람들이 고이 받아들일 리 만무하다. 그래서 그는 외롭다. 어느 세계도 그를 받아들이지 않는다. 시민 세계는 그를 '체포하려' 들고, 예술가들은 그를 '길을 잘못 든 시민'이라 부르며 경원시한다. 그가 안주할 곳은 없다. 그저 자기 속에 유폐된 채 현실의 변두리에서 삶을 동경할 뿐이다. 그러나 예술 세계가 반드시 일상과 동떨어진 천재적이고 비범한 것에 국한된 게 아니라 다른 길로도 나아갈 수 있음을 깨닫는다. 토니오는 말한다. "작가를 정말 작가답게 만들어 주는 것은 인간적인 것, 살아 있는 것, 평범한 것에 대한 시민적 사랑"이고, "일상의 환희에 대한 동경보다 더 감미롭고 가슴에 와 닿는 것이 없다"고. 여기서 평범한 인간과 유혹적일 정도로 통속적인 삶을 사랑하는 예술가가 나온다.

이런 식으로 삶에서 배제된 채 평범한 삶을 동경하고 꿈꾸는 것은 예술가만이 아니다. 「키 작은 프리데만 씨」에서 난쟁이 프리데만이 그랬고, 「굶주리는 자들」에서 구걸하는 거지가 그랬고, 「루이센」에서 제 몸 하나 가누기 힘들 만큼 뚱뚱한 야코비 변호사가 그랬다.

그 밖에 현실의 삶 앞에 허무하게 무너진 예술가의 허영심을 다룬 「어릿광대」, 디오니소스적 예술에 힘없이 무릎 꿇고 만 아폴론적 예술을 다룬 「베네치아에서의 죽음」, 현실과 언어의 채울 수 없는 간극을 그린 「환멸」, 의지와 삶의 문제를 다룬 「행복에의 의지」 등, 소설 하나하나가 곱씹어 볼 문제를 던지고 있다.

해설이랍시고 이런 작품들을 몇 줄로 줄이는 것은 어쭙잖은 짓이다. 마치 저 바다 깊은 곳에서 반짝반짝 빛나는 보석이 물 밖으로 나오는 순간 칙칙한 돌멩이로 변해 버리는 느낌이라고 할까? 사람과 인생을 몇 마디로 평한 모든 말이 헛소리이듯 하나의 세계인 소설을 몇 마디로 축약하는 것 역시 값진 보석을 투박한 돌로 만들어 버리는 행위에 지나지 않는다. 줄거리랍시고 해설이랍시고 어설프게 몇 마디로 정리하는 그 자체가 통속이다. 진정한 보석은 저 바다 밑에 있다. 평이나 해설로 오염되지 않은 작품 자체가 그것이다. 그저 작품 속으로 풍덩 뛰어들어 자신의 눈으로 느끼고 감상하기 바란다.

끝으로 번역 이야기를 짚고 넘어가지 않을 수 없다. 오랫동안 번역을 업 삼아 오면서 완벽한 번역이란 존재할 수 없다는 것을 누구보다 절실히 깨닫고 있기에, 지금까지는 다른 이의 번역에 이러쿵저러쿵 토 다는 것을 계면쩍고 주제넘는 짓이라 여겼다. 그런데 수많은 고전 번역이 그렇듯, 그간 번역된 토마스 만의 여러 작품도 문학적 풍미는 차치하고라도 기초적인 자료 조사조차 제대로 이루어지지 않았고, 명백한 오역도 곳곳에서 눈에 띄었으며, 우리말 자체에도 심각한 결함을 보였다. 전문가랍시고 대학교수들이 번역한 책들이 그랬다. 부끄러운 일이다. 독자들은 함량 미달의 번역본을 읽으며 좀처럼 이해가 안 되는데도 그것을 자신의 이해력 부족으로 돌리거나, 아니면 원서가 원래 그렇겠거니 하고 넘긴다. 독자들의 이런 너그러운(?) 오해를 핑계로 수준 미달의 번역서를 버젓이 내놓는 것은 작가는 물론이고 독자에게도 참으로 민망한 일이다. 아무리 번역이 반역이 된 시대라고는 하지만 이는 더 이상은 용납될 수 없다. 옮긴이, 출판사, 독자 할 것 없이 두 눈 부릅뜨고 지켜보아야 할 때라 믿는다. 이 비판이 내게도 고스란히 돌아올 것을 각오하기에 번역을 대하는 마음이 새삼 엄중해진다.

토마스 만 연보

1875	6월 6일 북부 독일의 뤼베크에서 부친 토마스 요한 하인리히 만과 모친 율리아 만 사이에서 둘째 아들로 태어나 개신교 교회에서 세례를 받음. 만의 집안은 뤼베크의 상류층이었는데, 토마스는 훗날 자신의 어린 시절을 "애정이 깃든 행복한" 시간으로 회고함.
1877	부친이 뤼베크 시 종신직 장관에 선출됨.
1889	실업계 중고등학교에 입학.
1891	부친 암으로 사망. 부친은 회사와 집을 팔라는 유언을 남겼고, 가족은 그렇게 청산한 돈을 은행에 맡겨 이자로 생활.

1893	학교 문예지 〈봄의 폭풍Der Frühlingssturm〉을 창간하여 산문 습작과 논문을 실음. 1년 전에 먼저 이주한 모친을 따라 뮌헨으로 거처를 옮김. 후견인의 결정에 따라 학교를 중퇴하고 화재보험 회사에 수습 사원으로 들어감.
1894	첫 단편소설 「타락Dekadenz」 발표.
1895	처녀작의 성공에 힘입어 보험회사를 그만두고, 나중에 기자가 될 생각으로 뮌헨 공과대학에서 강의를 들음. 군주제와 국수주의, 반유대주의를 표방한 〈독일 민족성과 번영을 위한 잡지Blätter für deutsche Art und Wohlfahrt〉 발간. 훗날 그는 이 사실을 은폐하고 싶어 했음.
1896	법적으로 성인이 되자 부친의 유산에서 매달 금화 180마르크를 받음. 이 돈은 전업 작가로 나설 수 있는 경제적 토대가 됨. 형 하인리히와 함께 로마의 팔레스트리나에 체류.
1897	장편소설 『부덴브로크가의 사람들Buddenbrooks』 집필 시작.
1898	이탈리아에서 뮌헨으로 돌아와 〈짐플리치시무스Simplicissimus〉의 편집위원을 맡음. 단편집 『키 작은 프리데만 씨Der kleine Herr Friedemann』 출간.
1900	뮌헨 친위연대에 '1년 단기의용군'으로 입대. 그러나 복무 부적격으로 판정받아 군 생활은 3개월 만에 종료.

1901	첫 장편소설 『부덴브로크가의 사람들』 출간. 두 권으로 발행된 초판은 별다른 반응을 얻지 못했지만, 1903년에 한 권으로 묶어서 발행한 두 번째 판본이 큰 성공을 거둠.
1903	『토니오 크뢰거Tonio Kröger』와 『트리스탄Tristan』 출간. 형 하인리히와의 불화가 뚜렷해짐. 이미 성공한 작가로 인정받았지만, 예술적으로는 형 하인리히 만에게 뒤처진다고 느낌.
1905	뮌헨 대학교 수학과 교수 프링스하임의 딸 카티아와 결혼. 딸 에리카 출생.
1906	아들 클라우스 출생.
1909	자신의 결혼 생활을 토대로 쓴 두 번째 장편소설 『대공 전하Königliche Hoheit』 발표. 바트퇼츠에 별장을 구입. 아들 골로 출생.
1910	장편소설 『사기꾼 펠릭스 크룰의 고백Bekenntnisse des Hochstaplers Felix Krull』 집필 시작. 딸 모니카 출생.
1912	『베네치아에서의 죽음Der Tod in Venedig』 발표. 장편 『마의 산Der Zauberberg』 집필 시작.
1914	뮌헨 포싱어 가 1번지 저택에 입주.

1918	반민주주의적인 평론집 『비정치적 인간의 고찰Betrachtungen eines Unpolitischen』 발표. 정치적 견해 차이로 형 하인리히와의 갈등 격화. 하인리히는 동생을 "환호에 눈멀고 일신의 영달에 사로잡혀 다가오는 재앙을 알지 못하고 덩달아 무책임하게 날뛰는 국민 작가"라고 비난했고, 토마스는 형을 "도덕군자연하는 엉터리 심리학자에다 인류애의 원칙론자이면서 단두대를 선호하는" 사람이라고 공격. 딸 엘리자베트 출생.
1922	'독일 공화국에 대하여Von deutscher Republik'라는 주제로 강연을 하면서 민주주의자로 변신하기 시작. 인간은 휴머니즘의 원칙을 따라야 하기에 민주주의적 공존을 지향해야 한다고 역설.
1924	『마의 산』 출간.
1926	「무질서와 젊은 날의 고뇌Unordnung und frühes Leid」 발표.
1929	노벨문학상 수상. 그런데 선정 이유에서 『마의 산』이 아닌 『부덴브로크가의 사람들』만 언급되는 것을 보고 황당함을 감추지 못함.
1930	'이성에의 호소Ein Appell an die Vernunft'라는 제목으로 강연을 하면서 시민계급에 사회민주당과 손잡고 나치스에 대항할 것을 호소. 「마리오와 마술사Mario und der Zauberer」를 발표해서 파시즘의 정체를 폭로하고 그 최후를 예언.

1933	요셉 소설의 1권『야곱의 이야기*Die Geschichten Jaakobs*』출간. 1월에 히틀러가 제국 총리에 오르자 2월에 국외로 강연을 떠나 그대로 망명 길에 오름.
1934	요셉 소설의 2권『청년 요셉*Der junge Joseph*』을 출간하고, 미국으로 첫 여행을 떠남.
1936	요셉 소설 3권『이집트에서의 요셉*Joseph in Ägypten*』출간. 자신이 망명 작가임을 밝힘으로써 히틀러 정권으로부터 독일 국적을 박탈당하고, 본 대학 명예박사 학위도 박탈됨.
1938	정치 평론집『조심하라, 유럽*Achtung, Europa!*』을 내 전 휴머니즘 세력이 파시즘 타도를 위해 힘을 모을 것을 역설. 미국으로 건너가 2년간 프린스턴 대학의 객원교수를 지냄. '찾아올 민주주의의 승리'라는 주제로 15개 도시를 순방하며 강연.
1939	장편소설『바이마르의 로테*Lotte in Weimar*』출간. 괴테의 천재적인 내면을 그리면서 히틀러 독재와는 다른 독일의 모습을 묘사하고자 함.
1940	캘리포니아로 이주.
1941	이때부터 1945년까지 '독일 청취자 여러분*Deutsche Hörer!*'이라는 라디오 연설을 통해 히틀러 타도를 외침.

1943	요셉 소설의 4권 『부양자 요셉*Joseph der Ernährer*』을 출간함으로써 4부작 『요셉과 그 형제들*Joseph und seine Brüder*』 완간.

1944   단편소설 「율법Das Gesetz」 발표. 미국 시민권 취득.

1947   『파우스트 박사*Doktor Faustus. Das Leben des deutschen Tonsetzers Adrian Leverkühn, erzählt von einem Freunde*』 출간. 전후 처음으로 유럽 여행.

1949   『파우스트 박사의 생성 과정 : 소설의 소설*Die Entstehung des Doktor Faustus. Roman eines Romans*』 출간. 17년 만에 독일을 방문해 프랑크푸르트와 바이마르에서 괴테 탄생 200주년 기념 연설. 아들 클라우스 자살.

1950   형 하인리히 사망.

1951   장편소설 『선택된 인간*Der Erwählte*』 발표.

1952   스위스로 이주.

1953   단편소설 「속은 여자Die Betrogene」 발표.

1954   마지막 장편소설 『사기꾼 펠릭스 크룰의 고백 : 회상록 제1부*Bekenntnisse des Hochstaplers Felix Krull. Der Memoiren erster Teil*』 출간(미완성으로 남음). 취리히 근교의 킬히베르크에 저택 구입.

1955   뤼베크 시로부터 명예시민 칭호 수여. 실러 사망 150주년 강연에서 세계 평화와 독일의 통일을 염원. 8월 12일 심장병으로 숨을 거두고 취리히 근교에 안장.

세계문학 단편선을 펴내며

세상의 모든 이야기는 단편으로 시작되었다. 성서와 그리스 신화를 비롯해 인류의 많은 신화와 설화는 단편의 형식으로 사물의 기원, 제도와 금기의 탄생, 운명이라는 이름의 삶의 보편적 형식을 설명했다.

〈세계문학 단편선〉은 모든 산문의 형식 중 가장 응축적이고 예술성이 높은 단편소설에 포커스를 맞추어 세계문학을 바라보는 새로운 관점을 제시하고자 한다. 단편소설을 언급할 때 빼놓을 수 없는 작가들의 작품들은 물론이고, 한두 편의 장편소설로만 우리에게 알려진 세계적 작가들이 남긴 주옥같은 단편들을 통해 대가의 진면모를 총체적으로 바라볼 수 있게 할 것이다. 또한 우리에게 문학의 변방으로 여겨져 왔던 나라들의 대표적 단편 작가들도 활발히 소개할 것이며 이미 순문학과의 경계가 불분명해진 장르문학의 형성과 발전에 크게 기여한 작가들의 작품 역시 새롭게 조명해 나갈 것이다.

에드거 앨런 포는 문학작품은 독자가 앉은자리에서 다 읽을 수 있을 정도로 짧아야 한다고 했다. 바쁜 일상의 삶을 사는 현대인들에게 〈세계문학 단편선〉은 삶과 사회, 나아가 세계를 바라볼 수 있게 하는 더할 나위 없이 좋은 친구가 될 것이라 확신한다.

21세기인 현재에 이르기까지 단편소설은 그리스 신화가 그러했듯이 삶의 불변하는 조건들을 응축된 예술적 형식으로 꾸준히 생산해 왔다. 그리고 새로운 문학적 기법과 실험적 시도를 통해 단편소설은 현재도 계속 진화, 확장되고 있다. 작가의 치열한 예술적 열정이 가장 뜨겁게 반영된 다양한 개성으로 빛나는 정교한 단편들을 통해 문학의 진정한 존재 이유를 독자들이 느낄 수 있기를 소망하며 이번 〈세계문학 단편선〉을 펴낸다.

현대문학 편집부

토마스 만

초판 1쇄 펴낸날 2013년 11월 8일
초판 5쇄 펴낸날 2024년 8월 31일

지은이 토마스 만
옮긴이 박종대
펴낸이 김영정

펴낸곳 (주)현대문학
등록번호 제1-452호
주소 06532 서울시 서초구 신반포로 321(잠원동, 미래엔)
전화 02-2017-0280
팩스 02-516-5433
홈페이지 www.hdmh.co.kr

ⓒ 2013, 현대문학

ISBN 978-89-7275-664-4 04850
      978-89-7275-672-9 (세트)